9.2

HEYNE <

Zum Buch

Die Freundin – schwanger? Klingt ja erstmal ganz schön, doch wehe, es wird konkret. Für unseren britischen Helden ist es jedenfalls ein echter Grund zur Panik, hat er doch weder eine geregelte Arbeit noch einen guten Draht zu den französischen Schwiegereltern, dafür einen ausgeprägten Hang zur Faulenzerei und ausufernden Männerabenden. Die folgende neunmonatige Odyssee eines Mannes, der sich unverhofft in anderen Umständen wiederfindet, ist zum Staunen, Lachen und Heulen. Viel zu lange mussten Mann und auch Frau auf ein so entwaffnend ehrliches und rasend komisches Buch übers Vaterwerden warten.

Zum Autor

James Briggs stammt ursprünglich aus Hertfordshire im Südosten Englands. Seine Tätigkeit als Marketingstratege führte ihn um den halben Globus. Heute lebt er mit seiner Frau und seinen drei Söhnen in Lyon. Außer dem Schreiben zählen Filme und die Schauspielerei zu seinen größten Leidenschaften.

JAMES BRIGGS

Becken Boden Turnen

Aus dem Englischen
von Carolin Müller

WILHELM HEYNE VERLAG
MÜNCHEN

Die Originalausgabe THE BABY erschien 2008
bei Beautiful Books Ltd, London

FSC
Mix
Produktgruppe aus vorbildlich bewirtschafteten Wäldern und anderen kontrollierten Herkünften
Zert.-Nr. SGS-COC-1940
www.fsc.org
© 1996 Forest Stewardship Council

Verlagsgruppe Random House
FSC-DEU-0100
Das für dieses Buch verwendete
FSC-zertifizierte Papier *Holmen Book Cream*
liefert Holmen Paper, Hallstavik, Schweden.

Vollständige deutsche Erstausgabe 09/2009

Printed in Germany 2009
Umschlagillustration und Umschlaggestaltung: © Eisele Grafik Design, München
Satz: KompetenzCenter, Mönchengladbach
Druck und Bindung: GGP Media GmbH, Pößneck
ISBN: 978-3-453-40680-3

www.heyne.de

Für Marie und die drei lachenden Jungs

DAS ERSTE DRITTEL

Ein Kaff irgendwo in England, 19. Mai

AUSGERECHNET HEUTE musste sie die Bombe platzen lassen.

»Kann sein, dass ich schwanger bin«, sagte sie, als ich mich gerade ungeschickt damit abmühte, zu harte Butter auf einem zu weichen Toast zu verteilen. Nur sechs einfache Worte. Kein Grund zur Panik. Kann sein, dass sie schwanger ist. Nichts weiter. Nicht, dass sie sich dessen sicher wäre. Das war das Erste, was mir in den Sinn kam, nachdem ich den ersten Schock überwunden hatte. Die Küchenfliesen unter meinen nackten Füßen fühlten sich plötzlich eiskalt an.

»Was soll das heißen – schwanger?«, fragte ich empört. Ich weiß, eine total bescheuerte Frage, aber was hätte ich denn bitte schön sagen sollen? Weil sie Französin ist und ich Engländer bin, traf mich jetzt ein vernichtender Blick, in dem sich die jahrhundertealte Feindschaft spiegelte, die zwischen unseren Heimatländern herrscht.

Eigentlich habe ich überhaupt keinen Grund, so perplex zu sein. Ich könnte auch nicht gerade behaupten, die Schwangerschaft sei ein Unfall gewesen. Es muss vor gut sechs Monaten gewesen sein, da fragte sie mich zum ersten Mal, ob es für uns nicht langsam an der Zeit wäre, eine Familie zu gründen. Ich kann mich, ehrlich gesagt, nicht mehr so ganz genau erinnern, was ich dazu gesagt habe, aber anscheinend kam aus meinem Mund voll mit Frühstücksflocken irgendetwas, das sich wie eine Zustimmung anhörte. Möglicherweise ließ ich mich sogar dazu hinreißen, zu behaupten, es gäbe ja überhaupt *gar keinen* Grund, der gegen ein Baby spräche. Damals hielt ich das noch für eine ziemlich clevere Strategie. Aber eines ist sicher, nur die wenigsten Frauen (und sicher keine davon Französin) können bei diesem Thema zwischen den Zeilen lesen. Gut, ich habe mich wohl zu allem Überfluss auch noch damit einverstanden erklärt, die Kondome wegzuschmeißen, aber jetzt fühle ich mich doch irgendwie überrumpelt. Ich meine ja nur, sie hätte mich doch verdammt nochmal nicht gleich beim Wort nehmen müssen.

Was habe ich mir bloß dabei gedacht? Wahrscheinlich rechnete ich insgeheim damit, impotent zu sein, oder glaubte einfach, dass schon nichts passieren würde. Schuld an diesem ganzen Schlamassel sind sowieso unsere Brüder – zuallererst meiner und dann ihrer. Die beiden haben den Stein überhaupt erst ins Rollen gebracht, als sie anfingen mit diesen rosaroten, verschrumpelten Winzlingen herumzustolzieren, die pausenlos plärrten, sei es nach dem Fläschchen oder nach uneingeschränkter Aufmerksamkeit. Bedauerlicherweise haben sie damit auch gleich das Interesse meiner Freundin geweckt.

»Il est trop mignon!«, jauchzte sie und kitzelte der formlosen Heulboje zärtlich das Bäuchlein. Ich bin selbstverständlich davon ausgegangen, dass sie sich damit auf deren Ähnlichkeit mit einem erstklassigen Stück Rindfleisch bezog. Aber es stellte sich heraus, dass »Ach, ist der aber süß!« die treffendere Übersetzung für ihren begeisterten Ausruf war. Wie es aussieht, war das nicht das letzte Mal, dass ich Schwärmereien dieser Art ertragen musste.

Und jetzt haben wir den Salat und müssen uns zusammen mit einem Schwangerschaftstest, den wir heimlich in unseren Einkaufskorb bei *Asda* geschmuggelt haben, in dem Badezimmer meiner Mutter verschanzen. Zu allem Überfluss habe ich auch noch einen höllischen Kater. Wir starren angespannt auf das billige Plastikgerät, damit uns auch ja nicht die geringste Veränderung einer Farbnuance entgeht. Sieht aus wie ein pinkfarbener Kreis oder Strich oder so, aber wirklich schlau werden wir daraus nicht.

Aber wenn ich in ihre Augen schaue, dann ist sowieso

schon alles klar. Irgendwie sieht man ihr an, dass sie schwanger ist. Keine Ahnung warum – ihre Augen haben genau dieselbe Form und Farbe wie gestern –, aber irgendetwas an ihnen ist neu. Vielleicht ist es auch nur dieser Ausdruck von Angst und Verletzlichkeit, der plötzlich in ihrem Blick liegt. Wahrscheinlich sollte ich besser gleich aufhören, mir etwas vorzumachen, denn was jetzt kommt, wird mein gesamtes Leben auf den Kopf stellen.

Ich überlasse ihr die Entzifferung des Plastikdings und flüchte nach unten. Dort versuche ich meine Nerven zu beruhigen, indem ich meine Mutter in eine Unterhaltung über das Wetter, die Katze und den Kirchenchor verwickle. Jetzt bloß nicht durchdrehen. Noch ist nichts verloren. Das heißt ja alles noch gar nichts. Warten wir besser erst einmal ab, bis wir zurück in Paris sind und einen richtigen Bluttest machen lassen können.

London, Waterloo Station, 20. Mai

DIENSTAG MORGEN. Eigentlich hatte ich geplant, noch ein paar Tage länger in London zu bleiben und sie schon mal alleine mit dem Eurostar zurückfahren zu lassen. Ich wollte noch einen alten Freund besuchen und mit ihm über das Leben und all die Möglichkeiten, die es noch für uns bereithielt, plaudern. Aber das hat sich jetzt wohl erledigt, und ich nehme zusammen mit meiner Freundin den Zug zurück nach Paris.

Es ist schon eigenartig, dass ich bis jetzt noch nicht ihren Namen erwähnt habe. Irgendwie schockt mich das selbst. Aber ich bin einfach total sauer auf sie. Sauer? Jetzt mach mal halblang …, wird sich manch einer denken. Habe ich nicht gerade noch zugegeben, dass ich mit ihrem Pillenstopp einverstanden war? Nun, das streite ich ja auch gar nicht ab – eigentlich habe ich auch kein Recht, sauer zu sein. Absolut gar keines. Ich weiß schon, dass ich meinen Teil dazu beigetragen habe, aber damals erschien mir die Idee, ein Baby zu haben, noch völlig abstrakt und ihre Umsetzung in ferner Zukunft. Es war fast so, als ginge es gar nicht wirklich um mich. Aber jetzt holt mich die Sache ein. Vielleicht rede ich deshalb die ganze Fahrt über nicht mit ihr und schiebe meine schlechte Laune auf die Nachwirkungen des Katers. Das klingt jetzt natürlich alles total gemein und ungerecht, aber so ist es nun mal.

Paris, 21. Mai

KEINE ZWÖLF STUNDEN später stehen wir vor einem dieser *laboratoires d'analyses,* die es in Paris an jeder Straßenecke gibt. So weit ich weiß, haben wir so etwas in England überhaupt nicht. Dort geht man für so etwas zu einem richtigen Arzt. Aber hier in Frankreich kann man nach einer schnellen Tasse Kaffee und einem Croissant (und etwa zum selben Preis) schnell in eines dieser Labors schneien und dort nach Lust und Laune alle nur erdenklichen Tests machen lassen:

»Ach, Sie glauben also, Sie haben sich bei dieser Dinner Party gestern Abend womöglich einen Tripper eingefangen, *Monsieur*? *Pas de problème,* folgen Sie mir, und wir zapfen Ihnen gleich mal ein bisschen Blut ab.« Dieses Szenario wäre ja gar nicht so schlimm, aber wir sind aus einem anderen

Grunde hier, und der ist weit bedrohlicher für meine selbstsüchtige Existenz. Nach einer kurzen Begrüßung durch eine ziemlich hochnäsige Krankenschwester in gestärktem weißem Kittel besprechen wir den Grund unseres Besuchs (für meinen Geschmack viel zu offenherzig), und die Schnepfe in Uniform mustert mich von oben bis unten, als hege sie starke Zweifel daran, dass ich überhaupt zu einer Erektion in der Lage bin, geschweige denn dazu, einer Frau ein Kind zu machen.

Schon eine knappe Stunde später (die längste meines Lebens), laufen wir wieder dort ein, um unser Ergebnis abzuholen. Ich mache mich schon darauf gefasst, in ein Hinterzimmer bugsiert zu werden und mir eine Standpauke bezüglich meines Lebenswandels anhören zu müssen. Aber kaum sind wir durch die Tür, fängt die unfreundliche Schnepfe an zu strahlen wie ein Honigkuchenpferd und dann posaunt sie heraus, dass *wir* in der dritten Woche schwanger sind. Aus irgendeinem Grunde spüre ich, dass die Frage nach einem zweiten Test jetzt unangebracht wäre. Und schon hat uns Miss Frostbeule wieder hinaus auf den Bürgersteig geschoben.

Meine Freundin zittert und weint und lacht gleichzeitig, als ich sie draußen im Arm halte. Warum umarme ich sie eigentlich? Bin ich ein Heuchler? Sicher, aber es gibt auch noch ein, zwei andere Gründe: Erstens sieht sie wirklich geschockt aus. Zwar schon irgendwie glücklich, aber trotzdem verstört. Zweitens, will ich nicht, dass sie umkippt und auf dem von Hundehaufen übersäten Pariser Asphalt landet. Und außerdem fühle ich mich gerade selbst einem Kollaps nahe. Klar, jetzt müsste ich irgendetwas Tolles sagen, aber was bloß? Vielleicht tun es ja schon ein paar beruhigende *Sschhh*-Laute, aber ich muss mich ehrlich gesagt selbst gerade zusammennehmen, damit ich nicht zu heulen anfange wie eine angeschossene Hyäne. Tatsache ist, dass ich beim besten Willen nicht weiß, was ich sagen soll, und am Ende murmele ich irgendetwas Superschlaues wie:

»Komm, jetzt gehen wir erst einmal nach Hause und trinken Tee.« Ziemlich erbärmlich, ich weiß, aber immerhin besser, als irgendeinen schwülstigen Hollywood-Streifen zu zitieren, oder?

Ihr Name ist übrigens Helena.

Als wir wieder zu Hause sind, ruft sie sofort erst einmal meine Mutter an, die sowieso schon etwas misstrauisch ist, weil wir uns so konspirativ in Supermärkten und in Badezimmern herumgedrückt haben. Helena gesteht ihr ohne Umschweife, dass sie wahrscheinlich schwanger ist (Einsatz Fanfaren, Trommelwirbel, während der Sohn verstohlen in der Ecke steht). Ich höre ihren begeisterten Singsang am Telefon und muss mich zusammenreißen, damit ich nicht ungehobelt werde. Aber das ist noch lange nicht das Schlimmste – ehe ich es mich versehe, hat mir Helena auch schon den Hörer in die Hand gedrückt, und jetzt will auch noch meine Mutter mit mir reden: *Wie ich mich fühle?* Taub wie ein Novocain-Kaugummi. *Werde ich mich jetzt endlich richtig um Helena kümmern?* Ich hab ihr gerade eine Tasse Tee gemacht, reicht das nicht? *Heißt das jetzt, dass ich endlich aufhöre herumzugammeln und mir einen richtigen Job suche?* Meine Antworten auf ihr Verhör beschränken sich auf ausweichendes Gegrummel. Ganz offensichtlich ist auch sie total aus dem Häuschen, von wegen endlich ich, ihr ältester Sohn, und all so ein Unsinn. Ich erinnere mich, dass meine Mutter mich, als meine Schwägerin vor einigen Jahren Kinder bekam, fragte, ob ich es nicht bedauere, dass mein jüngerer Bruder vor mir Vater wird. Wenn hier einer etwas zu bedauern hat, dann ja wohl mein Bruder, dachte ich damals insgeheim, sagte dann aber etwas eher Angemessenes wie:

»Ja, irgendwie schon ...«.

Aber Karten auf den Tisch, ich mag Kinder eigentlich ganz gerne. Allerdings nur die von anderen Leuten. Wenn man so will, bin ich der beste Onkel der Welt. Aber ein Vater – beim besten Willen nicht!

Dabei gibt es für einen Mann ein paar einfache Grundregeln, um all das zu vermeiden. Ich wünschte, ich hätte sie befolgt und rechtzeitig die Alarmglocken läuten hören:

1. Man hat eine Beziehung und plötzlich nur noch Sex mit einer einzigen Frau.
2. Ein enger Freund – oder noch gefährlicher ein Verwandter – bekommt plötzlich Nachwuchs.
3. Die Frau, mit der man sein Bett teilt, verliert plötzlich das Interesse an durchzechten Nächten und dem langgehegten Plan, über Land nach Samarkand zu reisen. Stattdessen fängt sie an, irgendetwas von »Verantwortung« zu erzählen.
4. Sie verbannt Kondome aus dem Schlafzimmer oder besteht darauf, die Pille abzusetzen. Eine Weile hält man noch dagegen, aber eines schönen Morgens gibt man sich geschlagen, sei es weil man einen fürchterlichen Kater hat oder weil man irgendetwas gutzumachen hat.
5. Man vergisst, dass man nicht verhütet und hat weiterhin Sex (mit derselben Frau).
6. Ein paar Monate geht alles gut, und man vergisst die ganze Sache oder geht einfach davon aus, dass schon nichts passieren wird.
7. Weil nichts passiert, kehrt der Schlendrian ein, was ihre fruchtbaren Tage betrifft. Man versäumt zur rechten Zeit, einen Abend mit den Jungs einzuplanen.
8. Man bekommt prompt die Rechnung präsentiert. Mit großen, hoffnungsvollen Augen verkündet sie einem, dass sie zu spät dran ist.
9. Panik bricht aus.

10. Sie ist noch später dran, und man muss sich langsam mit der Möglichkeit vertraut machen, dass sich Besäufnisse, Rauchen und Umweltverschmutzung doch nicht so negativ auf die Spermienqualität auswirken.

Helena hängt immer noch an der Strippe. Ich habe mir eine zweite Tasse Tee eingeschenkt und lege die Beine hoch. Während ich an die Wand unserer hoffnungslos zu kleinen und finsteren Wohnung starre, versuche ich mir die Zukunft auszumalen ... Okay, das reicht fürs Erste! Wie wäre es mit etwas Konstruktiverem? Und ich stecke meinen Kopf in den Sportteil der Sonntagszeitung.

Einmal um die Welt und zurück, 23. Mai

HELENA TELEFONIERT mittlerweile mit einer Cousine, die im Norden von London wohnt. Ich kann mir zwar nicht vorstellen, warum eine Französin irgendwo rund um die Turnpike Lane wohnen will, aber was weiß ich schon darüber, was für unsere Freunde vom europäischen Festland Exotik bedeutet. Wie auch immer, diese Cousine lebt mit einem ghanaischen Arsenalfan zusammen, und die beiden haben diese unglaublich hübschen Töchter – Celeste und Léonie –, zwei wirklich süße Kinder, aber eben welche, die man, sobald man genervt ist, wieder auf ihre rechtmäßigen Eltern abwälzen kann. Irgendwie werde ich den Verdacht nicht los, dass diese Cousine etwas damit zu tun hat, dass Helena jetzt schwanger ist. Vielleicht ist sie nicht ganz so unmittelbar daran beteiligt wie ich, aber sie hatte bestimmt ihre Finger im Spiel. Hör sich einer Helena an, sie zirpt so aufgeregt wie eine Grille zur Balzzeit. Ich bin mittlerweile derart misstrauisch, dass ich sogar die Zeitung sinken lasse und ihr Gespräch belausche. Dabei verhalte ich mich in etwa so unauffällig wie ein grüner Elefant. Beweise bekomme ich jedenfalls nicht geliefert, aber zumindest legt Helena endlich auf. Sofort fange ich an zu quengeln, dass sie doch nicht schon anfangen könne, Gott und der Welt von der Schwangerschaft zu erzählen, wo ich doch noch gar nicht so weit sei. Denn meiner Meinung nach sollte in den nächsten zwei Monaten noch überhaupt niemand von diesem Baby erfahren, und jetzt wissen schon zwei Frauen (abgesehen von der Mutter selbst) darüber Bescheid. Um das Gleichgewicht wiederherzustellen, rufe ich umgehend meinen ältesten Freund in London an. Er wird mir sicher aus der Patsche helfen können. Immerhin hat er selbst zwei Kinder und behauptet, keines davon gewollt zu haben.

Nach einem kurzen Austausch von Belanglosigkeiten platze ich mit dem Feingefühl eines Bulldozers mit meiner Nachricht heraus.

»Sie ist schwanger!«

»Wer?«

»Ja, wer wohl?«

»Mensch, wie konnte das passieren?«

»Was soll'n das heißen, wie konnte das passieren? Ich geh mal davon aus, genauso, wie es bei dir passiert ist.«

»War es geplant?«

»Nein. Na ja ... ein bisschen.«

»Verstehe«, sagt er, und ich höre die Missbilligung in seiner Stimme, die schneller über den Kanal schwappt als ein neuer Vogelgrippevirus.

»Ich dachte, ihr beide macht gerade eine schwierige Phase durch und jetzt das ...« Er verstummt, aber nur, um gleich darauf einen neuen Vorstoß zu wagen:

»Wie fühlst du dich damit?«

Nachdem ich hier mit einem anderen Mann spreche, versuche ich so zu klingen, als habe ich alles im Griff.

»Prima. Uns geht's ganz prima damit.«

»Wirklich?«

»Klar, überhaupt kein Problem.«

»Verstehe. Du hast also keinerlei Bedenken?«

»Ich doch nicht!«

Nachdem ich aufgelegt habe, fällt mir wieder ein, was an dem Tag passierte, als die Partnerin meines Freundes zum zweiten Mal schwanger wurde. Er hatte endlich genug Geld zusammen, um sich dieses Wahnsinns-BMW-Coupé zu kaufen. Er war praktisch schon auf dem Weg zum Autohändler, als seine Freundin anrief und die Bombe platzen ließ. Er seufzte, faltete wehmütig die glänzenden Broschüren zusammen und ließ sie für immer in der untersten Schublade einer morschen alten Kommode auf dem Speicher verschwinden. Ich wette, da liegen sie noch heute, unter mehreren Schichten Kinderkleidung und einem ungelesenen Ratgeber über die hohe Kunst der Kindererziehung.

Ich rufe mir das Bild meines Freundes, wie er mit seinen zwei Kindern zu Hause ist, ins Gedächtnis. Ganz klar, er liebt die beiden abgöttisch. Ich habe ihn ihre Windeln wechseln und sie baden sehen. Warum habe ich bloß solchen Schiss vor dem, was da auf mich zukommt?

Egal, wie sehr ich auch versuche, die Bemerkung meines Freundes auszublenden, ich muss mir eingestehen, dass er Recht hat mit dem, was er über Helena und mich gesagt hat. Darüber, dass wir gerade eine schwierige Phase durchmachen. Die Sache ist die, Helena und ich wollten heiraten. Aber ich habe Muffensausen bekommen und die Hochzeit ein wenig aufgeschoben (oder besser gesagt gecancelt, wenn man's unbedingt ganz genau nehmen will). Wahrscheinlich wäre das auch nicht weiter schlimm gewesen, wenn wir nicht schon allen brühwarm erzählt hätten, dass wir Ernst machen wollen. Wir hatten sogar schon den Termin bekanntgegeben. Die Hochzeit wäre übrigens nächsten Samstag gewesen. Ich hätte nur zu gerne eine gute Erklärung dafür parat, warum ich das gemacht habe, aber ich befürchte, ich habe keine. Wir waren erst seit eineinhalb Jahren zusammen, obwohl wir uns eigentlich schon vor fünf Jahren kennengelernt haben. Zu der Zeit hatte ich noch einen Marketing-Job in Fernost. Helenas Bruder arbeitete auch dort, als Ingenieur. Als seine Schwester dann zu Besuch kam, stellte er uns einander vor. Es war Vollmond und es gab ein bisschen Verwirrung, was die Verteilung der Betten betraf, und so landeten wir unter derselben Decke. Natürlich tauschten wir auch Telefonnummern aus und so weiter, aber unsere nächste schicksalhafte Begegnung fand erst gute drei Jahre später statt.

Paris, 24. Mai

HEUTE MORGEN kam mir ein Gedanke. Jetzt hat er sich in meinem Kopf festgesetzt und wartet wie ein giftiges Insekt geduldig darauf, sich aus seinem Kokon zu befreien. Ich will der Sache eigentlich keinen Vorschub leisten, indem ich sie auch noch beim Namen nenne, aber es nutzt ja doch nichts ... Medizinisch gesehen weiß ich so gut wie nichts über Abtreibung, abgesehen natürlich davon, dass sie (nicht er) in irgendeine namenlose Klinik geht und dort wird dann mit einem kleinen »Eingriff« das, was vorher gemacht wurde, schnell wieder weggemacht. Und ich erinnere mich, einmal einen Anruf von meiner damaligen Freundin aus einem anderen Land bekommen zu haben. Sie sagte mir, sie sei schwanger, und ich weiß noch, dass ich total in Panik geriet. Sie sagte außerdem, dass sie sich darum kümmern werde, und ich wusste natürlich genau, was das zu bedeuteten hatte. Aber damals fühlte ich nichts als Erleichterung darüber, dass jemand anderes und nicht ich die Konsequenzen unseres Leichtsinns trug. Ich hörte erst ein paar Wochen später wieder von ihr, als sie mich anrief, um mir mitzuteilen, dass die Sache erledigt sei. Mir fiel ein Stein vom Herzen. Ich war froh, dass ich mich damit nicht weiter beschäftigen musste. Also bestellte ich mir noch ein Bier, und die Zukunft lag vor mir, breit und glänzend wie die Startbahn eines Flughafens. Jedenfalls wurde sie mir noch nicht mit der Verantwortung für Nachwuchs verbaut, sondern bot weiterhin alle Möglichkeiten. Aber heute, Jahre später, drehen sich meine Gedanken unablässig um diese beiden kurzen Telefonate. Hatte ich damals wirklich eine Entscheidung getroffen oder einfach nur gekniffen? Was Abtreibung betrifft, bin ich also kein unbeschriebenes Blatt. Vielleicht hat sich diese Sache deshalb wieder in meine Gedanken geschlichen und verfolgt mich jetzt. Aber Helena werde ich da nicht mit hineinziehen. Zumindest noch nicht. Ich weiß, das ist ziemlich feige, aber mein Plan besteht eher darin, erst einmal in Deckung zu gehen und zu beobachten, wie sich die Dinge entwickeln.

Paris, 26. Mai

HEUTE FRÜH, noch vor Morgengrauen, wachte ich mit diesem untrüglichen Gefühl auf, dass ich dem von der Natur vorgesehenen weiblichen Zwang, Mutter zu werden, zum Opfer gefallen bin. Helena hat mich reingelegt. Ich habe mich vor der Hochzeit gedrückt, und jetzt versucht sie eben, mich mit anderen Mitteln festzunageln. Sie will Mutter sein? Okay, super! Aber warum sollte ich deshalb gleich Vater werden müssen?

Jetzt hat sie sich dieses Buch gekauft. Es heißt *Future Maman*, und dem Klappentext zufolge will es uns Woche für Woche durch die neun Monate der Schwangerschaft begleiten. Da es sich um ein französisches Buch handelt, ziert das Cover eine sehr sexy Frau in ziemlich knapper Unterwäsche. Meine Aufmerksamkeit wird umgehend auf ihr ausladendes Dekolleté gelenkt und weniger auf ihren prallen Bauch, der praktischerweise auch noch vom Autorennamen verdeckt wird. Das Cover von *Future Maman* erinnert mich daran, dass ich schwangere Frauen schon immer ziemlich erotisch fand. Und das, obwohl mich all meine Freunde, egal ob männlich oder weiblich, bei diesem Bekenntnis immer nur anstarren, als sei ich ein Perversling. Aber es stimmt – ich fand darin immer schon einen gewissen Reiz. Doch dieses Buch werde ich trotzdem hassen. Ganz einfach deshalb, weil ich überhaupt nicht durch neun Monate Schwangerschaft geführt werden will. Mir wäre es lieber, das alles wäre nur ein schlechter Traum.

Helena dagegen liest bereits hochinteressiert das gerade relevante Kapitel: die dritte Woche des ersten Vierteljahres. Man präsentiert uns ein detailliertes Diagramm, das eine kleine Ansammlung von Zellen um einen zähflüssigen Kern herum zeigt. Dank dieses großartigen Buches macht Helena sich jetzt Sorgen darüber, dass mein Alkoholkonsum sich negativ auf die Empfängnis ausgewirkt haben könnte. Also ruft sie schnell diesen netten Gynäkologen aus unserer Straße an. »Absolut kein Grund zur Beunruhigung«, beschwichtigt der uns ein wenig zu überschwänglich. »Es gibt nichts, was einer

Empfängnis zuträglicher ist, als ein paar Drinks zur Einstimmung.« Das hätte er mir besser mal früher sagen sollen.

Anstatt arbeiten zu gehen, klemmt sich Helena als Nächstes wieder an die Strippe und telefoniert alle Geburtskliniken von ganz Paris ab. Als ich wissen will, was das soll, versichert sie mir, dass es dafür nie zu früh ist. Die meisten Betten seien zum gegebenen Zeitpunkt höchstwahrscheinlich bereits belegt. »Aber das kann doch gar nicht sein!«, protestiere ich. »Du bist doch gerade mal in der dritten Woche! Kaum eine deiner Kontrahentinnen ahnt auch nur, dass sie schwanger ist.« Aber Helena quittiert meinen Einwurf nur mit einem dieser geringschätzigen Blicke, auf die sich französische Frauen im Umgang mit anglo-sächsischen Männern spezialisiert zu haben scheinen.

Natürlich hat sie Recht. Die Plätze in Pariser Geburtskliniken sind Mangelware, also bucht die weise künftige Mutter ihr Kindbett am besten gleich eine Dekade im Voraus. Ich kann mir den Gedanken nicht verkneifen, dass es dabei ja anscheinend noch schlimmer zugeht, als beim Kauf eines Tickets für ein großes Sportevent (leider die einzigen vergleichbaren Erfahrungswerte, auf die ich zurückgreifen kann). So ein Ticket besorgt man sich wenigstens erst dann, wenn die eigene Mannschaft nach monatelangem mühsamem Wettkampf ins Finale einzieht und nicht schon, nachdem sie es mit Ach und Krach und Glück beim Elfmeter durch die Vorrunde geschafft hat. Dass dieser Vergleich hinkt, dürfte zumindest der weiblichen Bevölkerung bereits einleuchten, und langsam dämmert es auch einem alternden und besonders begriffsstutzigen männlichen Exemplar in Paris: In dieser Stadt wimmelt es offensichtlich nur so von Frauen, die ihre Schwangerschaft mit einer Präzision und Entschiedenheit planen, die den Technokraten der Schweizer Bahn alle Ehre machen würden.

Diese Erkenntnis bestärkt mich nur noch mehr in der Überzeugung, dass diese ganze Schwangerschaftskiste eine regelrechte Verschwörung gegen mich sein muss. Mürrisch verweigere ich jedes weitere Gespräch und versuche, mich irgendwie darauf einzustellen, dass ich, sofern keine Naturkatastrophe dazwischenkommt, wohl ein Baby haben werde, und dass es mindestens zur Hälfte französisch sein wird. Helena indessen fährt ungerührt fort zu tun, was getan werden muss, und bezirzt nun schon den zehnten Krankenhausmanager, ihr in achteinhalb Monaten eines dieser Metallbetten mit Steigbügeln zu reservieren.

Flugzeuge, Züge, Autos und ein Bus, 27. Mai

VOR EIN PAAR WOCHEN, als mein Leben noch in Ordnung war, als das Einzige, woran ich zu denken hatte, ich selbst war, habe ich eine Reise nach Italien gebucht. Wir wollten zusammen mit Freunden ein paar nette Tage in den Hügeln der Toskana verbringen. Das Haus, das wir gemietet haben, ist in der Nähe von Florenz und hat einen Garten mit Pool und allem Drum und Dran. Aber jetzt will sich das Reisefieber bei mir einfach nicht einstellen, denn letzten Sommer waren Helena und ich bei der Hochzeit von zweien dieser Freunde, Dirk und Carla, in Amsterdam. Wir waren total verliebt, und am Tag nach der Hochzeit habe ich allen und jedem auf die Nase gebunden, dass auch wir bald heiraten wollen. Seitdem ist aus unserer groß angekündigten Hochzeit leider immer noch nichts geworden. Das erklärt vielleicht, warum ich die ganze Italienreise am liebsten canceln würde.

Helena hat auch nicht mehr Lust, in die Toskana zu fahren als ich, aber das liegt eher an den Beschwerlichkeiten der Reise selbst, als an der Aussicht auf ein paar Tage Dolce Vita. Sie hat Angst zu fliegen und will lieber den Nachtzug von Paris nach Florenz nehmen. Aber ich finde, das können wir auch billiger haben, und nun liegt eine Reise vor uns, so unendlich lang und beschwerlich wie eine Doppelstunde Erdkunde. Wir werden die Metro nehmen, dann den Bus zu irgendeinem kleinen, dubiosen Flughafen im französischen Hinterland, einen Flieger nach Mailand, einen Zug nach Florenz und einen weiteren Bus, der uns nach Empoli befördern wird, wo wir dann hoffentlich von einem unserer Freunde mit dem Auto abgeholt werden.

»Um wie viel genau soll das jetzt billiger sein?«, hakt Helena nach und legt demonstrativ die Hand auf ihren Bauch.

»Schon ein paar Euro«, sage ich und hoffe, damit weiteren Nachfragen zu entgehen. »Komm, wir wollen doch nicht den Flug verpassen, oder?«

Mein Gedrängel hat aber nur zur Folge, dass wir den Flughafen am Ende so früh erreichen, dass Helena genug Zeit hat, nervös zu werden und auch all meine Beruhigungsversuche fehlschlagen. Von der windigen Halle aus, die das Terminal von Beauvais sein soll, beobachten wir die unsanfte Landung des Fliegers aus Mailand, der daraufhin seine schäbige Ladung aus Billig-Touristen ausspuckt. Als Helena hört, dass der Pilot unseres Fluges eine Frau ist, referiert sie darüber, dass ihr das wenigstens einen winzigen Funken Hoffnung lässt, nicht gleich gegen den nächstbesten Gipfel der Alpen zu crashen. Als Frau wisse die Pilotin schließlich um den Wert des Lebens, und das habe zwangsläufig zur Folge, dass sie mit ihren Passagieren sorgsamer umgehe. Ich verkneife mir einen bissigen Kommentar und kümmere mich lieber um unser Gepäck. Als

Mann weiß ich schließlich, dass schwangere Frauen keine schweren Taschen tragen.

Aber Helena hat schon Recht. Was wir an Reisekosten sparen (so um die 20 Euro) geht locker für Proviant und literweise Mineralwasser im Kampf gegen Hitze und Erschöpfung drauf. Aber das wichtigste ist doch wohl, dass wir überhaupt in Italien ankommen und die paar Tage südlich von Mailand genießen können.

»Das alles würdest du bei Nacht überhaupt nicht zu Gesicht bekommen«, lasse ich wie beiläufig fallen, in der Hoffnung, davon abzulenken, dass meine Entscheidung gegen den Nachtzug eine komplette Schnapsidee war. Ich starre durch das Abteilfenster nach draußen. Vielleicht erhasche ich ja sogar noch einen Blick auf etwas, das meine Argumentation untermauert.

Auf dem Lande in Italien, 29. Mai

WIR SIND ZU ZEHNT in dem Haus in der Toskana – fünf Paare, aber nur eines davon in guter Hoffnung. Nach dem Frühstück erkundigt sich Dirk, warum Helena und ich beim gestrigen Abendessen den Wein verschmäht haben. Kurz denke ich darüber nach zu lügen, aber dann lasse ich es doch sein und in einem Anflug von Ehrlichkeit gestehe ich, dass ich versuche, mit dem Trinken aufzuhören.

»Und Helena?«, erkundigt sich Dirk.

»Tja, Helena ist nur, hm, wie soll ich sagen? Sie ist nur schwan …« Aber noch bevor ich das Wort ausgesprochen habe, ist Carla auch schon nach oben gerannt und herzt und küsst Helena und fragt sie aufgeregt aus über Geburtstermin, Still-BHs und, wenn mich nicht alles täuscht, sogar über meine Manneskraft beim Akt der Empfängnis. Unten will Dirk wissen, wie ich mich damit fühle? Was soll denn bloß immer wieder diese Frage?

Sofort rückt Helena ins Zentrum der versammelten weiblichen Aufmerksamkeit. Das lässt uns Männern Zeit, ein paar traditionell männlichen Beschäftigungen nachzugehen, wie etwa, uns gegenseitig im Pool zu tauchen. Langsam entspanne ich mich sogar ein bisschen und merke, dass auch Helena strahlt und sich offensichtlich pudelwohl fühlt. Aufmerksam studiere ich ihren Körper, während sie im Pool geschmeidig ihre Bahnen zieht. Noch kann ich keinerlei Anzeichen für die drastischen Veränderungen erkennen, die bereits in ihr vor sich gehen. Also, wenn ich wirklich Vater werde, dann wird es Zeit, dass ich meinen Hintern hochbekomme. Ich habe weder Job noch Auto, und unser mickriges Appartement liegt in einem der übelsten Viertel von Paris. Das sind nun wirklich nicht die idealen Umstände, um ein weiteres kleines Säugetier in diese gnadenlose Welt zu setzen. Ich beschließe, mir die ganze Sache morgen ernsthaft durch den Kopf gehen zu lassen.

Fremdes Gezwitscher inmitten der Weinstöcke, spät im Mai

IN MEINEM TRAUM versuche ich, die Blondine aus der Bäckerei in Paris flachzulegen. Mein Körper pulsiert vor Verlangen danach, sie zu besitzen, und schließlich passiert es. Nur dummerweise habe ich vergessen, dass ich mit der Frau lebe, die gelegentlich in einem Pelzkragenmantel hier hereinschneit und eine *Brioche* kauft ...

Als ich aufschrecke, habe ich keine Ahnung, welcher Tag heute ist. Alles, was ich weiß, ist, dass ich immer noch in der Toskana bin, dass die Sonne scheint und ich an einer Tasse Tee nippe. Schon seit über einer Woche habe ich nichts Stärkeres getrunken, was für mich ein Rekord ist. Jedenfalls waren wir gestern alle gemeinsam in Florenz und ich habe den anderen dabei zugesehen, wie sie Bier, Wein und Grappa fröhnten. Sie hatten Spaß und ich auch. Die Trinkerei ist im Moment auch nicht mein größtes Problem, vielmehr die unausweichliche Tatsache, dass Helena mein Kind in sich trägt. Ich fühle mich total in der Falle, so sehr, dass ich gestern den ganzen Tag damit verbracht habe, den Florentiner Frauen auf Brüste und Hintern zu starren. Und ich habe die Regeln in diesem Wettbewerb von vornherein so festgelegt, dass Helena keine Chance hatte, darin zu bestehen.

Vielleicht sollte ich mir jetzt und hier eingestehen, dass wir beide eigentlich auf eine Trennung zusteuern. Aber wie könnte ich sie jetzt verlassen? Wir haben immer noch zwei Monate Zeit, uns zu entscheiden, was mit diesem neuen Leben geschehen soll, und doch werde ich das Gefühl nicht los, dass die Würfel bereits gefallen sind. Irgendwie geht es hier um viel mehr, als nur darum, Vater zu werden.

Flughafen Mailand, 31. Mai

ITALIEN HAT UNS BEIDEN gutgetan, eine kleine Flucht zusammen mit Freunden aus einer unbeschwerten Vergangenheit. Aber jetzt ist wieder die Gegenwart angesagt und schlimmer noch, die Zukunft. Im Pool gelang es mir ganz gut, das ganze Thema rund um diese neue Dreiecksbeziehung zwischen mir, ihr und dem kleinen stillen Wesen in ihrem Bauch auszublenden. Der späte toskanische Frühling hat die Kommunikation miteinander eigentlich ganz leicht gemacht, doch dem einen Thema sind wir trotzdem geflissentlich ausgewichen. Wenn da überhaupt eine Entscheidung über das Baby zu fällen ist, dann müssen wir das Thema früher oder später anschneiden. Aber eigentlich bin es ja nur ich, der sich vor Angst in die Hosen macht. Ich habe Angst, dass mir das Kind am Ende wichtiger sein wird als ich selbst und meine eigenen egoistischen Bedürfnisse. Mit dieser Vorstellung komme ich einfach nicht klar, also beschließe ich, meinem Bruder eine E-Mail zu schicken und ihn zu fragen, wie er selbst mit dieser furchterregenden Perspektive fertiggeworden ist, als er Vater wurde.

Bei unserem Rückflug nach Paris hat die Pilotin wohl gerade ihren freien Tag, aber wir kommen trotzdem heil an. Vielleicht hat der bärtige Kerl, der uns diesmal fliegt, selbst ein paar Kinder zu Hause. Wer weiß?

Paris, 2. Juni

LETZTEN WINTER schlug mein Bruder mal wieder in Paris auf. Im Schlepptau hatte er seine Frau und ihren gemeinsamen dreijährigen Sohn – mein Patenkind. Ich hatte ihn vorher nur einmal bei seiner Taufe gesehen, als er noch ein winziges Etwas war, dessen Köpfchen aus einem Bündel weißer Leinenspitze hervorlugte. Also war ich natürlich ziemlich überrascht festzustellen, dass aus diesem Etwas ein kleiner Junge geworden war. Er war sogar bereits in der Lage zu einfacher Kommunikation und zugegeben, nicht ganz ohne Charme. Wir kamen auch ganz hervorragend miteinander klar, allerdings unter der Voraussetzung, dass er sich nach ein paar Tagen wieder auf diese brütend heiße subtropische Insel verzog, auf der mein Bruder aus unerfindlichem Grunde sein Auskommen hat. Das war noch bevor meine Mutter das Thema Vaterschaft anschnitt, und bis dahin war ich absolut glücklich in meinem Anti-Gefühls-Panzer. Aber als ich diese kleine Kinderhand in meiner hielt und sah, wie er angestrengt sein kleines Köpfchen zur Seite neigte, wenn ich ihn fragte, ob etwas böse oder nett war, wurde ich fast schwach. Sein Vater sei böse, sagte er, und ich, der neue, lässige Patenonkel, war nett.

Aber das tut hier jetzt eigentlich nichts zur Sache. Im Moment muss ich einfach nur wissen, ob mein Bruder auch durch all diese Zweifel gegangen ist, als seine Freundin schwanger wurde. Da ich meine Ängste nur ungern offen eingestehe, wird die Mail an meinen Bruder ein wenig umständlich. Nicht, dass es am Ende noch so wirkt, als hätte ich die Situation nicht im Griff:

Lieber kleiner Bruder,
Wie geht's etc.?
Helena und ich wollen ein Schwangerschaftstagebuch führen. Dazu wollen wir auch ein paar andere Leute zum Thema Kinderkriegen zu Wort kommen lassen, und mein besonderes Interesse gilt natürlich der männlichen Perspektive. Wenn Du also Zeit hast, mail mir doch Deine Gedanken, besonders die aus der frühen Phase. Ganz besonders interessieren mich folgende – selbstverständlich wahllos und nicht etwa aus persönlichem Interesse herausgegriffene – Punkte:

Nachdem Du die Neuigkeit erfahren hast:

– *hattest Du Muffensausen, warst Du stolz wie Oskar oder hast bereut, so unverantwortlich gewesen zu sein?*
– *warst Du stinkwütend, total aus dem Häuschen vor Glück oder nur leicht angefressen?*
– *wolltest Du sofort mit dem Rauchen aufhören, ein paar Bier trinken gehen oder Dich einfach nur aus dem Staub machen?*
– *leistete es Deiner Neigung Vorschub, künftig immer Kondome zu benutzen, endlich Fallschirmspringer zu werden oder ein Häusle zu bauen?*

Versuche, mir einfach einen Eindruck zu vermitteln, was Dir damals so alles durch den Kopf ging. Deine Gedanken würden uns sicher dabei helfen, die Situation rein objektiv einzuschätzen.
Was ich noch fragen wollte, hat es West Ham in die Liga geschafft? Ich kann mich gar nicht erinnern!

Alles Liebe etc.
Dein furchtloser großer Bruder
PS: Erwähne das Tagebuch bitte nicht Helena gegenüber, sie weiß nämlich nichts davon.

Wie man unschwer feststellen kann, ist die Fußball-Frage am Ende natürlich nur der dürftig verschleierte Versuch, seine Aufmerksamkeit von meinen Unsicherheiten abzulenken und ihm gleichzeitig einen konkreten Anreiz zu einer Reaktion auf mein Schreiben zu geben. Ich weiß ganz genau, dass seine geliebten *Hammers* mal wieder abgestiegen sind – was sonst.

Später, als wir bereits im Bett liegen, bringt Helena schließlich von selbst das hässlichste Thema der Welt auf den Tisch und fragt mich geradeheraus, was ich von der Idee einer Abtreibung halte. Wie immer, wenn man mich festnagelt, flüchte ich mich ins Abstrakte. Ich eröffne meinen Vortrag mit ein paar Ausführungen über die Geschichte dieses Eingriffs aus medizinischer Sicht und beteuere, dass ich prinzipiell natürlich gegen die ganze Idee an sich bin. Aber Helena entlarvt mein verworrenes Geschwätz natürlich sofort als Ausweichmanöver:

»Sprichst du jetzt aus persönlicher Sicht, oder geht's hier nur ums Prinzip?«, hakt sie nach. »Es ist eine Frage des Instinkts«, halte ich dagegen, als könnte ich darauf etwas geben. Die Wahrheit ist, ich würde mich nur allzu gerne auf meinen Instinkt verlassen, aber ich würde meinen Instinkt wohl nicht einmal spüren, wenn er mir voll in den Hintern treten würde.

So kommen wir nicht weiter. Was ist das Schlimmste, das passieren könnte? Wohl doch, dass das Baby geboren ist und Helena und ich uns trennen, noch bevor die erste Kerze auf der Geburtstagstorte des Kindes brennt. Und dass ich die Statistik der alleinerziehenden Mütter noch weiter in die Höhe treibe. Keine angenehme Vorstellung. Ich muss wohl doch noch einmal mit meinem Freund in London telefonieren. Sein Rat hat eigentlich immer Hand und Fuß:

»Hast du mit ihr über Abtreibung gesprochen?«

»Ja.«

»Und wie denkt sie darüber?«

»Sie hat es nicht direkt gesagt, aber ich weiß, sie will es behalten.«

»Und wie stehst du dazu?«

»Ich weiß nicht.«

»Na ja, du versuchst gerade mit dem Trinken aufzuhören, und ihr beide macht eine schwierige Phase durch. Jedenfalls solltest du ihr deine Zweifel nicht verschweigen.«

»Und?«

»Das ist dann die Basis, auf der ihr eure Entscheidung treffen müsst.«

Ich verstehe nur Bahnhof. Muss ich wirklich alles noch einmal mit Helena durchkauen? Anscheinend gibt es nur diese Möglichkeit – oder wir werfen einfach eine Münze.

Mein Problem ist nur, dass all das zum absolut falschen Zeitpunkt passiert. Ich weiß ja nicht, was man so allgemein unter dem Begriff »schwierige Phase« versteht, aber Dirk spielt darauf an, dass Helenas und mein Verhältnis wohl nicht das beste sein kann, wo ich sie praktisch am Traualter habe sitzenlassen. Das hört sich jetzt so an, als hätten wir beide zu der Verschlechterung unserer Beziehung beigetragen, aber das stimmt so nicht. Helenas Verhalten war über die gesamten letzten 18 Monate völlig beständig. Nein, nur ich mache eine schwierige Phase durch, nur ich allein, und es sieht so aus, als wäre es eher ein ganzes verdammtes Jahrhundert als nur eine Phase.

Paris, 3. Juni

DIRK HATTE MICH vor diesen Tagen gewarnt und gesagt, ich müsse mich zusammenreißen, wenn sie kommen. Aber im Moment fällt mir das nicht gerade leicht. Gestern Abend bin ich mit Freunden zum Essen gegangen und meine Willenskraft löste sich so schnell in Rauch auf, wie Zunder in einer Feuersbrunst. Ich habe ein wenig Champagner getrunken und ein Glas Rotwein – wirklich nicht viel, aber genug, um den restlichen Abend wie aufgedreht zu sein. Wieder zu Hause, log ich Helena an, legte mich hin und verfiel sofort in einen ruhelosen Traum. Darin war ich betrunken auf dem Nachhauseweg, und die Straße führte mich durch ein fremdes Dorf. Ich traf auf ein Mädchen, das ich von früher kannte. Zusammen spazierten wir am Meeresufer entlang und tauchten dann in den Ozean. Eine starke Strömung zog uns weit hinaus, und plötzlich befand ich mich wieder auf der Straße. Von Weitem kam jemand auf mich zu. Er sah aus wie mein Freund aus London. Er rannte und atmete beim Laufen tief und keuchend. Ich wollte ihm etwas zurufen, aber er lief einfach an mir vorbei. Als ich schließlich heimkam, fand ich die Tür zu unserer Wohnung unverschlossen vor. Ich stieß sie auf, aber drinnen waren nur Spinnweben.

Paris, 4. Juni

DAS RIESENEREIGNIS diese Woche ist, dass wir zum Gynäkologen gehen. Helena hat den Termin letzte Woche ausgemacht, und zu meiner eigenen Überraschung hörte ich mich fragen, ob ich mitkommen soll. Möglicherweise hilft es ja, diese Sache etwas realer für mich zu machen. Oder wer weiß, vielleicht eröffnet uns der Doktor auch, dass alles nur ein böser Traum war, und dass ich vor dem Schlafengehen nicht so fetten französischen Käse essen soll.

Die Praxis ist gleich um die Ecke, und wir können von unserer Wohnung aus locker zu Fuß gehen. Also schlurfe ich den Bürgersteig hinunter, wir haben massig Zeit, aber Helena drängt plötzlich darauf, dass wir uns beeilen. Ich frage sie, was bei dem Termin denn überhaupt genau vorgesehen ist. Sie informiert mich knapp darüber, dass es sich lediglich um die »übliche Vorsorgeuntersuchung« handelt, als hätten wir nur den Routinebesuch beim Zahnarzt vor uns: »Alles in Ordnung, Ihre Zähne sind alle noch am richtigen Platz. Machen Sie doch mit der Sprechstundenhilfe wieder einen Termin in circa sechs Monaten aus.« Doch wie wir so die ausgetretenen Pariser Bürgersteige entlangtrotten, über die immer irgendwelche kleinen Hundepisse-Bäche laufen, wird mir schlagartig klar, dass das hier etwas ganz anderes ist. Ich muss wohl davon ausgehen, dass ich diesen Weg heute nicht das letzte Mal gehe.

Das Wartezimmer präsentiert sich wie erwartet – blassblauer Teppich, Joan Miró, Modigliani und haufenweise zerfledderte *Cosmopolitan*-Ausgaben. Eine Riege werdender Mütter wühlt in den Zeitschriftenstapeln. Ich bin der einzige Mann weit und breit. Wir kommen pünktlich zu unserem Termin an, doch wie es in dieser völlig kundenunfreundlichen Stadt nun mal üblich ist, lässt man uns erst mal über eine Stunde warten. So habe ich genug Zeit, mich auf den neuesten Stand in puncto weiblicher Orgasmus zu bringen, und beinahe hätte ich sogar verstanden, was an Miró Kunst sein soll. Dann gibt es einen falschen Alarm, als Helena zum Empfang gerufen wird, um ein paar persönliche Angaben zu machen. Ich bleibe in meinem Korbstuhl sitzen und versuche, der Situation angemessen zu wirken – irgendetwas zwischen Kunstkritiker und begeistertem werdenden Vater dürfte doch passen, finde ich. Doch bei meinem Panikbesuch auf der Praxistoilette starrt mir aus dem Spiegel eher ein Picasso entgegen – eines dieser angstverzerrten, grünen Gesichter mit verrenktem Blick.

Natürlich bleibt es auch nicht aus, dass sich eine Mutter neben mich setzt und anfängt, ihren Säugling zu stillen. Das Baby ist eine Frühgeburt und ist so winzig und zerbrechlich, dass es für ein paar weitere Monate an einem heimeligeren Ort als diesem wirklich besser aufgehoben wäre. Die Mutter hat, wie ich bemerke, einen Gummisauger auf ihren Nippel gesetzt. Wofür zu Hölle soll das gut sein? Erschrocken fällt mir auf, dass ich der Frau auf den Busen starre. Wie plump. Ich bemühe mich, sie nicht weiter anzugaffen und versinke in eine Kontemplation darüber, warum Frauen, sobald sie Mütter sind, ihre Babys ganz ungeniert in der Öffentlichkeit stillen und es ihnen plötzlich völlig schnuppe zu sein scheint, wenn ihnen jemand dabei zusieht. Dieses Phänomen habe ich auch bei langjährigen Freundinnen beobachten können. Früher vermieden sie es peinlichst, dass ich auch nur einen winzigen Blick auf ihre Brüste erhasche, etwa wenn wir ein Hotelzimmer oder Zelt geteilt haben. Aber sobald sie ein Kind haben, ist all das vergessen. Plötzlich packen sie überall ihre Brüste aus, als könnten sie es gar nicht erwarten, den Männern endlich ihren wahren Zweck vor Augen zu führen. Das Leben kann manchmal so unfair sein.

Etwas später erscheint eine Krankenschwester im Wartezimmer und führt die Frau mit dem winzigen Baby in den Behandlungsraum. Die Schwester kommt gleich darauf mit dem Baby im Arm zurück, aber sie stützt seinen Kopf nicht richtig, so dass er gefährlich nach hinten hängt. »Wer möchte mal eben das Baby halten?«, fragt sie und versucht damit die Tatsache zu überspielen, dass sie dem kleinen zerbrechlichen Ding gerade beinahe den Hals gebrochen hätte. Menschenskind, da könnte sie ja sogar mich ranlassen, das würde ich noch besser machen. Aber schon streckt die versammelte Mannschaft der werdenden Mütter ihre Arme danach aus wie Madonnen in einem Renaissance-Gemälde, und ich bin abgemeldet. Helena kommt ein paar Sekunden zu spät zurück und muss sich damit begnügen, mit der Gewinnerin dieses Wettstreits zu fachsimpeln. Alle im Raum Versammelten schauen verträumt das Baby an und streichen sich über ihre Bäuche. Na ja, fast alle.

Die zweifelhafte Krankenschwester erscheint wieder und

ruft Helenas Namen auf. Sie begleitet uns ins Behandlungszimmer und nimmt doch glatt hinter dem ausladenden Eichentisch Platz. Jetzt wird mir richtig mulmig. Erst lassen sie uns über eine Stunde warten, und nun soll diese Krankenschubse die Gynäkologin sein. Ich will gerade anmerken, dass ich nicht in Stimmung für schlechte Scherze bin, da beginnt sie, Helena eine Reihe von detaillierten Fragen über ihre Periode zu stellen. Ich bleibe skeptisch. Das soll die Ärztin sein? Diese Frau hat dem Baby vorhin fast den Hals gebrochen! So einer ist doch nicht zu trauen! Aber Helena beantwortet völlig gelassen ihre Fragen und ich stehe mit meinen Zweifeln mal wieder alleine da.

»Und Sie sind also der werdende Vater.«

Was soll denn das jetzt? Redet sie etwa mit mir?

»Gratuliere!«

Sie redet mit mir.

»Wie alt sind Sie?«

Beim Aussprechen von *quarante-quatre* komme ich so ins Stottern, dass es sich am Ende eher anhört wie hundertvierundvierzig.

»Ein gutes Alter, um zum ersten Mal Vater zu werden«, meint diese Irre, und ich weiß beim besten Willen nicht, was ich darauf sagen soll.

Dann folgt eine Erläuterung der Bluttestergebnisse, mit denen Frau Doktor sehr zufrieden zu sein scheint. Schließlich bittet sie Helena, sich für die Untersuchung freizumachen. Jetzt hat die gefakte Ärztin wieder Zeit, mich in die Mangel zu nehmen.

»Sie sind also Engländer?«

Ja, schon klar. Tut mir echt leid. Ich weiß schon, dass wir eigentlich die Finger vom französischen Genpool lassen sollen, aber da hatte Helena ja auch ein Wörtchen mitzureden, oder? Genau genommen war es sogar ihre Idee.

»Ja«, sage ich.

Ihre Antwort darauf ist trocken und promt: »Macht ja nichts, Sie können trotzdem bei der Geburt helfen.«

Was soll das jetzt wieder heißen, »helfen«? Wenn sie dabei sein meint, in Ordnung, dann schaue ich mir die Sache mal aus der Nähe an. Allerdings kann ich kein Blut sehen, da kippe ich sofort um.

»Nun«, sage ich, »Helena wird ja sowieso, äh, die ganze Arbeit übernehmen. Ich meine, so als Frau.«

Jetzt sage ich besser gar nichts mehr, bevor ich noch Dämlicheres von mir gebe. Diese Erkenntnis kommt leider etwas zu spät, und ich kassiere wieder einen dieser verächtlichen Blicke, wie sie einem nur Französinnen zuwerfen können.

Dann wendet sie sich wieder Helena zu, die sich gerade in einer etwas kompromittierenden Position befindet. Also starre ich so lange lieber zum Schreibtisch der angeblichen Ärztin hinüber, in der Hoffnung, dort irgendeinen Beweis zu finden, der sie eindeutig als Hochstaplerin entlarvt.

»Sehen Sie sich das an!«, unterbricht sie meine heimlichen Ermittlungen.

Ich frage mich, was es da groß zu sehen gibt. Helena hat schließlich gesagt, dass erst frühestens in einem Monat Bilder gemacht werden. Aber jetzt stehe ich vor einem Schwarz-Weiß-Bildschirm, und Frau Möchtegern-Doktor zeigt auf irgendetwas, das ziemlich starke Ähnlichkeit mit einem kleinen, weißen Wurm hat.

»Da ist es«, ruft sie. »Es ist jetzt etwa 8 mm groß. Können Sie das kleine Herz schlagen sehen?«

Angestrengt starre ich auf den Bildschirm. Hat sie im Ernst Herz gesagt? Kann man wirklich schon das Herz sehen? Das gibt's doch gar nicht! Ich bin so fasziniert, dass ich den Blick nicht vom Monitor lösen kann, und bekomme den Rest des Gesprächs nur noch am Rande mit: »... sehr klein ... erst ein paar Wochen alt … alles dran … Glückwunsch! Kommen Sie in ein paar Wochen wieder.«

Gebannt deute ich auf eine große graue Fläche, die den Bildschirm fast völlig ausfüllt.

»Und was ist das?«

»Das sagt uns, dass Ihre Frau dringend zur Toilette muss.«

Ich sage jetzt besser nichts mehr. Ich verkneife mir sogar jeglichen Protest gegen die fälschliche Annahme der Ärztin, wir seien verheiratet. Helena bekommt noch ein paar Tipps mit auf den Weg. Natürlich darf sie während der Schwangerschaft nicht trinken und rauchen, aber sie muss anscheinend auch auf diese ekelerregenden französischen Stinkekäse verzichten, die sie so liebt. Ich dagegen werde nur flüchtig darauf hingewiesen, dass ich auf nichts dergleichen achten muss, da meine weitere Rolle in dieser Sache völlig irrelevant sei.

Und was ist jetzt aus der Idee mit der Abtreibung geworden? Irgendwie werde ich das Gefühl nicht los, als sei das letzte Wort in dieser Sache bereits gesprochen.

Paris, 6. Juni

HABE ICH eigentlich schon erwähnt, dass man niemandem von einer Schwangerschaft erzählen sollte, bevor die ersten drei Monate sicher über die Bühne gegangen sind? Bis dahin kann nämlich noch alles Mögliche schiefgehen. Sogar unsere gemeingefährliche Gynäkologin hat uns ans Herz gelegt, die Neuigkeit noch eine Weile für uns zu behalten. Also, wen haben wir bereits eingeweiht? Auf meiner Seite ist es meine Mutter, die es natürlich meiner Schwester gesagt hat, und ich habe es meinem Freund in London erzählt – was wirklich sein musste, sonst wäre ich auf der Stelle geplatzt –, und dann ist da natürlich noch mein Bruder … aber ich würde sagen, die Neuigkeit ist in der Familie geblieben. Die werdende Mutter dagegen arbeitet sich langsam aber stetig durch das gesamte Pariser Telefonbuch und hat es wahrscheinlich schon so gut wie jedem *außer* ihrer Familie erzählt. Helena ist Lehrerin. Ich glaube zwar nicht, dass sie in der Schule eine Durchsage gemacht hat, aber irgendwie hat sie es trotzdem innerhalb kürzester Zeit geschafft, so gut wie das gesamte Kollegium einzuweihen. Dann sind da natürlich all ihre Freunde in und um Paris herum, außerdem ihre Cousine in London, fast die gesamte Bevölkerung von Holland und weite Teile des nördlichen Italiens. Ich habe sie inständig gebeten, es niemand anderem mehr außer ihren Eltern zu erzählen, aber Helena ist so glücklich, dass sie es einfach nicht für sich behalten kann.

»Aber es ist doch noch viel zu früh«, protestiere ich. »Du bist gerade mal vier Wochen schwanger. Was meinst du, was noch alles passieren kann in den nächsten zwei Monaten. Ich will doch nur nicht, dass du am Ende enttäuscht bist«, versuche ich ihr klarzumachen, aber natürlich ist das reine Zeitverschwendung. Helena ist felsenfest davon überzeugt, dass ihr Baby schon stark genug ist und dass der kleine acht Millimeter große Wurm zweifellos acht Pfund schwer, acht Jahre alt und acht Meter groß werden wird.

So sieht Helena die Welt. Die Dinge sind entweder schwarz oder weiß. Ich dagegen bewege mich ständig in einer Grauzone – in einer prekären Welt, in der meine Hauptaufgabe bisher darin bestand, allem aus dem Weg zu gehen, was auch nur im Entferntesten mit Verantwortung zu tun hat. Beispiel gefällig? Erst neulich rief mich meine Mutter an. Sie ist eine Spezialistin, wenn es um meine Schwächen geht und darum, genau nach den Dingen zu fragen, über die ich selbst nur allzu ungern nachdenke. Abgesehen von den üblichen Erkundigungen nach meiner Jobsituation und meiner finanziellen Lage fing sie natürlich auch wieder von dieser anderen Sache an, die auch mir schon seit Wochen im Kopf herumspukt. Ja genau – die einzige Sache, die ähnlich beängstigend ist wie die, ein Kind großzuziehen: Heiraten!

Es fing ganz harmlos an:

»Wie geht es Helena?«

»Gut, danke.«

»Wart ihr schon beim Gynäkologen?«

Erst jetzt fiel mir wieder ein, dass ich ja versprochen hatte anzurufen und ihr zu erzählen, wie es war. Verdammt! Schon nach zwei Fragen hat sie mich in der Defensive.

»Ja, war in Ordnung.«

»Ich meine ja nur, du wolltest mich doch anrufen, und als ich dann nichts gehört habe …«

Ich hasse es, wenn sie mir mit dieser Taktik kommt.

»Ja, tut mir leid, aber es war in letzter Zeit alles so hektisch.«

Das ist natürlich nicht annähernd wahr, aber irgendwie spürte ich, dass diese Erklärung in der gegebenen Situation konstruktiver war, als zuzugeben, dass ich es schlicht und einfach vergessen hatte. Außerdem hoffte ich, dass ich mit dieser Notlüge nicht ganz wie ein herzloser Mistkerl wirkte.

»Was ist eigentlich mit Helenas Eltern?«

»Was soll mit ihnen sein?«

»Habt ihr es ihnen schon gesagt?«

»Nein. Helena will noch damit warten.« Ich hatte keine Lust, hier weiter ins Detail zu gehen – was sich aber gleich als weiterer schwerer taktischer Fehler erwies. Denn nun konnte meine Mutter endlich das Thema anschneiden, auf das sie schon die ganze Zeit über aus war.

»Was werden sie wohl dazu sagen?«

»Woher soll ich das wissen? Ich nehme mal an, sie werden sich freuen.«

»Aber ihr seid ja nicht einmal verheiratet!«

»Viele Leute haben Kinder, ohne verheiratet zu sein«, entgegnete ich argwöhnisch. Ich musste jetzt auf der Hut sein.

»Darum geht es doch gar nicht, und das weißt du ganz genau! Sie werden denken, dass du es mit Helena nicht wirklich ernst meinst.«

Um die Sache nicht noch schlimmer zu machen, versuchte ich, möglichst würdevoll zu klingen:

»Oh, ich denke nicht, dass sie sich darüber Sorgen machen. Schließlich ist auch ihr Bruder nicht verheiratet, und seine Freundin ist immerhin schon zum zweiten Mal schwanger.« Dabei lege ich die Betonung wohlweislich auf das Wort »Freundin«, aber das nützte mir nun auch nichts mehr. Jetzt ging sie in die Vollen.

»Du meinst der Bruder, der dich nicht leiden kann?«

»So würde ich das jetzt nicht sagen.«

»Aber er ist nicht mehr besonders gut auf dich zu sprechen, seit du die Hochzeit hast platzenlassen, oder etwa nicht?«

Ganz genau, Helenas Bruder! Meiner Meinung nach ist er überhaupt erst schuld an diesem ganzen Schlamassel. Denn als er aus Asien zurückkam, zog er mit seiner Freundin nach Barcelona, wo sie dann prompt schwanger wurde. Also packten sie ihre Sachen wieder zusammen und gingen zurück nach Paris, wo ich gerade zufällig Freunde besuchte. Wie auch immer, ich wurde auf einen Umtrunk zur Feier der Geburt eingeladen. Ich ahnte schon, dass ich dort Helena wiedersehen würde. Also hatte ich mir eine kleine Rede zurechtgelegt: »Tut mir leid, dass ich nie angerufen habe, aber du weißt ja wie das ist. Es hätte sowieso nicht funktioniert, Tausende von Meilen voneinander entfernt, und irgendwie konnte ich mich auch gar nicht mehr an deinen Namen erinnern ...«

Aber die Dinge entwickelten sich dann anders, als ich geplant hatte. Ziemlich schnell hatten wir nur noch Augen füreinander, und nach zwei Gläsern Champagner und einem Thai-Curry haben wir einfach wieder da angeknüpft, wo wir Jahre zuvor in Asien aufgehört hatten. Die Tatsache, dass sie kein Englisch sprach und ich auf meine dürftigen Schulfranzösischkenntnisse zurückgreifen musste, war der Sache ohne Zweifel zuträglich, denn ich wollte sie am nächsten Tag lediglich zum Mittagessen einladen, aber sie verstand Frühstück. Den Rest kann man sich wahrscheinlich denken.

Paris, 7. Juni

WIR HABEN UNS freigenommen, um ein paar Tage mit Helenas Eltern zu verbringen. Beim Frühstück zeige ich Rückgrat und frage Helena, ob sie ihren Eltern nun endlich die Neuigkeit verkünden wolle.

»Nein«, sagt sie bestimmt. »Dazu ist es noch zu früh.«

Ich widerstehe der Versuchung, sie darauf hinzuweisen, dass es vielleicht besser wäre, wenn sie es von uns hörten. Schließlich bestehe durchaus die Gefahr, dass sie es aus anderer Quelle erfahren, wo doch bereits annähernd die gesamte restliche Republik Bescheid wisse. Stattdessen nippe ich an meinem Kaffee und bin ziemlich erleichtert, dass ich nun etwas mehr Zeit habe, mir eine akzeptable Geschichte zurechtzulegen, die ich ihrem Vater bei der Konfrontation dann auftischen kann.

Ihre Eltern leben in der Normandie unweit der D-Day-Küste. Das tut eigentlich nichts zur Sache, aber insgeheim hoffe ich, dieser Standort macht sie vielleicht aufgeschlossener für die Tatsache, dass ihre Tochter nun schwanger von einem Ex-Alliierten ist – selbst wenn er um ihre Hand angehalten und dann ohne plausible Erklärung den Schwanz eingezogen hat. Als wir in Paris in den Zug steigen, mache ich ein Gesicht, wie ein Esel auf dem Weg in die Tierfutterfabrik.

Auch wenn Helena felsenfest behauptet, sie werde die schicksalhafte Neuigkeit noch nicht preisgeben, weiß ich genau, dass sie es doch tun wird. Ich merke es daran, wie sie es die ganze Fahrt über abstreitet. Also starre ich lieber die Milchkühe der Camembert-Region an, die vor dem Zugfenster an uns vorbeifliegt. Am Bahnhof werden wir von Helenas Vater abgeholt. Er scheint sich wirklich darüber zu freuen, seine Tochter zu sehen, und sogar mir schenkt er ein kleines Lächeln. Tatsache, Helenas Vater ist wirklich nett. Mein Esel-auf-dem-Weg-zur-Schlachtbank-Gefühl lässt ein klein wenig nach und ich versuche sogar zurückzulächeln.

Nach unserer Ankunft in Helenas Elternhaus verziehe ich mich erst einmal ins Gästezimmer unter dem Vorwand, dass ich unsere Taschen abstellen muss. In der Zwischenzeit unterhält sich Helena mit ihrem Vater, und als ich mich zu ihnen an den Küchentisch setzen will, steht er einfach auf und verlässt das Zimmer.

»Ich glaube, er weiß es«, flüstert Helena aufgeregt.

»Hast du es ihm gesagt?«

»Nein, aber ich glaube, er ahnt etwas.«

»Wieso das?«

»Er hat mich die ganze Zeit so wissend angelächelt.«

»Vielleicht freut er sich einfach, dich zu sehen.«

Aber Helenas Vater ist Kinderarzt im hiesigen Krankenhaus. Seit gut dreißig Jahren blickt er in die Gesichter von werdenden Müttern. Als er aus dem Garten zurückkommt, hält er einen Strauß Blumen in der Hand – und eine beunruhigend große Gartenschere. Zumindest lächelt er immer noch. Vielleicht, versuche ich mir einzureden, ist er einfach fröhlicher, als ich ihn in Erinnerung habe.

Abends gehen wir vier (oder sollte ich besser sagen wir fünf?) zum Essen, und Helena fängt an, sich hochverdächtig zu benehmen. Erst will sie nicht an dem Tisch sitzen, den uns der Ober zuweist, weil die Leute am Nebentisch rauchen. Helenas Eltern, die ihre Tochter oft genug nach dem Essen genüsslich haben rauchen sehen, sagen nichts, und wir wechseln den Tisch. Dann bestellt ihr Vater eine Flasche Wein. Ich lehne ab, und Helena folgt meinem Beispiel. Noch immer sagen ihre Eltern nichts. Wir bestellen. Das war mit Helena noch nie ein einfaches Unterfangen, aber ihre Schwangerschaft macht die Sache noch zehnmal komplizierter. Meine bevorzugte Methode, etwas auf einer Speisekarte auszusuchen, ist denkbar simpel. Ich wähle eine Vorspeise, auf die ich Lust habe, und bestelle sie. Dann wiederhole ich diesen Prozess, um mich für eine Hauptspeise zu entscheiden. Aber Helena betrachtet die Speisekarte eher als eine Liste von Zutaten, die sie ganz nach Gusto frei kombinieren kann. Als wenn dem nicht genug sei, glaubt sie außerdem, dass sie dabei auch Elemente der Vorspeisen, Hauptspeisen und Menüs nach Lust und Laune zusammenstellen kann. So zieht sie es beispielsweise vor, die Ente aus Menü A mit dem Spargel aus Menü B zu ordern und das Ganze aber bitte mit der Sauce, die zum *menu de dégustation* gehört. Überraschenderweise werden solche Bestellungen in Frankreich oft toleriert, während man in England bei so etwas wahrscheinlich nur höflich gebeten wird, dem Koch doch bitte nicht auf den Sack zu gehen. Helenas Eltern wundern sich über das schrullige Bestellverhalten ihrer Tochter jedenfalls nicht besonders und zucken nicht einmal mit den Wimpern, als sie zur Vorspeise halbverkohlte Scampi, gefolgt von einem Steak – aber bitte mehr als durch – in dieser Soße, von der sie letzte Woche in einer Zeitschrift gelesen hat, bestellt. Trotz alledem überstehen wir das Essen, ohne dass Helenas Eltern von der Illusion abrücken müssen, ihre Tochter sei gar nicht schwanger, komme schon noch zur Vernunft und gebe diesem Engländer endlich den Laufpass.

D-Day in der Normandie, 8. Juni

SCHON AM MORGEN kommen sie uns auf die Schliche. Helenas Mutter und ich schauen gerade zwei muskulösen Tennisspielern, die früher wohl mal Frauen waren, dabei zu, wie sie sich gegenseitig über den roten Staub von *Roland Garros* jagen. Helena und ihr Vater sind draußen im Garten und unterhalten sich. Als sie einmal in mein Blickfeld geraten, sehe ich, dass die beiden strahlen wie die Honigkuchenpferde, aber bei den French Open ist gerade Tie Break, und ich klebe am Fernsehsessel fest.

Doch nachdem die Williams-Schwestern ihr Champagnerbad genommen haben, kann ich den Kopf nicht länger in den Sand stecken. Helena hat ihrem Vater alles gebeichtet. Er hatte den Ball ins Rollen gebracht, als er sie – strategisch einwandfrei – fragte, ob sie noch immer keine Kinder wolle. Wahrscheinlich hat er schon so eine Ahnung gehabt. Als wir uns dann auf die Fahrräder schwingen, um zum Strand zu fahren, weigert sich Helena jedoch immer noch, es auch ihrer Mutter zu sagen.

»Wie du meinst«, seufze ich. »Aber du wirst hoffentlich nicht von deinem Vater verlangen, dass er das Geheimnis auch die nächsten acht Monate lang für sich behält, oder?«

Bei unserer Rückkehr vom Strand bereitet Helenas Vater gerade einen ganzen Makrelenschwarm für den Grill vor und verkündet, er habe bereits eine Flasche Champagner kalt gestellt. Champagner? Soll das etwa heißen, er hält das ganze hier für einen Anlass zu feiern? Damit habe ich nun wirklich nicht gerechnet! Zu Helenas Pech denkt ihr Vater, seine Frau solle nun auch endlich erfahren, warum alle anderen so fröhlich und vergnügt sind. Nachdem auch ich Helena noch einmal die unumstößliche Logik seiner Argumentation vor Augen geführt habe, gibt sie schließlich klein bei.

»Na gut, dann sag es du ihr.«

»Ich?«

Aber nachdem Helena hartnäckig darauf besteht, informiere ich ihren Vater, dass das Los auf mich gefallen ist. Er lächelt nur, und ich trolle mich ans Bücherregal, um die nötigen Vokabeln für eine kleine feierliche Rede nachzuschlagen:

»Setz dich. Hier ist das Riechsalz. Das wirst du brauchen und dann hör dir an, was ich deiner Tochter diesmal angetan habe.«

Draußen im Garten lässt Helenas Vater bereits die Korken knallen und verkündet, dass es etwas zu feiern gebe.

»Oh, was ist es denn?«, fragt seine Frau.

»Gute Neuigkeiten«, antwortet er.

Plötzlich starren mich alle an, inklusive der verdammten Makrelen, also fange ich an zu stottern:

»Oui, c'est ta fille ... Elle est, ähm, enceinte.«

Sobald mir die Worte über die Lippen gekommen waren, wird mir klar, dass ich einen unverzeihlichen Fehler gemacht habe. Ich hätte Helenas Eltern, jeden für sich und als Paar, natürlich mit *vous* ansprechen müssen, obwohl die beiden mich mittlerweile mit dem vertraulicheren *tu* ansprechen. Wieder so ein Beispiel für den Hang der Franzosen zu Hierarchie und Förmlichkeit, den ich nie verstehen werde, geschweige denn grammatikalisch meistern kann. Trotzdem weiß ich, dass ich mal wieder voll ins Fettnäpfchen getreten bin. Helena hat schließlich nicht umsonst Stunden mit mir und einem Grammatikbuch verbracht und fühlt sich jetzt natürlich berechtigt, mir unterm Tisch gezielt gegen das Schienbein zu treten. Ich bin so damit beschäftigt, mir das nun zweifellos fällige Nachsitzen auszumalen, dass ich erst gar nicht mitbekomme, welches Theater meine Ankündigung ausgelöst hat. Helenas Vater verteilt und schwenkt Champagnergläser, und ihre Mutter hüpft so aufgeregt auf ihrem Platz auf und ab, dass ich schon Angst habe, sie landet in den glühenden Kohlen auf dem gefährlich nahe platzierten Grill. Trotz meiner Verblüfftheit lehne ich den Champagner ab, also reibt ihn mir Helenas Mutter merkwürdigerweise aufs Handgelenk, als wäre es der neue Duft von Chanel. Helena hat Tränen in den Augen, und bevor ich mich versehe, umarmen und küssen mich alle. Das entspricht nicht gerade dem, was ich mir erwartet hatte. Warum führt die bloße Erwähnung des Wortes »Baby« nur dazu, dass alle plötzlich völlig durchdrehen?

Caen, 9. Juni

HELENA MACHT gerade eines ihrer immer häufiger werdenden Nickerchen, und ich ziehe mich in den Garten zurück. Da schlägt mir ihr Vater vor, Schach mit ihm zu spielen. Um des lieben Friedens willen spiele ich mit. Selbstverständlich lasse ich ihn die erste Partie in weniger als zehn Zügen gewinnen. Nur für den Fall, dass er gestern einfach nur eine Show abgezogen hat und insgeheim doch mit dem Gedanken spielt, mich nicht nur im Schach zu schlagen. Ganz gleich wie die Dinge liegen, jetzt ist sicher nicht die richtige Zeit für weitere Provokationen. Beim zweiten Spiel ziere ich mich etwas länger, und es dauert gut zwanzig Züge, bis er meine Seite des Brettes in etwa so zugerichtet hat wie einen Amateurboxer ohne Mundschutz.

Um weiteren Demütigungen zu entgehen, fange ich an, über die Zukunft zu reden, und ertappe mich dabei, wie ich davon fasele, wieder im Marketing einzusteigen. Und dann höre ich mich auch noch ernsthaft behaupten, Helena und ich dächten darüber nach, ein Haus zu kaufen. Dabei habe ich diese Idee von Helena erst letzte Woche eiskalt abgeschmettert, indem ich ihr klarzumachen versuchte, dass französische Kreditinstitute bestimmt nicht scharf darauf seien, großspurige Appartements für alternde arbeitslose Neurotiker in der Midlife-Crisis zu finanzieren. Ich runde mein irrwitziges Gespräch mit Helenas Vater noch damit ab, irgendetwas von der Anschaffung eines eigenen Autos zu stammeln, und während ich so vor mich hin fabuliere, zieht Helenas Vater nur zufrieden an seiner Pfeife und nickt hin und wieder beifällig mit dem Kopf. Mir wäre es fast lieber, er würde meinen Bluff durchschauen. Er hat bereits eine bemerkenswerte Beherrschung an den Tag gelegt und mir gegenüber nie den feigen Hochzeitsrückzieher angesprochen, den ich mir geleistet habe. Ich will wirklich nicht gezwungen sein, ihm noch mehr Lügen aufzutischen, für die ich mich dann auf meinem Totenbett zu verantworten habe. Wie kann ich ihm also für seine Großzügigkeit danken, gewisse Fragen nicht zu stellen? Vielleicht sollte ich auf den Knien rutschend um Verzeihung bitten und anbieten, als Gegenleistung den Abwasch zu erledigen? Wohl eher nicht. Stattdessen schlage ich eine weitere Partie Schach vor. Vielleicht hat er aufgrund meiner offenkundigen Selbsttäuschung Mitleid mit mir, denn bei diesem Spiel gerät einer meiner Türme hinter seine Verteidigungslinie, und ich setze ihn versehentlich schachmatt.

Auf der Rückfahrt im Zug kreisen meine Gedanken um die Situation, die Helena und mich in Paris erwartet. Die Tatsache, dass jetzt auch ihre Eltern Bescheid wissen, macht die Sache noch ein bisschen realer. Eine Stunde lang rattert der Zug durch ein eintöniges Dorf aus Steinhäusern nach dem anderen. Jedes Mal, wenn er an einem Bahnhof hält, sehe ich Eltern, die ihren Kindern hinterherwinken, die wieder zurück zur Arbeit in die große Stadt fahren. Soll so etwa auch meine Zukunft aussehen? Echt nicht! Ich habe keine Ahnung, wie man die Bedürfnisse eines andern vor seine eigenen stellt, und wenn es darum geht, jemand anderen zu unterstützen, kennt meine Unfähigkeit keine Grenzen. Schon seit einer ganzen Weile habe ich keinen Tag mehr richtig gearbeitet. Ich lebe diesen Traum, in dem ich mich nicht mehr an Konzerne verkaufen muss. Aber jetzt ist da dieses Baby unterwegs! Ehe ich mich versehe, müssen Kinderkleidung und Schuhe gekauft werden. Ein paar Monate später muss es dann auch noch mit etwas anderem gefüttert werden, als nur mit der Milch seiner Mutter, mit etwas, das Geld kostet. Und wo soll es überhaupt wohnen? Bei seinen Eltern nehme ich mal an, aber die leben selbst nur in einer besseren Schuhschachtel, in der überhaupt kein Platz für das unschuldige kleine Ding ist.

Zurück in Paris verbanne ich wieder einmal alle diese ernsthaften Gedanken aus meinem Kopf und checke lieber meine Mails. Versteckt zwischen all der Spam-Werbung für legale Drogen und Penisverlängerung (momentan mein kleinstes Problem) entdecke ich eine E-Mail von meinem Bruder. Ich zögere einen Moment. Muss ich mir das jetzt auch noch antun? Ach, scheiß drauf:

Lieber älterer, wenn auch kleinerer Bruder,
schön von Dir zu hören und Glückwunsch nochmal. Ich habe keine so klaren Erinnerungen mehr an die Schwangerschaft, aber wo Du schon einmal danach fragst, hier sind die Antworten auf Deine Fragen …
1. Ich habe mir nie allzu große Sorgen über das Baby selbst gemacht, nur darüber, dass wir nicht verheiratet waren. Natürlich hatte auch ich all diese männlichen Zweifel darüber, ob ich mit dem ganzen Geplärre und Windelwechseln zurechtkomme, wenn das kleine Ding erst mal geboren ist, ganz zu schweigen darüber, ob ich das Geld für Nahrung, Kleidung, Ausbildung usw. aufbringen kann.

Das ist kein so vielversprechender Auftakt, auch wenn es mich ein wenig tröstet, dass er offensichtlich die gleichen Ängste hatte wie ich.

2. *Ich hatte den glorreichen Einfall, meiner Frau einen Antrag mit den Worten »Dann müssen wir ja wohl jetzt auch heiraten« zu machen – nicht ganz das, was sie von ihrem ehrenhaften Ritter in glänzender Rüstung erwartet hat. Ich habe ihr nicht einmal einen richtigen Verlobungsring gekauft.*

Mach dir nichts draus, Kumpel. Das liegt in der Familie. Vielleicht bist du kein Casanova, aber am Ende hast du es doch ganz gut hingekriegt. Ich dagegen habe schneller den Rückzug angetreten als Napoleons Truppen an der russischen Front.

3. *Wir haben uns dann ziemlich früh mit dem ganzen Baby-Ding auseinandergesetzt und so ein Buch gelesen. Es hatte den Titel »Was einen erwartet, wenn man ein Kind erwartet«. Außerdem haben wir die Entwicklung des Kindes von Anfang an per Ultra-*

schall verfolgt. Dadurch hatten wir immer deutlich vor Augen, dass der Kleine bei uns ist. Ich erinnere mich, dass ich einmal, als ich seine kleine Hand winken sehen konnte, ganz von Stolz erfüllt war. Etwas später konnten wir ihn dann auch live erleben. Das Highlight war, als wir sehen konnten, wie er mit seinem kleinen Ellenbogen gegen die Bauchdecke seiner Mutter boxte. Das war fast so wie in »Alien«, wenn diese Kreatur aus John Hurts Eingeweiden herausbricht.

Ist das erlaubt? Darf man sein Kind mit einem grausamen, schleimigen Monster vergleichen? Ich schaue nervös zu Helena hinüber, die es sich auf dem Bett bequem gemacht hat. Vielleicht waren das ja die Dinge, die man sich erst nach der Geburt erlauben konnte. Aber wenn sogar mein ach so vorbildlicher Bruder solche Gedanken hat, dann bin ich vielleicht doch nicht so ein Freak.

4. *Wir haben eine ganze Menge Zeit darauf verwendet, das Kinderzimmer einzurichten; haben Möbel gekauft, einen Kindersitz fürs Auto, Kleidung, Fläschchen, einen Kinderwagen etc. Damit waren wir im Vorfeld beschäftigt und abgelenkt.*

Gut dass er sich zu diesem Thema so kurz fasst, denn umso weniger ich an Kinderzimmer und Anschaffungen erinnert werde, desto besser.

5. *Ich erinnere mich auch noch gut daran, wie es war, als wir erfuhren, dass wir einen Sohn haben werden und wir das kleine Organ zum ersten Mal auf dem Bildschirm sahen. Obwohl ich das gar nicht wollte, war ich doch etwas enttäuscht, weil ich mir eigentlich ein Mädchen gewünscht hatte. Natürlich bin ich mit dem Kleinen jetzt mehr als glücklich.*

Ah, ein klarer Beweis dafür, dass auch er übervorteilt wurde! Langsam kommen wir der Sache schon näher, und ich fühle mich besser.

6. *Dass ich ein Baby bekam, war der letzte Anstoß, den ich brauchte, um mit dem Rauchen aufzuhören. Ich hatte schon eine Weile immer wieder mit Lungenschmerzen zu kämpfen und wusste, dass es wirklich langsam Zeit wurde, aufzuhören.*

Ja, jetzt fang du auch noch damit an! Irgendwann werde ich es schon noch schaffen, aufzuhören.

7. *Verantwortung war ein ganz großes Thema – ich bin nicht, war nicht und werde wahrscheinlich auch nie besonders verantwortungsbewusst sein, also machte ich mir natürlich so meine Gedanken, ob ich das alles hinbekommen würde. Wie es jetzt aussieht, hätte ich mir darüber keine Sorgen machen müssen. Natürlich komme ich damit klar, Vater zu sein, auch wenn seine Mutter letztlich die meiste Arbeit übernimmt.*

Auch das stimmt. Mein Bruder war nie ein Muster an Verantwortungsbewusstsein – aber er ist ein hervorragender Vater. Wenn er das schafft, dann kann ich das auch. Dürfte ein Klacks für mich sein.

8. *Habe ich jemals daran gedacht, abzuhauen und meine Frau sitzenzulassen? Überraschenderweise nein. Nicht für eine Sekunde. Wenn ich es mir recht überlege, war ein Kind zu bekommen so etwas wie eine natürliche Entwicklung für mich. Meine größte Sorge war, ob ich das alles schaffen kann und wie sich die Bedürfnisse eines Babys mit meinem unsteten Lebenswandel vereinbaren lassen.*

Während ich das lese, fühle mich ziemlich schuldig. Habe ich selbst etwa in Betracht gezogen, Helena mit dem Kind sitzenzulassen? Himmel, nein! Nicht wirklich zumindest. Na ja, okay, dann habe ich es halt getan, aber nur für ein paar Tage und keine Sekunde länger.

9. *Im Großen und Ganzen war ich aber recht gelassen. Ich nahm mir viel Zeit für meine Freundin und versuchte, ihr dabei zu helfen, mit ihren Ängsten und Schwangerengelüsten klarzukommen. Sie gewöhnte sich nur langsam an das, was da in ihrem Körper vorging. Wir machten uns mit dem heranwachsenden Baby vertraut, indem wir ihm vorlasen, positiv dachten und versuchten, eine gelassene und friedliche Atmosphäre zu schaffen. Wir sangen dem Baby auch vor und legten klassische Musik auf, die gut für die Entwicklung des kindlichen Gehirns sein soll.*

Gehirnentwicklung! Klassische Musik! Wovon zum Teufel redet er? Gerade war ich dabei, mich darauf einzulassen, und jetzt kommt er mir mit so 'nem Scheiß – vorlesen, eine friedliche Atmosphäre schaffen und sich vertraut machen mit was? Es reicht ja wohl, wenn Helena und ich miteinander reden, oder?

Das ist ungefähr alles, an was ich mich erinnern kann, aber ich lasse Dich wissen, wenn mir noch mehr dazu einfällt. Herzliche Grüße auch an Helena …

Ich knalle den Laptop zu. Von dem Geräusch wird Helena unsanft geweckt. »Alles in Ordnung«, fragt sie. »Alles okay«, antworte ich und ziehe mich schlecht gelaunt ins Badezimmer zurück. Die Person, die ich dort im Spiegel sehe, schaut mich an, als sei ich ein Arschloch.

Ich glaube, Helena hat die Idee schon aufgegeben, dass wir jemals wieder Sex haben werden, zumindest solange sie schwanger ist. Als Mr. Miesepeter wieder aus dem Bad kommt, ist sie jedenfalls schon wieder eingeschlafen. Ich weiß schon, ich bin eigentlich derjenige, der behauptet, er finde schwangere Frauen sexy, aber langsam setzt sie etwas Speck an. Sie hat zwar keine seltsamen Gelüste oder verschlingt literweise Häagen Dazs auf einmal, sie isst nur generell etwas mehr. Normalerweise geht sie mehrmals die Woche laufen auf einem dieser mickrigen Grünstreifen, die in dieser Stadt ungestraft Park genannt werden dürfen. Aber seit sie weiß, dass sie schwanger ist, hat sie überhaupt keinen Sport mehr gemacht und etwas zugelegt. Nicht viel, aber gerade etwas mehr als genug. Da ich derzeit sowieso in Ungnade gefallen bin, habe ich noch nichts dazu gesagt, aber ich finde schon, sie könnte sich mir zuliebe ein wenig zusammenreißen.

Paris, 11. Juni

EIN WEITERER heimlicher Blick in *Future Maman*, und ich muss überrascht feststellen, dass unser Baby jetzt angeblich schon eine Zunge hat und sich langsam die Gesichtszüge, die Haut und die Wirbelsäule herausbilden. Ach, wir bringen also ein Wirbeltier zur Welt … das beruhigt mich ja jetzt ungemein! Himmel! Wer liest so einen Quatsch? Diese Woche werden außerdem reizenderweise die möglichen Auswirkungen von AIDS, Syphilis, Toxoplasmose und Hepatitis auf den Fötus dargelegt, gefolgt von einer Auflistung der Gründe für einen plötzlichen Abgang. Aber das ist noch lange nicht alles.

Das Kapitel endet mit einem Absatz über etwas mit dem Namen Zytomegalievirus. Ich will nicht mal wissen, was das ist. Allein der Klang des Namens reicht, um eine ganze Familie noch vor dem Frühstück auszulöschen. Meine Skepsis diesem Buch gegenüber war also durchaus angebracht. So was braucht wirklich keiner. Da lasse ich doch lieber einfach der Natur ihren Lauf.

Schlechte Erfolgsaussichten für anglofranzösische Joint Ventures, 12. Juni

HEUTE ABEND sind wir mit Inès, einer entfernten Cousine von Helena, zum Abendessen verabredet. Und wie um das Ganze noch verlockender zu machen, ist sie auch noch schwanger, und ihr selbstgefälliger, glatzköpfiger Ehemann (selbstverständlich sind die beiden verheiratet) ist Vertreter für eine Firma, die Rolltreppen herstellt. Ich hatte schon ein paarmal das Vergnügen mit den beiden. Beim letzten Zusammentreffen quatschte mich der Mann mindestens eine Stunde lang über die Vorzüge des schnellsten Fahrsteigs der Welt voll. Falls es irgendjemanden interessiert, befindet sich dieser Fahrsteig hier in Paris am Gare Montparnasse. Alles, woran ich mich erinnern kann, ist, dass das Ding drei Phasen hat und am Ende abbremst, damit nicht irgendeine Oma und ihr Chihuahua mit 150 km/h gegen den Ticketschalter geschleudert werden.

Jedenfalls habe ich, in der Hoffnung den ganzen Babygesprächen aus dem Wege zu gehen, eine Ausrede gefunden, warum ich mich verspäten würde. Als ich schließlich kurz vor

Tagesanbruch doch noch eintreffe, nimmt mich sogleich Mister Rolltreppe in Beschlag und führt mich durch seine Musterwohnung:

»Und das ist das Kinderzimmer«, sagt er und zeigt stolz auf einen kleinen Palast, der sich im Westflügel des schicken, großbürgerlichen Appartements befindet. Ich denke an unser Äquivalent dazu – ein muffiges, enges Loch, von dem aus Helena derzeit versucht, einen schwunghaften Handel mit Selbstgetöpfertem zu betreiben.

»Nicht schlecht«, japse ich.

Nicht schlecht? Wir brauchen bestimmt eine halbe Stunde bis wir den Weg wieder zum Esstisch zurückgelegt haben. In der Zeit ist meine Stimmung tiefer als auf Dackelhöhe gesunken. Wir gesellen uns zu Helena und der Rolltreppenmann-Frau, die Oliven knabbern und über ihre Übelkeitsattacken reden. Endlich ein Thema, bei dem ich auch mitreden kann, aber dann behalte ich meine wertvollen Tipps dazu doch für mich und beschränke mich darauf, einen exzellenten Auberginen-Dip wegzuputzen.

Irgendwann steht Cousine Inès auf, um etwas aus der Küche zu holen. Zum ersten Mal sehe ich sie im Profil. Mein Gott, ihr Bauch ist riesig!

»Im wievielten Monat bist du jetzt?«, stottere ich, nachdem ich meinen Unterkiefer wieder hochgeklappt habe.

»Im Sechseinhalbten«, ruft sie und klopft sich stolz auf die Riesenkugel, die einen einst flachen Bauch ersetzt hat.

Ich würde sie gerne fragen, wie sie sich damit fühlt, ob sie Schmerzen hat oder ob sie mit diesem riesigen Stauraum schon mal in der Metrotür stecken geblieben ist, aber ich spüre Helenas eindringlichen Blick im Nacken und ziehe es vor, mich weiter mit Knabbereien vollzustopfen.

Mister Rolltreppe ist noch selbstgefälliger als normal und berichtet zum wiederholten Male ausführlich von seiner

Traumhochzeit (er weiß von unseren geplatzten Plänen, und das ist wahrscheinlich auch der Hauptgrund, warum er uns die Geschichte immer wieder auf die Nase bindet). Außerdem freut er sich wie ein Schnitzel, Vater zu werden, der Chablis – den ich nicht trinken darf – ist ganz hervorragend, ganz zu schweigen von dem Essen, das er ganz alleine zubereitet hat: Gazpacho, gegrillte Dorade mit Endiviensalat und Pfirsichkuchen zum Nachtisch.

»Ja, total lecker«, fühle ich mich verpflichtet zuzugeben.

Aber als er dann auch noch anfängt, über die Chancen Frankreichs bei der diesjährigen Rugby-Weltmeisterschaft zu palavern, ist bei mir endgültig die Schmerzgrenze erreicht. Mein Minderwertigkeitskomplex ist schon ausgeprägt genug, ohne dass er noch Öl ins Feuer kippt. Mir reicht es und ich starte eine heimtückische Gegenattacke. Um ihn aus der Reserve zu locken, eröffne ich damit, großartige französische Rugbyspieler der Vergangenheit wie Blanco, Sella und Jean-Pierre Rives zu zitieren. Dann schwärme ich von den Ballkünsten der *Bleus* im Allgemeinen. Als er sich vor Stolz aufgeplustert hat wie ein Gockel, lasse ich die Falle zuschnappen:

»Aber die mentale Stärke der Franzosen macht mir Sorgen. Haben sie wirklich das Zeug zum Sieg, nach so vielen entmutigenden Niederlagen – gegen die Engländer natürlich, aber auch gegen die *Irlandais*?« (Dieses Wort dehne ich in feinster französischer Manier wie Kaugummi, um seinen Schmerz zu verlängern.) »Und das alles«, fahre ich fort, »erst kürzlich im Six Nations Turnier.« Bevor mein Gastgeber auch nur Luft holen kann, konfrontiere ich ihn noch mit einer ganzen Reihe anderer französischer Niederlagen – gegen Australien in einem längst vergessenen Weltmeisterschaftsfinale, gegen Nelson in Waterloo und natürlich gegen Henry V. in Agincourt. Nun ist eine solche Attacke auf den französischen Nationalstolz schon schlimm genug, aber wenn sie dann auch noch von einem Engländer kommt, dann ist sie so gut wie unverzeihlich, und ich komme mit dieser Fortsetzung des Hundertjährigen Krieges nur davon, weil unsere Frauen, die am anderen Ende des Tisches elegant Pfirsichkuchen in sich hineinschaufeln, miteinander verwandt sind.

»Was sollte das vorhin?«, stellt mich Helena auf dem Nachhauseweg zur Rede.

»Was sollte was?«, entgegne ich mit unschuldigem Augenaufschlag.

»Du weißt ganz genau, wovon ich spreche. Warum warst du denn so aggressiv?«

»Ich hab doch nur ein bisschen Spaß gemacht.«

»Spaß? Du warst so unhöflich, dass sie uns wahrscheinlich nie wieder einladen werden.«

»Glaubst du wirklich?« Ich versuche, mir meine Begeisterung darüber nicht anmerken zu lassen.

Aber Helena hat natürlich Recht. Ich habe mich ziemlich danebenbenommen, und alles nur aus Neid – und aus Abscheu vor meinen eigenen Unzulänglichkeiten. Mister Rolltreppe, der Musterehemann, wird sicher auch noch ein wunderbarer, fürsorglicher Vater. Er hat einen tollen Job, eine fantastische Wohnung und ein frisch gestrichenes Kinderzimmer mit zur Einrichtung passendem Töpfchen. Ich dagegen habe nichts von alledem.

Ich hatte mal einen ziemlich guten Job. Jahrelang stand ich auf der Gehaltsliste einer Marketingfirma, die teure, wenn auch billig gebundene Berichte und Analysen für den Einzelhandel produzierte. Sie haben mich sogar in die Riege der Geschäftsführer aufgenommen, auch wenn das wahrscheinlich nur eine Verwechslung war. Jedenfalls war meine Karriere auf einem verfrühten Höhepunkt angelangt, als ich Helena wiedertraf und anfing Pläne für meinen Umzug nach Paris zu schmieden. Dort wollte ich mir endlich einen lang gehegten Wunsch erfüllen und oscarreife Drehbücher schreiben, Wein trinken und die richtige Arbeit Helena an ihrem *lycée* überlassen. Dann kam dieser Heiratsantrag, und wir verbrachten den größten Teil der nächsten 12 Monate damit, zwischen London und Paris hin und her zu schwirren und trugen damit sicher zur Rentabilität des kränkelnden Eurostars bei. Es war sehr romantisch – Wochenenden des Müßiggangs an der *rive gauche* für mich und Bermondsey und die Isle of Dogs für Helena.

Ich gestand ihr, wie sehr mich mein Job langweilte, und erzählte von meinen Filmideen, und sie ermutigte mich, meine Träume zu verwirklichen. Nachdem ich dann nach Paris gezogen war, hat sie natürlich erwartet, dass ich den Laptop aufklappe und da weitermache, wo Proust und Sartre aufgehört haben. Aber ich zog es vor, mir die Zeit in den Pariser Cafés zu vertreiben und die einheimische Fauna zu bestaunen. Irgendwann schaffte ich es dann doch, eine kleine Kurzgeschichte für meine Nichte und meinen Neffen zu schreiben. Aber ich fürchte, intellektuell genügte sie nicht einmal diesen beiden Kleinkindern – und ich hatte danach genug davon. Nach einigen Wochen in einem nervösen Erschöpfungszustand begann ich einen Drehbuchkurs an der American University of Paris (hauptsächlich deshalb, weil sich die Hausaufgaben dort auf ein paar regelmäßige Kinobesuche beschränkten). Und so fing ich an, dieses verdammte Filmscript zu schreiben.

Aber ein Abend mit dem Rolltreppenmann hat genügt, um all meine Künstlerträume zunichtezumachen. Es wird Zeit, dass ich Geld verdiene. So ein Baby kostet ein Vermögen, und noch bevor es aus dem Bauch ist, muss man anfangen, dafür zu zahlen. Diese meine Erkenntnis heißt natürlich noch lange nicht, dass ich auch bereit bin, mir Helenas Meinung zu diesem Thema anzuhören. Wohin sind bloß all ihre *Bohémien*-Ideale verschwunden? Noch vor sechs Monaten hieß es:

»Komm lass uns alles in den Kofferraum packen und in die Provence ziehen!«

Was für ein Kofferraum? Was eigentlich alles? Und überhaupt, was soll ich bitteschön in der Provence? Gedichte über Lavendel und Sonnenblumenöl schreiben? Aber all das liegt jetzt schon einige Monate zurück, und heute würden sich unsere Gespräche eher so anhören:

»Ich glaube, es würde dir guttun, wieder zu arbeiten. Vielleicht findest du ja einen Teilzeitjob.«

»Und was für ein Job soll das bitte sein?«

»Na irgendwas, das du gut kannst.«

»So wie *Gauloises* rauchen und in einem Pariser Café herumhängen? Wer würde mich dafür schon bezahlen?«

»Nein, das meine ich nicht«, würde Helena, mit mehr Geduld als ich verdient habe, sagen. Dann würde sie das Wort Marketing erwähnen und ich schreiend das Zimmer verlassen.

Das Problem ist, dass Helena die Mängel unseres Appartements und das Fehlen eines Autos in unserem bescheidenen Haushalt bemerkt hat. Ich habe zwar vorgeschlagen, einen Babysitz für mein Fahrrad zu besorgen, aber dieses Angebot ist bei ihr nicht gerade auf Begeisterung gestoßen. Außerdem wird sie langsam misstrauisch, was mein kümmerliches Drehbuchprojekt betrifft, und zugegebenermaßen habe ich in letzter Zeit auch nicht wirklich viel zu Papier gebracht. Ich ziehe es derzeit vor, zu Hause zu bleiben und wieder und wieder die erste Szene zu überarbeiten und nebenbei die albanischen Bauarbeiter zu verwünschen, die gerade die Wohnung gegenüber auseinandernehmen. Ich bin viel zu stur, um mir einzugestehen, dass Helena mit dem Drehbuch vielleicht Recht haben könnte. Auf jeden Fall gehe ich ihr und nicht zuletzt mir selbst damit ziemlich auf die Nerven. Irgendwann muss ich aufhören, so nutzlos wie ein Wurm am Angelhaken rumzuhängen, und mir einen vernünftigen Job suchen.

Widerwillig krame ich meine veralteten Bewerbungsunterlagen heraus. Hm, da ist Kreativität gefragt. Ich werde mich gleich morgen früh darum kümmern.

Paris, am Morgen nach Freitag, dem 13.

WIE HABE ICH es nur so weit kommen lassen können? Ich fürchte, ich habe unterschätzt, wie sehr mich diese Abhängigkeit im Griff hat. Alle haben mir davon abgeraten, auf diese Party zu gehen, aber ich dachte, ich kann hingehen, ohne dass es Probleme gibt. Da habe ich mir wohl wieder einmal selbst etwas vorgemacht. Ein paar Stunden lang halte ich auch durch und schlürfe brav meine Cola. Aber dann drückt mir irgendjemand etwas Härteres in die Hand, und ich werfe prompt alle guten Vorsätze über Bord. Als ich dann gegen fünf Uhr morgens nach Hause wanke, bin ich müde, verkatert und total frustriert.

Paris, 16. Juni

HEUTE BEGINNT die siebte Woche, und ich hoffe, dass ich sie überstehe, ohne dass mich Helena nervt, warum mein Lebenslauf noch immer nicht überarbeitet ist. Also fuchtle ich mit unserem Exemplar von *Future Maman* herum, als sie hereinkommt, und starte ein ausgeklügeltes Ablenkungsmanöver:

»Willst du wissen, wie es jetzt aussieht?«

»Wie denn?«

»Also, er ist jetzt schon 17 bis 22 Millimeter groß.«

»Hä?«

»Was?«

»Du hast er gesagt. Ich dachte, du wärst dir so sicher, dass es ein Mädchen ist?«

»Nein, jetzt glaube ich, dass es ein Junge wird.«

»Es ist doch aber noch zu früh, um das festzustellen.«

»Ja, schon, aber er hat jetzt schon Augen und Wimpern, Finger und Zehen, und die Großhirnrinde bildet sich auch langsam heraus.«

»Dann hoffe ich mal, sie ist besser ausgebildet als bei seinem Vater«, sagt Helena trocken.

Ihre Bemerkung bringt mich ins Grübeln, und während Helena sich der Lektüre von *Future Maman* widmet, komme ich zu folgendem intellektuell überragendem Schluss: Das Baby ist gerade dabei sich zu entwickeln, und alle Körperteile oder Eigenschaften kommen entweder nach mir oder nach Helena. Eine ziemlich banale Erkenntnis, könnte man meinen, aber ich finde es doch ziemlich erstaunlich, dass dieses Ding, dieses Baby, kleiner als mein halber Finger, jetzt schon fast über alle Ausrüstung verfügt, die es für seine gut 70-jährige Reise auf der Erde brauchen wird (von dem DVD-Player, den zwei Mobiltelefonen und dem Paar *Adidas Stan Smith* einmal abgesehen). Seine Körperteile, Gesichtszüge und Ticks nähern sich der Vollendung und sie ähneln jeweils einem oder vielleicht sogar beiden Elternteilen. Vielleicht bin ich etwas schwer von Begriff, aber langsam dringt das Wunder, dass sich da gerade abspielt, auch in mein vernebeltes Bewusstsein vor.

Pariser Evolution, 17. Juni

HELENA KOMMT schlecht gelaunt aus der Schule.

»Was macht der Lebenslauf?«, fragt sie schroff.

»Ich habe ihn schon ausgedruckt«, erwidere ich eifrig.

Keine Antwort. Es ist ja auch kein Wunder, dass sie mies drauf ist – Frankreich wird gerade wieder einmal von einer Streikwelle heimgesucht, und Helena hat fast vier Stunden für die Heimfahrt aus der Vorstadt gebraucht. Auch die Post, die Bahn und die Müllabfuhr sind betroffen – außerdem die Schulen selbst (die Lehrer drohen gerade damit, das diesjährige *baccalauréat* ausfallen zu lassen). In Frankreich ist heute so gut wie alles geschlossen, außer den *boulangeries*, die den Franzosen heilig sind und wahrscheinlich sogar während eines Atomkriegs geöffnet wären. In den Straßen von Paris wimmelt es von Demonstranten, und überall hört man die Sirenen der Einsatzwagen voll mit furchteinflößenden, schlagstockschwingenden Polizisten vom *CRS*.

So geht das nun schon seit Wochen, aber Helena weigert sich, wie ihre Kollegen zu streiken, obwohl der Marsch zur Arbeit ihrer Gesundheit nicht gerade guttut und sie beim Heimkommen immer ein Gesicht macht wie ein zum Jahrmarktsgaul degradiertes Rassepferd. Auch mein Vorschlag, sich doch erst mal ein wenig hinzulegen, trägt nicht zur Verbesserung ihrer Laune bei.

»Schau«, sage ich und wedle geschäftig mit dem Zettel herum, den uns die Psycho-Gynäkologin gegeben hat. »Hier steht, dass du dich öfters ausruhen sollst.«

Helena schaut mich nur an. Ihr Blick wirkt müde. In diesem Zustand würde sie wahrscheinlich nicht einmal die Nachricht, die Erde sei eine Scheibe, vom Hocker reißen.

Unverzagt fahre ich fort und leiere eine ganze Liste Dinge herunter, die sie in ihrem Zustand nicht tun sollte, natürlich vergesse ich nicht, lange und beschwerliche Wanderungen in die Pariser Vorstadt zu erwähnen.

»Und wie soll ich dann deiner Ansicht nach in die Arbeit kommen? Wir haben ja nicht einmal ein Auto.«

Ich verkneife mir wohlweislich, ihr mein Fahrrad anzubieten, halte lieber die Klappe und setze erst mal Teewasser auf.

»Jedenfalls gehe ich da nicht wieder hin«, sagt sie.

»Aber es sind doch nur noch zwei Wochen bis zu den Ferien!« Neben der Tatsache, dass französische Lehrer eine kürzere Laufbahn haben als jedes Gottesanbeter-Männchen, bekommen sie auch noch mehr Ferien, als in ein *Filofax* passen.

»Nein. Ich meine zu dieser Frauenärztin.«

Obwohl ich all diese *Cosmopolitan*-Artikel darüber gelesen habe, was Frauen von Männern wollen (einen Six Pack, ein Konto in der Schweiz, drei Orgasmen pro Woche und ein wenig gesunden Menschenverstand), bin ich jetzt doch ziemlich überrascht. Denn dabei kann ich ihr ausnahmsweise einmal beipflichten, zumindest höre ich mich so rasend schnell zustimmen wie der TGV.

»Du hast Recht. Ist dir aufgefallen, dass sie nur eine Augenbraue hatte? Die Frau war total unausgeglichen und sie hasst Engländer!«

»Darum geht es doch gar nicht«, winkt Helena matt ab. »Das ist eine Privatpraxis, und das zahlt unsere Versicherung nicht.«

Trotz ihrer Erschöpfung startet Helena sogleich einen weiteren Telefonmarathon, um einen Arzt zu finden, der keine Säuglinge in der Gefriertruhe hat. Da ich ihr dabei sowieso keine große Hilfe sein kann, lasse ich sie einfach machen und verkrümle mich.

In einem von vornherein zum Scheitern verurteilten Versuch, die Situation zu retten, finde ich mich in der nächsten Videothek ein. Mit einem Film will ich Helena von meinen ziemlich offensichtlichen Schwächen ablenken. Aber sie verdreht nur die Augen, sobald die Gangster-Bande anfängt, ihre Widersacher plattzumachen. Irgendwie versteht sie einfach nicht, wie man Gewalt unterhaltsam finden kann, besonders wenn man berücksichtigt, was im wirklichen Leben so alles passiert (zum Beispiel hier direkt vor der *Assemblée Nationale* in Paris, wo sich die Polizei gerade mit französischen Bürgern kloppt). Unterhaltung ohne Gewalt – ist so etwas überhaupt denkbar? Sicher nicht für die männliche Hälfte der Weltbevölkerung.

Das erinnert mich wieder daran, dass ich früher allen Frauen, die Pech genug hatten, auch nur in die Nähe meines Schlafzimmers zu kommen, auf die Nase gebunden habe, wie unverantwortlich ich es fände, heutzutage noch Kinder in diese grauenvolle Welt zu setzen. Mittlerweile hege ich den Verdacht, ich wollte sie damit wahlweise entweder beeindrucken oder vertuschen, warum ich nicht in der Lage war, eine Beziehung so lange aufrechtzuerhalten, bis die Kinderfrage ernsthaft in Betracht kam. Jedenfalls wird mir, als die Hauptfigur des Films mit einem Baseballschläger zusammengeschlagen und dann lebendig begraben wird, klar, dass ich mir mit dieser Einstellung wahrscheinlich nur etwas vorgemacht habe. Als wir dann später im Bett liegen, lege ich meine Hand auf Helenas Bauch. Dabei ist mir nicht ganz klar, ob ich das nur tue, um mich selbst zu beruhigen, oder aus Sorge um das Wohlergehen des kleinen Ungeborenen.

Paris, 19. Juni

HELENAS ABSOLUTER Lieblingsfilm ist einer, den es eigentlich überhaupt nicht geben dürfte, denn er handelt von Ballett (anstatt von Fußball). Ich jedenfalls krieg davon die Krätze. Gut, ich gebe zu, es geht nicht wirklich nur um den Film. Da spielt vielleicht noch ein anderer, äußerst nebensächlicher Grund mit: Als ich ein Kind war, überredete mich meine Mutter, Ballettstunden zu nehmen. Ja wirklich, während meine Freunde sich die Bänder zerrten und sich gegenseitig mit Fußballschuhen traten, die damals noch aus richtigem Leder waren, musste ich mich in total unmännliche Strumpfhosen zwängen und hoffen, dass keiner meiner Freunde mich im Tutu auf den Rücksitz unserer alten Familienkutsche entdeckte. Ich habe es so sehr gehasst, dass sogar die felsenfeste Entschlossenheit meiner Mutter, aus mir einmal pro Woche eine Tochter zu machen, nach 12 Monaten schwand. Heute frage ich mich manchmal, was wohl aus mir geworden wäre, hätte ich weiter trainiert, und manchmal bereue ich sogar fast, damit aufgehört zu haben. Meine Leggins mit Bananen ausstopfen zu müssen und zu ertragen, von allen als Schwuchtel beschimpft zu werden, stelle ich mir angenehmer vor als meine momentane Situation: arbeitslos, ein lückenhafter Lebenslauf, eine geschwollene Leber und nichts als ein paar Seiten eines mickrigen Filmskripts in der Tasche, das es nicht einmal ins australische Fernsehen schaffen würde.

Als das Getanze beginnt, ist Helena völlig entzückt, und ich versinke wie üblich in Selbstmitleid. Doch plötzlich drängt sich unerwartet ein Gedanke in meinen Kopf, der mir bis dato völlig fremd war. Er ist ungefähr zwanzig Millimeter groß und aus purer DNA. In seinem warmen Fruchtwasser-Bad ahnt er nichts von all den Möglichkeiten und Enttäuschungen, die noch auf ihn zukommen werden. Vielleicht, ganz vielleicht, schaffe ich es ja, als Vater eine bessere Figur zu machen, als ich es als Sohn getan habe.

Französisch-Hausaufgabe, Paris 23. Juni

WIE JEDER anständige Franzose, beginne auch ich die neue Woche in der *boulangerie*. Absolut nichts könnte den Franzosen dazu bringen, auf sein tägliches Baguette zu verzichten. Wahrscheinlich ist es Bäckern in Frankreich per Gesetz verboten zu streiken, denn wenn sie tatsächlich einmal die Arbeit niederlegen sollten, würde sicher sofort eine Revolution ausbrechen, die es locker mit der von 1789 aufnehmen könnte. Im Umkreis unseres Häuserblocks gibt es nicht weniger als fünf Bäckereien, und jede hat ihr Spezial-Brotrezept und entsprechend eine fanatische Anhängerschar. Ich persönlich ziehe es vor, von einem Bäcker zum anderen zu wechseln und mir auszumalen, wie sie in ihren Teig fluchen und nach einer Erklärung für meine Untreue suchen.

Heute Morgen bin ich sehr früh unterwegs und wäge die Vorzüge von Brotsorten wie *La Flûte Gana* und *La Renaissance* gegeneinander ab. Beide bestehen angeblich aus reinstem Weißmehl, werden aber natürlich jeweils nach einem ganz eigenen Geheimrezept hergestellt, und beide haben zudem eine traditionsreiche Geschichte, die viel weiter zurückreicht als die Fünfte Republik selbst. Nirgendwo anders als in Frankreich könnte eine Mischung aus Hefe, Mehl und Wasser im Ofen verschwinden und ein paar Minuten später als edle *Renaissance* daraus hervorgehen. Vielleicht bin ich einfach schon zu lange in diesem Land, aber heute Morgen trifft mich die Absurdität dieser großspurigen Namen mit voller Wucht. Ich bin mir sicher, dass man seine Beißerchen in Paris nicht nur in *La Renaissance* oder *La Belle Époque* graben kann, sondern sicher auch in einen kleinen gedrungenen Laib in voller Militärmontur, der sich *Napoléon* nennt. Aber eigentlich kann ich mich gar nicht beklagen, das Brot ist immer fantastisch und frisch. Ich kann mich jedenfalls nicht erinnern, jemals zu *Sainsbury's* gegangen zu sein und anstatt des üblichen aufgequollenen, blassen Klumpens einen knusprig-appetitlichen *Tudor and Stuart* bekommen zu haben. Auf dem Nachhauseweg verputze ich schon einmal die Hälfte des noch warmen Baguettes, und zu Hause gibt es dazu dann noch *confiture* und Kaffee. Es ist Helenas letzte Schulwoche vor den endlosen Sommerferien, und sie muss noch eine mündliche Prüfung in Geschichte abhalten. Frage eins: In welchem Jahr tauchte das Baguette *Baron Haussmann* in den Straßen von Paris auf, und was gibt ihm seinen besonderen, malzigen Geschmack?

Trotz eines kräftigen Frühstücks ist Helena nahe am Kollaps. Ich weiß wirklich nicht, wie sie noch den Rest der Woche überstehen soll. Ihre Müdigkeit macht sie immer miesepetriger (zumindest glaube ich, dass es an der Müdigkeit liegt, und nicht an mir), und trotzdem versucht sie, auch noch einen Auftrag für ihre Keramik zu erledigen. Eigentlich sollte sie sich damit nicht auch noch belasten, aber jeden Abend verschanzt sie sich im *atelier*, um eine Reihe von Tellern und Tassen anzufertigen, die sie unbedingt noch rechtzeitig liefern will. Erst vor ein paar Tagen rief mich ihr Vater (der sich von der Niederlage beim Schach anscheinend schon wieder erholt zu haben schien) an, und trug mir auf, sie davon abzuhalten, mit irgendwelchen giftigen Glasuren zu arbeiten. Aber sie weigert sich hartnäckig, die Micky-Maus-Gasmaske aufzuziehen, die ich in einem Mülleimer in der Nachbarschaft gefunden habe.

Ich bin fest davon überzeugt, dass Helena spätestens Mitte der Woche schlappmachen wird. Der anstehende Besuch meiner alten Saufkumpane aus London ist deshalb wahrscheinlich das Allerletzte, was sie jetzt gebrauchen kann. Der Zeitpunkt könnte nicht schlechter sein, und keiner meiner Freunde weiß, dass ich gerade versuche, mit dem Trinken aufzuhören. Zu allem Überfluss steht auch noch der erste Besuch bei einer neuen Gynäkologin für die Ultraschall-Untersuchung an. Allein bei dem Gedanken daran bekomme ich schon Muffensausen – ich bekomme dieses Bild aus *Alien* einfach nicht mehr aus dem Kopf, das mein netter Bruder freundlicherweise heraufbeschworen hat. Außerdem kommt mir aus irgendwelchen Gründen *Rosemary's Baby* in den Sinn, dieser Polanski-Film, in dem Mia Farrow den Sohn des Teufels gebiert. Ich erinnere mich noch genau an den Artikel in der *Radio Times* vor 25 Jahren, der den Film als den Alptraum jeder Frau beschrieb, da er mit der weit verbreiteten Angst spiele, ein Monster auf die Welt zu bringen. Diese Angst wird jetzt auch zu meinem persönlichen Alptraum.

Ich traue mich nicht, dieses Thema Helena gegenüber anzuschneiden und frage mich, ob sie sich genauso viele Sorgen macht wie ich. Was für Sorgen sind das genau? Soll ich die ganze Liste aufzählen oder lieber nur die kurze Version davon? Abergläubisch wie ich bin, weigere ich mich, die Namen der verschiedenen Krankheiten und Deformationen auszusprechen, die seit Wochen in meinem Schädel herumtollen wie Ratten in einem Müllcontainer. Werden wir in ein paar Tagen wissen, ob eine dieser Krankheiten unser Baby heimgesucht hat, oder spannt man uns noch ein paar Wochen länger auf die Folter? Ich hoffe, das sieht jetzt nicht so aus, als würde ich plötzlich fürsorglich, aber Helena ist gerade beim Schwimmen, und ich werfe besser mal einen schnellen Blick in *Future Maman* ... Und überhaupt, warum gibt es eigentlich kein Buch, das *Future Papa* heißt? Erwartet man von uns Männern vielleicht, dass wir keinerlei Interesse oder Gefühl haben, bis das Baby seinen hoffentlich nicht missgebildeten Kopf aus dem Mutterleib herausschiebt? Oder kommen die Füße zuerst?

Also gut – *»8. Woche: 2–3 Gramm, Größe 3 Zentimeter, Gesicht bildet sich weiter aus.«* (Die Wimpern müssen ja jetzt langsam länger sein als die von Sophia Loren.) *»Nase und Ohren bereits sichtbar, Gaumen bildet sich aus, Speicheldrüsen, Herz und vaskuläres System bereits voll ausgebildet.«* Es sieht so aus, als könne man sogar hören, wie das Blut durch winzige Kapillaren gepumpt wird, wenn man ein Gerät namens *Doppler* hat. Ich blättere um. Oh, verdammt! Schau dir das an – das Bild von einem richtigen Baby und keine aufgequollene kleine Larve! Gut, der Kopf ist noch viel zu groß, aber jetzt sieht es wenigstens nicht mehr aus wie ein verheulter Außerirdischer, der das letzte Raumschiff zum Mars verpasst hat. Vergeblich suche ich nach dem rettenden Absatz, in dem steht, dass sich Helenas Laune und mein Leben ab nächste Woche radikal verbessern wird. Stattdessen lese ich, dass sie in der nächsten Zeit wahrscheinlich mit krampfartigen Magenschmerzen rechnen muss. Die Franzosen nennen es *fourmillements*. Was zur Hölle soll das wieder sein? Das Wort steht nicht einmal im Wörterbuch. Aber ich finde *fourmi*, was Ameise bedeutet, und *fourmiller*, das französische Verb, das man benutzt, wenn Insekten einem über das Erdnussbutter-Sandwich krabbeln. Dann kommt *Future Maman* zur Sache: die erste Ultraschalluntersuchung. 90 Prozent aller ernsthaften Missbildungen können damit festgestellt werden, ebenso die Gefahr eines plötzlichen Abgangs, und man erfährt, ob es sich um Zwillinge handelt. Zwillinge! Beim ersten Anzeichen für Zwillinge geht aber mindestens einer davon wieder direkt zurück an den Hersteller, so viel steht fest.

Mitten in der Nacht bekommt Helena Schmerzen.

»Wassnlos?«, murmle ich im Halbschlaf.

»*Fourmillements*!«, stöhnt sie.

In der Erwartung, dass unser Bett gerade von Insektenschwärmen heimgesucht wird, fahre ich hoch, schneller als ein Fuchs, dem die komplette englische Aristokratie auf der Fährte ist. Helena schaut mich verwundert an.

»Was ist denn mit dir los?«, fragt sie. »Ich hab nur ein bisschen Bauchkribbeln.«

Paris, 24. Juni

NUR NOCH ZWEI TAGE bis zu den Ferien. Durch meine Ausflüge in die Welt von *Future Maman* bin ich bereits gewarnt, dass Helena in den ersten Wochen der Schwangerschaft erschöpft sein wird. Und jetzt ist ihr die Erschöpfung auch tatsächlich in feinen Linien in das Gesicht gezeichnet, fast wie eine afrikanische Holzschnitzerei. Obwohl sie noch Glück hat und die mündlichen Prüfungen, die sie abhalten muss, in unserer Nachbarschaft stattfinden, sehe ich, wie sie sich morgens nur unter Schmerzen aus dem Bett quält und abends völlig erschöpft nach Hause gekrochen kommt. Das Letzte, was sie jetzt will, ist, eine Gruppe gelangweilter Schüler über den Kalten Krieg und die geopolitischen Probleme Amerikas auszufragen. Heute hat einer von ihnen verzapft, Amerika habe »etwa um die 2 Millionen Einwohner«. Und da machen wir Europäer uns darüber lustig, dass die Amis keine Ahnung von anderen Ländern haben? Auch ohne ein Baby im Bauch würden mich keine zehn Pferde dazu bringen, morgens aufzustehen, um mir so einen Quatsch anhören zu müssen.

Zu allem Überfluss führen Helena und ich seit neuestem auch noch einen kleinen Kalten Krieg miteinander. Ich versuche mir einzureden, dass das ausklingende Schuljahr schuld daran ist und nicht ich und mein planloses, launenhaftes Verhalten. Ich versuche sogar, mich in der Küche nützlich zu machen, aber nicht einmal mein bestes Scampi-Risotto kann sie milde stimmen. Das Problem ist, ich bin verdammt nervös, weil meine Freunde zu Besuch kommen und ich nichts trinken darf. Aber ich weiß, dass ich Helena besser erst am Wochenende davon erzähle, damit sie sich vorher ein bisschen erholen kann. Ich weiß, dass sie müde ist, ich weiß, dass ich eine wenig ruhmreiche Rolle in unserem kleinen Krieg spiele, und vor allen Dingen weiß ich, dass alles, was ich sage, sie noch mehr gegen mich aufbringen wird. Das Einzige, was ich im Moment tun kann, ist einfach die Klappe zu halten. Das werde ich noch hinbekommen, oder? Zur Hölle, nein, ich sag es ihr lieber gleich.

Einsames Königreich, 25. Juni

ICH HABE einen ellenlangen Monolog vorbereitet und will ihn Helena am Abend ihres letzten Schultags vortragen. Schon während meiner Einleitung zieht sie die Augenbrauen hoch bis zur obersten Aussichtsplattform des Eiffelturms, und ich weiß, dass sie verstanden hat, worauf ich hinaus will: »Die letzte Zeit war ziemlich hart, besonders für mich ... Du musst auch verstehen, wie ich mich fühle, bla bla bla ...« Aber ich bin mir nicht sicher, wie viel vom zweiten Teil meiner Rede bei ihr ankommt. Der besteht aus einem Meisterwerk von

Vorwürfen, damit sie sich schuldig fühlt wegen ihrer Stimmungsschwankungen und weil sie ihre schlechte Laune immer an mir auslässt. Ich betone auch, welch desaströse Auswirkungen ihr egoistisches Verhalten auf unsere Beziehung hat. Erwartungsgemäß ziehe ich daraus den Schluss, dass das massive Ausleben unserer schlechten Seiten uns auseinandertreibt, in einem Moment, in dem wir eigentlich zusammenhalten müssten. Gar nicht schlecht für jemanden, der eine Hochzeit hat platzenlassen, ein Alkoholproblem verschwiegen und ihr im Großen und Ganzen nur Lügengeschichten über die eigene Persönlichkeit aufgetischt hat, bevor er nach Paris kam und ihr ganzes Leben auf den Kopf gestellt hat, oder?

Doch Helena hat Glück (und ich noch viel mehr), denn als ich gerade dazu ansetze, den Katalog ihrer besonders selbstsüchtigen Taten herunterzubeten, höre ich plötzlich lautes Schnarchen von der Couch. Nicht einmal Beschimpfungen können dieses arme Mädchen noch wach halten, und ich muss den Rest meiner Rede einem nur mäßig interessierten Taubenschwarm vortragen.

Paris, 26. Juni

HELENA IST SCHON FRÜH aufgewacht, und ich frage sie vorsichtshalber, ob sie sich an unser gestriges »Gespräch« erinnern kann.

»Ja«, sagt sie, »du hast mal wieder im Selbstmitleid gebadet.«

Bevor ich protestieren kann, ist sie schon durch die Tür und auf dem Weg zu einem viel kurzweiligeren Vergnügen: Vierzig Abiturienten, die mit dem Rücken zur Wand aufgereiht stehen und darauf warten, ihr von den Grausamkeiten des Balkankriegs zu berichten. Als sie dann am frühen Abend wieder nach Hause kommt, leuchten ihre Augen, wie ich es schon lange nicht mehr bei ihr gesehen habe. Das Schuljahr ist endlich vorüber. Sie ist beschwingt, gesprächig, kocht Abendessen und verschwindet dann in ihrem *atelier*, um weiter an der Keramikbestellung zu arbeiten. Kurz gesagt, sie ist ein anderer Mensch, und das nimmt auch den Druck von meinen Schultern. Wir sprechen wieder miteinander, sind zärtlich und behandeln uns fast schon wie zwei menschliche Wesen.

Paris, 27. Juni

MEINE FREUNDE werden wissen wollen, warum ich an einem Glas Orangensaft nuckle, anstatt die üblichen Bierrationen wegzukippen. Aber was noch viel schlimmer ist, ich muss ihnen erzählen, dass Helena schwanger ist. Warum fällt mir das so schwer – schließlich kennen sie auch sonst all meine Fehler. Es hat also überhaupt keinen Sinn, meine Kumpels anzulügen. Wovor ich wirklich Angst habe ist, dass mir einer von ihnen sagt, diesmal sei ich wirklich zu weit gegangen.

Der Erste von ihnen schlägt schon am frühen Nachmittag bei uns auf. Vincent ist Franzose, lebt aber in der berüchtigten Gegend am Fuße von Brixton Hill. Er führt das vorhersehbare kleine Leben, das ich gerade versuche, hinter mir zu lassen: sich aus dem Bett quälen, zu spät zur Arbeit kommen, erst mal Kaffee trinken, Mittagessen, früh Feierabend, Dinner und Drinks mit Kollegen oder Kumpels, Party bis in die Puppen, nach einem kurzen Nickerchen mit einem üblen Kater aufwachen, duschen und dann das Ganze wieder von vorne. Während ich ihm so zuhöre und überlege, wie ich ihm die Neuigkeit von Helenas Schwangerschaft am besten verklickere, bin ich so nervös wie eine Katze im Hundesalon. Aber irgendwann kann ich es einfach nicht mehr für mich behalten und platze einfach damit heraus: »Helena ist schwanger!«

Ich starre auf meine Fußspitzen.

Für eine kurze Ewigkeit höre ich nichts als Sirenengeheul und das für Paris typische Kläffen unzähliger kleiner Köter. Dann fragt Vincent:

»Soll das heißen, du wirst Vater?«

»Na ja, ich denke mal, das heißt es.«

Ich schaue in sein geschocktes Gesicht. Er starrt mich schweigend an. Also gehe ich wieder zur eingehenden Betrachtung meine Fußspitzen über.

»Aber das ist ja fantastisch!«

»Ist es das?«

»Natürlich! Glückwunsch! Wie fühlst du dich?«

»Na, ich freu mich natürlich, aber ...«

»Ich bin sicher, du gibst einen tollen Vater ab.«

»Meinst du wirklich?« Ich weiß nicht, ob aus meinem Blick Hoffnung oder einfach totale Skepsis abzulesen war, aber dann fängt Vincent an, mir zu erzählen, dass er sich genau das immer gewünscht hat – dass jemand in seinem nahen Umfeld schwanger ist und bevorzugt natürlich von ihm. Er habe einfach noch nicht die richtige Frau dazu gefunden. Es stellt sich sogar heraus, dass er schon weiß, wie seine zwei geplanten Töchter heißen sollen – Estelle und Marina. Ich versuche Marina abzuspeichern. Der Name gefällt mir ganz gut, und zumindest habe ich dann selbst einen Vorschlag zu machen, wenn ich alle Namenswünsche von Helena abschmettere.

Vincent scheint sich so über meine bevorstehende Vaterschaft zu freuen, dass ich mutiger werde und meine restlichen

Freunde gleich bei ihrem Eintreffen damit konfrontiere. Zu meiner totalen Überraschung bekomme ich immer exakt dieselbe Reaktion – Umarmungen, Küsschen und optimistische Bemerkungen über meine Vaterqualitäten. Kennen mich diese Leute eigentlich wirklich? Sind sie betrunken oder einfach nur irre? Einer von ihnen geht sogar so weit zu tönen, dass das exakt das sei, was ich in meinem Leben jetzt brauche. Ich wäge ihre Worte sorgfältig ab. Kann es am Ende sein, dass ein Fünkchen Wahrheit darin steckt?

Falls dem so ist, gibt es allerdings noch kein Anzeichen dafür, dass ich mich sonderlich verändert habe. Während Helena zu Hause bleibt, verschlägt es uns an die nächste Theke, und als mein Blick spät an diesem Abend nach unten wandert, entdecke ich ein fast leeres Bierglas in meiner Hand. Ich zögere nicht lange und bestelle sofort einen weiteren Drink. Falls die bevorstehende Vaterschaft mich tatsächlich zur Vernunft bringen soll, scheint das allerdings noch nicht bei demjenigen angekommen zu sein, der da in mir wohnt und ein Bier nach dem anderen bestellt. Helena nennt mich jedenfalls alles andere, aber nicht einen verantwortungsvollen Vater, als ich in den frühen Morgenstunden nach Hause komme und rieche wie ein Schnapsladen.

Verkatert im Juni, unweit von Reims

NACH NUR SEHR WENIGEN Stunden Schlaf treffe ich Helena auf dieser Party von Kollegen irgendwo im Niemandsland. Die verlässliche werdende Mutter ist natürlich schon mit den Hühnern aufgestanden und pünktlich zur verabredeten Zeit mit dem Auto am Bestimmungsort eingetroffen, während der unzuverlässige Vater den Zug nehmen musste, weil er verschlafen hat und erst am frühen Nachmittag aus den Federn kam. Zumindest hatte ich auf der Zugfahrt genug Zeit darüber nachzudenken, wie letzte Nacht ausgegangen ist – wir saßen vor einem Nachtclub mit Namen *Nite Folies*, debattierten darüber, ob wir uns reinwagen sollten und starrten auf den Eingang, als wäre es das Tor zur Hölle.

Die Gastgeber von Helenas Kollegen-Party sind ein schwules Pärchen, das gerade das alte Bauernhaus, das einer der beiden von seiner Großmutter geerbt hat, Schritt für Schritt renoviert. Es befindet sich auf einem ausgedehnten Grundstück und hat einen riesigen Garten, durch den ein kleiner Bach fließt. Helena ist hin und weg und kann es kaum erwarten, mich herumzuführen. Genauso stellt sie sich unsere Zukunft vor. Aber ich weise sie lieber auf all die Nachteile und die Instandhaltungskosten und -arbeiten hin, die mit so einem Haus auf uns zukämen. Es ist vermutlich überflüssig zu erwähnen, dass meine Einwände mir nur einen tödlichen Blick und einen bissigen Kommentar über meine falschen Prioritäten einbringen.

Das Wetter ist allerdings wunderschön, und ich verbringe die meiste Zeit damit, im Gras herumzuliegen. Ich schaue den jungen Eltern dabei zu, wie sie mit ihren Kindern spielen, die wild durch die Felder rennen, ihre Schuhe ausziehen und die Füße in den Bach hängen oder mit Weidenkörbchen bewaffnet auf Kirschbäume klettern. Trotz meines Katers entgeht mir nicht, dass einige von diesen seltsamen kleinen Kreaturen schon über ein wenig Persönlichkeit verfügen, ja sogar ganz niedlich sind. Als ich mich gerade mit dieser Idee anfreunde, werde ich jäh aus meiner idyllischen Träumerei gerissen. Eines dieser Mini-Monster unbestimmten Geschlechts steht mir in der Sonne. Zu allem Überfluss zielt es auch noch mit einer pinken Wasserpistole auf mich und jagt mir einen eisigen Strahl in den Nacken. Irgendwo unter den feuerroten Ringellocken höre ich es kichern, und es klingt ganz so, als hätte da jemand gerade einen Riesenspaß. Wo sind die verdammten Eltern? Die Dilettanten sind natürlich nirgends zu sehen. Wenn das hier England wäre und nicht die Republik von Asterix und de Gaulle, würde ich ihnen in den Arsch treten und sie obendrein noch verklagen. Aber in meinem komatösen Vergiftungszustand lasse ich es gut sein. Außerdem bringt mich das kalte Wasser, das mir den Nacken runterläuft, näher an den Wachzustand, als es mir den restlichen Tag über gelungen ist.

Die Party ist so französisch, wie es nur die Franzosen hinbekommen: Das Essen ist hervorragend und die Toiletten prähistorisch, es wird kaum Alkohol konsumiert und alle Gespräche drehen sich um Politik und Sex. Früher habe ich immer gedacht, die Franzosen widmeten sich hauptsächlich der Philosophie und der Liebe. Heute glaube ich eher, dass sie nur wollen, dass wir Engländer das von ihnen denken. Nach dem Abendessen spielen wir eine Partie *Psychologue*, ein Spiel, das den Franzosen die Entschuldigung dafür liefert, sich gegenseitig indiskrete Fragen zu stellen, die ihnen sonst in ihrer rigiden Gesellschaftsordnung nicht erlaubt sind.

Bevor wir uns verabschieden, schleift mich Helena erneut über das Anwesen, um mich noch einmal auf die Highlights des Hauses hinzuweisen und mir ein schlechtes Gewissen wegen unserer eigenen Pariser Dunkelkammer zu machen. Das wäre eigentlich gar nicht nötig gewesen, damit ich mich furchtbar fühle, dafür sorgt schon mein Kater. Und um weitere Quälereien bereits im Keim zu ersticken, falle ich sofort in Tiefschlaf, sobald ich die Autotür hinter mir zugeknallt habe.

Wendepunkt, 30. Juni

DER KURZE SOMMER scheint schon wieder vorüber zu sein. Es pisst in Strömen und Helena möchte losziehen, um sich in einem Krankenhaus im trostlosen 11. Arrondissement anzumelden. Ich bin ganz schön erschöpft und liebäugle eher mit einem kleinen Nickerchen.

»Soll ich mitkommen?«, frage ich unschuldig.

Ihre Stimme sagt: »Nein, ich muss ja nur Anmeldungsformulare ausfüllen.«

Aber ihrem Gesichtsausdruck entnehme ich eher so etwas wie: »Interessiert es dich überhaupt nicht, wo dein Kind zur Welt kommen wird?«

Seufzend ziehe ich die Vorhänge wieder zur Seite und höre mich sagen: »Doch, natürlich komme ich mit.« Dabei starre ich in den Regen hinaus, damit sie mir meine wahre Haltung dazu nicht ansehen kann. Wir nehmen die Metro bis nach Belleville und gehen dann von der Station aus zu dem Krankenhaus, das knapp sieben Monate später zu meinem zweiten Zuhause werden wird. Als wir dort ankommen, ist unser Regenschirm vom Mistwetter draußen ganz zerfleddert, und meine Straßenkarte von Paris hat sich in einen nassen Papierklumpen verwandelt.

Das Krankenhaus sieht auf den ersten Blick gar nicht so schlecht aus; ein graues Gebäude mit einer endlosen Reihe grün-violetter Plastikfensterrahmen. An der Rezeption erhalten wir ein Formular. Ich erkläre mich sofort bereit, es auszufüllen. Und das nicht nur, weil ich weiß, dass Helena Formulare hasst, sondern weil ich aus irgendeinem perversen Grund irgendwie darauf stehe. Wahrscheinlich beruhigt mich einfach diese Übersichtlichkeit. Also gut, Helena leidet unter keiner der aufgeführten tödlichen Krankheiten, sie hat keine

Allergien und keine Erbkrankheiten in der Familie, die das Kind gefährden könnten. Abgesehen von den Risiken einer möglicherweise problematischen Wahl des väterlichen Genmaterials, stuft mich das Formular als weitgehend bedeutungslos ein.

Wir werden in eine winzige Dekompressionskammer abseits des Wartebereichs gerufen. Diesen metallschrankartigen Raum teilt sich ein kleiner Müllhaufen aus Unterlagen mit einer netten älteren Dame. Sie nimmt das ausgefüllte Formular in Empfang, und nachdem sie es aufmerksam studiert hat, weist sie mich freundlicherweise auf einige Schreibfehler hin. Dann geht es ohne Umschweife mit einem Lehrstück in französischer Bürokratie weiter: Als Vater habe ich drei hochheilige Pflichten. Die erste habe ich bereits des Nachts vor ein paar Wochen erfüllt, die zweite besteht darin, die Konsequenzen dieser Nacht mit einer Unterschrift im Rathaus anzuerkennen, und die dritte beläuft sich darauf, das Kind nicht später als drei Tage nach der Niederkunft ins Geburtsregister eintragen zu lassen.

Auf ihre eigene unorthodoxe Weise geleitet uns die Muster-Bürokratin durch eine ganze Reihe von Unterklauseln der französischen Gesetzgebung und ihre Anwendung auf den Pariser Säugling. Unerbittlich werde ich in ein Labyrinth aus Anweisungen gezogen, wie die Registrierung des Babys abzulaufen hat. Während ich mein Desinteresse mit einem langen Gähnen zum Ausdruck bringe, trichtert mir die zuständige Dame in deutlichen Worten die Wichtigkeit meiner zwei verbleibenden Aufgaben als Vater ein. Denn sollten wir den armen Bengel nicht anerkennen, blieben ihm eine ganze Reihe exklusiver Bürgerrechte versagt. Und was sollen das bitte schön für besondere Rechte sein? Das Recht, eine lächerliche Sprache zu sprechen, das Recht, die französischen Autobahnen mit Herden ungeschorener Schafe zu blockieren, oder das

Recht, lebenslang EU-Subventionen dafür zu kassieren, als Käse getarnte Killerbakterien in irgendeinem kümmerlichen Kaff im französischen Hinterland herzustellen? Aber ich verkneife mir jeglichen Kommentar. Denn wenn es eines gibt, was ich seit meiner Ankunft in diesem Land gelernt habe, dann, dass man sich besser nicht mit der hiesigen Bürokratie anlegt.

Während die beiden Frauen sich weiter unterhalten und ich versuche, so zu wirken, als würde ich dem Gespräch aufmerksam folgen, klingelt ununterbrochen das Telefon. Es sieht so aus, als habe unsere Gastgeberin hier zwei Jobs: a) Nachhilfe in der Bedeutung französischer Bürokratie und b) Termine zu vereinbaren für Nachhilfestunden in der Bedeutung französischer Bürokratie. Ihre bevorzugte Vorgehensweise in der Bewältigung dieser beiden Aufgaben ist, das Telefon erst einmal zehn Minuten schrillen zu lassen, bevor sie sich erbarmt und doch noch abhebt. Aber sobald die arme Frau den Hörer wieder aufgelegt hat, fängt der Apparat erneut zu klingeln an. Also mich würde das verrückt machen.

Nach dem etwa siebenstündigen offiziellen Teil fängt der Spaß erst richtig an. Irgendwo aus den Papierpyramiden, die sie umgeben, zieht Miss Bürokratie einen Blätterstapel hervor. Obenauf liegt ein Pamphlet mit dem Titel *La préparation à la naissance*, und sie fängt an, uns eine Liste von Ratschlägen vorzutragen, die vom Selbstverständlichen bis zum schlicht Absurden reicht. In die erste Kategorie fällt das Gespräch mit einem Anästhesisten über die Möglichkeiten, Schmerzen bei der Geburt zu vermeiden, und andere Sitzungen zur Geburtsvorbereitung, bei denen die werdende Mutter Entspannungstechniken lernt, mit der Hebamme sprechen kann oder ein Video über den herkömmlichen Geburtsablauf zu sehen bekommt (all das werde ich natürlich tunlichst zu umgehen versuchen). Dann folgen eine Reihe von Tipps, was mit dem Baby zu tun ist, wenn man erst einmal wieder zu

Hause ist (es ins Bett legen – wie wäre es damit?). Alles nicht weiter überraschend, möchte man meinen. Aber in der zweiten Kategorie versucht sie uns plötzlich Absurditäten wie Akupunktur, pränatalen Gesang (bitte?) und den »Väterkreis« zu verkaufen. Dann folgt etwas, für das ich nicht einmal eine Übersetzung parat habe: *l'haptonomie*.

All das hört sich für mich nicht gerade nach Gesprächsstoff für eine Runde Kerle am Tresen ihres Lieblingspubs an. Nehmen wir einmal den Väterkreis, dabei sitzen ein halbes Dutzend niederer Primaten in einem Kreis zusammen (ob sie dabei auch Händchen halten, geht aus dem Pamphlet nicht hervor) und schwafeln über ihre Gefühle und ihre Erfahrungen im Zuge der Schwangerschaft (Also meine Süße hat einen ganz schön dicken Bauch, findet ihr nicht auch?).

Das soll wohl ein Witz sein? Zu so etwas würden sich Männer nicht mal nach ein paar Tequila zu viel herablassen, es ist also ziemlich unwahrscheinlich, dass wir es stocknüchtern in Betracht ziehen. Ich will diese aberwitzige Idee weit von mir weisen und bemerke, dass mich die beiden Frauen einträchtig auf eine Art anlächeln, als wäre ich ein Dorftrottel. Die Verschwörung zieht weitere Kreise, als ich dachte.

Ich verbarrikadiere mich hinter dem letzten Absatz des Väterkreis-Pamphlets, in dem es heißt: Als Vater wiedergeboren zu werden, ist das Resultat eines Reifeprozesses von unbestimmter Dauer. Was soll das nun wieder bedeuten? Ich will mich diskret mit Helena beraten, aber sie hängt an den Lippen der Beraterin: »Die Mutter macht im Laufe der neun Monate eine harte Prüfung durch und geht daraus als Mutter hervor. Für den Mann, der ja nicht körperlich betroffen ist, kann die Verwandlung vom Höhlenmenschen zum Vater auch länger dauern.« Kein Zweifel, die beiden reden von mir. Zwei Augenpaare durchbohren mich abschätzend, und ich fühle mich jetzt wirklich wie im Vorzimmer der Hölle. Ganz plötzlich verspüre ich das Bedürfnis, mit dem erstbesten männlichen Wesen, das ich in der Metro treffe, Händchen zu halten und ihm von meinen Ängsten zu erzählen.

Nach diesem Rückschlag habe ich eigentlich keine große Lust mehr, auch noch auf das Thema *haptonomie* einzugehen. Wenn ich es richtig verstanden habe, hat es damit zu tun, seine Gefühle per Handauflegen mit dem Baby zu teilen. Ja klar, das ist sicher total aufschlussreich, besonders wenn das kleine Teufelchen im Bauch der werdenden Mutter gerade ein Nickerchen hält. Und selbst, wenn da wirklich etwas dran wäre, bezweifle ich stark, dass sich das Baby dafür interessiert, was gerade in meinem Kopf vorgeht.

Gefühlte sieben Jahre später werden wir von der Frau, die ich inzwischen nicht mehr nett, sondern gemein und bösartig finde, endlich entlassen. Beim Hinausgehen drückt sie uns noch eine Wundertüte Werbegeschenke in die Hand. Willkommen in der Welt der Baby-Waren! Das Erste, was aus dem Beutel rutscht, ist ein Fläschchen, das uns dann auch gleich auf den unsterilisierten Boden der Metro Linie 9 fällt. Zugegeben ein nicht gerade vielversprechender Auftakt unserer Elternschaft. Außerdem befinden sich in dem Care-Paket für Anfänger noch eine Auswahl an Kinderratgebern und diversen anderen Werbeartikeln. Die Magazin-Titelseiten scheinen das uneingeschränkte Hoheitsgebiet von blonden Müttern mit perfekten Zähnen, Mustervätern und blauäugigem, genmanipuliertem Nachwuchs zu sein. Sie wohnen alle in einer Suite des Ritz-Hotels, damit Junior auch ja im Luxus gedeihen kann. Im echten Leben dagegen pisst es immer noch in Strömen, mich plagen höllische Kopfschmerzen, und ich muss mich zu Hause unbedingt gleich hinlegen.

Gerade als ich in einen Traum sinke, voll mit Baby-Artefakten und nackten Barbaren, die in Sprechchören von mörderischen Krankenschwestern künden, steckt Helena den Kopf durch die Schlafzimmertür: »Tust du Schlafi-Schlafi machen?« Mein benommenes Hirn braucht eine Weile, bis es den Sinn dieses Gebrabbels erfasst hat: »Das heißt: Schläfst du!«, protestiere ich mit letzter Kraft und sinke dann gleich wieder erschöpft in die Kissen.

Kurz darauf wird mein wohlverdienter Schlaf vom Klingeln des Telefons unterbrochen. Am anderen Ende der Leitung ist jemand, der sich als »eine Freundin« vorstellt. Anscheinend hat sie meinen Drehbuchentwurf gelesen, und ihre Kommentare dazu sind nicht gerade ermutigend. Vielmehr rät sie mir dringend, es ganz schnell in die Tonne zu werfen. Klar, auch ich habe seit ein paar Tagen genau das Gleiche gedacht, aber trotzdem fällt meine Antwort auf ihren Ratschlag so spitz aus wie ein Stachelschweinhintern.

Am selben Abend haben Helena und ich Karten für ein Theaterstück mit dem verheißungsvollen Titel *Un petit jeu sans conséquences*. Irgendwie lässt mich das Gefühl nicht los, als hätten die Dramatiker von Paris mir die letzten Monate über die Schulter geschaut. Jedenfalls ist diese Aufführung der letzte Sargnagel für mein Script, denn das Stück ist alles, was mein armseliger Versuch nicht ist: präzise und geistreich, die Szenen folgen stimmig aufeinander, und das Ganze ist auch noch hervorragend umgesetzt. Völlig deprimiert verlasse ich das Theater. Zu Hause begrabe ich mein Drehbuch feierlich unter einem Stapel unbezahlter Rechnungen.

Paris, 2. Juli

DADURCH ENTSTEHT natürlich eine Lücke in meinem sorgfältig ungeplanten Tagesablauf. Da trifft es sich gut, dass am Wochenende glücklicherweise die Tour de France beginnt. Dieses Sportereignis ist ein Segen Gottes für faule, arbeitslose Nichtstuer wie mich: Drei Wochen lang schaut man abnormal proportionierten Männern dabei zu, wie sie auf Fahrrädern durch ganz Frankreich jagen, und jeder glorreiche Kilometer davon wird im französischen Fernsehen live übertragen. Seit ich ein kleiner Junge war, hat mich dieser Sport fasziniert, und jetzt habe ich endlich die Gelegenheit, mir die ganze verdammte Veranstaltung reinzuziehen: eine 3.500 Kilometer lange Orgie aus Achtern, Spritzen und Doping-Dementis von einer Truppe haariger Witzbolde in Polyester-Trikots. Schon in zwei Tagen geht es los mit einem sechseinhalb Kilometer Sprint durch die Straßen von Paris.

Bis dahin habe ich nichts Besseres zu tun, als mir Stellenanzeigen anzusehen, während sich Helena in ihrem *atelier* zu schaffen macht und ich mich schuldig fühle, weil ich lebe wie die Made im Speck. Heute fehlt ihr mal der übliche Enthusiasmus. Ihr ist übel, und eine leichte Lethargie macht sich breit. Jedes Mal, wenn sie eine ihrer Tassen anschaut, überkommt sie das dringende Bedürfnis, sich in ihr Bett zu verkriechen. Vielleicht bekommen Junior die giftigen Glasurdämpfe nicht. Er mag erst 28 Millimeter groß sein, aber er scheint sich deutlich bemerkbar zu machen und bringt Mami schon jetzt dazu, nach seiner Pfeife zu tanzen. Ganz offensichtlich kann ich mich, was das betrifft, schon mal auf heftige Konkurrenz gefasst machen. Schon allein deswegen bin ich sicher, dass es ein Junge wird.

Helena, die ja immer noch glaubt, es werde ein Mädchen, zermartert sich das Hirn wegen einem geeigneten Namen:

»Was ist mit Nova?«

»Was soll damit sein?«

»Was hältst du davon?«

»Von dem Auto?«

»Auto? Welches Auto? Ich meine, Nova als Name für unsere Tochter!«

»Ach so. Nein.«

»Warum nicht?«

»Weiß nicht. Nicht genug Silben?«

»Hier geht es um den Namen für unser Kind und nicht um Scrabble. Wie wäre es mit Pearl?«

»Ganz sicher nicht.«

»Warum nicht?«

»Erinnert mich irgendwie an Schalentiere.«

Ein Riesen-Seufzer. »Okay. Ella?«

»Zu altbacken.«

»Aurélie?«

»Nein.«

»Dann schlag du doch mal was vor.«

»Woher willst du eigentlich wissen, dass es ein Mädchen wird?«

»Weiß ich ja gar nicht. Aber diese Namen gefallen mir einfach.«

»Nun ja, ein Junge mit Namen Nova, das mag hier in Frankreich ja vielleicht durchgehen, aber in England wird er es echt schwer haben.«

»Dann lass du doch mal hören.«

Alles was ich vorzubringen habe, ist Emil, aus einem meiner Lieblingsbücher als Kind. Helena verschlägt es die Sprache, weil ich am Ende doch noch einen Vorschlag aus dem Hut gezaubert habe, und wendet sich wieder ihren Glasuren zu. Mist. Jetzt bleibt mir nichts anderes übrig, als mich wieder mit diesen Stellenanzeigen zu beschäftigen.

Paris, 3. Juli

IN DER METRO läuft mir eine Freundin mit ihrem Baby über den Weg. Unter normalen Umständen würde ich einen großen Bogen um die beiden machen. Aber heute ist das irgendwie anders, und ich denke, ich weiß auch warum. Ich sehe mir an, wie sich Klein-Cleo im Kinderwagen hochzieht, mich neugierig anschaut und mit ihren Fingerchen nach meinem Sitz greift. Gegen meinen Willen bin ich ganz verzaubert von ihr. Ihre Augen sind meerblau und ihre Haut fast transparent. Ihr Blick drückt nichts als Erstaunen und Unschuld aus, und ich frage mich, was sie denkt, als sie mein Gesicht betrachtet, das von mehr Furchen und Linien durchzogen ist als ein Acker im Herbst. Mit ihrer kleinen Hand umklammert sie einen meiner Finger. Ihre Haut ist feucht und kühl. Dann greift sie nach meiner Uhr. Für sie hat Zeit noch keine Bedeutung, zumindest nicht auf die Art wie für mich. Die Armbanduhr ist nur ein weiteres zufälliges Objekt, das es zu entdecken gilt und auf dem sie mit ihrem zahnlosen rosa Zahnfleisch herumkaut.

»Hörst du mir überhaupt zu?« Da merke ich erst, dass die Mutter der Kleinen mit mir redet.

»Was?«

»Da wünscht man sich auch ein Kind, oder?«

»Überhaupt nicht«, versuche ich abzuwiegeln, aber für den Rest der Fahrt interessiert mich Cleos Perspektive auf die Welt mehr als meine eigene. Verdammt! Was passiert da mit mir?

Le tour des femmes de France, 5. Juli

DIESES WOCHENENDE ist mein Leben wenigstens vorübergehend wieder normal. Das heißt, normal für einen Teenager im Körper eines Mannes im mittleren Alter wie mich. Dafür sorgt ein Zusammentreffen von glücklichen Zufällen. Helena verbringt ein paar Tage bei ihren Eltern in der Normandie, und ich habe einen alten Freund zu Besuch. Wir sitzen stundenlang im abgedunkelten Wohnzimmer und schauen Sport. Im Mittelpunkt dieser Realitätsflucht steht natürlich die *Tour de France*, und weil sie in diesem Jahr ihr hundertjähriges Bestehen feiert, beginnt sie diesmal direkt unter dem Eiffelturm. Gleich nachdem mein Freund dem Eurostar entstiegen ist, erkunden wir die besten Aussichtspunkte entlang der Route. Aber als ich Helena dann später von unserer Aktion erzähle, sieht sie mich an wie ein Eisbär die Eskapaden von *Winnie the Pooh*, kurz bevor er ihm den Garaus macht.

»Aber du bist doch Französin, die *Tour* muss dich doch interessieren!«

Ohne Kommentar packt sie ihre Tasche und entschwindet zum *Gare St. Lazare*.

Sekunden später befinden sich mein Freund und ich in der nächsten Bar, knacken Erdnussschalen und analysieren fachmännisch und bis ins kleinste Detail die vergangene Sportsaison. Ich habe ein kaltes Bier in der Hand. Keine Ahnung, wie es da hingekommen ist. Aber darüber mache ich mir frühestens morgen Mittag Gedanken. Wir positionieren uns strategisch günstig in einer Ecke der Bar – nicht um die *Tour* zu sehen, muss ich hier hinzufügen, sondern um eine gute Sicht auf alle Frauen zu haben, die hereinkommen. Das geschieht natürlich ausschließlich meinem Freund zuliebe, der erst kürzlich geschieden wurde und noch sehr darunter leidet, nicht mehr regelmäßig Sex zu haben. Ich versuche lediglich, ihm bei der Genesung von diesem seelischen Tiefschlag zu helfen. Außerdem wäre es nicht besonders kollegial von mir, ihn alleine trinken zu lassen. Trotzdem weiß ich genau, welche Verantwortung ich habe, und ich trage sie auch – sobald Helena am Montag wieder zu Hause ist.

»Französische Frauen haben einfach das gewisse Etwas, stimmt's?«, sinniert mein Freund über einem Glas *Kronenbourg 1664*.

»Oh ja«, stimme ich ihm – natürlich aus einer rein ethnografischen Perspektive – zu.

Wie um den Beweis dafür zu liefern, drängt kurz darauf eine Gruppe junger Amerikaner in die Bar. Die Jungs tragen alle Baseballkappen und die Mädels Killer-Outfits. Genau genommen haben sie sehr wenig an – bauchfrei, tiefe Ausschnitte, nackte Beine und Rücken. Dass sie uns keines Blickes würdigen, stört mich kaum. Amerikanerinnen sind einfach anders, auch wenn diese Exemplare hier noch ziemlich jung sind – irgendwas fehlt ihnen, das Französinnen dafür im Überfluss haben. Es lässt sich nur schwer greifen (und das würde mir Helena sowieso nicht erlauben). Vielleicht ist es ihre Nonchalance oder ihre Arroganz. Mein Freund bringt es mit der Bemerkung auf den Punkt, dass sogar hässliche Französinnen Klasse haben. Er hat absolut Recht, und das erinnert mich an ein Gespräch, das ich keine zwei Wochen vorher mit drei französischen Frauen führte. Eine von ihnen fragte mich, was für mich eine typische Französin ausmache. Ich fühlte mich wie ein Schuljunge, der ausgefragt wird. Als ob ich für ganz England sprechen könnte, sagte ich: »Ich kann natürlich nicht für ganz England sprechen, aber … (hier legte ich eine gewichtige Pause ein, um sicherzugehen, dass mir auch alle an den Lippen hingen) die Französin ist raffiniert, kultiviert und schön. Sie trägt einen edlen Schal von Hermès und sieht aus wie Jeanne Moreau oder Juliette Binoche. Sie hat ein geheimnisvolles Äußeres, dunkle Augen und einen Blick so glühend wie heiße Kohle. Sie ist katholisch, *mais pas trop*, kann, aber beim Thema Politik mitreden, weiß über Filme Bescheid, aber leider schläft sie lieber mit französischen Männern als mit englischen.« Ich hatte mit meinem überzogenen Portrait zwar erst begonnen, aber da bemerkte ich, dass meine weibliche Zuhörerschaft bereits vor Lachen ihren Aprikosensaft verschüttete und in die Sofakisschen kicherte.

»Das trifft ungefähr auf zwei Prozent der Pariser Filmstars zu«, belehrte mich Helena (ja, sie war eine der drei Damen) und warf mir mal wieder diesen geringschätzigen Blick zu, den ich bei meiner Beschreibung der typischen Französin vergessen hatte.

Katerfreuden, 6. Juli

BEVOR HELENA wieder aus der Normandie zurückkommt, genehmige ich mir noch einen dieser Tage, von denen ich schon befürchtet hatte, sie wären für mich nicht mehr drin. So ein Tag beginnt mit einem leichten Kater, einer großen Tasse Tee im Bett und allen englischen Zeitungen, die ich am Kiosk bekommen kann. Doch nachdem ich gegen Mittag alle Reste aus dem Kühlschrank verputzt habe, fängt der Spaß erst richtig an. Dass Finale im Einzel der Männer läuft im Radio. Gleichzeitig wird die erste ordentliche Etappe von der *Tour* live im Fernsehen übertragen, inklusive einer richtigen Massenkarambolage kurz vor dem Ziel, mit über der Straße verstreuten Zahnrädern und Schlüsselbeinen. Irgendwann glaube ich, das Telefon klingeln zu hören, aber ich bin viel zu beschäftigt, um ranzugehen. Doch der Anrufer bleibt hartnäckig, und als sich die Ereignisse auf dem Centre Court weit weg im Südwesten Londons dem Ende zuneigen, nehme ich doch ab. Am anderen Ende der Leitung ist jemand mit Namen Helena und will wissen, ob ich ein schönes Wochenende hatte. Reflexartig scanne ich das Wohnzimmer, um zu überprüfen, ob ich nicht doch noch irgendwo eine Bierdose herumliegen habe.

Paris, 7. Juli

DIE REALITÄT holt mich ein, als Helena zurückkommt und ein Gesicht macht wie ein Sommergewitter. Der paranoide Teil von mir fragt sich gleich, ob sie Überwachungskameras in unserer Wohnung installiert hat. Oder hat mein Körper den Alkohol bloß zu reinem Schuldbewusstsein destilliert? Erst später finde ich heraus, warum sie so gereizt nach Hause kommt.

Das Geheimnis lüftet sich, als Helena bemerkt, ihre Mutter habe ihr angeboten, ihr aus Anlass der Schwangerschaft ein Auto zu schenken. Das bringt mich natürlich sofort auf die Palme, denn dieses vermeintlich großzügige Angebot ist natürlich eine Anspielung darauf, dass wir selbst uns nicht mehr als ein Fahrrad leisten können. Darüber habe ich mich mit Helena schon so oft in die Haare bekommen: Sie denkt, das Leben wäre viel leichter mit Auto. Ich bestehe darauf, dass eine Kombination aus Metro, Bus und Fahrrad viel umweltfreundlicher, weniger stressig und vor allem billiger ist. Die aktuelle Attacke zielt auf das letzte und schwächste Argument in meiner Aufzählung, und die ganze Sache wächst sich zu einem Riesenstreit über meine Unfähigkeit aus, den Bedürfnissen unserer entstehenden Familie gerecht zu werden. Ich versuche ihr zu erklären, warum es mir widerstrebt, eine Maschine zu kaufen, die für den Untergang der Menschheit sorgen wird, und schicke noch hinterher, dass sie das verdammte Auto doch nur wegen ihrer Mutter kaufen will.

Aber dieser Einwand bringt das Fass zum Überlaufen, und mir wird klar, dass Helena, während ich auf der Couch abhing, einer Reihe von Vorwürfen ihrer besorgten Eltern wegen ihrer schlechten Partnerwahl über sich hat ergehen lassen müssen. Sie haben außerdem deutlich gemacht, dass Helena bloß nicht ihre kleine Eigentumswohnung verkaufen soll, um mit mir zusammen etwas Größeres zu erstehen.

»Warum denn nicht?«, frage ich verdutzt darüber, dass solche Dinge überhaupt in meiner Abwesenheit diskutiert werden. Die Erklärung ist eindeutig und unanfechtbar. Sie hätte genauso gut von meiner eigenen Mutter stammen können:

»Weil du bisher kein großes Engagement in dieser Beziehung gezeigt hast.«

Dieses unleidige Thema hatten wir auch schon mehrfach. Ich bemerke, dass ich mit meinem Umzug von London nach Paris doch wohl Engagement genug gezeigt habe. Helenas Standardreaktion darauf ist, dass das alles nicht mehr zähle, seit ich die Hochzeit habe platzenlassen. In die Enge getrieben prahle ich, dass ein Baby doch wohl ein viel größeres Engagement darstellt als irgendso ein Fetzen Papier. Und so geht das immer weiter, bis die Nachbarn Kofi Annan rufen müssen, um uns auseinanderzuhalten. Vorher versetzt mir Helena aber noch einen gezielten Tiefschlag mit der Drohung, dass mir das Kind die Rolle des Riesenbabys in diesem Haushalt schon streitig machen wird.

Innere Welten, 9. Juli

ES WIRD LANGSAM Zeit für die erste richtige Ultraschalluntersuchung. Als wir uns auf den Weg zu unserem neuen Gynäkologen machen, bin ich wegen unseres Streits immer noch ziemlich mies drauf. Die Metrofahrt dorthin ist ein Alptraum, und als wir irgendwo in der Nähe der Bastille wieder an die Oberfläche kommen, herrscht brütende Hitze. Die Straßen sind verstopft und die Luft verpestet. Helena schickt sich an, das Schweigen, das sich zwischen uns festgesetzt hat, zu brechen. In zehn Tagen fahren wir nach Südspanien in das Haus ihres Bruders, und sie möchte wissen, warum ich bisher keinerlei Interesse an den Reiseplänen gezeigt habe. Um nicht noch Öl ins Feuer zu gießen, behalte ich den Einwand, dass Arbeitslose keinen Urlaub machen, lieber für mich.

Wir kommen volle zehn Minuten zu spät zu unserem Termin. Irgendwie macht das alles keinen Spaß hier, und ich bin mir ziemlich sicher, die Ärztin wird sich langsam Sorgen über die mentale Gesundheit des Kindes machen – und das schon sechs Monate bevor es überhaupt auf die Welt kommt.

Über die Ultraschalluntersuchung habe ich mir vorher keine großen Gedanken gemacht, und ich erwarte auch nicht, dass mich dieses Erlebnis sonderlich beeindrucken wird. Mehr als ein paar körnige Schwarz-Weiß-Bilder von einer verschwommenen Kaulquappe in Helenas Bauch werden wir sowieso nicht zu sehen bekommen. Als wir missmutig im Wartezimmer hocken, in dem sich mehr Pflanzen befinden als in den Kew Gardens, bin ich noch immer stocksauer auf Helena. Da werde ich bestimmt nicht aus dem Häuschen sein wegen etwas, das wir gemeinsam geschaffen haben. Stattdessen sitze ich verstockt da und starre auf die tropischen Gewächse, die die bedrückende Atmosphäre im Raum noch verstärken.

Als wir dann endlich ins Sprechzimmer gerufen werden, bekommen wir erst noch einen Vortrag über die Bedeutung von Pünktlichkeit zu hören, was uns weitere 10 Minuten kostet. Ich fürchte langsam, den Massensprint am Ende der heutigen *Tour*-Etappe zu verpassen. Wenn Zeit so kostbar ist, würde ich vorschlagen, wir kommen hier langsam mal zur Sache, anstatt weiter darüber zu jammern, wie spät wir schon dran sind.

Nachdem dann noch gefühlte drei Stunden Vermutungen über das genaue Zeugungsdatum angestellt wurden, schlüpft Helena aus ihren Hosen und legt sich auf eine mit Monitoren umgebene Liege. Erst wird kaltes, blaues Gel großzügig auf ihrem Bauch verteilt, dann fährt ein Instrument darüber, das aussieht wie ein Joystick. Der Bildschirm fängt zögerlich an zu flimmern, und ich nehme die einzig mögliche Position ein, von der aus ich die Show verfolgen kann, ohne der Ärztin oder der Mutter meines Kindes dabei in die Augen schauen zu müssen. Dann bekomme ich den Schock meines Lebens.

Ich sehe ein Baby – ein voll ausgebildetes, lebendiges, menschliches Wesen! Dieses Baby scheint zu denken, es nehme an der *Tour de France* teil, denn es strampelt tatsächlich wilder als ein Weltklassesprinter, dem die Gegner im Nacken sitzen. Ich spüre, wie Helena mich ansieht, aber ich erwidere ihren Blick nicht, weil ich wie gebannt auf den Bildschirm starre. Auf das hier bin ich auch nach der flüchtigen Lektüre von *Future Maman* überhaupt nicht vorbereitet. Ich hatte etwas völlig Harmloses und Unspektakuläres erwartet. Irgendwas zwischen Wassermolch und winzigem, leblosem Vögelchen. Ich hatte nicht erwartet, dass es, so kurz nachdem es die Grenze zwischen Nichts und Existenz überschritten hat, schon etwas tun würde. Aber dieses Baby liegt in seinem Fruchtwasserbad und zappelt herum wie ein Verrückter. Im Zoom kann man sogar mit bloßem Auge die kleinen Fingerchen und Zehen erkennen. Ich sehe mir den Kopf an, und auch der ist menschlich. Kein Zweifel. Gut, vielleicht sieht es noch ein bisschen so aus, als habe es einen Sturzhelm auf, aber zumindest einen, der passt. Ich bilde mir sogar ein, das Baby würde sich abstützen und in die Kamera lächeln. Ich spüre, wie Helena Blickkontakt zu mir sucht, doch ich bin völlig gefesselt vom Anblick meines ungeborenen Kindes. Aber ich kann Helena vor Freude lachen und weinen hören.

»Stillhalten«, sagt die Ärztin in einem vergeblichen Versuch, das Bild länger stabil zu halten.

Wenn sie mit dem riesigen Deoroller über Helenas Bauch streicht, kann man das Baby aus den verschiedensten Blickwinkeln sehen. Alle Gliedmaßen sind vorhanden, und auch der Kopf wird vermessen. Dann erfahren wir, dass die Oberschenkelknochen bereits sechs Millimeter lang sind.

Daraufhin höre ich einen von uns beiden sprechen, ich glaube es ist Helena:

»Was ist es denn?«

Irgendwann früher, als wir noch miteinander gesprochen haben, haben wir uns geeinigt, nach dem Geschlecht des Kindes zu fragen.

»Das kann man noch nicht feststellen«, sagt die Ärztin. »Ich könnte Ihnen zwar meine Einschätzung mitteilen, aber ohne Garantie.«

Dann stammle ich endlich die Frage, die mir schon seit ich das Sprechzimmer betreten habe, auf der Zunge brennt:

»Ist er, ich meine, sie ... ist alles in Ordnung?«

Die Ärztin drückt einen Knopf am Computer. Plötzlich erscheint auf einer Hälfte des Bildschirms eine grafische Darstellung vom Herzschlag des Kindes. Es dröhnt aus dem Gerät wie in einer Folge von *Emergency Room*. Ich halte den Atem an. »Das Herz ist in Ordnung«, verkündet sie gelassen, als ginge es nur um die pünktliche Ankunft des 08:53 Zuges aus

Charing Cross. Bizarrerweise drängt sich mir die Frage auf, ob diese Frau jemals wegen irgendetwas aufgeregt ist – Sex, Schokoladenéclaires oder vielleicht eine außergewöhnliche Kombination aus beidem? Aber bevor ich dieser Frage weiter nachgehen kann, zaubert sie eine weitere Grafik auf den Monitor:

»Alles innerhalb der Norm.«

Ich atme auf und schaue endlich zu Helena hinüber. Ich sehe gerade noch, wie die Besorgnis aus ihrem Blick weicht. Dann erscheint wieder das Baby auf dem Gerät. Es wirkt nicht gerade erfreut darüber, dass man es vorher vom Bildschirm verbannt hat, denn jetzt zappelt es herum wie ein kleiner Derwisch.

»Spürst du das?«, frage ich und vergesse, dass wir offiziell ja gar nicht miteinander sprechen.

»Überhaupt nicht«, antwortet sie. Ich kann das kaum glauben. In ihrem Bauch wird mehr gestrampelt als in einem überfüllten Fitnessstudio. Selbst wenn das Baby auf dem Bildschirm größer wirkt als seine fünfeinhalb Zentimeter – wenn ich eine Frau wäre, würde ich nach einem Blick auf den Ultraschall für den Rest der Schwangerschaft keinen Finger mehr krümmen.

Helena ist euphorisch vor Glück und wieder den Tränen nah. Unser Streit ist vorübergehend vergessen. Während unseres Wechselbads der Gefühle hat die Ärztin die Untersuchung durchgeführt. Jetzt ist sie bereits dabei, die visuelle Kommunikation abzubrechen, und Junior hat für ein paar Monate Ruhe vor uns. Auch er sieht irgendwie geschafft aus und hat sich in Helenas Bauch zusammengerollt. Gute Nacht, Kleiner. War nett, dich kennenzulernen. Wir sehen uns. Wir suchen dir auch so bald wie möglich einen Namen aus, das verspreche ich dir. Mach's gut, pass auf dich auf und mach da drinnen keine Dummheiten.

Der Bildschirm geht aus, und ich fühle mich aus unerfindlichen Gründen, als hätte ich einen schweren Verlust erlitten. Wir bekommen noch ein paar Fotos – ganz nett, aber nicht mit den Livebildern zu vergleichen. Als wir das Sprechzimmer verlassen, bemerke ich noch das Gemälde an der Wand. Natürlich ist es ein Miró – irgendeine unförmige Frau mit gespreizten Beinen und abstrakten Kringeln und Spiralen dazwischen. Was haben Gynäkologen bloß mit Miró? Vielleicht finde ich das ja in den nächsten Monaten noch heraus, aber im Moment ist es mir ehrlich gesagt total schnuppe.

Helena und ich bahnen uns einen Weg durch den Dschungel im Wartezimmer. Die Sprechstundenhilfe, die durch ihre bloße Anwesenheit eine antarktisch unfreundliche Atmosphäre im ganzen Raum verbreitet, beachten wir gar nicht. Draußen lässt uns das gleißende Sonnenlicht auf dem Pariser Bürgersteig blinzeln. Es sind dieselben heißen, dreckigen Straßen, aber jetzt ist uns klar, dass Helena etwas in sich trägt, das die ganze Welt für uns verändern wird. Daran besteht kein Zweifel mehr, denn wir haben es mit eigenen Augen gesehen. Bis jetzt war es nur eine vage Vorstellung, eine Idee, ein Punkt auf einem Schwangerschaftstest, so ein Gefühl, eine Befürchtung, ein Wurm, nicht mehr als ein Donnergrollen in der Ferne. Aber jetzt ist alles anders. Jetzt ist es ein Baby mit zwei Armen und Beinen, einem Kopf und einem Rumpf, zehn Fingern und Zehen.

Helena umklammert noch immer Juniors erste Fotos, als ich sie in die erstbeste Bar bugsiere, an der wir vorbeikommen. Zufälligerweise wird dort auf einer großen Leinwand das Ende der heutigen Etappe der *Tour de France* übertragen. Wir setzen uns und bestellen Kaffee und Mineralwasser.

»Hast du das gesehen?«

»Ja, habe ich«, sage ich, während ich die lungensprengenden Bemühungen eines einsamen Franzosen verfolge, der versucht, auf den letzten Kilometern der Etappe die Spitze des Feldes zu verteidigen.

»Es ist ein Wunder!«

»Ich weiß. Dieser Typ ist schon seit 75 Kilometern vorne.«

»Hast du seine kleinen Beine gesehen?«

»Ja, die werden ihm langsam weich, aber er hat ja nur noch ein paar Kilometer vor sich.«

»Er wird wahrscheinlich mal ein richtiger Rennradfahrer.«

»Na ja, er schlägt sich ja jetzt schon gar nicht so schlecht, auch wenn sie ihn wahrscheinlich noch einholen werden ...«

»Wer holt wen ein?«

»Sie ihn«, sage ich und zeige auf die Leinwand.

»*Quel imbécile*!«, brummt Helena, und irgendwie werde ich das Gefühl nicht los, dass sie nicht von dem armen französischen Radler spricht. Aber glücklicherweise ist sie so begeistert, dass sie es mir nicht übel nimmt, dass meine Welt schon wieder von 200 lebenden Werbeträgern für Lycraklamotten, die durch Frankreich strampeln, dominiert wird, und versenkt sich wieder in die Betrachtung der Ultraschallbilder. Der Franzose schafft es am Ende nicht. Er wird noch ein paar hundert Meter vor der Ziellinie eingeholt, lässt sich auf den Asphalt fallen und japst wie eine gestrandete Sardine.

Die Machenschaften eines italienischen Seafood-Restaurants, 11. Juli

KEIN ZWEIFEL, der Ultraschall hat eine ziemliche Wirkung auf mich gehabt. Wenn ich nicht mit eigenen Augen gesehen hätte, was da in Helenas Bauch passiert, würde ich wahrscheinlich immer noch nicht weiter in die Zukunft blicken, als bis zum Ende der heutigen Etappe der *Tour de Franc*e. Aber langsam wird es schwierig, die Tatsache zu ignorieren, dass ich nicht mehr nur für mich selbst verantwortlich bin. Zwar braucht das Baby noch keine Schuhe, aber mir wird langsam klar, dass ich schon in wenigen Monaten der Ernährer sein werde, und das bedeutet leider auch: Es wird höchste Zeit, dass ich mir einen Job suche. Genervt fahre ich den Computer hoch und gehe ins Internet.

»Chéri, was machst du?«

Schnell klicke ich die BBC-Sportseite weg.

»Ich suche einen Job. Warum?«

»Ich muss nochmal zum Gynäkologen, um einen Bluttest machen zu lassen.«

»Soll ich mitkommen?«

»Nein, das ist nicht nötig.«

»Bist du sicher?«, frage ich und hoffe, dass meine Erleichterung nicht allzu deutlich zu hören ist.

»Ja. Auf dem Rückweg schaue ich noch nach Babysachen und einem Kinderwagen, der Schlussverkauf hat begonnen.«

Babysachen? Kinderwagen? Shit! Ich muss sofort die Jobseite anklicken, zumindest irgendwann später am Vormittag.

Vor ein paar Wochen war mein alter Boss in Paris und bot mir an, wieder im Marketing für ihn zu arbeiten. Es war ein ziemlich guter Job, über den wir da beim Abendessen gesprochen haben. Und was mache ich, als er mir aufzählt, was dabei alles für mich drin ist. Mit dem Mund voll Pasta und ein paar Gläsern Rotwein in den Kapillaren winke ich undankbar ab und gehe sogar so weit zu tönen, dass ich »nie, niemals wieder dem stinkenden Kadaver des Big Business dienen werde«. Ja, ganz sicher, das waren meine genauen Worte. Wenn ich nur daran denke, wird mir ganz anders. Mein früherer Chef sah mich unverwandt an und fragte, was ich den zu tun gedenke, wenn mir das Geld ausgeht. Um Zeit zu gewinnen, schob ich mir eine weitere Gabel Linguine Vongole in den

Mund. Dann, ich erinnere mich nur vage, habe ich wohl irgendetwas davon gefaselt, dass Helena und ich darüber nachdenken, nach Südfrankreich zu ziehen. (An dieser Stelle der Unterhaltung wäre Helena beinahe an einem Artischockenherz erstickt.) Wir kommen schon klar, erklärte ich ihm, und wenn wir unser eigenes Wurzelgemüse anbauen müssten.

Wenn ich mich recht erinnere, reagierte er recht höflich. Er verkniff sich sogar, mich darauf hinzuweisen, dass ich wahrscheinlich nicht einmal wüsste, wo bei einer Steckrübe oben und unten ist. Seine letzte Frage zu diesem Thema war, wie sich jetzt herausstellt, recht hellsichtig:

»Aber was, wenn ihr einmal Kinder habt?«

An all das muss ich jetzt denken, als ich mich durch eine lange Liste unappetitlicher Jobangebote im Marketingsektor arbeite. Eines davon ließe sich vielleicht sogar in Betracht ziehen (sollte ich es schaffen, all die Lücken in meinem Lebenslauf zu füllen). Die Firma ist auf der Suche nach dem üblichen Verdächtigen:

Kundenorientiert (im Großen und Ganzen bedeutet das die Fähigkeit, Flüche, genervtes Stöhnen oder Rülpsen zu unterdrücken, so lange man mit einem Kunden spricht.)

Selbstständigkeit und Teamgeist (den Chef nicht mit dummen Fragen belästigen, während er vor sich hindöst, und es nicht persönlich nehmen, wenn er einen für den Riesenmist, den er selbst gebaut hat, verantwortlich macht.)

Einfallsreichtum und Kreativität (brav an seinem Schreibtisch vor sich hin malochen, ohne sich seine tiefsitzende Unsicherheit anmerken zu lassen oder die Zusatzqualifikation, ohne Münzen einzuwerfen Softdrinks aus dem Automaten zu ziehen.)

Vertrauen und Transparenz (der Chef darf einen anlügen, aber nicht vice versa.)

Tatkraft und Spaß an der Arbeit (die Bereitschaft, sich für den

Laden den Arsch aufzureißen und dann trotzdem noch mit den Alkis aus der Datenverarbeitung zum Saufen zu gehen.)

Analytische Arbeitsweise und pragmatische Einschätzungsfähigkeit (auch noch mit dem schlimmsten Kater Berichte fertig machen können, während der Boss seinen Rausch ausschläft.)

Plötzlich fällt mir auch wieder ein, warum ich nicht mehr im Marketing arbeiten wollte und warum ich in diesem Restaurant zu meinem alten Boss gesagt habe, was ich gesagt habe: Midlife-Crisis hin oder her, eigentlich will ich mit Marketing nichts mehr zu tun haben. Wenn ich nur daran denke, wie viele talentierte Leute dort ihre Kreativität verschwenden. Und alles nur, um noch irgendeine neue Kekspackung zu verkloppen, getrieben von der Profitgier der Konzerne. Sie sind bereit, ihre Lebenszeit der Einführung neuer Produktlinien zu opfern – ganz egal ob Erdnussbutter, Bier oder Toilettenpapier. Marketing ist das intellektuelle Äquivalent einer Müllkippe.

Aber dann fallen mir wieder die strampelnden Beinchen dieses schutzlosen kleinen Nackedeis in Helenas Bauch ein …

Sehr geehrte Damen und Herren,
mit großem Interesse habe ich Ihre Stellenanzeige in der aktuellen Ausgabe der Marketing Stuss Weekly *gelesen. Vor Kurzem bin ich nach Frankreich gezogen, mit dem Ziel, dort an die verantwortungsvolle und spannende Position im Marketing anzuknüpfen, die ich vorher innehatte. Wie Sie meinem frei erfundenen Lebenslauf entnehmen können, hatte ich nur diesen einen Nervenzusammenbruch (na gut, zwei, wenn man das sechsmonatige Saufgelage in Südamerika mitzählt), aber jetzt bin ich so gut wie trocken, und Prozac hat alle rebellischen Gedanken aus meinem Kopf verbannt …*

Nachdem ich mir volle sechs Minuten Gedanken über meine Bewerbung gemacht habe, drücke ich halbherzig auf *Senden* und hoffe inständig, dass der Empfänger bereits seinen zweimonatigen Sommerurlaub angetreten hat.

Als Helena zurückkommt, schlage ich ihr vor, ins Kino zu gehen, aber sie ist zu müde, also rufe ich einen Freund an. Er will unbedingt einen alten italienischen Film mit dem Titel *Das Leben ist schwer* anschauen, und ich habe keine Kraft mehr zu protestieren.

Französische Alpen, 12. Juli

DIESES WOCHENENDE hat es wenig Sinn, sich Gedanken über einen Job zu machen, denn am Montag ist der 14. Juli, und ganz Frankreich hat mal wieder frei. Es scheint, als seien die Fahrer der *Tour de France* die Einzigen, die an diesem Tag arbeiten. Junge, Junge, die haben echt zu schuften. Vor ihnen liegen drei Etappen über die Alpen; im Ganzen sechshundertdreiunddreißigeinhalb Kilometer, inklusive einiger Steigungen, die sogar eine Gämse umbringen würden, geschweige denn einen rauchenden Amateur- und Sonntagsradler wie mich. Ansonsten läuft dieses Wochenende nicht viel im französischen Fernsehen, und diese Alpenüberquerung ist sowieso der *plat principal* des gesamten Rennens. Dabei trennt sich die Spreu vom Weizen, zwei oder drei potenzielle Gewinner tun sich hervor, und das restliche Feld japst nach Luft. Sogar das bloße Zuschauen ist so etwas wie ein Marathon und dauert sechs Stunden pro Tag, wie ich einer ungläubigen Helena zu vermitteln suche.

Pariser Alpen am 14. Juli

»SCHAUST DU das schon wieder?«, fragt Helena genervt, als sie mich um zehn Uhr morgens vor dem Fernseher antrifft.

»Nein, nein, nur den Anfang«, lüge ich.

In zwei Tagen wollen wir in unseren Sommerurlaub aufbrechen, und ich habe vorher noch einiges zu tun. Glücklicherweise kann ich das meiste auch erledigen, während ich mit einem Auge die Etappe verfolge.

»Ich glaube nicht, dass heute viel passieren wird«, stelle ich fest und schlinge vor dem Fernseher eine Schweinerei von einem Sardinen-Frühstück auf Toast herunter, damit ich auch ja nichts verpasse. Schließlich stecke ich das nächste Mal, wenn die Fahrer die Alpen überqueren, bis zum Hals in Windeln und Fläschchen. Was uns da blüht, werden wir die nächsten drei Wochen lang sowieso hautnah erleben dürfen, denn wir verbringen den Urlaub mit Helenas Bruder und seiner Freundin. Die beiden haben bereits ein Kind und das zweite ist auch schon unterwegs.

Paris, 15. Juli

DEM URLAUB sehe ich mit gemischten Gefühlen entgegen. Von was genau mache ich eigentlich Urlaub? Eine Hälfte meines Gehirns sagt mir, ich sollte besser in Paris bleiben und mich um unsere Zukunft kümmern. Aber die andere Hälfte, diejenige die auch die Flugtickets gekauft hat, denkt: Scheiß drauf, lass uns ein paar Wochen am Strand in Andalusien rumliegen! Dass diese Argumentation weder Hand noch Fuß hat, dürfte jedem außer mir einleuchten.

Die Baustelle vor unseren Wohnungsfenstern werden wir sicher nicht vermissen. Wir wohnen an einer besonders lauten Straße, die zu einer der Haupt-Ost-West-Achsen der Stadt führt. Das Beste an unserer Wohnung (so dachten wir wenigstens, bevor wir kiloweise Vertragsformulare unterzeichneten) ist die Tatsache, dass sie *côté cour* gelegen ist, das bedeutet, sie geht zum Hinterhof hinaus. Damals dachten wir, das mangelnde Licht würde dadurch wettgemacht, dass wir nicht die ganze Zeit dem Dieselgestank der Straße vor dem Haus ausgesetzt sind. Aber das war, bevor der Hausbesitzer auf der anderen Hofseite beschlossen hat, sein Gebäude in eine regelrechte Industrieanlage zu verwandeln. Er behauptet zwar, es handle sich um normale Renovierungsarbeiten, aber jeden Morgen versammelt sich seine osteuropäische Schwarzarbeiterkolonne mit allerlei schwerem Gerät in unserem Hinterhof und legt mit kreischenden Stahlarbeiten los – nicht gerade die angenehmste Alternative zu Vogelgezwitscher. Überhaupt ist es schwierig, sein Frühstück zu genießen, wenn einem die Croissants im Takt eines Presslufthammers vom Tisch hüpfen. Nicht mal am Wochenende hat man davor Ruhe.

Die ersten Tage habe ich diese akustische Körperverletzung noch auszublenden versucht, aber jetzt ist auch noch eine Hitzewelle über die Stadt hereingebrochen, und wir haben die Wahl zwischen Tod durch Lärmbelästigung bei geöffneten Fenstern oder durch Erstickung, wenn wir sie geschlossen halten. Helena ist mittlerweile im dritten Monat und hat immer mehr Schwierigkeiten, Schlaf zu finden. Manchmal lässt sie sich sogar dazu hinreißen, aus dem Fenster zu brüllen, und fordert Auskunft darüber, wann die Arbeiten endlich abgeschlossen sind. Aber die Gastarbeiter starren sie nur verständnislos an, weil sie sowieso kein Wort Französisch verstehen.

Doch auf ihren teerverschmierten Gesichtern zeichnet sich eine gewisse Sympathie für die blasse Figur ab, die ihnen wie eine verzweifelte Prinzessin aus dem Mittelalter von ihrem Turmfenster aus zuwinkt. Trotzdem haben sie ihre eigenen Sorgen, zucken nur hilflos mit den Schultern und fangen wieder an zu hämmern, zu schreien und zu schweißen.

Doch heute bricht Helena in Tränen aus, sie ist mit den Nerven am Ende. Was das Fass zum Überlaufen gebracht hat, ist das Tellergeklapper aus der Restaurantküche, die auch zu unserem Hinterhof hinausgeht. Ich versuche sie zu beruhigen:

»Nur noch eine Nacht, Helena. Dann sind wir weg. Versuch nicht zu sehr einzuschlafen, entspann dich einfach, dann kommt der Schlaf ganz von selbst.«

Als ich ein paar Minuten später noch einmal nach ihr sehe, ist sie – dem Himmel sei Dank – eingeschlafen.

Und tschüss, Baustelle, 16. Juli

WIR SIND WACH und packen unsere Sachen zusammen, noch bevor die Kollegen von der Baustelle wieder loslegen können. Ein Blick auf Helena genügt und ich weiß, dass meine geplante Anreise zum Flughafen mit der Metro und dem RER bei ihr nicht gerade Begeisterung hervorrufen wird. Also rufe ich lieber gleich ein Taxi, und wir verlassen die dampfenden Straßen von Paris auf dem Rücksitz eines klimatisierten *Renault.*

Helenas Bruder und seine Familie waren vorher zu Besuch bei Freunden in Frankreich, und wir haben ausgemacht, dass wir uns nach dem Check-in am Pariser Flughafen treffen. In der Abflughalle hole ich mir einen Kaffee und rauche erst einmal eine. Mein Blick fällt auf eine Spielecke, wo ein paar kleine Kinder auf einem Schaukelpferd herumturnen. Ich ertappe mich bei dem Gedanken, dass dieser kleine Spielbereich hier eine ganz tolle Idee ist, was ziemlich eigenartig ist, denn normalerweise sind das Einzige, was mich an einem Flughafen interessiert, die Bar und legale Betäubungsmittel. Aber die Zeiten sind bedauerlicherweise vorbei. Ich will gerade in Selbstmitleid zergehen, da entdecke ich Helenas Bruder, seine hochschwangere Freundin und ihren Sohn, der sich an einem abgekuschelten Stoffhasen festklammert. Der Kleine sieht mich an und ich sehe ihn an. Clément ist eigentlich ein eher scheues Kind, aber er packt mich gleich an der Hand und zieht mich zu der Spielecke hinüber. Zögernd setze ich ihn auf die Rutsche und lasse ihn vorsichtig hinuntergleiten. Nachdem wir diese Prozedur mehrfach wiederholt haben, frage ich mich, ob sich Vatersein so anfühlen wird. Kann es sein, dass es wirklich so leicht ist? Bestimmt nicht! Heute bin ich nur der vorübergehend zuständige Onkel, aber schon bald werde ich selber Vollzeit-Vater sein. In die bisher leeren Bereiche meines Hirns werden sich die Gedanken an mein eigenes Kind drängen. Eine Panikwelle erfasst mich. Ich weiß nicht, ob ich dieser Sache gewachsen bin. Bin ich nur ein Feigling, oder haben alle werdenden Väter mit solch lähmenden Zweifeln zu kämpfen?

Zweieinhalb Stunden später landen wir alle acht zusammen (wenn man ungeborene Kinder und zerknautschte Stoffhasen mitzählt) am Flughafen von Sevilla. Anstatt schnell nach draußen zu drängen, werde ich Zeuge von der langwierigen Prozedur, die der Ausstieg mit einem Kind im Schlepptau darstellt. Elternsein ist nicht nur eine 18 Jahre lange Geduldsprobe, sondern auch eine logistische Meisterleistung, die der Organisation der *Tour de France* alle Ehre macht.

Ich liebe Spanien. Sobald wir durch die Passkontrolle sind, atme ich den intensiven Geruch von starkem Tabak und schwarzem Espresso ein. Es fühlt sich gut an, wieder hier zu sein, und ich freue mich schon auf eine ausgedehnte Siesta. Helenas Bruder hat einen Job als Ingenieur an der spanischen Küste unweit der portugiesischen Grenze. Sie leben in einer malerischen kleinen Siedlung mit Meerblick. Im Garten haben sie einen Mandarinenbaum und ein Planschbecken, und der Strand ist nur fünf Gehminuten entfernt. Es gibt so gut wie keinen Verkehr, und der Baustellenlärm daheim in Paris ist längst vergessen. Ich falle in einen tiefen Schlaf.

Als ich im grellen spanischen Sonnenlicht wieder erwache, sehe ich Helena mit ihrem Neffen spielen, oder besser gesagt, üben. Cécile entspannt im Schatten und hat die Hände über ihrem Kugelbauch gefaltet. Sie fachsimpeln über Schwangerschaft, und das wird sich die nächsten Tage wahrscheinlich auch nicht ändern. Die Gesprächsfetzen, die ich aufschnappe, drehen sich darum, was man essen darf und was nicht, ob man das spanische Leitungswasser bedenkenlos trinken kann und wie lange man sich in der Sonne aufhalten sollte.

Helena hat unser Exemplar von *Future Maman* gegen ein dickes Hardcover mit dem Titel *J'attends un enfant* eingetauscht. Im Gegensatz zu *Future Maman* enthält es jede Menge Farbfotos von Embryonen, und der Leser erfährt, wann ein Embryo offiziell als Fötus durchgeht. Dann fragt uns Cécile, ob wir nicht ein paar Fotos von ihrer Geburt sehen wollen. Helena zögert. Aber ich habe mich schon in die hinterste Ecke des Gartens verzogen, noch ehe Cécile ihre Frage zu Ende sprechen konnte. Vielleicht werfe ich ja doch mal einen Blick darauf, aber sicher nur, wenn es keiner mitbekommt.

Cécile sitzt wie eine Buddhastatue da, mit gefalteten Händen über ihrem Sechseinhalbmonatsbauch, mit der Ruhe von jemandem, die das alles schon einmal erlebt hat. Ich versuche mir diesen Bauch an Helena vorzustellen und erschaudere schon allein bei dem Gedanken. Mir wird plötzlich klar, dass ich einen Riesenbammel vor der Geburt habe. Ich habe keine Ahnung, wie das gehen soll. Wie soll ein schmales Persönchen wie Cécile bloß ein ganzes Baby aus sich herausquetschen? Helena ist gerade verschwunden, also riskiere ich ein paar Fragen:

»Cécile, wie viel wiegt denn so ein Neugeborenes?«

»Ach, normalerweise so zwischen drei und vier Kilo.«

Ich muss unweigerlich daran denken, wie ich im Fischgeschäft einkaufe:

»Ich hätte gerne einen ganzen Lachs …«

»Wie viel darf's denn sein?«

»Ach, ich weiß nicht, vielleicht so dreieinhalb Kilo. Den da vielleicht.« Und ich zeige auf eines dieser schlabberigen Monster, die tot auf Eis herumliegen.

»Diesen hier? Der wiegt aber keine drei Kilo, mein Herr.«

»Na ja, für meinen Geschmack sieht der schon ganz schön groß aus. Okay, dann geben Sie mir einen, der etwas größer ist. Aber nicht zu groß.«

Der Mann mit der blauen Gummischürze zieht etwas hervor, das so aussieht, als wäre es einem Roman von Jules Verne entsprungen, und grinst uns an:

»Das ist Ihr Baby!«

»Mein Baby?«

»Soll ich es für Sie einpacken?«

Ich glaube, ich sehe mir mal besser die Bilder in diesem Buch an …

»Cécile! Warum steht das Baby da kopfüber?«, aufgeregt halte ich ihr das aufgeschlagene Buch hin. Auf einer der Zeichnungen ist das Baby falsch herum zu sehen.

Seelenruhig schaut Cécile erst das Bild und dann mich an und lacht.

»Die Natur hat es so eingerichtet, dass sich die Kinder kurz vor der Geburt kopfüber drehen!«

Die Vorstellung entsetzt mich, aber ich versuche, mir trotzdem nichts anmerken zu lassen. Das ist doch total unlogisch. »Du meinst, sie können da drin überleben«, und ich zeige auf ihren Bauch, »so kopfüber?«

»Natürlich.«

»Himmel!« Ich lege das Buch zur Seite. So weit bin ich doch noch nicht.

Leben und Tod in Spanien, 18. Juli

DIE VERGANGENEN TAGE haben wir eigentlich ziemlich wenig gemacht. Ich habe nur ein für mich untypisches Interesse an den Unternehmungen des kleinen Clément an den Tag gelegt. Ich verfolge seinen Tagesablauf, beobachte wann und was er isst, wie viel Freiheit der kleine Tyrann dem restlichen Haushalt lässt, ob seine Eltern Schlaf abbekommen, das Maß an Sozialleben, das ihnen noch bleibt, und all diese Dinge. Cécile und Pierre scheinen mir bemerkenswert aufmerksame und geduldige Menschen zu sein. Das müssen sie auch, denn innerhalb der letzten 48 Stunden ist Clément bestimmt zweimal hingefallen und hat sich dabei den Kopf gestoßen, auch wenn das bestimmt nicht die Schuld seiner Eltern war. Der Kopf ist einfach der schwerste Teil seines Körpers und landet deshalb zuerst auf dem Boden. Oder liegt es vielleicht daran, dass er gerade ein bisschen kränkelt? Jedenfalls schläft er wenig und weint dafür umso mehr, und seine Eltern sind die ganze Zeit damit beschäftigt, ihn zu füttern, ihm das Fläschchen zu geben, ihn aufzuheben, ihm den Staub abzuklopfen und die Tränen abzuwischen, ihn ins Bett zu bringen und dann zu versuchen, mit halb offenen Augen selbst ein bisschen Schlaf zu finden.

Ich blicke Helena an. Ich bin drauf und dran, ihr zu sagen, dass ich den größten Fehler gemacht habe, dass ich das alles hier nicht bewältigen kann, weil ich einfach zu egoistisch, zu faul und zu unverantwortlich dafür bin. Ich mache mich sogar bereit zuzugeben, dass ich eine Wahnsinnsangst davor habe, doch dann sehe ich das Lächeln in ihrem Gesicht und die Zärtlichkeit, mit der sie die kleinen Fortschritte ihres Neffen im Garten verfolgt und jede Unbeholfenheit vorausahnt, die zu einem weiteren Sturz führen könnte. Da wird mir plötzlich klar, dass ich nicht alleine für unser Kind da sein werde, und wahrscheinlich werde ich eher eine Nebenrolle statt der Hauptrolle spielen. Ich begreife, dass es die Mutter ist, die sich der grundlegenden Bedürfnisse des Kindes annimmt. Schließlich trägt sie es schon neun Monate lang in sich, bevor Daddy die Konsequenzen seiner Instinkte überhaupt im Arm halten kann. Was Helena braucht, ist weniger ein Ein-Mann-Kindergarten als eine helfende Hand und jemanden, der für ein stabiles und sicheres Umfeld für sie und das Kind sorgt. Ich muss das nicht alleine stemmen, ich bin nicht die Hauptperson in diesem Stück, und sie wird immer da sein, falls ich es vermassle. Der Nachteil daran ist, dass ich sicher keinen Oscar bekomme, sollte ich meine Rolle gut spielen. Ich muss es einfach hinbekommen, wie jeder andere auch.

Am Nachmittag radeln Pierre und ich zum Strand, während die Damen mit den Kindern im Auto folgen. Clément hat Gastritis, was womöglich der Grund dafür ist, dass seine Windeln wie ein Komposthaufen stinken. Aber all das ist in der salzigen Brise am Strand bald vergessen. Dort lernt er auch ein reizendes spanisches Fräulein mit Namen Maria kennen. Sie ist achtzehn Monate alt und jedem gegenüber extrem misstrauisch, den sie nicht sofort als ihre Mutter identifizieren kann. Ich starte einen Versuch, ihr Vertrauen zu gewinnen, und siebe kleine Muschelschalen aus dem heißen Sand. Als ich sie ihr dann in einer Reihe auf den Oberschenkel lege, blickt sie mich an, als sei ich ein russischer Doppelagent. Ihre kastanienbraunen spanischen Augen sind so tiefgründig, dass man sie wohl ein Leben lang anschauen könnte, ohne sie je ganz zu ergründen.

Das Muschelschalen-Spiel wird kurz unterbrochen, als Maria Cléments Pullermann entdeckt. Es scheint das erste Mal zu sein, dass sie so etwas zu Gesicht bekommt, und sie verrenkt sich ihren kleinen Hals, um ihn besser sehen zu können. Neugierig streckt sie die Hand danach aus und Clément, der gar nicht weiß, was die ganze Aufregung soll, widersteht den ersten weiblichen Avancen seines Lebens und stürzt sich lieber Hals über Kopf in die simpleren Vergnügungen der Meeresbrandung.

Als wir wieder zu Hause ankommen, lerne ich weitere Elternfreuden kennen. Clément hat es geschafft, seine Infektion dem ganzen restlichen Haushalt anzuhängen, und seinen Vater erwischt es als Ersten. Pierre schafft es nicht einmal mehr, von seinem rostigen Drahtesel abzusteigen, und übergibt sich in das erstbeste Behältnis (ein Eimerchen, in dem ich meine liebevoll ausgewählte Muschelsammlung transportiere). Er muss sich eine Auszeit nehmen. Ich dagegen relaxe erst einmal und lasse mir die sanfte Abendsonne auf den Bauch scheinen. Ich bin in bester Verfassung und werde sowieso nur ganz selten krank.

Ein paar Stunden später sitze ich aufrecht im Bett, weil mein Magen plötzlich verrückt spielt. Ich habe pochende Kopfschmerzen, und ich weiß, wenn ich jetzt nur an Essen denke, entleert sich mein Mageninhalt schneller, als ich »in bester Verfassung« sagen kann.

»*Qu'est-ce qu'il y a, chéri?*«, will Helena wissen.

»Ich sterbe!«

»Du stirbst?«

»Ja, dieses Stadium kurz bevor man unter die Erde kommt.«

»Kann es sein, dass das noch ein Weilchen dauern wird?«, fragt die Frau, die offenbar bereits vertraut ist mit der Tatsache, dass die männlichen Exemplare ihrer Spezies keinen Schmerz aushalten können, außer natürlich wenn es darum geht, einen sportlichen Wettbewerb zu gewinnen.

»Ich bin jetzt wirklich nicht zu Scherzen aufgelegt, Helena. Kann ich bitte ein Glas Wasser bekommen?«

»Ist das dein letzter Wunsch? Keinen Pfarrer oder eine Zigarette vielleicht?«

»Nur Wasser.«

»Hast du deine Tochter in deinem Testament berücksichtigt?«

»Ich kümmere mich gleich morgen darum, falls ich die Nacht überleben sollte. Versprochen.«

Andalusische Höhlenmenschen, 19. Juli

ICH HABE DIE LETZTEN vierundzwanzig Stunden im Bett verbracht. Die gesammelten Einheiten der iberischen Bakterien haben sich mittlerweile aus meinem Magen zurückgezogen und toben jetzt in meinem Schädel herum. Wenn Pierre und ich uns auf den unzähligen Gängen zur Toilette begegnen, dann grüßen wir uns auf eine grunzende Art, wie es Männer wohl von jeher getan haben, bevor sie lernen mussten, mit Worten zu kommunizieren.

Weder Helena noch Cécile hat die Krankheit bisher erwischt. Macht sie die Schwangerschaft vielleicht immun dagegen? Es muss an den Hormonen liegen, sinniere ich noch, bevor ich wieder in die gütige Welt der Bewusstlosigkeit abdrifte.

Die Memme und die Pyrenäen, 21. Juli

EIN BLICK auf Helena genügt und ich weiß, sie ist das jüngste Opfer von Cléments Bakterien-Cocktail. Sie sieht so kläglich aus wie Fay Wray in King Kongs Pranke. Auch Cécile ist dem aggressiven Bazillus erlegen, und im dritten Monat muss das wirklich die Hölle sein. Meine geschwächten Glieder erholen sich langsam wieder, und ich drehe eine Runde im Garten, bevor die Verlockung von *Le Tour* zu stark wird. Sechs Stunden später und nur noch dreizehn Kilometer vor dem Ziel führt Lance Armstrong vor seinem Hauptkonkurrenten Jan Ullrich. Doch plötzlich fährt er zu nah an den Rand der Strecke und verheddert sich mit dem Lenker in der Handtasche einer alten Dame. Er stürzt, und auch der Spanier, der ihm dicht auf dem Fersen war, kommt zu Fall. Ullrich jedoch kann ausweichen. Das ist seine Chance. Aber er hält an und wartet, bis Armstrong wieder aufgestiegen ist. Was soll das denn? Als Deutscher benimmt man sich doch nicht so. Hat er etwa noch nie von nationalen Stereotypen gehört? Wahrscheinlich ist er nur zu geschafft, um einen Vorteil aus dem Missgeschick seines Gegners zu schlagen. Armstrong, die Memme, holt ihn ungerührt wieder ein. Nach zehn Metern liegt er wieder an der Spitze. Dem deutschen Gentleman kann jetzt nur noch ein Wunder helfen. Als gebürtiger Engländer bin ich ritterliche Loser gewöhnt und weiß, dass er auf dieses Wunder lange warten kann.

Nachdem wir nun schon tagelang vor uns hinkotzen, steigen die Spannungen in unserem kleinen Strandhaus, erst unmerklich, aber dann doch so deutlich, dass nicht mal ich, der Engländer vor dem Fernseher, es mehr ignorieren kann. Irgendwann fängt Helena an, wegen des Wohles ihres ungeborenen Kindes Panik zu schieben. Selbst der konstruktive Vorschlag von Cécile, sie solle mal nicht dramatisieren, hilft da nicht mehr weiter.

Die andalusische Jagd, 22. Juli

HELENA BEFINDET sich in einem Stadium fortgeschrittener Panik. Die Tasse Tee, die ich ihr anbiete, gibt ihr kein bisschen Hoffnung. In meiner Hilflosigkeit mache ich, was alle echten Männer in so einer Situation machen würden, und rufe verzweifelt nach Cécile. Die verabreicht Helena eine ordentliche Dosis »ach Quatsch, gib Ruhe, schlaf 'ne Runde, und morgen sieht alles schon ganz anders aus«. Als ich Helenas Reaktion darauf vernehme, beschließe ich, es sei das Beste wieder eine Runde im Garten zu drehen. Natürlich geschieht das lediglich aus reiner Rücksichtname. Ich will die beiden schwangeren Frauen das unter sich ausmachen lassen. Mein Verhalten hat selbstverständlich nichts mit Feigheit zu tun.

Schließlich rufen wir doch unsere Ärztin in Paris an. Die diagnostiziert aus einer Distanz von 1500 Kilometern verfrühte Wehen. Sogar einem Neandertaler wie mir erscheint das ziemlich unwahrscheinlich. Helenas Symptome unterscheiden sich nicht im Geringsten von denen, die alle anderen von uns hatten, und weder Pierre noch ich werden deshalb gleich entbinden. Céciles hochgezogene Augenbrauen lassen vermuten, dass auch sie völlig unbeeindruckt von der ärztlichen Ferndiagnose ist. Sie rät mir, mich nicht von den Ängsten einer schwangeren Frau bei dem geringsten Anzeichen von Problemen verrückt machen zu lassen, denn sonst würde ich schneller durchdrehen als ein Kleinwagen auf Glatteis.

»Ich doch nicht«, sage ich und hab die Hosen voll.

Cécile ist zunehmend irritiert von Helenas theatralischem Verhalten, aber wir haben die Instruktion erhalten, ein Medikament namens *Spasfon* zu besorgen. Cécile und ich sind zwar weiterhin skeptisch ob der Notwenigkeit dieser Maßnahme, aber um des lieben Frieden willens machen wir uns auf den Weg zur nächsten Apotheke. Doch dort hat man noch nie von *Spasfon* gehört und versichert uns, dass es auch kein spanisches Äquivalent dafür gibt. Wieder draußen setze ich Klein-Clément auf eines dieser Autos, die das arme Kind im Austausch für eine Münze zu einer verstörenden Dudelmusik in ein vorübergehendes Delirium versetzen. Das Auto ist ein Miniaturporsche und erinnert mich wieder daran, dass ich Geld für einen Kinderwagen zur Seite legen muss, wenn ich mein Kind nicht in einem Sandeimer herumtragen will. Zumindest habe ich herausgefunden, wie man kleine Kinder zum Lachen bringt, auch wenn ich jetzt den Rest der Woche einen Ohrwurm von diesem Gedudel haben werde.

Als wir zum Bungalow zurückkommen, veranstaltet Helena schon die Generalprobe für ihre große Sterbebettszene. Ihr letzter Wunsch ist ein Stück gekochter Schinken. Abgesehen von *Spasfon* so ziemlich das Einzige, was wir nicht im Kühlschrank haben. Ich verspreche ihr, dass ich sofort zum Supermarkt fahre, sobald er wieder geöffnet hat. Helena tritt ihre lange Reise ins Jenseits an, und ich ziehe mich in die Küche zurück, um Mittagessen für die Überlebenden zu machen.

Als die Teller auf dem Tisch stehen, kommt Pierre aus der Arbeit nach Hause und erkundigt sich nach dem Befinden seiner einzigen Schwester. Ich informiere ihn darüber, dass sie wohl spätestens, wenn wir beim Dessert angelangt sind, dahingeschieden sein wird. Damit gibt sich Kleiner Bruder allerdings nicht zufrieden und sieht lieber selbst einmal nach dem Rechten. Indessen stürzen Cécile und ich uns schon einmal auf riesige Pasta-Portionen. Das letzte Mal, dass ich feste Nahrung zu mir genommen habe, dürfte gute achtundvierzig Stunden her sein. Mein Teller ist fast leer, Pierres Nudeln bereits kalt geworden, und ich verspüre plötzlich großes Unbehagen. Zunächst vermute ich, ich hätte mich womöglich bloß überfressen, aber nein. Ich wische mir gerade Tomatensoße vom Mundwinkel, als Kleiner Bruder wütend wie ein Tropensturm über uns hereinbricht.

»Weißt du was?«, fragt er und kann sich nur mühsam unter Kontrolle halten. »Wenn schwangere Frauen etwas wollen, dann ist es unsere Pflicht, dafür zu sorgen, dass sie es bekommen.«

Pflicht! Wenn es ein Wort gibt, das mich auf die Palme bringt, dann dieses. Als Kind musste ich mir oft genug die Standpauken darüber anhören, was meine Pflichten sind und wie man sich als verantwortlicher Erwachsener zu verhalten hat. Trotzig hebe ich mein Gesicht vom Penne-Teller und versuche mir die Gefühle, die gerade in mir losbrechen, nicht anmerken zu lassen. »Ach, ist das so? Und was will sie, bitte schön?«, frage ich mit schneidender Stimme.

»Ein Stück gekochten hellen Schinken«, antwortet er, als hätte ich davon noch nie gehört.

Ich bin stinksauer auf Pierre, aber noch viel wütender bin

ich auf Helena. Wie kann sie mich nur für ein windiges Stück spanischen Schweineschinken verraten? Ich bin hierhergekommen, in der Hoffnung, nach dem ganzen Schlamassel mit der geplatzten Hochzeit die Freundschaft mit ihrem Bruder wiederaufleben zu lassen. Als er nämlich herausfand, was ich gemacht habe, rief er mich an und ließ mich sehr deutlich wissen, was er von meiner U-Turn-Aktion hielt. Ich konnte ihm damals nichts entgegensetzen, ich hatte keine Erklärung anzubieten und schnappte am anderen Ende des Telefons nur nach Luft wie irgendein Schwächling. Die Eltern waren entweder so durcheinander oder höflich genug, nichts zu sagen, aber Pierre war wild entschlossen, die Familienehre zu verteidigen. Er hielt mir vor, dass es höchste Zeit für mich sei, »Verantwortung zu übernehmen und endlich erwachsen zu werden«. Seither haben wir kaum miteinander gesprochen – bis wir uns vor knapp einer Woche in Orly wiedertrafen. Und jetzt muss Helena natürlich wieder Öl ins Feuer kippen.

Ich koche vor Wut, und der einzige Weg, mich ein wenig zu beruhigen, besteht darin, meine Zähne in einen saftigen spanischen Pfirsich zu schlagen. Aber Kleiner Bruder ist noch lange nicht fertig:

»Ich denke, sie will jetzt mal mit dir reden«, schnaubt er.

Das kann ich mir vorstellen und sicher nicht über die verdammte *Tour de France*. Wahrscheinlich will sie, dass ich im Nationalpark einen Eber jage, ihn töte, ihm den Arsch abwische und ihn ihr dann in perfektem Kellner-Outfit serviere. Verdammt nein, ich rühr mich nicht vom Fleck. Da esse ich doch lieber meinen Pfirsich und fülle das Schweigen mit nervtötendem Geschlabber.

Natürlich weiß ich, dass das jetzt für einen Wutausbruch kein guter Zeitpunkt ist. Ich weiß, es geht ihr gerade nicht gut, und ich sollte mich zusammenreißen. Also laufe ich den Flur auf und ab und zähle bis zehn. Nicht gut. Also noch einmal, diesmal auf Spanisch. Immer noch auf hundertachtzig! Ich versuche es auf Französisch, aber aufgrund linguistischer Einschränkungen komme ich nur bis sieben, und als ich wieder am Ende des Korridors angelangt bin, explodiere ich wie ein billiger Chinaböller und ruiniere damit Helenas Sterbebettszene in weißem Leinen. Ich überschütte sie mit einer Flut von selbstgerechtem und wehleidigem Gejammer, damit sie sich schuldig fühlt, meiner Freundschaft mit ihrem Bruder im Weg zu stehen, die ich ja eigentlich höchstpersönlich selbst ruiniert habe.

Aus irgendeinem Grunde – oder nennen wir es besser einmal aus mangelndem Rückgrat – sehe ich Helena während meiner Tirade nicht an. Als ich mich ihr dann zuwende, blicke ich in ein blasses, erschöpftes Gesicht. Sie fühlt sich genauso, wie ich mich vor achtundvierzig Stunden gefühlt habe. Aber sie trägt es auf stoische weibliche Art und Weise. Verdammt nochmal, ich kann und ich werde jetzt nicht klein beigeben …

Sekunden später schnappe ich mir ein kleines Messer, setze meinen Jägerhut auf und mache mich auf in die Berge. Fünf Tage später komme ich mit meiner Beute zurück: 200 Gramm extrafeiner Schinken. In meiner Abwesenheit scheint einiges passiert zu sein. Helena isst ihr stärkendes Schweinefleisch mit ein paar Körnern trockenem Reis und scheint die ganze Sache zu bedauern (keine Ahnung warum, aber ich sage nichts dazu). Pierre redet jetzt eher wie ein Freund mit mir, als im Ton eines Mafiosos, der auf Blutrache aus ist, und Cécile lächelt die ganze Zeit wie die Königin von Saba. Was zum Teufel ist hier los?

Alle Wege führen in die Vergangenheit, 23. Juli

HELENA IST ENDLICH wieder auf den Beinen, Cléments Stoffhase, der verschwunden war, taucht hinter dem Sofa wieder auf, und die zwei Paare ziehen sich ein wenig in ihre jeweiligen hermetisch abgeschlossenen eigenen Welten zurück. Helena und ich haben beschlossen, dass wir ein wenig Abstand von den Spannungen des Familienlebens suchen wollen und machen eine Tour in den Süden Andalusiens. Als wir aufbrechen, lächeln alle wie die Honigkuchenpferde.

Wiedervereint in unserem kleinen französischen Mietwagen fahren wir durch die brütende Ebene des Rio Guadalquivir. Wir lassen die letzten Tage Revue passieren. Helena konzentriert sich auf die Freuden der Kindererziehung (keine Ahnung, was sie damit meint), während ich in erster Linie an die Belastungen denke, wenn es darum geht, allen Wünschen des kleinen Kerls gerecht zu werden (und Cécile und Pierre werden, anders als das bei uns der Fall sein wird, noch dazu von einem polnischen Babysitter-Hausmädchen unterstützt).

Helena bemüht sich, meine Aufmerksamkeit auf das perfekte Umfeld zu lenken, in dem Klein Clément mit Eltern und Stoffhasen lebt: in einer Stadt mit sauberer Luft, wo das lauteste Geräusch das Gebell von Nachbars Lumpi ist. Ich drehe das Radio auf, in der Hoffnung, ein Lied zu finden, das sie von diesem Gesprächsthema ablenkt. Doch Helena lässt sich nicht beirren, sie plappert munter weiter von Pierres Job (respektabel), seinem Haus (groß, hell, gut ausgestattet) und seinem Auto (ein Zwei-Liter-Prachtexemplar mit sechzehn Ventilen, das sogar mich der Überzeugung nahebringt, ein Angestelltenverhältnis könnte doch Vorteile haben). Ich schweige beschämt dazu. Im Radio jault jetzt gefühlvoll ein gemarterter Flamencosänger, und ich bin mir ziemlich sicher, er singt von meinem großen Unglück. Was mache ich bloß hier irgendwo im tiefsten Andalusien in einem gemieteten *Renault Clio*? Ich habe keinen Job, kein Haus und kein eigenes Auto. Ich sollte jetzt eigentlich zu Hause in Paris sein und mich für die Zukunft rüsten. Das Baby kann ja nicht ewig unter dem braunen Sonnenschirm hausen, mit dem ich das Unterkunftsproblem zunächst einmal lösen möchte.

In der Mittagshitze räkele ich mich am Strand, und die Zukunft liegt wieder schimmernd vor mir. Die eine oder andere Problematik taucht am Horizont auf, aber im Großen und Ganzen verschwimmt alles in einem milden Dunstschleier. Wir reden zwar nicht darüber, aber ich vermute, Helena denkt bereits an die Rückkehr nach Paris. Ich liebäugle jedenfalls damit. Darüber nachzudenken, ob ich nun wieder einen Job im Marketing annehmen soll oder nicht, ist mir hier, mit meinen Füßen im kühlen Salzwasser, viel zu kompliziert. Ich weiß, dass die Diskussion bald aufkommen wird, und ich weiß auch, dass Helena dann für einen Umzug nach Toulouse plädieren wird. Aber ich bin einfach noch nicht so weit. Ich kenne diese Stadt schließlich überhaupt nicht. Was sollte ich da denn anfangen? Warum ist sie so überzeugt davon, dass am Ende doch alles gutgehen wird? Bestimmt hat sie einfach zu viele Schnulzenfilme gesehen. Die einzige Klarheit, die ich in meinem Leben aktuell habe, ist, dass ich jetzt ein Eis will. Für mich schmeckt diese ganze Sache viel zu sehr nach »vergiss alle deine Träume und mach, was du am besten kannst«.

Aber was ist das eigentlich genau, was ich kann? Wenn ich es irgendeinem Alien aus einer anderen Galaxie erklären müsste, dann würde ich ihm wahrscheinlich sagen, dass ich meinen Lebensunterhalt damit verdiene, großen multinationalen Konzernen dabei zu assistieren, den Leuten Träume, Wünsche oder besser gleich fertig verpackte Produkte schmackhaft zu machen, die sie eigentlich gar nicht haben wollen. Wenn das noch zu unkonkret ist, wie wäre es damit: Nehmen wir an, ich arbeite für ein Eiscreme-Unternehmen, und dort hat man mal wieder eine fantastische Idee, wie zum Beispiel ein Eis am Stiel, das im Dunkeln leuchtet. Aber die Führungsriege ist sich nicht ganz sicher, ob die Kinder, denen sie es verkaufen wollen, wirklich scharf sind auf ein Eis, das aussieht wie ein kleiner Atomreaktor. Dann ist es meine Aufgabe, die Kids und ihre Geldgeber (Mama und Papa) zu befragen, um herauszubekommen, was genau am neuen *Kryptonite Magnum* sie mögen und was nicht. Sollte einer der pubertierenden potenziellen Kunden während unserer Diskussionen noch irgendeine neue tolle Eigenschaft des Produktes erwähnen, wie etwa »es schmeckt ganz gut und die radioaktiven Erdbeeren haben sogar mein Pickelproblem gelöst«, dann würde ich dazu raten, das auch im Werbespot zu verwenden. Horden von pizzagesichtigen Jugendlichen, die zu viel Taschengeld bekommen, wären uns als Kunden sicher.

Klingt das jetzt zu weit hergeholt? Vielleicht. Aber erst diesen Sommer hat ein großer Eiscreme-Hersteller sein Eissortiment unter dem Slogan *Die 7 Todsünden* relaunched. Ob Wollust, Eifersucht und Maßlosigkeit wirklich wünschenswerte Attribute für Teenager sind, deren Hormone sowieso schon verrückt spielen, ohne dass sie ihre Zungen in diesen Haufen E-Stoffe stecken, kann jeder selbst entscheiden.

Ich jedenfalls habe Schwierigkeiten damit, mich selbst davon zu überzeugen, wieder in diesem Bereich zu arbeiten. Ich denke, dass mich nur ein weiteres der sieben Hauptlaster dazu bringen könnte: Habgier. Allerdings darf man ja auch nicht vergessen, wie viel Geld so eine kleine junge Familie benötigt, um über die Runden zu kommen.

Gestern Nachmittag beispielsweise bin ich mit Cécile losgefahren, um Klein Clément ein neues Paar Schuhe zu kaufen.

»Wie oft braucht er den frische Hufe?«, fragte ich.

»Ach, so ungefähr alle dreieinhalb Monate«, antwortete sie beiläufig.

Himmel! Ich warf einen Blick auf den Preis – 35 Euro, und das im Angebot! Dann fiel mir ein Gespräch mit Pierre wieder ein, das ich mitten in einem Schachspiel begonnen habe, um drohende Handgreiflichkeiten zu vermeiden.

»Die Schuhe und das ganze Zeug sind gar nicht das Problem«, sagte er. »Was wirklich zu Buche schlägt, sind all die Liebe und die Aufmerksamkeit, die sie von einem fordern.«

Und mit diesen Worten kassierte er einen meiner verbleibenden Bauern und setzte mich schachmatt.

Wir haben mittlerweile Sevilla erreicht und schlagen nun den Weg in die alte Stadt Cadiz ein. Am Straßenrand liegen ockerfarbene Felder so weit das Auge reicht. Es gibt kaum Vegetation, und geregnet hat es hier wahrscheinlich schon seit dem Spanischen Bürgerkrieg nicht mehr. Die Sonne brennt Löcher ins Dach unseres gemieteten *Clio*s.

Costa de la Luz, 24. Juli

DIE WELT SCHEINT plötzlich voll von diesen kleinen Plagen zu sein, die man im Allgemeinen Kinder zu nennen pflegt. Gut, seit wir Frankreich verlassen haben, bleibt Helena auch wirklich bei jedem einzelnen von ihnen stehen, um es jauchzend zu betrachten. Womöglich ist das auch der Grund dafür, dass sie plötzlich überall zu sein scheinen. Überall kleine Marias und Cléments. Andalusien ist praktisch verseucht von brüllenden Kindern. Sie schreien aus jedem nur erdenklichen Grunde los – weil Papa ihnen keine Sandburg baut oder weil der dicke Onkel Pedro auf ihre Muschelsammlung getreten ist. Normalerweise hätte ich ja Mitleid mit den Eltern, nur die sind meist noch schlimmer als ihre Kinder. Ich werde selbstverständlich niemals so sein. Ich habe nämlich vor, total ausgeglichen zu bleiben. Klar werde ich dem kleinen Steppke all die Aufmerksamkeit und Pflege zuteilwerden lassen, die er verdient, aber ich werde zu verhindern wissen, dass er zu einem dieser verhätschelten kleinen Monster mutiert.

Strandkinder und das Ende der Tour, Vejer de la Frontera, 26. Juli

WIR LANDEN in einem von Mauern umgebenen Städtchen in den Bergen irgendwo zwischen Cadiz und Gibraltar. Es ist ein malerisches und friedliches Dorf, zumindest bis der Abend dämmert. Dann verwandeln es die Halbwüchsigen der Umgebung in eine Scouter-Rennbahn, um den Mädchen zu imponieren. Vorsicht, *niños*, das Geknutsche und Gefummel hinter dem mittelalterlichen Burgschloss endet schneller als man denkt in irgendeinem trostlosen Vorort, mit einem »Baby an Bord«-Aufkleber im Rückfenster der Familienkutsche und Kinderkotze auf den Sitzen.

Auf den engen Kopfsteinpflasterstraßen von Vejer wimmelt es jedenfalls nur so von schwangeren Frauen und Kleinkindern, die ständig versuchen, aus ihren Buggys auszubüchsen. Während wir so durch das Städtchen spazieren, bleibt Helena bei jedem einzelnen von ihnen stehen und betrachtet es ausgiebig, als bestünde irgendein wesentlicher Unterschied zwischen diesen kleinen Quälgeistern. Sie ist jetzt schon fast im vierten Monat und findet es ein wenig anstrengend, bei 36 Grad im Schatten durch die steilen Gässchen des Dorfes zu wandern. Macht sie vielleicht nur aus reiner Erschöpfung ständig Halt und starrt die Kinder an?

Ich schlage vor, ein bisschen an den Strand zu gehen. Nach einer netten Fahrt in einem brütend heißen Mietwagen sehe ich mich schon in der Brandung planschen und mich dann in die *Tour-de-France*-Berichterstattung vertiefen. Glücklicherweise ist Helena einverstanden. Wir kaufen ein paar Vorräte ein und machen uns auf den Weg. Ich schalte in den dritten Gang, um eine lange Karawane deutscher Touristen zu überholen. Der Motor heult auf, und Helena fängt natürlich sofort an zu schimpfen wie ein Rohrspatz. Ihr Gezeter geht fast im satten Sound des Autoradios unter. Ich bekomme nicht alles mit, aber es geht wohl darum, dass es ihr im Grunde völlig egal sei, wenn ich mich umbringen will, aber bevor ich uns in den nächsten entgegenkommenden Bus crashe, möge ich doch gefälligst auch an den kleinen Passagier denken, der noch zu jung sei, um einen Sicherheitsgurt zu tragen. Das leuchtet mir ein. Ich bremse ab, schalte in den Touristen-Gang und lächle die Deutschen so freundlich an, wie ich nur kann.

Am Strand greife ich sofort zu meiner *El Pais*. Ich bezweifle zwar stark, dass mein Spanisch für die Analyse des Irakkriegs ausreicht, aber das ist es auch gar nicht, was mich interessiert. Die spanischen Zeitungen sind voll mit den Höhepunkten der *Tour de France*. Unser Strandabschnitt ist erfreulich kinderfrei, also kann ich vielleicht endlich auch ein bisschen entspannen …

Claudia ist zwanzig Monate alt. Ihre Eltern haben den Buggy direkt neben Helena abgestellt, und als ich gerade dabei bin, einen faszinierenden Artikel über die kommenden Schwimmweltmeisterschaften zu lesen, spüre ich plötzlich, wie sich ihre kleine Augen in meinen Nacken bohren. Sie wird gerade mit Keksen gefüttert, aber aus unerfindlichem Grund scheint sie sich mehr für den Mann mit der Zeitung zu interessieren. Dann fängt Helena auch noch an, sich mit den drei Strandnachbarn zu unterhalten. Wäre ja alles an sich gar keine große Sache, das Blöde ist nur, dass Helena kein Wort Spanisch kann und ich deshalb als Übersetzer herhalten muss. Deshalb boxt sie mir jetzt auch mit dem Ellenbogen in die Rippen und möchte wissen, wie man »Ich glaube, sie hat die Windel voll« sagt. Ich schenke Helena meinen fiesesten Blick, aber vergeblich. Nach mehreren Minuten Gequassel über Fütterzeiten, Muttermilch und Still-BHs kann ich der Versuchung, mir im Auto die vorletzte Etappe der *Tour* anzuhören, nicht mehr widerstehen …

Der Kommentator spekuliert, dass Ullrich bei dem Regen zu schnell unterwegs ist. Kaum hat er seine Bedenken kundgetan, hat es den Deutschen auch schon zerlegt. Er war bei dem Regen zu schnell unterwegs. Jetzt liegt er in einer Pfütze und verliert wertvolle dreißig Sekunden, bis er endlich wieder im Sattel sitzt. Seine gesponserten Lycra-Shorts sind zerrissen, und er wird wieder mal nur als Zweiter nach Miss Armstrong ins Ziel kommen. Als ich an den Strand zurückkomme, ist von Claudia oder ihren Eltern weit und breit nichts mehr zu sehen. Aber an der Bar erspähe ich einen riesigen weißen Bauch. Helenas Haut ist sehr hell und widersetzt sich auch der spanischen Sonne so lange wie nur irgend möglich. Bald wird sie gesprenkelt sein mit vielen braunen Sommersprossen. Helena steht auf und winkt mir zu. Ihre bleichen, mageren Beine sehen aus wie Alabastersäulen, die für ihren Babybalkon zu mickrig geraten sind. Wenn ich sehe, wie zerbrechlich sie ist, bekomme ich regelrecht Angst um sie.

Meeresfrüchte-Phobie, 27. Juli

DIE NÄCHSTEN TAGE verbringen wir im typischen Strandurlaub-Rhythmus. Wir stehen erst spät auf und entscheiden dann bei einem Frühstück bestehend aus Kaffee, rohem Schinken und Weißbrot, an welchen Strand wir heute gehen. Wenn wir uns dann nahe am Ufer niedergelassen haben, widmet sich Helena der Lektüre und ich spaziere am Strand entlang. Irgendwann genehmigen wir uns ein einfaches Mittagessen, bestehend aus gebratenem Fisch, Zitrone und Salat. Wir sprechen wenig und wenn, dann eher über Helenas Bücher als über unsere Zukunft. Ich lese nicht. Genau genommen mache ich so gut wie gar nichts. Ich mutiere zu einer Art Eidechse, liege im heißen Sand herum und lasse mich von der Sonne braten. Nur von Zeit zu Zeit trotte ich ins Meer und kühle mich in der Brandung ab.

Abends essen wir Gazpacho oder Fischsuppe, noch mehr Salat, Venusmuscheln und Früchte in unprätentiösen Restaurants. Helena schaut glücklich drein – außer ich bestelle Schalentiere, dann wird ihr Blick plötzlich panisch. Helena hat damit nämlich ein Problem. Wenn wir Paella bestellen, versteckt sie sich so lange hinter ihrer Serviette, bis ich alle Krabbentiere gepult habe. Sie isst sie zwar, aber nicht, wenn sie bei Tisch noch etwas anhaben. Krabben sind ihre Nemesis. Daran was ihr die Viecher jemals getan haben, kann sie sich nicht mehr erinnern, aber ich glaube, da muss es irgendetwas gegeben haben, vielleicht als sie noch zu klein zum Schreien war. Ich verstecke einen weiteren rosa Panzer und rate ihr dringend, es einmal mit Hypnose zu versuchen, um der Ursache für ihre Phobie auf den Grund zu gehen. Nicht dass es mir etwas ausmachen würde, mich immer um die Schalentiere kümmern zu müssen, aber es ist mir manchmal etwas unangenehm, wenn Helena die Gäste am Tisch nebenan bittet, sich umzusetzen oder am besten gleich in ein anderes Restaurant zu wechseln, wenn sie Schalentiere geordert haben.

Spiegeleier, 28. Juli

NACHDEM WIR zwei weitere Tage lang Kindern und Krabben ausgewichen sind, wollen wir noch weiter nach Süden an den Hafen von Tarifa fahren. Wir wissen noch nicht, wie lange wir dort bleiben werden, aber wir brauchen mal ein Weilchen Schatten. Mein Hirn fühlt sich schon an wie ein Spiegelei.

Nach dem Frühstück fahren wir los, und am Himmel zieht die erste Wolke auf, die ich seit gefühlten Monaten zu Gesicht bekomme. Die Straßen sind gesäumt von riesigen Windmaschinen. Dunst hängt in der Luft. Die unwirkliche Atmosphäre wird noch von der Musik aus dem Autoradio verstärkt. Eine Computerstimme singt gerade, dass es einmal »another way of living, another way of sharing, another way of doing things« gab. Davon bin auch ich überzeugt, aber wird es mir gelingen, diesen anderen Weg für mich zu finden? Oder ende ich wirklich wieder im Marketing, wo Teilen ein Fremdwort und eigentlich gar kein Leben möglich ist? Helena und ich schweigen, als ich den Wagen über dunstige Serpentinen lenke. Helena, weil sie in dieser Mondlandschaft ein wenig Angst hat, und ich, weil ich keine Fragen habe, geschweige denn Antworten.

Altstadt von Tarifa, 29. Juli

TARIFA IST EINE super Stadt! Gut, hier wimmelt es von Althippies, Typen mit Dreadlocks, Baggypants und Marihuana, aber sie hat auch etwas Urbanes – etwas von Madrid oder London, und, wenn man uns beide mit einrechnet, auch von Paris. Ich schätze, wir sind alle aus demselben Grund hier: Tarifa ist eine Grenzstadt. Nur zwölf Kilometer weiter, jenseits der Straße von Gibraltar, fängt ein anderer Kontinent an, mit einer anderen Kultur und einer anderen Art, die Dinge anzugehen. Ich war noch nie in Afrika, aber von hier aus kann ich am klaren südlichen Horizont unverkennbar die Kette des Atlasgebirges sehen. Ich habe plötzlich das Verlangen, ein Schiff zu besteigen und mich auf die Überfahrt zu machen, aber die Idee kommt bei Helena nicht an, die das plötzliche Verlangen nach Mittagessen, einem Hotelbett und einem Schläfchen verspürt.

Nachdem wir die Taschen ausgeladen und eine Pizza verdrückt haben, lasse ich Helena schlafen und kaufe mir eine Schiffskarte. Ein ziemlich touristisch aussehender Laden bietet einen Ausflug auf die Straße von Gibraltar an, wo man dann Wale und Delphine zu Gesicht bekommen soll. Sie behaupten, es bestehe eine 95prozentige Wahrscheinlichkeit, dass man mindestens eines der Tiere sieht. Ich war zu lange im Marketing-Geschäft, als dass mich das nicht stutzig machen würde, entscheide mich dann aber doch dafür. Im schlimmsten Fall genieße ich einen hübschen Blick auf die marokkanische Küste und einen Bootsausflug.

Unglaublich, wie schmal diese Meerenge wirklich ist, und noch unglaublicher, wie viele Öltanker, Fähren und Polizeiboote dort unterwegs sind. Mir scheint es ziemlich unwahrscheinlich, dass auch nur ein einziges Säugetier, das etwas auf sich hält, in diesen unruhigen Gewässern unterwegs ist.

Doch mein Zynismus wird belohnt, und wir sichten in Küstennähe eine ganze Gruppe Grindwale. Es sind bestimmt zwanzig Tiere, die da in regelmäßigen Abständen auf- und abtauchen. Das Boot und die glotzende Touristenschar scheinen sie nicht die Bohne zu stören. Gemächlich gleiten sie durchs Wasser, und ich könnte ihnen den ganzen Tag dabei zusehen. Aber unser Kapitän steuert bald darauf auf die afrikanische Küste zu. Dort sieht es in etwa genauso aus wie auf der spanischen Seite, und irgendwie überrascht mich das, obwohl ich nicht weiß, aus welchem Grund. Auf unserem Rückweg an die spanische Küste werden wir von einer Gruppe Flipper-Delphinen begleitet, und ich hänge fasziniert über der Reling, um auch ja nichts davon zu verpassen.

Die Delphine rauben mir den Atem. Es sind bestimmt an die zwanzig, die da direkt unter mir durchs Wasser schneiden. Ich kann mir ein Lächeln nicht verkneifen. Ich schwöre bei allem was mir heilig ist, die Delphine lachen zurück. Unter Wasser drehen sie sich zur Seite, als wollten sie prüfen, ob wir ihnen auch zusehen. Wenn sie sich unserer Aufmerksamkeit vergewissert haben, drehen sie sich wieder um und schießen wie silberne Torpedos an die Oberfläche. Es scheint fast so, als würden sie sich über unser Boot und seine Ladung aus nicht wassertauglichen Menschen lustig machen. Irgendwie erinnern sie mich auch daran, dass ich endlich mit dem Rauchen aufhören muss. Vielleicht, weil sie im Wasser aussehen wie gesunde Lungen. Die Delphine begleiten uns bestimmt fünf Minuten lang und sind dann ganz plötzlich wieder verschwunden. Wenn ich könnte, würde ich jetzt auch lieber an die Küste zurückschwimmen.

Auf der Straße zwischen Tarifa und Ronda, 30 Juli

WIR SIND WIEDER in der Sierra unterwegs. Die Straße schlängelt sich bis auf tausend Höhenmeter hoch, und Helena hat weitere Vorschläge, was den Namen den Kindes betrifft:

»Wie wäre es mit Sidonia?«

»Du hast die Landkarte studiert, oder?«

»Wieso?«

»Medina Sidonia heißt doch eine kleine Stadt nicht weit von hier.«

»Stimmt«, sagt sie verlegen. Dass ich sie sofort durchschaut habe, ist ihr jetzt ein bisschen peinlich.

»Du glaubst also immer noch, es wird ein Mädchen?«

»Du willst doch sowieso lieber ein Mädchen, oder etwa nicht?«

Am frühen Abend kommen wir in Ronda an und checken in ein so billiges Hostel ein, dass sogar ich mich nicht beschweren kann. Das Städtchen ist zweigeteilt. In der Mitte verläuft die hundert Meter tiefe Klamm des Rio Tajo. Die Hauptattraktion in dieser Stadt ist eine Brücke aus dem 18. Jahrhundert, die über diese Schlucht führt und die beiden Stadtteile verbindet. Wir essen in einem teuren Restaurant mit Blick auf die Brücke und einen farbprächtigen Sonnenuntergang. Langsam fange ich ernsthaft an, mir Sorgen über unsere Reisekasse zu machen, also argumentiert Helena, dass dieses Essen doch eine schöne Art sei, drei Monate Schwangerschaft zu feiern. Frauen sind manchmal ganz schön gerissen.

Die Insekten von Ronda, 31. Juli

DAS DUMME an Ronda ist, dass man in dieser Stadt ständig rauf und runter klettern muss. Erst steigen wir eine steinerne Treppe, die ein maurischer König einst in den Felsen schlagen hat lassen, in die Klamm hinab und dann wieder hinauf. Anscheinend hatte der König allerhand Sklaven zum Wasserschleppen für die Truppen, die die Stadt gegen die Spanier verteidigten. Ich war schon allein vom Weg nach unten total erledigt. Auf dem Weg nach oben ist es auch nicht besser. Das liegt bestimmt nur an der Hitze, auch wenn mich die Delphintherapie doch noch nicht von den *Benson & Hedges* weggebracht hat. Oben angekommen, warte ich auf Helena, die nicht weit zurückliegt. Das überrascht mich etwas, denn sie hat eine halbe Ewigkeit hinunter in diese Höllenschlucht gebraucht.

»Du bist aber schnell!«, sage ich.

»Ah oui«, schnaubt sie. »Runter wie eine Kuh, aber rauf wie eine Gämse!«

Daraufhin muss ich so lachen, dass Helena mich fast wegtragen muss.

An anderer Stelle der Schlucht besichtigen wir das frühere arabische Bad. Bei der Hitze könnte so ein Bad auch wirklich nicht schaden, allerdings fließt dort heute kein Tropfen Wasser mehr. Und die Temperaturen steigen immer noch weiter. Auf dem Rückweg mache ich den Fehler, eine Abkürzung über die Felder vorzuschlagen, um schneller wieder in die Eiscreme- und *Coca-Cola*-Zone zu gelangen. Auf halber Strecke kommt uns wie aus den Staubnebeln der Vergangenheit ein gebieterisch dreinblickender Spanier in farbprächtiger Kleidung entgegengeritten. Er zügelt sein nicht weniger beeindruckendes Ross und tadelt Helena grimmig dafür, dass sie keinen Hut trägt. Die Gefahren eines schweren Sonnenbrands während der Schwangerschaft werden in jedem Baby-Ratgeber beschworen, und uns fällt nichts Besseres ein, als bei mindestens 35 Grad über ausgedörrte Felder zu laufen.

Bis wir die nächste Oase und endlich auch kaltes Wasser erreicht haben, sind wir von der Hitze schon ganz duselig. Helena ist knallrot im Gesicht, allerdings eher vor Wut auf mich und meine wahnwitzigen Wegvorschläge als von der Sonne. In einer Bar sitzend, schweigen wir uns erst einmal eine Weile an. Erst als ich meine Sinne wieder beisammen habe, bemerke ich, dass sie im Fernseher über der Theke aus unerfindlichen Gründen gerade *Being John Malkovich* zeigen.

Vielleicht liegt es ja an dem absurden Film, dass ich mitten in der Nacht schwitzend und panisch aufschrecke. In meinem Alptraum habe ich versucht, Helena vor einer unsichtbaren bösen Macht zu beschützen. Wir rennen durch den Garten meiner Kindheit, durch Gras, das uns über den Kopf wächst, und plötzlich kommt eine riesige Heuschrecke auf uns zu. Sie ist mindestens doppelt so groß wie ich. Ich mache mich schon auf das Schlimmste gefasst und sehe ihr direkt in die Insektenaugen. Zu meinem Entsetzen sind ihre Kiefer aus Holz. Der Anblick versetzt mich so in Schrecken, dass ich aufrecht im Bett sitze und völlig aufgewühlt aber mucksmäuschenstill in die absolute Finsternis um mich herum starre. Nur langsam sammle ich mich und vernehme das Geräusch einer einzelnen Mücke auf der Suche nach frischem Blut. Mit der Bibel vom Nachttisch jage ich sie durchs Zimmer, als wäre ich Peter Cushing auf der Spur von Graf Dracula persönlich. Ich schwöre bei Gott, noch nie habe ich mit solchem Vergnügen ein lebendes Wesen getötet.

Ronda, 1. August

HEUTE IST ES sogar noch heißer, also beschließen wir, es langsamer angehen zu lassen. Wir kaufen uns ein Ticket für einen Ausflug zum Palacio de Mondragon. Dort angekommen, stecken wir heimlich unsere Füße in die künstlichen Wasserläufe des hübschen Gartens. Später schaue ich mir eine Ausstellung im Inneren des prächtigen Hauses an. Helena bewundert derweil lieber die Keramikkacheln, die den Palacio zieren. Dann fliehen wir wohlweislich aus der Sonne und kehren in unser abgedunkeltes Hotelzimmer zurück, bevor wir wieder von Don Quijote gemaßregelt werden.

In Ronda findet heute Abend eine Flamenco-Vorstellung statt, und Helena versucht mich davon zu überzeugen, dass das Spektakel 50 Euro pro Karte wert ist. Aber ich sträube mich, weil ich denke, die Sache ist sicher nicht authentisch, sondern total tourimäßig. Wir einigen uns darauf, unsere Differenzen bei einem Drink auf einer kleinen Plaza in der Nähe unseres Hotels beizulegen. Mittlerweile ist es sieben Uhr abends, und es ist immer noch brüllend heiß. Helena versucht es zur Post, weil sie Briefmarken braucht, aber bereits auf halbem Wege über die Plaza macht sie schlapp. Sie dreht wieder um und wirkt dabei wie jemand, der in der Sahara einen Marathon läuft.

Ich frage sie, ob es angesichts der Temperaturen nicht weiser wäre, auf die Flamenco-Veranstaltung zu verzichten. Aber sie zuckt nur mit den Schultern und fischt ein paar Scheinchen aus meinem Geldbeutel. Kurz darauf sitzen wir mit dem im Eintrittspreis inbegriffenen Freigetränk in der Vorstellung. Spanier sind hier weit und breit keine zu sehen, nur Engländer, Deutsche und, schlimmer noch, Amerikaner. Ich entdecke sogar ein paar dieser wässrig-blauen Augen, die sofort die Holländer erkennen lassen. Ich mache mich auf das Schlimmste gefasst. Etwas später als auf dem Ticket angekündigt, betreten die Künstler die Bühne: zwei junge Frauen in der traditionellen Tracht und je einer leuchtend bunten Blume im Haar und ein Mann mit Gitarre und Pferdeschwanz. Sie treten an drei an der Seite des Parketts nebeneinander aufgereihte Mikrofone heran. Der Gitarrist schlägt einige dieser klagenden, fast arabisch anmutenden Akkorde an, und die Frauen fangen an zu singen – die Töne kommen irgendwo von ganz tief innen, einem Ort zu dem wir anderen keinen Zugang haben. Manchmal klingt es fast schon unwirklich, und vielleicht ist ihr Lied der Beweis dafür, dass ein harmonisches Verhältnis zwischen christlicher und islamischer Kultur möglich ist. Was dabei herauskommt, ist atemberaubend – als würde man eine große Leere erst mit Bitternis, Sehnsucht und Bedauern und gleich darauf mit ungezügelter Freude füllen. Ich sitze mit geschlossenen Augen da und höre zu. Ich spüre das Leben und den Tod und alles was dazwischen liegt.

Es ist fast Mitternacht. Im Saal herrscht eine Hitze wie in einer afghanischen Rebellenhöhle. Plötzlich ein Geräusch wie ein Gewehrschuss. Ich reiße die Augen auf. Zwei Tänzer stehen sich auf der Bühne gegenüber. Er in einem schwarzen Anzug, sie in einem tadellos sitzenden, fließenden Kleid. Ihr Blick ist stolz und hart, das glänzende pechschwarze Haar streng zurückgebunden. Der Tanz der beiden ist frei von Schuld oder Angst. Der Rhythmus der Gitarre wird immer drängender. Zwei Körper, wie die Hälften eines ursprünglichen Ganzen, kommen zusammen.

Das Publikum ist hingerissen von dieser ausdrucksstarken Vorführung. Wie ist es möglich, dass sich Füße wie Federn bewegen, aber wie Donner klingen? Die Bewegungen der Tänzerin drücken mehr aus als viele Worte. Nie zuvor habe ich eine so starke Verkörperung von purer Weiblichkeit erlebt. Sie tanzt mit der Anmut eines Adlers und der Sinnlichkeit und Wildheit einer Tigerin. Ich bin hin und weg. Ich spüre Hoffnung, Liebe und Kraft und fühle mich plötzlich unheimlich lebendig.

DAS ZWEITE DRITTEL

Krank unterwegs, 2. August

DER WENDEPUNKT kommt, als wir uns langsam wieder die Küste entlang Richtung Sevilla winden. Heute beginnt der vierte Monat von Helenas Schwangerschaft, und mittlerweile passiert es immer öfter, dass andere Frauen verklärt lächelnd auf Helenas Bauch deuten. Alle stellen die gleichen Fragen: Im wievielten Monat? Junge oder Mädchen? Ist es das Erste? Doch Helena beantwortet sie immer wieder mit Engelsgeduld. Nur auf meine Frage, ob ihr beachtlicher Bauchumfang denn normal sei, reagiert sie mit fünfzig Kilometer hartnäckigem Schweigen auf dem Beifahrersitz.

Für die meisten Frauen beginnt mit dem vierten Monat auch die »ruhige« Phase der Schwangerschaft. Ihr Körper hat sich langsam an den kleinen Gast im Bauch gewöhnt – die Ruhe vor dem Sturm, der dann im letzten Schwangerschaftsdrittel ausbricht. Zumindest glaube ich, so etwas Ähnliches in *Future Maman* gelesen zu haben. Im Moment befindet sich das Buch irgendwo ganz unten in unserem Koffer. Seit unserer Ankunft in Andalusien haben wir es nicht mehr angerührt.

In meinen Kopf markiert der heutige Tag auch den Punkt, an dem es kein Zurück mehr gibt. Egal wie bange oder unvorbereitet ich mich auch fühlen mag, es besteht kein Zweifel mehr daran, dass ich Vater werde.

Als wir den Rand des Grazalema Nationalparks erreicht haben, steigt die Straße wieder an, allerdings nicht so schnell wie das Quecksilber. Das Thermometer unseres staubigen *Clio*s zeigt eine Außentemperatur von 35 Grad an. Gestern habe ich noch gelesen, dass der Nationalpark von kleinen Flüssen und Bachläufen durchzogen ist und einen Teil des sogenannten »nassen Andalusiens« darstellt. Nass? Wir sind zwar schon über ein paar Brücken gefahren, aber das Einzige, was sich im

Flussbett darunter bewegte, war vertrocknetes Gras, das sich träge im Wind wiegte. Wir legen einen kurzen Stopp ein, um Kaffee, Wasser und eine ortskundige Auskunft zu bekommen. Helena verdrückt einen Teller voll köstlicher kalter Krabben, und ich versuche in Erfahrung zu bringen, ob es in dieser brütenden Berglandschaft nicht eine Möglichkeit zum Schwimmen gibt.

Als wir wieder ins Auto zurückkommen, hat die Temperatur 39 Grad erreicht. Wir fahren durch ein Dorf mit Namen Grazalema Richtung El Bosque. Es ist so heiß, dass der Teer auf der Straße zu schmelzen beginnt. Die Stimme des Nachrichtensprechers im Radio verkündet, dass weite Teile von Spanien und Portugal in Flammen stehen. In einer Schlucht finden wir einen Fluss, der sich auf der Flucht vor der Hitze tief in den Felsen gegraben hat. Das Wasser ist angenehm kühl, und wir planschen und prusten darin herum wie ein altes Karpfenpaar. Erfrischt kriechen wir wieder ans Flussufer, was wahrscheinlich so aussieht, als würden wir einen entscheidenden Moment der Evolution nachstellen. Dann halten wir unter einem alten, knorrigen Olivenbaum ein Picknick ab, bestehend aus Rippchen, *Chorizo*-Würstchen und scharf gewürzten Kartoffeln.

Als wir weiterfahren, windet sich die Straße in endlosen kleinen Kurven dahin, die Helena in einen Zustand irgendwo zwischen Hypnose und Übelkeit versetzen. Die Temperatur ist bestimmt auf über 40 Grad angestiegen, und obwohl wir die Klimaanlage voll aufgedreht haben, sorgt sie nicht wirklich für Abkühlung. Ohne anzuhalten, rauschen wir durch ein weiteres abgelegenes Städtchen. Die Straßen sind wie ausgestorben. Die Menschen scheinen sich in ihren Kellern versteckt zu haben, um der Hitze zu entgehen. Wir kommen viel langsamer voran, als ich gedacht hatte. Endlos zieht sich die Straße durch eine dunstige Hügellandschaft dahin.

»Wie weit noch?«, fragt Helena matt.

»Nicht mehr weit«, lüge ich, und um sie abzulenken, zeige ich auf ein Stück Aas, das mit vertrockneten Gebeinen am Straßenrand liegt. Wir wollen nach Alcalá de los Gazules. Laut Karte soll die Straße nun flacher werden und uns direkt zurück an die Küste bringen. Aber die Temperatur steigt immer noch. In meinem Kopf fängt es an zu hämmern, und Helena wird dramatisch blass.

»In Alcalá machen wir Pause. Holen uns 'ne Cola. Ich versprech's.«

»Eh?«, sagt Helena bloß. Die Hitze scheint allen Worten, die länger sind als eine Silbe, den Sinn genommen zu haben. Wir versinken wieder in Schweigen. Nur die Klimaanlage dröhnt unbeirrt vor sich hin. Ich bin nicht sicher, ob ich überhaupt noch wach bin, aber ich bilde mir ein, gerade ein Schild gesehen zu haben, auf dem stand, dass es nur noch fünf Kilometer bis Alcalá sind.

»Anhalten!«

»Hä?«

»Anhalten. Sofort!«

Für ein weiteres »hä« reicht meine Energie nicht mehr. Stattdessen bremse ich so heftig, dass der *Clio* fast ins Schlingern gerät. Helena stürzt aus dem Wagen und hastet hinters Auto. Ich schaue in den Rückspiegel. Zu sehen, wie sie sich übergibt, bringt mich wieder zu mir. Mit unseren letzten Wasservorräten und einem Hut schleppe ich mich aus dem Wagen. Helena ist ein wenig grün um die Nase, aber sie versichert mir, dass sie sich jetzt etwas besser fühle. Ich ringe mir einen kläglichen Witz über die verschwendeten *Chorizo*-Würstchen ab, aber Helena blickt mich nur matt an. Zur Erfrischung kühlen wir uns mit dem restlichen Wasser den Nacken und klettern wieder ins Auto. Das Thermometer zeigt mittlerweile 47 Grad an.

Als wir schließlich in Alcalá ankommen, sagt Helena:

»Schon komisch, dass mir ausgerechnet heute schlecht wurde.«

»Wieso?« Mein Hirn fühlt sich an wie eine überreife Wassermelone kurz vor dem Platzen.

»Die ganzen ersten drei Monate über war mir nie schlecht.«

»Und?«

»Jetzt ist es mir plötzlich schlecht, am ersten Tag des zweiten Drittels.«

Irgendwie werde ich das Gefühl nicht los, dass das eine bedeutungsvolle Information ist, aber jetzt und hier bin ich völlig außerstande zu begreifen, warum. Stattdessen halte ich am nächsten rot-weißen Schild an. Die Hitze hat uns nicht nur alle Energie geraubt, sondern auch den Verstand ausgesaugt, aber eine zuckrige braune Cola gibt uns beides auf einen Schlag zurück. Genau wie in der Werbung. Erst jetzt wird mir klar, dass diese Tour ganz schön riskant war.

Wieder an der Küste angelangt, checken wir in ein Strandhotel ein. Im Zimmer schalte ich sofort den Fernseher ein. Nachrichten: Südspanien leidet unter einer enormen Hitzewelle. In Sevilla und Córdoba hat die Temperatur 52 Grad erreicht. Ein paar Menschen sind der Hitze sogar erlegen. Und die braun gebrannten Wetterfeen raten dringend dazu, im Haus zu bleiben und es ruhig anzugehen. Vielleicht halluziniere ich ja schon, aber ich bilde mir ein, ich höre sogar eine spezielle Nachricht für einen durchgeknallten Engländer: Hör auf, mit dem Leben deines ungeborenen Kindes zu spielen.

Die Stadt ohne Namen, 3. August

DER WIND aus der Sahara hat uns in eine Stadt nordwestlich von Tarifa getrieben, wo das Mittelmeer in den Atlantik übergeht. Hier tummeln sich braun gebrannte Surfer mit salzwasserblonden Haaren. Immer noch recht erschöpft und schweigsam trotten Helena und ich zum Strand. Wir spüren den sandigen Wind auf unserer Haut. Nur im Wasser und den allgegenwärtigen *chiringuitos* (spanische Strandhütten, die allesamt von Coca Cola gesponsert sind) ist man davor sicher. Aber dort hängen die Surf-Hippies ab und ziehen entspannt an langen Joints. Ich entspanne am Strand, und der Wind bläst alle Worte, noch bevor sie mir über die Lippen kommen, aus meinem Kopf.

Am frühen Abend zieht es uns in die nächstgelegene Stadt auf einen fast marokkanisch anmutenden Bazar. An diesem ersten Wochenende im August sind die Surfer in Feierlaune. Helena und ich lagern auf goldbestickten Sitzkissen und beobachten den Sonnenuntergang, während die Surfjungs die Partynacht mit Whiskey und Haschisch beginnen.

Als wir zum Abendessen aufbrechen wollen, hört uns einer der Surfer in unserem typischen Mischmasch aus Englisch und Französisch sprechen. Er heißt Manolo, seine Freundin Mercedes und beide sind sie Spanier. Manolo ist heiß drauf, seine dürftigen Englischkenntnisse unter Beweis zu stellen, um Mercedes zu beeindrucken. Die sagt selbst kaum etwas, hat aber hübsche grüne Augen.

»Wo kommen ihr her?«, bringt Manolo das Gespräch ins Rollen.

»England. Und Helena ist aus Frankreich.«

»England! Ich gewesen gerade in Oxford«, schwatzt Manolo.

»Ach ja, was hast du denn da gemacht?«, frage ich. Ich

kann mir kaum vorstellen, dass so eine versnobte englische Stadt surftechnisch viel zu bieten hat, auch wenn es dort sicher jede Menge Dope gibt.

»Nein. Nicht für Surfen«, sagt Manolo und wird plötzlich ganz ernst. »Weißt du, ich Nuklearphysiker.«

Ich starre seinen Surferbart an, seinen rasierten Kopf die Piratenshorts und seine Freundin. Gut, kann schon sein, aber ich bleibe weiterhin skeptisch. Ein Dealer pirscht sich an uns heran und präsentiert ein Stück Hasch so groß wie ein Entenei.

»Nein, danke«, faucht Manolo ihn an und wendet sich dann wieder mir zu. »Ja, ich arbeiten für eine Lebensmittelhersteller.«

»Einen Lebensmittelhersteller?«

»Wir teste Nahrungsmittel auf Radioaktivität.«

»Radioaktivität?« Ich weiß nicht, ob ich dieses Gespräch überhaupt führen will.

»Klar, seit Tschernobyl es gibt viel verseuchte Essen.«

»Und wie hat es dir in England so gefallen?«, versuche ich abzulenken, bevor er mir noch mehr erzählt, das ich nicht wissen will.

»Oh, England super, nur Essen nicht so toll.«

»Oh? Zu viele radioaktive Rückstände?«

»Nein, nein«, lacht Manolo. »Englisch Fisch kommen aus Atlántico, dort keine Radioaktivität!«

»Cool«, sage ich, weil ich glaube, das sei das angemessene Vokabular für diese Surferhochburg. »Manolo, kennst du ein gutes Restaurant hier in der Nähe? Irgendwas, wo wir ein nettes und unbedenkliches Abendessen bekommen?«

Fröhlich zeigt Manolo auf ein Restaurant am Rande des Strands. Bevor wir aufbrechen, frage ich Manolo noch nach dem Namen der Stadt, in der wir hier gelandet sind.

»Hat keine Namen.«

»Was?« frage ich verdutzt und blicke mich in dem recht städtisch wirkenden Ballungsgebiet um.

»Keine Name. Nur ein *chiringuito enorme*!«

In der Stadt ohne Namen essen wir frischen gegrillten Fisch, und als wir dann auch noch den sicher mit Uranium angereicherten Nachtisch bestehend aus Eiscreme verputzt haben, sind wir ziemlich geschafft. Nicht so Manolo, Mercedes und das restliche Südspanien – die werden nämlich jetzt erst richtig munter. Im Sommermodus fangen die meisten Spanier erst gegen elf Uhr nachts mit dem Abendessen an. Aber richtig los geht der Sommerabend dann erst nach einem starken Kaffee, einem schnellen hochprozentigen Shot und einer erfrischenden Dusche. In dieser kurzen Ruhephase vor dem Sturm fallen Helena und ich nichtsahnend in einen unschuldigen Schlaf. Aber gegen zwei Uhr nachts werden wir geweckt von Türenknallen, Balkonparties, Breakdance-Battles auf der Straße vor dem Hotel, zerbrechenden Glasflaschen und lautem Gekreische.

Chiringuito, 4. August

ALS WIR DANN bei einem Frühstück aus Toast und Kaffee sitzen, wirkt Helena etwas angespannt. Einzig die Tatsache, dass die Party noch immer nicht vorüber ist und man bei dem Lärm kaum sein eigenes Wort versteht, hält sie davon ab auszuflippen. Es ist halb zehn Uhr morgens, und wir teilen uns den Frühstückstisch mit dicken Schmeißfliegen und einer Gruppe Nachtschwärmern, die feuchtfröhlich die lange Nacht ausklingen lassen. Ihr Frühstück besteht aus Bier, Dope, Zigaretten und dazu ein Schlückchen Kaffee. Sie plappern gutgelaunt durcheinander. Meiner Meinung nach ein völlig sinnloses Unterfangen, da sich später sowieso keiner von ihnen an das Gesagte erinnern wird.

Helena ist entsetzt darüber, wie man sich derartig gehenlassen kann. Ich dagegen bin entsetzt, weil weite Strecken meines Lebens darin bestanden, mich genau so gehenzulassen, und es mir ein wenig leidtut, dass ich diesmal die Party verpasst habe. Ich habe seit gut einem Monat keinen Alkohol mehr getrunken, und nüchtern betrachtet muss auch ich zugeben, dass sich unsere Tischnachbarn wie die Geisteskranken benehmen. Trotzdem zieht mich das Laster noch immer unwiderstehlich an.

Langsam verschwinden die Nachtschwärmer wieder in ihren Löchern, und wir begeben uns an den fast menschenleeren Strand. Matt wie eine alte Krabbe schlurfe ich immer wieder zwischen dem heißen Sand und dem kalten Wasser hin und her. Geredet wird auch jetzt nicht viel. Wir wissen ja nun, was uns später erwartet, und dass es wenig Sinn hat, sich früh in die Falle zu hauen. Stattdessen gesellen wir uns am frühen Abend zum Partyvolk im *chiringuito*. Ich werfe mich auf einen der Liegestühle und schaue hinaus aufs Meer. Am Nachthimmel funkeln tausend Sterne, Kerzen flackern in der Brise, Helena schaukelt in einer Hängematte zum obligatorischen Strandsound von Bob Marley, und rot, gold und grün glimmen die Joints in der Nacht.

Stierkampf, 5. August

NACH EINER weiteren Nacht mit den lebenden Toten haben

wir mehr als genug. Ich belade den Clio und stelle die Klimaanlage auf Nordpol. Wir haben eine lange Fahrt zurück nach Mazagón vor uns, und ich will noch einen Zwischenstopp in Cadiz einlegen. Denn dort wohnt jemand, den ich noch aus der Zeit kenne, als ich in einem kleinen Dorf nahe Sevilla gelebt habe. Mein Freund Andres ist Alkoholiker und hat trotzdem unvernünftigerweise die örtliche Bar betrieben. Das heißt, gegen Mittag war er meist schon so dicht, dass davon keine Rede mehr sein konnte. Eigentlich schmissen seine Frau und die vier dunkeläugigen Töchter den Laden. Andres stand einfach nur herum, mit verschleiertem Blick, ein Bier in der Hand, und redete unaufhörlich von einer Stadt, die er vor 35 Jahren verlassen hatte, um nach Katalonien zu gehen. Obwohl ich nicht viel von dem, was er sagte, verstand, mochte ich Andres, und irgendwie hatte ich immer auch ein wenig Mitgefühl mit ihm, obwohl ich damals gar nicht wusste, warum.

Außerdem bin ich nicht wirklich scharf darauf, wieder zu Pierre und Cécile zurückzukehren. Ich weiß nämlich, dass sie am Wochenende noch mehr Gäste erwarten, und befürchte, die familiären Spannungen treten bald wieder deutlich zutage. Am liebsten würde ich den *Clio* direkt zum Flughafen lenken und den nächstbesten Flieger nach Hause nehmen. Ich habe das Gefühl, schon viel zu lange unterwegs zu sein, und sehne mich ein wenig nach meinem eigenen Zuhause. Außerdem würde ich gerne weiteren unangenehmen Fragen, was mein zunehmend launisches Verhalten betrifft, entgehen. Aber die werdende Mutter neben mir kann es kaum erwarten, Klein Clément wiederzusehen. Also werde ich mich wohl noch ein paar Tage am Riemen reißen müssen. Am frühen Abend kommen wir schweißgebadet an. Zu meiner Erleichterung finden wir das Haus leer vor. Ich schnappe mir meine Badesachen und verziehe mich erst einmal an den Strand.

Später, nachdem alle wieder heimgekehrt sind, umkreisen

wir uns zunächst alle etwas argwöhnisch. Alle bemühen sich, nichts Falsches zu sagen. Übermäßig höflich und respektvoll nehmen wir das Abendessen, bestehend aus gegrillten Makrelen, zu uns. Aber als wir dann beim Nachtisch angelangt sind, haben sich alle wieder ein wenig entspannt, und die Stimmung am Tisch hat sich deutlich verbessert. Nach dem Essen ziehen sich die beiden Damen gleich zurück, und ich fordere das Schicksal heraus und biete eine Partie Schach an. Pierre zögert erst, schließlich hat er einen harten Tag Arbeit hinter sich. Aber nach einem Gläschen Whiskey willigt er dann doch ein.

Ich bekomme die weißen Steine und lege von Anfang an eine recht aggressive Spielweise an den Tag – um ehrlich zu sein, die einzige mir bekannte Art zu spielen. Wenn man schon verliert, dann doch besser aus der Offensive heraus, anstatt duckmäuserisch das Röckchen der keuschen Dame zu verteidigen. Ich gehe davon aus, dass Pierre meine lückenhafte Verteidigung so schnell durchbrochen hat, wie sich ein Schwarm unterernährter Heuschrecken über ein Kornfeld hermacht. Aber irgendwie kommt er nicht richtig zum Zuge. Dreist schlage ich hier einen Läufer, da einen Springer, und sogar seine Dame verteidigt er nicht gerade ritterlich (so viel zur Jungfrauenehre).

Eine halbe Stunde später sind fast keine Spielsteine mehr auf dem Brett. Ich bin immer noch ein paar Züge voraus. In den Bäumen zirpen aufgeregt die Zikaden. Was ist nur in mich gefahren? Ich spiele wie ein Besessener und denke plötzlich über die Konsequenzen meiner Züge im Voraus nach; ein für mich völlig untypisches Verhalten. Mittlerweile ist es früh am Morgen. Wenn ich meine Truppen nur noch lange genug zusammenhalte, ist mir der Sieg sicher. Womöglich schaffe ich es dabei sogar, den Eindruck zu erwecken, als wüsste ich, was ich tue.

Die geheimnisvolle motivierende Kraft der Rachegelüste treibt mich voran, und arrogant schiebe ich den lächerlichen Lederhut, den ich mir in einem Anfall von Schwachsinn in Ronda gekauft habe, in den Nacken. Wollen wir doch mal sehen. Ich bin ein eiskalter, berechnender Matador. Ich starre mein Opfer an und überlege, wie ich ihn möglichst elegant fertigmachen kann. Wer weiß, wenn ich mich weiter so aufspiele, fange ich vielleicht sogar an zu glauben, dass ich einen guten Vater abgeben werde. Ich blicke mich in der Garten-Arena um und sehe unzählige weiße Taschentücher im Wind flattern, die begeistert dem gewagten Schauspiel des mutigen Toreros huldigen. Das Einzige, was mich jetzt noch von ewigem Ruhm trennt, ist das geringfügige Hindernis eines verbleibenden Turmes, der den gegnerischen König schützt. Pierre schaut auf die Uhr und wirft dann einen Blick auf sein leeres Whiskeyglas. Wahrscheinlich hat er einfach keine Lust mehr, sich die ganze Nacht von einem blutigen Anfänger über das Schachbrett jagen zu lassen. Er seufzt und wirf seinen König um. Es ist vorbei, und ich lasse mich von meinem imaginären Publikum aus Aficionados und glutäugigen Frauen feiern. Ich reiße meine Jacke auf und enthülle darunter das Ultraschallbild unseres ungeborenen Kindes.

Warum Kaninchen keine Kreuzfahrten machen sollten, Mazagón, 6. August

KLEIN CLÉMENT ist schon wieder krank. Es ist nur eine kleine Erkältung, aber wir alle machen uns auf das Schlimmste gefasst. Um ihn ein wenig aufzumuntern, schnappe ich mir sein Lieblingsstofftier, ein Kaninchen namens Quito. Der Name ist die Abkürzung des spanischen Wortes *conejito*, was so viel heißt wie Häschen. In der spanischen Umgangssprache bedeutet es allerdings auch »kleine Muschi« und, nein, damit ist nicht diejenige mit den Tatzen gemeint. Aber diese linguistische Einsicht teile ich besser weder mit Clément noch mit seinen Eltern.

Man hat mich bereits gewarnt, pfleglich mit dem Kuscheltier umzugehen, ohne das Klein Clément nachts keine Ruhe findet. Aber ich halte es trotzdem für eine unglaublich witzige Idee, den Stoffhasen zusammen mit Clément ein wenig im Planschbecken paddeln zu lassen. Onkel sind schließlich dazu da, hin und wieder die Grenzen zu überschreiten, die die strenge Hand elterlicher Disziplin gezogen hat. Ich setze den Hasen in einen kleinen Eimer, und wir nehmen Kurs auf das westliche Ende des Planschbeckens. Pierre schaut mir dabei zu, sagt aber nichts. Vielleicht befürchtet er, es würde nach seiner schmählichen Niederlage im Schach missgünstig rüberkommen. Aber mein Bunny-Boot erweist sich bedauerlicherweise als ziemlich ungeeignet für die Gummipool-Überquerung und kentert schon kurz nachdem wir die Segel gesetzt haben. Im Nu ist das Karnickel auf den Grund gesunken, und ehe mir die wahren Ausmaße dieser Katastrophe bewusst werden, fange ich an zu lachen wie eine hysterische Hyäne. Leider findet Klein Clément das Ganze überhaupt nicht witzig und fängt bitterlich an zu weinen. Pierre macht ein so finsteres Gesicht wie Abraham Lincoln am Mount Rushmore, fischt den Stoffhasen aus den Untiefen des Beckens und zieht mit Kind und Kaninchen ab.

Fünf Minuten später, ich liege bereits wieder entspannt in einem Liegestuhl, kommt Helena wütend herbeigerannt und hält mir mein schreckliches Fehlverhalten vor. Der Kleine sei völlig übermüdet, es sei Zeit für seine Siesta, aber er mache ohne sein Muschi-Häschen kein Auge zu, und sein Vater sei deswegen schon fuchsteufelswild. Unvorsichtig offenbare ich mein ganzes Unwissen in puncto Wichtigkeit von Stofftieren in der kindlichen Erfahrungswelt und schlage vor, das Ding in der Sonne zu trocknen, auszuwringen oder in Gottes Namen einfach ein neues zu kaufen. Die mühsam verbesserte Stimmung im Haus ist jedenfalls wieder im Eimer, und diesmal ist es ganz klar nur meine Schuld. Helena schlägt vor, ich solle besser einen langen Spaziergang machen und mich eine Weile nicht blicken lassen. Als ich die Haustür hinter mir zuziehe, höre ich noch, wie der Hase hektisch geföhnt wird, und vernehme das verzweifelte Geschrei von Klein Clément in seinem Kinderbett. Warum bin ich bloß nicht direkt zum Flughafen gefahren, als ich die Möglichkeit dazu hatte?

Nachdem ich etwa eine Stunde später wieder in den Garten zurücktrotte, maßregelt mich Helena nochmals streng: Cléments Eltern hätten eine Verfügung erlassen. Sollte ich mich näher als 25 Meter an den Hasen heranwagen, werde ich prompt verhaftet und abgeschoben. Meine Verteidigung stützt sich in erster Linie darauf, dass Quinto mein Komplize bei dem Verbrechen war, schließlich habe er ja nichts dagegen gehabt, in das Boot zu steigen. Überhaupt könne man mich doch nicht für seinen Mangel an Seetauglichkeit verantwortlich machen. Aber all meine Argumente werden abgeschmettert, also ändere ich meine Strategie und schmolle schweigend vor mich hin. Die können mich alle mal. Vor allem Helena, die einfach gemeinsame Sache mit einem verdammten Stoffhasen macht. Das heutige Abendessen verläuft dann auch entsprechend angespannt, obwohl Quito schon längst wieder staubtrocken ist. Das weiß ich deshalb so genau, weil ich nicht Wort gehalten habe und dem kleinen Bastard, als niemand hinsah, den Finger in den haarigen Bauch gerammt habe.

Womöglich hat Helena ein Gnadengesuch für mich eingereicht, jedenfalls schenkt man mir keine weitere Beachtung. Als ich traurig meine Henkersmalzeit bestehend aus alkoholfreiem Rum-Rosinen-Eis in mich hineinlöffle, erkundigt sich Helena bei Cécile, ob sie für die Geburt ihres zweiten Kindes eine PDA vorgesehen hat. Diese Frage führt zu einer ausgiebigen Erläuterung der Geburt von Clément (einer zwölfstündigen Tortur in einem Pariser Krankenhaus). Pierre war bei der Geburt dabei. Sie hatten ein Einzelzimmer, und Monsieur legte ein bisschen Musik auf, während Cécile in den Wehen lag. Das mit der Musik überrascht mich ein wenig – ich meine, welche Mucke hört man bitte, während der eigene Partner sich vor Schmerzen windet? Ich versuche mir die Szene vorzustellen.

»Pierre, Pierre, bitte, ich halte die Schmerzen nicht aus.«

»Moment, mein Schatz, ich muss eben noch die CD wechseln.«

»Ruf den Arzt, ich brauche noch eine Dosis Schmerzmittel.«

»Einen Augenblick noch, Schätzchen. Bin gleich bei dir. Wonach ist dir? Metallica oder lieber Charles Aznavour?«

»Bitte, ich will einfach nur sterben.«

»Gut, dann lege ich doch gleich mal Händels Messias auf.«

Cécile versichert uns, es sei völlig normal, dass Frauen sich, nachdem sie neun Monate lang das Unerträgliche ertragen haben, im letzten Moment doch für den leichteren Weg entscheiden wollen – Selbstmord zum Beispiel. Es war Pierres Job (und bald blüht das auch mir), sie noch einmal den Klauen des Todes zu entreißen und zu einer letzten Anstrengung zu bewegen. Ich beobachte Helena genau, besonders als Cécile tönt, sie könne es kaum erwarten, das alles ein weiteres Mal durchzumachen. Ich als Mann kann mir jedenfalls nicht vorstellen, wie eine Frau auch nur in Erwägung ziehen kann, sich freiwillig so einer Tortur zu unterziehen. Aber Helena hört sich die Geschichte der Geburt gelassen an und zeigt auch an ihrem blutigen Höhepunkt keine besondere Regung. Mir ist klar, dass von mir erwartet wird, bei der Geburt dabei zu sein. Vielleicht kann ich den Arzt ja bitten, mir einfach eine Vollnarkose zu verpassen, sobald Helena ihre Dosis erhalten hat.

Am nächsten Morgen treffe ich in der Küche auf Céciles Bruder Thibault und seine frisch angetraute Frau Aurélie. Die beiden sind gerade aus Guatemala eingeflogen. Wir hatten schon einmal das Vergnügen und ich weiß, dass ihre Lieblingssportarten Trinken und Rauchen sind. So sehr ich sie auch mag, ich fürchte, dass ich mit ihnen noch vor dem Ende dieser Ferien schwach werde und wieder zum Glas greife. Beim Frühstück überlegen wir, gemeinsam einen Ausflug zum Sanddünenpark von Doñana zu unternehmen, wo der Rio Guadalquivir ins Meer fließt. Die beiden Jungverheirateten plädieren für einen morgendlichen Ausflug, was bedeutet, dass wir bereits vor Sonnenaufgang aufbrechen müssen. Zum ersten Mal seit Monaten stelle ich mir einen Wecker.

Brandung, 8. August

KAUM BIN ICH zu Bett gegangen, muss ich mich auch schon wieder aus den feuchten Laken wühlen. Thibault, Aurélie und ich stehlen uns davon wie Einbrecher. Wir spazieren durch die Dünen zum Strand. Zum Reden ist es noch viel zu früh. Das Einzige, was zu hören ist, ist das Singen der Zikaden und das Rauschen der Meeresbrise im Dünengras. Wir tauchen ein in die kühle Brandung.

Thibault und Aurélie schwimmen weit hinaus, während ich

ganz allein den Strand entlangspaziere. Plötzlich überfällt mich ein Gefühl von grenzenloser Einsamkeit, das sofort in eine Welle des Glücks übergeht. Ich habe keine Ahnung woher es kommt, aber es fühlt sich großartig an. Ich fange an zu rennen, ziehe mir im Laufen das T-Shirt aus und lasse es in den Sand fallen. Nur die Brandung ist zu hören. Die Sonne wärmt mir den Rücken und lockert meine Schultern, die seit Tagen verspannt waren von der Bürde, die auf mir lastete. Es ist, als würde ich eine alte Haut abstreifen. Ich spaziere entlang der Linie, bis zu der die Brandung in regelmäßigen Wellen schwappt. Meine Füße sinken tief in den Sand und hinterlassen tiefe, deutliche Fußabdrücke. Es ist ein gutes Gefühl, sich umzublicken und die Spuren zu sehen, die man selbst hinterlassen hat. Ich will gar nicht mehr zurück nach Paris. Ich will einfach hier bleiben, dem Himmel und dem Meer nah sein. Plötzlich bin ich den Tränen nahe und kann mir selbst nicht erklären, warum. Ich kämpfe gegen das Gefühl an, aber ein einziger salziger Tropfen rollt mir trotzdem über die Wange. Ich falle auf die Knie und sinke in den jahrtausendealten Muschelstaub. Es ist, als ob mich irgendeine Macht, die stärker ist als ich selbst, zu Boden gezogen hat, und ich verspüre nicht den geringsten Wunsch, mich dagegen zu wehren.

Adiós Mazagón, 9. August

THIBAULT SPIELT GITARRE und singt dazu. Pierre trommelt auf ein Paar Bongos herum, und endlich lassen wir alle fünfe einmal gerade sein. Lammkoteletts brutzeln auf dem Grill, Champagnerkorken knallen, und auf dem Tisch sammeln sich schon leere Wein- und Bierflaschen. Helenas jüngster Bruder ist aus Frankreich eingeflogen und berichtet von einer mörderischen Hitzewelle in Paris. Helena tanzt noch ein bisschen mit ihrem Neffen, bevor ihm fast die Augen zufallen und er ins Bett muss. Ich mache Fotos, und vom Kopfende des Tisches aus betrachtet Cécile das Geschehen milde wie eine nachsichtige Tante. Angelockt vom Lärm, den wir machen, gesellen sich auch noch Pep und Carmela von gegenüber zu uns, und alle schwatzen fröhlich durcheinander bis tief in die Nacht.

Pep, ein Lehrer, erzählt mir von seinem Sohn, der in Madrid lebt. Nachdem er eine Weile für eine Zeitung in Sevilla gearbeitet hat, schmiss er alles hin, um ein Drehbuch zu schreiben. Zum ersten Mal seit Wochen kommt mir wieder mein eigenes Schreibprojekt in den Sinn. Das Glänzen in Peps Augen, wenn er von seinem Sohn spricht, ist kaum zu übersehen. Ich frage ihn, ob er stolz auf seinen Sohn sei, obwohl ich weiß, dass das keine Frage ist, die man einem fremden Mann in Spanien einfach so stellt. Er zögert. Viel mehr als »hmh« bekomme ich nicht aus ihm heraus, aber sein Gesichtsausdruck spricht Bände.

Schließlich schaue ich zu Helena hinüber. Mit meinem Blick stelle ich die stumme Frage, ob wir nicht noch ein paar Stündchen schlafen wollen, bevor wir zum Flughafen aufbrechen müssen. Sie versteht sofort, und wir schleichen viel zu früh von der Party.

Walt Disney gegen die echte Welt, 10. August

ALS DAS FLUGZEUG zum Start ansetzt, sieht mich Helena

panisch an. Der Pilot hat zwar sein übliches Sprüchlein aufgesagt, das den nervösen Reisenden in Sicherheit wiegen soll, aber das Einzige, was Helena jetzt beruhigen könnte, wäre, wenn er in ein elegantes Cocktailkleid schlüpfen würde und bis zur Landung nur noch mit hoher Fistelstimme sprechen würde. Helenas Panik hält mich noch ein Weilchen wach, aber dann sinke ich in einen tiefen Schlaf, aus dem mich nicht einmal ein Crash mitten in der Sierra Nevada wecken könnte.

Als ich ein paar Stunden später wieder zu mir komme, scheint auch genau das passiert zu sein. Helena ist umgeben von Wesen, die auf den ersten Blick aussehen wie Engel. Doch sie entpuppen sich nur als spanische Familie auf dem Weg nach Disneyland. Das Flugzeug setzt zur Landung an, und Helena redet auf sie alle zusammen ein. Die Mutter hält ihre rechte Hand, der Vater ihre linke, und der jüngste Sohn streichelt ihr beruhigend übers Haar, während sie ihnen erzählt, warum Micky-Maus immer *Pepsi-Cola*-Werbung am Hintern kleben hat. Ich bemühe mich, diesen Anblick in einen sinnvollen Zusammenhang zu bringen. Als das Flugzeug auf der Landebahn in Orly aufsetzt, fängt die ganze Familie, inklusive der neuen Adoptivtochter, wie wild an zu applaudieren.

Auf den Straßen von Paris herrschen 40 Grad Celsius. Aufgrund der hohen Luftfeuchtigkeit kommt es einem vor, als sei man direkt im Fegefeuer gelandet. Ich wuchte unsere sandigen Koffer in den Kofferraum eines Taxis. Der schwitzende Fahrer rührt keinen Finger, versäumt allerdings nicht, für unser Gepäck ein paar Euro extra zu kassieren. Ich habe am Flughafen noch einen *Independent* ergattern können, und während sich das Taxi nun durch die südlichen Vororte der Hölle schlängelt, lese ich, dass die französischen Elektrizitätswerke befürchten, die Hitzewelle könne eine Gefahr für die Sicherheit ihrer Atomkraftwerke darstellen. Da niemand wisse, was passiere, wenn die Außentemperatur 50 Grad ereiche, habe man begonnen, die Reaktoren mit kaltem Wasser abzuspritzen. Ich hätte gar nicht gedacht, wozu ein Gartenschlauch so alles gut ist. Aber was weiß ich auch schon von Nukleartechnik?

Die Straßen sind an diesem Morgen wie ausgestorben, denn der gemeine Pariser hält sich im August entweder an der Küste oder auf dem Lande auf. Um das Ausmaß dieses Exodus zu veranschaulichen, reicht die Information, dass vier der fünf Boulangerien in unserer Nachbarschaft geschlossen sind. Egal, denn falls wirklich einer dieser Reaktoren hochgeht, sind wir sowieso alle Toast.

Damenprogramm, 11. August

HEUTE HAT HELENA Geburtstag. Aber dummerweise hat sie auch einen Termin im Krankenhaus. Diesmal begleite ich sie nicht, weil nichts Interessantes – wie beispielsweise eine Videokonferenz mit Junior – angesetzt ist. Es geht nur um ein paar weitere Tests. Dafür verspreche ich ihr, sie heute Abend zum Essen und ins Kino auszuführen und wende mich wieder dem *Independent* zu. Mein Blick fällt auf einen Artikel von irgendeinem Seelenklemptner, der behauptet, Therapien für Suchtkranke seien völlig überflüssig, wenn der Süchtige nur bereit ist, die Schmerzen auszuhalten, die er mit den Drinks, Drogen oder Kuchenstücken stillen will. Wenn ich nur gewusst hätte, wo das enden würde, als ich mit sechzehn die ersten vier pissgelben Lager im Ye Olde Red Lion runterkippte.

Helena ist zurück aus der Klinik, mit knallroten Bäckchen von der Hitze und total geschafft.

»Alles klar?«, murmle ich hinter meiner Zeitung hervor.

»Der Arzt sagt, ich wiege ein bisschen zu viel.«

»Oh? Wie viel zu viel?«

»So etwa dreieinhalb Kilo.«

»Ist das alles?«

»Was?«

»Ich meine, das ist doch nicht viel, oder? Wie viel wiegt denn das Baby überhaupt?«

»Etwa 25 Gramm.«

»Ach so.«

Natürlich tappe ich mal wieder ins Fettnäpfchen. Genauso wie vor Kurzem in Spanien, als ich Helena fragte, ob das denn der gleiche Bikini sei, den sie im Jahr zuvor noch so anmutig getragen habe. Helena versteht natürlich auch diesmal sofort, worauf ich mit meiner taktlosen Bemerkung hinaus will, und nimmt sie mir ziemlich übel. Nicht gerade ein tolles Geburtstagsgeschenk, insbesondere wenn es das einzige ist.

»Du findest also, ich sei fett.«

Aus der Nummer komme ich sowieso nicht mehr raus. Egal was ich nun sage, es wird alles nur noch schlimmer machen. Besser wäre es da, ich versuchte sie abzulenken, indem ich sie darauf hinweise, dass die Bäckerei wieder offen hat oder der Vorhang brennt. Natürlich versuche ich es trotzdem:

»Chérie, was ich denke, ist doch völlig egal. Nur was der Arzt sagt, zählt.«

Aber ich weiß jetzt schon, dass es mit dem billigen kleinen Bistro, das ich für das Geburtstagsessen heute Abend vorgesehen habe, jetzt nicht mehr getan ist.

Später im Quartier Latin angelangt, frage ich sie, welchen Film sie sehen will. Dort gibt es jede Menge Kinos, die Filme aus der guten alten Zeit zeigen, als die meisten Männer noch

Gentlemen waren und Typen wie ich im Gefängnis. Heute plädiere ich von vorne herein für Cary Grant und Katherine Hepburn in *Leoparden küsst man nicht,* nicht etwa weil ich Bock darauf habe, sondern weil ich genau weiß, dass ich nach meinen Kommentaren heute Nachmittag nichts durchbekomme, was auch nur im Entferntesten mit Action zu tun hat. Aber Helena würde lieber einen alten Billy-Wilder-Film sehen, und um ihren Geburtstag nicht völlig zu ruinieren, willige ich bereitwillig ein. In dem Film spielt Charles Laughton einen zähen, mitreißenden Rechtsanwalt, der nach lebenslangen Cognac- und Zigarrenexzessen drauf und dran ist abzukratzen. Der Film ist so lustig, dass wir beide mit einem breiten Grinsen das Kino verlassen. Ich bin nun wirklich restlos davon überzeugt, die Drehbuchschreiberei an den Nagel zu hängen. Vielleicht kann ich es stattdessen ja als großmäuliger Anwalt zu etwas bringen.

Nach diesem Filmerlebnis sind wir ziemlich hungrig, und Helena, die während der Schwangerschaft keinen rohen Fisch essen darf, wählt trotzdem ein japanisches Restaurant gleich um die Ecke. Neidisch beobachtet sie, wie ich eine riesige Platte Sashimi bestelle. Nur zur Sicherheit bespricht sie mit dem Kellner ihren derzeitigen Zustand. Er bestätigt nochmals die Meinung aller Gynäkologen auf diesem Planeten und empfiehlt ihr eine Auswahl kleiner Spießchen. Aber das ist immer noch nicht der Grund, warum ihr Geburtstag ein voller Reinfall wird.

Es geht damit los, dass Helena mich nach dem Geburtstagsgeschenk fragt, das ich ihr erst noch kaufen muss. Heute Morgen sagte ich ihr bereits, dass ich bisher keine Gelegenheit hatte, ihr etwas zu kaufen, und überreichte ihr eine Auswahl von Muscheln, die ich in Spanien am Strand gesammelt hatte. Ich habe sie in ein hübsches Holzkästchen gepackt und jede mit dem Namen unserer Reisestationen wie Ronda oder Mondragon beschriftet. Aber irgendwie scheint das nicht so gut angekommen zu sein wie etwas, das mit harter Währung in den *Galeries Lafayette* gekauft worden ist.

»Vielleicht ist das ja bei euch in England anders.«

»Was soll das heißen?«

»Vielleicht ist es euch Engländern ja egal, wenn eure Freundin Geburtstag hat.«

»Helena, ich habe dich heute Morgen gefragt, was du dir wünschst, und du hast gesagt, einen Ring. Also kaufe ich dir einen Ring.«

»Und wo ist er?«

»Ich hatte noch keine Zeit.«

»Du meinst, dir waren andere Dinge wichtiger.«

»Ich werde dir den Ring kaufen, aber ich will, dass du dabei bist und ihn aussuchst.«

»Ich will aber nicht dabei sein. Ich freue mich, wenn du etwas für mich aussuchst, besonders zu meinem Geburtstag.«

Da werde ich wütend, denn das ist einfach nicht wahr. Ich erinnere Helena daran. Dass ich ihr schon viele Geschenke gekauft habe, die sie nicht haben wollte. Einmal habe ich in London ein ganzes Wochenende damit verbracht, nach Wäsche für sie zu suchen. Ich habe so etwas noch nie zuvor gemacht. Zuerst war es mir unangenehm, dann fand ich es lehrreich und schließlich sogar ziemlich aufregend. Aber am Ende hat sich herausgestellt, dass die Dessous, die ich gekauft hatte, »nicht aus dem richtigen Material« waren. Zu meiner großen Enttäuschung weigerte sie sich sogar, sie überhaupt einmal anzuprobieren. Ich weiß, dass ich jetzt eigentlich die Klappe halten und nicht noch mehr alte Kamellen ausgraben sollte, stattdessen erinnere ich sie auch noch an die schwarze Lederhandtasche, die ich ihr letztes Jahr zu Weihnachten gekauft habe und die sie seither kein einziges Mal benutzt hat. Helena winkt resigniert ab – was kann sie schließlich dafür, dass ich ihren Geschmack nicht treffe.

Ich lasse nicht locker: »Ich habe dir etwas mit meinen eigenen Händen gemacht.«

»Das ist nicht das Gleiche.«

»Warum nicht? Weil es nicht teuer war?«

»Nein. Es ist eine nette Erinnerung an unsere Reise. *C'est tout.*«

»Du findest also, es ist nicht gut genug.«

»*Ce n'est pas ça.*«

So geht es immer weiter, bis ihre Tränen in die Reisschale fallen. Ich wünschte, ich hätte mein Sushi nicht so schnell verdrückt, dann hätte ich jetzt wenigstens einen Grund, woanders hinzusehen als auf das schluchzende Geburtstagskind jenseits des Wasabis. Der Abend ist im Eimer, und wieder draußen trotten wir durch das zauberhafte Paris, ohne ein Wort miteinander zu wechseln. Wir überqueren die Seine, die auf ihrem Weg zum Meer silbern schimmernd die Stadt durchschneidet. Die mittelalterliche Conciergerie ist hell erleuchtet, am Himmel funkeln die Sterne und auf den Brücken flanieren berauscht verliebte Pärchen. Wie oft sind wir schon des Nachts durch diese unglaubliche Kulisse spaziert, bezaubert vom Anblick der Lichterstadt voll flüsternder Träume?

Helena schlägt vor, an der *Paris Plage* vorbeizuschauen, ein künstlicher Strand, der immer im August am Ufer der Seine aufgeschüttet wird. Vielleicht vermissen wir auch nur Spanien. Es ist hart, wieder zurück in der Stadt zu sein, wenn man einer unsicheren Zukunft entgegensieht. Die wenigen Pariser, die nicht aus der Stadt geflohen sind, sitzen nun halb nackt an ihrem künstlichen Sandstrand, trinken Bier, spielen Gitarre und rollen sich Joints. Der Sand ist voll Zigarettenkippen und riecht etwas modrig. So wie am Strand in Spanien ist es jedenfalls nicht.

»Komm«, sage ich. »Wir sind beide todmüde, lass uns nach Hause gehen.«

Wir schlafen schon tief und fest, als ich vom Klingeln des Telefons geweckt werde. Ich bin völlig orientierungslos. Es ist stockdunkel und brütend heiß. Ich weiß nicht mehr, ob ich mich in Spanien, England oder irgendwo im tropischen Dschungel befinde. Ich bin schweißgebadet. Ich höre Helena auf Englisch sprechen, aber der Sinn der Worte bleibt mir verborgen. Noch ehe ich mich versehe, bin ich auch schon wieder eingeschlafen. Am Morgen kann sich keiner von uns beiden daran erinnern, wer mitten in der Nacht angerufen hat.

Paris, 12. August

HELENAS ELTERN haben uns angeboten, ihr Haus zu nutzen, solange sie im Urlaub sind. So gern ich auch die Stadt wieder verlassen würde, es wird wirklich Zeit, dass ich mir einen Job suche. Helena sagt mir zwar, dass das vor September kaum Sinn hat, und ich weiß, dass sie Recht hat, aber ich habe ein schlechtes Gewissen dabei, faul am Strand herumzuliegen, während sie im vierten Monat schwanger ist. Helena ist entschlossen, den Rest der Schulferien nicht in der brüllend heißen und stickigen Stadt zu verbringen, aber sie ist viel zu clever und versucht erst gar nicht, mich dazu zu überreden. Stattdessen lädt sie auch meine Schwester ins Haus ihrer Eltern an die normannische Küste ein. Ich beiße an, und mein Lebenslauf wird wohl noch ein paar Wochen länger auf seinen Einsatz warten müssen.

Echte Babys und ihr Lebensunterhalt, 13. August

BEVOR WIR PARIS wieder fluchtartig verlassen, sind wir noch mit Helenas Eltern zum Essen verabredet. Auf dem Weg nach Mazagón machen sie eine Nacht lang Halt in Paris. Ich bin nicht gerade scharf auf dieses Treffen, denn ich weiß, dass sie Helena ein Geschenk machen werden, das ungefähr die Form und Größe eines *Renault Clios* hat. Für mich bedeutet das, ich werde das ganze schmachvolle Dinner über als der armselige Knauser dastehen, der ich nun mal bin.

In Gedanken gehe ich die richtigen Verwendungsmöglichkeiten durch für Phrasen wie »Ich stehe für immer in eurer Schuld« oder »Ihr seid wirklich zu großzügig, ganz anders als ich«. Helena ruft Cousine Inès an, die in ein paar Wochen niederkommt, und will wissen, wie die Dinge stehen. Plötzlich werde ich durch spitzes Kreischen aus meiner mentalen Grammatikstunde gerissen.

»Sie hat es!«

»Hat was?«

»Das Baby!«

»Welches Baby?«

»Na, das, das in ihrem Bauch war«, erklärt Helena, die aufgeregt aus dem Schlafzimmer herbeigeeilt kommt und auf ihrem Bauch zeigt. »Oder sollte dir etwa ihr Kugelbauch entgangen sein?«

Ihre Stichelei ignoriere ich einfach. Trotzdem verstehe ich das ganze immer noch nicht.

Langsam dringt zu mir durch, dass Cousine Inès im Urlaub plötzlich angefangen hat, die Strände von Brittany vollzukotzen. Zuerst dachten die Ärzte, es sei nur eine Lebensmittelvergiftung, aber als sie die ganze Nacht lang weiterkotzte, kam sie ins Krankenhaus zur Beobachtung. Dort stellte man bei ihr eine seltene Leberfehlfunktion fest und war gezwungen, das Kind früher zu holen, bevor die Krankheit eine ernste Gefährdung für das Leben von Mutter und Kind darstellte. Agathe kam vor ein paar Tagen als Frühgeburt zur Welt.

»Komm, lass uns noch bei ihr vorbeischauen«, ruft Helena aufgekratzt. So schnell wie jetzt hat sie sich bestimmt schon seit dreieinhalb Monaten nicht mehr bewegt.

Als wir bei Helenas Verwandten ankommen, ist Cousine Inès gerade beim Füttern. Sie sitzt auf der Couch, und ein winziges menschliches Wesen saugt an ihrer Brust. Mir ist diese offen zur Schau gestellte Weiblichkeit ziemlich unangenehm, und ich versuche mich so zu positionieren, dass ich während des Gesprächs nicht die ganze Zeit auf ihre entblößte Brust schauen muss. Aber Inès scheint damit sowieso kein Problem zu haben und bittet mich, doch wieder unter dem Tisch hervorzukommen, damit sie mich besser verstehen kann. Agathe wirkt so zerbrechlich wie ein federloses Vogelbaby, das aus dem Nest gefallen ist. Nichtsdestotrotz hat sie so auffallend dichtes, braunes Haar, dass ich versucht bin zu fragen, ob sie eine Perücke trägt. Agathe nimmt weiter unbeirrt ihren Nachmittagssnack zu sich, während wir die komplette Geburtsgeschichte verabreicht bekommen. Ich studiere angestrengt Agathes winzige Füßchen. Sie sind beide zusammen kleiner als meine Handfläche, und ich könnte den ganzen Tag damit verbringen, sie in ihrer ganzen Perfektion zu bestaunen.

Als der Geburtsbericht vorbei ist, höre ich wieder mit halbem Ohr hin. Anscheinend ist das Ganze so plötzlich gekommen, dass die kleine Agathe die ersten Stunden ihres Lebens ohne Namen verbracht hat. Ihre Eltern hatten zwar eine Liste mit Jungennamen gemacht, waren aber auf ein Mädchen überhaupt nicht vorbereitet. Mich überrascht das schon ein bisschen, schließlich gibt es ja, soweit ich weiß, nur diese zwei Möglichkeiten. Agathe war dann der Vorschlag von einer der

Schwestern, die wohl keine Lust mehr hatte, ein namenloses Bündel herumzuschleppen.

Die Krankenhausgeschichten sind endlich rum, aber noch bevor ich erleichtert aufatmen kann, zaubert Inès einen Stapel Fotos hervor. Die meisten davon zeigen sie in einem Krankenbett liegend und an mehr Schläuche angeschlossen als im besten Chemielabor. Dann ist da noch ein Foto, das die durchtrennte Nabelschnur zeigt. Bei dem Anblick muss ich mich fast übergeben. Ich ringe mir die Frage ab, warum die Nabelschnur denn in blaue Folie eingewickelt ist, aber Inès klärt mich bereitwillig darüber auf, dass das ihre natürliche Farbe sei. Ich zeige Helena das Foto. Sie zuckt zwar zusammen, sagt aber nichts. Inès wirkt auf all den Fotos irgendwie komatös oder zumindest wie unter Schock.

Schnell schaue ich die Fotos durch, bis ich das gefunden habe, was ich suche: Mr. Rolltreppe höchstpersönlich. Ist er umgekippt? Oder ist er vor dem Höhepunkt des Dramas, an dem er acht Monate zuvor mitgeschrieben hat, davongelaufen? Oder viel wichtiger noch, liefert er mir eine Entschuldigung dafür, dass ich, wenn es bei uns so weit ist, kneifen kann? Ah, da ist er ... Mist! Er grinst so breit, als hätten die Franzosen gerade den Rugby Worldcup gegen England gewonnen. Das kann doch nicht sein! Ich habe ja schon öfters Leute schwärmen hören, die Geburt ihres Kindes sei das tollste Ereignis ihres Lebens gewesen, aber ich bin immer davon ausgegangen, dass sie lügen. Wie ist das also möglich?

»Wie geht es ihm?«, frage ich die Milchflasche in Form einer Mutter. »Ist er sehr schwer traumatisiert?«

Helena tritt mir unter dem Tisch ans Schienbein, aber Inès lacht nur:

»Weit gefehlt. Seit der Geburt schwebt er wie auf Wolken.«

Ich wende mich wieder den Fotos zu und versuche das abgelichtete Gesicht des Rolltreppenmanns zu deuten. Ich sehe einen Mann am Wendepunkt seines Lebens. Die nächsten achtzehn Jahre kann er abschreiben, so viel ist sicher. Trotzdem strahlt er. Dann behauptet Inès auch noch, dass er es immer kaum erwarten kann, von der Arbeit nach Hause zu kommen. Jetzt weiß ich mit Sicherheit, dass sie lügt – es gibt absolut nichts im Leben dieses Mannes, das es mit dem Verkaufen von Rolltreppen aufnehmen kann.

Endlich hat Klein Agathe genug getrunken, und Inès packt ihre Brüste wieder ein. Dann kritzelt sie irgendetwas in ein Notizbuch. Helena will natürlich gleich wissen, was sie da aufschreibt, und wir erfahren, dass es eine Art Baby-Logbuch ist, in dem sie festhält, wann Agathe einschläft, aufwacht oder gefüttert wird. Ein Detail ihrer Erläuterungen bohrt sich mir ins Hirn: Agathe wacht alle zwei Stunden auf und will gefüttert werden! Natürlich interessiert es mich brennend, was ihr Vater macht, wenn das passiert, und Inès behauptet doch glatt, er stehe auf, um zu helfen. Helfen, mit was? Schließlich hat er doch nicht die Brüste voll Milch.

Dann kommt der Moment, auf den Helena schon gewartet hat, seit wir angekommen sind. Inès legt ihr Klein Agathe in den Arm. Zum ersten Mal sehe ich Agathes Gesicht, denn vorher war es ja in den Weichteilen ihrer Mutter vergraben. Sie hat blass-grünblaue Augen und sieht überraschend menschlich aus, höchstens vielleicht ein bisschen stoned nach der ganzen Milch. Als Helena Agathe im Arm hält, sind all die Unannehmlichkeiten ihrer eigenen Schwangerschaft vergessen. Dann haben die beiden Damen noch eine Wahnsinnsidee:

»Wieso hältst du sie nicht mal?«, schlägt Helena vor.

»Ich? Nein. Ich meine, warum … Warum, äh, ich? Nein wirklich nicht. Ich kann nicht, ich meine, ich weiß doch gar nicht …«

»So. Ganz einfach«, sagt Helena.

Hat sie etwa schon vergessen, was ich neulich mit dem

Stoffhasen angestellt habe? Ich protestiere immer noch, als mir Agathe an die Schulter gelegt wird. Dann erstarre ich. Agathe schlägt die Augen auf, wie um sich zu vergewissern, dass sie in guten Händen ist. Ich will ihr schon sagen, dass sie das ganz bestimmt nicht ist und ihr Leben jetzt am seidenen Faden hängt, da schlingt sie auch schon einen Arm um meinen Hals wie ein kleines Lemurenäffchen und gähnt ausgiebig. Ha! Ich bin also bei Weitem keine Gefahr für Kleinkinder und die Gesellschaft – ich mutiere lediglich in einen dieser einschläfernden, langweiligen, ledrigen Ohrensessel, auch als Erwachsene bekannt.

Ein paar Minuten später ist Agathe wieder an ihren rechtmäßigen Platz an Mamas Brust zurückgekehrt und wir verabschieden uns. Ich muss zugeben, dieser Besuch war ein echter Alptraum für mich – aber zumindest ein lehrreicher.

Warum sich manch Engländer in Frankreich immer fehl am Platz vorkommen wird (Teil 1), 14. August

DAS ERSTE, dessen ich mich am nächsten Morgen vergewissere, ist, dass Helena nicht über Nacht entbunden hat. Erleichtert stelle ich fest, dass noch alles beim Alten ist, also dürfte der Tag – trotz des Abendessens mit den Schwiegereltern in spe – ein Klacks werden.

Die Temperaturen in Paris sind endlich auf ein halbwegs erträgliches Level gesunken. Das erste Mal seit Wochen schwinge ich mich wieder auf mein Fahrrad. In den Straßen stinkt es nach Diesel, und ich muss unweigerlich darüber nachdenken, wie es hier in der Hauptstadt wohl auf der Höhe der Hitzewelle war, die in ganz Frankreich bereits 5000 Menschenleben gefordert hat. Bereits nach wenigen Metern japse ich nach Luft, was aber bestimmt nichts damit zu tun hat, dass ich immer noch rauche wie ein Schlot und in etwa so fit sein dürfte wie Luciano Pavarotti.

Am Abend finden wir uns in einem hübschen, von Helena gewählten Gartenrestaurant ein. Das Einzige, was mir Sorgen macht, sind die hohen Mauern, die es umgeben. Ein Fluchtversuch wäre also problematisch und würde wahrscheinlich auch ziemlich peinlich scheitern. Helenas Eltern wirken ein wenig müde aber entspannt. Entspannt, weil sie die letzten zwei Wochen wie jeden Sommer in den Alpen verbracht haben, und müde, weil sie non-stop durchgefahren sind, um nicht zu spät zu unserer Verabredung zu kommen.

Das Abendessen verläuft angenehm. Wir reden über die Familie in Mazagón und schauen ein paar Urlaubsfotos an. Doch beim Dessert ist dann der Moment gekommen, vor dem es mir schon die ganze Zeit graut. Helenas Mutter holt einen Autoschlüssel aus ihrer Tasche: *Voilà* – das Geschenk! Ich habe zwar für diesen Moment geübt, damit ich dann artig und möglichst zerknirscht Danke sagen kann, aber jetzt, da die Schlüssel vor uns auf dem Tisch liegen, sage ich gar nichts. Ich weiß nicht einmal, wo ich hinsehen soll. Ein Teil von mir möchte schon seine tiefe Dankbarkeit ausdrücken (denn, kein Zweifel, wir werden dieses Auto gut gebrauchen können), doch der Rest von mir würde am liebsten erklären, dass ich ja vorhabe ein guter Ehemann, Partner und Vater zu werden, aber dass ich einfach noch nicht so weit bin. Mürrisch wie ein eingeschüchtertes Kind, das nicht weiß, was es vor einer Gruppe Erwachsener sagen soll, starre ich auf meine *crème brûlée*.

Beim Kaffee gibt uns Helenas Vater dann den Zweitschlüssel für das Haus in Caen und fügt noch hinzu, wir täten ihnen einen Gefallen, weil wir auf das Haus aufpassten. Er sorgt sich immer um seinen Garten, der in dieser Sommerhitze zu vertrocknen droht. Seine unbeirrbare Großzügigkeit gibt mir den Rest. Doch das Einzige, was mir dazu einfällt, ist, meine Dienste als Hilfsgärtner anzubieten.

Transit, 16. August

KEINE ACHTUNDVIERZIG STUNDEN später sitzen wir im Expresszug in die Normandie. Das geschenkte Auto macht mir ziemlich zu schaffen, und während der Zug durch Cholesterin-Country rauscht, schneide ich das leidige Thema Finanzen und Jobsuche an. Alles was ich bisher vorzuweisen habe, sind ein paar schnell schwindende Ersparnisse, eine derzeit auf Eis liegende Rentenvorsorge und eine Handvoll windiger Wertpapiere, die für den aktuellen Wellengang am Börsenmarkt eher schlecht als recht gewappnet sind.

Im Zug machen wir einen imaginären Kassensturz und Helena zieht Bilanz:

»Nicht viel, oder?«

Nein, viel ist es nicht, aber trotzdem genug, um mich davon zu überzeugen, dass ein paar Wochen Ferien mehr keine so schlechte Idee sind. Ich beschließe also, mir später weiter Gedanken um unsere prekäre finanzielle Situation zu machen. Ein guter Vorsatz – nur dass er sich ein paar Stunden später am Strand leider in Luft auflöst.

Warum sich manch Engländer in Frankreich immer fehl am Platz vorkommen wird (Teil 2), 17. August

HEUTE IST MARKT in Caen und an den Ständen wird nicht nur eingekauft, sondern vor allem auch geschwatzt:

»*Oh, bonjour, Madame, Monsieur.* Wie geht's denn heute? Und den Kindern? Was macht der Garten? *Ah, très bien!* Und der Nachbarshund?«

Während die Sonne träge ihre Bahn am Himmel zieht, wird jedes Stück Fleisch erst einmal einzeln diskutiert, bevor man sich letztlich entscheidet, welches man kauft. Für meinen unfachmännischen Blick sehen die Stücke alle gleich aus, und als Sechzehnter in der Schlange würde ich die anderen am liebsten mit den Schweinehälften erschlagen. Mir ist klar, dass ich gerade die Hektik und Ungeduld eines wahren Parisers an den Tag lege, aber ich kann nicht anders – es dauert alles einfach ewig. Haben diese Leute an einem Sonntag denn wirklich nichts Besseres zu tun? Ich kann mir vorstellen, dass der kleine Pierre hinter mir jetzt viel lieber am Strand wäre, dann müsste er mir auch nicht immer wieder sein Baguette in die Rippen stoßen. Ich flippe gleich aus. Am liebsten würde ich auch ihm eine langen. Und warum gehen die Franzosen eigentlich immer im Doppelpack zum Einkaufen? Wahrscheinlich nur, damit die Schlangen noch länger sind.

Endlich haben wir den Anfang der Schlange erreicht, und ich schöpfe schon Hoffnung, dass wir nun endlich bald nach Hause zum Essen können, da läuft uns ein Exfreund von Helena über den Weg. Er ist mit Frau und Töchterchen auf dem Markt und – wer hätte das gedacht – er ist in Tratschlaune. Jetzt muss ich auch noch Interesse für die Geschehnisse im Leben irgendeiner Provinz-Kleinfamilie heucheln.

Schlimmer kann es eigentlich nicht mehr kommen, denke ich, doch da werden wir auch schon zum Abendessen eingeladen. Verdammt! Es geht doch nichts über die demütige Disharmonie, in der ich in Paris mit den unverschämten Supermarktkassierern lebe.

Eine Stunde später laufen wir auch schon mit Blumen aus Helenas elterlichem Garten bei unseren Gastgebern ein. Argwöhnisch beobachte ich Helenas Ex. Nicht dass er plötzlich Handschellen hervorzaubert oder eine kleine Orgie im Rosengarten vorschlägt. Um jeder Konversation aus dem Wege zu gehen, fange ich an, schwindelerregende Kartenhäuser zu bauen, die dann natürlich prompt von der kleinen Tochter des Hauses wieder eingerissen werden. Lea, eine kräftige Zweijährige, ist begeistert. Auch ihrer Mutter scheint es nichts auszumachen, dass wir das Wohnzimmer in ein Schlachtfeld verwandeln. Helena und ihr Ex schwafeln indes über Gott und die Welt. Die kleine Lea und ich mopsen ein *hors d'oeuvre* nach dem anderen vom Tisch, bis meine kleine Spielkameradin schließlich ins Bett muss.

Zu meinem Missfallen entpuppt sich Helenas Ex Guillaume als ziemlich netter Kerl. Er hat ein paar Läden, die Windsurfing-Zubehör verkaufen, und bevor Lea geboren wurde, fuhr er für sein Leben gern mit dem VW-Bus 2000 Kilometer nach Süden an seinen Lieblingsort Tarifa. Dazu hat er natürlich heute kaum noch Gelegenheit und das aus einem kleinen, aber ziemlich offensichtlichen Grund namens Lea.

Guillaume hat alles, was ich nicht habe. Er arbeitet hart, ist engagiert, verlässlich, geschäftstüchtig und gebildet. Er weiß über alle wichtigen aktuellen Geschehnisse Bescheid und auch über die unwichtigen. Eine Weile unterhalten wir uns darüber, wie er sein Geschäft auf England ausweiten könnte. Ich begeistere mich regelrecht für das Thema und gebe allerhand Ratschläge, auch wenn das vielleicht ein wenig dreist ist für einen, der gar keinen Job hat. Helena jedenfalls scheint es so zu empfinden, zumindest scheint sie Guillaumes Gesellschaft meiner vorzuziehen, obwohl er, anders als ich erwartet habe, kein Ladykiller ist, sondern eher ein braver Ehemann, der ein ganz normales, glückliches Familienleben führt: Er ist verheiratet, hat ein eigenes kleines Haus, einen Job und steht morgens auf, um der kleinen Lea Frühstück zu machen. Abends kommt er müde nach Hause, isst mit seiner Frau zu Abend und entspannt sich dann bei einem Glas Bier, Wein oder Apfelsaft. Helena beteuert zwar glaubwürdig, dass das dem Verhalten eines hohen Prozentsatzes von Menschen entspricht, aber ich tue mich schwer bei dieser Vorstellung. Für mich klingt das alles ein bisschen unwahrscheinlich.

Auf dem Nachhauseweg schneide ich ungeschickterweise das Thema Rauchen an. Trotz all meiner vorlauten Reden über die Unangemessenheit des Rauchens in Gegenwart von Kindern habe ich keine Ahnung, wie ich den Willen und die Courage aufbringen soll, damit aufzuhören. Doch sollte ich es nicht von selbst schaffen, wird mir diese Entscheidung sicher entweder vom Sensenmann oder von meinem Vermögensberater abgenommen werden. Helena hat das alles schon so oft gehört. Sie schaut mich nur mitleidig an, wie einen Ameisenbär, der Stein und Bein schwört, nie wieder Ameisen zu essen.

Kinder früher und heute, 18. August

MEINE SCHWESTER wird morgen mit dem Boot aus Porthmouth herüberkommen. Sie bringt ihre zwei Kinder mit. Helenas Cousine Nathalie aus der Turnpike Lane, mit ihren zwei Töchtern im Schlepptau, ist bereits da. Wenn ich es nicht besser wüsste, würde ich glauben, all das ist ein Teil des teuflischen Plans, den Helena ausgeheckt hat, um mir weiszumachen, es sei die normalste Sache der Welt, Kinder zu haben. Trotzdem freue ich mich, meine kleinen Spielkameradinnen wiederzusehen. Bei den Kindern meiner Schwester bin ich als der »Böse Onkel« bekannt. Das ist einer kleinen Geschichte zu verdanken, die ich einmal mit ihnen in der Hauptrolle geschrieben habe. Darin sind sie frech und unartig und ganz nebenbei haben sie beim Lesen des Ganzen auch noch allerhand unflätige, eigentlich verbotene Wörter gelernt. Ich kann nur hoffen, meine Schwester hat mir mittlerweile verziehen.

Das Strandhaus ist nur zwanzig Kilometer von Caen entfernt, aber Helenas Gedanken sind schon tausend Meilen abgeschweift. Der Ort steckt voller Geschichten, denn sie und ihre Cousine Nathalie haben hier all ihre Kindheitssommer verbracht. Und als wir durch die Eingangstür gehen, ist es, als tauche sie wieder ein in längst verloren geglaubte Kindheitstage.

Als sie in den *Renault Twingo* ihrer Mutter steigt, ein Auto, das so unglaublich hässlich ist, dass die Franzosen noch nicht einmal versuchen, es nach England zu exportieren, fühlt sie sich um Jahre zurückversetzt. Ich schnappe mir das Fahrrad von Helenas Vater und radle durch die kleinen Vorkriegsgassen, bis ich den Treidelpfad entlang des Kanals erreiche, der zum Hafen von Ouistreham führt. Es ist ziemlich heiß, also halte ich an und ziehe mein T-Shirt aus. Dann fahre ich weiter in nördliche Richtung, und der kalte Wind auf meinem Rücken bringt auch mir alte Kindheitserinnerungen zurück. Irgendwie muss das heute in der Luft liegen.

Auf halbem Weg begegne ich einem Jungen. Er steht mitten auf dem Pfad. Er scheint das Geräusch der näher kommenden Reifen überhaupt nicht wahrzunehmen und starrt nur reglos auf den Kanal. Jetzt bin ich schon nahe genug an ihn herangefahren, dass ich seine zerzausten blonden Haare sehen kann. Er hat einen alten Wollpulli an, der mir irgendwie bekannt vorkommt. Als ich dann fast auf seiner Höhe bin, dreht er sich zu mir um, und ich falle fast vom Rad. Er sieht genauso aus wie ich in dem Alter! Er muss ungefähr zehn Jahre alt sein, und in seinem Gesicht zeichnet sich Neugier und Furcht ab – eine Mischung, an die ich mich selbst noch allzu gut erinnern kann. Sein Blick folgt mir, als ich an ihm vorbeifahre. Uns beiden steht der Mund offen vor Erstaunen. Ich denke kurz daran umzudrehen und ihm zu versichern, dass schon alles gut wird, aber wahrscheinlich muss er das selbst herausfinden. Ich hoffe nur, dass er nicht so lange dafür brauchen wird wie ich. Ich verlasse den Pfad am Kanal und lege den Rest der Strecke auf einer stark befahrenen Straße zurück. Dort muss ich ziemlich aufpassen und all den Autos und Wohnwagen ausweichen, die Kinder mit großen Augen zu riesigen Einkaufszentren kutschieren, in denen ihre künftigen Erinnerungen gelagert sind.

Als ich wieder zurückkomme, liegen Helena und Nathalie im Garten und hängen süßen Erinnerungen an vergangene Sommer nach. Jetzt ist eine von ihnen schwanger und die andere hat bereits zwei Kinder. Helena steht auf und führt mich durch ein Haus, das mit ihren Kindheitserinnerungen tapeziert zu sein scheint. Sie zeigt mir, wo sie früher geschlafen und von Puppen und Keksen geträumt hat, und Tränen steigen ihr in die Augen. Helena spürt ihre verlorene Kindheit gerade genauso deutlich wie ich vorhin am Kanal. Insgeheim hoffen wir wahrscheinlich, etwas davon wiederzuentdecken, wenn unser eigenes Kind erst einmal geboren ist.

Nathalies Töchter Celeste und Léonie spielen draußen im Garten. Sie haben weder Zeit noch Kapazitäten für Sentimentalitäten, denn sie sind schwer damit beschäftigt, so schnell wie möglich ihre unmittelbaren Bedürfnisse zu stillen, die in erster Linie darin bestehen, die Aufmerksamkeit einiger größerer Gartentiere auf sich zu ziehen. Ihr Vater Jonah hat den Nachtzug über den Kanal genommen und wenig Schlaf abbekommen. Nicht einmal Celeste, die wie wild auf ihm herumturnt, scheint seine Lebensgeister wecken zu können. Für die nächsten paar Stunden ist es meine Aufgabe, sie mit Spielen, Schokocroissants und Orangensaft zu versorgen, solange Daddy unter einem knorrigen alten Apfelbaum döst. So kann ich mich wenigstens schon einmal aufwärmen, bis meine eigene Nichte und mein Neffe eintreffen. Die beiden Mädchen werfen mich zu Boden und klettern auf mir herum. Dabei nehmen sie keine Rücksicht auf meinen Kopf oder andere empfindliche Teile meines Körpers. In kürzester Zeit haben sie mich allegemacht, und mir bleibt nicht mal die Luft, mich dagegen zu wehren.

Celeste ist vier und die Hübschere der beiden. Sie hat weit auseinanderstehende Augen und sieht fast ägyptisch aus. Sie hat eine Art Tutu an, mag Schmuck aller Art und steckt sich gerne Blumen ins Haar. Die zweieinhalbjährige Léonie dagegen hat am liebsten gar nichts an, dafür aber eine energische, vielleicht etwas jähzornige Persönlichkeit.

Irgendwann am Nachmittag nach der x-ten Attacke der beiden Mädchen schleppe ich mich auf die Terrasse und greife nach meiner Zigarettenschachtel. Sofort werde ich streng von der kleinen Celeste getadelt.

»Was machst du da?«, fragt sie fassungslos.

»Äh, eine Zigarette rauchen«, antworte ich so überzeugt wie möglich.

»*Mais qu'est-ce que tu es bête*«, erwidert die Vierjährige. »Weißt du denn nicht, dass dich das umbringt?«

Ich bin platt und starre auf meine Füße, aber denen fällt auch nichts dazu ein.

Glücklicherweise kommt mir Nathalie zu Hilfe und sagt der kleinen Mini-Inquisition, sie solle mich in Ruhe lassen. Ihre Hintergedanken dabei werden mir erst klar, als sie mich um die Hausecke zieht und fragt, ob sie eine Kippe von mir schnorren kann. Sie raucht zwar noch gelegentlich, aber eine eigene Schachtel, daran ist nicht mehr zu denken, seit sie ihre eigene kleine Anti-Tabak-Kommission in Form ihrer Tochter im Hause hat. Ich reiche ihr eine aus meiner letzten (oder vielleicht vorletzten) Schachtel. Nathalie sieht sich nervös um, und ich verbrenne mir die Finger beim hektischen Versuch, ihr Feuer zu geben. Das ist das erste Mal, dass mir so etwas in meiner fünfundzwanzigjährigen Raucherkarriere passiert, und es beweist nur, dass Celeste mit ihrer Prophezeiung wohl Recht hat.

Nun ist es aber Zeit, DAS Auto abzuholen. In einem abgelegenen Dorf macht mich ein zerknitterter Bauer namens Lenormand offiziell mit einem kleinen grauen *Renault Clio* bekannt. Danach wickelt eine Bande jüngerer Lenormands mit mir den Papierkram ab. Die Transaktion erfolgt in ihrer Küche, und ich fühle mich wie in einer Sitcom, in der englische Schauspieler die typische französische Familie spielen. Überall schwirren Fliegen herum, und ein penetranter Geruch aus Käse, Wein, Knoblauch und feinsten normannischen Kuhfladen liegt in der Luft.

Aus der Dunkelheit, 19. August

DAS AUTO funktioniert sogar noch, als ich nach Ouistreham zum Hafen fahre, um meine Schwester abzuholen. Sie lebt an der Grenze zwischen Hertfordshire und Essex und hat mit ihren Sprösslingen eine lange Reise mit Bahn, Taxi und sechs Stunden Fähre inklusive Kinderkotze hinter sich. Kein Wunder also, dass sie etwas blass wirkt, als sie durch den Zoll wankt. An der linken Hand schleift sie die achtjährige Lily hinter sich her, die mit mehr *Toblerone* bepackt ist, als ihr rein anatomisch möglich ist. An der rechten Hand hält sie den neunjährigen David, der sein eigenes Köfferchen bei sich hat.

David ist autistisch. Genauer gesagt leidet er unter dem Asperger Syndrom. Ich hasse es eigentlich, ihn so vorzustellen, als wäre das seine wichtigste Eigenschaft. Was die praktischen Dinge des Lebens betrifft, ist das aber leider auch so. Er sammelt den ganzen Tag Zahlen – die Dauer eines Liedes, Geburtstage, Nummernschilder, Hausnummern und so weiter. Aber er ist nicht nur gut im Rechnen, sondern ganz nebenbei auch ein begnadeter Jazzpianist.

»Hallo David! Wie geht's?«

Aus braunen Augen starrt er mich an, bis alle Daten, die er zu seinem Onkel gesammelt hat, abgerufen sind.

»Gut«, sagt er und fragt sofort, wie viele Minuten die Fahrt zum Haus dauern wird. Ich nenne ihm eine Zahl, und nur zum Spaß übersetze ich die Adresse falsch mit »Ferkelgasse«. Wie immer schaut er seine Mutter hilfesuchend an, denn Kinder wie er verstehen meist nicht, wenn man einen Scherz macht. Doch als meine Schwester ihm lächelnd zunickt, erlaubt er sich ein kleines Kichern, und für den restlichen Aufenthalt in der Normandie wird die »Ferkelgasse« unser Insider-Witz. Dank der unermüdlichen Bemühungen seiner Mutter kann David wenigstens ansatzweise einige der Gefühle nachvollziehen, mit denen wir alle umzugehen lernen müssen. Während ich das Auto zurück nach Caen lenke, wird mir klar, dass ich mir eigentlich keine Sorgen machen sollte darüber, dass ich ein Kind bekomme, sondern vielmehr darüber, ob es all den inneren Konflikten gewachsen sein wird, die es erwarten.

Die perfekte Sandburg, 20. August

MEIN PLAN IST ES, zum Haus am Strand zu fahren und alle Kinder zusammenzubringen, in der Hoffnung, dass wir Erwachsenen dann in Ruhe in der Sonne liegen und uns den englischen Zeitungen widmen können, die meine Schwester von der Insel mitgebracht hat. Aber zuvor müssen wir David noch dazu überreden, zu frühstücken. Das ist immer ein schwieriges Unterfangen, denn Rechnen fällt ihm leichter, als auf seine eigenen grundlegenden Bedürfnisse zu hören. Ganz anders Lily – sie verdrückt munter sechs Schokocroissants, während ihr Bruder noch damit beschäftigt ist, seine Lieblingsragtimestücke aufzuzählen und sie dem richtigen Wurmloch im numerischen Universum zuzuweisen. Für Lily muss es schwer sein, zu wissen, dass ihr Bruder nicht ist wie andere Brüder. Sie sieht ihn alleine auf dem Schulhof herumstehen und muss mit ansehen, wie ihn die anderen Jungs hänseln, weil er nicht mit ihnen Fußball spielen will. Aber sie gibt ihm immer Rückendeckung und ist seine beste Freundin. Lily versteht ihn besser als jeder andere und kommt dabei, bei all der Aufmerksamkeit, die der Bruder ihren Eltern zwangsläufig abfordert, manchmal selbst zu kurz. Aber heute schminkt sie sich gemeinsam mit Celeste die Lippen und spielt mit ihr Supermodel und ist ganz und gar glücklich, ebenso wie Helena und Nathalie, die schon seit Stunden unter einem Sonnenschirm sitzen und über Babys quatschen, oder David und Léonie, die sich um das letzte Colaeis streiten, bis meine Schwester dazukommt, um die Tränen zu trocknen.

So plätschert es ein paar perfekte Tage lang friedlich vor sich hin, bis mir wieder einfällt, dass Helena und ich bald nicht mehr nur Zaungäste in diesem Spiel sein werden. Ich frage mich, wie unser kleiner Sprössling wohl aussehen wird und merke, dass ein Teil von mir sich auf die kommenden Ereignisse freut. Wird es blond sein oder braunhaarig? Erbt es Helenas Haselnussaugen oder meine grün-blauen? Wird es einen Charakter wie Celeste, Lily oder Léonie haben oder sich als kleiner Taschenrechner wie David entpuppen? Mir ist alles recht.

Familiengeometrie, 21. August

ICH HABE MEINE SCHWESTER wieder zum Hafen gebracht und gebe den Kindern noch einen Abschiedskuss mit auf den Weg, bevor sie wieder die Fähre nach England nehmen. Lilys Mund ist vollgestopft mit Schokolade und Kaugummi, so dass sie mich zum Abschied nur angrinst. David beteuert, dass er mich gleich von zu Hause aus anrufen wird, um mir einige Informationen über eine frühe Madonna-CD nachzureichen. Dann erkundigt er sich noch ein letztes Mal nach der genauen Reisedauer und steuert auf den Ausgang zur Fähre zu.

Ich sehe ihnen nach und bemerke wie dünn David ist. Er bewegt sich ein bisschen wie ein Junior *Mr Bean*. Direkt hinter ihm geht meine Schwester. Sie drehen sich um und winken mir noch einmal zu. Ich habe eigentlich erwartet, erleichtert zu sein, wenn sie wieder abreisen, aber ich bin es nicht. Jetzt wo sie weg sind, fehlt mir plötzlich irgendetwas.

Kurze Suchtgeschichte, 22. August

HELENA FÄNGT AN, über die Rückkehr in ihre Schule in der rauen und heruntergekommenen Pariser Vorstadt zu reden. Wir bleiben zwar noch eine Woche in der Normandie, aber jetzt, da die Kinder weg sind, kann ich es kaum erwarten, wieder nach Paris zurückzukehren. Außerdem trete ich schon in einen bedenklichen Dialog mit den Wein- und Bierflaschen in den Supermarktregalen und brauche dringend jemanden, der mir sagt, dass ich nicht am Durchdrehen bin. Es ist jetzt schon sieben Wochen her, seit ich den letzten Drink angerührt habe. Ich muss unbedingt nach Paris zurück und mit ein paar Freunden sprechen, die wie ich versuchen, der Verlockung eines perfekt temperierten Gläschens zu widerstehen. Helena hält mich zwar für total verrückt, aber schließlich einigen wir uns darauf, dass ich heute Abend den Zug nehme und morgen Nachmittag zur Hochzeit einer ihrer alten Freundinnen wieder zurück bin.

Zuallererst einmal brauche ich die neueste Ausgabe von *L'Équipe*. Das Lesen dieser Sportzeitung ist mein Französisch-Sprachtraining. Schon als ich noch ein kleiner Steppke in Kniestrümpfen war, konnte ich Stunden über Fußball- oder Cricket-Ergebnistabellen gebeugt verbringen. Wahrscheinlich gibt es schlimmere Laster, aber es zeigt doch, dass ich von Kindesbeinen an zu Suchtverhalten neigte.

Der Abend, den ich mit ein paar stocknüchternen Freunden verbringe, wird koffeinreich, und es ist weit nach Mitternacht, als ich in unsere Wohnung in der Nähe vom Pigalle-Viertel zurückkehre. Es ist eigenartig, wieder hier zu sein, nach dem Luxus eines Hauses mit Garten in Caen. Ich fühle mich wie eine Maus im Mauseloch, nachdem sie vorher eine ganze Käsefabrik unsicher gemacht hat. Ich sehe die Post durch. Nichts als Rechnungen und eine Postkarte von Helenas Eltern aus Spanien. Es kommt mir vor, als läge unsere eigene Reise nach Mazagón schon wieder Monate zurück. Ich beschließe, meine Mails zu checken. Ich lösche einige Junkmails, die allerhand Unglaubliches anpreisen. Aber es sind auch Mails von echten Menschen dabei. Eine ist von einem früheren Kollegen und im Betreff steht: WILLST DU ARBEIT? Na ja, das ist eine gute Frage: Will ich? Aber ich bin zu müde, um diese Frage noch heute zu beantworten, und haue mich lieber aufs Ohr.

Zwischen gestern und heute

DAS FLUGZEUG ist in zwei Bereiche unterteilt: Während ich und meine Familie in der Economy Class sitzen, steigt in der First Class eine wilde Party. Ich lasse meine Sippe einfach sitzen und eile nach vorne, denn ich weiß, dort befindet sich das eine oder andere Mädel, das gerne ein wenig knutscht und fummelt. Aber irgendwie verlaufe ich mich auf dem Weg in die Partyzone und ende schließlich auf irgendeiner Rentnerfeier in meinem alten Büro, wo ich auch wieder auf meine Familie treffe. Ich will wissen, wo die Mädels sind, aber Helena verrät es mir einfach nicht. Orientierungslos steuere ich durch die angestaubte Menge. Da drückt mir jemand ein Glas in die Hand. Es ist bis zum Rand voll mit Brandy. Ohne nachzudenken, stürze ich ihn hinunter. Dann starre ich fassungslos in das Glas. Wie konnte das passieren? Doch da springt schon einer der Gäste auf den Tisch, zeigt mit seinen Wurstfingern auf mich und krakeelt, dass ich nicht mal sieben Sekunden nüchtern war, geschweige denn sieben Wochen. Der Brandy schießt mir in den Kopf, und dicke goldgelbe Schweißtropfen perlen mir aus allen Poren.

Um vier Uhr morgens schrecke ich aus dem Traum hoch. Kurz darauf falle ich wieder in einen bleiernen Schlaf und verschlafe prompt. Es bleibt keine Zeit für Kaffee, geschweige denn dafür, diese Mail zu lesen. Aber zumindest schaffe ich es irgendwie, sie auszudrucken. Ich putze mir schnell die Zähne und schlüpfe in den einzigen Anzug, den ich noch besitze. Ein Relikt aus meiner Zeit als Angestellter. Im Zug krame ich dann die E-Mail aus meiner Tasche hervor. Man bietet mir an, ein wenig Marktforschung für eine amerikanische Telekommunikationsfirma zu betreiben. Es geht um ein paar schlichte Interviews. Die typische Pop-Psychologie fürs große Geschäft – etwas, dass ich früher sogar mit geschlossenen Augen und einem ordentlichen Kater hinbekommen habe. Das einzige Problem dabei ist, dass ich bei diesem Job alle Interviews auf Französisch durchführen und auswerten müsste. Ich beschließe, die Amerikaner erst am Montag anzurufen, und eine Ausgabe von *L'Équipe* später bin ich auch schon wieder am Bahnhof von Caen. Dort erwartet mich bereits Helena in ihrem nagelneuen *Clio*.

Auf der Fahrt zur Hochzeit erzähle ich Helena von der E-Mail.

»Und welche Bedenken hast du diesmal?«, fragt sie.

»Keine, außer vielleicht meinen Blutschwur, nie wieder auf dem Planet Marketing zu arbeiten.«

»Du meinst wohl Planet Erde«, sagt Helena und zieht missbilligend die Augenbrauen hoch.

Unbehaglich sinke ich tiefer in den Sitz und starre aus dem Fenster.

Gegen sechs Uhr laufen wir bei dem Gartenempfang ein. Erleichtert stelle ich fest, dass die Hochzeit keine typische ist.

Helenas Freundin verschwand vor einiger Zeit einfach von der Bildfläche und tauchte dann später wieder in Argentinien auf. Dort in den Straßen von Buenos Aires traf sie einen jungen Mann, und ein paar Tage später verteilten sie schon die Einladungen zu ihrer Hochzeit. Leider konnte aus Frankreich niemand außer ihren verzweifelten Eltern und ihrer Schwester anreisen. Deshalb sind wir nun sechs Monate später alle eingeladen, das glückliche Ereignis hier in der Normandie nachzufeiern.

Schnell habe ich mich mit ein paar Kids zum Fußballspielen zusammengefunden. Ein paar weitere gesellschaftliche Außenseiter gesellen sich zu uns (darunter ein Kerl mit einem so starken Marseiller Akzent, dass ich kaum ein Wort verstehe), und wir kicken lustig weiter. Nur die Brautmutter schielt, besorgt um ihren perfekt getrimmten Rasen, missmutig zu uns herüber.

Doch irgendwann hat jeder Spaß ein Ende. Wir werden zum Essen gerufen, und mir ist klar, dass ich aus der Nummer nicht rauskomme. Ich werde wohl oder übel ein wenig höfliche und nichtssagende Konversation betreiben müssen, und das ganz ohne Alkohol. Glücklicherweise lande ich am selben Tisch wie der Kerl aus Marseille, und wir quatschen während des ganzen Essens über Abramovichs Kauf von Chelsea. Uns gegenüber sitzt die Schwester der Braut. Sie ist höflich genug, geduldig meinen kläglichen Versuchen in zwischenmenschlicher Kommunikation zu folgen. Ich bin versucht zu erklären, dass ich nicht etwas zurückgeblieben bin, sondern dass es nur die fehlende Option, mir bereits vor dem Essen ein paar Flaschen Wein hinter die Binde zu kippen, ist, die mich wieder so unsicher und ungelenk macht wie einen Teenager. Aber ich bezweifle, dass diese Art von Gespräch der Stimmung zuträglich wäre. Also spüle ich mein Unbehagen mit literweise Perrier hinunter und reiße mich am Riemen.

Natürlich bleibt nicht unbemerkt, dass ich keinen Tropfen Alkohol zu mir nehme. Der Marseiller gibt sich verständnisvoll und konstruktiv:

»Ah, du trinkst nicht. Verstehe. Wie wäre es stattdessen mit einem Gläschen Wein?«

Keiner von ihnen hat jemals von einem Engländer gehört, der kein Bier trinkt, und ich habe, anders als Helena, noch nicht eimal eine gute Entschuldigung dafür.

Der Einzige an unserem Tisch, der gar nichts dazu sagt, ist ein netter älterer Mann mit Namen Serge. Er hatte Kehlkopfkrebs und deshalb keine Stimme mehr. Natürlich ist mir sofort klar, woher sein Krebs kam. Wenigstens einer, der in etwa auf meinem Kommunikationslevel ist. Außerdem lässt unser Schweigen uns ausreichend Raum, über die Auswirkungen von Suchtkrankheiten nachzudenken.

Gegen Mitternacht sind wir fast mit dem Essen fertig, und die Reden beginnen. Die erste hält die Braut selbst. Sie ist schön und temperamentvoll und hat schwarzes Haar. Sie ist ein bisschen zu dünn und hat stark ausgeprägte Wangenknochen. Während sie spricht, zieht sie ununterbrochen an einer Zigarette. Ihre Schwester erzählt mir, dass sie bei der Hochzeit in Argentinien Rotz und Wasser geheult hat, weil sie ihr restliches Leben in Argentinien verbringen wird. Und als sie später mit Helena und mir spricht, heult sie noch viel mehr. Sie ist untröstlich, dass sie uns nun für lange Zeit nicht mehr sehen wird, obwohl sie mich eigentlich noch nie und Helena mindesten zehn Jahre lang nicht mehr gesehen hat. Um ehrlich zu sein, mache ich mir ein wenig Sorgen wegen ihrer wilden und romantischen Ader.

Ihr Mann sieht aus wie ein argentinischer Polospieler. Er ist dunkel, grüblerisch und wortkarg. Doch wenn er etwas sagt, dann hat es Hand und Fuß. Seine Rede klingt so stark und überzeugend, dass keiner Zweifel daran hegt, dass er für seine

Frau auch in schlechten Zeiten da sein wird. Am Ende seiner Rede umarmt er seine Frau liebevoll. Dass er sie von Herzen liebt, ist offensichtlich.

Etwa gegen drei Uhr morgens ziehe ich mich von den Festlichkeiten zurück und mache einen Spaziergang durch den Garten. Die Nacht ist klar und frisch. Am indigoblauen Himmel funkeln unzählige Sterne. Nach einer Weile kehre ich zu den anderen Gästen zurück und mache mich auf die Suche nach Helena. Ich frage erst gar nicht, ob sie schon nach Hause will, denn sie ist so blass und erschöpft, dass sie wahrscheinlich sowieso zu keiner Antwort mehr fähig wäre. Ich ziehe sie mit mir nach draußen. Die Brautmutter leuchtet uns mit der Taschenlampe den Weg zu unserem kleinen *Clio*. Der Mond scheint vom wolkenlosen Nachthimmel. Im Auto ist es so kalt, dass ich die Heizung anschalte. Den übrigen Gästen fällt die Kälte sicher gar nicht auf, denn sie werden bis in die Morgenstunden tanzen.

Telefonat mit New York, 25. August

GLEICH NACH dem Frühstück rufe ich die Amerikaner an. Natürlich meldet sich am anderen Ende erst einmal eine Maschine. Ich erfahre den Namen der Firma, der nach einer Verschmelzung der Markenwelt mit Darwins Evolutionstheorie klingt. Daraufhin schlägt Little Miss Maschine quietschfidel vor, ich möge die Durchwahl meines Gesprächspartners eingeben. Mein zukünftiger Arbeitgeber nimmt sofort ab. Er meldet sich mit einer Stimme, mit der er wahrscheinlich sogar Beton aufmischen könnte:

»Hi, danke, dass Sie zurückrufen!«

»Klar, kein Problem«, sage ich im besten amerikanischen Akzent, den ich hinbekomme.

»Was sind denn Ihre Gehaltsvorstellungen?«

Ich nenne ihm eine Zahl, die ich mir im Vorfeld zurechtgelegt habe.

»Klingt gut.«

Jetzt klingeln bei mir die Alarmglocken. Seine Antwort kann nur zwei Dinge bedeuten: Entweder es besteht Gefahr, dass ich den Job bekomme, oder aber, dass ich meine Dienste gerade zu einem Schleuderpreis angeboten habe.

»Erzählen Sie mir doch noch ein bisschen über Ihre Erfahrungen in diesem Bereich.«

»Gern. Ich habe das Handwerk vor zwölf Jahren in London gelernt und habe dann für ein paar Jahre in den Staaten gearbeitet …« Ohne Punkt und Komma bete ich meinen beruflichen Werdegang herunter – als wäre meine Karriere eine lückenlose Reihe von Ereignissen. Was ich in meiner Aufzählung wohlweislich verschweige, sind die Auszeiten, die Depression, die Partyexzesse und mein heiliger Schwur, niemals in das Business zurückzukehren.

»Und wie steht es um ihre Französischkenntnisse?«

»Na ja, ich bin schon vor zehn Monaten nach Paris gezogen und lebe mit einer Französin zusammen, also ziemlich gut, würde ich sagen.« Wieder so eine Aussage, die mehr verschleiert als preisgibt.

»Wir hatten uns zwar eigentlich einen Muttersprachler gewünscht, aber das scheint mir auszureichen. Wie sieht es mit Ihren Erfahrungen in der Telekommunikationsbranche aus?«

Ich streue die Namen von drei der großen Moloche in diesem Sektor und hoffe auf die nächste Frage.

»Wissen Sie, was eine *voice over IP* ist?«

Ich habe keinen blassen Schimmer und offen gestanden auch keinen Bock, so zu tun.

»Nein«, sage ich mit Nachdruck.

»Oh«, sagt die evolutionäre Krönung der Geschäftswelt enttäuscht. »Das war leider die entscheidende Testfrage. Aber danke trotzdem. Mailen Sie mir doch trotzdem mal Ihre Unterlagen, für den Fall, dass wir einmal etwas weniger Spezielles haben.«

Und mit diesen Worten ist das Gespräch auch schon wieder beendet. Mir wird klar, dass ich nun wieder in Ruhe die Blumen im Garten gießen kann. Ich erzähle Helena von dem Telefonat, und sie sieht ein bisschen genervt aus. Sie will wissen, ob es denn wirklich nötig sei, über enzyklopädische Kenntnisse der Telekommunikationstechnik zu verfügen, nur um ein paar Pappnasen aus der Branche zu interviewen. Ich erspare Helena die Details, aber wenn der Kunde ein amerikanischer Korinthenkacker ist, dann schon. Ich starre auf die Zahlen vor mir. Grob überschlagen hätte die Kohle für ein paar Monate Miete und vielleicht sogar für einen Kinderwagen und ein paar weitere grundlegende Anschaffungen für Junior gereicht. Aber ich muss auch meine noch immer wackeligen Versuche, nüchtern zu bleiben, in Betracht ziehen. Ich bin schon einmal in den gnadenlosen Strudel von Marketingbusiness und Profitdenken geraten und dabei beinahe draufgegangen. Ich kann mir nicht helfen, aber ein Teil von mir ist erleichtert darüber, dass Apparat –205 meinen Bluff durchschaut hat. Gleichzeitig muss ich aber auch zugeben, dass es mich langsam nervös macht, nun schon fast ein Jahr keine Arbeit mehr zu haben. Ich habe gedacht, dass ich, wenn es nötig wird, einfach wieder in meine alte Branche zurückspazieren kann. Das Gespräch heute hat mir gezeigt, dass ich mich da vielleicht verrechnet habe.

Noch bleiben uns ein paar Tage der Sommerferien, bis wir

unsere Strandtücher zusammenrollen und zurück in die Stadt fahren müssen. Dieses Phänomen ist in Frankreich allgemein als *la rentrée* bekannt. Es beginnt mit einem riesigen Stau auf der *periphérique,* der großen ringförmigen Pariser Umgehungsstraße und endet damit, dass die Franzosen am ersten Montag im September im grauen Anzug wieder an ihren Arbeitsplatz zurückkriechen. Das Doofe ist nur, ich habe überhaupt keinen grauen Anzug, geschweige denn einen Job. Und ich habe auch keine Ahnung, wie ich einen finden soll, der mich nicht total ankotzt.

Ich bin einfach noch nicht so weit, wieder zu arbeiten. Ich brauche noch mehr Zeit, um mir darüber klarzuwerden, was ich wirklich will. Allerdings frage ich mich natürlich schon auch, wie ich all das Junior erklären soll, wenn er nackt und schreiend auf die Welt kommt. Ich kann ihn ja nicht einfach zurück in den Bauch schicken und ihn bitten, mir noch ein paar Monate länger Zeit zu lassen, bis ich mir über mich klargeworden bin. Mist! Ich brauche etwas frische Luft oder besser noch eine Zigarette.

Draußen vor dem Haus merke ich, dass meine Schachtel leer ist. Okay, ich habe mit dem Gedanken gespielt, dass dieses Päckchen, das ich für die Hochzeit gekauft habe, vielleicht mein letztes ist, aber das habe ich doch nicht wirklich ernst gemeint, oder etwa doch? Ich schlendere zum *tabac* an der Ecke der »Ferkelgasse«. Der Laden hat geschlossen. Verdammt, jetzt muss ich bis in die Stadt laufen. Warum höre ich also nicht besser gleich auf? Ich kehre um und will schon zurück zum Haus gehen, da ändere ich doch wieder meine Meinung. Nichts mehr zu trinken ist schwer genug. Ich kann jetzt nicht auch noch mit dem Rauchen aufhören. Darum kümmere ich mich dann demnächst.

Wann demnächst?

Ich weiß nicht. In einem Monat vielleicht. Aber noch bevor

das Baby geboren ist. Ganz sicher. Ich habe jedenfalls nicht vor, ihm mit einer *Benson & Hedges* im Mundwinkel gegenüberzutreten.

Warum also nicht gleich aufhören?

Ich weiß nicht, woher all diese Fragen kommen oder wer sie stellt, aber sie lassen mich auf meinem Weg innehalten. Ich lasse meinen Blick schweifen und sehe in der Ferne die *Abbaye aux Dames*, eine von einer Reihe von alten Kirchen, die in der ansonsten im Krieg völlig zerstörten und später wieder aufgebauten Stadt Caen noch stehen. Als die Alliierten im Juni 1944 in der Normandie landeten, wussten sie, dass sich die Franzosen dort und in der *Abbaye aux Hommes* auf der anderen Seite der Stadt versteckten. Irgendwie haben sie es geschafft, diese Gebäude mit ihrer kostbaren Fracht aus ängstlichen Menschen nicht zu bombardieren. Ich betrachte die prachtvolle Fassade der Kirche im Abendlicht.

Warum nicht jetzt?

Bevor das Nikotin noch weiter meine Gedanken bestimmt, mache ich auf dem Absatz kehrt und gehe zum Haus zurück, wo ich versuche, Helena für das abendliche Sportprogramm in Fernsehen zu begeistern.

Frühstücksoffenbahrung, 26. August

VOR DEM FRÜHSTÜCK ertappt mich Helena dabei, wie ich mir ein Nikotinpflaster auf den Oberarm klebe. Die Packung habe ich ungefähr vor drei Jahren gekauft. Damals drückte ich mich mit schlechtem Gewissen und einem üblen Kater in einer *Boots*-Filiale in London herum. Seitdem schleppe ich sie überall mit mir herum, aber bisher habe ich nie den Punkt erreicht, eines der Pflaster aus der Packung zu holen. Über einer Schale *All Bran* warne ich Helena, dass ich die nächsten achtundvierzig Stunden womöglich noch schlechter gelaunt sein werde als üblich.

Verloren, 27. August

DER APOTHEKER hatte mich gewarnt, dass Nikotinpflaster Alpträume hervorrufen können. Mir scheint auch, ich habe letzte Nacht nur in Leopardenfell gewickelt in einem Gemälde von Hieronymus Bosch verbracht. Ich habe versucht durchzuhalten, aber der Traum war so verstörend, dass ich mir irgendwann das durchsichtige, geruchslose Pflaster vom Arm gerissen habe. Im Traum befand ich mich in einem Keller, der praktischerweise auch noch als Fährhafen diente, und ich wartete verzweifelt auf ein Schiff, das mich wegbringen würde von diesem Ort voll mit Pennern und Irren. Aber die Fähre kam einfach nicht. Plötzlich drückte mir jemand ein Glas Champagner in die Hand. Ich schüttete es sofort in mich hinein. Dann schleuderte ich das Glas in die Ecke und griff gierig nach einem Päckchen starker, filterloser Zigaretten.

Landleben, 28. August

WIR SIND ZUM ABENDESSEN bei der Schwester der Braut aus Buenos Aires eingeladen. Olivia und ihr Mann Régis wohnen ungefähr 15 Kilometer außerhalb von Caen und bestimmt einen guten Kilometer vom nächsten Dorf entfernt. Helena, die ja schon immer vom Landleben geschwärmt hat, ist begeistert von dieser Isolation. Das Haus ist recht hübsch, mit dicken Steinmauern und riesigen Fenstern. Die zweijährige Ella schläft heute bei der Oma. Helena ist natürlich enttäuscht, erklärt sich dann aber doch bereit, zum Essen zu bleiben.

Wir werden auf dem Anwesen herumgeführt. Bei uns zu Hause wäre das ein kurzer Rundgang – nur ein paar Schritte, und schon stößt man mit der Nase gegen die Wand. Hier dagegen wäre es angeraten, einen Traktor zu mieten, nur um von einem Ende des Gartens zum anderen zu gelangen. Tatsächlich sind es eigentlich drei Häuser. Zweien davon hat der letzte Sturm das Dach abgedeckt. Die Renovierung ist ein groß angelegtes und langfristiges Projekt. Helenas Augen beginnen zu strahlen. Bevor sie allzu sehr in Begeisterung verfällt, bugsiere ich sie an den Rand des Gartens und zeige auf die Nachbarn – drei Kühe, eine Schafherde und ein einsames Kaninchen.

Régis hat mittlerweile einen riesigen Grill entzündet. Ich geselle mich zu ihm und wir stapeln Unmengen von Fleisch auf den Rost. Ich hänge unter anderem auch deshalb hier draußen am Grill herum, weil ich dem Rundgang durch Klein Ellas Kinderzimmer entgehen will. Ihr Reich hat ungefähr die Größe des Hampton Court Palace und ist vollgestopft mit allem, wovon eine Zweijährige nur träumen kann. Ich bin auch nicht scharf darauf, Zeuge eines weiteren Fachgesprächs übers Kinderkriegen zu werden. Außerdem habe ich so das Gefühl, dass die Unterhaltung eine unangenehme Wendung nehmen wird. Die Gesprächsfetzen, die ich aufgeschnappt habe, bevor ich schleunigst die Flucht ergriff, drehten sich um Ellas falsche Lage im Bauch und die Versuche des Arztes, sie zu drehen.

In der Küche ist nicht genug Platz und das Esszimmer hat noch keinen Boden, also essen wir in einer ehemaligen Scheune. Eine einzelne nackte Glühbirne hängt von den morschen Dachbalken herunter. Wenigstens hat die Unterhaltung jetzt eine leichtere Wendung genommen.

Ich kämpfe gerade mit dem letzten Schweinekotelett und einer weiteren scharfen *Merguez*, da fällt plötzlich das Licht aus. Helena blickt nervös über die Schulter auf die nachtstille, ländliche Idylle. Ich weiß, woher ihre Angst kommt: Als sie klein war, hat ihre Familie einmal vorübergehend auf *La Réunion* gelebt. Dort wohnten sie in einem abgelegenen Haus auf dem Lande. Das einzige andere Haus weit und breit war eine Irrenanstalt. Eines heißen Nachmittags, Helena war mit ihrem kleinen Bruder, der damals noch ein Baby war, allein zu Hause, tauchte plötzlich ein schizophrener Insasse auf und lächelte sie an wie Jack Nicholson in *The Shining*. Nach einem kurzen nachbarschaftlichen Gruß eröffnete er ihr, dass er später, nach einer leckeren Tasse Kakao, noch einmal wiederkommen würde, um die ganze Familie abzuschlachten und dann auf der Wäscheleine aufzuhängen. Seither wartet Helena auf seine Rückkehr. Ich habe zwar versucht, ihr zu verklickern, dass der Kerl in einer Irrenanstalt auf einer Insel der südlichen Hemisphäre festsitzt oder vielleicht schon tot und begraben ist, aber sie ist überzeugt davon, dass er immer noch auf der Suche nach ihr irgendwo da draußen herumstreunt, mit einer Knarre in der Hand und einem irren kakaoverschmierten Grinsen.

Nach einer kurzen Werbepause, 31. August

AUF UNSEREM WEG zurück nach Paris ziehen am Himmel dicke Wolken auf. In meinem Kopf herrscht völlige Leere, doch die Straßen sind verstopft. Das gibt mir genügend Zeit, die neuesten Outdoor-Aktivitäten meiner Marketing-Freunde zu bewundern. Ich wundere mich über die schiere Menge von Mist, die man mit dem Ende der Sommerferien in Verbindung bringen kann: Stifte, einen neuen Anzug, ein neues Auto, einen Haarschnitt, einen neuen Therapeuten, ach und wo wir schon mal dabei sind, warum nicht gleich eine brandneue Persönlichkeit. Ganz Frankreich ist mit schrillen Werbebotschaften gepflastert, und mindesten zehn Millionen Leute haben sich völlig hirnlos dazu entschlossen, genau zur selben Zeit nach Paris zurückzufahren. So hat jeder die Möglichkeit, seine komplette Familie noch bevor der Herbst kommt in einem Autobahnstau zu erschlagen.

Paris, 1. September

IN DER LETZTEN NACHT der Sommerferien spürt Helena zum ersten Mal, dass sich das Kind in ihr bewegt. Ich frage mich, ob das normal ist, oder ob es Junior nur anpisst, dass er den ganzen Sommer verpasst hat. Keine Ahnung. Jedenfalls ist Helena total aufgeregt, als sie sich an diesem Morgen auf den Schulweg macht. Ich bleibe mit einer Tasse Tee und *L'Équipe* im Bett. Nicht jeder ist an diesem feuchten, grauen Montagmorgen scharf darauf, wieder in die Arbeit zu gehen.

Projektarbeit, 3. September

WEDER GUT GELAUNT noch besonders früh betrete ich das Arbeitsamt ANPE. Ich ziehe Ticket Nummer 63 und lümmle mich auf einen Stuhl in dem bereits überfüllten Wartebereich. Die Berater sind gerade erst mit Nummer 42 beschäftigt. Es kann also dauern. Aus reiner Langeweile werfe ich doch mal einen Blick auf das mittlerweile schon ziemlich zerknitterte Formular, das mir vor einigen Wochen zugeschickt wurde. Ich entdecke einen Absatz, in dem ich aufgefordert werde, mich auf das Gespräch mit dem Berater vorzubereiten. Wieso nicht, wo ich nun schon einmal hier bin.

Die erste Frage ist schnell beantwortet:

Was haben sie die letzten Jahre über gemacht?

Ich lasse meine Alkoholkarriere lieber mal außen vor und beschränke mich auf die offizielle Version.

Worin bestehen Ihre Hauptfähigkeiten?

Eine Stimme in meinem Hinterstübchen flüstert »Tagträumereien«. Stattdessen lege ich mir ein paar Brocken zurecht, die auch mich beeindrucken würden.

Berufliche Qualifikationen und besondere Fähigkeiten?

In meinem Kopf rattert es. Ich war mal an der Uni. Was war das noch gleich?

Spezifizieren Sie bitte die berufliche Aufgabe, die Sie suchen.

Nächste Frage.

Falls Sie es nicht wissen, nennen Sie die gesuchten Bereiche.

Mist! Darüber habe ich noch gar nicht nachgedacht. Sorry, keine Ahnung. Ich blicke vom Formular auf. Noch immer Nummer 42. Gut. Dann habe ich ja noch massig Zeit, mir irgendetwas auszudenken. Aber jetzt fülle ich erst einmal die leichten Sachen aus …

Haben sie besondere Hobbys oder Interessen? Wenn ja, beschreiben Sie diese kurz.

Das klingt schon besser. Aber welche meiner Obsessionen kann ich in diesem Rahmen zugeben? Ich spiele passabel Fußball und meine Kurzgeschichten für unter Fünfjährige kommen gut an. Was sonst noch? Marketing sollte ich hier vielleicht noch nicht erwähnen, das erfahren sie ja noch früh genug. Wie wäre es also mit Gameshow-Moderator, Weltallreiseleiter oder Do-it-yourself-Psychologe? Das sollte fürs Erste genügen.

Plötzlich kommt mir der Gedanke, dass ich vielleicht einfach die Wahrheit sagen sollte, wenn schon nicht auf dem Formular, dann doch im Gespräch mit dem Berater. Ich schaue mir die Herrschaften mal genauer an. Gut, die sehen jetzt nicht so aus, als würden sie mir gleich den Kopf abbeißen. Aber ich habe bisher niemals ernsthaft in Betracht gezogen, dass es da draußen vielleicht auch einen Job gibt, der mir gefallen könnte. Mein Instinkt rät mir dringend, besser zu lügen.

Ich wusste es ja, sobald Junior geboren ist, krieche ich mit eingezogenem Schwanz wieder bei meinen alten Marketing-Kumpanen zu Kreuze: stattliches Gehalt, dickes Firmenauto, Krankenversicherung und wenn man schön brav ist, die Option auf ein angemessen großes Plätzchen auf dem Firmenfriedhof …

Nein! Ich kann nicht. Ich weigere mich. Aufgebracht schnelle ich von meinem Stuhl hoch. Die anderen Wartenden schauen mich etwas entgeistert an. Die Anzeige springt auf Nummer 45. Peinlich berührt wie ein frisch geschorenes Schaf sinke ich wieder in meinen Sitz und tue so, als studiere ich aufmerksam eines der ausgehängten Jobangebote.

Etwa eine Stunde später mustert mich ein grauhaariger Berater namens Maurice ausgesprochen skeptisch. Er klärt mich darüber auf, dass die meisten Arbeitssuchenden zumindest eine vage Vorstellung haben, was sie machen möchten und fragt, was ich die letzten Monate getan habe. Langsam geht mir das hier echt auf die Nerven.

»Okay, wenn Sie es unbedingt wissen wollen. Ich arbeite an einem Drehbuch.« Ich hatte eigentlich nicht vor, das zu verraten, aber irgendwie wirkt Maurice jetzt fast erleichtert.

Schließlich überzeugt er mich aber, dass es nicht schaden kann, einen Plan B zu haben. Nur für den Fall, dass es mit dem Drehbuch doch nichts wird. Dabei bemüht er sich wirklich, sympathisch rüberzukommen. Fast fange ich an, Mitleid mit ihm zu haben, da zaubert er ein dickes Buch hervor und erklärt mir, dass darin alle denkbaren Berufe verzeichnet sind von A wie Ameisenzüchter bis Z wie Zahnarzt. Das zweibändige Meisterwerk ist in Frankreich auch als *Fiches Rome* bekannt, und wenn es nach Maurice ginge, würde ich damit so bald wie möglich nähere Bekanntschaft machen. Er ist sich völlig sicher, dass sogar jemand wie ich darin etwas finden wird. Aber dann war es das erst einmal – Maurice hat bemerkt, dass Nummer 64 ungeduldig wie ein ausgehungerter Tiger vor dem Büro auf und ab geht, und so beschließt mein Berater, dass ich mehr Hilfe brauche als er mir geben kann oder will. Er überweist mich aber noch an einen Spezialisten, der mir helfen wird, meine eigenen »Projekte« zu definieren. Ja klar, ein Projekt! Die ganze französische Nation scheint besessen vom Begriff »Projekt« zu sein. Dahinter kann sich so ziemlich alles verbergen, vom Geranienumtopfen oder der Jobsuche bis hin zur Reform des kompletten französischen Sozialsystems. Um als Angehöriger der menschlichen Rasse durchzugehen, muss man in diesem Land mindestens ein irgendwie geartetes Projekt laufen haben.

Mit einem Termin beim Spezialisten, einem Kontakt für Französischunterricht, einem angebissenen Käsesandwich und einem neuen Projekt verlasse ich das Jobcenter. Ich habe keine Zeit zu verlieren. Helena erwartet mich vor der *mairie* des neunten *arrondissements*. Wir müssen das Baby registrieren lassen. Ich war schon zweimal dort: das erste Mal, um unsere Hochzeit anzumelden, und das zweite Mal, um sie wieder abzusagen. Kurz nach meinem zweiten Besuch dort verkündeten Helenas Eltern überall, dass ihre Tochter und ich in Zukunft keine gemeinsamen Projekte haben werden. Das änderte sich freilich schnell wieder, als Junior auf dem Plan trat. Jetzt haben wir wieder ein gemeinsames Projekt und ein ziemlich kompliziertes noch dazu. Heute Morgen habe ich mit so einer Zimtzicke in der Britischen Botschaft gesprochen. Sie eröffnete mir, dass das Baby erst die britische Staatsbürgerschaft erhalten werde, wenn sich unsere rechtliche Situation »normalisiert« habe.

»Das Kind ist kein britischer Staatsbürger, da die Mutter Französin ist und das Kind in Frankreich zur Welt bringt!« Wie sie es sagte, klang es so, als sei Frankreich eher eine Art Müllhalde als ein Land und die Franzosen eine Nation von Schmeißfliegen. Als ich mich über ihren Ton beschwerte, empfahl sie mir die Null zu wählen und mein Problem mit Queen Victoria persönlich zu besprechen.

Armer Junior! Als Inhaber eines französischen Passes wird sein Leben aus einer langen Reihe von Projekten bestehen müssen.

Menschheitsdämmerung, 5. September

WAS IST NUR aus dem Sommer geworden? Schon sind die Tage mit dem strahlend blauen Himmel wieder so weit weg.

Gleich nachdem wir zurück in Paris waren, hat das Wetter auf Herbstmodus geschaltet, und wir mussten wieder unsere Pullis aus dem Schrank kramen. Jetzt ist es kalt und nieselt ununterbrochen. Als ich zum nächsten Termin beim Arbeitsamt muss, habe ich höllische Kopfschmerzen. Mir ist schon klar, dass das alles nur psychosomatisch ist, aber ich fühle mich trotzdem unglaublich mies, als ich wieder im Jobcenter auftauche.

Jemanden wie Madame Ferrat findet man in keinem englischen Arbeitsamt. Sie hat eine umwerfende Figur, die von eleganten, schwarzen Kleidungsstücken umspielt wird. Ihre Haare sind zu einem tadellosen blonden Bob geschnitten. Dazu trägt sie geschmackvollen Schmuck. Erst als unser Gespräch schon fast zu Ende ist, fällt mir auf, dass sie in Wirklichkeit älter sein muss, als sie wirkt.

Innerhalb weniger Minuten hat sie meine ganze Lebensgeschichte erfasst. Wir reden kurz über Drehbücher, aber sie stellt sogleich klar, dass mir diese Beschäftigung besser nur als abendliche Zerstreuung, wenn das Baby im Bett ist, dienen sollte. Madame Ferrat versucht erst gar nicht, meine sinnlosen Träumereien zu beflügeln. Sie ist hier, um einen Job für mich zu finden, und sie ist wild entschlossen, ihre Pflicht zu tun.

Sie trägt mir auf, eine Liste mit all meinen Fähigkeiten zu erstellen und so lange die *Fiches Rome* zu durchkämmen, bis ich etwas gefunden habe, das mich interessiert und für das ich qualifiziert bin. Sie warnt mich noch, dass es in Frankreich anders läuft als in England, und dass die richtige Ausbildung und jede Menge Diplome bei den hiesigen Arbeitgebern sehr gefragt sind. Bevor ich mich wieder trolle, nennt sie mir noch ein Datum, an dem ich wieder bei ihr vorzusprechen habe, und zwar 1 A vorbereitet und hochmotiviert wie ein rosarotes *Duracell*-Häschen. Bei Madame Ferrat vergisst man besser nicht seine Hausaufgaben.

Auf dem Nachhauseweg mache ich einen Abstecher in die Videothek. Ich habe mittlerweile solche hämmernden Kopfschmerzen, dass ich einfach die beiden nächstbesten Filme nehme, die mir in die Finger kommen. Es regnet noch immer. Helena und ich verkriechen uns im Bett und schauen eine zuckersüße Romantikkomödie an, die selbstverständlich in Paris spielt. Der Film ist so schlecht, dass ich mich bald unter der Decke verstecke und meinen eigenen Gedanken nachhänge. Was hat eigentlich zu meiner jetzigen Situation geführt?

Die Sache begann im Februar. Es war der längste Winter meines Lebens, als ich Helena zum zweiten Mal wieder traf. Danach machte ich freitags immer früh Feierabend, nahm den Eurostar und verbrachte das Wochenende, nüchtern und verliebt, mit Helena in Paris. Am Montagmorgen kam ich dann nach London zurück und verbrachte die ganze Woche damit, zu trinken und meinen Kunden aus dem Weg zu gehen. Ich lebte nur für den Moment, wieder in den Zug nach Paris zu steigen und mein Londoner Leben, das ich kaum mehr ertragen konnte, hinter mir zu lassen. Dieses Doppelleben konnte natürlich nicht ewig gutgehen, und sobald ich nach Paris umgezogen war, stürzte das Kartenhaus ein. Ich hatte plötzlich zuviel Zeit, über alles Mögliche nachzudenken: *Warum hast du deinen guten Job einfach so aufgegeben? Was hast du jetzt vor? Du hast nicht wirklich einen Plan, oder? Du sprichst nicht mal Französisch. Gefällt dir etwa, was du siehst, wenn du in den Spiegel schaust?*

Die Wahrheit war, dass ich einen gut bezahlten Job gekündigt hatte, um nach Frankreich zu ziehen, aber dort keine wirkliche Perspektive hatte, sondern nur einen hoffnungslosen Lebenslauf. Ich wusste, ich musste etwas ändern. Aber wie? Eine Weile tat ich gar nichts, außer vielleicht Helena mit meinen kläglichen Versuchen, den französischen *Subjonctif* zu lernen, auf die Nerven zu gehen. Ich weiß gar nicht, warum sie mich nicht gleich schnurstracks wieder auf die Straße gesetzt hat. Jedenfalls war sie immer dann, wenn ich dachte, es könne eigentlich nicht mehr schlimmer kommen, felsenfest davon überzeugt, dass alles gut wird. Und wie es der Zufall so will, beschloss ich genau am Tag der Empfängnis des Babys, mit dem Trinken aufzuhören. Es passierte nach einem Abend bei Helenas Tante, einer großzügigen und warmherzigen Frau, die außerdem auch Psychologin ist. Ich hatte mal wieder einen Kater. Aber trotzdem stritt ich mich, bis fast alle anderen Gäste gegangen waren, mit Helenas Tante und ihrem jüngeren Bruder darüber, ob Suchtverhalten eine Krankheit ist oder einfach nur Charakterschwäche. Um die Diskussion noch anzuheizen, öffneten wir eine weitere Flasche Champagner. Ich konnte einfach nicht widerstehen. Helena und ihre Tante lehnten ab, aber ihr Bruder und ich zogen uns noch die ganze Flasche rein.

Als wir schließlich wieder zu Hause ankamen, war ich ziemlich betrunken und fühlte mich noch dazu ziemlich down. Helena brach in Tränen aus, als ich ihr von dem Gefühl des Versagens erzählte, das mich seit einiger Zeit befallen hatte, und dem unheilvollen Schicksal, das ich auf mich zukommen sah. Ich griff zu dem halbvollen Glas Rotwein, das wie durch Zauberhand plötzlich vor mir stand, und kippte es hinunter. Helena beobachtete mich mit roten und leicht geschwollenen Augen. Dann sagte sie, sie sei nicht länger bereit, sich anzuhören, wie ich in Selbstmitleid zergehe. Sie stand auf und ging ins Schlafzimmer. Ich dachte, sie würde dort ihre Taschen packen. Es hätte mich jedenfalls nicht gewundert, wenn sie an dem Abend gegangen wäre. Stattdessen ging sie ins Bett und zog mich an sich. Obwohl ich damals so ziemlich am tiefsten Punkt angekommen war, entstand in dieser Nacht ein neues Leben.

Kickstart, 8. September

ICH BIN WIEDER im *ANPE,* bereit für eine Marathonsitzung mit den *Fiches Rome,* um mich auf das morgige Treffen mit Madame Ferrat vorzubereiten. Ich starre auf das Cover der imposanten zweibändigen Ausgabe und blättere ziellos durch die Seiten aus hauchdünnem Papier. Dann beschließe ich, mir erst einmal einen dieser überzuckerten Automatenkaffees zu genehmigen. Selbst auf Englisch würde es verdammt lange dauern, die Fiches durchzuackern. Zuallererst muss ich einmal das Prinzip verstehen. Anhand eines Nummerncodes sind alle nur erdenklichen Berufe darin aufgelistet. Die Aufzählung erfolgt – typisch französisch – streng hierarchisch. Doch schließlich, als ich den Plastikbecher-Kaffee ausgetrunken habe, glaube ich, das System geknackt zu haben. Den ersten Band des Wälzers kann ich gleich vergessen, denn er enthält nur kaufmännische Berufe. Die Chefs der französischen Industrie mit meinem Lebenslauf zu belästigen, ist wohl mehr als überflüssig. Und nicht nur aus dem Grunde, dass ich bis vor Kurzem dachte, Physik sei etwas, das mit der Form und der Beschaffenheit des weiblichen Körpers zu tun hat.

Die Jobs im zweiten Band sind in verschiedenen Gruppen zusammengefasst und jeweils mit einem Zahlencode versehen. Weitere drei Nummern weisen jeweils auf den präzisen Anforderungskatalog hin, die ein bestimmter Beruf hat. Kühn stürze ich mich auf die erste Kategorie: Zuckerbäcker, Friseurgehilfe (beides nicht wirklich mein Ding, aber ich will meine Suche erst einmal breit anlegen), Anwalt, *chocolatier,* Brieftaubenzüchter und Waffenhändler … Jeder einzelne Beruf wird sorgfältig beschrieben, und es gibt Tausende davon. Was für eine Vielfalt! Warum habe ich diese Recherche eigentlich nicht schon vor Jahren gemacht?

Nach sechs oder sieben Bechern genetisch veränderten Koffeins wanke ich verwirrt aus dem *ANPE*, eine Handvoll regierungssubventionierte Fotokopien in der Hand. Mein Problem ist, dass ich zuviel gefunden habe, was mich interessiert und ich nicht weiß, ob ein Leben dafür ausreicht, sich für etwas davon zu entscheiden. Ich eile nach Hause, um Helena zu berichten, wie ich mich tapfer und todesmutig durch den Arbeitsmarkt-Dschungel geschlagen und den Schlüssel zur beruflichen Erfüllung gefunden habe.

Wir treffen uns im Hauseingang. Sie kommt gerade aus dem Schwimmbad zurück und sieht ein wenig blass aus, aber darauf kann ich jetzt keine Rücksicht nehmen.

»Also, was ist es diesmal?«, fragt Helena, als sei ich gerade mit einer neuen tropischen Krankheit nach Hause gekommen.

»Da schau«, sage ich stolz und wedle mit den Fotokopien vor ihrer Nase herum wie ein Pokerspieler mit einem Royal Flush. Helena blättert die *fiches* durch. Als sie damit fertig ist, blickt sie ziemlich verzweifelt drein. Sie gibt mir meine Träume zurück und zieht sich wortlos ins Schlafzimmer zurück, um ihrem schmerzenden Körper etwas Ruhe zu gönnen. In der ganzen Aufregung habe ich ganz vergessen, sie zu fragen, wie es ihr geht.

Unbeirrt bereite ich mich auf mein morgiges Treffen mit der Ferrat vor. Mir steht der weitaus unangenehmere Teil ihrer Aufgabenstellung ja noch bevor: eine vollständige Liste meiner Kompetenzen. Ich brüte den ganzen restlichen Nachmittag darüber, und trotzdem kommt nur eine mickrige DIN-A4-Seite dabei heraus. Macht nichts, ins Französische übersetzt wird die Liste bestimmt ein bisschen länger.

Plötzlich werden meine Gedanken von einem aufgeregten Schrei aus dem Schlafzimmer unterbrochen. Ich bin so in meine Perspektivensuche versunken, dass ich erst glaube,

Helena hatte vielleicht gerade einen Geistesblitz meine Zukunft betreffend.

»Er hat mich getreten!«

»Was?«

»Er hat mich getreten ...«

»Wer hat dich getreten?« Ich schaue mich suchend nach einem möglichen Übeltäter um.

»Das Baby! Wer denn sonst?«

»Ach so. Wohin hat es dich denn getreten?«

»Leg deine Hand hier drauf«, sagt Helena und führt meine zitternden Finger an ihren Bauch. »Spürst du es?«

Im Moment kann ich nur meinen eigenen rasenden Puls fühlen.

»Da! Hast du das gespürt?«, Helena schiebt meine Hand ein paar Zentimeter zur Seite. Plötzlich ist da ein leichtes Beben unter Helenas Haut.

»Ja!«

»Hast du es gespürt?«

»Ich glaube schon. Es war wie ein leichter Tritt.« Ich schaue Helena an. In ihrem Gesicht spiegelt sich eine Mischung aus Freude und kindlichem Erstaunen.

»Er ist ein kleiner Fußballer«, sagt sie und strahlt glücklich.

Ich presse meine Hand noch eine ganze Weile an Helenas Bauch. Irgendwann schläft sie ein, aber Junior macht sich weiterhin wie ein kleines Erdbeben unter meinen Fingern bemerkbar.

Langsam wird es draußen dunkel. Noch immer liege ich da, neben den beiden menschlichen Wesen, mit denen ich nun das Bett teile. Obwohl Juniors Präsenz zunehmend sichtbar wird, habe ich noch kaum über die Veränderungen nachgedacht, die dieses Baby bald in mein Leben bringen wird. Ich bin immer noch viel zu sehr damit beschäftigt, meinen eigenen Weg zu finden. Ist das egoistisch? Sicher, ich könnte

Helena mehr unterstützen, aber ich stecke einfach den Kopf in den Sand. Ist das wirklich meine Art, mich auf die Zukunft vorzubereiten, die uns erwartet? Schon seit Wochen habe ich keinen Blick mehr in unser Buch *Future Maman* geworfen. Ich habe nur eine vage Vorstellung von den Veränderungen, die momentan in ihrem Körper vor sich gehen, und ich habe nichts getan, um ihr die Situation leichter zu machen.

Sogar meine schwachen mathematischen Fähigkeiten genügen, um mir auszurechnen, dass Junior in weniger als zwanzig Wochen auf die Welt kommt, ganz gleich ob ich bereit bin oder nicht.

Willkommen in der Realität, 10. September

VOLL TATENDRANG erscheine ich bei Madame Ferrat. Ich lege die Karten auf den Tisch und erkläre, dass ich ein paar *fiches* kopiert habe, die exemplarisch für die Berufsfelder sind, die mich generell interessierten. Madame Ferrat lächelt mich nachsichtig an und bittet zunächst um die Liste meiner Kompetenzen und Fähigkeiten. Mit Helenas Hilfe habe ich sie tags zuvor noch ins Französische übersetzt.

»Das sind keine Fähigkeiten«, stellt sie bereits nach einem flüchtigen Blick auf meine Aufzählung fest. »Das sind Charakterschwächen. Sie werden die Liste noch einmal überarbeiten müssen.«

Natürlich protestiere ich vehement, aber sie besteht partout auf eine Liste aller Aufgaben, die ich im Zuge der vielen niederträchtigen Kampagnen im Laufe meiner Marketingkarriere erfüllt habe. Dann richtet sie ihre Aufmerksamkeit wieder auf meine *fiches* und verleiht milde aber bestimmt ihrer Verwunderung über meine eklektische Auswahl von Zukunftsperspektiven Ausdruck.

»Was ist das?«, fragt sie und hält mir mit spitzen Fingern einen der Zettel unter die Nase.

»Ach das«, sage ich. »Wissen Sie, ich wollte schon immer mal in einem Nationalpark arbeiten, irgendwo in den Bergen.«

»Was Sie nicht sagen.« Das bleibt ihr einziger Kommentar dazu, aber dafür mustert sie mich nun naserümpfend wie einen Penner vorm *Ritz*.

»Ach wissen Sie, natürlich nur für ein paar Monate, oder so«, erkläre ich beschwichtigend.

Langsam beginne ich daran zu zweifeln, dass die Ferrat wirklich mein Bestes im Sinn hat. Wahrscheinlich steckt sie mit Helena unter einer Decke. Und prompt pickt die schrecklich effiziente Beraterin das *fiche* heraus, das meiner früheren Tätigkeit am nächsten kommt. Dann wendet sie sich ihrer Datenbank zu, und schon nach wenigen Sekunden hat sie ein paar Stellenangebote für mich parat. Eine davon kommt von einem multinationalen Tierfutterkonglomerat.

»Wie wäre es damit?« Ich sage nichts. Ich hasse Hunde. Ich werde den Teufel tun und Hundekuchen für Fiffi verfeinern. Die Ferrat schaut auf die Uhr. Meine Stunde ist fast um, und sie denkt wahrscheinlich schon an ihr nächstes Opfer. Sie rät mir noch einmal dringend an, meine Kompetenzliste zu überarbeiten, alle Stellenmarkt-Webseiten zu studieren und mich gründlich hinter den Ohren zu waschen. Außerdem erwarte sie nächste Woche eine Liste potenzieller Arbeitgeber von mir. Ich nicke kleinlaut. Ich weiß, sie macht nur ihren Job, aber ich bin eigentlich hier, um meine Karriere in eine neue Bahn zu lenken, und nicht um die Fressgewohnheiten von Königspudeln zu ergründen.

Egal, morgen kommen ein paar Freunde aus London, und

ich werde mir sicher nicht das Wochenende mit diesem Mist versauen lassen. Am Montag denke ich mir dann eine Strategie aus, um von der Ferrat doch noch das bekommen, was ich will. Ich werde sowieso bald wieder malochen müssen, also genieße ich besser das Leben, so lange ich noch kann.

Versuchungen, 12. September

MEINE FREUNDE haben die Kinder bei Oma abgestellt. Sie waren schon ein paar Tage in der Champagne unterwegs, haben geschlemmt, es sich gutgehen lassen und die Weinkeller unsicher gemacht. Als ich ihnen die Tür öffne, umklammert mein ältester Freund eine Kiste Champagner und grinst bis über beide Ohren. Spätestens jetzt weiß ich, dass ich ihnen besser gleich die Tür vor der Nase zuknallen sollte. Stattdessen reiße ich sie weit auf, und sie kommen herein – noch immer in bester Partylaune – und preisen die perlenden Freuden des Lebens, die man abgefüllt in grünen 75cl-Flaschen bekommt.

Ihr erster Vorschlag lautet dann auch, gleich mal eine der Flaschen zu köpfen. Sie können überhaupt nicht nachvollziehen, warum ich mit dem Trinken aufhören will, und für einen Moment ist auch mir der Grund dafür entfallen. Ein Gläschen kann doch nicht schaden, oder? Diese beiden hier haben mich schon mehr als nur ein paarmal hackedicht erlebt. Bei ein paar Knabbersachen reden wir über meine Abstinenzversuche. Die beiden kommen zu dem Schluss, dass für mich als Brite die Tatsache, dass mir des Öfteren die Fähigkeit, aufrecht zu gehen und zu sprechen abhanden kommt, noch lange kein Grund sein sollte, dem Alkohol voll und ganz zu entsagen. Ernsthaft um mich besorgt, führt mich mein Freund daraufhin in eine Bar um die Ecke, um mit mir einmal von Mann zu Mann zu reden. Dort angekommen, bestelle ich einen Tomatensaft mit einem Schuss *Tabasco* und Salz.

Mein Freund hat seine eigene Theorie. Er glaubt, dass nicht Alkohol mein Problem ist, sondern emotionale Unreife, die in Beziehungsversagen und andere Enttäuschungen münde, die ich zu verbergen suche, und deshalb zur Flasche greife. Meiner eigenen Einschätzung nach läuft es aber genau andersherum – meine Probleme fangen bei der leckeren Schaumkrone eines kühlen Biers an. Nachdem mein weiser Freund seine Ausführungen beendet hat, bin ich fast soweit, den Tomatensaft gegen ein frisches Lager einzutauschen. Doch ich bleibe standhaft. Später beim Abendessen beobachte ich meine Freunde, wie sie sich lustig ein Fläschchen Chardonnay genehmigen, und wieder regt sich mein innerer Schweinehund: *Komm schon, sieht doch lecker aus! Siehst du die Wassertropfen, die sich außen am Glas bilden? Ich sag dir, genau richtig temperiert! Was machst du dir einen Kopf? Klar kannst du ein zwei Gläschen trinken. Mach dir nicht ins Hemd! Wer wird denn an morgen denken? Du hast doch im Moment sowieso nichts zu tun. Und überhaupt, du ein Alkoholiker? Jetzt mach dich doch nicht lächerlich!*

Entschlossen, mein Glück herauszufordern, lassen wir die Mädels nach dem Essen zurück und ziehen ins *Styx* weiter, eine zwielichtige Spelunke auf den *Grand Boulevards*. Es ist Freitagnacht, und ich weiß, was mich dort erwartet – hämmernde Technobeats und keine einzige nüchterne Seele weit und breit. Sicher läuft mir auch gleich irgendein alter Bekannter über den Weg, der sich einen Wodka nach dem anderen reinkippt.

Für einen Moment bin ich total entnervt. Was mache ich bloß hier? Oder besser gesagt – was zum Teufel mache ich hier nüchtern? Ich verziehe mich erst mal an die Bar. Dort bestelle ich eine Cola – ohne Wodka, und die Barfrau schaut mich an wie ein Auto.

Ermutigt von Zucker und Koffein bahne ich mir den Weg zur Tanzfläche. Dort tummeln sich halbnackte Tänzer, und ihre stumpfen Ecstasy-Augen starren mich an wie ausgebrannte Suchscheinwerfer. Die Beats lassen mein Zwerchfell vibrieren. Überall im Raum glimmen Zigaretten.

»Und was jetzt?«, frage ich mich. Ich kann mich nicht erinnern, jemals auch nur in die Nähe einer Tanzfläche gekommen zu sein, ohne vorher meine Zellen in Alkohol zu tränken. Ich schließe die Augen und warte darauf, dass mich der Rhythmus mitreißt. Aber es packt mich nicht, und eine leise Stimme in mir fleht inständig, ich möge heute nicht schwach werden.

Bürgerrechte, Paris, 13. September

ICH PRÜFE meinen Schädel auf die typischen Katersymptome. Negativ. Nach einem ausgiebigen Frühstück mit Kaffee und Croissants schlage ich einen Spaziergang am linken Seineufer vor. Als wir in einem Straßencafé am Boulevard St. Michel sitzen, bemerke ich, dass heute wohl der harte Kern der Pariser Nachtschwärmer beschlossen hat, von seinen Bürgerrechten Gebrauch zu machen. Die altehrwürdige Stadt wird auf die heutige Demonstration der Raver genauso gnädig herablächeln wie auf die der Farmer, der Lastwagenfahrer, der Studenten oder wer auch immer gerade den Drang verspürt, die breiten Boulevards entlangzustampfen, das Recht auf freie Meinungsäußerung in Anspruch zu nehmen und ungestraft ein paar Polizisten zu beschimpfen.

Heute protestieren die Raver gegen den ungeliebten Premierminister, der ihre Vorliebe für den Konsum von Rauschmitteln aller Art ganz offensichtlich nicht teilt und deshalb eine ganze Reihe ihrer Lieblingsclubs hat dichtmachen lassen.

Gegen Nachmittag ziehen wir in das nächste Straßencafé weiter, und ich merke, wie ich langsam schwächle. Wie gerne würde ich meinen Durst jetzt mit einem eisgekühlten Bierchen stillen, wie man es aus der Werbung kennt: Ein paar klirrende Gläser, von denen Kondenswasser perlt und in der Sonne glitzert, erscheinen wie von Zauberhand am Strand einer idyllischen Südseeinsel und machen ein braungebranntes Pärchen mit blonden Locken glücklich, das fröhlich in Unterwäsche herumtollt und unglaublich viel Spaß hat. Das sind bestimmt nicht die Tagträume, denen ich in meiner jetzigen Situation nachhängen sollte.

Am späten Abend wollen meine Nachteulen-Freunde unbedingt in die Brahma Bar, eine der schillerndsten und überteuertsten Locations in ganz Paris. Doch Helena hat keine Lust, und ich muss sie praktisch beknien, doch mitzukommen:

»Komm schon. Das wird bestimmt lustig.»

»Was ist bitte schön lustig daran, den Abend in einem riesigen Aschenbecher zu verbringen?«

»Früher bist du dort doch auch gern hingegangen.«

»Na und. Ich hab früher auch gern in die Windeln gemacht.« Helena streckt eine Hand nach einem Taschenbuch aus und legt die andere demonstrativ auf ihren Bauch.

»Die anderen werden enttäuscht sein, wenn du nicht mitkommst.« Langsam greife ich zu verzweifelten Mitteln.

»Wirst du wieder etwas trinken?«

»Natürlich nicht.« Dann habe ich einen Geistesblitz: »Nicht wenn du dabei bist.«

Helena grinst mich an, wie ein Kriminalhauptkommissar, der den Verdächtigen längst durchschaut hat. Dann seufzt sie genervt, erhebt sich umständlich vom Bett und murmelt dazu irgendetwas Überflüssiges von wegen Erpressung. Sie schlüpft in ihre besten Umstandshosen, und ich helfe ihr in ein Paar *Birkenstock*-Sandalen – nicht gerade *Christian Lacroix*, dafür aber bequem.

Wir pferchen uns in den *Clio* wie Designer-Sardinen und fahren ans hippe Ende der Stadt. Es ist Samstag gegen Mitternacht. Zu dieser Zeit fängt man in dieser Gegend gerade mal mit dem Abendessen an. Doch Helena – das bestätigt mir ein Blick in den Rückspiegel – sieht eher so aus, als denke sie schon ans Frühstück.

In der Brahma Bar erwarten uns jede Menge stinkreiche Leute und mindestens genauso viele, die darauf aus sind, sie ihres Geldes zu entledigen. Letztere Fraktion wird heute hautsächlich von ein paar Wasserstoffblonden aus dem ehemaligen Ostblock vertreten. Die Ladies sehen durch die Bank so aus, als wären sie kopfüber in die Kosmetikabteilung eines billigen Kaufhauses gefallen – und sie riechen auch so. Wer immer ihnen einen Cocktail spendiert, ist sich ihrer kurzfristigen Gunst sicher.

Helena ist nicht in der Stimmung, sich von der ukrainischen Mafia ausboten zu lassen, und macht einer arrogant dreinblickenden Bedienung klar, dass sie erwartet, un-ver-züglich platziert zu werden. Die hochnäsige Kellnerin wirft ihr einen Blick zu, der jede Kakerlake aus hundert Metern Entfernung töten würde, und verlangt von Helena eine Entschuldigung für die Verwendung des Wortes »unverzüglich«. Doch Helena zeigt nur bedeutungsvoll auf ihren Bauch, und zu ihrem großen Ärger bleibt der Bedienung nichts anderes übrig, als uns einen Tisch im Kreise der selbsternannten Elite zuzuteilen.

Meine Freunde sind von der Location ziemlich beeindruckt. Ich bestelle drei Softdrinks und ein Glas sündhaft teuren Chardonnay. Da die Konversation mit unseren Freunden am anderen Ende des ausladenden Tisches aufgrund der Musikbeschallung (die CD ist selbstverständlich im Foyer erhältlich) nicht möglich ist, widme ich meine Aufmerksamkeit den Leuten um uns herum. Am Nebentisch zu unserer Rechten sitzen zwei anorektische Mädchen ganz in Gucci und Chanel und sorgen bei Sashimi und Zigaretten für die Zerstreuung eines Mannes, der locker ihr Großvater sein könnte. Sugar Daddy wird die Designer-Zwillinge sicher das Essen nicht bezahlen lassen (zumindest noch nicht). Aber sie müssen sich eigentlich gar nicht wirklich ins Zeug legen. Der Alte kann es sowieso kaum erwarten, mit seiner goldenen Rolex und der farblich darauf abgestimmten Kreditkarte vor ihnen zu protzen.

Das mag jetzt vielleicht missgünstig klingen, aber ich hasse solche Orte eigentlich – und das hat bestimmt nichts damit zu tun, dass sich hier alle um mich herum gepflegt betrinken, während ich mürrisch an einem Apfelsaft nuckle.

Berühmte Pariser Aschenbecher, 14. September

AM SONNTAG ist die Versuchung nicht mehr ganz so groß. Wir hängen am Canal St. Martin in der Sonne herum. Die einzige Wolke am Horizont ist Helenas Ärger darüber, dass ich über das Wochenende wieder eine ganze Schachtel Zigaretten geraucht und damit meine Standhaftigkeit nicht gerade eindrucksvoll unter Beweis gestellt habe. Ich kann mich schon gar nicht mehr genau erinnern, wann ich wieder vor dem Nikotin-Gott in die Knie gegangen bin. Es muss irgendwo auf dem Weg zwischen dem Styx und der Brahma Bar gewesen sein. Ich habe mir das niedrig dosierte Junkiepflaster einfach wieder vom Arm gerissen und es durch eine stramm gerollte, mit Filter versehene Version derselben Droge ersetzt. Ich versuche, Helena klarzumachen, dass das der Preis dafür war, einen Sauf-Rückfall zu vermeiden. Sie sagt nur, das sei ein zu hoher Preis, und mein Schweigen ist das Eingeständnis, dass sie wieder einmal Recht hat.

Ein Tag im Nordatlantik, 15. September

AM NÄCHSTEN MORGEN plagen mich Schuldgefühle. Trotzdem treibt mich das Suchtzentrum meines Gehirns nach der zweiten Tasse Kaffee in den Hof und ich stecke mir eine Kippe an.

Ich bekomme schon wieder Besuch aus London. Tony ist ein Ex-Kollege. Wir haben zusammen für die Firma gearbeitet, von der ich es nach zwölf Jahren geschafft habe zu entkommen. Ich habe ihm eine gute Flasche Wein und leckeres Essen versprochen. Mir wird wohl nichts anderes übrigbleiben, als ein weiteres Mal zu erklären, warum ich keinen Alkohol trinke. Zumindest wird das Essen auf die Spesenrechnung meines früheren Arbeitgebers gehen. Das letzte Mal, als mein Freund zu Besuch war, testeten wir superstarkes Himbeerbier. Ich erinnere mich noch, dass mir die ersten drei Flaschen sogar geschmeckt haben, aber der Rest des Abends ist in fruchtigem Nebel versunken. Meine Erinnerung setzte erst am nächsten

Morgen wieder ein. Ich schwor mir, nie wieder Waldbeeren in welcher Form auch immer zu mir zu nehmen.

Bevor ich mich aber mit meinem Ex-Kollegen treffe, rufe ich noch meinen italienischen Freund Ernesto an. Ernesto ist ein echter Schriftsteller. Seine Theaterstücke werden aufgeführt, seine Kurzgeschichten veröffentlich, seine Filmkritiken gelesen – und er wird für seine Arbeit respektiert. Ich habe ihn bei dem Drehbuchseminar an der American University in Paris kennengelernt. Er holte sich dort Rat und Unterstützung, um eine wunderbar morbide Kurzgeschichte in ein Filmdrehbuch zu verwandeln. Ich fand seine Idee großartig, aber New York Nancy, unsere beinharte Dozentin, war nicht wirklich begeistert davon, weil es kein Happy End gab. New York Nancy, die sicher von Spielberg persönlich dazu beauftragt war, informierte Ernesto, dass sein Ende in Kalifornien völlig inakzeptabel wäre, und riet ihm, zum Schluss doch noch einen schönen pink-orangen Sonnenuntergang einzubauen. Ernesto aber weigerte sich, behielt sein rabenschwarzes Ende bei und begrub dafür seine Hollywoodträume.

Wir wollen einen schrägen isländischen Film mit dem Titel *Noi Albinoi* anschauen. Der Streifen läuft im schäbigsten Kino von Paris, das sich an der großen Kreuzung beim Odéon befindet. Die Leinwand dort ist so klein, dass die Vermutung naheliegt, die sieben Zwerge hätten sie aufgehängt. Deshalb landeten die Untertitel wahrscheinlich auch auf dem Boden. Unglücklicherweise sind meine Isländischkenntnisse recht bescheiden, und es dauert eine ganze Viertelstunde, bis sich der einzige weitere Besucher des Kinos endlich erbarmt und den Vorführer weckt.

Der Film handelt von einem Jungen, der in einer tristen isländischen Kleinstadt lebt, in der es im Sommer so aussieht wie bei uns im Winter. Noi findet die Schule und alle seine Mitmenschen doof, verliebt sich dann aber in ein Mädchen und schmiedet Pläne, mit ihr in einem geklauten Auto abzuhauen. Sie schlägt sein Angebot jedoch aus, mit der Bemerkung, dass man mit einem Auto auf einer Insel mitten im Atlantik sowieso nicht weit kommt. Am Ende sterben alle Dorfbewohner bei einem Vulkanausbruch. Nur Noi überlebt, und das ist das Ende des Films. Als wir aus dem Kino treten, sind Ernesto und ich uns einig, dass der Film okay war.

Im Abendlicht schlendern wir über eine der Seinebrücken, und meine Gedanken sind immer noch bei Noi. Sicher gibt es Tausende wie ihn da draußen, nur dass sie niemals eine zweite Chance bekommen.

Bevor wir auseinandergehen, erkundigt sich Ernesto noch nach meinem Drehbuch. Ich starre hinaus auf den Fluss und versuche, seiner Frage auszuweichen. Ich habe jetzt einfach keine Lust, ihm von der Ferrat zu erzählen.

Tony erwartet mich auf den Treppen des Opernhauses an der Place Bastille. Er ist so gestresst, dass er erst mal ein paar Drinks braucht, um runterzukommen. In der erstbesten Bar bestelle ich ihm ein Bier und mir einen Tomatensaft. Wir setzen uns, und ich stelle Tony nur eine kleine, winzige Frage, die Firma betreffend. Drei Bier später zetert er immer noch, und eine kleine blaue Ader pocht an seiner Schläfe. Er hat mich noch nicht gefragt, ob ich bereue, die Firma verlassen zu haben. Vielleicht fürchtet er meine Antwort.

Vergeblich versuche ich das Gespräch auf sein Lieblingsthema, den Fußballclub Crystal Palace, zu lenken. Aber nicht einmal damit lässt er sich von seinem Geschimpfe abbringen. Also verlange ich die Rechnung, bevor Tony noch ein weiteres Bier bestellen kann, und bugsiere ihn in Richtung der berühmten *Bofinger Brasserie*. Er hat immer noch Schaum vorm Mund, als man uns an einen der Tische führt. Die steifen Kellner sind wahrscheinlich nur zu höflich, um »Tollwut« zu schreien oder den Tierarzt zu rufen.

Nachdem Tony ein Glas Sangria weggekippt und sich an eine Flasche Muscadet gemacht hat, halte ich es für angeraten, ein *plateau royal* zu bestellen. Dabei handelt es sich um ein Gericht, das einen so hohen Krusten- und Schalentieranteil hat, dass Helena bei seinem Anblick sicher sofort schreiend Reißaus genommen hätte. Die Portion ist riesig, und ich erkenne Hummer, Krabben, eine Großfamilie Langusten, Riesengarnelen, Shrimps und allerhand Muscheln inklusive zwei Dutzend bretonischer Austern. Tony, völlig ausgehungert vom vielen Schimpfen, macht sich sofort über die Inhalte der Nordsee her. Ich versuche erst gar nicht, meinen Teil des Trawlers zu schaffen. Doch Tony ist noch lange, nachdem ich längst schlappgemacht habe, wie wild am Pulen und Schlürfen und schaufelt dazu haufenweise kleine, buttertriefende Rettungsbote aus dunklem Brot in sich hinein.

»Lecker, oder?«, stellt er schmatzend zwischen zwei Happen fest.

»Ja sehr.«, bestätige ich. »Tony?«

»Mmhmm.«

»Schon mal was von 'ner Austern-Überdosis gehört?«

»So ein Quatsch«, sagt er und verschlingt noch eine von diesen schleimigen Meeresfrüchten. »Isst du deine Jakobsmuscheln nicht?«

»Greif ruhig zu.«

Und Tony greift zu. »Ganz köstlich!«

»Hör mal, Tony. Komm doch nächstes Mal, wenn du in Paris bist, zu uns nach Hause zum Essen.« Ich zögere kurz und überlege, ob wir bei uns zu Hause überhaupt so viel Essen unterbringen, um Tonys Appetit zu stillen. »Du hast ja auch Helena noch gar nicht kennengelernt, oder?«

»Nein. Du hättest sie heute mitbringen sollen.«

»Das wäre keine so gute Idee gewesen.« Und ich erkläre ihm, warum.

Tony schaut leicht überrascht. »Oh, dann hätte ihr bestimmt nicht gefallen, was mir das letzte Mal passiert ist, als ich hier war…«

Ich traue mich kaum zu fragen. Hat er etwa einen ganzen Sattelschlepper Sardinen weggeputzt?

»Was ist passiert?«

Er stopft sich den letzten übrig gebliebenen Happen vor uns auf dem Tisch, eine mickrige Garnele, in den Mund.

»Ich wollte gerade die Schere einer Krabbe knacken, da flutscht doch glatt ein Babykrebs aus ihrem gepanzerten Hintern!«

Stocksteif tupfe ich mir die Mundwinkel mit der Serviette. Mein Gegenüber gießt sich den restlichen Muscadet ein und schaut sich suchend nach dem Kellner um.

»Tony«, setze ich an.

»Was denn?«, fragt er.

»Tu mir einen Gefallen und erzähl die Geschichte bloß nicht Helena.«

Mann über Bord! 16. September

ICH WEISS NICHT, ob es am Essen lag, aber vierundzwanzig Stunden später bekomme ich schreckliche Bauchschmerzen. Ich bin gerade am Bahnhof St. Lazare, wo ich mir ein Ticket nach Südfrankreich kaufen möchte. Ich möchte Vincent besuchen. Seine Eltern haben dort eine Ferienwohnung. Mit dieser Reise will ich aber vor allem jedes weitere Treffen mit der Ferrat umgehen und im Anschluss dann weiter nach Barcelona fahren. Doch mein Magen veranstaltet eine äußerst unangenehme Rebellion. Ich trete sofort den Rückzug an, und wieder zu Hause angekommen, werfe ich mich Mitleid heischend aufs Bett. Nur dumm, dass Helena noch nicht wieder aus der Schule zurück ist. Es hämmert in meinen Schläfen, meine Lunge fühlt sich wie unter einer Militärdiktatur an, und auch als Helena Stunden später nach Hause kommt, fühle ich mich keinen Deut besser.

»Was ist denn mit dir los?«

»Krank!«

»Was hast du?«

»Weiß nicht.«

»Was für Symptome sind es denn?«

»Magen, Kopf, Lunge.«

»Warst du schon beim Arzt?«

»Neeein!«

Diese Art von Gespräch wird den meisten Frauen wahrscheinlich bekannt vorkommen. Wenn dagegen eine von ihnen einmal krank ist, wirft sie das kaum aus der Bahn. Sie geht einfach ohne groß rumzujammern zum Arzt oder in die Apotheke, und nachdem sie ein paar Medikamente eingenommen hat, ist sie auch schon wieder auf den Beinen. Aber wenn ein Mann krank wird, ziehen am Horizont die Sturmwolken der Apokalypse auf. Schon vom kleinsten Zipperlein wird das männliche Exemplar der Spezies völlig außer Gefecht gesetzt und versinkt ob seines schlimmen Loses sogleich in einem Meer aus Selbstmitleid. Es folgt ein Krisengespräch mit der Partnerin. Sie rät zu einem simplen Arztbesuch, was er jedoch entrüstet von sich weist. Lieber leidet er lautstark vor sich hin. Die Partnerin verdächtigt ihn daraufhin des Simulierens und droht damit, den Hausarzt kommen zu lassen. Der Mann beteuert, dass er keinen Wirbel machen wolle, schluckt zwei Paracetamol, versichert, dass er zum Arzt gehen werde – aber später irgendwann und macht weiter einen riesen Wirbel. Drei Tage später stellt der Arzt bei ihm irgendeine nicht lebensbedrohliche Krankheit – etwa eine ordinäre Erkältung – fest und verschreibt ihm eine kleine Auswahl von Placebos. Das Männchen erklärt die Pillen für absolut überflüssig, aber das Weibchen sorgt dafür, dass er sie trotzdem einnimmt. Er bittet sie inständig darum, wenigstens in Frieden sterben zu dürfen, während sie sich um den Abwasch kümmert. Er schläft vierundzwanzig Stunden durch, nur um dann wie durch ein Wunder pünktlich zum großen Fußballspiel wieder putzmunter zu sein.

Ein kleiner Vorgeschmack, 17. September

AUFGRUND MEINER Krankheit konnte ich mich selbstverständlich nicht weiter um die Jobsuche bemühen. Stattdessen ist mein Laptop neu aufgerüstet und mit allen Schikanen versehen, damit ich künftig online die *Champions League* verfolgen kann. Während Helena ein magenschonendes Abendessen aus Reis und Schinken zubereitet, ziehe ich mir im *atelier* rein, wie Arsenal Inter Mailand fertigmacht.

Schon in ein paar Wochen wird dieses Zimmer Juniors Reich sein, und bisher ist noch nichts vorbereitet. Noch steht überall Helenas halbfertige Töpferware herum, und das Regal ist voll mit Chemikalien und Farben. Die Wände sind schmutzig, ein Zustand, den wir hinter Postern zu verbergen versucht haben. Mittlerweile sind diese Bilder schon ziemlich verblasst und verstaubt. Aber schließlich müssen wir ja erst einmal herausfinden, ob wir das Zimmer blau oder rosa anstreichen sollen. Helena kann es kaum erwarten, zu erfahren, welches Geschlecht das Kind haben wird. Nach der nächsten Ultraschalluntersuchung schränkt sich wenigstens die Auswahl an Namen schon mal um etwa fünfzig Prozent ein.

Wenn das anatomisch möglich wäre, würde Helena das Kind am liebsten schon morgen bekommen. Nicht nur die Keramik ist den aktuellen Entwicklungen in ihrem Leben zum Opfer gefallen. Momentan gibt es für Helena nur noch ein Thema. Wahrscheinlich sind schwangere Frauen einfach so. Jede Zelle ihres Körpers ist darauf ausgerichtet, ein anderes menschliches Wesen zu versorgen. Ich bin dabei eigentlich völlig überflüssig. Ich könnte genauso gut in Mailand oder sonst wo sein. Das war es auch, was ich gestern meinte, als ich Helena im Fieberdelirium von meinem Krankenbett aus als Schwangerschaftsfanatikerin bezeichnete. Das kam natürlich überhaupt nicht gut an.

Helenas Gewichtszunahme seit Junior in unser Leben getreten ist, war auch schon des Öfteren eine Quelle des Unmuts zwischen uns beiden. Ich finde, sie habe ein bisschen viel zugelegt, sie meint, es sei völlig normal. Nur für die Unterlagen, es sind bisher bereits zehn Kilo. Mittlerweile sage ich schon nichts mehr dazu und lasse das lieber den Arzt beurteilen.

Nachdenklich stehe ich noch immer im *atelier* herum, da kommt Helena herein. Ihr Blick fällt auf einen schmalen Ordner auf dem Tisch.

»Wie geht es voran?«

Seit meinem letzten Zusammenstoß mit der Ferrat habe ich nicht mehr geschafft, als den Briefkopf an einen meiner früheren Kunden aufzusetzen. Ich war wohl doch nicht so begeistert, wieder für ihn zu arbeiten, als ich zunächst gedacht hatte.

Von Natur aus neige ich dazu, alle Gedanken an Arbeit ganz weit wegzuschieben. Doch hier in Juniors zukünftigem

Kinderzimmer fällt mir das plötzlich richtig schwer. In meinem Bauch, der sich ja gerade von meinen Freunden aus der Nordsee getrennt hatte, macht sich plötzlich ein ziemlich unangenehmes Gefühl breit. Ich habe fast ein Jahr lang nicht mehr gearbeitet und in der Zeit einen Bogen um jede Stellenanzeige gemacht. Mein Lebenslauf liegt noch immer unübersetzt auf meinem Tisch. Was ist nur los mit mir? Bald werde ich mich von meinem Kind fragen lassen müssen, ob ich diesen Monat schon meine Stütze bekommen habe. Am Ende werden das vielleicht sogar seine allerersten Worte sein.

Die Ferrat erwartet eigentlich, dass ich die ganze Woche im Internet nach einem neuen Karriereweg für mich suche. Aber ich bin in etwas, so motiviert wie ein Goldfisch im Glas. Ich wäge meine Optionen ab: auf der einen Seite ein Wochenende vor dem Computer, auf der anderen ein nettes Abendessen mit Helena, gefolgt von einem gepflegten Kinobesuch.

Helena reagiert zwar etwas überrascht, stimmt dem Kinoabend dann aber zu. Das einzige Problem ist nur, dass sie gerade gebannt vor einer Reality-TV-Show sitzt. Komischerweise geht es darin nicht um einen Haufen sexbesessene Zwanzigjährige, die sich gegenseitig betatschen, und das zur Freude des Kamerateams und ein paar Millionen sexbesessener Zuschauer. Nein, viel schlimmer. Die Sendung dreht sich um eine Frau, die aus unerklärlichen Gründen darauf brennt, vor der Filmcrew und ein paar Millionen Zuschauern ihr Kind auf die Welt zu bringen. Was für eine irre Idee. Ich kann nicht glauben, dass sich irgendjemand so ein Spektakel zumuten will. Doch Helena ist hin und weg.

Oder bin ich vielleicht der Einzige, der auf keinen Fall sehen will, was die Kamera da in Großaufnahme einfängt? Schon ohne diese unfreiwillige Vorschau bin ich nervös genug. Das erklärt vielleicht auch, warum ich rastlos im Zimmer auf und ab tigere und nur mit halbem Auge auf den Bildschirm linse.

Zögerlich setze ich mich schließlich auf die Bettkante. Ich warne Helena noch, dass wir den Werbeblock im Kino verpassen werden, obwohl mir eigentlich schon klar ist, dass wir erst aufbrechen werden, wenn die verrückte Exhibitionistin der Welt gezeigt hat, was da zwischen ihren Beinen vor sich geht.

Die Irre und ihr Mann werden auf die Entbindungsstation gebracht. Das Erste, was mir an ihr auffällt, ist, dass sie für diesen Anlass ganz schön viel Make-up aufgelegt hat. Allerdings nicht halb so viel wie ihre Mutter, die mit dem Rest der Familie die ganze Zeit über im Krankenhausflur herumlungert. Alle sind natürlich in heller Aufregung und liefern brav O-Töne ab, die sie sicher von langer Hand geplant haben, schließlich wissen sie ja, dass eine Familienangehörige im Hauptabendprogramm niederkommen wird.

In der Entbindungsstation haben die Wehen bei der Frau eingesetzt. Sie denkt kurz über eine PDA nach und stellt sicher, dass die Kamera sie nur von ihrer Schokoladenseite zeigt. Ich kann nicht fassen, dass ich das mit ansehe, protestiere und halte Helena einen kleinen Vortrag darüber, wie weit manche Menschen gehen, um von der Droge Berühmtheit zu kosten. Doch sie winkt bloß ab und sagt, ich solle die Klappe halten. Dann ist es so weit. Nach einem perfekt getimeten Werbetrailer des Sponsors beginnt die Geburt, und Mutti windet sich kamerafreundlich vor Schmerz. Sofort fällt mir auf, wie nutzlos ihr Mann bei der ganzen Sache ist. Er sieht aus wie ein Pausenclown, an den Rand des Geschehens verbannt. Sein Beitrag beschränkt sich auf Händchenhalten und ein bisschen aufmunterndes Gemurmel ins Ohr des Stars dieser Veranstaltung.

Schnitt. Die Hühner im Krankenhausflur sind mittlerweile völlig hysterisch. Aber zumindest sitzen das Make-up und die Frisuren noch immer perfekt.

Als dann der Kopf des Babys zu sehen ist, bin ich nahe daran umzukippen. Ich schiele zu Helena herüber. Ihr stehen bereits Tränen in den Augen … Oh mein Gott, es kommt. Ja, pressen! Du schaffst es! Allein beim Gedanken an die Schmerzen wird mir schwindelig. Jetzt holt das Ding schon raus! Was für eine Schweinerei! Oh, ich glaub', mir wird schlecht …

Aber bevor ich kotzen kann, ist ein entsetzlicher Urschrei zu hören. Wie ein Champagnerkorken flutscht das Baby in die Arme des Ärzteteams. Ich springe auf und starre ungläubig auf den Bildschirm. Da ist es. Oh mein Gott! Seine Haut ist fast durchsichtig und es zittert wie Götterspeise, die man zu schnell aus dem Kühlschrank nimmt. Und dann liegt es auch schon in Mamis Arm, noch immer über die Nabelschnur mit ihr verbunden.

Mich überfordert das alles. Ich will aus dem Zimmer gehen, aber meine Beine gehorchen mir nicht mehr. Sie fühlen sich wie Gummi an, und ich muss zusehen, wie dieses glitschige kleine Wunder sich an seine Mutter kuschelt und zu schreien beginnt. Jetzt heult Helena – das war ja klar! Die Irre im Fernsehen sieht jetzt eher irre glücklich aus, aber von ihrem Mann fehlt jede Spur. Ich wette, er tut gerade das, was ich an seiner Stelle tun würde – bewusstlos unter dem Krankenhausbett liegen.

Ich atme tief durch. Tausend Fragen schwirren mir durch den Kopf.

1. Warum?
2. Warum zur Hölle tut man sich das freiwillig an?
3. Muss ich da auch durch?
4. Warum ist das Baby am Ende so schnell herausgeflutscht?
5. Ist das immer so, oder war das nur der Zeitraffer, damit die Werbekunden nicht ungeduldig werden?
6. Sind alle Neugeborenen so hässlich?

7. Wie wird die Nabelschnur durchtrennt?
8. Was passiert damit, wenn sie erst mal durchschnitten ist?
9. Wird sie einfach in den Müll geworfen?
10. Muss ich wirklich bei der Geburt dabei sein?
11. Wenn ja – warum bloß?
12. Werde auch ich medizinisch versorgt, wenn es nötig ist?
13. Warum zur Hölle nicht?
14. Warum bin ich so ein Weichei?
15. Warum?
16. Warum ich?
17. Ist es zu spät, die ganze Sache noch abzublasen?
18. Helena kommt doch sicher noch zur Vernunft und sieht ein, dass die ganze Sache ein Riesenfehler ist, oder?

Trotz all dieser Fragen bekomme ich kein Wort über die Lippen. Schließlich ist es Helena, die das Schweigen bricht:

»Bist du dann so weit?«, fragt sie und macht sich daran, ihre Schuhe anzuziehen.

Ob ich so weit bin? Nie im Leben! Nicht jetzt und bestimmt auch nicht in vier Monaten – niemals! Wieder versuche ich etwas zu sagen. Keine Chance. Mein Mund ist trocken wie die Sahara. Ich kann Helena nur mit großen Augen anstarren. Dann versuche ich es mit Zeichensprache, aber auch meine Arme sind nicht mehr zu gebrauchen. Sie schlackern nur kraftlos an mir herunter.

»Komm schon, du wolltest doch unbedingt ins Kino.«

Ich weiß nicht, ob ich nicke oder den Kopf schüttle. Ich bin völlig außerstande, mich zu bewegen. Das Kino lassen wir für heute.

Um meine Lebensgeister wieder zu wecken, bestellen wir Pizza. Während wir darauf warten, spekulieren wir noch einmal über das Geschlecht des Kindes. Fast alle, inklusive Helena, denken, es wird ein Mädchen. Nur ich bin aus irgendeinem Grund felsenfest davon überzeugt, dass es ein Junge wird. Auch der Pizzabote von der Elfenbeinküste ist dieser Meinung. Ein Blick auf die Form von Helenas Bauch genügt ihm, um festzustellen, dass wir über Mädchennamen gar nicht mehr nachdenken müssen.

Sonntagsdemokratie, 21. September

UM SICH VON der morgigen Ultraschalluntersuchung abzulenken, hat Helena einen Familienausflug anberaumt – auch wenn Junior noch ein bisschen klein ist, um ihn genießen zu können. Heute ist *la journée du patrimoine*, eine Art Tag der offenen Tür der französischen Republik. Jeder, der aus dem Bett kommt, hat an diesem Tag die Gelegenheit, die heiligen Hallen der Demokratie von innen zu sehen, die an jedem anderen Tag des Jahres für das gemeine Volk verschlossen bleiben. Helena hat sich in den Kopf gesetzt, sie allesamt zu besichtigen.

»Aber wir können sowieso nicht alle anschauen«, protestiere ich, in der Hoffnung, unseren Ausflug auf ein einziges der Monumente zu beschränken. Selbstverständlich hat mein durchschaubarer Einwand nichts damit zu tun, dass Arsenal heute gegen United spielt.

Aber Helena lächelt nur, tätschelt sich den Bauch und flüstert, dass der neue französische Staatsbürger uns an die Spitze jeder Schlange von ganz Paris bringen wird. Es sei höchste Zeit, erklärt sie, mit Juniors Ausbildung zu beginnen. Dabei wollte ich mich heute eigentlich nicht weiter bewegen als vom Sessel in die Küche und zurück. Aber, dass das Baby gleich schlauer aus dem Bauch schlüpft als sein Vater, kommt auch nicht in die Tüte.

»Um wie viel Uhr werden wir denn ungefähr zurück sein?«, frage ich so unschuldig wie irgend möglich.

»So etwa um sechs, denke ich. Warum?«

»Ach nur so.« Aber im Kopf überschlage ich bereits grob: Anstoß um 16 Uhr. Wenn alles glatt läuft, sind wir rechtzeitig zur zweiten Halbzeit wieder zurück.

Unsere erste Station ist der Palais de l'Élysée, seit dem Jahre 1848 die Residenz des französischen Präsidenten. Mich beeindruckt das Gebäude weniger. Ein Raum protziger als der andere, bis zum Dach vollgestopft mit verschnörkelten Leuchtern, langsam verblassenden Gobelins, muffigen Polsterstühlen, auf denen wohl schon die Hintern von allerhand Politikern dieser Welt gesessen haben. Wir Otto Normalbürger genießen dieses Privileg allerdings nicht. Wir werden in gebührendem Abstand daran vorbeigeschleust, damit wir unsere schmutzigen Finger auch ja von der Einrichtung lassen. Sehr zu meinem Leidwesen bekommen wir die Privaträume des Präsidenten nicht zu sehen – ich hätte mir ganz gerne mal seinen begehbaren Schrank oder die Nachttischlektüre angesehen. Da die Präsidentensuite vor neugierigen Blicken verborgen bleibt, kann ich nicht berichten, ob der Präsident einer von den Kerlen ist, die ihre Unterhosen im Schlafzimmer herumliegen lassen oder einen Stapel Schmuddelmagazine unterm Bett versteckt haben. Aber ich bin mir ziemlich sicher, ich habe ihn draußen im Garten eine rauchen sehen. Vielleicht habe ich mich aber auch getäuscht und es war nur ein hyperaktiver Gartenzwerg.

Ein außergewöhnlicher Montag, 22. September

TROTZ MEINER TENDENZ, erst einmal über alles Französische per se zu meckern, muss ich zugeben, dass nicht nur die Züge hier effizienter sind als in England. Gleiches gilt für die Krankenhäuser und so ziemlich alle staatlichen Stellen des Landes. So kommt es, dass Helena die Ärztin verärgert, indem sie just in dem Moment, als die Untersuchung beginnen soll, mal für kleine Mädchen muss. Als die Frau im weißen Kittel die Tür zu ihrem Behandlungszimmer öffnet, sieht sie nur einen offensichtlich nicht schwangeren Mann im Flur herumlungern.

»*Et Madame?*«, erkundigt sie sich nur leicht verärgert. Ich spare mir die Antwort und gestikuliere lieber wild, in der Hoffnung, sie versteht, dass Madame gerade beim Pullern ist. Frau Doktor wiederum spart sich ein Lächeln und knallt nur die Tür zum Behandlungszimmer zu.

Erst ganze fünf Minuten später kommt Helena wieder den Flur entlanggeschlendert. Mir fällt auf, dass sie heute ein Paar High Heels anhat. Hektisch schiebe ich sie ins Untersuchungszimmer. Die Ärztin räuspert sich und blickt vorwurfsvoll auf die Uhr. Doch das lässt Helena völlig kalt. Sie trägt nämlich nie eine Uhr. Wenn man sie nach der Uhrzeit fragt, sollte man darauf gefasst sein, dass sie sich um ein paar Wochen vertut. Miss Pünktlichkeit im weißen Kittel weiß das natürlich nicht, und so verteilt sie das blaue Gel auf Helenas Bauch mit der Geste eines Henkers, der sein Handwerk heute an einer besonders unausstehlichen Prinzessin ausübt.

Ich atme tief durch und mir fällt auf, dass Helena wegen der anstehenden Untersuchung nicht die Bohne aufgeregt zu sein scheint. Anders als ich erwartet sie wohl keine Abnormalitäten. Sie glaubt einfach felsenfest daran, dass mit dem

Baby alles in Ordnung ist. Zwar teile ich diese Überzeugung nicht, aber meine Ängste behalte ich dennoch für mich. Helena ist lediglich hier, um die Bestätigung dafür zu erhalten, dass wir bald eine gesunde Tochter in den Armen halten werden.

»Bitte setzen Sie sich doch«, fordert mich die Ärztin auf und zeigt auf einen nackten Plastikstuhl.

»Nein danke«, antworte ich. Ich bin viel zu aufgeregt, um mich hinzusetzen und zapple lieber herum.

Wir starren gebannt auf den Bildschirm. Ich erkenne Junior sofort an seinem leicht außerirdischen Aussehen. Der Kopf, die Augen, die Lider, die Nase und ein kleiner Schmollmund sind deutlich zu sehen. So weit, so gut.

»Welches Geschlecht hat es?« Ein paar Sekunden lang hallt Helenas abrupte Frage in dem fensterlosen Raum nach, doch die Antwort der Ärztin lässt nicht lange auf sich warten, und man merkt ihr an, dass nun ihr Moment der Rache gekommen ist:

»Madame, der Zweck dieser Untersuchung besteht darin, festzustellen, ob mit Ihrem Baby alles in Ordnung ist. Das Geschlecht ist dabei erst einmal zweitrangig.«

Junior bekommt mehr Aufmerksamkeit als Naomi Campbell auf einem Mailänder Laufsteg. Ich kann es kaum mehr erwarten zu erfahren, ob mit dem Baby alles in Ordnung ist. Aber die Fragen, die ich Miss Permafrost stellen will, geraten zu einem unartikulierten Grunzen. Bevor sie mir antworten kann, muss sie erst einmal alle nötigen Daten erheben und verarbeiten. Und ich hoffe nur, sie zieht nicht plötzlich erstaunt die Augenbrauen hoch oder schnalzt mit der Zunge. Die Spannung ist fast unerträglich.

»Finger!«, ruft sie plötzlich.

Ich starre auf den Bildschirm und fange in Gedanken an zu zählen: »Eins, zwei, drei, vier ...« Da fängt Junior plötzlich an, an seinem Daumen zu lutschen. Ich bin total platt. Niemals hätte ich erwartet, dass das Baby schon so etwas kann wie Daumenlutschen.

»Ein Daumen!« Das macht fünf … Sechs, sieben, acht, neun und, ja, zehn! Was für eine Erleichterung.

Ich drehe mich zu Helena um. Sie hat ein so breites Grinsen im Gesicht, dass es fast die Wände sprengt. Wie kann sie in dieser Situation nur so gelassen bleiben?

»Ah, hier haben wir es ja«, sagt die Ärztin, als ein neues Bild auf dem Monitor erscheint.

»Da haben wir ja was?« Ich muss mich zusammenreißen, damit ich nicht schreie. Hat sie etwas entdeckt, das eine völlig andere Spezies kennzeichnet? Wenn diese Schwarz-Weiß-Vorführung hier noch länger dauert, wird Pappi nicht mehr dabei sein können, wenn Junior sein Technicolor-Debüt hat.

Da kräht Helena wieder los, und es geht ihr immer noch um die gleiche Frage:

»Sie meinen das Geschlecht des Kindes?«

»Ja.«

»Und?«

»Es ist ein Junge.«

»Ein Junge!« Helena schaut mich an. Ich kann die Überraschung in ihren Augen sehen.

»Ein Junge? Sind Sie da auch ganz sicher?«

Die Ärztin, die diese Szene wohl schon mehr als nur ein paarmal erlebt hat, schaut Helena nur ein bisschen genervt an. Sie zeigt auf einen kleinen weißen Fleck auf dem Bildschirm.

»Ein Junge«, wiederholt sie, nur diesmal noch bestimmter.

Helena schaut wieder zu mir herüber. Ich bin wie unter Schock. Nicht nur deshalb, weil Junior sich als Junge entpuppt hat, sondern weil er darüber hinaus ein Prachtexemplar von einem Homo Sapiens zu sein scheint. Dass ich einen

Sohn haben werde, sickert bestimmt langsam durch. Aber jetzt muss ich mir erst einmal klarmachen, dass ich überhaupt Vater werde. Ich denke mal, die meisten anderen an meiner Stelle hätten das schon begriffen, als klar war, dass Helena schwanger ist. Aber nicht ich. Ich habe es einfach nicht kapiert – nicht als wir das Ergebnis des Bluttests hatten, nicht als Helena anfing zuzunehmen, nicht mal bei der ersten Ultraschalluntersuchung. Bei all diesen Gelegenheiten habe ich mich komischerweise immer wie im falschen Film gefühlt, als würde das alles nicht mir passieren, sondern jemand anderem, und ich sei nur ein zufälliger Zaungast.

Aber heute ist alles anders. Ich kann seine Gesichtszüge deutlich auf dem Bildschirm sehen und erlebe, wie er seinen Daumen in den Mund steckt und daran nuckelt. Jetzt lässt nichts mehr den Schluss zu, das alles hätte nichts mit mir zu tun. Das ist mein Baby, ein Junge, und bald schon wird er Papa zu mir sagen!

»Er ist ganz schön aktiv heute Morgen«, sage ich stolz und ohne ersichtlichen Grund.

Helena hört gar nicht mehr auf zu strahlen und murmelt immer wieder das Wort »Junge« vor sich hin.

»Was ist mit seinen Füßen?«, frage ich, in der Hoffnung, meine Zählungen abzuschließen.

»Da«, sagt die Ärztin. »Und hier sind seine Zehen.«

Kurz darauf schaltet sie den Monitor aus, und die Maschine spuckt jede Menge Resultate aus.

»Es ist ein Junge!«, sagt Helena noch einmal. Wahrscheinlich ist das der einzige Gedanke, den sie gerade fassen kann.

»Ist alles … ich meine, ist alles …« Den Rest der Frage bringe ich einfach nicht über die Lippen, aber die Ärztin weiß sowieso schon, was ich wissen will.

»Das werden wir gleich wissen«, sagt sie und schaltet ein

weiteres Gerät an, auf dem man die Ultraschallbilder betrachten kann. Während sie alles vorbereitet, starren Helena und ich uns gebannt an.

»Es ist ein Junge«, sagt sie wieder.

»Ich weiß.«

Wahrscheinlich weil sie um unsere geistige Gesundheit fürchtet, kommt die Ärztin endlich zur Sache. Sie greift nach einem Computerausdruck.

»Alles im Rahmen der Norm«, stellt sie dann schnell fest. »Mit Ausnahme von überdurchschnittlich großen Oberschenkelknochen. Er wird wohl lange Beine bekommen.«

Aus irgendeinem Grund breche ich in Lachen aus. Ich gluckse noch immer vor mich hin, als wir auf die Straße vor dem Krankenhaus treten, die an diesem Montagmorgen in strahlendes Sonnenlicht getaucht ist. Meine Beine sind so zittrig, dass ich es nicht bis zum Auto schaffe. Wir lassen uns im nächsten Straßencafé auf zwei Stühle fallen. Helena zückt ihr Handy und telefoniert wild herum. Sie ruft ihre Mutter an, dann ihren Vater, dann meine Mutter, mit der ich vermutlich auch ein paar Worte wechsle, aber da bin ich mir nicht ganz sicher. Das Einzige, was ich bestimmt weiß, ist, dass ich einen Sohn bekomme.

Dann sitzen wir sprachlos im Café und starren minutenlang auf unseren Cappuccino. Ein paar Leute sehen uns im Vorbeigehen komisch an, wie wir da sitzen und glücklich vor uns hin grinsen. Eine sauerpöttische Alte faucht irgendetwas von wegen »verdammte Drogensüchtige«, aber das ist uns heute völlig egal.

Wieder zu Hause ist eine Menge zu tun: Daddy wird zu Vincent in den Süden fahren, aber vorher muss er sich noch auf seinen Termin mit der Ferrat vorbereiten. Es muss auf jeden Fall so aussehen, als hätte er sich wirklich Gedanken über seine Jobsituation gemacht. Aber nachdem ich den Laptop angemacht habe, kann ich der Versuchung nicht widerstehen und schicke eine E-Mail an alle, die ich kenne:

»Le *bébé* berief heute Morgen eine Pressekonferenz ein, um seine Halbjahres-Ergebnisse zu präsentieren. Es verkündete, dass es den perfekten Deal zwischen X- und Y-Chromosomen abgeschlossen hat. Des Weiteren ließ es verlauten, dass es bei bester Gesundheit ist und darüber hinaus über ein Paar außergewöhnlich lange, athletische Beine verfügt.«

Ich klicke auf Senden und greife dann nach einer rosa Mappe im Regal. Wo war ich stehengeblieben? Ich überfliege die Liste, die ich vor mehr als einer Woche gemacht habe:

1. Lebenslauf ins Französische übersetzen. *Noch nicht erledigt.*
2. Liste meiner Kompetenzen überarbeiten. *Nee, noch nicht.*
3. Alle Marketingunternehmen Frankreichs ausfindig machen. *Ganz bestimmt noch nicht.*
4. Bewerbung an alle oben genannten Unternehmen schicken. *Du machst Witze!*

Ich beschließe, dass es völlig unmöglich ist, all das bis morgen früh zu schaffen. Wenn ich mir morgen sowieso einen Anschiss einfange, dann soll es sich wenigstens lohnen. Ich lege das Papier zur Seite und greife zu einer anderen Liste, die ich übers Wochenende vorbereitet habe. Darauf steht alles, was ich für meinen Kurztrip in den Süden brauche. Erst treffe ich mich mit Vincent nahe der spanischen Grenze und fahre dann mit dem Zug weiter nach Barcelona. Dort habe ich immer noch alte Freunde aus der Zeit, als die Stadt vorübergehend mein Zuhause war. Damit Helena nicht denkt, ich vernachlässige unseren Sohn schon jetzt, habe ich ihr versprochen, auch noch in Toulouse vorbeizuschauen und zu eruieren, wie familienfreundlich die Stadt ist.

Für Helena ist das schon ein kleiner Triumph. Bisher habe

ich mich bei all ihren Versuchen, aus Paris wegzuziehen, immer quergestellt. Doch neulich hat sie verkündet, sie ziehe aus Paris weg, mit mir oder ohne mich, denn sie könne die Luftverschmutzung, den Lärm und die Ruppigkeit in dieser Stadt einfach nicht mehr ertragen.

»Aber wohin sollen wir denn ziehen?«, protestierte ich mit dem Mund voll Zahnpasta.

»Irgendwohin.«

»London?«

»Wenn du willst.«

»Aber ich will ja gar nicht. Wohin sonst?«

»Lille.«

»Lille! Da zieh ich bestimmt nicht hin. Das ist ja schon fast Belgien!«

»Gut, dann Toulouse.«

»Warum denn Toulouse?«

»Weil es eine hübsche Stadt ist, die zwischen den Bergen und dem Meer liegt, und weil du dort sicher einen Job finden würdest.«

Helena weiß genau, wie sie mich ködern kann. Ich liebe das Mittelmeer und die Pyrenäen.

»Und von dort nach Barcelona ist es auch nicht so weit, oder?«

»Stimmt«, sagte ich vorsichtig. Das sieht ganz nach einer Falle aus. Ich bin auf der Hut wie ein Einbrecher auf losen Dachziegeln.

»Warum schaust du es dir dann nicht einfach mal an.« Und noch bevor ich mir irgendeine Ausrede einfallen lassen konnte, war sie mit einem Stapel Schulbüchern in der Hand auch schon durch die Haustür verschwunden.

So sieht es jetzt also aus. Wenn ich mir keinen Ort aussuche, dann tut es Helena für mich, und das neunte Arrondissement von Paris kann ich mir dabei sicher gleich abschminken. Ich hole den Atlas aus dem Regal: Toulouse ... Da ist es ja. Inmitten von Nirgendwo, oder anders ausgedrückt von Südwest-Frankreich. Dann fällt mir ein, dass Vincent aus dieser Ecke von Frankreich stammt. Ich werde ihn mal fragen. Ich bin sicher, er wird die Stadt fachmännisch als eine Mischung aus Bagdad und Pjöngjang beschreiben.

Gleise, Schießeisen und ein Showdown, 23. September

MEIN ZUG FÄHRT mittags vom Gare de Lyon ab. Aber vorher muss ich noch ein paar unangenehme Fragen der Ferrat über mich ergehen lassen. Mit der rosaroten Mappe in der Hand mache ich mich couragiert auf den Weg, doch mit jedem Schritt, den ich ihrem Büro näher komme, schwindet meine Entschlossenheit. Sie erwartet mich bereits und sieht weitaus resoluter aus als ich. Sie lässt mich in dem Kunstledersessel Platz nehmen, spannt mich dann aber noch eine Weile auf die Folter und verschickt seelenruhig ein paar Faxe.

»*Ça va?*«

»*Oui, merci.*«

»Also?«

»Na ja, ich habe nichts vorbereitet, wenn Sie das meinen.«

»Was haben Sie nicht vorbereitet?«

»Die Sachen, die Sie mir aufgetragen haben.«

»Gar nichts?«

Die Ferrat wirft mir einen Blick zu, den sie normalerweise einer Nacktschnecke schenken würde, die sich ungeschickterweise in ihr Büro verirrt hat. Ich murmle ein paar windige

Entschuldigungen (viel zu tun, ein bisschen angeschlagen, Krankenhausbesuch). Unter ihrem vorwurfsvollen Blick würde ich am liebsten zusammen mit meinen dort hausenden wirbellosen Verwandten im Teppichboden versinken.

Dann eröffnet sie mir ihren neuesten Einfall – ich solle mir einen Job in der Kommunikationsbranche suchen, schließlich beherrsche ich ja immerhin ein paar Sprachen, würde mich ein bisschen im Marketing auskennen und sowieso ununterbrochen quatschen. Bevor ich Pieps sagen kann, klickt sie sich auf ihrem von Steuergeldern bezahlten Computer schon wie wild durch die Datenbank und legt mir allerhand Wege ans Herz, wie ich meine Seele verkaufen kann.

»Sind Sie also damit einverstanden?«, fragt sie rhetorisch. Benommen nicke ich. Dann wendet sie sich wieder ihrem Faxgerät zu, und ich weiß, es ist Zeit zu gehen. Als ich bereits halb durch die Türe bin, ruft sie mir noch hinterher, was mir blühe, sollte ich bis zum nächsten Termin keine Fortschritte aufweisen können.

Im TGV sinke ich in den Sitz. Mit diesem Zug bin ich in kürzester Zeit südlich von Montpellier und weit weg von den Drohungen der Ferrat. Ich werfe noch einen schnellen Blick auf meine Notizen. Super! Sie sind völlig unleserlich, das heißt, ich kann sie auch gleich vergessen und ein paar Tage in Ruhe die Sonne genießen.

Heute Morgen hat Helena meine Motive für diese Reise in Frage gestellt. Aber ich habe ihre Zweifel weggewischt und behauptet, ich wisse genau, was ich tue. Ich bin sicher, das Ultraschallbild meines Sohns wird mich allen Versuchungen widerstehen lassen. Außerdem rauscht der Zug sowieso bereits durchs Rhône-Tal, und es ist zu spät, um jetzt noch kehrtzumachen.

Die Reise verläuft ohne Zwischenfälle. Der Abend bricht bereits an, als der Zug in den Bahnhof von Argelès einfährt. Kein

Vincent weit und breit. Die Plattform ist fast menschenleer, und einen Moment lang kommt es mir so vor, als sei ich am Set für einen italienischen Western gelandet. In der Straße vor dem Bahnhofsgebäude entdecke ich ein schäbiges Café. Durch die verdreckten Fensterscheiben schimmert matt das Licht einer nackten Glühbirne. Es ist also geöffnet, und darin sitzt dann auch meinen alter Pistolenheld Vincent bei einem schleimigen Omelette und einem Bier und raucht rote *Marlboros*. Neben ihm kauert ein sabbernder Bernhardiner und schnuppert sehnsüchtig an Vincents Omelette. Hinter der Bar hängt lässig der Cafébesitzer und betrachtet die Szene wohlwollend.

»Hallo, Alter«, rufe ich.

Vincent steht auf und gibt mir die Hand, mit der er noch eben den zotteligen Hund gestreichelt hat.

»*Bonsoir, mon ami anglais, ça va?*«

»So weit, so gut«, antworte ich und schiele nervös auf sein Bier. Es war ein langer Tag.

»Setz dich und trink erst einmal etwas«, schlägt Vincent vor. Argwöhnisch betrachtet der Hund den potenziellen Konkurrenten um das Omelette.

»*Une bièrre?*«, fragt mich der Wirt.

»*Non, monsieur, un Coca s'il vous plaît,*« antworte ich schnell.

»*Oui, monsieur.*«

Aus irgendeinem Grund ist diese Cola-Bestellung das Schwierigste, was ich seit Langem gemacht habe. Vielleicht kommt es mir aber auch nur so vor, weil der Barmann mich so enttäuscht anschaut. Bevor ich noch meine Meinung ändere, wende ich mich lieber wieder schnell Vincent und seinem Bernhardiner zu:

»Alles klar bei dir? Was steht an?«

»Mir geht's gut. Alles easy, nichts Wildes.«

Nichts Wildes! Wie oft habe ich das schon von ihm gehört?

Normalerweise folgt auf diese Aussage eine selbstmörderische Partynacht und, was mich betrifft, ein Morgen der bitteren Reue.

»So, nichts Wildes also?«

»Um diese Jahreszeit ist es hier recht ruhig.«

»Das freut mich zu hören.«

»Ja, die meisten Touristen sind schon weg.«

»Gut.« Ich nehme einen Schluck von meiner Cola. Der Zucker beruhigt meine Nerven ein wenig.

»Trink aus«, sagt Vincent. »Den letzten Bus haben wir verpasst, aber wir werden schon noch ein Taxi finden.«

Wie sich herausstellt, finden wir nicht mal mehr ein Maultier und müssen die fünf Kilometer zur Wohnung zu Fuß laufen. Ich bezweifle sowieso, dass Vincent auf ein Taxi gehofft hat, denn er geht sowieso lieber den Strand entlang nach Hause und raucht dabei einen Joint. Er macht sich nicht die Mühe, mir das glühende Betäubungsmittel überhaupt anzubieten. Er weiß, dass ich schon länger nichts mehr rauche. So weit so gut.

Das letzte Stück unseres Abendspaziergangs führt uns an den kläglichen Resten des Nachtlebens am Strand von Argelès vorbei. Vincent hatte Recht, es ist nicht mehr viel los dieses Jahr. Nur die Pizza- und Kebabläden haben noch geöffnet.

In Vincents Wohnung habe ich die Wahl zwischen dem Sofa und dem schmalen Einzelbett neben seinem im Schlafzimmer. Da ich weiß, dass er weder schnarcht noch schlafwandelt, entscheide ich mich für das Bett. Ich bin hundemüde, kann aber trotzdem nicht schlafen, und wir quatschen noch über ein paar gemeinsame Londoner Freunde, ihr aktives Nachtleben und dass sich bei ihnen nicht viel geändert zu haben scheint.

»Und wie steht's mit dir?«, frage ich geradeheraus, als er mit seinem Bericht am Ende ist.

»Ich? Ach, ich bin viel ruhiger geworden und nehme jetzt alles viel ernster.«

»Echt?«

»Jo. Ich halte mich fit, bin auf der Suche nach einem vernünftigen Job und ziehe viel weniger um die Häuser als früher.«

Vincent zieht sein T-Shirt aus und legt sich hin. Er ist dünner geworden, und seine Bewegungen sind etwas schwerfällig.

»Wie steht's mit Partys?«

»Einmal im Monat vielleicht, oder sogar seltener.«

Wir beide wissen, dass das eine grobe Untertreibung ist, aber ich hake nicht nach.

»Gut«, meine ich. »Da bin ich ja froh.«

»Ja, ich hab dir schon mal gesagt, dass das ein Prozess ist. Es ist nicht gut alles von heute auf morgen zu ändern.«

Stimmt, wir hatten diese Unterhaltung schon öfter und wir sind unterschiedlicher Meinung.

»Du magst ja Recht haben«, sage ich, »aber mir ist es so lieber.«

»Viel zu radikal!«, meint er und greift zu einem Buch, das auf dem Nachttisch liegt.«

»Vielleicht. Was liest du da?«

Er zeigt mir ein Exemplar von Mandelas *Der lange Weg zur Freiheit.*

»Gut?«

»Weiß nicht, bin erst auf Seite vierzehn.«

Kurz darauf macht er das Licht aus.

Jenseits der Grenze, 26. September

DIE LETZTEN VIER TAGE haben Vincent und ich am Strand vertrödelt. Abends sitzen wir dann gemeinsam in den leeren Strandcafés, und ich sehe ihm zu, wie er ein Bier nach dem anderen in sich hineinkippt. Ich sage nicht viel dazu, denn seine Stimmung schwankt, je nachdem, wann er den letzten Joint geraucht hat. Die Themen Partys, Alkohol und Drogen meiden wir bis kurz vor meiner Abreise.

»Aber es ist Freitag.«

»Und?«

»Was machst du denn dann in Barcelona an einem Freitagabend?«

»Was wohl?«, schnaube ich verächtlich. »Ausgehen und 'ne gute Zeit haben.«

»Machst du dir da keine Sorgen?«

Es stimmt, unsere wildesten Partys begannen meist an einem Freitagabend, und oft endeten sie erst, wenn wir wieder zur Arbeit mussten. Aber mit seiner Sorge um mein Wohlergehen erwischt mich Vincent auf dem falschen Fuß, und ich versuche, das Thema zu wechseln, bevor es richtig losgeht:

»Wenn ich es schaffe, dir vier Tage lang beim Trinken zuzuschauen, dann kann mir Barcelona auch nichts anhaben.«

Vincent lächelt nur.

»Wen wirst du denn dort treffen?«

»Alte Kumpels«, antworte ich und schütte den Rest meines Tomatensafts hinunter. »Ich weiß noch nicht so genau.«

»Na gut, aber pass auf dich auf«, sagt Vincent. Trotz all seiner Fehler ist er im Grunde ein netter Kerl.

»Mach dir mal keine Sorgen«, meine ich beschwichtigend. »Ich komme schon klar.« Und trotz des unguten Gefühls in meinem Bauch meine ich es auch so.

Bevor ich mich verabschiede, drückt mir Vincent noch eine Toulouse-Karte in die Hand. Er hat sie eigenhändig mit Anmerkungen zu den Sehenswürdigkeiten der Stadt versehen. Ich hatte schon fast vergessen, dass ich ja vorhabe, dort hinzufahren, und stopfe sie schnell zu meinen anderen Sachen in die Tasche. Dann wünschen wir uns gegenseitig viel Glück und ich rausche davon.

Gute zwei Stunden später strande ich in der Wartehalle des Bahnhofs von Cerbère, ein kleines Nest in den Pyrenäen. Nur ein paar Kilometer weiter, auf der anderen Seite der Grenze in Spanien, befindet sich Port Bou, aber ich muss hier ganze vier Stunden auf einen Anschlusszug warten. Es ist brütend heiß, und das einzige Café weit und breit hat geschlossen.

Ich setze mich auf eine der harten Holzbänke auf dem Bahnsteig. Ich fühle mich wie in einer Geisterstadt. Es gibt keinen Kaffee, keine Zeitungen, niemanden, mit dem ich mich unterhalten könnte, und ich habe nichts Besseres zu tun, als über mich selbst nachzudenken, über mein neues und mein altes Leben, und dann gehen mir auch noch die Zigaretten aus.

Als es Mittag wird, macht endlich das Café auf. Ich bestelle mir einen Kaffee, und der mürrische Wirt versucht, mir für die Brühe einen halben Tageslohn abzuknöpfen. Wir knurren uns an wie zwei Straßenköter.

Als dann endlich der klapprige spanische Zug in den Bahnhof einfährt, bin ich in Killerlaune. Auch das wild knutschende katalanische Liebespaar, das in Port Bou zusteigt, verbessert meine Laune nicht gerade. Ich starre aus dem Fenster. Als wir die Vororte von Barcelona erreicht haben, rattern wir an einer großen Brauerei vorbei. Ich bin so angespannt und nervös, dass ich nicht mal Helena zu unserer vereinbarten Zeit anrufe. Ich greife in meine Jackentasche und finde eine Schachtel *Camel*. Woher zur Hölle kommen die jetzt nur. Ich rauche die Marke seit Jahren nicht mehr …

Etwa eine Stunde später sitze ich in Barcelona im Café Zürich. Das Zürich war von jeher der Treffpunkt für alle Arten von Abtrünnigen – für Leute, die Bier trinken und lauthals Pläne schmieden, die dann aber meist schon in den frühen Samstagmorgenstunden wieder vergessen sind – also für Leute wie mich.

Ich fühle mich total beklommen und bestelle ein Glas Mineralwasser. Aber ich wähne mich in falscher Sicherheit, denn alle meine nächsten Schritte entpuppen sich später als Riesenfehler. Mein Plan war eigentlich, alte Freunde anzurufen, die am ruhigen, von Pinienwäldern umgebenen westlichen Stadtrand leben. Aber stattdessen wähle ich Estebans Nummer. Er ist einer meiner alten Saufkumpanen, der hier um die Ecke mitten im Stadtzentrum wohnt. Er sagt mir, ich solle mich nicht vom Fleck rühren, er sei in ein paar Minuten da. Die restliche Nacht versinkt in meiner Erinnerung in einer Art Nebel. Gut, ich weiß noch, dass Esteban ins Café Zürich gekommen ist. Ich weiß auch noch, dass ich das Bier annahm, das er mir anbot, und danach noch jede Menge anderer Drinks in den Bars der Innenstadt. Aber was ich nicht mehr weiß, ist, was aus meiner Standhaftigkeit geworden ist. Irgendwann habe ich Esteban dann verloren und bin alleine weitergezogen. Und natürlich habe ich Helena wieder nicht angerufen.

Ein einsamer Wurm, 28. September

AM NÄCHSTEN MORGEN packt mich der Kater. Es geht mir ziemlich beschissen. In der Bar eines alten Freundes würge ich ein Frühstück hinunter und blättere im Sportteil irgendeiner Zeitung. José hat sich überhaupt nicht verändert. Er steht noch immer hinter der Bar und schüttet Anisschnaps oder spanischen Brandy in seinen Kaffee. Er grinst und fragt, wie es mir so ergangen ist. Ich behaupte, es gehe mir gut und füge hinzu, dass ich jetzt in Paris lebe und bald Vater werde. Mir kommt es vor, als würde ich von jemand anderem sprechen. José starrt mich nur an, grinst und spült weiter seine Gläser.

Ich habe Esteban versprochen, dass ich mir heute Abend seine Band in einem Blues Club anhöre. Bevor das Konzert losgeht, lädt er mich noch auf ein Glas Bier im Café Zürich ein. Ich sage nicht Nein. Danach hänge ich mich noch an einen anderen Tresen und unterhalte mich mit einer weiteren verlorenen Seele aus dem Norden auf der Flucht vor ihrem eigenen Schatten. Nach ein paar Drinks ziehen wir in den Blues Club weiter, wo Esteban bereits seine traurigen alten Bluesnummern angestimmt hat. Ich sitze einfach nur da und halte mich an einer Flasche Bier fest. Die Musik berührt mich nicht. Ich fühle gar nichts, nicht einmal den Alkohol. Ich will das eigentlich nicht mehr. Ich wollte das alles weit hinter mir lassen. Ich habe mit dem Feuer der Vergangenheit gespielt und mich dabei verbrannt. Ich dachte, ich hätte es im Griff. Oder vielleicht habe ich überhaupt nicht nachgedacht. Aber was macht das jetzt schon für einen Unterschied – Tatsache ist, ich habe es nicht im Griff. Esteban singt ein Lied von einer verlorenen Frau, die das Glück findet, nur um es dann wieder zu verlieren. Als das Lied zu Ende ist, verschwindet Esteban. Irgendwer schlägt vor, noch ein Bier in einer anderen Bar zu trinken, und natürlich gehe ich mit.

Wir trinken ein Bier und dann noch zwei Tequila. Wir kommen ins Reden, und plötzlich höre ich mich diesem Fremden von meinem Alkoholproblem erzählen. Meine Stimme ist voll

Selbstmitleid, und ich weiß nicht mehr, ob er auf mein Geständnis irgendetwas erwidert hat. Schließlich springt er auf, um den letzten Bus zu erwischen, und ich bleibe alleine zurück. Mitten in der Nacht an einer Bar in Barcelona.

Weit weg von zu Hause, 29. September

AM SPÄTEN VORMITTAG wache ich in Estebans Wohnung auf. Mein einziger Gedanke ist, von hier abzuhauen. Am liebsten würde ich auch Toulouse sausen lassen und direkt nach Paris zurückfahren. Aber ich weiß, dass das keine gute Idee wäre. Ich packe meine Sachen zusammen, aber von Esteban ist weiterhin keine Spur zu sehen. Mit einem flüchtigen Gruß verabschiede ich mich von Estebans Freundin, die noch im Bett liegt und einen billigen Krimi liest. Draußen pisst es, aber das ist jetzt mein kleinstes Problem. Ohne nach links oder rechts zu sehen, durchquere ich das gotische Viertel. Als ich am Café Zürich vorbeikomme, drehe ich mich noch einmal um. Die Blumenrabatten am Rand der schmutzigen *ramblas* verblassen im Regen, der mir über das Gesicht und die Augen rinnt.

Am Bahnhof kaufe ich mir eine englische Zeitung. Ich habe kreischende Kopfschmerzen. Im Zug falle ich sofort in einen tiefen Schlaf und wache erst wieder auf, als wir in Cerbère einfahren. Der nächste Zug fährt erst in zwei Stunden, das Café ist geschlossen, und wieder ist der Ort so ausgestorben wie vor drei Tagen. Ich kann mir den Gedanken nicht verkneifen, dass dieses elende Loch hier in den Bergen eine Art Vorzimmer der Hölle ist. Warum habe ich es nicht kommen sehen? Als ich neulich hier ankam, saß ich vier Stunden herum und habe geflissentlich alle Zeichen dafür ignoriert, dass ich dabei bin, mich in Schwierigkeiten zu bringen. Nun muss ich nach Paris zurück, wo mich sicher noch viel mehr Ärger erwartet.

Wenn ich jetzt eine Sache überhaupt nicht gebrauchen kann, dann ist es, noch weitere zwei Stunden an diesem Höllenbahnhof herumzusitzen und auf bessere Zeiten zu warten. Also mache ich mich auf den Weg in die Stadt. Cerbère liegt in den Felsen gedrückt genau an dem Punkt, wo sich die Pyrenäen kopfüber ins Meer stürzen. Dort finde ich auch ein öffentliches Telefon und rufe endlich bei Helena an. Sie hat Grippe und ihre Stimme klingt ganz schwach. Ich frage sie, ob ich nicht besser direkt heimkommen soll, aber sie sagt Nein, sie habe genug Essen im Haus und brauche einfach nur etwas Ruhe und viel Schlaf. Dann gibt sie mir noch die Nummer von einer Freundin, die kürzlich nach Toulouse gezogen ist, und erzählt, dass Cécile am Wochenende ihren zweiten Sohn auf die Welt gebracht hat. Gott sei Dank fragt sie mich erst gar nicht nach Barcelona, und ich sage ihr nicht, dass ich mich jetzt am liebsten mit ihr im Bett verkriechen würde. Sie will nicht einmal wissen, warum ich nicht zu den vereinbarten Zeiten bei ihr angerufen habe. Nachdem sie aufgelegt hat, lausche ich noch ein paar Sekunden lang in den Hörer.

Meine Stimmung verbessert sich merklich, als ich das Ticket raus aus Cerbère in der Hand halte. Klar fahre ich nach Toulouse! Der beste Weg aus dem Selbstmitleid ist, mich endlich mit meiner Zukunft zu befassen. Eine Stunde später schiebt sich der Zug langsam aus dem Bahnhof. Mein Abschiedsschmerz hält sich in Grenzen. Sollte ich diesen Ort jemals wiedersehen, ist das einmal zu viel.

Intensivpflege, 30. September

ES IST BEREITS nach Mitternacht, als ich mich in die Wohnung stehle. Helena ist zwar wach, aber viel zu erschöpft, um zu reden. Sie zeigt auch keinerlei Interesse an den Geschichten, die ich mir im Zug zurechtgelegt habe, um sie von meinem Rückfall in den Abgrund abzulenken. Sie will einfach nur einen Tee mit Honig und Zitrone. Doch bevor wir beide dann einschlafen, spürt sie Junior noch strampeln. Er war die ganze Woche über ruhig. Helena meint, er erkenne meine Stimme und freue sich, dass ich wieder da bin. Das bezweifle ich stark. Aber irgendwie macht es mir trotzdem ein total schlechtes Gewissen.

Paris, 1. Oktober

HELENA IST noch ein paar Tage krankgeschrieben.

»Hat dir Toulouse gefallen?«, krächzt sie.

Ich sehe in ihr erwartungsvolles Gesicht, sage »Ja« und drücke ihr sanft und ermutigend die Hand.

»Was hat dir besonders gefallen?«

»Ich fand gut, dass man, wenn man durch die Straßen spaziert, die Leute in den Häusern reden und lachen hören kann. Toll ist auch, dass nicht so viele Autos unterwegs sind, und ich mochte die Häuser aus roten Ziegelsteinen.«

Helena lächelt und fragt:

»Denkst du, dass du dort Arbeit finden wirst?«

»Ich werde es versuchen.«

»Gut«, murmelt sie noch und schlummert dann wieder ein. Von Barcelona erzähle ich ihr lieber nichts. Sie hat es so schon schwer genug mit mir.

Ich setze mich an meinen Schreibtisch und nehme mir Vincents Toulouse-Karte vor. Er hat sogar eine Liste mit internationalen Firmen auf die Rückseite gekrakelt. Ich fange an, sie im Internet zu suchen. Wie es der Zufall so will, ist schon bei der ersten gerade ein Posten im Bereich Internal Communication ausgeschrieben. Ohne Umschweife mache ich mich daran, ein Bewerbungsschreiben zu verfassen.

Ein Brief aus dem Inneren, 2. Oktober

ICH BRAUCHE fast zwei Tage, um die Bewerbung fertig zu machen. Von Zeit zu Zeit bringt Helena mir Essen und sorgt für ein wenig menschlichen Kontakt. Ihre Grippe wird und wird nicht besser, und sie beschließt, noch einmal zum Arzt zu gehen. Natürlich kommt sie, wie es in Frankreich üblich ist, mit kiloweise Pillen und Säften zurück. Sie hat jetzt auch besondere Antibiotika für Schwangere bekommen und verbringt noch den Rest der Woche im Bett.

In meinem Bewerbungsschreiben habe ich versucht zu erläutern, warum gerade ich mich für den Job eigne, unter anderem erwähnte ich meine Fähigkeit, komplexe Sachverhalte klar und griffig darzulegen. An sich ja keine schlechte Sache, nur leider ist mein Brief mittlerweile 26 Seiten lang und beweist damit genau das Gegenteil. Ich muss das verdammte Ding irgendwie kürzen. Aber wie? Ich beginne mich zu fragen, ob ich diesen Job überhaupt haben möchte.

Seit ich aus Spanien zurück bin, schlafe ich wie ein Stein. Mein Trip nach Barcelona hat mich sichtlich erschöpft. Nächste Woche habe ich Geburtstag – und ich träume seit Tagen schräge, verstörende Sachen:

In einem leeren Haus bin ich hinter einer mysteriösen Spanierin her. Ich versuche sie zu verführen, aber sie rennt aus der Hintertür, und ich bleibe allein zurück. Zumindest denke ich, ich sei allein, aber dann ist da plötzlich dieser knurrende schwarze Hund. Er ist zwar angekettet, aber ich will ihn trotzdem lieber erledigen. Doch dann ändere ich meine Meinung. Ich spüre, dass ich das Vieh aus irgendeinem Grund am Leben lassen muss. Plötzlich bin ich im Zug von Singapur nach Bangkok. Der Zug scheint leer zu sein bis auf einen alterslosen, schweigsamen Chinesen, der mir gegenübersitzt und mich ununterbrochen anstarrt. Langsam wird mir unwohl bei der Sache, also gehe ich ans andere Ende des Zuges, wo ich einen alten Saufkumpan entdecke, der auch versucht, trocken zu bleiben. Aber ich weiß, dass er es nicht schaffen wird. Ich versuche noch, ihm auszuweichen, aber da hat er mich auch schon bemerkt und kommt auf mich zugerannt. Ich komme am Zoll eines englischen Hafens an. Ich verhalte mich total auffällig, und mir wird klar, dass ich völlig betrunken bin, und dann entdecke ich auch noch entsetzt ein kleines Krümelchen Cannabis in meiner Hosentasche. Ich versuche, mich zusammenzureißen, und gehe auf den Zollbeamten zu. Nervös reiche ich ihm meinen Pass. Der Uniformierte schaut mich nicht einmal an und entfernt einfach das Bild aus meinem Pass. Dann klebt er ein anderes, mir völlig unbekanntes Gesicht hinein. Plötzlich befinde ich mich in einem teuren Restaurant im Londoner West End, zusammen mit Helena und Sir Ferguson. Ich versuche eine gepflegte Unterhaltung zu führen, aber Sir Alex ist eher dran interessiert, Helena zu verführen, als meinem Gerede zu lauschen. Als ich von der

Toilette zurückkomme, finde ich die beiden eng umschlungen. Ich bin rasend vor Eifersucht und knalle Helena eine. Sir Alex zieht ab, und ich brülle Helena an und fordere die Scheidung. Nicht schlecht für einen, der sie nur einen Steinwurf vom Altar hat stehen lassen.

Freitagsbeichte, 3. Oktober

ICH WEISS NICHT, ob es etwas mit dem Traum zu tun hat, aber ich muss Helena beichten, was in Barcelona passiert ist. In zwei Wochen besuchen wir meine Familie und Freunde in England, und irgendwo in meinem Hinterkopf lauert der Wunsch, noch einmal zusammen mit Vincent durch unsere Stammlokale in Brixton zu ziehen. Nach dem Abendessen besprechen Helena und ich unseren Englandbesuch. Wir übernachten bei Nathalie, und der Gedanke, ich könnte mich Freitagnacht nach Südlondon verkrümeln und Helena bei ihrer Cousine in der Turnpike Lane zurücklassen, lässt mich einfach nicht mehr los. Wie nebenbei erwähne ich also, dass ich mich gerne mit Vincent treffen würde.

»Glaubst du, das ist eine gute Idee?«, fragt Helena betont beiläufig.

»Kein Problem«, protze ich, und im gleichen Moment weiß ich, dass das nicht stimmt. Es mag ja sein, dass ich verdrängt habe, was das letzte Mal passiert ist, als ich in London war, aber Helena erinnert sich bestimmt noch daran.

»Wenn du da drüben wieder auf Sauftour gehst, dann fahre ich auf der Stelle zurück nach Paris.« Helena will mich damit nicht erpressen, sie hat nur überhaupt keine Lust, mich nach einer durchzechten Nacht in Südlondon komatös in den Seilen hängen zu sehen. Sie hat völlig Recht, aber ich würde mir eher die Zunge abbeißen, als das vor ihr zuzugeben. Wütend stapfe ich in die Küche und tue mich am Rest der Béchamelsauce gütlich.

Freitagnacht bricht an. Eigentlich wäre es jetzt Zeit zum Pub Crawling. Stattdessen muss ich Helena etwas beichten:

»Ich habe in Barcelona getrunken.«

Sie schaut mich ruhig an.

»Wann?«

»Am Freitagabend ging es los.«

»Das habe ich mir schon gedacht. Du hast nicht angerufen. Mit wem warst du unterwegs?«

»Zuerst mit Esteban und dann bin ich alleine weitergezogen.«

»Allein?«, fragt sie ungläubig. Auf die Idee, alleine auf Sauftour zu gehen, würde sie nie kommen.

»Bis wann ging das?«

»Ich weiß nicht mehr so genau, vielleicht so bis sechs Uhr morgens.«

»Da hast du doch bestimmt noch Leute getroffen, oder?«

»Nicht so wirklich. Ich bin noch in einen Club, ein bisschen tanzen, aber hauptsächlich habe ich, ähm, bloß geguckt ...«

Helena schaut mich prüfend an. Aber die Wahrheit ist, dass meine Sauftouren meistens so abgelaufen sind. Erst habe ich mich mit Bier zulaufen lassen und dann allen anderen dabei zugesehen, wie sie Spaß hatten.

»Warst du richtig betrunken?«

»Ja.«

»Verstehe. Und wie hast du dich danach gefühlt?«

»Ich habe mich geschämt. Mein erster Impuls war, direkt nach Paris zurückzufahren, aber ich wollte nicht, dass du mich mit einem Kater siehst.«

»Und wie fühlst du dich jetzt?«

»Ich schäme mich immer noch. Ich hätte so tun können, als sei das alles nie passiert, aber das will ich nicht. Ich musste es dir einfach erzählen.«

Helena sagt eine ganze Weile gar nichts. Irgendwie wirkt unsere Wohnung noch dunkler als sonst.

»Da ist noch etwas.«

Helena schaut mich alarmiert an. Ich würde ihr gerne sagen, dass alles gut wird, dass das Schlimmste hinter uns liegt. Aber ich bin selbst nicht wirklich überzeugt davon.

»Was?«

»Du hast Recht mit London und Vincent. Ich weiß, es ist eine völlig bescheuerte Idee, sich mit ihm am Freitagabend zu treffen. In so einer Situation bin ich bestimmt nicht standhaft genug, ein Bier auszuschlagen.«

»Also willst du ihn lieber gar nicht sehen?«

»Ich treffe mich mit ihm einfach zum Mittagessen.«

»Gut.« Mehr sagt sie nicht dazu und ich auch nicht.

Unverbesserlich, 8. Oktober

HELENA WILL WISSEN, ob ich mich jetzt besser fühle. Ich nicke. Seit ich meine Schwäche eingestanden habe, ist eine große Last von meinen Schultern genommen. Ich weiß jetzt, dass es Dinge gibt, die ich einfach lassen, und Orte, die ich meiden sollte.

Um mich abzulenken, beschäftige ich mich mit unregelmäßigen französischen Verben und stelle fest, dass mir das Lernen sogar irgendwie richtig Spaß macht. Dann suche ich erneut Madame Ferrat auf. Wider besseres Wissen, erzähle ich ihr von meinem Versuch, eine Bewerbung zu schreiben. Sie will natürlich sofort einen strengen Blick darauf werfen, und wir gehen den Brief Wort für Wort gemeinsam durch. Sie sagt, das Schreiben sei gar nicht so schlecht, nur ein bisschen zu lang vielleicht, und gibt mir Tipps, wie ich es verbessern kann. Dann erzähle ich ihr auch noch, dass wir darüber nachdenken, nach Toulouse zu ziehen.

»Gut«, sagt sie. »Zumindest haben Sie jetzt ein Projekt.«

Als ich nach Hause komme, öffnet mir Helena grinsend die Tür und ruft:

»Happy Birthday!«

»Was?« Ich blicke schnell über meine Schulter. Vielleicht steht derjenige, der da gemeint ist, ja direkt hinter mir. Aber da ist niemand. In all dem Trubel hätte ich beinahe den natürlichen Alterungsprozess vergessen. Helena drückt mir ein Geschenk in die Hand und erkundigt sich, ob ich den ganzen Abend im Treppenhaus herumstehen möchte. Also trete ich über die Schwelle und fange an, mein Geschenk auszupacken. Helena will wissen, was ich zu essen möchte.

»Alles. Ich bin am Verhungern!«

»Griechisch?«

»Alles, außer griechisch.«

Helena schaut ein wenig enttäuscht drein, aber ich bin so mit meinem Geschenk beschäftigt, dass ich es kaum bemerke. Endlich habe ich es ausgepackt. Darin befinden sich ein Teddybär und ein Wollmützchen für meinen Sohn. Ich finde das ist das netteste Geschenk, das sie mir machen konnte. Plötzlich klingelt es an der Tür. Es ist Helenas Freundin Isabelle. Ich bemühe mich, freundlich zu sein, obwohl sie einfach unangemeldet an meinem Geburtstag aufkreuzt. Eine halbe Stunde später macht sie immer noch keine Anstalten, wieder zu gehen, und es klingelt ein zweites Mal an der Tür.

Diesmal ist es Helenas jüngerer Bruder. Verdammt! So kommen wir nie zum Essen. Jetzt fängt Helena auch noch an, ihnen Häppchen anzubieten, dabei sollten wir doch lieber sehen, wie wir sie alle so schnell wie möglich wieder losbekommen. Und da klingelt es auch schon wieder. Jetzt werde ich – ganz unbritisch – langsam *pissed*. Helena ignoriert meine genervten, vielsagenden Blicke einfach und öffnet die Tür. Draußen steht mein Freund Ernesto, eine Flasche Champagner in der Hand, und wünscht mir alles Gute zum Geburtstag. Langsam fällt auch bei mir der Groschen und alle lachen. Es klingelt lustig weiter. Mit Ausnahme des französischen Präsidenten kommen so ziemlich alle, die ich in Paris kenne. Sogar Mister Rolltreppe ist da und er ist bester Laune. Ich kann mir nicht verkneifen, ihn zu fragen, warum denn seine supertolle Wundermaschine nicht funktioniert hat, als ich neulich am Gare Montparnasse war.

»Um wie viel Uhr warst du denn da?«, fragt er ungerührt. »War es nach neun Uhr abends?« Ganz genau.

»Ah, da ist sie außer Betrieb. Wir sind ja offiziell noch in der Testphase, und die Stadt besteht darauf, dass immer ein Aufpasser dabei ist, weil man befürchtet, dass ältere Leute mit der Geschwindigkeit nicht klarkommen. Und in Frankreich ist natürlich niemand bereit, die Nachtschicht zu übernehmen.« Dann lacht er lauthals und rät mir, es einfach morgen früh noch einmal zu versuchen.

Trotz meiner Bedenken ist das griechische Essen, das Helena hat liefern lassen, sehr lecker. Es macht mir auch fast nichts aus, unseren Gästen beim Champagnerschlürfen zuzusehen. Vielleicht hilft mir dabei auch der Gedanke an Barcelona ein bisschen.

Als dann alle Gäste wieder gegangen sind, liegt Helena bereits erschöpft auf dem Bett und kann kaum mehr die Augen offen halten.

»Hattest du eine schöne Geburtstagsfeier, alter Mann?«, fragt sie müde.

»Ein bisschen enttäuscht war ich schon,« witzle ich.

»Ja, das mit dem griechischen Essen tut mir leid.«

»Du hattest mir einen Big Mac versprochen!«, nöle ich scherzhaft weiter.

»Den kriegst du dann nächstes Jahr«, murmelt sie noch und schlummert ein. Während ich ihre Silhouette auf dem Bett betrachte, muss ich über etwas schmunzeln, was sie neulich einmal gesagt hat, über Männer, die monatelang mit einem Wal im Haus leben müssen. Sanft decke ich meine beiden Babys zu und mache das Licht aus.

Große Sportereignisse, 10. Oktober

NÄCHSTES WOCHENENDE beginnt die Rugby-Weltmeisterschaft. Das Telefon klingelt ununterbrochen. Alle möglichen mir mehr oder minder bekannten Kelten, Kiwis und Franzosen wollen wissen, ob ich mir das Eröffnungsspiel am Samstagmorgen im Irish Pub anschauen will. Ich versuche Helena zu erklären, dass dieses Verhalten während des sechswöchigen Turniers unter Männern als völlig akzeptabel gilt.

»Sechs Wochen?!«, ruft sie entsetzt. Also bin ich gezwungen, auch noch zu erläutern, dass die Weltmeisterschaft ja nur alle heiligen Zeiten einmal stattfindet. Sie weist mich jedoch darauf hin, dass ich das auch schon von der *Tour de France*, der Leichtathletik-Weltmeisterschaft, der Olympiade, der Fußballeuropameisterschaft und von weiß Gott was behauptet habe. Ich will schon fragen, ob sie etwa noch nie mit einem Mann zusammengelebt hat, aber ich kann es mir gerade noch verkneifen.

Paris im Doppeldeckerbus, 11. Oktober

ALS ICH IN der Sportsbar ankomme, sind die dort anwesenden Franzosen bereits in ein wildes Gerangel mit ein paar menschlichen Schränken aus der Südpazifik-Region verwickelt. Es ist fast Mittag, und Isabelles Kumpel Russell aus Neuseeland und Jean-Luc bestellen sich gerade ihr drittes Bier. Jean-Luc ist ein richtiger Rugbyspieler – über 1,80 groß und mit einer tätowierten 8 auf dem Rücken. Er regt sich furchtbar über den »irischen Giftzwerg« von einem Schiedsrichter auf und über die Taktik der »Fidschis« und darüber, dass die Franzosen heute nicht so gut spielen, wie es eigentlich von der Natur vorgesehen wäre.

Ich bestelle ein *Perrier* und lasse all die dummen Sprüche über meine mangelnde Männlichkeit über mich ergehen. Wahrscheinlich sind sie nur schlecht drauf, weil Frankreich zu verlieren droht. Dann verfolge ich das restliche Spiel. Gegen Ende haben die Jungs von den Fidschiinseln Disziplinprobleme. Es kommt zu unschönen Szenen, die der Schiedsrichter-Zwerg allerdings geflissentlich übersieht, und schließlich gewinnt Frankreich. Die französischen Kommentatoren liegen sich in den Armen, und Jean-Luc bestellt sich noch ein Guinness. Etwas später stolpern wir aus dem dunklen Pub hinaus in den frühherbstlichen Sonnenschein und steigen hinauf zu Sacré Coeur.

Ich kann Montmartre nicht leiden. Früher war es einmal ein Dorf vor den Toren von Paris. Heute zieht es Touristen an wie Schmeißfliegen. Der Hauptplatz dort oben ist die *Place du Tertre* und meiner Meinung nach der größte Fake überhaupt, abgesehen von einigen von Victoria Beckham's Körperteilen. Wenn man scharf ist auf eine Karikatur von sich selbst, angefertigt von Albanern mit falschem französischem Akzent, ein kitschiges Bild des Moulin Rouges kaufen will oder einfach nur gerne einen Café au Lait für 10 Euro schlürfen möchte, während sich die Kellner ins Fäustchen lachen und trotzdem Trinkgeld erwarten, dann ist man dort genau richtig. Und über dieses ganze Theater wacht die Basilika Sacré Coeur – vermutlich das hässlichste Gebäude von ganz Paris. Sie hat die Farbe von ausgebleichten Knochen und erinnert mich immer an einen menschlichen Schädel. Mit zusammengekniffenen Augen drängle ich mich durch die Menge und trete beinahe auf den Chihuahua von irgend so einer Oma. Sie ist natürlich völlig entrüstet und auch mein Kommentar, sie müsse ja schließlich nicht mit haarigem Ungeziefer durch die Straßen von Paris laufen, trägt nicht gerade zur Verbesserung ihrer Laune bei. Das ist noch so eine Sache, die ich überhaupt nicht ausstehen kann, Montmartre ist voll zitternder, japsender kleiner Miniköter, die eigentlich keinerlei Existenzberechtigung haben. Eine Tatsache, die ihren Frauchen allerdings völlig zu entgehen scheint.

Als die Jungs dann anfangen, Wein zu trinken, verabschiede ich mich von der illustren Runde und verlasse den Hügel voll fettleibiger amerikanischer Touristen.

Als ich zu Hause ankomme, liegt Helena noch immer im Bett. Sie sagt, ihre Füße brächten sie fast um. Ich glaube ja, sie ist nur schlecht drauf, weil die Rugby-Weltmeisterschaft noch fünfeinhalb Wochen dauert. Um meine Schuldgefühle zu lindern, schlage ich ihr vor, doch gemeinsam ein paar neue

Schuhe für sie kaufen zu gehen. Immerhin tragen ihre zarten Füße mittlerweile elf Kilo mehr herum als jemals zuvor.

Eine Stunde später bereue ich meinen Vorschlag bitter. Ich hatte vergessen, dass Einkaufen Frauen nur immer noch schlechter draufbringt. Wir stehen mitten in den *Galéries Lafayette*, und sie schimpft wie ein Rohrspatz über die Verkäuferinnen, die Schuhe, den Laden, die anderen Kunden und überhaupt das Leben im Allgemeinen. Sie sinkt auf eine der grünen Lederbänke und weigert sich, sich vom Fleck zu rühren. Die Verkäuferin ist den Tränen nahe, und ich überlege kurz, ob ich nicht besser UN-Blauhelme anfordere, um diesen Konflikt noch gewaltlos zu lösen. Dann reicht es mir, und ich schleife Helena aus dem Geschäft. Ich frage mich sowieso, warum Schuhdesigner eigentlich glauben, Frauen müssten mit ihren hochhackigen Folterwerkzeugen immer nur vom Restaurant zum Taxi stöckeln.

Der geschätzte Abstand von hier bis zum Mond, 12. Oktober

ICH FEILE NUN SCHON seit fast zwei Monaten an meinem Lebenslauf und bin zuversichtlich, dass er Ende der Woche endlich fertig ist. Zumindest versuche ich das Helena weiszumachen, während wir ziellos durch den Bois de Boulogne schlendern. Sonnenstrahlen fallen sanft durch die Blätterkronen der Bäume, und Helena bemüht sich redlich, Verständnis dafür aufzubringen, wie man so lange für einen zweiseitigen Wisch brauchen kann. Ich versuche, sie von diesem heiklen Thema abzulenken, und zeige aufgeregt auf einen Fasan, der plötzlich direkt vor uns auftaucht. Normalerweise bekommt man hier nur geföhnte Pudel zu Gesicht. Aber nicht einmal dieser außergewöhnliche Anblick bringt Helena vom Kurs ab. Heute Morgen hat sie nur eine Stadt im Sinn und es ist sicher nicht Paris. Nein, sie will wissen, wann wir endlich unsere Sachen zusammenpacken und nach Toulouse ziehen.

Jedes Mal, wenn ich bisher in eine neue Stadt umsiedelte, schwor ich mir, das nächste Mal aufs Land zu ziehen. Aber dann zog ich doch immer nur in einen noch größeren und schmutzigeren Moloch. Warum fällt es mir nur so schwer, aus Paris wegzugehen? Schließlich müsste ich ja noch nicht einmal viel aufgeben, nur sechzig heruntergekommene Quadratmeter und eine permanente Baustelle vor dem Haus.

Wieder zu Hause will auch Helena wissen, was es denn sei, das mich hier halte. Aber ich kann es mir ja nicht einmal selbst erklären, wie sollte ich es da ihr plausibel machen. Ein Anruf von Pierre rettet mich aus meiner Zwickmühle. Er will wissen, ob schon alles für das Baby vorbereitet ist. Aufs Neue werfe ich einen Blick in das künftige Zimmer unseres Sohnes:

»Mehr oder weniger«, berichte ich dem zweifachen Mustervater. Ein Wunder, dass das Telefon nicht explodiert angesichts dieses himmelschreienden Selbstbetrugs.

Pierre erzählt mir von den Fortschritten seines zweiten Sohns, Maxime: Nachts wache er alle paar Stunden auf und wolle gefüttert werden. Er sei zwar erst ein paar Wochen alt, aber Pierre versichert mir glaubhaft, dass seine Lungen schon ganz prima funktionierten. Ich frage ihn, wie lange dieser Alptraum noch anhalten solle (ihm gegenüber nenne ich es allerdings so neutral wie irgend möglich »Zustand«). Pierre schätzt so etwa sechs Monate, und mir wird plötzlich ganz schwindelig. Sechs Monate ohne Schlaf! Doch er versichert mir, man gewöhne sich daran, und außerdem gäbe es ja auch ach so viele gute Seiten.

»Was denn, bitte?« Ich hoffe inständig, es möge irgendetwas sein, an das ich mich klammern kann. Schließlich sind es nur noch gut drei Monate, bis auch für uns dieser Alptraum wahr wird. Pierre verspricht, mir eine E-Mail zu schicken, wenn ihm etwas einfällt, und ich mache mich wieder an meinen Lebenslauf. Aber aus irgendeinem Grund kann ich mich jetzt nicht mehr konzentrieren und fünf Minuten später lasse ich mich dankbar von einer eingehenden E-Mail ablenken. Es ist schon verrückt, wie ich mich an meinen kindischen Eigenschaften festklammere, wo es doch Zeit wird, endlich meinen Job als verantwortungsbewusstes Elternteil anzutreten.

9 – 6 = 3, 13. Oktober

ALS HELENA schwanger wurde, dachte ich, neun Monate seien eine halbe Ewigkeit und die Schwangerschaft würde niemals enden. Doch die Wochen rasen dahin. Demnächst wollen wir meine Mutter in England besuchen, und es kommt mir so vor, als sei es erst gestern gewesen, als wir uns mit dem Schwangerschaftstest in ihrem Badezimmer verschanzt haben. Ich weiß, dass ich das alles hier endlich auf die Reihe kriegen muss. Deshalb bin ich heute auch schon in aller Herrgottsfrüh wach und brüte wieder über dem weltlängsten Lebenslauf. Ich würde viel lieber noch ein paar Stunden vor mich hin dösen, aber in meinem Kopf dreht sich ein Karussell aus unbestimmten Ängsten. Die einzige Möglichkeit es anzuhalten, ist, aufzustehen und mich abzulenken.

Das Blöde dabei ist nur, dass diese ganzen Ängste jetzt in meine Bewerbungsunterlagen einfließen. Mein Lebenslauf ist mittlerweile schon so lang, dass ich angefangen habe, die Seiten chronologisch geordnet an die Wand zu pinnen, um nicht den Überblick zu verlieren. Anstatt kürzer wird er einfach immer länger. Bald muss ich die Zettel auch draußen im Flur anpinnen und nächste Woche habe ich wieder einen Termin mit der Ferrat. Es nützt nichts, ich muss das Ding einfach kürzen.

Kauderwelsch, 17. Oktober

»NEIN!«, sagt Madame Ferrat streng.

»Nein?«

»So geht das einfach nicht. Überhaupt nicht.«

»Nicht?«

»Nein. Zuallererst einmal ist er mindestens vier Seiten zu lang.«

Sie hat Recht. Obwohl ich die Schriftgröße schon so klein gemacht habe, dass sogar ein Adler nach einer Lesebrille greifen müsste, erstreckt sich meine Lebensgeschichte in Stichpunkten immer noch über mehrere Din-A4-Seiten.

»Außerdem ist er immer noch auf Englisch.«

Auch damit hat sie Recht.

»Was stimmt sonst noch nicht damit?«, frage ich in aufmüpfigem Ton.

Die Ferrat holt ein paar Blätter aus ihrem Aktenschrank.

»Schauen Sie sich das einmal an.«

Die nächste halbe Stunde beugen wir uns über ein paar tadellose französische Lebensläufe. Dann wenden wir uns wieder meinem miserablen Versuch zu, den sie nur mehr mit spitzen

Fingern zur Hand nimmt, wie ein verrotztes Taschentuch. Ich muss ihr noch versprechen, nächste Woche mit etwas wiederzukommen, das sich nicht wie die Bedienungsanleitung einer koreanischen Waschmaschine liest, dann verlasse ich fluchtartig ihr Büro.

Ach, zur Hölle damit! Ich habe praktisch die ganze Woche daran gefeilt, und jetzt ist es Freitagnachmittag und ich will ein bisschen Spaß haben. Dirk und Carla aus Amsterdam kommen heute Abend nach Paris, und ich will sie vom Gare du Nord abholen. Aber bis dahin kann ich noch locker ins Kino gehen, während Helena sieben Stunden am Stück im Klassenzimmer steht und unterrichtet.

Dirk habe ich vor zehn Jahren in New York kennengelernt. Wir arbeiteten dort für die gleiche Marketingfirma, und wie er damals in der Firma aufschlug, ist mir in unvergesslicher Erinnerung geblieben: sein senfgelbes Sakko und sein Gesichtsausdruck, als er mir berichtete, wie er seine Freundin in den Niederlanden zurücklassen musste, um sich seinen Kindheitstraum von einem Leben in Manhattan zu erfüllen. Ich fragte ihn, warum er sie denn nicht mitgenommen hat.

»Sie hat keine Arbeitserlaubnis bekommen«, erklärte er mit glasigen Augen.

»Warum heiratest du sie dann nicht einfach«, fragte ich, als sei das völlig selbstverständlich. Aber Dirk fand damals, es sei noch ein bisschen zu früh zum Heiraten.

Carla hat es zwei Jahre später doch noch nach New York geschafft, und die beiden sind fünf weitere Jahre dort geblieben. Eines Tages hat Dirk Carla dann in ein Restaurant ganz oben in einem der Wolkenkratzer eingeladen, wo er um ihre Hand anhalten wollte. Eigentlich sollte der große Moment erst beim Dessert kommen. Doch Dirk wurde so nervös, dass er keinen Bissen seiner Vorspeise herunterbekam. Da aber schon allein die Starter in diesem noblen Restaurant astronomisch teuer waren, beschloss er, die Sache gleich hinter sich zu bringen und dann das restliche Essen zu genießen.

Lächelnd entsteigen Dirk und Carla dem Zug, und ihre erste Frage an mich ist, ob ich mich nun endlich entschlossen habe, Helena zu heiraten, wo sie jetzt doch schwanger sei.

Das Geheimnis des Trauzeugen, 18. Oktober

ICH WEISS, ich bin selbst daran schuld, aber ich habe Carla gefragt, was sie hier in Paris gerne machen möchte, und natürlich möchte sie durch die Straßen von St. Germain flanieren.

»Gut«, höre ich mich noch sagen. »Dann kommen wir bei all den Juwelieren vorbei, und ich kann für Helena einen Ring aussuchen.« Noch bevor ich erklären kann, dass es sich dabei um das immer noch ausstehende Geburtstagsgeschenk handelt, sind Dirk und Carla auch schon Feuer und Flamme:

»Einen Diamantring?«, hauchen sie aufgeregt wie in einer ultrakitschigen *De-Beers*-Werbung. Hastig erkläre ich, dass Helena keine Diamantringe mag, und verkrieche mich tief in meine Jacke.

Aber die beiden sind Holländer und ungefähr so geradeheraus wie ein Holzhammer, und sie lassen sich so leicht nicht abschrecken. Als wir unterwegs gerade heiße Schokolade schlürfen, löchern sie mich weiter.

Ob ich mit Helena glücklich bin? Ja, was soll die Frage?

Ob sie mich denn nicht heiraten wolle? Ja, vielleicht. Aber ich will sie nicht fragen.

Warum denn nicht? Schweigen.

Stimmt es eigentlich, dass die offizielle Bezeichnung für ein uneheliches Kind noch immer »Bastard« ist? Kann schon sein.

Wovor ich denn so viel Angst habe? Keine Ahnung. Warum sagst du es mir nicht.

Als ich bei dem etwas bitteren Bodensatz der heißen Schokolade angekommen bin, fange ich langsam an zu bereuen, diese Leute überhaupt nach Paris eingeladen zu haben. Damit da keine Missverständnisse aufkommen, ich bewundere die direkte, ehrliche Art meiner Freunde und generell von den Holländern. Ich mag es nur nicht, wenn es mich trifft.

Wir spazieren weiter zur Place St. Sulpice, mit der schönsten Kirche der Stadt, und ich verbreite das Gerücht, dass Catherine Deneuve im Haus gegenüber wohnt. Dann kaufe ich Helena einen Ring, einen ziemlich billigen mit vielen grünen Steinen, damit auch ja keine Missverständnisse aufkommen. Trotzdem muss ich zugeben, dass ich immer noch darüber nachdenke, Helena zu heiraten. Aber wenn, dann im kleinen Kreise, am besten nur wir beide im Rathaus, bevor irgendjemand realisiert, was überhaupt passiert, vor allem ich selbst. Ich weiß nämlich nicht, ob ich die Klappe halten könnte bei der Frage, ob irgendjemand Einwände gegen die Hochzeit hat.

Mir ist klar, dass Dirk Hintergedanken hat, wenn er mich zur Heirat mit Helena überreden will. Dank seines senfgelben Sakkos hatte er, als er heiratete, nur wenige Freunde, also hatte er kaum eine andere Wahl, als mich zu seinem Trauzeugen zu machen. Ich vermute, dass Dirk bereits eine Revanche für meine Rede auf seiner Hochzeit in der Hinterhand hat und hofft, sie endlich einem dankbaren Publikum vortragen zu können.

Coitus interruptus, 19. Oktober

AM NÄCHSTEN MORGEN treffe ich Dirk in der Küche an, wo er sich gerade durch einen riesigen Berg Croissants mampft. Später beim Mittagessen verschlingt er schon zum Aperitif eine Jumboportion mit Knoblauch gefüllte Oliven, ohne auch nur einen Gedanken an die Mitreisenden auf seiner heutigen Rückfahrt nach Amsterdam zu verschwenden. Nach dem Essen flanieren wir alle vier noch ein wenig durch die Stadt. Die Damen bleiben vor dem Schaufenster eines Dessousgeschäfts hängen und bestaunen einen verboten dürftigen String aus hauchdünnem Stoff. Als sie sich nach Dirks Meinung dazu erkundigen wollen, ist der wie vom Erdboden verschluckt. Wir finden ihn ein paar Querstraßen weiter, wie er sich vor Käse triefende Pizzastücke und Nutellacrêpes reinstopft. Helena, die meine Kommentare über ihre Essgewohnheiten schon nicht mehr hören kann, ist hocherfreut. Verglichen mit Dirks gesundem Appetit wirkt ihrer glatt bescheiden.

Dann bringen wir unsere Gäste mit dem *Clio* zum Gare du Nord. Nachdem wir uns gegenseitig verabschiedet haben und meine lieben Holländer noch ein paar völlig überflüssige Sprüche zum Thema Heiraten und Arbeitslosigkeit losgeworden sind, ziehen sie winkend in Richtung Speisewagen davon.

Auf dem Nachhauseweg kommt mir der Gedanke, dass ich einmal Dirks Chef war. Nun ist es seine Karriere, die floriert, und er kann seiner Frau und potenziellem Nachwuchs ein sorgenfreies Leben bieten.

Zu Hause angekommen, probiert Helena den Ring an, den ich ihr gekauft habe. Er gefällt ihr nicht. Nicht, dass ich das erwartet hätte. Er ist zu modern und aus Metall statt zumindest aus Silber. Ob ich den Kassenzettel noch habe? Ja. Ich weiß schon, was jetzt damit passiert – der Ring wird in ein weiteres Paar Ohrringe eingetauscht werden. Klar, ich hätte mir eigentlich denken können, dass der einzige Ring, den Helena aus meiner Hand akzeptieren wird, einer dieser zierlichen Diamantverlobungsringe ist. Und Helena ist nicht der Typ Frau, die so tut, als würde sie etwas mögen, wenn es nicht so ist.

»Hast du dich über Dirks und Carlas Besuch gefreut?«, fragt Helena, als wir abends im Bett liegen.

»Ja, natürlich«, antworte ich. Obwohl Freude nicht unbedingt das Wort ist, mit dem ich beschreiben würde, was ich die letzten Tage mit den zwei Käseköpfen durchgemacht habe.

»Ich glaube, wenn wir sie das nächste Mal sehen, ist Carla schwanger«, sagt Helena.

»Ach ja, versuchen sie es denn?«

»Gewissermaßen.«

»Was soll das heißen, gewissermaßen?«

»Ich mein, sie versuchen es, aber dann bekommen sie immer Panik, und Carla sagt ihm, er soll ihn rausziehen.«

Ich brauche ein bisschen, bis mir klar wird, was sie damit meint.

»Ich wünschte, das hättest du mir schon früher gesagt«, seufze ich.

»Warum denn?«

»Ach nichts.« Ich drehe mich zur Seite und male mir aus, wie verheerend ich mit dieser brisanten Information auf all die Hochzeitsanspielungen hätte kontern können. Dann springe ich auf, fahre den Computer hoch und setze zu einer Rache-E-Mail an, die sich gewaschen hat.

Human Resources, 21. Oktober

ICH HABE HELENA versprochen, noch einmal einen sorgfältigen Blick auf alle einschlägigen Online-Stellenmärkte zu werfen, bevor wir nach London aufbrechen. Ein Mann, ein Wort. Mit einem großen Becher Kaffee und vermeintlich wild entschlossenem Gesichtausdruck ziehe ich mich an den Computer zurück. Sobald ich die Tür sicher hinter mir geschlossen habe, lungere ich erst einmal auf der BBC-Webseite herum, um die Fußballergebnisse vom Wochenende zu studieren. Ansonsten kann ich mich zu nichts aufraffen, und bald kommt Helena wieder aus der Schule zurück.

Moment mal! Was ist das? Ich habe eine neue Nachricht erhalten. Ich habe sie vorher gar nicht bemerkt, weil sie in der Mailbox meiner französischen ISP gelandet ist, die ich nur für Bewerbungen verwende. Himmel! Die ist ja von dieser Firma in Toulouse. Beinahe hätte ich vergessen, dass ich mich dort überhaupt beworben habe. Ich mache sie lieber gleich auf, bevor Helena nach Hause kommt. Am Ende ist es noch eine Absage …

Sehr geehrter Bewerber,
vielen Dank für Ihre Bewerbung in unserem Hause. Ich habe mich köstlich darüber amüsiert. Doch lassen Sie mich gleich zum Punkt kommen. Sicher erwarten Sie nicht, dass wir Ihr Ansinnen mit weniger als der größten Verachtung behandeln. Ich bin im höchsten Maße erstaunt, dass jemand tatsächlich die Dreistigkeit besitzt, einem seriösen Personaler wie mir so einen Mist vorzusetzen. Sie können nicht ernsthaft glauben, dass ich Ihr zum Brüllen komisches Motivationsschreiben nicht durchschaue, wo es sich doch ganz eindeutig eher liest wie die Lebensbeichte eines irren Psychopathen als eine Bewerbung.
Ich kann Ihnen versichern, dass Ihre Bemühungen gänzlich verge-

bens waren. Ich war so frei, Ihr Schreiben beim Mittagessen mit ein paar dankbaren Kollegen zu teilen. Ich muss gestehen, dass sich alle ganz köstlich amüsiert haben. Einer meiner Kollegen verschüttete sogar vor Lachen seinen Kaffee. Glücklicherweise hatten wir aber Ihren Lebenslauf zur Hand, um die Sauerei aufzuwischen.
Ich bezweifle aufrichtig, dass Sie jemals ein Unternehmen finden werden, das idiotisch genug ist, jemanden wie Sie einzustellen. Vielleicht verleihen Sie Ihrem nächsten Bewerbungsversuch besser mehr Nachdruck, indem sie ein Päckchen gebrauchter, nicht nummerierter Scheine beilegen.
Mir bleibt nur, Ihnen viel Glück auf Ihrem weiteren – höchstwahrscheinlich unwürdigen – Wege zu wünschen.
In der Hoffnung, dass Sie nie wieder wagen werden, Kontakt zu diesem Unternehmen aufzunehmen, verbleibe ich mit aufrichtigem Mitgefühl für Ihre erbärmliche Situation.

Mit freundlichen Grüßen,
Robert J. Vorhaut
Leiter der Personalabteilung, Stocksteif & Klemmer, Toulouse
PS: Mein persönlicher Rat an Sie ist, sich so schnell wie möglich in Behandlung zu begeben. Eine ordentliche Dosis Prozac könnte Sie vor weiterer Selbsterniedrigung bewahren.

Natürlich war das nicht ganz der Originalwortlaut der Absage, obwohl ich mir das manchmal wünschen würde. Irgendwie wäre das einfacher zu akzeptieren als der süffisante Schrott, den diese selbstgefälligen Säcke sonst so von sich geben.

Es überrascht mich zwar nicht besonders, dass sich unser Umzug nach Toulouse etwas, äh, verschiebt, aber ich weiß, Helena wird ziemlich enttäuscht sein. Denn anders als Herr Vorhaut und seine Personaler-Kollegen scheint sie aus unerfindlichen Gründen noch immer an meine verborgenen Fähigkeiten zu glauben.

Müde und blass kommt sie schließlich nach Hause. Nur noch ein Tag, dann beginnen die Ferien.

»Wie läuft's?«, fragt sie.

»Ich habe Antwort aus Toulouse.«

Vor Aufregung bekommt sie wieder etwas Farbe ins Gesicht. Es wäre gemein, ihr noch länger Hoffnungen zu machen, also schüttle ich schnell den Kopf.

»Warum nicht?«

»Haben 'nen Kandidaten gefunden, der besser passt.«

Erschöpft und enttäuscht tappt Helena ins Schlafzimmer. Ich weiß, sie hat in Gedanken bereits die Koffer gepackt. Sie träumt davon, dass unser Sohn in der klaren Luft, den gesunden Wäldern und satten Wiesen des Südens aufwächst. Für Helena tut es mir leid, aber eigentlich bin ich froh, dass das mit dem Job in Toulouse nicht geklappt hat.

Während Helena ein Stündchen schläft, mache ich Abendessen. Mir ist klar, dass sie später unsere nächsten Schritte durchdiskutieren will. Ich pule Schrimps und gehe in Gedanken meine Optionen durch. Ich mag Paris, aber ich gebe zu, diese Stadt ist kein guter Ort, um dort Kinder großzuziehen. Okay, die ersten sechs Monate sollte es kein Problem sein. Was machen Babys denn in der ersten Zeit schon groß – schreien und in die Windeln kacken. Da ist es wohl ziemlich egal, ob sie das in Paris, Toulouse oder auf einem der Jupitermonde machen.

Aber irgendwann wird der Kleine dann auch mal die Wohnung verlassen müssen. So weit kann sogar ich vorausdenken. Spätestens in einem Jahr müssen wir also umziehen. Aber wohin bloß? Toulouse fällt ja jetzt erst einmal aus, denn ohne einen Job in der Tasche bringen mich da keine zehn Pferde hin. Ich werfe die gepulten Krabben in die Pfanne und schaue zu, wie sie langsam rosa werden.

»Was machen wir jetzt?«, fragt Helena beim Essen.

»Ich weiß nicht. Weitersuchen, oder?«

»Diese Kind wächst mir nicht in Paris auf!«

Meint sie jetzt mich oder das andere?

»Nein, das wird es auch nicht.«

»Wie sieht es mit London aus?«

London. Ich kann doch unmöglich wieder nach London ziehen. Jetzt bin ich schon so lange auf der Flucht vor diesem Ort, dass es mir manchmal so vorkommt, als existiere diese Stadt nur in meiner Fantasie. Aber meine Aussichten, einen Job zu bekommen, sind dort sicher um einiges besser als in Frankreich.

»Würdest du denn in London leben wollen, Helena?«

»Warum nicht? Für dich ist es dort vielleicht auch einfacher.«

Warum nicht? Ich kann dir sagen, warum nicht! Bloß wo soll ich anfangen? Mit dem Essen, dem Wetter, den öffentlichen Verkehrsmitteln oder damit, dass die Stadt überschwemmt ist von Alkohol und Drogen? Dann wären da noch die Tabloid-Kultur, Tory-Politiker und all die Partygirls, die nichts anderes wollen als poppen und fünf Minuten höschenlosen Ruhm. Ach, und nicht zu vergessen die Mietpreise, die klaustrophobische Enge und Hitze in der Tube, das Schulsystem und Würstchen, von denen man lieber nicht weiß, was drin ist.

»Ja, warum eigentlich nicht«, höre ich mich stattdessen sagen. »Wir werden sehen, wenn wir jetzt dann drüben sind.«

Gewichtige Fragen, Paris 23. Oktober

BEVOR WIR nach London aufbrechen, war Helena noch einmal bei der Hebamme. Als sie zurückkommt, bin ich gerade schwer damit beschäftigt, den Kadaver meines Drehbuchs wiederzubeleben. Da bleibt natürlich keine Zeit zu fragen, wie es war. Eilig stopfen wir ein paar Klamotten und Geschenke in den Koffer und hetzen zum Gare du Nord.

Im Eurostar angekommen, sinke ich erschöpft in meinen Sitz. Ich habe zwar seit Monaten nichts gearbeitet, aber ich spüre ganz deutlich, dass ich diesen Urlaub bitter nötig habe. Seit geraumer Zeit schlafe ich schlecht und bin schon richtig abgemagert.

»Worüber machst du dir Sorgen?«, erkundigt sich Helena, als der Zug durch die graue Pariser Vorstadt rollt.

Ich werfe einen sehnsüchtigen Blick auf meine *L'Équipe*. Ich hatte eigentlich vor, mich für die nächsten paar Stunden in Ruhe dahinter zu verschanzen. Ich seufze tief, aber dieses Manöver kennt Helena bereits, und so fragt sie mich einfach noch einmal. Ich murmle irgendetwas von wegen nach London fahren, wo ich doch eigentlich in Paris sein müsste, um mir einen Job zu suchen. Aber das ist natürlich nur die halbe Wahrheit. In erster Linie macht mir die Aussicht Sorgen, vier Tage mit meiner Mutter zu verbringen. Ich kann davon ausgehen, dass sie meine Anwesenheit zum Anlass nehmen wird, mich mit Fragen zu Jobs, Wohnsituation, Hochzeit und Babys zu löchern. Mit einem weiteren Seufzer lege ich meine Zeitung zur Seite und sehe Helena dabei zu, wie sie versucht, für sich und Junior im Zugsitz eine halbwegs bequeme Position zu finden.

»Wie war's heute früh im Krankenhaus?«, lenke ich ab.

»Gut. Alles O.K.«

»Was gab's?«

»Nicht viel. Nur der normale Check-Up.«

»Alles im Bereich der Norm?«

»Ja«, sagt Helena und gähnt. Sie weiß genau, worauf ich hinaus will und schützt schnell Müdigkeit vor, um mich abzuschütteln. Wir hatten das Thema schon ein paar Mal. Zum Beispiel, wenn Helena aus der Schule kommt und direkt zum Kühlschrank hechtet, um sich ein riesiges Stück fettigen Brie reinzuziehen. Meist komme ich just in diesem Moment in die Küche geschlendert – natürlich rein zufällig. Wir starren uns finster an. Dann sagt sie streitlustig:

»*Quoi?*«

Freundlich weise ich sie dann darauf hin, dass wir in einer Stunde sowieso zu Abend essen, obwohl ich eigentlich weiß, dass es keinen Sinn hat, denn wenn schwangere Frauen Hunger haben, ist eine Stunde kein Angebot.

Helena liebt Käse. Sie hat auch eine Schwäche für Fleisch, Kekse, Schokolade und alles andere, was dick macht. Diese Gelüste hatte sie auch schon, bevor sie schwanger wurde, aber damals ist sie auch noch viel gejoggt. Mittlerweile hat sie schon vierzehn Kilo zugelegt. Auch ihr Arzt meint, das wären gut vier Kilo zuviel. Doch wenn ich sie darauf anspreche, faucht sie, dass vier lumpige Kilo im Vergleich zu meiner Raucherei ja wohl das geringere Übel seien.

Also werde ich deutlicher:

»Was hat die Hebamme zu deinem Gewicht gesagt?«

Helena starrt aus dem Fenster in den grauen Regen, dann dreht sie sich leicht verlegen zu mir um:

»Sie will, dass ich einen Ernährungsberater aufsuche.«

»Ach ja. Warum das denn?«

»Sie meint, ich solle meine Ernährungsweise mit ihm besprechen. Ich habe auch schon einen Termin, wenn wir aus London zurück sind.«

Hochzufrieden über diese Entwicklung sinke ich tiefer in meinen Sitz, damit sie meinen süffisanten Gesichtsausdruck nicht bemerkt. Ich halte jetzt besser meine Klappe.

»Da ist noch etwas«, sagte Helena plötzlich.

»Was denn?«

»Der Ernährungsberater, er, nun ja, er hat seine Praxis in der *Rue de la Baleine.*«

Ein paar Sekunden krame ich in der kleinen und trostlos leeren Ecke meines Gehirns, die für Französischvokabeln vorgesehen ist. Dann macht es endlich klick. Der Diätfuzzi wohnt in der Walfischstraße. Wir lachen uns kaputt und kichern immer noch, als der Eurostar auf der anderen Seite des Kanals aus dem Tunnel auftaucht. Ausnahmsweise scheint in England die Sonne. Wir rauschen Full Speed auf London zu. Als wir die Vororte erreichen, bremst der Zug heftig ab und zuckelt dann fast im Schritttempo weiter bis zur Endstation.

Eigentlich wollte uns Nathalie am Bahnhof einsammeln, aber Pustekuchen. Also müssen wir uns auf eigene Faust zur Turnpike Lane durchschlagen. Kein Problem, möchte man meinen – Northern Line bis Circus und dann weiter mit der Picadilly. Aber: »Aufgrund eines entgleisten Zuges besteht kein U-Bahnverkehr auf der gesamten Northern Line, bitte weichen Sie auf alternative Routen aus, um an ihren Zielort zu gelangen.« Willkommen im viktorianischen England.

Stunden später erreichen wir Tottenham über eine von uns gewählte alternative Verkehrsroute, bestehend aus einer Kombination aus Picadilly Line, Kanu, Schneeschuhen, Maultier und einem Stückchen per Anhalter. Dort erwartet uns dann endlich Nathalie und öffnet optimistisch-schwungvoll den Kofferraum ihres kleinen Japaners. Allerhand Krimskrams quillt uns entgegen: Kinderspielzeug, Plastiktüten, Hi-Fi-Anlagen, Gummistiefel, Kleiderbügel und etwa die Jahresproduktion der britischen Pharmaindustrie.

»Sorry«, sagt Nathalie.

Helena klemmt sich auf den Beifahrersitz und ich kämpfe hinten mit zwei Kindersitzen. Dort ist normalerweise Léonies und Celestes Reich.

»Das Chaos tut mir wirklich leid!«, betont Nathalie noch

einmal, während ich verstohlen klebrige Lutscherreste und Bonbonpapier von meiner Jacke kratze. Wer weiß, vielleicht verbringe ich auch mein halbes Leben damit, mich zu entschuldigen, sobald mein Sohn geboren ist.

Wenig später öffnet uns Jonah die Haustür. Auf dem Arm hält er eine grinsende Celeste. Die wilde Léonie lauert oben auf der Treppe. Wahrscheinlich wartet sie auf den richtigen Moment anzugreifen.

»Hallo Léonie!«

»Ich hab Läuse!«

»Glückwunsch. Jetzt komm erst mal her und gib mir einen Kuss.«

»Nee!«

»Léonie!«, sagt Nathalie streng. »Komm her und sag Hallo.«

Aber Léonie hält ihren Posten und kratzt lieber ihre neuen kleinen Freunde.

»Sorry für all das«, entschuldigt sich Nathalie, bevor sie zu einer neuen Taktik greift. »Schau Léonie, Helena hat ein Baby in ihrem Bauch!«

»Warum?«, fragt Léonie völlig unbeeindruckt.

Wie kommt es nur, dass sie mit den interessanten Fragen einfach so durchkommt?

Léonie ist erst bereit, sich zu bewegen, als Helena ihrer Schwester das mitgebrachte Geschenk überreicht. Keine drei Sekunden später ist sie auch schon die Treppe heruntergehopst und hat ihrer Schwester das Geschenk aus der Hand gerissen. Celeste heult, und das Geschenk, ein sechsteiliges Teeservice, besteht nun aus ein paar Teilen mehr als vorgesehen. Ich sehe und staune. Und die beiden sind Mädchen!

Nathalie entschuldigt sich noch einmal. Es dauert sicher eine gute halbe Stunde, bis wieder Ruhe eingekehrt ist.

Zum Diner gibt es ein hervorragendes Thai Curry, zubereitet von Jonah. Das ganze Essen über schwirren die beiden

Mädels um den Tisch wie ein Schwarm Killerbienen. Doch irgendwann können ihre Eltern sie dann doch noch überzeugen, schlafen zu gehen. Später als auch wir im Bett liegen, erfahre ich von Helena, dass Nathalie vermutlich wieder schwanger ist. Mitleidsvoll erkundige ich mich, wie es ihrer Cousine damit geht. Das Einzige, was Helena dazu sagt, ist, dass Nathalie diesmal gerne einen Jungen hätte. Ich behalte es für mich, aber Nathalie muss total verrückt sein.

Ein langer Tag in London, 24. Oktober

ICH HABE MIR FELSENFEST vorgenommen, diesmal alles anders zu machen. Keine wilden Sauftouren mit Vincent in Brixton und so wenig Kontakt wie möglich mit allem, was meine neu gewonnene Abstinenz gefährden könnte. Doch kaum sind Helena und Nathalie ins Schwimmbad gefahren, habe ich auch schon den Hörer in der Hand und rufe Vincent an. Er sagt:

»Logisch ziehen wir los. Wir treffen uns heute Abend an der Brixton Station.«

Eine Stunde später ist mein Drehbuch um drei Worte reicher und die Damen sind wieder zu Hause. Plötzlich zieht ein eigenartiger Geruch durchs Esszimmer. Zuerst habe ich mich selbst im Verdacht und schnuppere prüfend an den üblichen Stellen. Nicht schuldig. Vielleicht ist es ja die Seife. Unwahrscheinlich, ich war schon seit gut vierundzwanzig Stunden nicht mehr in der Nähe eines Waschbeckens. Nein, es ist irgendetwas Chemisches und ziemlich penetrant dazu. Ich schnüffle wie ein Bluthund mit einer frischen Spur. Da kommen Léonie und Celeste durch die Tür geflitzt. Der Geruch wird stärker. Den beiden Mädchen dicht auf den Fersen folgt Nathalie:

»Sorry! Arbeitest du? Léonie, Celeste, weg von dem Computer, das ist kein Spielzeug! Kommt sofort her!«

Ich packe die Mädchen und nehme sie auf beiden Seiten in den Schwitzkasten. Jetzt verätzt mir der chemische Geruch praktisch die Schleimhäute. Ich sehe, wie sich Nathalie die Haare mit einem Handtuch trocken rubbelt. Natürlich, das Schwimmbad!

»Was tun die den heutzutage ins Wasser? Sulphur?»

»Was meinst du?«

»Das riecht doch nicht nach Chlor, oder?«

Einen Moment lang schaut mich Nathalie rätselnd an. Dann bricht sie in schallendes Gelächter aus. »Ach das! Das ist nicht vom Schwimmen – das sind nur die Mädchen!«

»Die Mädchen?«

»Ja, ich habe ihnen die Haare mit einem Spezialshampoo gegen Läuse gewaschen.«

Angewidert schaue ich auf die beiden Köpfchen hinunter, die ich immer noch unter die Arme geklemmt halte. Ich schnüffle nochmal. Dann fahre ich erschrocken zurück. Himmel! Den Geruch kenne ich. Das riecht wie die Dixie-Klo-Flüssigkeit.

»Ziemlich stark, oder?«, fragt Nathalie beiläufig. »Sorry. Es muss bis morgen draufbleiben, sonst wirkt es nicht.«

Doch der werdende Vater hat sich bereits aus dem Staub gemacht. Mit der U-Bahn fahre ich westwärts, weg von kleinen Krabbeltierchen mit zu vielen Beinen. Wenig später streune ich durch die Buchläden und Stände von Covent Garden. Die blassen Herbstsonnenstrahlen wärmen noch und der Duft von frisch geröstetem Kaffee liegt in der Luft. Obwohl ich schon seit Jahren im selbstgewählten Exil lebe, bin ich immer wieder für ein Weilchen nach Hause gefahren. Doch jedes Mal fiel mir die Rückkehr nach London schwerer. Es ist ein bisschen wie mit einer Exfreundin, die man wiedertrifft und insgeheim hofft, dass die wilde Affäre erneut aufflammt. Wider alle Vernunft verführt man sich gegenseitig, nur um dann enttäuscht und mit einem schalen Gefühl wieder auseinanderzugehen.

Während meines Exils hat sich England ziemlich verändert. Während ich so durch Covent Garden spaziere, fällt mir auf, dass das Unbehagen der Engländer, von Fremden belauscht zu werden, komplett der begeisterten und ausgiebigen Nutzung von Handys gewichen ist. Ich werde Zeuge, wie eine neue Generation von Mobil-Schwätzern allerhand Sinnentleertes in ihre Geräte schwafelt:

»Hey Alter! Alles klar? Wo biste? Ich? Unterwegs. Logo, Mann, bin dabei. Jo. Nee, der schwächelt. Is noch zu platt von gestern. Klar, Mann. Dann bis später, oder? Im Dog n' Duck? Logo. Neeee! Verpiss dich! Gut, Alter. Jo. Hau rein.«

In einem der unzähligen Coffeeshops lege ich einen Zwischenstopp ein. Es ist immer noch recht warm. Mit meinem guatemaltekischen Kaffee, der mich locker die Hälfte meiner Ersparnisse gekostet hat, setze ich mich draußen an einen der silbernen Aluminiumtischchen und beobachte die Passanten. Sofern all diese selbstbewussten Männer und Frauen nicht gerade in ihre Nokias plappern, schütten sie sich *Cola Light* in ihr vermutlich verkatertes System. Mit ihren dünnen Markenklamotten trotzen sie dem Herbstwetter und steuern jetzt nach Büroschluss zielstrebig den nächsten Pub an. Auf dem Weg dahin verdrücken sie noch schnell ein Designersandwich und träumen davon, im Lotto zu gewinnen, oder davon, ihre fitnessstudiogestählten Körper endlich im Fernsehen präsentieren zu dürfen. Auf der anderen Straßenseite befindet sich einer dieser neumodischen stylischen Supermärkte, die es anscheinend nicht mehr nötig haben, irgendetwas Essbares zu verkaufen, da das urbane England anscheinend von einem Sortiment aus Zigaretten, Boulevardblättern, Softdrinks und *Alka-Seltzer* am Laufen gehalten wird. Über dem Eingang flattert ein Werbebanner, das verkündet, der Laden mache »das Leben billiger«. Schamlos befasst sich das neue England fast nur noch mit Themen wie Geld, Fußball, Sex, Kokain und Kater. Unterwäsche gilt als passende Garderobe für jeden Anlass, und die Kerle benutzen Parfüms mir Namen wie *Hard-on, Compulsion* oder *Orgasm.*

Mich fröstelt, und ich versuche, mir die Hände an dem Kaffeebecher zu wärmen. Sehnsüchtig lasse ich meine Gedanken zurück auf den europäischen Kontinent schweifen, aber vielleicht ist mein Blick auf die französische Kultur nur etwas verklärt.

Helena hat, nachdem sie Nathalies nettes Häuschen mit dem perfekten kleinen Garten gesehen hat, verkündet, sie wolle nach London ziehen. Bin ich wirklich bereit, in diese Stadt zurückzukehren, in der ich mir mittlerweile vorkomme wie ein Fremder, und deren aggressive Stimmung mich total einschüchtert?

Ich nehme die Tube nach Brixton. Dort angekommen bestelle ich mir eine große Flasche *St. Pellegrino* und warte auf Vincent. Es ist Freitagabend sechs Uhr, und die Engländer haben jetzt nur noch eines im Sinn – trinken.

»Sechs Pints Bier, drei *Barcadi Breezer,* zwei Wodka *Red Bull* und einen Gin *Tonic,* aber einen Doppelten bitte«, höre ich sie ordern.

Wie üblich kommt Vincent pünktlich auf die Minute, während der Rest sich spektakulär verspätet. Das gibt mir wenigstens Zeit, mich von Vincent auf den neuesten Stand bringen zu lassen, was das Londoner Nachtleben betrifft. Wir ziehen von einer Kneipe zur anderen, und die Nacht birgt Tausend

Versuchungen. Während sich meine Freunde Bier und Tequila Shots reinschütten, gibt es für mich nur *Cola*, bis ich das Gefühl habe, mir verätzt es die Magenwände. Im Morgengrauen trotte ich nach Hause – völlig nüchtern und unglaublich erleichtert.

Sex, Tod und Eiskrem (oder wie man die Kinder bei Laune hält), 25. Oktober

DAS KLINGELN des Weckers fühlt sich an, als würde mir jemand einen Eispickel in den Schädel rammen. Léonie ist schon putzmunter und sofort zur Stelle. Ich weiß ja nicht viel über Kinder, aber mir ist klar, dass ich mir das Weiterschlafen jetzt abschminken kann. Noch so eine Sache, mit der ich mich nur schwer anfreunden kann. Wenigstens hat Nathalie den Mädels schon das Läusemittel aus den Haaren gewaschen, und so riechen sie jetzt weitaus besser als ich heute Morgen.

Nach dem Frühstück brechen wir auf, um meine Schwester zu besuchen. Doch auf halbem Weg macht der Zug schlapp, und wir müssen in Ersatzbusse umsteigen. Helena ist wenig begeistert. Das Ding sieht aus wie ein Gammelfleisch-Transporter.

»Wie weit ist es genau?«, erkundigt sie sich misstrauisch, als sich das prähistorische Gefährt ächzend in Bewegung setzt. Ich kläre sie darüber auf, dass es beim Reisen in England weniger auf die Entfernung ankommt, als vielmehr auf Geduld, Mut und anständige Notrationen. Die Fahrt vorbei an Rapsfeldern und behindert von unzähligen Baustellen zwischen

Essex und Hertfordshire wird zum Alptraum. Der Bus wurde definitiv vor der Erfindung des Stoßdämpfers produziert. Helena fühlt jede Bodenwelle wie ein Schlagloch. Wir versuchen für sie und unseren kleinen Mitfahrer eine Sitzposition zu finden, die zwar nicht wirklich bequem ist, den beiden aber zumindest die Chance gibt, diese Fahrt über die B6342 unbeschadet zu überstehen. Angenehm ist das für Helena wirklich nicht, aber zumindest hat sie den Gedanken, nach England zu ziehen, fürs Erste aufgegeben.

Glücklicherweise hat sich meine Schwester bereit erklärt, uns in Harlow aufzupicken. Zusammen mit David und der kleinen Lily erwarten sie uns an der dortigen Busstation.

»Hallo Lily.«

»Hallo!«

»Hallo David.«

»Hallo, Onkel. Du, kann ich dich was fragen?«

»Natürlich, David.«

»Hast du schon die neue Black-Eyed-Peas-CD gehört?«

»Nein, aber ich habe so ein Gefühl, dass ich sie bald hören werde.«

»Warum denn, Onkel?«

»Ach, nur so, David.«

Ich weiß nicht, was mir mehr auf die Nerven geht, Léonies Wildheit oder Davids ewige Quizzfragen. Aber da man sich noch keine Designerkinder bestellen kann, muss man es wohl nehmen wie es kommt. David gibt erst Ruhe, als nach dem Mittagessen eine James-Bond-DVD geschaut wird.

Zehn Minuten, dreißig Tote und ein paar Liebesakte später, zieht sich Helena zurück. Sie möchte nicht, dass diese Art der »Unterhaltung« unseren ungeborenen Sohn negativ beeinflusst. Kurz darauf will meine Schwester zu Tesco, einkaufen. Und ich schließe mich ihr an. Unterwegs frage ich sie, ob sie keine Bedenken habe, wenn David solche Filme anschaut. Sie schaut mich nur müde an. Ich denke, sie ist einfach nur froh, wenn sie damit Davids endlosen Frage-und-Antwort-Spielen für eine Weile entkommen kann, wofür ich wiederum das größte Verständnis habe. Sie erinnert mich noch daran, dass es im Fernsehkinderprogramm und im Internet Schlimmeres gibt als James-Bond-Filme.

Während wir auf der Suche nach der unwahrscheinlichen Kombination aus gesundem Wurzelgemüse und Eiscreme durch den Supermarkt streifen, muss ich daran denken, dass Kinder großzuziehen mehr bedeutet, als nur die ersten Wochen Schlaflosigkeit zu ertragen. Die wahren Probleme gehen erst los, wenn die lieben Kleinen anfangen, ihren eigenen Willen zu haben, der in der Regel dem ihrer Eltern entgegenläuft. Bei David ist es schon so weit. Mit der Leidenschaft eines Bond-Bösewichts versucht er die Kontrolle über das Unterhaltungsprogramm der ganzen Familie an sich zu reißen.

Langsam macht sich auch meine durchwachte Nacht in Brixton deutlich bemerkbar.

»Du wirkst besorgt«, sagt meine Schwester.

»Ach ja?«

»Irgendetwas bedrückt dich doch?«

»Nein, nein. Ich habe nur darüber nachgedacht, wie es ist, Kinder großzuziehen.«

»Das kannst du dir sparen. Genieß mal lieber noch deine letzten Wochen in Freiheit. Die nächsten achtzehn Jahre wirst du dazu nämlich keine Zeit mehr haben.«

»Ist es wirklich so schlimm?«, frage ich im gleißenden Neonlicht des Supermarktes.

»Es heißt ja immer, man ziehe selbst so viel daraus«, sagt sie und dann schiebt sie entschlossen den Einkaufswagen weiter. Als sie merkt, dass ich wie angewurzelt stehen bleibe, dreht sie sich noch einmal zu mir um.

»Komm schon. Wenn das Abendessen nicht fertig ist, sobald James Bond Halle Barry gepoppt hat, gibt's wieder Stunk.«

Beim Essen stellt uns meine Schwester dann die Frage, die wir während unseres Aufenthalts hier wohl noch öfters zu hören bekommen. Nein, nicht die, wer die Rugby-Weltmeisterschaft gewinnen wird, sondern die nach dem Namen des Kindes. Ich bin ja eigentlich davon ausgegangen, wir wären uns darüber schon längst einig. Aber nun muss ich feststellen, dass ich damit mal wieder ziemlich falsch lag. Helena wartet plötzlich mit einer ellenlangen Liste von Namen auf, die sie bei Tisch zur Diskussion stellt. Wenn ich recht verstehe, haben *wir* über Marc nachgedacht, *uns* dann aber dagegen entschieden. Das höre ich zum allerersten Mal und bitte Helena um eine Erklärung.

»Zu kurz«, sagt sie nur knapp und betet dann die restliche Liste der Möglichkeiten herunter. Mir fällt sofort auf, dass auch ein paar der Namen dabei sind, die wir bereits definitiv ausgeschlossen haben. Aber da habe ich mich wohl wieder geirrt. Die einzige Regel, die Helena bei ihrer Auswahl respektiert, ist, dass der Name sowohl auf Englisch als auch Französisch funktionieren muss. Wenigstens fallen dann schon einmal Tarquin, Crispin und Lucie-Anabelle aus.

Männer und Vernunft, 26. Oktober

DIE NEFFEN UND NICHTEN inklusive der Bond Girls haben mit meiner Schwester heute einen Charterflug von Gatwick aus genommen. Sie haben uns ihr Haus und eine Spüle voll dreckigem Geschirr überlassen. Beim Frühstück schalte ich kurz den Fernseher an, nur um festzustellen, dass Englands Rugbymannschaft gegen ein Südpazifikatoll namens Samoa verliert. Helena hat noch nie von Samoa gehört und fragt gehässig, wie es denn sein könne, dass die gesamte männliche Bevölkerung dieser Miniaturinsel eine Elite-Auswahl des überbevölkerten Großbritanniens besiegt. Ich seufze, entscheide mich dann aber gegen eine Erklärung, und das aus zwei guten Gründen: Erstens ist Helena wie die meisten Frauen etwa so interessiert an Sport wie ich an Beinerasieren. Und zweitens fürchte ich, sie zieht am Ende Parallelen zwischen dem Unvermögen der englischen Mannschaft und dem ebenfalls englischen Vater ihres Kindes.

Ich schalte den Fernseher wieder aus, und wir machen uns auf den Weg zum Busbahnhof. Die Sonne lacht, als wir in den Bus nach London steigen, der noch ein Überbleibsel aus dem 19. Jahrhundert zu sein scheint. Um Helena von den Unannehmlichkeiten der Reise abzulenken, verfalle ich in einen Monolog über Sex, Schwangerschaft und einer Reihe von anderen Themen, von denen ich keine Ahnung habe.

Ich muss gestehen, dass unser Sexleben seit Helena schwanger ist, etwas gelitten hat, und das obwohl ich immer vorlaut behauptet habe, ich finde schwangere Frauen total sexy (na ja, zumindest Demi Moore auf dem Cover von *Vanity Fair*). Ich habe schon festgestellt, dass Frauen nicht einfach die Lust verlieren, nur weil Nachwuchs unterwegs ist. Dummerweise hat sich dafür bei mir eine gewisse Taubheit an einem sonst äußerst empfindlichen Punkt der männlichen Anatomie eingestellt. Zwar würde ich niemals laut zu sagen wagen, dass Helena dem Vergleich mit Miss Moore nicht standhält, aber offenherzig unterbreite ich ihr, dass die paar Kilos mehr, die sie angesetzt hat, der Sache nicht gerade zuträglich seien.

Der Bus rattert durch einen Meteoritenkrater auf der B6342,

aber Helena sitzt nur wie versteinert da. Sie kann nicht glauben, dass ich ihr die Gewichtszunahme vorwerfe, wo sie doch schwanger ist. Aber verdammt nochmal, seit sie weiß, dass sie schwanger ist, futtert sie, als würde es kein Morgen geben. Sie versichert mir zwar immer, dass sie locker schnell mal zwanzig Kilo abnehmen wird, sobald das Baby geboren ist, und ich weiß auch, dass sie meine Vorwürfe verärgern, aber ich bin trotzdem nicht bereit, in dieser Sache einzulenken.

Der englische Grand Prix, 27. Oktober

OBWOHL SIE WEISS, wie ich fühle, und ich weiß, wie sie fühlt, scheinen wir uns nie einig zu sein. Aber zumindest haben wir bei diesem Gespräch ein bisschen Dampf ablassen können. Am Parkplatz des Zielbahnhofs erwartet uns bereits meine Mutter.

»Ihr seid spät dran«, sagt sie vorwurfsvoll mit einem Blick, der verrät, dass sie mich persönlich für die Mängel des britischen Nahverkehrs verantwortlich macht.

»Ja, tut mir leid«, sage ich und frage mich, ob ich nun schon Nathalies Gewohnheiten übernehme.

Im Auto gibt meine Mutter ordentlich Gas, um die verlorene Zeit hereinzuholen. Als wir so durch die schmalen, glücklicherweise fast leeren Straßen am Fuße des Belvoir Castles jagen, blicke ich vorsichtig zu Helena hinüber. In ihrem blassen Gesicht zeichnet sich die nackte Angst ab.

Jetzt bereue ich ein wenig, dass ich Helena erzählt habe, meine Mutter leide an Grünem Star. Mit vor Angst weit aufgerissenen Augen hält sie sich den Bauch. Draußen rauscht die Landschaft an uns vorbei und Insekten prasseln gegen die Windschutzscheibe. Ich sage nichts. Ich weiß, dass meine Mutter sich für eine »umsichtige« Autofahrerin hält.

Haustiere und Herbstlaub, 31. Oktober

WIR BESUCHEN den Friedhof am Dorfrand, wo mein Vater begraben ist. Meine Mutter hat einen Rosenbusch auf seinem Grab gepflanzt. Ich mache mich daran, die mittlerweile braun gewordenen Blüten abzuzupfen. Als ich aufblicke, sehe ich, dass Helena Tränen über die Wangen rollen. Schweigend stehen wir am Grab und müssen daran denken, dass unser Sohn niemals seinen Großvater kennenlernen wird.

Unser Englandaufenthalt ist fast vorbei. Meine Mutter fährt uns wieder zur Bushaltestelle. Doch bevor wir nach Frankreich zurückkehren, haben wir noch einen Besuch vor uns.

Mein früherer Chef aus dem Marketing hat uns in sein Haus in Hertfortshire eingeladen. Ich habe zwölf Jahre lang mit diesem Mann zusammengearbeitet und das auf drei verschiedenen Kontinenten. Als ich damals aus der Tür marschierte, um mich voll meinem Scheitern zu widmen, wirkte er sogar ein wenig wehmütig. Wir haben den einen oder anderen lustigen Abend miteinander verbracht, und auch seine Familie kenne ich gut. Er hat so ziemlich das Gegenteil von dem gemacht, was ich fabriziere: Seine Frau war auch schon seine Jugendliebe. Während der Unizeit heirateten sie und danach haben beide in London eine Karriere gestartet. Sie haben zwei Söhne, mit denen ich früher gerne Fußball gespielt habe.

Er war es auch, der mir die Chance im Marketing gegeben hat. Beim Bewerbungsgespräch machte er es mir jedoch nicht gerade leicht. Ich war schon dreißig und kam gerade von einem fünfmonatigen Urlaub im sonnigen Spanien zurück. Es war bereits das zweite Interview, und mein müdes Gerede konnte ihn kaum beeindrucken. Er lehnte sich in seinem Sessel zurück und setzte mich mit nur einer Frage schachmatt:

»Wie ist es, wenn man schon so alt ist und noch nichts erreicht hat?«

An meine Antwort darauf kann ich mich nicht mehr erinnern. Was hätte ich auch groß dazu sagen sollen, es war sowieso mehr eine Feststellung als eine Frage. Der Typ hatte mich am Arsch. Trotz seiner Bedenken gab er mir den Job. Allerdings redete er die ersten zwei Jahre so gut wie kein Wort mit mir. Eines Tages las er dann einen meiner Berichte. Aus unerfindlichen Gründen schien er ihn beeindruckt zu haben, und ein paar Gläser Whiskey später waren wir Freunde.

Als der Zug in Kings Cross einfährt, sage ich Helena, jetzt könne sie mal sehen, was aus uns geworden wäre, wenn ich meinen Marketing-Job nicht hingeschmissen hätte. Mein alter Chef wohnt in einem denkmalgeschützten, von Eichen gesäumten Cottage, während unser Leben weitgehend in die Koffer passt, die wir dabei haben. Den kurzen Weg zu der Station Euston gehen wir zu Fuß.

Dort begrüßt er uns mit festem Handschlag.

»Was macht die Midlife-Crisis?«, fragt er scherzend. »Stehen die Zeichen auf Selbstmord oder eher auf ein Tattoo am Hintern und einen neuen Porsche?«

Ich versuche ein Lächeln, aber es reicht nur zu einer gequälten Grimasse.

»Lass gut sein. Gib mir mal einen von den Koffern.«

Er mag nicht der herzlichste Mensch sein, aber in meinen dunkelsten Stunden hat er mich uneingeschränkt unterstützt.

Er bietet Helena den Arm an und wir steigen alle gemeinsam in den nächsten Zug. Als wir in den absurd gemusterten Sitzen Platz nehmen, fallen mir die silbernen Manschettenknöpfe an seinem Hemd auf. Er bemerkt, dass ich darauf starre, und versucht schnell die Jackettärmel darüberzuziehen. Ich sage nichts dazu, nicht weil ich nicht gerne auf seine Kosten einen Scherz machen würde, sondern weil mir in den Sinn kommt, dass der Bösewicht in meinem Drehbuch auf einigen seiner schlechten Eigenschaften beruht.

Ich fange an, ihn über die Firma auszufragen, die ich ein Jahr zuvor verlassen habe. Er erzählt mir ein paar Anekdoten über Kollegen und gemeinsame Freunde und berichtet dann von einigen strukturellen Veränderungen, die in der Firma bevorstehen. Mir fällt auf, dass er immer von sich spricht, wenn es um die Umsetzung dieser Veränderungen geht. Als ich nachhake, erfahre ich, dass ich dem neuen CEO gegenübersitze.

Die Kopfschmerzen, die ich schon im Zug bekommen habe, werden schlimmer, als ich sein luxuriöses Zuhause betrete. Allein die Küche ist bestimmt doppelt so groß wie unsere ganze Wohnung. Als seine Frau dann noch Jakobsmuscheln in Limetten-Chilisoße serviert, fange ich an, diesen Ausflug in das, was hätte sein können, aufrichtig zu bereuen. Am liebsten würde ich sofort zurück nach Paris und mich unter der Bettdecke verkriechen.

In einem fernen Sonnensystem, 1975

SCHWEISSGEBADET und panisch erwache ich aus einem Alptraum. Eine Weile liege ich einfach reglos da und versuche, mich wieder einzukriegen. Langsam weichen die düsteren Bilder aus meinem Kopf und auch mein Puls beruhigt sich wieder. Ich muss daran denken, dass ich als Kind schreckliche Angst vor der Dunkelheit hatte, und ich erinnere mich an den Schrecken, den sie mit sich brachte. Um das Unvermeidliche hinauszuzögern, las ich jeden Abend nach dem Zubettgehen noch so lange es irgendwie ging beim Schein des Lichtes, das aus dem Flur in mein Zimmer fiel. Es waren keine Alpträume, die mir zu schaffen machten. Eigentlich kann ich mich auch nur an einen schrecklichen Traum aus meiner Kindheit erinnern, und in dem ging es um ein paar Dinosaurier, die sich aus unerfindlichen Gründen einen erbitterten Kampf um den Platz unter unserer Treppe lieferten. Am nächsten Morgen versicherten mir meine Eltern, dass unser Vorort nicht wirklich ein attraktiver Platz für riesige, prähistorische Fleischfresser sei.

Nein, Alpträume waren nicht das Problem. Der Moment, vor dem ich mich so fürchtete, war der, in dem ich mein Buch zur Seite legte und die Augen schloss. Denn dann fühlte ich mich, als würde ich den Bodenkontakt verlieren, und die immer gleiche Szene spielte sich vor meinem inneren Auge ab wie ein Gruselfilm:

Mutterseelenallein treibe ich in den unendlichen Weiten des Weltraums. Ich kann meinen Körper nicht mehr spüren. Die Erde ist schon völlig aus meinem Blickfeld verschwunden. Nur in der Ferne erkenne ich Galaxien von fremden Planeten. Ein Gefühl absoluter Verlassenheit überkommt mich. Ich weiß nicht mehr, ob ich noch lebe oder schon tot bin. Vergeblich suche ich nach Lebenszeichen in dieser grausamen Leere. Hilflos und verlassen schwebe ich durch die tiefschwarze Stille, und voll Angst fange ich an zu schreien.

Als ich meinen Eltern von meinen Ängsten erzählte, versuchten sie mich natürlich davon zu überzeugen, dass ich nichts zu befürchten habe. Aber ich fühlte mich durch ihre Beschwichtigungen nur unverstanden. Also fing ich an, meine Träume und Ängste für mich zu behalten. Es war, als verlangte man von mir, den Pfad der absoluten Mittelmäßigkeit einzuschlagen und ein Leben zu führen, das nirgendwo aneckte und niemandem Umstände bereitete. Aber ich wollte mich den ungeschriebenen Gesetzen und Regeln nicht beugen, die zweifellos nicht zu meinem Vorteil gemacht worden waren, sondern zu dem der anderen. So fing ich an, den Graben auszuheben, der mich zunächst von meinen Eltern trennte und schließlich vom Rest der menschlichen Rasse.

Der lange Weg zurück, 1. November

ICH KANN NICHT MEHR einschlafen, also geselle ich mich zu den Söhnen meines Freundes, die an diesem frühen Morgen vor dem Fernseher sitzen und sich Rugby anschauen. Mir fällt auf, wie groß sie geworden sind.

Ein paar Stunden später starre ich aus dem Zugfenster. Auf der französischen Seite des Tunnels regnet es sintflutartig. Über den Sportseiten des *Independent* nicke ich ein, nicht etwa weil ich müde wäre, sondern weil ich mich selbst verabscheue und keine Lust habe, mich in dieser Stimmung mit Helena zu unterhalten. Als ich wieder aufwache, fühle ich mich noch mieser, so als würden mich gerade alle Fehler in meinem Leben einholen. Mir fällt ein, dass morgen das letzte Drittel von Helenas Schwangerschaft beginnt, und ich starre hinaus auf die farblosen Felder Nordfrankreichs, über denen eine giftig orangefarbene Sonne hinter grauen Wolkenschleiern versinkt.

DAS LETZTE DRITTEL

Paris, 3. November

DAS SIEBTE MONAT von Helenas Schwangerschaft beginnt, und ich hänge immer noch in der Vergangenheit fest. Ich ziehe mir die Bettdecke über den Kopf. Vor einem Jahr habe ich meinen Job gekündigt, und in der ganzen Zeit konnte ich nicht einen meiner großen Träume verwirklichen. Es kommt mir so vor, als hätte ich volle zwölf Monate nur damit verbracht, vergeblich gegen mein selbstzerstörerisches Verhalten anzukämpfen. Aber langsam läuft mir die Zeit davon.

Helena holt mich auf den Boden der Tatsachen zurück. Es stehen ein paar Termine an, die rot in unserem Kalender eingetragen sind. Ich muss mich wieder bei Madame Ferrat blicken lassen, und sie zum Ernährungsberater. Das Dumme ist nur, dass Helena in diesem Punkt überhaupt nicht beraten werden will, und ich habe ehrlich gesagt auch keine Lust auf ein weiteres Treffen mit meiner Fall-Managerin vom Arbeitsamt. Seit ich das letzte Mal in ihr unerbittliches Gesicht blickte, habe ich alles getan, außer meinen Lebenslauf in eine passable Form zu bringen. Ich frage mich, ob Madame nicht langsam die Nase voll hat, weil ich so gar keine Fortschritte mache.

»Ich glaube nicht, dass ich wieder zur Ernährungsberatung gehe«, sagt Helena skeptisch.

»Warum denn nicht?«, hake ich vorsichtig nach.

»Das hat doch gar keinen Sinn, ich mache doch sowieso nicht, was er sagt.«

Das kommt mir irgendwie bekannt vor.

»Und was hat er dir beim letzten Mal geraten?«

»Ich hätte eine Liste über alles, was ich in einer Woche esse, machen sollen.«

»Aber dabei kann ich dir doch helfen. Komm, lass uns das jetzt einfach schnell zusammen machen.«

Ich würde alles tun, um nicht an meinem Lebenslauf herumbasteln zu müssen.

Helena schaut weniger begeistert drein, als ich anfange, die Liste zu schreiben, indem ich das Blatt Papier erst einmal in vier Spalten unterteile – eine für jede Hauptmalzeit des Tages. Dann füge ich noch eine fünfte Spalte hinzu, mit der Überschrift *grignotage*, das lautmalerische französische Wort für Knabbereien. Helena schielt mir nervös über die Schulter.

»Wie oft isst du Schokoladenkekse?«

»Ich esse keine Schokoladenkekse!«, ruft sie entrüstet.

Ich blicke sie skeptisch an:

»Ach, komm.«

»Nein, ich esse nie Schokoladenkekse!«

Das erinnert mich irgendwie an mich. Ich erzähle der Ferrat, dass ich einen Job finden will, und dann tue ich alles nur Erdenkliche, um genau das zu verhindern. Aber Helenas Verleugnungsstrategie ist auch nicht ohne.

»Dann sagen wir fünf Mal die Woche, oder?«

»Drei!«, protestiert sie.

»Mindesten vier Mal, und dabei habe ich noch nicht einmal die Menge notiert.«

Jetzt sagt sie nichts mehr, und ich trage es in meine Liste ein.

»Kuchen?«

»Ess ich ja gar nicht!«

»Dreimal die Woche?«

»Zweimal.«

»Und wie sieht es mit Snacks in der Schule aus?«

»Dafür hab ich doch gar keine Zeit!«

»Also gut, dann eben zu Hause.«

Wir feilschen noch eine halbe Stunde weiter über den Konsum der 500 verschiedenen französischen Käsesorten, dann übergebe ich Helena stolz die fertige Liste. Sie kürzt die Aufzählung dann noch einmal deutlich auf ein akzeptables Maß, das aber meiner Ansicht nach herzlich wenig mit der Realität zu tun hat. Macht nichts, Hauptsache sie geht zu dieser Ernährungsberatung. Und ich mache mich endlich an meinen Lebenslauf, ein weiteres Werk der Dichtung ohne Bezug zur Wirklichkeit.

Helena kommt mit einer ganz neuen Liste, die ihr der Ernährungsheini zusammengestellt hat, von ihrem Termin zurück. Sie weist keinerlei Ähnlichkeit mehr mit meiner auf, und Wörter wie »Schokolade« und »Kuchen« sind völlig verschwunden. Das Wort »Käse« taucht hin und wieder auf, allerdings immer mit Attributen wie »eine hauchdünne Scheibe« oder »fettreduziert«. Allerdings ist das auch völlig einerlei, denn ich sehe diese Liste sowieso nie wieder. Aber jedes Mal, wenn ich den Küchenschrank aufmache, purzeln mir Schokoladenkekspackungen entgegen, in dem vergeblichen Versuch, den gierigen Fingern der Frau zu entgehen, die »nie« Schokolade isst.

Das Telefon klingelt. Dirk ist dran. Er glaubt, er habe den perfekten Job für mich gefunden, und ich sähe das genauso, wenn ich einfach mal die Klappe halten und mir den Vorschlag anhören würde. Es handelt sich um eine holländische Firma, die sein Kunde ist. Dirk denkt aber, ich könnte den Job auch in Paris, London oder irgendeiner Rikscha in China machen, denn ich würde sowieso hauptsächlich reisen. Dirk trichtert mir ein, meinen Lebenslauf rauszuschicken, und ich fange schon an, mir Hoffnungen zu machen, bis ich dann den Namen des Kunden erfahre. Das Produkt, dessen Verkauf ich ankurbeln soll, ist ein hopfenhaltiges Getränk, besser bekannt als Bier. Als ich nichts dazu sage, fragt Dirk, ob das ein Problem für mich sei, der Job erfordere schließlich nicht, dass ich das Zeug auch trinke. Ich sage, das sei wahrscheinlich schon O.K. und lege auf.

Als Helena mich dann fragt, ob es wirklich eine gute Idee sei, für eine Biermarke zu arbeiten, habe ich mir bereits eine Antwort zurechtgelegt. Ich erkläre ihr, das sei alles kein Problem, denn ich hätte gerade eben beschlossen, wieder mit dem Trinken anzufangen. Nicht übermäßig viel, nur ein paar Gläschen zum Abendessen wie jeder andere auch.

Helena erkundigt sich, ob diese glorreiche Idee vielleicht irgendetwas damit zu tun hat, dass ich seit unserem Londonaufenthalt so schlecht drauf bin. Ich versichere ihr, das eine habe mit dem anderen überhaupt nichts zu tun. Sie sieht irgendwie erleichtert aus und gesteht, dass sie es gut fände, wenn ich es schaffte, nur hin und wieder ein Gläschen zu trinken. Allerdings hat sie auch ihre Zweifel, dass ich das auf die Reihe kriege. Ganz anders als ich – ich bin mir meiner Sache mal wieder völlig sicher. Schließlich werde ich bald Vater eines Kindes sein, und das ist nun wirklich wichtiger als mein kleiner persönlicher Egotrip. Ich werde gerade erwachsen, da sollte es wohl kein Problem sein, es bei einem Glas Bier zu belassen – egal wie glücklich der Anlass auch sein mag. Mit der mir eigenen Logik beschließe ich, dass es demnach auch keinerlei Problem darstellt, für eine Biermarke zu arbeiten.

Ich teile Helena noch mit, dass ich Ende der Woche gleich die Probe aufs Exempel machen werde, wenn mein alter Kumpel Tony in der Stadt ist. Wir haben uns im *Frog 'n Rosbif* verabredet, wo ich zwei gepflegte Halbe zu mir zu nehmen gedenke. Ich bin felsenfest davon überzeugt, dass ich es schaffen werde, nicht mehr als zwei Gläser Bier zu trinken, als sei ich über Nacht zu einem Muster des Maßhaltens geworden.

Das Biest, 6. November

TATSÄCHLICH KANN ICH nicht einmal das Wochenende abwarten, bis ich meinen Entschluss einem Test unterziehe. Heute legt ein englischer DJ im *Styx* auf. Nach dem Abendessen lege ich schon mal eine seiner CDs ein, um in Stimmung zu kommen. Ich spüre den wummernden Bass, und ein erwartungsfreudiges Kribbeln macht sich in mir breit. Ich rufe einen Freund von Vincent an, den ich das letzte Mal zusammengesunken auf der Couch während irgendeiner Party in Südost-London gesehen habe. Wir verabreden uns in ein paar Stunden im *Styx*. Helena schläft schon, als ich mich leise ins Pariser Nachtleben davonmache.

Es ist noch recht früh, und ich gehe zu Fuß zum Club, der sich keine zwanzig Minuten von unserem Apartment entfernt befindet. Ich beschließe, das erste meiner geplanten zwei Biere schon zu trinken, noch bevor ich den Club überhaupt erreicht habe. Ich halte das für eine ganz großartige Idee und mich für ein richtig cleveres Bürschchen, denn schließlich ist das Bier im Club viel teurer, und außerdem komme ich dann schon ein bisschen lockerer dort an. Ich schlendere den Boulevard entlang und studiere das dortige Angebot an Bars. In meinem Kopf tanzen Bilder von heiteren geselligen Runden, mit denen ich solche Orte verbinde – Stimmengewirr, Gläserklingen und Gelächter. Doch wie ich so durch die Fenster in diese Bars, die in Neonlicht getaucht sind, hineinspähe, sehen sie so gar nicht warm und einladend aus. Drinnen nur die üblichen abgehalfterten Typen mittleren Alters und natürlich ohne Begleitung. Sie lungern an der Bar herum, starren auf Regalreihen von Flaschen und füllen lustlos Lotterielose aus, die ihnen doch niemals einen Gewinn bescheren werden. Ich gehe die Straße auf und ab, in der Hoffnung, doch noch einen Ort zu entdecken, der meiner verklärten Erinnerung entspricht. Aber vergeblich. Schließlich sehe ich mich gezwungen, mit einer zwielichtigen Spelunke gegenüber des *Styx* vorliebzunehmen. Ich bestelle ein holländisches Lager. Während der Barmann es zapft, gehe ich zur Toilette. Am Treppenabsatz springt mir zähnefletschend ein Schäferhund entgegen. Glücklicherweise ist er angekettet, aber ich kriege trotzdem vor Schreck fast einen Herzinfarkt. Dass die Begegnung mit diesem satanischen Biest vielleicht kein Zufall ist, kommt mir erst gar nicht in den Sinn. Zurück an der Bar nehme ich einen Schluck Bier – meinen ersten seit einer ganzen Weile. Es schmeckt ganz O.K. Nicht großartig, einfach nur O.K. Als ich es ausgetrunken habe, stelle ich das Glas ab, bezahle und verlasse die Bar. Ich habe nicht das Bedürfnis, sofort ein weiteres hinterher zu kippen.

Im *Styx* bin ich einer der ersten Gäste an diesem Abend. Der DJ legt bereits einen mitreißenden Mix aus Funk, House und Electro Samba auf. Ich gehe gleich durch zur Bar und bestelle mein zweites Bier. Natürlich kostet es hier doppelt so viel wie in der Bar vorher, aber das ist schon O.K, weil es ja sowieso das letzte für heute ist. Die Klänge der Musik und das Bier fangen an, mich angenehm zu benebeln. Als Vincents Freund schließlich eintrifft, habe ich bereits das dritte Glas getrunken. Er entschuldigt sich für sein Zuspätkommen und fragt mich, ob ich etwas trinken möchte. Wieso eigentlich nicht? Was soll's, noch ein Bierchen kann ja schließlich nicht schaden, oder? Im Laufe des Abends gehe ich von frisch gezapftem *pression* zu *bouteille* über, nicht weil es geschmacklich einen Unterschied machen würde, sondern weil ich das Design dieser kleinen *Kronenbourg*-Fläschen einfach mag. Den Rest der Nacht verbringe ich am Rande der Tanzfläche und halte mich an meiner Bierflasche fest.

Das Chemie-Experiment, 7. November

GEGEN VIER UHR morgens verlasse ich das *Styx*, ohne mich besonders betrunken zu fühlen. Ich laufe nach Hause, um noch etwas frische Luft zu schnappen. Helena wacht nicht auf, als ich leise ins Bett schlüpfe. Als sie dann aufstehen muss, drehe ich mich um und schlafe noch zwei Stündchen. Dann quäle ich mich mit dem typischen Katergefühl aus dem Bett. Ich rede mir ein, das alles käme nur daher, dass ich zu wenig Schlaf abbekommen habe und ich einfach nicht mehr im Training bin, weil mein letzter Drink bereits Wochen her war. Nach einem belebenden Frühstück aus gebratenem Speck und Ei arbeite ich ein wenig an meinem Drehbuch. Am späten Nachmittag fühle ich mich dann schon wieder besser und treffe mich mit Tony. Auch Vincent ist dieses Wochenende in Paris, also rufe ich ihn an und verabrede mich mit ihm für den nächsten Abend. Ich hüte mich, überhaupt darüber nachzudenken, warum ich nicht in der Lage war, meinen eisernen Zwei-Bier-Plan einzuhalten.

Im *Frog 'n Rosbif* lese ich Zeitung und bestelle mir eine große *Pepsi*, um auch noch die letzten Katernachwehen zu vertreiben. Ich weiß genau, dass Tony sein erstes Bier schon auf dem Weg von der Bar zum Tisch hinunterstürzen wird. Ich beschließe, mir erst dann ein Bier zu bestellen, wenn er sein drittes getrunken hat. Vernunft und Erfahrungswerte lassen mein Gehirn wieder mal völlig kalt. Ich rede mir ein, dass Tony ein guter und verantwortungsbewusster Vater zweier Teenager ist. Gut, er trinkt gerne Bier, aber das macht ihn ja nicht gleich zum Alkoholiker. Außerdem trinkt er nur, wenn er Grund dazu hat, zum Beispiel, wenn seine Fußballmannschaft Crystal Palace verliert (allein das ist Anlass genug, sich zweimal die Woche abzuschießen). Trotzdem gibt es keinerlei

Anzeichen dafür, dass er demnächst plötzlich seinen Job hinschmeißt, ins Ausland zieht und vergeblich ein beklagenswertes Drehbuch zu schreiben versucht. Er ist ein verlässlicher, bodenständiger Mann, der sich hin und wieder gerne ein Bier genehmigt – so wie ich.

Tony verspätet sich um eine halbe Stunde, was mir genug Zeit gibt, die Karte zu studieren. Es gibt vier verschiedene Biersorten im Angebot. Noch bevor Tony seine Jacke über den Stuhl gehängt hat, höre ich mich schon vorschlagen, doch einmal ein Glas *Inseine* zu versuchen. Ich halte das für ein völlig vernünftiges Verhalten, und nicht einmal der Name der Biersorte veranlasst mich, daran zu zweifeln. Im Gegensatz zu dem spritzigen Lager im *Styx* schmeckt mir dieses Ale sogar ziemlich gut. Wir unterhalten uns angeregt und brauchen eine halbe Stunde, bis unsere Gläser schließlich leer sind. Tony schaut auf die Uhr. Es bleiben uns noch ein paar Stunden Zeit, bis er wieder den Flieger zurück nach London und zu seinen zwei Töchtern nimmt. Tony schlägt vor, noch im *Dark de Triomphe* vorbeizuschauen, und mir wird wohl erst morgen Abend klar werden, dass ich zum zweiten Mal hintereinander meine strikte Nur-zwei-Bier-Regel gebrochen habe.

Als Vincent dann zu uns stößt, sind wir schon gut dabei. Ich fühle mich angenehm bierselig. Alkohol befreit mich einfach immer von meiner Unbeholfenheit, und plötzlich bin ich jemand mit einem Standpunkt, mit Selbstvertrauen und Lebenszielen (auch wenn mir all das noch vor Tagesanbruch wieder verloren geht).

Nachdem Tony sich verabschiedet hat, quatsche ich Vincent voll, der mir schicksalsergeben zuhört. Nachdem wir die Bar verlassen haben, will Vincent noch auf eine Party weiterziehen, und ich hätte nichts dagegen mitzugehen. Doch da fällt mir ein, dass ich mit Helena zum Abendessen verabredet bin. Aus einer Telefonzelle rufe ich zu Hause an, aber Helena spricht gerade, also hinterlasse ich eine Nachricht. Der Abend ist kühl und die Straßen voll mit Nachtschwärmern. Die Lichter der Autos verschwimmen in der Dunkelheit, und ich merke, dass ich schon jetzt ziemlich betrunken bin. Also mache ich mich auf den Nachhauseweg. Ein Blick auf die Uhr sagt mir, dass noch Zeit für einen letzten Drink in der Bar direkt gegenüber der Metrostation ist. Keine Ahnung wie mir dieser Gedanke überhaupt in den Sinn kommt.

Zu Hause essen Helena und ich noch den Würstchenauflauf, den ich am Nachmittag vorbereitet habe. Irgendwie schmeckt er nach gar nichts. Ich trinke literweise Wasser. Wir reden kaum. Ich versuche, mir nichts anmerken zu lassen, grinse blöde vor mich hin, spüle nach dem Essen ab und falle dann gleich wie ein Stein ins Bett.

Vergeudete Tage

ICH LIEGE WACH im Bett. Ich weiß nicht, wie spät es ist, aber es muss noch ziemlich früh sein. Kopfschmerzen habe ich keine, also muss ich noch betrunken sein. Schuldgefühle jagen in meinen Kopf herum wie Wüstenspringmäuse in einem überfüllten Käfig. Nach ein paar Minuten haben sie mich so kirre gemacht, dass ich aufstehen muss. Ich tappe ins Badezimmer. Da starrt mich jemand vorwurfsvoll aus dem Spiegel an. Ich versuche, seinem Blick auszuweichen, und flüchte mich ins Bett zurück. Aber ich kann einfach nicht wieder einschlafen. Das schlechte Gewissen verfolgt mich: Angst, Verwirrung und Verzweiflung – wir sind alte Bekannte.

Erst im Morgengrauen schaffe ich es, wieder einzuschlafen. Etwa eine Stunde später weckt mich Helena mit einer Tasse Tee und erinnert mich daran, dass das Rugby-Halbfinale gleich anfängt. Ich ziehe nicht einmal die Vorhänge auf und schalte den Fernseher ein. Teilnahmslos starre ich auf den Bildschirm und merke nicht einmal, wann das Spiel endet und das nächste beginnt.

Zum Mittagessen lasse ich mich in der Küche blicken.

»Du hast dich gestern betrunken, oder?«, fragt Helena.

Ich nicke maulfaul. Nach dem Essen setzt mit voller Wucht der Kater ein, und wieder toben die Schuldgefühle in meinem Kopf wie ein Sturm über dem Atlantik. Warum habe ich nach dem zweiten Glas nicht aufgehört? Warum habe ich nicht einmal mehr daran gedacht? Soll ich weiterhin versuchen, meine Trinkgewohnheiten unter Kontrolle zu halten, oder hat es sowieso keinen Sinn?

Während Helena den Schlaf nachholt, um den ich sie letzte Nacht gebracht habe, mache ich mich schweren Herzens daran, das zukünftige Kinderzimmer auf Vordermann zu bringen. Stück für Stück werfe ich all die Plastikflaschen voll Chemikalien und Helenas unfertige Teller, Schalen und Becher weg. Später am Nachmittag ruft Vincent an. Er fragt, ob ich heute Abend auf einen Drink mit ihm gehen möchte. Ich lehne ab und schlage dafür vor, dass wir uns am nächsten Morgen zum Rugbyschauen treffen. Bis zum Abendessen arbeite ich weiter am Kinderzimmer und falle dann wieder völlig erschöpft ins Bett.

Eine Entscheidung, 9. November

AM NÄCHSTEN MORGEN weiche ich meinem Spiegelbild nicht aus. Mir ist klar, dass wir beide ein ernstes Wörtchen miteinander zu reden haben. Aber heute ist einfach nicht der richtige Tag dafür. Ich habe Mr. Rolltreppe versprochen, mit ihm das Spiel der Franzosen anzuschauen. Auf dem Weg zu ihm besorge ich ein paar Croissants zum Frühstück. Die kleine Agathe macht mir die Tür auf und klettert mit uns auf die Couch, als die *Marseillaise* erklingt. Die Franzosen befördern bereits den ersten Ball tief ins feindliche Territorium. Ich bemerke, dass der Rolltreppenmann, seit er eine Tochter hat, alles mit einer Hand machen muss, denn die andere braucht er ununterbrochen dafür, die Kleine von allerlei verbotenen Gegenständen fernzuhalten, von denen sie sich magnetisch angezogen zu fühlen scheint. Wette, mit einem Kater ist das eine doppelt so schwere Aufgabe, denke ich mir, während die Iren von einem Angriff der Franzosen beinahe überrollt werden.

Nach dem Spiel wird es Zeit, dass ich nach Hause gehe und Helena ein Geständnis mache.

»Es ist vorbei«, sage ich und lasse mich auf das Sofa fallen.

»Was? Die Rugbysaison?«, fragt Helena erfreut.

»Nein, die meine ich nicht.«

»Was denn dann?«

»Das Experiment.« Ich starre betrübt vor mich hin.

»Hast du etwa wieder getrunken?«

»Keinen Tropfen. Das ist es ja.«

»Aber die anderen haben doch sicher während des Spiels etwas getrunken.«

»Ja, haben sie ...«, ich schlucke schwer und schaue Helena nun direkt an. »Aber ich bin ja nicht die anderen.«

»Was soll das heißen?«

»Ich kann einfach nicht nach einem Glas aufhören.«

»Warum nicht.«

»Weil ich dann immer noch eins haben will.« Jetzt starre ich wieder vor mich an die Wand. »Es ist vorbei. Ich wusste es, als ich heute Morgen aufgewacht bin. Außerdem macht es mir einfach keinen Spaß, wenn ich versuche, es unter Kontrolle zu halten.«

»Also willst du es jetzt gleich ganz bleiben lassen.«

»Von wollen kann keine Rede sein, aber ich habe einfach keine andere Wahl.«

»Nicht einmal ein Glas Wein?«

»Kein einziges.«

»Nicht einmal zu besonderen Anlässen?«

»Niemals.«

Ich sehe in Helenas Gesicht. Sie wirkt bedrückt, ängstlich und hoffnungsvoll zugleich. Genauso fühle ich mich auch.

Ich habe erwartet, dass ich nach meiner Kapitulation, mit der Aussicht auf eine Zukunft ohne die kurzlebigen Freuden, die mir das Trinken gebracht hat, in Selbstmitleid versinken würde. Aber stattdessen fühle ich mich nur seltsam erleichtert. Ich habe endlich beschlossen, meinen Kampf gegen den Alkohol, oder besser gesagt, gegen mich selbst aufzugeben.

»Wer hat denn gewonnen?«, erkundigt sich Helena nach einer Weile.

Gedankenverloren antworte ich:

»Ich weiß nicht, der Alkohol oder irgendwie auch wir beide?«

»Beim Rugby, du Idiot!«, sagt Helena und bricht in Gelächter aus. Dabei hat sie nun wirklich keinen Grund zu lachen: Sie lebt mit einem Kerl zusammen, der sie am Altar hat sitzenlassen, dann schwängert er sie, und jetzt hat er auch noch ein Alkoholproblem. Und sie lacht einfach. Was ist bloß los mit ihr?

Paris, 11. November

WIE LANGE habe ich mir etwas vorgemacht? Eigentlich war mir doch schon lange klar, dass mein Alkoholproblem außer Kontrolle geraten ist. Aber irgendwie habe ich es immer geschafft, mich mit Leuten zu umgeben, die noch mehr trinken als ich. Aber ich trinke, um der Realität zu entfliehen, und damit muss ich mich jetzt endlich einmal auseinandersetzen. Ich fühle mich wie ein Kind, das zum ersten Mal über die Grenze in ein anderes Land fährt und erwartet, dass sich die Landschaft jenseits der Grenzlinie plötzlich dramatisch verändert, und dann erstaunt feststellt, dass es auf der andern Seite nicht viel anders aussieht.

Helena hat noch zwei Schulwochen bis zu den Ferien vor sich und wird von wiederkehrenden Bauchschmerzen geplagt. Ich hole Brot bei der *boulangerie* und versuche, der hübschen Blonden mit dem Mehl an den Händen aus dem Weg zu gehen. Ich mache Kaffee und setze mich an den Rechner, um meine E-Mails zu checken. Ich habe weder Nachricht von einem Hollywoodproduzenten, der mein Script lesen will, noch vom Erzengel Gabriel, der mir sagt, ich sei auf dem richtigen Weg, und auch nicht vom Teufel, der mich warnt, ich sei vom richtigen Weg abgekommen.

Ich klicke mich durch meine Lieblings-Sportseiten, bis ich schließlich bei den einschlägigen Online-Stellenmärkten lande. Ich bitte Helenas Freundin Isabelle, mir beim Übersetzen meines Lebenslaufs zu helfen. Ein weiteres Treffen mit der Ferrat steht an, und ich will ihr zeigen, dass ich wenigstens ein paar Fortschritte gemacht habe – am besten in Französisch.

Ich entdecke ein paar Jobanzeigen, die ich weniger leicht übersehen kann als üblich: Eine amerikanische Computerfirma sucht jemanden für die Marketingabteilung. Die Stelle ist gut bezahlt, in Paris und genau die Art von Job, die ich nie wieder machen wollte. Ich drucke mir die Anzeige aus. Eine Zeitung sucht einen Sportjournalisten mit Muttersprache Englisch. Außer der Sprache und meiner Vorliebe für Sportergebnisse qualifiziert mich rein gar nichts für die Stelle, aber ich drucke sie mir trotzdem aus. Dann entwerfe ich zwei Bewerbungsschreiben. Im ersten behaupte ich, ich wolle unbedingt wieder ins Marketing zurück, im zweiten töne ich, ich wolle unbedingt davon weg. Die Wahrheit liegt wahrscheinlich irgendwo dazuwischen.

Marketing-Machenschaften, 12. November

DIE WOCHE vergeht wie im Flug, und jeden Tag ruft mich Isabelle an, weil sie Fragen zu meinem epischen Lebenslauf hat:

»Was ist ein Business-Plan?«

»Das sind erdachte Geschäftszahlen, die man seinem Chef jeden Herbst präsentiert, in der Hoffnung, dass sie dem erwünschten Profit nahekommen, damit die Senior Manager einen fetten Bonus kassieren können.«

»Was?«

Ich denke, meine Erläuterungen haben sie nur noch mehr verwirrt.

»Sorry«, sagt sie. «Könntest du mir das bitte noch einmal langsam erklären?«

»Das ist schon in Ordnung, Isabelle. Lass es einfach auf Englisch stehen und mach Gänsefüßchen drumherum.« Sie ist spürbar erleichtert.

»Was ist eine Focus Group Discussion?«

Hach, die Focus Group Discussion – ein Aspekt meines früheren Lebens, den ich wirklich genossen habe. Für alle, die nicht damit vertraut sind, wie Firmen oder Regierungen, denen die Ideen ausgegangen sind, ihre Geschäfte führen, hier eine kleine Zusammenfassung: Durch einen Spiegel beobachten Marketing-Fuzzis oder Regierungstechnokraten eine Gruppe von Konsumenten (auch bekannt als Menschen), die aufgefordert wurden, ihre Reaktionen auf ein neues Fischstäbchen oder die geplante Einschränkung ihrer Bürgerrechte kundzutun. Die Kerle hinter dem Spiegel erhoffen sich, dadurch Anregungen für eine neue Werbekampagne zu finden. Normalerweise stopfen sie sich dabei mit *M&Ms* voll und verfluchen die Testpersonen dafür, dass sie sich impertinent dagegen sträuben, unprofitables Gemüse vom Speiseplan ihrer Schulkinder zu verbannen. Die Marketing-Fuzzis sind selbstverständlich davon überzeugt, dass ihr Produkt der *Rolls Royce* unter den Fischstäbchen ist, und der Grund dafür besteht darin, dass sie die letzten fünf Jahre damit verbracht haben, andere davon zu überzeugen. Natürlich haben sie überhaupt kein Verständnis für die Hausfrau und Mutter im Panel, die allen anderen Teilnehmern einen Floh ins Ohr setzt, indem sie hartnäckig auf die Liste der E-Stoffe verweist, die die Designleute doch so geschickt auf der Rückseite der Packung versteckt haben. Das ist überhaupt das Problem mit Hausfrauen, ihre Gedanken drehen sich die ganze Zeit um so banale Dinge wie das Wohl ihrer Kinder, gesundes Essen, Saubermachen und darum, die Dinge im Griff zu behalten, so dass sie die Genialität der Werbeindustrie gar nicht richtig erfassen können.

»Ich weiß auch nicht, wie man das auf Französisch nennt. Schreib einfach so was wie psychologische Studien zum Kaufverhalten der Konsumenten.«

»Ich verstehe immer noch nicht, was du da genau arbeitest«, sagt Isabelle.

»Denk dir nichts dabei«, sage ich. «Das musst du auch gar nicht.«

Wenn ich ehrlich bin, würde ich auch lieber dafür bezahlt werden, über Sportereignisse und andere männliche Leidenschaften zu berichten, als dabei zu helfen, die Gesundheit von ganzen Generationen von Kindern zu ruinieren, indem ich ihnen wiederverwertete Fischabfälle oder Snacks, die nur aus Zucker und Fett bestehen, andrehe. Allerdings soll mein Sohn auch nicht Hunger leiden müssen, weil sein Vater einen privaten Feldzug gegen die Kosumwelt führt und deshalb keinen Job annimmt. Also beschließe ich, beide Briefe fertig zu schreiben, was mich die ganze restliche Woche beschäftigt.

Die Erfindung des Straßenschildes, 13. November

ES IST HERBST im Bois de Boulogne, und die Wege sind voll mit braunem, verrottenden Laub. Schon kann man die tristen Firmen-Wolkenkratzer von La Défense durch die nackten Baumkronen sehen. Der Boden ist weich, und ich kann den modrigen Matsch riechen. Es liegt so ein Geruch in der Luft, der mich fester in die Pedale meines Fahrrads treten lässt.

Mein Plan war es eigentlich, hier draußen an der frischen Luft über meine Jobsituation nachzudenken und zu entscheiden, ob ich meine Suche fortsetze oder lieber bis zum Frühjahr warte und auf neue Ideen hoffe. Aber während ich so durch den Park radle, entweichen all diese Vorsätze durch die Belüftungslöcher meines Fahrradhelms. Ich brauche meine volle Konzentration dafür, den unter dem Laub versteckten

Wurzeln auszuweichen. Und dann ist da auch noch dieser besondere Geruch.

Ich folge dem Kanal, der durch ein zweifellos sündteures Pariser Stadtviertel fließt. Es ist völlig windstill, und die Wasseroberfläche ist so ruhig wie ein Politiker mit dem perfekten Alibi. In ihr spiegeln sich die Häuser am Ufer. Ich sehe winzige Vögel von Ast zu Ast fliegen und glaube sogar, das leise Seufzen der Buchen zu hören, wie sie sich ihres Laubkleides entledigen.

Irgendwann erreiche ich die Rennbahn von Longchamps. Als ich das letzte Mal hier war, fand Europas exklusivstes Pferderennen, der *Prix de l'Arc de Triomphe* statt. Aber heute ist es hier wie ausgestorben. Plötzlich kommt mir in den Sinn, dass ich als Kind immer gerne geradelt bin. Einmal hat mir mein sonst so geiziger Vater sogar ein Rennrad mit zehn Gängen geschenkt. Es hat bestimmt mehr gekostet, als er sich eigentlich leisten konnte, aber eine Zeitlang hatte ich das beste Fahrrad der Stadt. Ich erinnere mich auch an all den Unsinn, den ich als Kind machte. Ich klaute zum Beispiel Süßigkeiten, wenn ich dachte, der Ladenbesitzer schaut gerade nicht hin, und spielte Matschfußball mit meinen Freunden, oder ich schlich mich spätabends heimlich ins Wohnzimmer, um einen Film anzuschauen, in der Hoffnung, einen Blick auf die Brüste irgendeiner Schauspielerin zu erhaschen. Aber nie fühlte ich mich so wohl wie beim Fahrradfahren. Und plötzlich weiß ich auch wieder, was das für ein Geruch ist – eine Mischung aus feuchter Rinde, zerfallendem Laub und matschigen Knien – der Geruch meiner Kindheit.

Eigentlich wollte ich nie wirklich erwachsen werden. Schon sehr früh beschloss ich, mich vom Ernst des Lebens fernzuhalten. Während andere sich fürs Leben wappneten, indem sie rebellierten, kämpften, sich stritten und dabei sowohl Sieg als auch Niederlage kennenlernten, versuchte ich mich aus all dem fein herauszuhalten. Ich versteckte mich vor der Welt und fand schließlich einen kleinen Schleichweg durchs Leben – Alkohol. Da war sie, diese Zaubersubstanz, die meine Stimmungsschwankungen ausglich, mir Selbstvertrauen schenkte und die es mir möglich machte, mit diesen schönen, geheimnisvollen Wesen zu sprechen, die man auch Frauen nennt.

Der Alkohol war immer für mich da, wenn ich Hilfe brauchte. Dieses milde Gift gab mir immer, was mir fehlte, egal ob ein Quäntchen Mut oder einfach nur Entspannung. Aber alle drei oder vier Jahre musste ich in ein anderes Land ziehen, und meine Beziehungen dauerten auch immer nur so lange, bis meine aktuelle Freundin hinter der Fassade das Kind entdeckte, das ich noch immer war und für das ich mich furchtbar schämte.

Während andere Alkoholiker ihren Kater mit einem weiteren Drink kurierten, trank ich ein paar Tage nichts, und es war diese Fähigkeit zu pausieren, die mir als Beweis dafür herhielt, dass ich nichts mit einem unrasierten Alkoholkranken mit zittrigen Händen gemein hatte.

Kurz bevor Helena und ich uns mit einem Schwangerschaftstest ins Badezimmer meiner Mutter einschlossen, war ich an einem Mittwochabend auf Vincents Geburtstagsfeier gegangen. In einem Nebel aus Alkohol feierte ich immer weiter, bis ich vier Tage später auf dem Boden bei meiner Cousine Nathalie wieder zu mir kam. Ich kann mich an so gut wie nichts erinnern, was ich in der Zwischenzeit getan oder gesagt habe. Helenas Blick, als sie mich am nächsten Morgen in matter und desolater Verfassung erblickte, werde ich nie vergessen. Ihr Blick drückte Ekel, Angst und Verwunderung aus, und in ihren Augen erkannte ich eine grobe Skizze dessen, was aus mir geworden war. Mir wurde klar, dass es allerhöchste Zeit war, endlich die einzig wahre Beziehung zu beenden, die ich je geführt habe und die mich nun zu zerstören drohte. Aber ich wusste nicht, wie ich anfangen sollte, mit dem Alkohol aufzuhören. Ich erfuhr es erst ein paar Stunden später, aber Helena war zu diesem Zeitpunkt bereits schwanger.

Warum Ohren im Dunklen nützlicher sind als Augen, 14. November

ICH TRÄUME, dass ich im Wartezimmer bin, während Helena im Kreißsaal unser Kind auf die Welt bringt. Ich sollte jetzt eigentlich bei ihr sein, aber meine Beine wollen mir einfach nicht gehorchen. Als ich es endlich über die Schwelle schaffe, ist die Geburt bereits vorüber, und unser Sohn sitzt schon bei Helena im Bett. Er hat einen großen, hübschen Kopf, und ich höre aufmerksam zu, als er zu mir spricht. Spricht? Ja, er formuliert schon ganze Sätze, die an mich gerichtet sind. Ich verstehe nicht, wie es dazu gekommen ist, aber ich spüre Trauer und Verlust. Wie kann es sein, dass ich schon jetzt einen Teil der Entwicklung meines Sohnes verpasst habe und in so kurzer Zeit zu einem Rabenvater geworden bin?

Ich wache auf und lege Helena die Hand auf den Bauch, so wie sie es gerne hat.

»Was machst du da?«, fragt sie überrascht. Sie ist es nicht gewöhnt, dass ich von selbst Kontakt zu unserem Sohn suche.

»Ich weiß nicht … ich hatte so einen Traum.«

»Über ihn?«

»Ja. Ist er wach?«

»Er wacht immer auf, wenn er deine Stimme hört.«

Instinktiv ziehe ich meine Hand zurück.

»Leg die Hand wieder auf meinen Bauch, dann kannst du fühlen, wie er strampelt.«

Ganz deutlich kann ich eine Reihe von kleinen Tritten unter ihrer Haut spüren.

»Weißt du, er hört alles, was wir sagen.«

Ich schaue Helena etwa so entgeistert an, wie Pythagoras Zuhörer, als er zum ersten Mal verkündete, die Erde sei gar keine Schreibe.

»Glaubst du wirklich?«

»Ich weiß es.«

»Woher denn?«

»Ein paar Frauen, die ich aus dem Krankenhaus kenne, gehen mit ihren Kindern zum Pränatal-Singen. Sobald die Babys das Singen hören, fangen sie an zu lächeln.«

Wieder schaue ich Helena ungläubig an.

»Es stimmt. Du kannst es dir ja selbst anschauen.«

»Beim Pränatal-Singen?!«, frage ich völlig entgeistert.

»Da sind auch immer ein paar Väter dabei.«

»Erzähl keine Quatsch!« Ich lasse meine Hand von Helenas Bauch rutschen und frage mich, was Junior schon alles gehört hat, da drinnen im Bauch.

Kriegsverletzungen, 15. November

Meine Tage verstreichen weiterhin mit Kaffeekochen, E-Mails checken, erfolglosem Suchen nach unerwarteten Schecks im Briefkasten, dem Schreiben von nicht enden wollenden To-Do-Listen und gähnender Langeweile. Helena ist zunehmend unzufrieden damit, wie ich meine Zeit verbringe, und sie macht es mir in eindeutigen, leicht verständlichen Worten klar – sie möchte, dass ich mich um meine Zukunft kümmere, aber nicht auf Kosten der Gegenwart. Es missfällt ihr auch, dass ich während unserer Mahlzeiten zwar körperlich anwesend, aber nicht gerade gesprächig, geschweige denn unterhaltsam bin.

Das nächste Rugbyspiel muss ich mir bei Helenas Eltern in Caen anschauen – auch wenn die noch nichts von ihrem Glück wissen. Ich hoffe, dass ihnen aus Interesse an der Schwangerschaft ihrer Tochter ganz einfach entgeht, dass ich die ganze Zeit auf dem Sofa sitze und in den Fernseher starre. Beim Packen versuche ich auf alles Brimborium, das auf Egoismus und Desinteresse schließen lassen könnte, wie Laptop und Sportmagazine, zu verzichten. Helena und ich müssen uns nämlich dringend einmal unterhalten – über was, weiß ich auch nicht, Helena hat es mir noch nicht gesagt. Aber ich sollte besser darauf achten, was ich sage, nur für den Fall, dass du-weißt-schon-wer zuhört.

In Caen angekommen, versuche ich das Spiel zu vergessen und meine ganze Aufmerksamkeit Helena, unserem Sohn und seinen Großeltern zu widmen. Abends, als wir vor dem Kamin sitzen, schlägt jemand vor, *Scrabble* zu spielen. Unbedachterweise erkläre ich mich zu einer Partie bereit. Da meine Französischkenntnisse etwa so breit gefächert sind wie ein an den Füßen zusammengeklebter Frosch, darf ich ein dickes Wörterbuch zu Rate ziehen, was mir aber leider auch nicht wirklich weiterhilft.

Ich ziehe sieben Buchstaben aus dem Beutel und zwei davon sind S. Der Rest besteht aus einer Reihe von weiteren Konsonanten, aus denen ich nicht einmal ein Wort in Serbokroatisch zaubern könnte, geschweige denn in Französisch. Über die ersten Runden gebe ich mich damit zufrieden, das eine oder andere Plural-S an die Wörter der anderen zu hängen, aber beim vierten oder fünften Durchgang wird das langsam peinlich. Ich habe immer noch ein J und ein Z übrig und außerdem ein paar Buchstaben, von denen ich nicht einmal wusste, dass sie überhaupt existieren. Das einzige französische Wort mit einem Z, das ich kenne, ist Charles Aznavour, aber das kriege ich ja niemals hin und außerdem ist es ein Eigenname. Dann entdecke ich eine kleine Lücke vor einem E, in die mein J passt. Wahnsinn! Nach einem Jahr in Paris reicht mein Vokabular für nichts als ein mickriges Personalpronomen. Meine Mitspieler applaudieren wohlwollend, aber ich würde mich am liebsten in irgendeinem dunklen Winkel verkriechen, weil ich ein ehrgeiziger Arsch bin und immer gewinnen will.

Gnädigerweise erlöst mich Helenas Vater aus meiner Pein. Locker legt er ein etwa sechzehnsilbiges Wort auf das Spielbrett, das alle Bemühungen der anderen in den Staub tritt. Ich habe immer noch mein Z und allerhand andere Buchstaben übrig und der endgültige Punktestand ist folgender:

Helenas Vater (für Frankreich): Sechzehneinhalb Millionen Punkte

Helena (Frankreich): 137

Helenas Mutter (Frankreich): 126

Ich (Großbritannien): minus 52

Dieses Ergebnis macht mich völlig fertig. Ich verziehe mich ins Bett und hoffe, dass am morgigen Tage fünfzehn Engländer im Rugby-Trikot an der gesamten französischen Nation Rache für meine Schmach üben werden.

Schlammcatchen in Australien, 16. November

ICH WACHE FRÜH AUF und bin total nervös. Helenas Vater sitzt bereits am Frühstückstisch. Er erwähnt weder Rugby noch das gestrige *Scrabble*-Spiel (ich an seiner Stelle hätte das bis ins nächste Jahrtausend ausgekostet). Aus irgendeinem Grund bricht er ein Gespräch über Kleidung vom Zaun:

»Wie findest du das Oberteil?«, fragt er mich.

Meine Aufmerksamkeit gehört gerade voll und ganz der Morgenausgabe von *L'Équipe*, deshalb denke ich natürlich, er meint das Rugby-Trikot, das die französische Mannschaft auf dem Titelblatt meiner Zeitung trägt.

»Es scheint aerodynamischer zu sein als das frühere, und die Gegner können sie damit nicht mehr so leicht umreißen«, murmle ich.

»Was?«

Seit gestern habe ich zwar endgültig alles Vertrauen in meine Fremdsprachenkenntnisse verloren, aber ich bin mir trotzdem absolut sicher, dass ich das korrekte Wort für »umreißen« gewählt habe, schließlich habe ich es die letzten Wochen über immer wieder von den Rugby-Kommentatoren gehört. Vielleicht habe ich ja auch nur das Wort aerodynamisch nicht deutlich genug ausgesprochen. Helenas Vater taucht ein Croissant in seinen Milchkaffee, und ich wiederhole das Wort mit einem Akzent, der Peter Sellers alle Ehre machen würde: »a-a-e-e-e-e-r-o-o-o-d-y-n-a-m-i-i-q-u-e!«

Warum ist mir das beim *Scrabble* gestern bloß nicht eingefallen. Um das Ganze noch deutlicher zu machen, strecke ich die Arme zu beiden Seiten aus und mache Flügelbewegungen. Helenas Vater setzt langsam seine Milchkaffeeschale ab und starrt mich einfach nur schweigend und nachdenklich an. In diesem Moment kommt Helena herein und sieht, ehrlich gesagt, alles andere als aerodynamisch aus. Sie trägt das neue Oberteil, das ihre Mutter gestern für sie gekauft hat.

Plötzlich wird mir alles klar.

»Ach, du meinst das Oberteil!«, stammle ich noch, aber er steht auf und geht einfach. Ich glaube, spätestens jetzt ist er ziemlich erleichtert darüber, dass ich nicht den Mumm hatte, seine Tochter zu heiraten.

»Was stimmt denn nicht mit meinem Oberteil?«, erkundigt sich Helena misstrauisch.

Die Rugby-Übertragung aus Sydney fängt an. Der französische Kommentator eröffnet mit einem speziell für diesen Anlass vorbereiteten Witz:

»Was ist der Unterschied zwischen den Engländern und den Franzosen?«, fragt er einen seiner Kollegen im Pariser Studio.

Diese Frage kann ich persönlich ja schon vor dem Frühstück auf mannigfaltige Weise beantworten, aber bitte, klärt mich auf …

»Die Franzosen sind arrogant und wissen es, aber die Engländer sind arrogant und wissen es nicht einmal.«

Sehr witzig! Aus dem Fernseher erklingt schallendes Gelächter, und dann folgt der Anstoß. Helena schaut sich das Spiel mit mir zusammen an. Ich habe völlig vergessen, dass wir jetzt eigentlich zu dritt schauen und fluche lauthals, zapple nervös herum, und als die Franzosen dann auch noch in Führung gehen, boxe ich wahlweise auf das Sofa ein oder tigere rastlos hin und her. Helenas Vater kommt vom Markt zurück und fragt leicht besorgt, ob alles in Ordnung sei. Aus dem Augenwinkel meine ich, Mitleid in seinem Blick zu erkennen. Mittlerweile gießt es in Sydney wie aus Eimern – für die Engländer ein Gottesgeschenk, für die Franzosen der Todesstoß.

Endlich schlammcatchen sich die Engländer in Führung,

und als das Spiel dann vorbei ist, sind die französischen Kommentatoren nicht mehr ganz so vorlaut und heiter wie vorher.

»Das ist doch nicht fair«, jammert einer. »Der Ball war so glitschig wie ein Aal. Wir konnten gar nicht wirklich zeigen, was wir draufhaben.«

Ja, was glaubt ihr denn, wo wir hier sind? Beim Beach-Volleyball, oder was? Tja, Pech gehabt, Froschfresser, das ist Rugby, und manche können es sogar bei Regen spielen. Das gilt besonders für die Jungs aus diesem düsteren Königreich zwischen Cornwall und Carlisle. Während die englische Mannschaft würdevoll und ohne übermäßige Freudentänze vom Feld geht, stolziere ich noch stundenlang mit geschwollener Brust im Wohnzimmer herum. Nur knapp kann ich mich zurückhalten, schadenfroh bei Mister Rolltreppe anzurufen.

Als ich mich dann endlich wieder eingekriegt habe, ist es Zeit für das Mittagessen. Helenas Vater hat spektakuläre Austern aufgetrieben, die man am besten mit Schalotten-Vinaigrette und einer Flasche Alsace herunterspült. Aufgedreht wie ich bin, greife ich schon zum schlanken Hals der Weinflasche, doch dann fällt mir wieder ein, dass ich ja nichts mehr trinken will.

Den Rest des Tages versuche ich mich wie ein höher entwickeltes Säugetier zu verhalten und unterdrücke auch alle weiteren Versuche, meine mangelnden Sprachkenntnisse durch wildes Gestikulieren auszugleichen. Am Nachmittag steigen wir ins Auto und fahren zum Strand. Der Himmel ist ganz klar. Ich schaue hinaus übers Meer, und fast erwarte ich, am Horizont England feiern zu sehen. Das letzte Mal war ich hier zusammen mit David und Lily. Ich sehe sie noch vor mir, bis zum Hals verbuddelt im Sand und in dem kindlichen Glauben, der Sommer würde niemals enden. Aber jetzt weht schon ein ziemlich frischer Wind über den Strand, und wir wickeln unsere Wollschals fester um die Ohren.

Damit ich auch ja nicht noch einmal *Scrabble* spielen muss, bitte ich Helena, mir beim Übersetzen meiner Bewerbungsschreiben zu helfen.

»Helena, wie sagt man: Ich verständige mich fließend auf Französisch?«

»Du meinst auf Englisch?«

»Nein, ich weiß, wie man das auf Englisch sagt, aber wie sage ich es auf Französisch.«

»Warum willst du auf Französisch schreiben, dass du fließend Englisch sprichst?«

»Das will ich doch gar nicht. Ich will fließend Französisch auf Französisch sagen.«

»Kannst du das denn?«

»Nö.«

»Warum willst du es dann überhaupt sagen?«

»Weil ich hier versuche, einen Job zu bekommen, und da muss ich das sagen.«

»Wäre es nicht besser, die Wahrheit zu sagen?«

»In einem Bewerbungsschreiben? Bist du verrückt? Wenn ich die Wahrheit schreibe, denken die doch, ich gehöre in die Klapse.«

»Gut, wenn du meinst …«

Langsam ackern wir uns durch meine Bewerbungsschreiben, und Helena übersetzt schicksalsergeben allerlei Lügen, unter anderem eine Erklärung meiner Arbeitsunterbrechung mit einer Auflistung von nicht näher spezifizierten Projekten und einem Studium an »einer der angesehensten Pariser Bildungseinrichtungen«. Ich hoffe, das klingt eher, als hätte ich das vergangene Jahr in den ehrwürdigen Bibliotheken der Sorbonne verbracht, als in dem windigen Abendkurs an der sternenübersäten Universität von MacBush (deren einziges Aufnahmekriterium ein Scheck über mehrere Hundert Euro war). Dann stecke ich die Briefe jeweils zusammen mit meinem Lebenslauf in Kuverts und werfe den ganzen Mist in einen der hellgelben Briefkästen von Caen.

Die Auswirkungen einer Schwangerschaft auf die menschliche Intelligenz, 17. November

ICH MUSS ZUGEBEN, ich bin etwas enttäuscht, dass kein Brief auf mich wartet, als wir wieder zu Hause in Paris ankommen. Dass dies womöglich auf die mangelnde Qualität meiner Bewerbung zurückzuführen ist, kommt mir erst gar nicht in den Sinn. Vielleicht habe ich ja auch nur den Briefkasten mit einem Wasserhydranten verwechselt. Egal. Viel Zeit, darüber nachzudenken, bleibt mir sowieso nicht, da sich umgehend neue Jobmöglichkeiten auftun.

Die erste wird von irgendeinem Kerl propagiert, der hartnäckig darauf beharrt, dass es sich dabei um eine »fantastische Möglichkeit« handelt. Von seinen Erläuterungen erfasse ich am Telefon jedoch nur ein paar Fetzen: »innovative Vorreiter-Methoden«, »felsenfeste Software-Lösungen«, »visionäre Einstellungen« und »kontinuierliche Karriereentwicklung«. Das Ganze klingt für mich nach ziemlich heißer Luft, aber als ich höre, dass das Jobangebot für Toulouse ist, willige ich doch in ein Treffen mit dem mysteriösen Mann ein.

Ich begreife erst, dass ich meinen Kumpel Dirk aus Holland an der Strippe habe, als er das Thema wechselt. Er wolle mir nur schnell sagen, dass Carla schwanger sei, es sei zwar eigentlich noch zu früh, um es allen zu sagen, und eigentlich unterliege er noch einem strickten Carla'schen Schweigegebot, aber wo es ihm nun schon einmal rausgerutscht sei, müsse ich ihm versprechen, es bloß nicht Helena zu verraten. Selbstverständlich werde ich schweigen wie ein Grab.

»Ich bin to-tal aufgeregt«, sagt Dirk nun bestimmt schon zum sechsten Mal. Aber ich habe heute Morgen wirklich andere Sorgen, als mich mit Dirks eingeschrumpften Vokabular zu befassen, also beglückwünsche ich ihn zum wiederholten Male und füge noch hinzu, dass ich mich bald wegen des Jobs bei ihm melden werde.

»Ja, su-per«, jauchzt der Holländer. »Und sag Helena einen schönen Gruß.«

»Mach ich, Dirk, mach ich.«

Da kommt Helena herein:

»Wer war denn das?«

»Dirk.«

»Wie geht es ihm denn so?«

»Carla ist schwanger!« Shit, schon habe ich mich verplappert.

»Schwanger? Ich wusste es!« Nachdem sie es schnell im Kopf überschlagen hat, ruft sie begeistert:

»Es muss passiert sein, als sie hier in Paris waren!«

»So sieht es wohl aus. Hör zu, Helena, Carla ist erst im zweieinhalbten Monat, und wir sollten es eigentlich noch gar nicht wissen, also bitte sag es niemandem weiter.«

»Klar, ich sage es niemandem!«, behauptet die Frau, die bereits angefangen hat, unsere Nachwuchsneuigkeiten herauszuposaunen, als ich noch die Zigarette danach rauchte.

»Und wie fühlt Dirk sich dabei?«

»Er ist … ich denke, das solltest du ihn besser selber fragen.«

Helena rauscht wieder aus dem Zimmer, und ich kann nicht umhin, Dirks Reaktion auf die Schwangerschaft mit meiner damals zu vergleichen. Ich bin drauf und dran, ihn anzurufen und ihm zu sagen, er solle besser aufpassen, was er in Zukunft sagt, weil das Baby schon mithört. Aber dann überlege ich es mir doch anders. Am Ende will er dann noch wissen, was ich zu verbergen habe, weil mir der große Baby-Lauschangriff solche Angst macht. Ich möchte jedoch betonen, dass sich meine Einstellung seit dem Beginn von Helenas Schwangerschaft schon deutlich verbessert hat (auch wenn ich das von meinem Verhalten nicht behaupten kann).

»Cheri!«, Helenas Ruf reißt mich abrupt aus meinen Tagträumen. Er kommt aus ihrer Operationsbasis, früher auch bekannt als unser Schlafzimmer.

»Ja?«

»Was machst du gerade?«

»Arbeiten.«

»Komm mal schnell!«

Ich öffne die Schlafzimmertür, und mein Blick fällt auf eine mir mittlerweile vertraute Szenerie: Helena liegt ausgestreckt auf dem Rücken. Ihren Pulli hat sie bis unter die Brust hochgerollt, so dass ihr riesiger Bauch zu sehen ist. Wenn ich diese Ausmaße sehe, kann ich gar nicht glauben, dass die Schwangerschaft noch zwei Monate länger dauern soll – genug Zeit also, dass sich der furchtlose Vater wieder in einen Hasenfuß verwandelt.

Helena legt meine Hand auf ihren Bauch, und ich spüre deutlich eine heftige Kontraktion.

»Ich kann mich nicht bewegen.«

»Sollten wir nicht besser im Krankenhaus anrufen?«

»Hab ich schon. Die sagen, das sei ganz normal.«

»Was ist bitte normal daran, dass sich dein Körper vor der Zeit von ihm entledigen will?«

»Ich soll einfach nur stillliegen.«

»Das sollte dir ja nicht allzu schwerfallen, oder?«

»Ja schon, aber ich hätte gerne eine Tasse Tee.«

»Verstehe.«

»Sind auch noch Kekse da?«

»Ich glaube, die meisten haben das Land verlassen, nachdem sie die Liste des Ernährungsberaters gelesen haben. Aber ich werde nachsehen.«

Ich setze Teewasser auf. Die Kontraktionen und das unwahrscheinliche Ausmaß von Helenas Bauch gehen mir nicht mehr aus dem Kopf. Für mich scheint es dafür nur zwei Erklärungen zu geben. Entweder hat das Krankenhaus ihren Geburtstermin durcheinandergebracht, oder sie übertreibt es maßlos mit diesen Schokoladenkeksen.

Wenn es eine Sache gibt, auf die ich mich mehr freue als auf das Rugby-Finale, dann ist das das Ende dieser Schwangerschaft – und nicht nur, weil ich hoffe, dass ich dann auch wieder von all den lästigen Haushaltspflichten erlöst werde, die leider in der Vertikalen, also von mir, erledigt werden müssen. Nein, hier geht es um viel mehr. Im Zuge der Schwangerschaft hat sich unser Lebensradius so sehr eingeschränkt, dass er kaum noch größer ist als Helenas Bauch. Sie hat jegliches Interesse an anderen Dingen als den Veränderungen in ihrem Körper und einer Tasse Tee verloren. Zuerst fiel ihr Keramikatelier der Vergessenheit anheim, und dann fing sie sogar an, all ihre Freunde, die dummerweise gerade nicht schwanger sind, zu vernachlässigen. Dann konnte sie nicht einmal mehr die Aussicht auf eine Shoppingtour hinter dem Ofen hervorlocken (außer es handelt sich um einen Kinderspielzeugladen oder die neue Filiale von *Gap für noch nicht Geborene*). Irgendwann waren sogar ihre geliebten Kinogänge dran. Und jetzt zuckt sie sogar nur desinteressiert mit den Schultern, wenn ich ihr anbiete, einen ihrer Lieblings-Schwarz-Weiß-Filme aus der Videothek zu holen. Unsere Gespräche, die sich früher um Gott und die Welt drehten, beschränken sich mittlerweile nur mehr auf genau ein Thema. Okay, diese Thema kennt unzählige Variationen – sein Name, seine Augenfarbe, die Frage, ob er für England oder Frankreich sein wird, ein Atomphysiker wird oder einen neuen Jazzstil für Trompete erfinden wird – aber das macht die Sache auch nicht besser.

Natürlich habe ich nicht versucht, mit Helena darüber zu reden. Was würde das schon bringen? Für sie käme es nur dem Eingeständnis gleich, dass unser Sohn für mich nicht der Mittelpunkt des Universums ist. Wahrscheinlich sind das nur die Hormone. Ich habe zwar keine Ahnung, wie das genau funktioniert, ich weiß nur, dass unser Sohn, dem es anscheinend noch nicht genug ist, ihren kompletten Körper zu okkupieren, jetzt sogar ihr Gehirn infiltriert und ihre Wahrnehmung verzerrt. Langsam wird mir auch klar, dass ich Helena, selbst wenn er erst einmal auf der Welt ist, nicht einfach wieder zurückbekomme. Nein, da mache ich mir überhaupt keine Illusionen. Was bisher nur eine abstrakte Präsenz war, wird sich bald mit Geschrei in unser Leben drängen und nicht nur die ungeteilte Aufmerksamkeit seiner Mutter in Anspruch nehmen, sondern auch die der Ansammlung von Chromosomen und anderem Genmaterial, die im Allgemeinen Papa genannt wird.

Das erinnert mich an etwas. Falls aus meiner Verwandlung vom Einzeller zum arbeitnehmenden Elternteil wirklich etwas werden soll, komme ich besser mal langsam in die Puschen. Am Freitag habe ich ein Bewerbungsgespräch und genaugenommen bisher nichts getan, um mich darauf vorzubereiten – außer vielleicht, mir ein frisches Hemd herauszusuchen. Eine Krawatte trägt doch heute sowieso keiner mehr, oder?

Züge, Boote und ein deutsches Auto, 21. November

ICH BRECHE FRÜH zu meinem Termin auf, was sich dann auch als äußerst weise herausstellt, da die Metro mal wieder nicht fährt und das Einzige, was sich an diesem Tag unterirdisch südwärts bewegt, wohl eine Kolonie Ratten ist. Also friere ich mir an der Bushaltestelle den Arsch ab und versuche vergeblich, den Busplan zu entziffern, der für eine völlig andere Stadt zu sein scheint. Schon jetzt bin ich viel zu spät dran für den Termin mit einer Werbeagentur, die in direkter Konkurrenz zu meiner früheren Firma steht und über die ich mir früher immer das Maul zerrissen habe.

Fünfzehn Minuten später spuckt mich der Bus in einem tristen Industriegebiet irgendwo an den unteren Ausläufern der Seine aus. Hier ist absolut tote Hose angesagt. Den Rest des Weges muss ich wahrscheinlich schwimmen. Dabei hätte ich mir gar keinen Kopf darüber machen müssen, dass ich zu spät dran bin. Als ich nämlich in der Empfangshalle sitze und mir literweise Wasser aus dem Spender reinziehe, fällt mir wieder ein, dass die Franzosen das Zuspätkommen ja praktisch erfunden haben. Abgeschaffte Angestellte, gekrümmt unter der Last ihrer Aktenkoffer, laufen hektisch an mir vorbei. Ist es wirklich das, was ich das letzte Jahr über vermisst habe? Seit ich hier sitze, läutet ununterbrochen das Telefon, aber niemand scheint es für nötig zu halten, ranzugehen. Die Luft ist abgestanden, und alle schauen recht sauertöpfisch drein.

Gerade will ich aufspringen und mich aus dem Staub machen, da kommt strahlend der Chef auf mich zu. Er trägt Anzug, aber keine Krawatte, was mich dazu veranlasst, meine verstohlen zu lockern, als ich ihm zum Aufzug folge.

»Sollen wir Französisch sprechen oder besser Englisch?«, fragt er.

Leichtsinnig wie ich bin, behaupte ich, das sei mir ganz gleich, und natürlich fängt der Arsch sofort an, Französisch zu reden. Das war natürlich ein riesiger strategischer Fehler meinerseits, und ich stelle mich schon einmal darauf ein, dass der Job bereits verloren ist, noch ehe wir sein Büro erreicht haben. Aber er scheint ein höflicher Mensch zu sein, und in einem weißen Mercedes fahren wir zum Mittagessen auf einem Bootsrestaurant.

Ich hasse Bewerbungsgespräche, besonders solche, die in Autos stattfinden. Noch bevor die erste Frage gestellt wird, muss man schon entscheiden, ob man sich anschnallt oder nicht. Wenn man das verdammte Ding anlegt, wird es einem todsicher als mangelndes Vertrauen in die Fahrkünste des künftigen Chefs ausgelegt. Und wenn man es lässt, hält er einen wahrscheinlich gleich für einen Schleimer oder einfach für einen Vollidioten. Ich entscheide mich letztlich dafür, mich nicht anzuschnallen, schließlich muss ich die in meiner Bewerbung vollmundig angekündigte totale Furchtlosigkeit demonstrieren. Als der Mercedes dann aber mit locker 100 Sachen durch eine enge Seitenstraße voll Fahrräder und Lieferwagen rauscht, greife ich doch leicht panisch nach der Gurtschnalle. Ganz schlechter Stil. Das Bewerbungsgespräch hat noch nicht einmal begonnen, und ich verströme bereits Unentschlossenheit aus jeder Pore. (Zu allem Überfluss habe ich heute Morgen auch noch das Deo vergessen.)

Unsere Unterhaltung ist so entspannt wie möglich, wenn man schneller als die Concorde auf einer stark befahrenen Straße mit Rechts-vor-Links-Verkehr unterwegs ist. Wie durch ein Wunder erreichen wir heil das Restaurant, und es sieht ganz so aus, als würde ich a) mein Frühstück bei mir behalten, b) bei der Geburt meines Sohnes dabei sein und c) vielleicht sogar einen Job als Kloputzer in der Firma des lebensmüden Mercedesfahrers bekommen. Das Restaurant ist voll mit Geschäftsmännern, die ihr Mittagessen nicht selbst bezahlen, und die Tischdecken sind so weiß, dass man sich fast genötigt sieht, dem Kellner schon für's An-den-Tisch-Führen Trinkgeld zu geben.

»Wein?«, fragt der Raser und drückt mir die Karte in die schweißnassen Hände. Shit! Was sag ich jetzt bloß? Dass schon ein Glas ausreicht, damit ich wahrscheinlich vor Weihnachten nicht mehr nach Hause komme? Jetzt bloß nicht durchdrehen, rät meine innere Stimme, und ich höre mich sagen:

»Danke, nicht für mich. Ich nehme bloß Wasser, bitte. Aber lassen Sie sich von mir bitte nicht abhalten.«

Irgendwo zwischen einem Carpaccio und einem etwas unglücklich gewählten Lammbraten (es ist ja schon schwierig genug, das Messer zwischen all die Rippchen zu bekommen, aber vor allem macht sich der *jus*, in dem das Ganze gebraten ist, nicht gerade schick auf dem weißen Hemd meines Gegenübers). Es stellt sich heraus, dass mein Chef in spe vier Jahre in London gelebt hat und nur allzu erfreut ist, beim Dessert (und für die wirklich schwierigen Fragen, die dann anstehen) ins Englische zu wechseln. Dann erzählt er mir, dass auch er erst kürzlich bei der Firma angefangen hat, und fragt, wie ich mich an seiner Stelle verhalten würde. (Keine Ahnung – vielleicht ein bisschen gesitteter autofahren?) Dann möchte er noch wissen, worin meiner Ansicht nach künftig die größte Herausforderung für den Marketingsektor bestehe. (Da wäre für den Anfang schon einmal mein kleines Drehbuch, das wird die ganze Branche gehörig aufmischen.)

Nach einem kleinen Schokoladenkuchen an Himbeerpüree rückt er schließlich damit heraus, dass er eigentlich gar kein konkretes Jobangebot für mich hat, aber gerne in Kontakt bleiben will, falls sich etwas tut. Unwahrheitsgemäß sage ich, dass das schon in Ordnung sei, und von da an dreht sich unser Gespräch um das Rugbyspiel vom Wochenende. Nach zwei Stunden ist er seiner Büromisere lange genug entflohen, und wir beide hatten ein leckeres Mittagessen. Ich bin zwar immer noch arbeitslos, aber zumindest scheint der Kellner mit seinem Trinkgeld zufrieden zu sein, und nur die ehemals strahlend weiße Tischdecke kommt bei der ganzen Sache schlecht weg. Er bietet mir an, mich zur Metrostation mitzunehmen, aber das hieße, das Glück zu sehr herauszufordern. Gott weiß, ob er es heil zurück in sein Büro geschafft hat – ich zumindest habe seitdem nichts mehr von ihm gehört.

Auf dem Nachhauseweg bemerke ich, wie erleichtert ich bin, dass ich mich nicht mit einem konkreten Jobangebot herumärgern muss. Aber warum? Weil ich nie wieder in diese Welt zurückkehren will oder weil ich zu beschäftigt damit bin, mir etwas vorzumachen? Es steht noch immer dieses Bewerbungsgespräch mit dem Typen aus Toulouse an. Allerdings habe ich keinen blassen Schimmer, um was es bei diesem Job wirklich geht. Aber zumindest hat es nichts mit Marketing zu tun. Außerdem bleibe ich so in Übung, und mein Anzug kommt mal wieder zum Einsatz. Bevor ich jedoch anfange, mir darüber allzu große Gedanken zu machen, fällt mir glücklicherweise die Ausgabe der *L'Équipe* wieder ein, die sich in meiner ansonsten leeren Aktentasche befindet. Die restliche Heimfahrt über vertiefe ich mich in die Analyse großer und kleinerer Sportereignisse.

Weltmeisterschafts-Endspiel, Tag der Entscheidung

DAS ENDSPIEL schaue ich mir bei Russell an, der seinen Fernseher überraschenderweise nicht in die Seine geschmissen hat, nachdem die All Blacks aus dem Turnier geflogen sind. Schon als ich ihn nach dem Halbfinale teilnahmsvoll anrief, waren seine Wunden fast verheilt, und er lud mich gut gelaunt zum Finale inklusive English Breakfast ein.

Ich kenne Russell eigentlich nicht besonders gut, aber wir haben einiges gemeinsam. Wie ich ist auch er nach Paris gekommen, um mit einer Französin zu leben, und wie ich hatte auch er keine Ahnung, auf was er sich da einlässt. Beide kamen wir hier an mit nichts als einem dummen Grinsen, unsere Französischkenntnisse erschöpften sich mit *je t'aime.* Doch er wird nun bald heiraten, und im Gegensatz zu mir gibt es bei ihm keinerlei Anzeichen, dass er kneifen wird.

Mit einem Beschwichtigungs-Baguette und der Miene eines unschuldigen kleinen Jungen, den eine Standpauke des Direktors erwartet, stehe ich bei Russell vor der Tür.

»Siegessicher?«, fragt er.

»Nein.«

»Warum denn nicht? Ihr seid doch die Favoriten?«

Natürlich könnte ich ihm genau sagen warum, aber ich habe wirklich keine Lust, mich an die jahrzehntelange Tradition englischer Niederlagen bei großen Sportevents zu erinnern.

»Das war Goliath auch«, sage ich deshalb nur, »und wir wissen ja, was mit ihm am Ende passiert ist.«

»Siegessicher?«, diesmal fragt mich Ophélie, Russells Frau in spe und vom Scheitel bis zur Sohle eine elegante, kultivierte Pariserin. Es ist noch früh, und sie kommt gerade in einen blütenweißen Morgenmantel gehüllt aus dem Badezimmer.

Aber sie könnte genauso gut den Seiten der *Vogue* entsprungen sein.

»Nö.«

»Oh, warum denn nicht?«, fragt sie mit umwerfendem Lächeln.

»Ich will mir einfach keine falschen Hoffnungen machen, das ist alles.«

Ophélie blickt mich mit einem Hauch von Besorgnis an. Sie wundert sich wohl, wie ein erwachsener Mann wegen eines Rugbymatchs so beunruhigt sein kann. Denselben Ausdruck habe ich noch vor zwanzig Minuten auf Helenas Gesicht gesehen, als ich ihr einen Abschiedskuss gab und dreinblickte, als machte ich mich auf den Weg in die Schützengräben des Ersten Weltkriegs. Man muss schon vom Mond kommen oder ein französischer Rugbyspieler sein (oder am besten beides), um nicht zu wissen, wie das Spiel ausgehen wird. Angespannt sitze ich auf dem Sofa und verfolge den feierlichen Auftakt des Sportevents. Die Hochstimmung bleibt aus, und ich fühle mich müde. Genaugenommen bin ich sogar völlig erschöpft. Mir kommt in den Sinn, wie viele tausend Stunden ich schon mit Sportanschauen verbummelt habe. Wenn man sie zusammenrechnete, wären es wahrscheinlich sogar Jahre. Also noch eine das Hirn betäubende Sucht mehr.

Als ich wieder nach Hause komme, geht Helena natürlich davon aus, dass England auch diesmal wieder verloren hat. Ich will sie aufklären, aber meine Zunge gehorcht mir einfach nicht. Ich stolpere an Helena vorbei ins Schlafzimmer, werfe mich aufs Bett und schlafe sofort ein.

Als ich wieder aufwache, ist die Welt leider immer noch die gleiche. Ich bin noch immer arbeitslos, und Helena ist noch immer schwanger. Es ist Samstagnachmittag. Normalerweise schalte ich um diese Zeit *BBC World* ein, um die Fußballergebnisse zu erfahren. Aber heute nicht. Anstatt meine lebenslange Passion für Sport noch zu schüren, hatte der heutige Sieg den gegenteiligen Effekt. Heute ist mir Sport völlig schnuppe. Ich schlage ein Buch auf und lese, bis mir die Augen zufallen.

Eine Droge namens Arbeit, 24. November

ICH TRÄUME, dass ich wieder arbeite. Eine gesichtslose Person führt mich an einen Mahagonischreibtisch in einem Großraumbüro. Die Firma heißt genauso wie mein alter Arbeitgeber, aber das Gebäude ist mir völlig unbekannt, und ich erkenne keinen meiner Kollegen wieder. Ich bin fest entschlossen, hart zu arbeiten, setze mich hinter meinen Schreibtisch und lege los. Ich will mir meine zweite Chance hier auf keinen Fall vermasseln. Einer der anderen Angestellten kommt zu spät. Ich blicke auf und will mich vorstellen, bevor ich mich den Aktenstapeln widme, unter deren Last der Schreibtisch ächzt. Es ist Vincent. Er hat sein typisches breites Grinsen auf, aber schwitzt heute nur leicht. Er bietet an, mir das Gebäude zu zeigen. Nur widerwillig folge ich ihm hinaus. Draußen auf dem Parkplatz zeigt er mir eine riesige Vorrichtung. Sie sieht wie eine Recycling-Anlage aus. Arbeiter klettern darin herum.

»Geh rein«, sagt Vincent.

»Nein.«

»Komm schon, es wird dir gefallen.«

»Was ist das?«

»Mach dir darüber mal keine Sorgen. Geh einfach rein.«

»Schau Vincent, ich bin hier, um zu arbeiten. Ich hab wirklich keine Lust auf all das hier.«

»Wie du willst«, sagt Vincent und schiebt eine Kapsel in die Maschine.

Dann klettert er in eine Röhre vorne an der Anlage, und kurze Zeit später sehe ich ihn in einer zähflüssigen Masse durch die transparenten Rohre der Maschine treiben, als flöge er schwerelos durchs All. Er hat ein breites Grinsen im Gesicht, und man merkt deutlich, dass er high ist. Die Flüssigkeit muss psychoaktive Stoffe enthalten. Während ich ihm so zuschaue, wird mir immer mulmiger, bis er schließlich am anderen Ende des Rohrsystems wieder ausgespuckt wird. Er grinst immer noch blöde vor sich hin.

»Bist du sicher, das du es nicht auch einmal versuchen willst?«

Geburt, Tod und was dazwischen liegt, 25. November

ICH KEHRE ERST wieder auf den Boden der Tatsachen zurück, als Helena mich wachrüttelt. Sie legt meine Hand auf ihren Bauch, und ich kann die Kontraktionen deutlich spüren. Als sie nach dem Frühstück noch immer nicht nachgelassen haben, ruft sie im Krankenhaus an, und man rät ihr, zu einer Untersuchung vorbeizuschauen. Ich bin ziemlich nervös, kann mir aber nicht wirklich darüber klarwerden, ob wegen des Traums, der Kontraktionen oder aus Angst vor der Zukunft. Nach dem Mittagessen schwinge ich mich auf mein Rad, aber meine Beine sind bleischwer, ich komme völlig aus der Puste und kann einfach keinen Rhythmus finden. Also beschließe ich umzukehren. Wieder zu Hause angekommen, fühle ich mich kein bisschen entspannt, sondern einfach nur fix und fertig.

Bevor wir ins Krankenhaus fahren können, müssen wir erst auf Helenas Bruder warten, der sich das Auto ausgeliehen hat. Er lässt auf sich warten. Helena ist genervt, und ihre gereizte Stimmung führt dazu, dass die Kontraktionen und ihre Ängste schlimmer werden. Wir rufen ihren Bruder an, doch der befindet sich noch immer beim Mittagessen in einer Brasserie am anderen Ende von Paris. Helena schnauzt ihn an, und was sie sagt, klingt ganz und gar nicht nach schwesterlicher Zuneigung. Dann lässt sie wütend ihr Handy zuschnappen. Ich bezweifle, dass ihr Bruder nach diesem Anpfiff noch sein Dessert genießen kann. Wir rufen noch einmal im Krankenhaus an und müssen uns die spitze Frage gefallen lassen, warum wir immer noch nicht da sind. Wenn es während der Schwangerschaft zu Kontraktionen komme, erklärt die Schwester am Telefon, habe man sich ins Krankenhaus zu begeben, und zwar umgehend, nicht einmal eine Pipipause sei da mehr drin. Das macht Helena nur noch nervöser, und all meine Versuche, sie zu beruhigen, sind jetzt völlig vergeblich.

Eine halbe Stunde später hält Helenas Bruder endlich vor unserem Haus. Ohne ihn eines Blickes zu würdigen, nehme ich auf dem Fahrersitz Platz, aber von Helena bekommt er noch einmal richtig was zu hören. Mittlerweile ist es schon spät am Nachmittag. Die Pariser kehren langsam von ihrem Wochenende auf dem Lande in die Stadt zurück, und der Verkehr ist so zähflüssig wie Pudding. Von der besorgten Anspannung und den hitzigen Worten, die wir ausstoßen, beschlagen in kürzester Zeit die Fensterscheiben des *Clio*. Unser Kleinwagen holpert über die Schlaglöcher des Boulevards Rochechouart, jener Verkehrsader, die uns weg vom Pigalle-Viertel führt. Zu allem Überfluss haben wir die ganze Fahrt über auch noch rote Welle. Wir brauchen eine volle Stunde, bis wir endlich vor dem Krankenhaus in Belleville zum Stehen kommen. Wenn das im Ernstfall genauso lange dauert, wird unser Sohn wahrscheinlich eher in unserer ungepolsterten Sardinendose von einem Auto das Licht der Welt erblicken als in einem Kreißsaal. Helena wird sogleich durch eine Tür mit der Aufschrift »Geburt« bugsiert. Womöglich bekomme ich den kleinen Kerl schon etwas früher zu Gesicht, als geplant. Beim Gedanken an sein unfertiges Kinderzimmer wird mir noch ein bisschen mulmiger. Mir wäre es definitiv lieber, ich bekäme ihn heute noch nicht zu sehen. Es ist einfach noch zu früh dafür. Ich bete, dass er mindestens noch für die nächsten zwei Monate da bleibt, wo er ist, und im Gegenzug schwöre ich, mich nie wieder über die Zumutungen zu beschweren, die so eine Schwangerschaft mit sich bringt.

Unweigerlich fühle ich mich an einen Tag vor etwa zwei Jahren in Barcelona erinnert, der damals fast identisch ablief. Ich war zu Besuch bei meinem alten Freund Joseph. Er war ernsthaft krank, Krebs, und lag im Krankenhaus. Aber mir war irgendwie gar nicht klar, wie krank er wirklich war, bis ich dort ankam. Also begab ich mich erst einmal in die Wohnung von Pierre und Cécile in der Nähe des Hafens. Pierre war zu diesem Zeitpunkt gerade in Paris auf Jobsuche. So kam es, dass die hochschwangere Cécile ganz alleine zu Hause war. Wir frühstückten ausgiebig und unterhielten uns. Ich hatte noch nicht einmal meine Tasche ausgepackt, als ich einen Anruf von Josephs Schwester erhielt. Sein Zustand hatte sich ganz plötzlich dramatisch verschlechtert. Ich machte mich sofort auf den Weg ins Krankenhaus, wo ich dann die ganze Wahrheit erfuhr: Joseph hatte nur noch ein paar Tage zu leben. Ich hatte Schwierigkeiten, den Sinn dieser Worte zu erfassen. Mein letzter Stand war, dass eine Kombination aus Bestrahlung und Chemotherapie seinen Krebs hatten abklingen lassen. Doch nun hatten sich die Krebszellen klammheimlich und leise durch eine Arterie in seinem Nacken gefressen, und die Ärzte konnten nichts mehr für ihn tun.

Ich sah Josephs Schwester an. Ihr Blick war trostlos und starr wie eine eisige Schneelandschaft. Joseph lag bewegungslos auf seinem Krankenlager. Im Gesicht hatte er das für ihn so typische Grinsen, das ich nur allzu gut von so vielen gemeinsam durchfeierten Nächten in Barcelona kannte. Aber er war schon nicht mehr in der Lage zu sprechen, also gab ich ihm Stift und Papier. Darauf schrieb er ein paar Fragen: Ob ich auf Urlaub nach Barcelona gekommen sei? Ich nickte. Wie lange ich vorhabe zu bleiben? Ein paar Wochen, war meine Antwort. Joseph lächelte wieder und schloss dann die Augen. Als es Nacht wurde, entschwand dann auch das letzte bisschen, was von seinem kurzen Leben noch übrig war, aus seinem völlig geschwächten Körper.

Ich nahm ein Taxi und fuhr zurück in Céciles Wohnung. Sie hatte Joseph nur ein paarmal persönlich getroffen, aber sie war völlig geschockt, als sie von seinem Tod erfuhr. Denn jeder, der ihn kannte, schloss ihn wegen seiner fröhlichen offenen Art sofort ins Herz. Dann deutete Cécile plötzlich auf ihren Bauch und sagte mir, dass sie Schmerzen habe. Wir riefen ihren Arzt an, und der riet uns, sofort ins Krankenhaus zu fahren. Ich rief ein Taxi und setzte mich neben sie auf den Rücksitz. Sie sagte zwar, ich müsse sie nicht begleiten, aber wo hätte ich in so einer Nacht auch sonst hingehen sollen?

Um halb ein Uhr nachts trafen wir auf einer fast völlig verwaisten Entbindungsstation ein. Cécile wurde sofort für die üblichen Tests verkabelt, und ich setzte mich in den kahlen Flur und wartete. Die verfrühten Wehen waren so heftig, dass die Schwestern fast die ganze Nacht brauchten, um sie unter Kontrolle zu bringen, und ich hatte genug Zeit, um ausgiebig über Geburt, Tod und alles, was dazwischen liegt, nachzudenken.

Und nun sitze ich wieder auf einem Krankenhausflur, halte mich an einem Pappbecher aus dem Automaten fest und muss an meinen Freund Joseph denken, der drei fröhliche kleine Jungs zurückgelassen hat. Er und ich hatten vieles gemeinsam, auch so manche schlechte Angewohnheit. Aber er ist tot, und während ich dasitze und auf Neuigkeiten von Helena und unserem Sohn warte, frage ich mich, warum er nie die zweite Chance bekam, die mir aus unerfindlichen Gründen zuteil wird.

Kurz darauf werde ich in den Raum gerufen, in dem Helena untersucht wird. Wie Cécile damals hängt auch sie jetzt an einer Maschine, die die Kontraktionen in ihrem Bauch auswertet. Die Hebamme ermahnt Helena, sie möge sich entspannen. Sie erklärt, dass Helena von nun an liegen müsse, und die beiden sehen mich streng an. Okay, schon klar, von nun an mache ich den Abwasch.

Der Teufel auf Fischfang, 26. November

NACHDEM ICH den Abwasch gemacht habe, widme ich mich wieder meinen beruflichen Perspektiven jenseits des Marketings: Das Einzige, was ich mit Sicherheit über den Job in Toulouse sagen kann, ist, dass Helena denkt, ich solle ihn umgehend annehmen. Sie würde am liebsten sofort all unser Hab und Gut auf einen Laster laden und einfach tausend Kilometer nach Süden fahren, ein Haus finden, einziehen – und sie lebten glücklich bis ans Ende ihrer Tage. Ich dagegen ziehe es vor, erst einmal zu erfahren, um was es sich bei dieser Arbeit genau handelt. Dann gedenke ich ewig darüber nachzudenken, ob ich mir vorstellen kann, diesen Job eine Weile zu machen, es mit jedem, den ich kenne, zu diskutieren, die Entscheidung ein paar Jahrzehnte hinauszuschieben, hundertmal meine Meinung zu ändern und am Ende überhaupt nichts zu unternehmen.

Der Job ist bei einer großen französischen IT-Firma. Das Unternehmen hat eine ziemlich teure Software entwickelt und an einen der wichtigsten Konzerne in Toulouse verkauft, und jetzt stellen sie Leute ein, die sich darum kümmern sollen, wenn das System einmal zusammenbricht. Ich frage den Typen, der extra aus Toulouse angereist ist, ob er sich überhaupt einmal meinen Lebenslauf angeschaut hat. Irgendwie tut er mir richtig leid. Die Kohle für diese Reise hätte er sich sparen können.

Er versichert mir jedoch, dass ich mir wegen der Jobanforderungen überhaupt keine Sorgen machen müsse und so viel Unterstützung bekäme wie Dolly Parton auf einer Togaparty. Dann fügt er noch hinzu, er habe mich vor allem deshalb sehen wollen, da aus meinem Lebenslauf hervorgehe, dass ich dreier europäischer Sprachen mächtig sei. Ich verschlucke mich beinahe an meinem Kaffee.

»Wie lange würde das Training dauern?«, versuche ich abzulenken.

»Sechs Wochen.«

»Und das würde ausreichen, um alles zu lernen, was ich für den Job wissen muss?«

»Absolut.«

»Aber ich habe überhaupt keine Ahnung von Computern.«

»Das ist wirklich überhaupt kein Problem. Alles, was Sie zu tun haben, ist am Telefon bereit zu sitzen und Anrufe entgegenzunehmen. Alle Fragen, die sie nicht selbst klären können, leiten sie einfach ans technische Zentrum nach Niedersachsen weiter.«

»Wenn ich recht verstehe, habe ich nur am Telefon zu sitzen und zu warten, dass es klingelt, dann höre ich mir Probleme an, die ich sowieso nicht lösen kann, sage dem Kunden, dass ich keinen blassen Schimmer habe und stelle dann nach Deutschland durch. Wichtig ist nur, dass ich das nett, höflich und in der Sprache seiner Wahl mache.«

Der Typ aus Toulouse lacht nur.

»Ich bin mir sicher, Sie sind uns noch von größerem Nutzen!«

Ich wiederum bin mir da gar nicht sicher und bohre weiter nach:

»Was mache ich, wenn das Telefon nicht klingelt?«

Mein Gegenüber zuckt einfach nur mit den Schultern und nimmt einen Schluck von seinem Kaffee.

»Verstehe. Und wie sieht es mit der Bezahlung aus?«

Wie sich herausstellt, ist die Bezahlung nicht besonders und der Job auf sechs Monate befristet. Aber es besteht die Möglichkeit, dass der Vertrag danach weitere sechs Monate verlängert wird. Ich weiß schon, was Helena dazu sagen wird. Sie sieht es sicher als unsere große Chance, im Süden Fuß zu fassen, und ich kann ja, sobald wir dort angekommen sind, sofort wieder anfangen, mich nach einem anderen Job umzusehen. Kurz gesagt, dass ist unsere Chance, endlich die verschissenen Bürgersteige von Paris hinter uns zu lassen.

Der Mann aus Toulouse sagt noch, er werde mir ein detailliertes Angebot zuschicken, aber dann müsse ich mich so schnell wie möglich entscheiden. Ein einfaches Ja oder Nein genüge. Offensichtlich hat ihn mein Lebenslauf davon überzeugt, dass ich wenigstens dazu in der Lage bin.

Zum ersten Mal seit über einem Jahr ist also eine Anstellung in greifbare Nähe gerückt, und ich weiß bereits, was Helena dazu sagen wird.

»Wie ist es gelaufen?«

»Gut.«

»Wie ist der Job?«

»Ein bisschen Lesen, Schreibarbeiten erledigen und ein paar Anrufe entgegennehmen.«

Helena schaut mich fragend an, aber ich gehe lieber nicht ins Detail. Sie ist wahrscheinlich die einzige Person auf der Welt, die noch weniger Ahnung von Computern hat als ich.

»Wann müsstest du anfangen?«

»Das ist ja das Problem. Ich müsste schon in zwei Wochen anfangen.«

»Was soll denn daran ein Problem sein?«, fragt Helena, und ich sehe sie schon unsere Koffer packen.

»Na ja, der Job entspricht nicht wirklich meinen Vorstellungen. Außerdem würde es bedeuten, dass wir noch zwei Monate vor der Geburt nach Toulouse umziehen müssten, und das, nachdem der Arzt dir dringend geraten hat, dich zu schonen. Deshalb.«

Prompt bekomme ich wieder die alte Leier zu hören – von guten Gelegenheiten, die man beim Schopf packen müsse, von der südlichen Lebensart, von grünen Gärten und großen Häusern, Bergen, Freiheit und von Kindern, die auf den Wiesen mit flauschigen Lämmern herumtollen. Aber nicht, dass sie mich damit jetzt unter Druck setzen wolle oder so, sie wolle mich nur darauf hinweisen, dass es praktisch nur ein Katzensprung ist zwischen ländlichem Utopia und der Hundekacke von Paris. Sie für ihren Teil würde am liebsten noch heute Abend nach Süden ziehen. Dann geht sie packen und lässt mich alleine auf dem Sofa sitzen, den Kopf in den Handflächen vergraben.

Ich kann natürlich verstehen, warum Helena so scharf darauf ist umzuziehen. Ich sehe sie schließlich auch, die Babys, die von ihren chronisch erschöpft dreinblickenden Müttern durch Paris geschoben werden, in ständiger Angst, dass der Kinderwagen von hupenden Scootern oder irren Taxifahrern mitgerissen wird. Jede Nacht träumt Helena von einem Haus mit Garten, das geräumig genug ist, dass man sich darin umdrehen kann, ohne die Ellenbogen anlegen zu müssen. Sie träumt davon, an einem Ort zu leben, wo man nicht erst 45 Kilometer weit fahren muss, um feststellen zu können, ob die Sonne scheint, und sie versichert mir glaubhaft, dass es das ist, was auch ich in der Tiefe meines Herzens eigentlich will.

Bevor ich weiter darüber nachdenken kann, scheint der gefallene Schutzengel des Marketings einen Tipp bekommen zu haben, dass jemand abtrünnig ist. Er greift sofort nach seinem Adressbuch und ist schneller am Telefon als ein Börsenmakler mit Aussicht auf ein Insidergeschäft.

Sein erster Handlanger ist Dirk. Er will wissen, ob sich die Brauerei schon gemeldet hat. Ich sage ihm, dass ich seit meinem Bewerbungsgespräch zwar mit deren Werbung bombardiert werde, dass ich aber seither keine einzige persönlich an mich adressierte Nachricht von dieser Seite erhalten habe. Ohne auf mein Gejammer einzugehen, rät Dirk mir, mich mit einem seiner Kollegen in Holland in Verbindung zu setzen, weil der etwas hätte, das für mich von Interesse sei. Das Telefon ist noch warm, als eine weitere frühere Kollegin aus London anruft. Sie fragt, ob ich nicht eine kleine Agentur in der Vorstadt übernehmen möchte, aber ich muss sie leider auf die Warteschleife legen, da auf der anderen Leitung gerade ein Mann namens Henry anruft und mir ein Marktforschungsprojekt in Slowenien anbietet. Wer zur Hölle ist dieser Henry, und woher hat er meine Nummer? Und wo war er bitteschön vor sechs Monaten, als ich genau so einen Job gesucht habe? Ich stelle wieder auf den Anruf aus London zurück. Falls mir die Vorstadt nicht zusage, sei da immer noch das Büro in

Casablanca. Da ruft auch schon Dirks holländischer Kollege an. Er bietet mir alleinige Verantwortung für ein internationales Projekt, wenn ich nur mein eigenes Todesurteil unterzeichne und in den Schoß meiner alten Firma zurückkehre. Ihm sei auch völlig egal, ob ich das Projekt von Toulouse aus leite oder mich irgendwo in der Wüste niederlasse. Ich wimmle ihn ab. Ich müsse das erst mit meinem alten Boss besprechen. Kaum habe ich aufgelegt, sehe ich, dass genau der mir bereits eine Nachricht hinterlassen hat – ob ich schon mal darüber nachgedacht habe, in der Schweiz zu arbeiten, und ich möge ihn doch so schnell wie möglich zurückrufen. Ich lege den Hörer neben die Gabel. Ich fürchte, sonst ruft auch gleich noch diese Pharmafirma an, die gebrauchte Nadeln nach Swaziland verkaufen will, und die Tabakfirma, die eine Kampagne für unter Zwölfjährige in Myanmar plant. Vielleicht meldet sich aber auch gleich ein internationaler Waffenschieber, und ich will mein Schicksal wirklich nicht weiter herausfordern, indem ich erreichbar bleibe. Stattdessen mache ich mich auf die Suche nach Helena, was kein allzu schwieriges Unterfangen darstellt. Da sie sich weder auf der Couch noch am Telefon befindet, kombiniere ich, dass sie sich wohl im Schlafzimmer aufhält, wo ich sie dann auch tatsächlich, auf dem Bett liegend, ausfindig mache.

»Gibt's was Neues?«

»Jobs.«

»Was für Jobs?«

»Alle möglichen.«

»Wo?«

»Kannst es dir aussuchen.«

Helena schaut mich irritiert an, langsam wird sie ungeduldig, also versuche ich es nochmal auf die einfache Art:

»Wo willst du leben?«

»Toulouse!«

»Wie wäre es mit der Schweiz?«

»Nein.«

»Amsterdam?«

»Nein.«

»Casablanca.«

Helena denkt kurz über Kamelkarawanen in idyllischer Wüstenlandschaft nach, dann schüttelt sie den Kopf:

»Nicht wirklich.«

»Ich auch nicht. Wie wäre es mit London?«

»Vielleicht.«

»Paris?« Das ist natürlich eine Fangfrage, aber Helena hat sie kommen sehen und schüttelt den Kopf energischer als ein Model in einem Haarspray-Werbespot.

»Verstehe. Gut, lass uns eine Nacht drüber schlafen. Ich geh mal einkaufen, o.k.«

Im Fischladen suche ich nach Antworten. Sollen wir heute Abend Kabeljau essen oder sieht der Schellfisch nicht doch frischer aus? Achtet die Sardinenfischerei auf Nachhaltigkeit? Werden Lachse bei der Aufzucht immer noch mit Antibiotika vollgepumpt? Der Seebarsch sieht aber auch lecker aus ... Ist es wirklich unvermeidlich, dass ich wieder im Marketing lande? Ich wünschte, ich wäre mir da so sicher wie Helena. Egal, morgen habe ich erst einmal meinen letzten Termin bei der Ferrat. Ich hoffe, sie hat eine Idee, denn ich habe wirklich keinen blassen Schimmer mehr, was ich nun machen soll. Aber nicht einmal sie kann mir bei der Entscheidung helfen, welchen Fisch ich kaufen soll. Schließlich wähle ich geräucherten Schellfisch und mache mich auf den Heimweg.

Nächtliche Gelüste, 27. November

HELENAS VERFRÜHTE WEHEN wiederholen sich, und der Arzt hat ihr deshalb Medikamente verschrieben. Nachts schläft sie sehr unruhig. Immer wenn sie gerade eingeschlummert ist, lässt der Koch im Restaurant unter uns mit Sicherheit einen Teller fallen, und sie ist sofort wieder hellwach. Ich finde das Tellergeklapper ja eher beruhigend, aber die Schwangerschaft hat Helenas Sinneswahrnehmung geschärft. Sie kann sogar die Rollmöpse im Glas quatschen hören. Und auch die Frau, die im Restaurant nun schon zum x-ten Mal mit ihren Stilettos zur Toilette klappert, entgeht ihr nicht. Wenn das so weitergeht, fürchte ich, dreht ihr Helena noch vor dem Morgengrauen den Hals um.

Warum ein Frühstück so wichtig für einen guten Start ins Leben ist, 28. November

MORGENS am Küchentisch studiere ich die Rückseite einer Packung *Weetabix*. Dank modernen Marketings kann man nicht einmal mehr in Ruhe frühstücken. Stattdessen ist man genötigt, den Morgen mit einem Haufen merkwürdiger Comicfiguren zu verbringen, die der Feder einer skrupellosen Werbeagentur entsprungen sind. Ich frühstücke heute gemeinsam mit Valerie und Amandine, die mir ihre ganz persönliche *Weetabix*-Erfahrung aufs Auge drücken.

Laut Packungsaufdruck ist Valerie 35 und isst drei *Weetabix* in fettarmer Milch am Tag. Das ist dann wahrscheinlich auch alles, was sie zu sich nimmt, denn sie ist dünn wie 'ne Krücke. Ich weiß das, weil auf der Packung ein Foto von ihr ist, wie sie nur mit einem pinken Bikini bekleidet im Pool planscht. Wenn Valerie 35 ist, fress ich keine *Weetabix* sondern 'nen Besen. Ich bezweifle, dass sie überhaupt schon ihren 20. Geburtstag gefeiert hat. Aber das ist ja das Schöne an Werbung – man muss es mit der Wahrheit nicht so genau nehmen.

Dann ist da noch Amandine. Sie ist wahrscheinlich die sprachgewandteste und wohlerzogenste Neunjährige, die je versucht hat, mich zu beschwatzen. Amandine versichert mir, dass sie sich ganz prächtig entwickele, indem sie immer brav auf ihre Lehrer höre, was ihr aber unmöglich gelänge, würde sie sich nicht eine tägliche Ration von mindestens sieben *Weetabix* reinzwingen. Ihr Rat an mich: Falls ich Schwierigkeiten haben sollte, Entscheidungen zu treffen, liege das wahrscheinlich nur daran, dass ich nicht die empfohlenen Menge Niacin, Thiacin und Vitamin *Jaguar XJ12* zu mir nehme.

Ganz im Gegensatz zu mir ist die Ferrat eher der entscheidungsfreudige Typ. Ich frage mich, was sie wohl zum Frühstück isst. Hoffentlich vergesse ich später nicht, sie danach zu fragen, aber vorher will ich erst einmal hören, welche Zukunft sie mir aus dem Kaffeesatz liest.

Irgendwie hatte ich erwartet, die heutige Sitzung bestünde aus einer umfassenden Einschätzung meiner Stärken und Schwächen, gefolgt von ein paar wasserdichten Empfehlungen, was meine berufliche Zukunft betrifft, und vielleicht sogar einem konkreten Jobangebot in Südfrankreich. Dementsprechend bin ich bester Laune, als ich bei der Ferrat auftauche, und rechne fest mit einer Alternative für ein Galeerensklaven-Leben bei der Firma *Satan, Höllenfeuer und McProfit*. Das ist ja auch der Grund, warum ich diesem Beratungsmarathon mit der Ferrat überhaupt erst zugestimmt habe.

Doch als ich ein letztes Mal in den schwarzen Ledersessel ihr gegenüber sinke, ist sie bereits dabei, ein Formular auszufüllen, das nichts anderes ist als ein müder Abklatsch von allem, was wir die letzten paar Monate schon durchgekaut haben. Sie gibt an, meine Chancen, in den Lohnerwerb zurückzukehren, stünden hervorragend, vorausgesetzt ich bin bereit mich demütigen zu lassen, behalte all meine persönlichen Meinungen für mich und kehre stande pede ins Marketing zurück.

Zum Abschied drückt sie mir dann noch eine Kopie dieses Formulars in die Hand. Der Wisch landet im ersten Mülleimer, den ich sehe, nicht etwa, weil ich finde, dass unsere Treffen reine Zeitverschwendung waren und nicht einmal, weil auch mir langsam klar wird, dass nur ein mickriges, unzulängliches Drehbuch zwischen mir und meiner Kapitulation vor dem Marketing steht. Nein, ich werfe es in den Müll, weil ich all das einfach nicht wahrhaben will.

Warum bin ich immer noch nicht zur Vernunft gekommen? Was ist überhaupt so schlimm an einer Karriere im Marketing? Wen juckt es schon, wie jemand sein Geld verdient? Warum gebe ich mich nicht einfach mit einem italienischen Anzug, einem deutschen Auto und Mittagessen in der Sushibar zufrieden, wie alle anderen auch? Schließlich gab es einmal Zeiten, da habe ich genau davon geträumt. Also was ist seitdem mit mir passiert? Woher kommt der Wunsch nach ewiger Freiheit und Unabhängigkeit, und warum kann ich ihn mir nicht einfach aus dem Kopf schlagen, so wie man sich den Mund mit grünem Pfefferminzwasser ausspült? Schließlich geht es jetzt um die Zukunft und das Wohlergehen meiner Familie. Ist es wirklich so schwer, die Klappe zu halten und sich in ein Schicksal als Versorger zu fügen?

Ich weiß nur, dass bald der achte Schwangerschaftsmonat anbricht, und wenn ich nicht bald ein paar Antworten parat habe, werde ich wohl einfach von den Ereignissen überrollt. Die Luft auf dem Nachhauseweg ist so kalt, dass sich das Durcheinander in meinem Kopf in ziellosen Dunstwolken materialisiert. Schreckensvorstellungen von meinem Sohn, der mich fragt, warum er denn keine Schuhe habe, verfolgen mich. Die einzige Antwort, die ich darauf parat hätte, ist, dass ich ein paar schlechte Entscheidungen getroffen habe, dass er sich aber keine Sorgen machen müsse, weil sich seine Fußsohlen bald an die Kälte gewöhnen werden.

Was ich werden will (wenn ich einmal groß bin), 29. November

DEM TYPEN aus Toulouse habe ich gesagt, dass ich ihm am Montagmorgen meine Entscheidung mitteilen werde. Das gleiche verklickerte ich auch meinem früheren Chef wegen des Angebots aus der Schweiz. Das dürfte doch eigentlich kein Problem sein, oder? Ich grüble das ganze Wochenende, wäge Pros und Kontras ab, kann aber einfach nicht zu einer Entscheidung kommen. Irgendwie besitze ich nicht die Fähigkeit, solch folgenschwere Entscheidungen zu treffen. Es kann doch nicht so kompliziert sein, einfach ganz pragmatisch die Möglichkeiten abzuwägen.

Wie wäre es also mit einer Liste der Pros und Kontras von den Angeboten aus Toulouse und der Schweiz?

So vielleicht?

Ja genau, das sieht doch schon ganz gut aus!

Ich frage mich, wo Arsenal heute spielt.

Halt die Klappe und konzentrier dich gefälligst!

Die Schweiz ist so ziemlich das langweiligste Land überhaupt, oder?

Kann sein. Aber das ist doch wenigstens schon einmal ein Kontra, oder?

Dafür gibt es dort tolle Berge, also ein Pro.

Wann wirst du schon Zeit haben, in die Berge zu gehen?

Stimmt auch wieder! Ich werde mir nur den Arsch abarbeiten, auch am Wochenende. Also noch ein Kontra.

Aber denk doch mal an das Geld, das du dort verdienen kannst!

Geld ist nicht alles.

Nein, aber es schadet auch nicht. Kinder brauchen schließlich ungefähr alle drei Tage neue Schuhe.

Also was jetzt?

Keine Ahnung.

Was macht eigentlich Helenas Kuchen im Ofen?

Riecht schon ganz schön gut!

Ich hoffe, es ist Apfelkuchen – das ist nämlich mein absoluter Lieblingskuchen!

Echt? Meiner auch!

Eine halbe Stunde später bin ich mit meinen Listen fertig, aber zu einer Entscheidung bin ich trotzdem nicht gekommen. Außerdem hat Helena wirklich Apfelkuchen gebacken, und nach all dem Hin- und Herüberlegen habe ich mir doch wirklich ein Päuschen verdient. Stolz zeige ich Helena die Liste. Doch sie fragt nur schroff, was ich damit anfangen will.

»Na, eine Entscheidung treffen, natürlich!«, antworte ich aufgebracht.

»Ja, dann mach aber mal hin!«, drängt sie.

Ich frage mich, wann andere Leute entscheiden, was sie aus ihrem Leben machen wollen. Meine Kindheitsträume waren bestimmt auch nicht anders als die von anderen. Zuerst wollte ich Pilot werden, dann Fußballer, Chef von *Ferrari* oder einen Tunnel bis in die Mongolei baggern. Doch eines Tages, es war mitten während einer Matheschulaufgabe, kam mir die glorreiche Idee, es vielleicht doch besser als Gigolo zu versuchen. Na ja, ich war damals noch immer Jungfrau und hatte keine Ahnung, wie ich sonst jemals in greifbare Nähe einer weiblichen Brust kommen sollte.

Warum die Franzosen nie Milch zum Tee nehmen, 30. November

WIR WURDEN von den Rolltreppes zum Tee eingeladen. Ich bin noch immer meilenweit von einer Entscheidung entfernt, was meine berufliche Zukunft betrifft. Es schüttet schon den ganzen Tag, und natürlich hört es nicht auf, nur weil wir gerne zu Fuß um den Block und in das zentralbeheizte Paradies der kleinen Agathe und ihrer Familie spazieren wollen. Helena ist schon zu schwach, um einen Regenschirm zu halten, also fällt mir die verantwortungsvolle Aufgabe zu, sie vor Wind und Wetter zu schützen. Als wir ankommen, ist sie total erschlagen und ich bin klatschnass wie ein Affe, der kopfüber in den Amazonas gefallen ist.

Wir sinken erschöpft aufs Sofa, Agathe wird gerade noch von ihrer Mutter gebadet, und Mr. Rolltreppe tut so, als sei er schwer damit beschäftigt, ein Kaminfeuer zu machen, damit er auch ja nicht über Rugby reden muss. Und zu allem Überfluss fängt er dann auch noch an, damit zu prahlen, er bewerbe sich gerade für einen Job, bei dem es darum gehe, führerlose U-Bahnzüge zu verkaufen. So ein Quatsch! Schließlich ist der Mann der geborene Rolltreppen-Verkäufer. Dann kommt Agathe aus dem Bad, mit leuchtenden Augen und in dicken Windeln. Helena lebt sichtlich auf, als sie das kleine Frotteebündel auf den Schoß nimmt, trotzdem ist sie einfach zu müde, sie lange zu halten, und reicht sie an mich weiter. Mit Agathe auf dem Schoß bin ich genötigt anzuerkennen, was Helena da eigentlich die ganze Zeit mit sich herumschleppt, und verstehe plötzlich, warum sie nicht mehr in der Lage ist, irgendetwas zu heben, das schwerer ist als eine Tasse Tee. Schlagartig wird mir klar – ich kann unmöglich nach Toulouse ziehen. Nicht jetzt. Der Job fängt in einer Woche an. Ein Umzug wäre für Helena zu viel, aber ich kann sie in ihrem Zustand auch unmöglich hier auf sich alleine gestellt zurücklassen. Völlig klar, ich muss den Job ablehnen, und zwar aus diesen ganz praktischen Gründen.

Ich starre wie hypnotisiert ins Kaminfeuer, als Agathe uns und die gesamte Nachbarschaft lautstark daran erinnert, dass es Zeit zum Füttern ist. Wie kann so etwas Kleines nur einen solch ohrenbetäubenden Lärm machen? Ihre Lunge kann doch unmöglich größer sein als zwei unaufgeblasene Luftballons, aber die Geräusche, die sie von sich gibt, erinnern eher an einen riesigen Luxusdampfer, der nach Monaten auf See in den Hafen einläuft. Inès schaut kurz auf die Uhr, nimmt mir Agathe von der Schulter und stopft ein Fläschchen in das Mini-Nebelhorn.

Schwangerschaft und andere ansteckende Krankheiten, 1. Dezember

AUF DEM NACHHAUSEWEG gestern habe ich Helena noch erklärt, warum ich die Chance, nach Süden zu ziehen, unmöglich wahrnehmen kann. Sie war enttäuscht, aber einfach zu erschöpft, um meine Entscheidung anzufechten. Ich habe sie damit getröstet, dass es noch bessere Gelegenheiten geben wird, und kann nur hoffen, dass das auch stimmt. Heute Morgen habe ich dem Kerl aus Toulouse also abgesagt, und nun bin ich auf dem Weg zu einer Besprechung wegen des Jobs in der Schweiz.

In einem Straßencafé treffe ich eine Frau aus Stahl, die für einen der Marketinganbieter des Schweizer Unternehmens arbeitet. Sie hat Zeit für genau einen Kaffee und zwei Stück Gebäck, ist aber alles andere als zu Scherzen aufgelegt. Sachlich und kühl informiert sie mich über meine potenzielle Rolle bei der Expansion des ohnehin schon weltumspannenden Firmenimperiums. In der Gegenwart dieser Maschinenfrau beginne ich zu bereuen, den unbedeutenden Toulouser Telefonjob bereits abgesagt zu haben. Plötzlich überkommt mich das Gefühl, einen schrecklichen Fehler gemacht zu haben. Ich schaffe es trotzdem noch, dem stählernen Roboter halbwegs zuzuhören, und versuche, das zu sagen, was sie hören will.

»Wie Sie sehen, bieten wir Ihnen einen absolut hochkarätigen Posten an«, sagt sie mit blecherner Stimme, »eine echte Gelegenheit, die Zukunft eines potenten Global Players mitzugestalten.«

»Ohne Zweifel.«

»Es handelt sich außerdem um ein Tätigkeitsfeld, das sehr viel Sensibilität erfordert, da jedes Land – oder jede Vertikale, wenn Sie so wollen – natürlich eine eigene Agenda verfolgt, wodurch sich sehr oft Konflikte mit der Horizontalen, also der Produktlinie, ergeben.«

»Horizontale. Natürlich. Und Vertikale sowieso«, stottere ich.

»Ihre Aufgabe wäre es, dabei zu helfen, die vielen Interessenskonflikte auszuräumen.«

»Äh, aufräumen?«

»Und Sie würden viel unterwegs sein.«

»Meilen sammeln. Toll!«

»Das ist Ihre ganz große Chance …«

»Ohne Zweifel …«

»… eine der wichtigsten Weltmarken mitzugestalten und Menschen weltweit davon zu überzeugen, dass sie zwar die Wahl haben, dass es für sie aber eigentlich nur einen richtigen Weg gibt.«

»Richtig, äh, keine Wahl.«

»Gut«, sagt die Stahlfrau und blickt streng auf ihre perlenbesetzte Armbanduhr. »Ich sage Ihnen, wie wir vorgehen werden: Ich lege Ihren Lebenslauf dem Head of Marketing vor – Sie haben doch einen Lebenslauf?«

»Selbstverständlich. Den habe ich erst vor kurzem aktualisiert.«

»Gut, mailen Sie ihn mir bis spätestens morgen früh vor dem Frühstück, und ich leite ihn mit Empfehlung an das Schweizer Büro weiter. Das sollte ausreichen, um Ihnen ein persönliches Treffen mit dem Mann zu verschaffen. Das klingt doch schon ganz gut, oder?«

Bevor ich der Frau überhaupt danken kann, ist sie auch schon durch die Tür des Cafés entschwunden. Und ich sitze da und habe dieses leicht üble Gefühl im Magen.

Als Helena aus dem Krankenhaus zurückkommt, überfalle ich sie sofort mit diesen Neuigkeiten. Sie hat kaum Zeit, ihre Pillen zu nehmen, geschweige denn mir mitzuteilen, was der Arzt gesagt hat.

»Ich hatte eben ein Vorgespräch mit den Schweizern.«

»Wie ist es gelaufen.«

»Gut, denke ich.«

»Warum guckst du dann wie das Kaninchen vor der Schlange. Geht's vielleicht auch ein bisschen genauer?«

»Doch schon.«

»Bleibt dir nebenbei Zeit für dein Drehbuch?«

»Nein.«

»Können wir in Frankreich bleiben.«

»Nein.«

»Wirst du viel unterwegs sein.«

»Ja.«

»Du ziehst den Job doch nicht wirklich in Betracht, oder?«

»Doch.«

»Verstehe.«

Plötzlich sieht Helena wieder total müde aus, und mir fällt ein, dass ich noch gar nicht gefragt habe, wie es im Krankenhaus gelaufen ist.

Sie bekommt jetzt ein Medikament, das einmal seinen Anfang als Partydroge in Südlondon genommen hat, um die verfrühten Wehen zu verhindern, die zum Teil auf Helenas Bammel vor der Geburt zurückzuführen sind. Nicht, dass sie sich je über die zu erwartenden Schmerzen beklagt hätte. Wäre ich eine Frau, würde allein die Aussicht auf zwölf Stunden Schmerzen schon die perfekte Verhütungsmethode sein. Tatsache ist ja wohl, dass die menschliche Spezies schon längst ausgestorben wäre, wenn es die Männer wären, die schwanger werden würden. Gut, bei Frauen spielen da auch die Hormone mit, wenn es erst einmal so weit ist, aber man müsste meinen, dass sie doch wenigstens vorher alle Sinne beieinander hätten.

Beim Abendessen diskutieren wir über Carlas Schwangerschaft, und Helena ist mal wieder der lebende Beweis dafür, dass Männer und Frauen eigentlich nicht der gleichen Spezies angehören können. Ich kann überhaupt nicht nachvollziehen, wie Carla schwanger werden konnte, wo sie doch gerade erst behauptet hat, sie sei noch nicht bereit für Kinder. Natürlich ist mir klar, wie das rein technisch passieren konnte, aber es klang wirklich nicht danach, als seien Dirk und Carla vorerst an den Nebeneffekten des Poppens interessiert. Sie wollte eigentlich noch Karriere machen und warten, bis der richtige Zeitpunkt gekommen ist – in ein paar Jahren vielleicht.

Darüber kann Helena nur vielsagend lächeln.

»Ja, ja. Aber als sie hier waren, hatte ich mit Carla ein kleines Gespräch unter vier Augen.«

»Was soll denn das heißen?«

»Ich habe sie wohl auf den Geschmack gebracht.«

»Auf welchen Geschmack denn, bitteschön?«

»Das verstehst du sowieso nicht.«

»Jetzt mach mal halblang. Willst du mir damit ernsthaft verklickern, dass du Carla etwas gesagt hast, was sie dann direkt dazu veranlasst haben soll, zurück in Amsterdam die Kondome in die Grachten zu schleudern, ihre Karrierepläne über Bord zu werfen und sich zu benehmen wie ein Bunny auf *Viagra*?«

»So würde ich das jetzt nicht ausdrücken.«

»Aber im Prinzip ist es das?«

»Ja.«

»Jetzt bin ich aber schon gespannt, was du ihr gesagt hast.«

»Warum?«

»Weil ich es unbedingt wissen will, damit ich alle Männer dieser Erde davor warnen kann, wie sich Frauen gegenseitig auf den Geschmack bringen, schwanger zu werden.«

»Von mir erfährst du nichts.«

»Komm schon, Helena.«

Für ein paar Sekunden schaut sie mich eindringlich an und streicht sich über den Bauch.

»Du kannst es mir doch sagen. Du bist ja schließlich schon schwanger. Wie hast du sie umgestimmt?«

»Als ich sie fragte, sagte sie mir, sie sei noch nicht so weit.«

»Ja, das hat sie mir und Dirk auch immer gesagt.«

»Na ja, ich habe ihr einfach nur gesagt, dass sie vielleicht niemals so weit ist, dass sie vielleicht ihr ganzes Leben lang auf den richtigen Zeitpunkt warten wird.«

»Wie meinst du das?«

»Bei manchen Frauen stellt sich *l'envie* – der Kinderwunsch nie ein. Bei manchen Frauen kommt der Wunsch zu spät oder zum falschen Zeitpunkt oder wenn sie mit dem falschen Mann zusammen sind. Ich habe ihr erklärt, dass ich noch jahrelang auf den Zeitpunkt hätte warten können, an dem wir beide so weit sind. Aber, dass ich einfach nicht bereit war, so lange zu warten. Ich habe mir einfach gesagt, warum sollten wir auf einen vermeintlich besseren Zeitpunkt warten und nicht einfach auf das Leben vertrauen und sehen, wohin es uns führt?«

Entgeistert starre ich Helena an.

»Und das war's?«

Ich frage Helena lieber nicht, wer ihr dieses kleine Geheimnis eingeflüstert hat. Das nützt ja nun schließlich auch nichts mehr.

»Mir hast du das nie gesagt«, protestiere ich halbherzig.

»Natürlich nicht. Männer sind nie so weit.«

Verdammt nochmal, trotz all dem Gerede von gutem Timing und vernünftiger Planung braucht es doch nur eine Frau, die einer anderen dieses kleine Geheimnis einflüstert.

»Und bei unserem zweiten Kind wird es nicht anderes laufen.«

»Wie bitte?«

»Du hast mich schon verstanden.«

Später gesteht mir Helena, dass sie das geheime Gespräch auch schon mit Isabelle geführt hat. Das bedeutet dann wohl, dass Isabelle und Jean-Luc, die bis vor kurzem noch keinen Gedanken an Nachwuchs verschwendet haben, bald nicht mehr das Pariser Nachtleben genießen werden, nur weil Helena Isabelle mit ihrem Geheimwissen infiziert hat.

Warum schwangere Frauen Unterstützung brauchen, 2. Dezember

DER TAG DER WAHRHEIT rückt immer näher. Helena hat unseren Terminkalender mit einem Haufen unangenehmer Termine gefüllt. Und ich verstecke mich mal wieder hinter dem Schreibtisch, weil ich weiß, dass wir ins Krankenhaus müssen, um einen Geburtsfilm anzuschauen, der mir helfen soll, mit Helenas Schmerzen umzugehen. Ich habe keine andere Wahl, aus der Nummer komme ich nicht mehr raus. Angeblich werden alle werdenden Väter von Paris da sein, und mein Protest verhallt ungehört. Als wäre das nicht schon schlimm genug, haben wir nächste Woche auch noch einen letzten Ultraschall-Termin – also noch ein Trailer zum Film *Die Rache des kleinen Kerlchens* –, bevor er dann wirklich kommt, nackig und schreiend, um unser Leben auf den Kopf zu stellen.

Helena hat mir einen Artikel aus der *Elle* auf den Nachttisch gelegt. Er befasst sich damit, wie Kinder das Sexleben ihrer Eltern beeinflussen. Der Artikel ist flankiert von zwei kleinen Karikaturen (meine Aufmerksamkeit richtet sich selbstverständlich umgehend auf die Bildchen, anstatt auf das französische Kleingedruckte). Die erste Zeichnung zeigt einen Mann, der versucht, seine schwangere Frau zu umarmen, was aber aufgrund ihres dicken Bauches völlig unmöglich ist, der die beiden kilometerweit voneinander trennt. Auf dem zweiten Bildchen sieht man ein Paar im Ehebett, und zwischen ihnen liegen drei selig schlummernde Kinder. Die Folgen sind ganz offensichtlich – genauso wie Helenas Frust über unser eigenes Sexleben. Wir haben uns heute Morgen mal wieder in die Haare bekommen, als ich dabei war, die Wäsche aufzuhängen. Sie sah meinen Blick, als mir eines ihrer drögen Schwangerschaftshöschen in die Hände fiel. Gereizt riss sie mir das Teil aus der Hand und zischte, ich solle ja nicht so das Gesicht verziehen, sie werde schon bald genug wieder normale Wäsche tragen.

So auf frischer Tat ertappt, fühle ich mich natürlich wie ein Riesenarschloch. Erwarte ich etwa von ihr, auch noch einen sexy Tanga zu tragen, wenn ich sie demnächst ins Krankenhaus zur Entbindung fahre? Helena hat mittlerweile einen riesigen runden Kugelbauch und sieht ein bisschen aus wie ein lustiges Stofftier – oder wie Diego Maradona.

Sie reagiert auch immer sensibler, wenn es um ihr Gewicht geht. Ich sage dazu schon lange überhaupt nichts mehr. Aber Helena selbst fängt immer wieder davon an. Sie hat mittlerweile über siebzehn Kilo zugelegt, und nur zweieinhalb davon sind Juniors Beitrag. Selbst wenn man noch etwas für zusätzliche Körperflüssigkeiten, Plazenta und übergroße Unterwäsche hinzugibt, bleiben immer noch einige Kilos, die sich nicht so leicht erklären lassen.

Natürlich hilft es dann auch nicht, wenn Helena mich dabei erwischt, wie ich wehmütig in dem Fotoalbum von unserem Korsikaurlaub vor einem Jahr blättere. Zwei Wochen lang trug sie fast nichts anderes als diesen knappen schwarzen Bikini. Nachdem ich eine halbe Stunde dasselbe Foto angestarrt habe, faucht Helena:

»Ich kriege meine Figur schon wieder zurück!«

Ich stelle mich natürlich erst mal dumm und tue so, als würde ich den Zusammenhang zwischen dem, was sie sagt, und meinem Gestarre auf ihr Oben-ohne-Bild, geschossen am Strand von Ajaccio, nicht verstehen.

»Hä?«

»Tu doch nicht so, du weißt genau, wovon ich spreche.«

»Ach, das meinst du«, sage ich so unschuldig wie möglich und zeige so beiläufig wie möglich auf das Foto des Anstoßes.

»Das ist bei allen Frauen so.«

»Was?«

»Dass sie während der Schwangerschaft zunehmen.«

Ich verkneife mir die Frage, ob denn alle gleich siebzehn Kilo zulegten, und sage auch nichts von Sport oder Schokokeksen. Keinen Mucks. Stattdessen versuche ich, die angespannte Situation ein bisschen aufzuheitern:

»Und alle Freunde dieser Frauen nehmen sich dann eine Geliebte, oder was?«

Aber diese als Witz gedachte Bemerkung stellt sich als weiterer fataler taktischer Fehler heraus. Wenn Blicke kastrieren könnten.

»Ehemänner!«, zischt sie schließlich.

»Was?«

»Ehemänner, habe ich gesagt. Freunde haben keine Geliebte. Bei denen nennt man das einfach nur rumvögeln.«

Damit verlässt sie erhobenen Hauptes das Zimmer. Ich bleibe sitzen und bin ziemlich baff über ihre Fortschritte in der englischen Sprache.

Kundenservice und andere französische Wurstsorten, 4. Dezember

DIE PLACKEREI geht weiter: Einkaufen, Kochen, Abwaschen und nach Jobs suchen. Das Highlight meines Tages besteht darin, dass ich mich an den Rechner setze und ein paar weitere Seiten meines kränkelnden Drehbuches lösche.

Bei Helena scheint das Medikament zu wirken, und die verfrühten Wehen haben nachgelassen. Dafür reagiert sie zunehmend empfindlich auf den Krach aus der Wohnung unter uns. Jeden Morgen um punkt halb neun geht es los. Der Baustellenleiter hat eine Stimme wie Tweetie aus dem Comic. Jedes Mal, wenn er den Mund aufmacht, dringt seine Piepsstimme durch die Dielen zu uns herauf. Der explosive Cocktail aus Unbeweglichkeit, Lärm und Hormonen führt bei Helena zu einer extremen Gereiztheit und Kurzschlusshandlungen. Seit Neuestem weigert sie sich, die Miete zu bezahlen, mit der Begründung, dass sich unsere Wohnung mittlerweile auf einer Großbaustelle befinde. Dass die Baufirma keinen ihrer Anrufe beantwortet, facht ihre Wut nur noch weiter an. Jedes Mal, wenn sie anruft, um sich zu beschweren, kommt sie nicht an der Sekretärin vorbei, die hartnäckig behauptet, die Verantwortliche sei gerade in einem Meeting. Da hilft es auch nicht, wenn Helena die schnippische französische Sekretärin darauf hinweist, dass die Dame sich ja unmöglich seit drei Wochen in einem Meeting befinden könne. Dafür bekommen wir einen strengen Brief der Hausverwaltung, da wir mit der Miete im Rückstand sind, gefolgt von einem Mahngebührbescheid, doch mir sind die Hände gebunden. In dieser Situation steht es schlicht außer Frage, dass ich mit Helenas erklärten Erzfeinden gemeinsame Sache mache.

Es ist auch nicht das erste Mal, dass ich mich in Frankreich in so einer Situation befinde. Immer wenn man in diesem Land so ein Problem hat und einfach nur auf die ganz altmodische Art mit einem Verantwortlichen sprechen möchte, wird diese Bitte pauschal verweigert. Stattdessen verlangt der Kunden-»Service«, man möge die Beschwerde doch schriftlich einreichen, und auf die Antwort kann man dann warten, bis man schwarz wird. Meinen ersten Zusammenstoß mit der vielschichtigen französischen Bürokratie hatte ich, als ich einen Sprachkurs bei einer renommierten Sprachschule belegte. Unsere Lehrerin war etwa 135 Jahre alt und machte den Eindruck, als seien ihr Gehirn und ihr Einfühlungsvermögen bereits in den sechziger Jahren zum Erliegen gekommen. Das einzige Thema, das sie der Rede wert fand, war der anhaltende Konflikt der Geschlechter, und obwohl der Kurs eigentlich so gedacht war, dass die Teilnehmer achtzig Prozent der Konversation bestreiten sollten, war es in Wahrheit nur sie, die unermüdlich ihre Meinung über ihr Lieblingsthema kundtat. Wir Studenten dagegen kamen kaum dazu, unser sowieso ziemlich dürftiges Vokabular zum Besten zu geben. Die alte Zimtziege quasselte einfach ungerührt weiter von den bösen Männern und ihren noch böseren Pimmeln, bis uns die Augen zufielen. Obwohl die jeweiligen Vorzüge von Männern und Frauen ein Thema darstellen, das mir durchaus am Herzen liegt, war ich schon nach wenigen Wochen einfach nicht mehr bereit, Geld dafür zu bezahlen, damit ich mir stundenlang ihre verquere Ansicht der Dinge anhöre.

Ich preschte also ins Büro der Sprachschule wie eine außer Kontrolle geratene Rakete und wollte schon nach einem Termin mit dem Leiter der Einrichtung verlangen.

»Unmöglich«, kreischte seine Sekretärin. »Er ist viel zu beschäftigt.«

»Moment mal. Ich habe Ihnen doch noch gar nicht gesagt, was ich will.«

»Er ist in einem Meeting.«

»Ja klar, und das sicher für den Rest des Monats.«

»Selbstverständlich!«

»Na gut, dann warte ich eben.«

»Nein. Da müssen Sie sich schon schriftlich an ihn wenden.«

»Gut, geben Sie mir einfach einen Zettel, und ich mache das gleich hier.«

Ihr Blick sprach Bände. Nur widerwillig reichte sie mir Papier und Stift. Ein paar Minuten später, nachdem ich vorsätzlich jedes französische Verb in meinem Beschwerdebrief falsch geschrieben hatte, hielt ich ihn ihr unter die Nase und frage sie giftig, ob ich ihn nicht doch lieber dem Präsidenten der Republik persönlich überbringen sollte, da das ja anscheinend leichter sei, als den Schulleiter zu Gesicht zu bekommen.

Das war das Stichwort für noch abfälligere gallische Grimassen:

»So geht das aber nicht. Ich bin seine Sekretärin, und er wird nur mit mir sprechen.«

»Ich will ihm doch gar nichts Böses, ich will ihm lediglich erklären, warum ich reklamieren möchte.«

»Das ist aber völlig ausgeschlossen.«

»Aber es wird ihn doch sicher interessieren, warum ich mein Geld zurückerstattet haben will! Schließlich betrifft es die Qualität des Lehrangebotes dieser Einrichtung, für die er ja wohl verantwortlich ist.«

Doch anscheinend interessierte sie das nicht die Bohne. Sie riss mir genervt den Zettel aus der Hand und verschwand im Nebenzimmer. Dummerweise machte sie den Fehler, die Tür nicht ganz hinter sich zuzumachen, also konnte ich durch den Spalt sehen, dass sich der Typ natürlich überhaupt nicht in einem Meeting befand. Stattdessen lagen seine französischen Käsefüße auf dem Tisch, und er las Zeitung. Ich wartete, bis die Sekretärin zurückkam.

»Er ist immer noch im Meeting«, sagte sie. »Aber ich habe ihm Ihr Schreiben übergeben, und er hat mir versichert, er werde Ihnen so schnell wie möglich darauf antworten.«

Ich begnügte mich mit einem höhnischen Grinsen. Schließlich kann sie nichts dafür, dass das französische Beamtentum sogar das sowjetische Politbüro alt aussehen lässt.

Das Gefühlsleben des Säugetiers, 5. Dezember

ICH HABE BESCHLOSSEN, mal wieder ins Kino zu gehen – und zwar alleine. Dann kann wenigstens niemand über meine Filmauswahl die Nase rümpfen. Ich kann anschauen, was ich will, und wenn es Arnold Schwarzenegger in *Schneewittchen und die sieben Zwerge* ist. Eine Riesentonne voll fettigem Popcorn auf dem Schoß, lümmle ich wenig später im Kino. In den fast leeren Reihen um mich herum sitzen verstreut wie einsame Schneeflocken ein paar andere Einzelgänger. Ich habe keine Ahnung, warum die anderen Kinobesucher hier sind. Ich nehme an, wir haben alle unsere Gründe – unsere ganz eigene Geschichte aus Erfolgen und Niederlagen –, was auch immer dahintersteckt, an diesem Nachmittag haben wir beschlossen, uns einen dieser sentimentalen und rührenden Filme anzuschauen, auf die englische Regisseure spezialisiert zu sein scheinen.

Es wird bereits dunkel, als wir aus dem Kino wieder auf die Straße hinaustreten. Beim Hinausgehen versuchen wir alle Abstand voneinander zu halten und so zu tun, als würden wir die glasigen Augen der anderen nicht bemerken. Hätte man mich vor gar nicht allzu langer Zeit gefragt, wie ich den Film finde, hätte ich zweifellos verlauten lassen, dass der Film totaler Fake ist und ich einfach alles an ihm so richtig beschissen finde – die Story, die Schauspieler, den Regisseur, die Szenerie, die ganze Gefühlsduselei, den Soundtrack und sogar das blöde Popcorn. Was ich dagegen sicher für mich behalten hätte, wäre, dass ich mich selbst noch viel beschissener finde, weil ich der größte Fake von allen bin.

Auf dem Nachhauseweg befinde ich mich in einem richtigen Gefühlschaos. Ich bereue die Jahre, die ich vertrödelt habe, beneide die Figuren aus dem Film und ihren Erfinder sowieso, fürchte mich vor der immer näher rückenden Geburt meines Sohnes und vor so vielen anderen Dingen. Ich fühle Wut, Freude und Verlust zugleich. Manche der Gefühle in mir wurden sicher nur durch den Film ausgelöst, aber andere schleppe ich wahrscheinlich schon lange mit mir herum. Noch vor ein paar Wochen wäre ich in so einer Situation direkt in die nächste Bar gerannt, um all diese Gefühle mit Alkohol runterzuspülen. Aber an diesem Abend, als ich durch die belebten Straßen im Opéra-Viertel gehe, verleugne ich sie nicht, sondern gestehe ihnen zum ersten Mal seit Jahren ihren gebührenden Platz im Strom des Lebens zu.

Die wahren Gefahren von Kohlenmonoxid, 6. Dezember

DEN SAMSTAGMORGEN verbringe ich mittlerweile meistens mit ein paar Freunden, die nicht mehr trinken. Wir genießen diesen Teil des Wochenendes, das uns früher immer völlig entgangen ist. Der komplette Samstagmorgen ging früher immer dafür drauf, uns von einem gesalzenen Kater und dem Ekel vor uns selbst zu erholen. Aber jetzt stehe ich samstags schon früh auf, spaziere am Ufer der Seine entlang und genieße die Wintersonne. Es fühlt sich richtig gut an, wach zu sein. Ich fühle mich lebendig und genieße den Augenblick.

Im 63er-Bus nach Hause fange ich an, in den Gesichtern der anderen Fahrgäste zu lesen. Warum bin ich immer so fasziniert von anderen Menschen? Warum spekuliere ich immer, was hinter der Oberfläche steckt? Früher in der Welt der Werbung habe ich kaum hingehört, wenn unsere Kunden versucht haben, mich vom Wert ihres neuen Produkts für die Menschheit zu überzeugen, obwohl wir doch alle wussten, dass es sich dabei nur um einen dürftig verschleierten Versuch handelte, mehr Profit für die Aktionäre des Unternehmens herauszuschlagen. Zwar habe ich in so einer Situation fleißig genickt, wenn es nötig wurde, aber was mich viel mehr interessierte als das Produkt, das jemand großflächig verkaufen wollte, war, was sich hinter seiner Fassade aus Anzug und Button-down-Kragen befand. Denn mal ehrlich, wie kommt jemand dazu, seine Lebenszeit auf die Werbung für ein Strawberry-Cheesecake-Deo zu verwenden? Ich hoffte immer in ihrer Stimme, Körpersprache oder kleinen nachlässigen Details, die auf ihr Privatleben oder ihre Vergangenheit schließen ließen, eine Erklärung zu finden. Meistens zeigte sich, dass es sich einfach nur um den Wunsch nach finanzieller Sicherheit handelte, weil sie eine Familie zu versorgen hatten, und mit Schrecken stelle ich nun fest, dass dieser Instinkt auch in mir täglich stärker wird.

Der Motor des Busses heult auf, als wir die Steigung zum Pigalle-Viertel hinauf erreichen, und zieht eine graue Abgaswolke hinter sich her. Verdammt nochmal! Es führt kein Weg daran vorbei. Ich muss wieder einen Job im Marketing annehmen und mir das Drehbuch endlich aus dem Kopf schlagen. Das war doch sowieso nur so eine Schnapsidee von mir. Dieses Mal werde ich den Wünschen der Kunden auch mehr Interesse entgegenbringen und verspreche, dass ich nicht einmal versuchen werde, hinter den Schutzanzug zu blicken, den sie jeden Morgen überstreifen, um sich vor der hässlichen und grausamen Marketingwelt zu schützen. Nein, ich werde einfach die Klappe halten und mich ihrer Produkte annehmen, was auch immer sie verkaufen wollen: Gummireifen, Kondome, Waschmittel, Handys, *Botox*-Injektionen, Eiscreme, Hamburger, Diätpillen, Kreditkarten, Zeitschriften, Finanzdienstleistungen, Erektionshilfen, Zigaretten oder Bier. Habe ich Bier gesagt? Na ja, das klammere ich mal lieber aus, und wo ich schon mal dabei bin, vielleicht auch gleich die Zigaretten. Nur weil ich es noch nicht geschafft habe, meine Nikotinsucht zu besiegen, heißt das ja nicht, dass ich den Tod von Abermillionen von Teenagern auf dem Gewissen haben will. Ich muss einfach nur meine Limits einhalten. Vielleicht schaffe ich es sogar, mir darüber klarzuwerden, wo die genau liegen, bevor mich eine Flutwelle aus Produkten wieder in die dunklen Abgründe des Konsums reißt.

Als ich aus dem Bus auf einen der verdreckten Bürgersteige im Pigalle-Viertel steige, bin ich zu der Überzeugung gelangt, dass es sich ausgeträumt hat. Ich habe lange genug Zeit gehabt, meinen Traum zu verwirklichen, und was ist dabei herausgekommen? Nichts weiter als ein täglich schrumpfendes, grottenschlechtes Drehbuch. Ich versuche mich damit zu trösten, dass ich das Schreiben ja weiter als Hobby betreiben und vielleicht sogar ein paar Kindergeschichten für meinen Sohn schreiben kann. Das entspricht wahrscheinlich sowieso eher meinem Niveau – eine winzige, mir verpflichtete Leserschaft im Alter von ein bis acht Jahren.

Meine Unbeschwertheit von heute Morgen ist schneller verflogen als die Versprechungen einer Mobilfunkfirma nach Vertragsabschluss. Wie stopfe ich die klaffenden Lücken in meinem Lebenslauf? Oder soll ich einfach reinen Wein einschenken und zugeben, dass ich zwar einen Nervenzusammenbruch hatte, aber jetzt mit Engagement und Freude den Toilettenboden sauber lecke. Ja klar. Ich kann mir schon vorstellen, wie sie darauf reagieren würden. Schließlich geht es hier um Marketing. Das Allerletzte, was die von mir hören wollen, ist die Wahrheit über meine private Situation. Scheiß drauf! Ich erzähle einfach, ich habe den Einfluss fossiler Brennstoffrückstände auf das Paarungsverhalten der gemeinen Lederrückenschildkröte vor der antarktischen Küste studiert, dann fallen denen sowieso die Augen raus.

Meine schlechte Laune über mein eigenes kreatives Versagen werde ich natürlich an Helena auslassen – an wem sonst? Schon als ich die Tür aufschließe, höre ich Stimmen im Wohnzimmer. Shit, Helenas Eltern! Meine Litanei aus Vorwürfen muss wohl warten, und nach der vollen Packung Küsschen, Händeschütteln und *comment allez-vous* werde ich gleich wieder rausgeschickt, um in der *boulangerie* etwas Süßes zum Tee zu besorgen. Ich komme mit einer ganzen Tüte voll Cremetörtchen zurück, und zum Glück aller Beteiligten beschwichtigt der Zucker darin das kleine, schmollende Kind, das gerade noch auf Krawall gebürstet war.

Gartenzwerge in Utopia, 7. Dezember

ABER AUFGESCHOBEN ist ja noch lange nicht aufgehoben. Ich habe schlecht geschlafen und stehe mit dem falschen Fuß auf. Miesepetrig verschwinde ich im Arbeitszimmer, schreibe ein paar E-Mails und schaue mir stundenlang dröge Fußballspiele auf Kreisklassenniveau im Internet an. Als es draußen bereits langsam dunkel wird, stört Helena meine düstere Isolation mit einer Tasse Kaffee und dem Versuch, mich in ein freundliches Gespräch zu verwickeln. Doch mein Anteil an der Konversation beschränkt sich auf primitive Grunzlaute. Dann erinnert sie mich daran, dass wir Gäste zum Tee eingeladen haben.

»Wen?«, frage ich gereizt.

»Gilles und Mathieu, hast du das etwa vergessen?«

»Sieht wohl ganz so aus. Warum kommen die denn?«

»Weil sie unsere Freunde sind und sie wissen wollen, wie es uns so geht.«

»Und wie lange wollen sie bleiben?«, frage ich angewidert.

»Das weiß ich nicht. So lange sie wollen, aber keine Angst, wenn sie erst mal dein Gesicht gesehen haben, machen sie wahrscheinlich auf dem Absatz kehrt. Wolltest du nicht sowieso ausgehen?«

»Ich gehe später auf eine Party, ja und?«, raunze ich sie an.

»Also ich backe jetzt erst einmal einen Kuchen. Vielleicht könntest du ja dafür schon mal den Tisch decken?«

»Ich habe zu tun. Gib mir noch 'ne Minute.«

Mit hochgezogenen Augenbrauen schaut Helena auf den Bildschirm. Glücklicherweise hat sie keine Ahnung, dass ich mittlerweile auf der Seite der albanischen Amateurliga gelandet bin.

»Okay, danke«, sagt sie unbeeindruckt von meiner miesen Laune.

Aber das macht alles nur schlimmer. Wenn sie mir wenigsten sagen würde, ich solle endlich erwachsen werden und mein Leben in den Griff bekommen, würde ich mich vielleicht nicht so bescheuert benehmen. Aber so ignoriere ich sie einfach und starre weiter auf den Bildschirm.

Als Gilles und Mathieu dann auftauchen, bin ich gerade dabei, einen Brief an einen entfernten Onkel zu schreiben, mit dem ich bestimmt seit fünfundzwanzig Jahren nichts mehr zu tun hatte. Ich kann mir vorstellen, dass es ihn, nach all den Jahren der Funkstille, nicht die Bohne interessiert, was ich so mache. Aber das Spiel in Tirana wurde schon vor einer guten Stunde abgepfiffen, und ich konnte mich einfach nicht aufraffen, etwas anderes zu tun. Vielleicht kann ich ja mit meinem Sohn gemeinsam erwachsen werden. Ich weiß auch nicht, aber manchmal frage ich mich, ob es nicht eher ein Zwillingsbruder ist, den ich da erwarte.

Als ich die Metro besteige, verdrücken sich alle anderen Fahrgäste ans andere Ende des Waggons. Ich muss wirklich etwas gegen meine schlechte Laune unternehmen. Nach einer Party ist mir jetzt wirklich nicht zumute, und wahrscheinlich schlürfen sie da alle auch noch gierig Champagner. In meinem jetzigen Zustand könnte das gefährlich werden. Also steige ich zwei Stationen zu früh aus, in der Hoffnung, dass ein Spaziergang vielleicht meine Laune hebt.

Später auf der Party unterhalte ich mich mit einer Engländerin, die alle anderen zu meiden scheinen. Unsere Unterhaltung ist typisch englisch: Wir beklagen uns über das Wetter und die Eigenartigkeit der Franzosen im Allgemeinen, bevor wir dann das Geschlecht einiger Mitglieder der königlichen Familie in Frage stellen. Nach einer halben Stunde denke ich, es sei angebracht, sie zu fragen, womit sie denn so ihr Geld verdient. Es stellt sich heraus, dass sie in Teilzeit als Buchhalterin arbeitet und nebenbei Reflexzonenmassage anbietet (eine ziemlich eigenartige Mischung, wie ich finde, ein bisschen so, als wäre man ein Massenmörder und Mutter Teresa gleichzeitig). Aber sie scheint recht glücklich damit zu sein. Ich zögere eine Nanosekunde und beschließe dann, mein persönliches Dilemma vor ihr auszubreiten. Ich erzähle ihr, dass ich die letzten zwölf Monate damit verbracht habe, zu überlegen, ob ich mich wieder in die Reihen des Kapitalismus eingliedern oder lieber das bisschen Geld, das mir noch geblieben ist, in einen rostigen *VW*-Bus und eine kleine Hütte irgendwo im Süden investieren soll.

»Mach das doch«, sagt sie wie aus der Pistole geschossen. »Vergiss das Marketing und setz dich einfach in den Süden ab. Denk nicht lange drüber nach. Das haut schon hin. Du wirst sehen, dass du es nicht bereuen wirst.«

Isolierbaby – Warum zwei Mäntel besser sind als einer, 10. Dezember

WARUM KLAMMERE ich mich weiter an diesem Drehbuch fest und wie soll mir ein passables Ende einfallen, wenn ich so schlecht drauf bin? Wenn das alles ist, was mir die Nüchternheit zu bieten hat, ist es vielleicht besser, ich kippe mir erst mal 'nen ordentlichen Scotch hinter die Binde. Zumindest habe ich Helena gebeten, mich ein bisschen in Ruhe zu lassen, damit ich diese Sache endlich zu Ende bringen kann.

Das Telefon klingelt. Es ist Helena. Sie ist auf einem Trödelmarkt und hat anscheinend »endlich« ein Schränkchen fürs Kinderzimmer gefunden. Ich wusste noch nicht einmal, dass wir überhaupt nach so etwas suchen, aber Helena will wissen, warum ich nicht schon längst auf dem Weg zu ihr bin, um das Ding auszumessen. Ich verfalle in eisiges Schweigen. Ich weiß, Helena liebt diese Märkte, auf denen irgendwelche Gauner versuchen, einem das Zeug anzudrehen, das andere Leute vorher auf den Sperrmüll geworfen haben. Ich kann daran ja weniger finden als an einem kalten Bad in der sibirischen Tundra. Aber mir ist auch klar, dass Helenas Begeisterung mir keine andere Wahl lässt, als mich auf den Weg zu machen. Angewidert knalle ich den Hörer auf, als wolle ich damit eine ganze Kakerlakenfamilie zerquetschen. Natürlich habe ich Helena nicht gesagt, dass ich eigentlich ganz froh bin, von meinen idiotischen, eindimensionalen Drehbuch-Figuren wegzukommen.

Als ich auf dem Trödelmarkt ankomme, finde ich Helena mit verträumtem Blick vor einem alten Monstrum, das in Holzwurmkreisen sicher Begeisterung auslösen würde. Nur dumm, dass ich kein Holzwurm bin.

»Wie findest du es?«, fragt sie hoffnungsvoll.

»Was kostet es denn?«

»Mach dir darüber mal keine Gedanken, ich will ja nur wissen, wie du es findest.«

Ich finde, dass ich überhaupt nicht hier stehen, auf ein morsches Schränkchen starren und mir die Eier abfrieren sollte. Ich will meine Ruhe haben und im Warmen über einen unschönen Tod des Bösewichts aus meinem Filmskript sinnieren.

»Der Farbe nach zu schließen, stammt es aus dem Dritten Reich«, ist das Einzige, was mir dazu einfällt.

»Keine Sorge, ich streiche es neu.«

»Wie viel kostet es denn jetzt?«

»250.«

»Was?! Obwohl wir es noch reparieren und umstreichen müssen? Und wahrscheinlich müssen wir es auch noch eigenhändig nach Hause schleppen, oder was?«

»Nein, die liefern es uns. Also, was hältst du davon?«

»Es ist scheißteuer, aber dir ist doch sowieso egal, was ich davon halte, oder etwa nicht?«

»Gut, dann kaufen wir es eben.«

»Helena, ich weiß wirklich nicht, warum du mich überhaupt herbestellt hast, wo du doch sowieso schon entschieden hattest, es zu kaufen. Und ich habe wirklich Besseres zu tun. Ich versuche zu arbeiten.«

Helena straft mich mit einem Blick, der mir vermitteln soll, dass ich nicht genug am Wohl unseres gemeinsamen Sohnes interessiert bin, und ich gebe mich geschlagen. Aber ich weiß jetzt schon, dass nicht sie diesen schäbigen Kasten streichen wird. Das wird dann wohl mal wieder an mir hängenbleiben.

»Gut. Können wir dann gehen.«

»Nein, du musst erst noch zahlen.«

Aus irgendwelchen Gründen brauche ich unverhältnismäßig lang, das Geld aus meinem Portemonnaie zu kramen.

Mittlerweile ist auch noch das letzte Fünkchen Hoffnung, heute noch einmal an meinem Drehbuch arbeiten zu können, verflogen. Wieder zu Hause tigere ich nervös durch die Wohnung. Doch plötzlich höre ich Helena aufjaulen wie ein Dutzend neugeborener Welpen. Ich stürze in die Küche und finde sie über die Spüle gekrümmt vor, umgeben von einer seltsamen rosaroten Flüssigkeit, die langsam auf den Küchenboden tropft. Jetzt bin ich ausreichend alarmiert, um meinen Groll und mein Selbstmitleid für einen Moment zu vergessen.

»Was ist passiert?«

Sie deutet auf den Wasserkocher und dann auf einen triefenden Teebeutel am Boden. Irgendwie hat sie es geschafft, sich eine Tasse kochend heißen Himbeertee über den Bauch zu schütten.

»Bist du okay? Lass mich mal schauen.« Ich fühle mich plötzlich schuldig.

Vorsichtig tappt Helena ins Schlafzimmer, legt sich aufs Bett und entblößt ihren Bauch. Sie hat sich etwa auf Augenhöhe des Kindes eine üble Verbrennung zugezogen.

»Glaubst du, dass er okay ist?«

»Ich denke mal schon. Er ist das drinnen doch gut geschützt.«

»Ich glaube, er hat es gespürt.«

»Eher unwahrscheinlich. So nah ist er doch gar nicht an der Oberfläche, oder?«

»Ich weiß nicht so genau.«

Um ehrlich zu sein, ich weiß es auch nicht. *Future Maman* habe ich schon seit Monaten nicht mehr aufgeschlagen, aber ich weiß, dass er schon gute Chancen hätte durchzukommen, selbst wenn er heute geboren würde. Dafür habe ich keine Ahnung, von was er sich ernährt, wie er atmet, wie viel von der Außenwelt er wahrnimmt oder ob ihm seine erste Tasse Tee geschmeckt hat.

Langsam kehrt wieder Ruhe in unserer Wohnung ein, und ich verdrücke mich ins Arbeitszimmer, das bald Juniors Kinderparadies sein soll. Mal sehen, ob schon jemand bemerkt hat, dass ich mich fast schon habe weichkochen lassen, meine Schreiberei hinzuschmeißen und wieder einen Job im echten Leben anzunehmen. Als ich mein Postfach öffne, erwarten mich allerhand Angebote für Sofortkredite, die Möglichkeit, günstig mit dem Mädchen meiner Wahl zu chatten, und ein Flashbanner preist die Chance an, einen Jackpot von $25.000 zu knacken. Die Schweizer dagegen haben immer noch nichts von sich hören lassen, und überhaupt herrscht an der Jobangebotsfront mal wieder tote Hose.

Da erscheint plötzlich eine bleiche, gespenstische Silhouette im Türrahmen und schwenkt eine Farbdose und einen winzigen Pinsel. Es stellt sich heraus, dass es sich dabei um Helena handelt, und sie möchte jetzt die Überreste des Schränkchens streichen. Ich halte das allerdings nicht für eine ihrer besten Ideen.

»Du meinst dieses Schränkchen?«, frage ich und zeige auf den morschen Bretterhaufen, der ziemlich betreten in einer Ecke herumsteht.

»Ja«, sagt sie ganz ruhig. Aber es sieht eher so aus, als würde sie gleich kollabieren, als ein sperriges Möbelstück zu restaurieren.

»Das sehe ich aber anders. Ich denke, du legst dich jetzt besser wieder ins Bett.«

»Aber …«

»Du hast morgen auch einen anstrengenden Tag im Krankenhaus vor dir.«

»Ich weiß, aber …«

»Und ich weiß ja nicht, wie du das siehst, aber ich will nicht, dass sich unser Sohn, bevor er überhaupt geboren ist, schon zu Tode hustet, weil er giftige Farbdämpfe einatmet.«

»Ich dachte, erst mal nur die Grundierung.«

»Gib mir den Pinsel.« Ich greife auch gleich nach der Farbdose, aber Helena ist stur und lässt nicht los.

»Giftige Dämpfe, Helena. Du gibst mir jetzt die Farbe!«

Da lässt der kleine Geist endlich los, macht auf dem Absatz kehrt und entschwindet.

Die Salatbar (All you can eat), 11. Dezember

WIR HABEN EINEN TERMIN in der Klinik, um uns einen Film über die Geburt anzuschauen, und ich bin so scharf darauf wie die Holzwürmer auf eine zweite Farbschicht. Ich helfe Helena in den *Clio*, und sie versichert mir, dass sie unter allen werdenden Müttern in dieser Klinik die Einzige ist, die nicht regelmäßig von einem ergebenen Partner begleitet wird. Meine Verteidigung, es mache wenig Sinn, zum Pränatal-Singen zu gehen, wo ich doch die Texte gar nicht kenne, ist so fadenscheinig wie haltlos. Mir ist klar, dass ich heute mit muss, aber das heißt ja wohl nicht, dass ich es auch ganz toll finden muss. Ich muss wieder an diese verstörende TV-Geburtsshow denken. Die fand ich schon schockierend genug, obwohl sie wahrscheinlich fürs Fernsehen entschärft wurde. Aber das heute ist bestimmt viel schlimmer, denn das ist eine Krankenhaus-Eigenproduktion, und ich denke nicht, dass die durch die Zensur musste.

Im Keller des Krankenhauses bewaffne ich mich mit einem Becher Automatenkaffee und versuche, einigermaßen entschlossen und mannhaft zu wirken. Wir werden in einen Raum geführt, in dem sich ein Fernsehgerät, grellbunte Gymnastikmatten, fünf schwangere Frauen, eine Hebamme und kein einziger werdender Vater befinden (außer wenn man mich mitzählt). Helena hat mich reingelegt. Ich werfe ihr einen alarmierten Blick zu, aber da hat mich die Hebamme auch schon auf eine der Matten bugsiert und flötet, ich solle mich wie zu Hause fühlen. Die anderen Schwangeren strafen mich mit totaler Nichtbeachtung, und die Hebamme verliert ein paar einleitende Worte.

Sie erklärt, dass wir nun fünf völlig verschiedene Geburten zu sehen bekommen. Fünf! Niemand hat mir etwas von fünf Geburten gesagt. Ich bezweifle, dass ich überhaupt eine ohne Vollnarkose durchstehe. Was zur Hölle mache ich hier? Ich schicke Helena eine mentale E-Mail, dass ich mich gleich aus dem Staub mache. Sie sieht meinen panischen Blick, aber die Art, wie sie mit der Stirn runzelt, sagt mir, dass ich gefälligst zu bleiben habe und die Klappe halten soll.

»Eine dieser Geburten entspricht wahrscheinlich dem Ablauf Ihrer eigenen Geburt«, erklärt die Hebamme weiter. »Wir sehen eine normale Geburt ohne Narkose, eine mit PDA, einen Kaiserschnitt, eine Zangengeburt und schließlich eine mit einer Reihe von Komplikationen. Haben Sie Fragen?« Im Raum ist es totenstill, nur galoppierender Herzschlag ist zu hören.

Mein Kopf ist voll von Fragen, aber die wichtigste ist die, ob ich nicht bitte gehen kann, nachdem wir die normale Geburt gesehen haben. Schließlich stehen die Chancen, dass es bei Helena so laufen wird, bei guten sechzig Prozent. Aber ich traue mich nicht, das zu fragen, und im Übrigen weiß ich auch, dass es wenig Sinn hat. Das Einzige, was ich jetzt tun kann, ist, es mir auf dieser furchtbaren Matte bequem zu machen, meine Angst hinunterzuschlucken und diese Sache durchzustehen.

Der Film beginnt mit etwas Klaviermusik, ein paar ästhetischen Bildern vom Krankenhaus und lächelnden Schwestern, die durch die Flure laufen wie in *Emergency Room*. Doch dann sieht man plötzlich eine japsende Frau mit hochgelegten Beinen in einem dieser Geburtsbetten. Was ist denn das bitte für eine Storyline? Es wurden ja noch nicht einmal die Protagonisten etabliert? Wie es aussieht, ist das hier nur ein schlechtes Remake von *Der Exorzist*.

Die Kamera hält voll drauf, und wir können uns schon glücklich schätzen, dass wir uns nicht die ganzen zwölf Stunden der Geburt reinziehen müssen. Als ich die Augen mal wieder vorsichtig öffne, sehe ich, wie die Hebamme im Film ihre Hände zwischen den Beinen der armen werdenden Mutter hat und den Kopf von einem kleinen, glitschigen Reptil herauszieht …

'tschuldigung, habe ich Reptil gesagt? Ich meinte natürlich ein kleines glitschiges menschliches Wesen. Als das Baby dann der Mutter an die Brust gelegt wird, bemerke ich, dass Helena ganz hingerissen vor sich hin schluchzt.

Klaviermusik erschallt, und als Nächstes sehen wir die Geburt mit PDA. Rein mechanisch betrachtet verläuft sie in etwa genauso wie die erste: Frau atmet schwer, wird von Hebamme angebrüllt, die schiebt dann ihre behandschuhten Hände in die Weichteile der Gebärenden, der Kopf des Babys erscheint, Hebamme zerrt ein bisschen daran, dreht das Baby wie einen Korkenzieher aus dem Körper der Frau, und Helena bricht in Tränen aus. Auffallend bei dieser Geburt ist nur, dass die werdende Mutter die ganze Zeit über dreinschaut wie die Kerle aus *Trainspotting*. Sie wirkt völlig unbeteiligt an dem, was da zwischen ihren Beinen passiert, und ehrlich gesagt finde ich das fast noch verstörender als die Schmerzen der Mutter bei der ersten Niederkunft vorher.

Die dritte Geburt ist der Kaiserschnitt, und das will ich wirklich nicht sehen. Das ist doch eigentlich auch der Sinn der

Sache, eigentlich muss keiner einen Kaiserschnitt sehen, weil die Mutter doch sowieso unter Narkose ist, oder? Aber dann stelle ich fest, dass das gar nicht so ist. Mutter, Vater – und im besten Falle auch der Arzt – sind die ganze Zeit über hellwach. Es wird nur ein Vorhang zwischen dem Kopf und dem Bauch der Mutter zugezogen, und als der Spaß dann richtig losgeht, hält die Kamera auf das Gesicht der Mutter, obwohl die richtige Action ja auf der anderen Seite des Vorhangs stattfindet. Doch im entscheidenden Moment gibt es dann einen Schnitt auf den unteren Teil der Mutter, und wir müssen mit ansehen, wie das Baby aus dem Bauch befördert wird, der eher wie eine Falltür aus menschlichem Fleisch aussieht.

Abgesehen vom Ausgang unterscheidet sich der Kaiserschnitt im Wesentlichen dadurch von der normalen Geburt, dass das Baby nicht das Trauma erleben muss, sich Kopf über durch den viel zu kleinen Geburtskanal zu quetschen. Deshalb kommen die Kinder bei einer natürlichen Geburt auch knallrot und schreiend zur Welt, weil sie nach neun Monaten ihr gemütliches kleines Versteck auf so dramatische Art verlassen müssen. Das Kaiserschnitt-Baby im Film dagegen ist nicht mal wach, als es herausgeholt wird, und wirkt ziemlich ungerührt von diesem plötzlichen Räumungsbefehl. Ich fühle mich wie jemand, der zum Forellenangeln gegangen ist und dann voll Horror feststellen muss, dass stattdessen ein durchsichtiger Geisterfisch angebissen hat.

Mutter Nummer vier hat es auch nicht leicht. Erstens spricht sie kein Französisch und versteht deshalb nicht, als ihr die Hebamme sagt, sie solle doch gefälligst fester pressen. Dann erfahren wir, dass sie schon seit guten vier Stunden presst wie ein Weltmeister. Also ist es wahrscheinlich gar nicht so, dass sie die Hebamme nicht versteht, sondern vielleicht wünscht sie sich nur inständig, die Schlampe möge doch zur Hölle fahren. Wie auch immer, die Hebamme kommt zu dem Schluss, dass dieses Baby nicht einfach von selbst herauskommen wird, und greift nach etwas, das ein bisschen aussieht wie ein riesiges Salatbesteck. Wie kann sie in so einem Moment nur ans Essen denken? Aber nein, das ist nur die Geburtszange, mit der der Kopf des Babys herausgezogen wird. Der Mutter scheint diese Prozedur nicht mehr Schmerzen zu bereiten, als sie sowieso schon hat, und nachdem noch ein wenig Dressing hinzugefügt wurde, ist auch schon der Kopf zu sehen. Das Baby flutscht heraus und wird der Mutter serviert wie ein *Salat niçoise*.

Ob ich will oder nicht, diesmal freue ich mich sogar ein bisschen für die Mutter. Obwohl sie völlig erschöpft ist, strahlt sie vor Glück, und ihre Begeisterung ist richtig ansteckend. Trotz der Komplikationen sah alles ganz natürlich aus. Das ist wahrscheinlich auch der Grund dafür, dass Helena sich nun von dem Schock der Kaiserschnittgeburt erholt zu haben scheint, und ihr aufs Neue die Tränen übers Gesicht laufen.

Wieder Klaviermusik. Es folgt Geburt Nummer fünf. Ich ertappe mich bei dem Gedanken, dass das alles ja gar nicht so schlimm ist, wie befürchtet. Macht mir die Sache jetzt etwa Spaß? Das nun auch wieder nicht, aber zumindest bin ich noch bei Bewusstsein. Moment mal … irgendwas ist bei Nummer fünf anders. Wer ist denn der Typ da? Dieser Psychopath mit der Brille. Ach so, ja klar! Das ist der werdende Vater. Aber warum ist er bitteschön der Erste, den wir heute überhaupt zu Gesicht bekommen? Ich dachte, die Väter seien in diesen aufgeklärten Zeiten immer bei der Geburt dabei? Vielleicht haben sie ja gerade deshalb diese Geburten für den Film ausgewählt, weil ansonsten immer ein Vater unangenehm auffällt, indem er umkippt oder sich sogar noch unangemessener verhält und die Hebamme anmacht, Fußball auf einem der Kreißsaal-Monitore anschaut oder schmutzige Witze erzählt. Ich blicke Helena bedeutungsvoll von der Seite an, um sicherzustellen, dass sie auch registriert hat, dass ich im Vergleich zu diesem Kerl der absolute Glücksgriff bin. Aber ihr Blick ist starr auf den Bildschirm gerichtet.

Vom Kindbett aus erzählt uns Mutter No. 5 noch genau, wie viel Tai Chi und Reflexzonenmassage sie gemacht hat, um sich auf diesen Tag vorzubereiten. Anscheinend war ihr Mann, dieser selbstgefällige kleine Arsch, auch brav überall dabei. Na warte, mal sehen wie er sich schlägt, wenn es richtig zur Sache geht.

Und rate mal, was passiert. Trotz der Öllampe, die er im Hintergrund anzündet und dem lächerlichen Hennazeichen, das er sich stümperhaft zwischen die Augen gemalt hat, kommt es bei Mami zu Komplikationen, und sie hat ziemliche Schmerzen. Vom Bettrand flüstert ihr der Eso-Mann ein paar aufmunternde Worte ins Ohr – sie solle sich einfach entspannen, tief ein- und ausatmen und sich daran erinnern, was sie zu Hause auf dem Jute-Sitzsack so ausgiebig geübt haben. Aber Mami ist überhaupt nicht entspannt. Wütend schnauzt sie ihn an, er möge sich doch zum Teufel scheren und verrecken. Schneller als gedacht ist es mit Henna-Heinis Teilnahme an diesem einmaligen Erlebnis vorbei. Ich finde ja, dass es ihm ganz recht geschieht und denke insgeheim, dass es einem netteren Kerl bestimmt nicht so ergangen wäre. Aber mit solchen Gedanken sollte ich lieber vorsichtig sein, schließlich habe ich mich als werdender Vater bisher auch nicht gerade mit Ruhm bekleckert, und Helena hat mich bereits gewarnt, dass sie dazu neige, mich aus dem Kreißsaal werfen zu lassen, sollte sie allzu große Schmerzen haben. In einem Close-up sieht man Eso-Mann, der dreinschaut wie ein Welpe, der gerade auf den neuen Teppich gemacht hat, weil seine Partnerin sich einfach nicht an die wasserdichte Abmachung gehalten und seinem Kind die Chance auf eine perfekte, harmonische Geburt versaut hat.

Am Ende geht es dann doch noch ganz glimpflich aus, und ich bin fast so weit, zuzugeben, dass so eine Geburt eine wunderbare und bewegende Erfahrung ist. Aber trotzdem bin ich noch lange nicht der Meinung, alle Babys seien von Haus aus schön. Das sind sie definitiv nicht. Vielleicht wird es ja mit der Zeit besser, aber wenn sie neugeboren sind, erinnern sie eher an einen bleichen Grottenolm.

Nach unserem Besuch im Krankenhaus-Kino steht noch unsere ganz private Ultraschall-Vorstellung an. Mit freundlicher Unterstützung dieser Technik erleben wir eine letzte Sneak-Preview, bevor unser Sohn auf die Welt losgelassen wird. Diesmal ist Helena nervöser als ich und plappert davon, wie unser kleiner Halbengländer versucht hat, seine erste Tasse Tee zu trinken. Die Ärztin sagt zwar, das sei keine so gute Idee gewesen, bestätigt aber auch, dass Junior im Bauch so gut isoliert ist, dass es nichts zu befürchten gebe.

Dann beginnt aufs Neue die Suche nach unserem Sohn.

»Da ist er«, jauchzt Helena, und tatsächlich entdecken wir ihn in seinem subkutanen Bad, wo er wieder so heftig mit den Armen wedelt, als wolle er einem Flugzeug Landehilfe geben. Seine Gesichtszüge sind mittlerweile schon recht deutlich zu erkennen. Ich sehe die Form seiner Stirn, die kleine Wölbung der Nase und winzige Lippen, die sich sogar zu bewegen scheinen. Er sieht ganz zufrieden aus und hat ganz offensichtlich keine Ahnung von dem, was bald auf ihn zukommen wird. Helenas ängstlicher Blick wandert vom Monitor erst zu mir und dann zur Ärztin. Vielleicht gibt es ja doch Anzeichen dafür, dass irgendetwas nicht in Ordnung ist. Aber die Ärztin und ich sind ganz ruhig, und ich spüre, wie sich auch Helena zum ersten Mal an diesem Tag entspannt.

»Ist es immer noch ein Junge?«, fragt sie, und die Ärztin bestätigt ihr, dass Junior seit unserem letzten Besuch nicht zu einer Sie mutiert ist. Dann nimmt sie ein paar Messungen vor.

»Mhm«, murmelt sie. »Ein großer Kopf und lange Arme und Beine. Er wird mal groß werden, so wie sein Vater.«

Helena sieht mich stolz an:

»Ja, du warst auch ein großes Kind, oder?«

»Alle Messungen deuten auf eine fünfundneunzigprozentige Entwicklung hin«, fügt die Ärztin hinzu, und Helena platzt fast vor Stolz. Nur ich hake nach und lasse mir das genauer erklären.

Aber unsere Unterhaltung wird abrupt unterbrochen, als plötzlich der Herzschlag unseres Sohnes aus den Lautsprechern tönt. Sein gleichmäßiger Puls, der als grünes Licht über den Bildschirm huscht, ist ein wunderbarer Beweis für dieses kleine Leben. Ich bin wieder einmal erstaunt darüber, wie so ein hochkomplexes Lebewesen aus einem so simplen – wenn auch äußerst aufregenden – Akt hervorgehen kann.

Ich weiß herzlich wenig über das Rohmaterial des Lebens, über Chromosomen oder die DNS. Ich weiß nur, dass Helenas Bauch, der bis vor Kurzem nur die feinsten französischen Käsesorten enthielt, jetzt etwas viel Wundersameres enthält – einen kompletten Satz an Gliedmaßen, Nerven und Sehnen, die sich alle im stetigen Rhythmus eines einzigartigen kleinen menschlichen Herzens bewegen. Er kann schon jetzt hören, bald wird er denken und sprechen und einen eigenen Willen entwickeln, und es sind Helena und ich, die dieses Leben entstehen haben lassen.

Natürlich war auch noch etwas anderes dabei am Werk, aber ehrlich gesagt habe ich keine Ahnung, was es ist – Biologie, Evolution oder vielleicht sogar Gott. Vielleicht ist das Allerbeste daran ja, dass ich nichts von alldem verstehen muss. Ich kann es einfach als ein unerklärbares aber wunderbares Geschenk annehmen.

Meine Träumereien werden abrupt unterbrochen, als der Ultraschall ausgeschaltet wird. Das war's dann also! Die

Medizin hat ihre Schuldigkeit getan, es wurde gemessen und kontrolliert und beruhigt, obwohl ich persönlich darauf nicht viel gebe. Ärzte wollen immer gerne den Eindruck vermitteln, sie hätten alles unter Kontrolle, aber trotz allem technischen Schnickschnack, der ihnen zur Verfügung steht, haben sie wohl noch weniger Einfluss auf die Entstehung des Lebens als Helena und ich. Jetzt können wir nur noch warten. Bevor wir das Krankenhaus verlassen, steckt mir die Ärztin noch ein Ultraschallbild unseres Sohnes zu, und ich verstaue es sicher in meinem Portemonnaie. Doch den ganzen restlichen Tag lang krame ich es ungefähr alle halbe Stunde wieder hervor, nur um einen schnellen Blick darauf zu werfen.

Helena merkt gleich, dass die Ultraschalluntersuchung meine düstere Stimmung ein wenig aufgehellt hat, und nutzt diese Gelegenheit dazu, ein Thema anzuschneiden, das ihr wahrscheinlich schon die ganze Zeit im Kopf herumspukt:

»Meinst du nicht, es wäre langsam an der Zeit, dass wir uns auf einen Namen einigen?«

Ich weiß schon, worauf das hinauslaufen soll, nämlich, dass ich Helenas Namenswahl zustimme. Ich helfe ihr auf den Beifahrersitz, was mir außerdem noch ein paar Sekunden Bedenkzeit verschafft, während ich um das Auto herum zur Fahrerseite gehe.

»Ich dachte, wir hätten uns schon längst geeinigt?«, eröffne ich strategisch und schnalle mich umständlich an.

»Echt?«

»Ja, auf einen Namen, der sowohl auf Englisch als auch auf Französisch funktioniert.«

»Genau!«, kreischt Helena aufgeregt.

»Einen, den wir beide mögen.«

»Du magst ihn also ... ich meine, ja, wir mögen ihn beide!«

»Das tun wir«, sage ich und parke aus.

»Toll!«

»Dann heißt er also Thomas«, sage ich und beobachte dabei den Verkehr um uns herum besonders aufmerksam, ohne Helenas bohrendem Blick entkommen zu können.

»Du weißt genau, dass er nicht Thomas heißen wird.«

»Wieso denn nicht?«

»Deshalb!«, sagt Helena bestimmt und erinnert mich an diesen anderen, ziemlich altmodischen Namen, von dem sie mich zu begeistern hofft.

Natürlich ist es zu neunundneunzig Prozent sicher, dass sie mich überzeugen wird. Es macht mir nur Spaß, mich dem Unausweichlichen so lange wie möglich zu widersetzen. Das schadet ja keinem. Wie auch immer, es ist ja auch weniger der Name als vielmehr ihre Taktik, der ich mich widersetze. Sie hat sich monatelang mit allen nur erdenklichen männlichen Vornamen beschäftigt und mir dann vor einigen Wochen ihre persönliche Shortlist präsentiert. Nur dass die leider nicht wirklich kurz war. Es hat mich ganze drei Wochen gekostet, das Ding überhaupt von vorne bis hinten zu lesen, nur um dann sowieso jeden einzelnen Vorschlag darauf abzulehnen. Ich verwarf Eliot (zu affektiert), Ethan (zu altmodisch), Ruben (zu hip). Eigentlich lehnte ich alles ab, von Antonin (was ich nicht aussprechen konnte, ohne meine Nasenspitze zu verschlucken) bis Zebedee (Also bitte, mein Sohn würde mich zu Recht dafür hassen, dass ich ihn nach einer hässlichen französischen Handpuppe mit Schnauzbart genannt habe). Aus Rache wies Helena dann alle meine Vorschläge zurück, und dieses Spiel ging wochenlang so weiter. Deshalb bleibt er für mich auch einfach nur Junior, so lange ich damit durchkomme.

»Also was jetzt«, fragt Helena genervt, als ich den *Clio* in eine Parklücke nur etwa sechs Kilometer von unserer Wohnung entfernt bugsiere.

»Was, was jetzt?«

»Du weißt genau, was!«

»Du meinst den Namen, den du so toll findest und für den er auf allen Spielplätzen Europas gehänselt werden wird?«

»Ja, genau den!«

»Na ja, da keiner von uns einen besseren Vorschlag zu haben scheint, könnte ich mich dazu überreden lassen, ihn in Betracht zu ziehen. Obwohl die meisten Babys ihren Namen sowieso erst auf den letzten Drücker bekommen. Warum würde Agathe sonst Agathe heißen?«

»Nein. Agathe heißt Agathe, weil ihre Eltern dachten, sie werde ein Junge, und dann hatten sie nur noch Zeit, die Mädchennamen mit A durchzugehen, bevor sie ihre Tochter registrieren lassen mussten.«

Da mag sie Recht haben, aber Helena vergisst, dass sie sowieso noch im Krankenhaus sein wird, wenn unser Sohn registriert werden muss.

Die Wahrheit über männliche Hormone, 12. Dezember

ICH BIN SCHON um halb fünf Uhr früh aufgewacht. Sogar unter meiner dicken Daunendecke ist es eisig kalt. Neben mir schläft Helena lautlos und tief und scheint die Kälte überhaupt nicht zu spüren.

Warum ich um diese Zeit schon wach bin? Ich nehme mal an, es hat etwas mit all den Fragen und Gefühlen zu tun, die plötzlich wie eine Armee rachelustiger Ameisen völlig ungeordnet über mich herfallen: Warum habe ich noch keine Heizung für das künftige Kinderzimmer gekauft? Was ist, wenn ich keinen Job finde? Haben wir überhaupt etwas zu essen im

Haus? Wann macht die *boulangerie* auf? Irgendwann halte ich das Gedankenchaos in meinem Kopf nicht mehr aus und zwinge mich aus dem Bett in die Küche, um mir eine Tasse Tee zu machen. Als sich Helena dann zu mir gesellt, habe ich bereits gefrühstückt, geduscht und außerdem den Schrank zu Ende gestrichen, meine E-Mails gecheckt und will gerade zum Supermarkt aufbrechen, in der Hoffnung, dass ich dort zwischen all den bunten Kartons etwas zu essen finde.

Am späten Vormittag finden wir uns wieder in der Geburtsklinik ein. Diesmal gilt es zu besprechen, was wir zu tun haben, wenn die Wehen einsetzen. Irgendwie fühlen wir beide uns so, als könnten wir selbst den Vortrag halten. Helena sieht ein bisschen genervt aus – als hätte sie langsam genug von der ganzen Schwangerschaftskiste. Ich kann sie gut verstehen. Neun Monate sind eine verdammt lange Zeit, und ich muss noch nicht einmal diesen riesigen Kugelbauch mit mir herumschleppen. Ich muss darüber nachdenken, dass, sagen wir, eine Mutter von drei Kindern einen nicht ganz unwesentlichen Teil ihres Lebens aufgebläht wie ein Ballon, kurzatmig und körperlich wie gefühlsmäßig erschöpft verbracht hat.

Wieder zu Hause manövriert sich Helena in unsere winzige Küche. Es ist ein bisschen so, als würde man einem Jumbo bei der Landung zusehen. Mittlerweile ist alles anstrengend für sie geworden, und manches, wie etwa ein Stück Seife aufzuheben, sogar unmöglich. Ich erkundige mich, wie sie sich fühlt.

»Ganz gut«, sagt sie. »Ich habe gut geschlafen.«

»Nein«, sage ich. »Ich meine, wie es sich anfühlt, schwanger zu sein?«

»Eh?«

»Fühlt es sich anders an?«

Helena blickt auf ihren Bauch und schaut mich dann leicht entgeistert an.

»Na, was glaubst du?«

»Nein, ich meine jetzt nicht körperlich. Ich meine, wie sieht es in deinem Kopf aus?«

»Mein Kopf ist okay.«

»Aber was ist mit deinen Stimmungsschwankungen?«

Vorsicht! Ich bewege mich auf dünnem Eis.

»Ich meine nur, ob du vielleicht empfindlicher bist als sonst?«

»Empfindlich?«

»Ja, vielleicht irgendwie emotionaler, oder so.«

»Was willst du damit sagen?«

Was ich damit sagen will? Das kann ich ihr sagen! Ich meine ihre Neigung, wegen jeder Kleinigkeit in Tränen auszubrechen. Woher kommt es, dass sie in einer Minute himmelhoch jauchzend ist und in der nächsten total schlecht drauf? Und ich meine die Tatsache, dass ich ihr nichts recht machen kann. Sogar eine achtlose Bemerkung wird von ihren wilden Hormon-Horden sofort als persönliche Beleidigung interpretiert. *Das* ist es, was ich meine, auch wenn ich es nicht ganz so sage.

»Ach, ich weiß auch nicht. Es ist nur, dass du zur Zeit schnell gekränkt bist. Das ist alles.«

»Das stimmt doch gar nicht!«

»Doch.« Und da wären wir auch schon wieder beim Thema.

»Und was ist bitte schön mit deinen Stimmungsschwankungen?«, dreht sie den Spieß um.

»Welche Stimmungsschwankungen?«

»Bei dir kann man zur Zeit nie wissen.«

»Wovon redest du denn bitte?«

»Na, zum Beispiel vor zwei Tagen, da habe ich dich gebeten, mir mit dem Schrank zu helfen, und dann hast du für den Rest des Tages geschmollt.«

»Habe ich nicht!«

»Hast du verdammt nochmal schon!«

Sie hat Recht, das habe ich, und ich weiß es auch. Und sie hat auch mit den Stimmungsschwankungen Recht. Aber es zu wissen und es zuzugeben, sind zwei komplett verschiedene Paar Stiefel.

»Was ist überhaupt mit dir los?«

Auf die Diskussion habe ich gerade gewartet. Nicht jetzt. Am besten nie.

»Setz dich!«, sagt Helena bestimmt. Irgendetwas an ihr sagt mir, ich tue besser, was sie sagt.

»Warum redest du nicht endlich mit mir?«

»Worüber denn?«

»Fangen wir doch mal mit deiner Wut an.«

»Ich bin nicht wütend!«

Helena wartet einen Augenblick und schaut mich eindringlich an:

»Warum bist du so wütend?«

»Ich weiß es nicht.«

»Doch, du weißt es. Sag es mir.«

Mit verschränkten Armen sitze ich da und schweige beharrlich vor mich hin. Ich weiß, dass ich geliefert bin, und dass ich es ihr sowieso sagen muss. Ich fühle mich, als wäre ich dreizehn.

Es ist nämlich so. Ich bin wegen allem Möglichen wütend: Ich bin wütend, dass ich so früh aufgewacht bin und nicht mehr schlafen konnte. Ich bin wütend, dass es in unserem Appartement so kalt ist. Ich bin wütend, dass ich den Schrank streichen und den ganzen Abwasch machen muss, wütend, dass ich einfach keinen Job finde, scheißwütend, dass ich immer noch nicht richtig Französisch sprechen kann, empört, dass Helena schwanger ist und ich mir fast in die Hosen mache, weil ich Angst habe, kein guter Vater zu sein. Ich bin wütend darüber, dass die Franzosen Franzosen sind und dass ich Engländer bin. Ich bin wütend auf Helena, wütend über das Restaurant einen Stock tiefer, die Nachbarn, den Lärmpegel der Straße vor unserem Fenster, die Stadt und überhaupt den ganzen verdammten Planeten. Und am allermeisten regt es mich auf, dass ich nicht einfach in den nächsten Pub gehen und mich besaufen kann, um zu vergessen, dass ich so wütend bin.

Als ich fertig bin, sitzen wir erst einmal stumm in unserer kleinen dunklen Pariser Wohnung. Irgendwann bricht Helena dann das Schweigen. Sie sagt mir, dass die Welt ganz anders aussehen wird, wenn unser Sohn erst einmal geboren ist, dass ich dann aufhören werde, auf alles und jeden wütend zu sein, weil mein Leben sich dann von Grund auf ändern wird, da ich dann zum ersten Mal für einen anderen Menschen verantwortlich bin. Sie sagt auch, dass ich dann keine Zeit mehr haben werde für Zweifel und sinnlose Gedanken vorm Morgengrauen.

Ich habe keine Ahnung, ob sie mit alledem Recht hat, aber allein die vage Aussicht darauf bewirkt, dass ich mich schon ein wenig besser fühle. Also mache ich mich auf den Weg, um etwas zu kaufen, von dem ich hoffe, dass es unsere ganze kleine Familie den Winter über warm halten wird. Wenig später komme ich mit einem Radiator zurück, obwohl es mich fast umgebracht hat, das schwere Ding nach Hause zu schleppen. Als ich die Wohnung betrete, ist Helena gerade dabei, ein paar Hektar Schwangerschaftsunterwäsche zum Trocknen aufzuhängen, und ich werde Zeuge, wie sie versucht, das Zeug schnell verschwinden zu lassen, bevor ich wieder die Nase rümpfen kann.

»Sie haben ihn erwischt.«

»Wen?«

»Saddam Hussein!«

»Wer hat ihn erwischt?«

»Die Amerikaner.«

Helena stopft eine weitere segelgroße Unterhose zurück in den Wäschekorb.

»Aber er hatte sich doch nicht etwa in einer deiner Schwangerschaftsunterhosen versteckt?«

Sie braucht ein paar Sekunden bis sie versteht, was ich meine.

»Platz genug wäre ja.«

Volles Risiko. Ich rechne jede Sekunde damit, dass ich den Berg Unterwäsche ins Gesicht bekomme, aber als ich ein kleines Lächeln auf Helenas Lippen erkenne, weiß ich, dass ich diesmal damit durchkomme.

Plötzlich verspüre ich den Drang, an die frische Luft zu kommen. Aber da das im Pigalle-Viertel fast schon ein Ding der Unmöglichkeit ist, schwinge ich mich auf mein Rad und strample die nördlichen Boulevards dieser kalten Stadt aus Stein hinunter. Als ich am Eiffelturm vorbeiflitze, dessen Spitze vom Nebel verschluckt wird, fühle ich mich wie befreit. Manchmal bricht sogar die Sonne durch die grauen Wolken, die tief über der Pariser Skyline hängen. Wenig später biege ich in den Bois de Boulogne ein. Der Park ist so gut wie menschenleer. Die Bäume haben ihr sommerliches Laubkostüm längst abgelegt, nur im Gras sind noch ein paar vereinzelte Überreste davon zu sehen. Da bricht plötzlich ein Regenschauer herein.

Ich nehme meinen Lieblingsweg Richtung Süden, der mich so weit von der Zivilisation wegführt, wie in dieser Stadt überhaupt möglich. Hier im bewaldeten Park ist es ein paar Grad wärmer als zwischen den nackten Häuserzeilen der Stadt. Der Untergrund unter meinen Reifen ist fest, und wie ich so dahinrausche, fühlt es sich ein bisschen an, als würde ich vom Boden abheben. Dann sinken meine Reifen plötzlich im matschigen Boden ein, und meine Fahrt wird leicht gebremst. Die ganze Zeit über spüre ich mein Herz gleichmäßig schlagen.

Hin und wieder begegnen mir andere Menschen, die wie ich an diesem Winternachmittag ihren eigenen Weg verfolgen. Manche gehen schweigend vor sich hin, andere unterhalten sich angeregt miteinander. Und dann sind da noch diejenigen, die eng umschlungen verharren, als sei die Welt zum Stehen gekommen. Sie hören nichts als ihren eigenen Atem und leben ganz den Moment. In ihrer eigenen Welt versunken, bemerken sie kaum den Wechsel der Jahreszeiten oder wie sich der Tau auf ihre Haare legt.

Wieder zu Hause angekommen, bin ich erschöpft, aber in Hochstimmung. Ich bessere noch ein paar Stellen am Schrank für das Kinderzimmer aus, und nach einem einfachen Abendessen falle ich müde ins Bett.

Junior Elvis the Pelvis, 13. Dezember

»MACH SCHON, HELENA. Wir kommen noch zu spät in die Klinik.«

»Gib mir noch eine Minute«, flötet Helena und verschwindet noch einmal in dem Zimmer, das sich langsam aber unaufhaltsam in ein richtiges Kinderzimmer verwandelt.

»Schau mal.«

Sie hat schon mal alle Babysachen in den Schrank geräumt. Auch das erste Stofftier, ein kleiner Teddybär, hat darin Platz gefunden und wartet nur noch auf die Ankunft seines Spielkameraden.

Wie immer sind wir im Krankenhaus die Letzten, die ankommen. Die Hebamme und vier überreife Mütter liegen bereits ausgestreckt auf den Gymnastikmatten. Wieder einmal bin ich der einzige Vater. Die anderen sind doch nicht wirklich alle arbeiten, oder etwa doch?

Da legt die Hebamme auch schon los. Sie erkundigt sich, ob wir wissen, wie das Baby im Bauch liegt. Dann sucht sie einen Freiwilligen, der alle Ideen an die Tafel malen soll. Helena greift sich die Kreide, bevor irgendjemand sonst die Frechheit besitzt, *ihr* Baby zu zeichnen. Sie skizziert einen riesigen Bauch und darin ein Baby mit dem Kopf nach unten, um das herum sie dann mit blauer Kreide das Fruchtwasser malt. Mir fällt auf, dass sie zwischen dem Inneren des Bauches und der Haut einen ordentlichen Puffer lässt. Ob sie das tut, weil sie immer noch wegen des verschütteten heißen Tees in Sorge ist oder damit noch Platz ist für etwas mehr *Roquefort,* weiß ich nicht genau. Die Hebamme fragt, ob wir anderen mit Helenas Zeichnung einverstanden sind. Da es keiner von uns besser weiß, muss sie sich wohl oder übel von ihrer Matte erheben und selbst zur Kreide greifen. Helenas Pufferzone muss dran glauben. Die Füße des Babys liegen nämlich direkt unter der Hautoberfläche. Dann greift die Hebamme zu einem lebensgroßen Modell eines Babys und einer Hüfte und demonstriert den Weg nach draußen, den Junior in einem guten Monat nehmen wird.

Sie rät uns noch, keine Zeit zu verlieren, wenn die Wehen erst einmal eingesetzt haben, und so schnell wie möglich in die Klinik zu kommen, selbstverständlich ohne dabei das Auto zu Schrott zu fahren. Es sei auch durchaus ratsam, ein Taxi zu rufen, allerdings seien die wenigsten Fahrer scharf darauf, Fruchtwasser auf die Polster zu bekommen.

Der Sportler des Jahres, 14. Dezember

WIR SIND SO mit der nahenden Geburt beschäftigt, dass nicht einmal der einsetzende Werbezirkus rund um Weihnachten in mein Bewusstsein gedrungen ist. Aber jetzt, nur wenige Tage vor dem wichtigsten Termin im Kalender der Einzelhändler, fällt mir wieder ein, dass wir Weihnachten mit Helenas Familie in Caen verbringen werden und es höchste Zeit wird, dass ich einkaufen gehe.

Obwohl ich arbeitslos bin, habe ich mir aus unerfindlichen Gründen einen Samstagvormittag für meine Weihnachtseinkäufe ausgesucht – und mit mir hatte wohl auch die komplette Pariser Vorstadt diese glorreiche Idee. Während wir uns also allesamt durch die Drehtüren der *Galeries Lafayette* quetschen, scheint ein Großteil des Verkaufspersonals sich heute freigenommen zu haben. Draußen pisst es in Strömen, also ist das Kaufhaus auch noch voll von mit Regenschirmen bewaffneten älteren Damen. Eine falsche Bewegung, und diese Regenschirm-Brigade pinnt mich sicher mit Vergnügen an den überladenen Weihnachtsbaum, der die Hauptattraktion der Weihnachtskampagne des Konsumtempels darstellt. Ich werde von der Meute mitgerissen und finde mich kurze Zeit später ein paar Rolltreppen höher wieder, ohne auch nur in Reichweite der Waren gekommen zu sein. Dafür wurde ich beschimpft, halb aufgespießt, von einem Wachmann beleidigt und bin fast meine Brieftasche losgeworden. Wenn es am Schönsten ist, soll man ja bekanntlich gehen, also trolle ich mich unehrenhaft geschlagen nach Hause und bringe von meinem Feldzug nichts anderes zurück, als ein Päckchen Weihnachtskarten.

Zum Abendessen haben wir Freunde eingeladen, aber da Helena wieder leichte Wehen hat, lässt sie mich, zwei Stunden bevor die Gäste kommen, einfach in der Küche auf einem Haufen halb gefüllter Zucchini sitzen. Wir starren uns eine Weile an, aber die Zucchini sind stur. Sie machen keinerlei Anstalten, mir zu verraten, wie ich sie mit Hackfleisch füllen soll.

Paris, 16. Dezember

HEUTE HABE ICH beschlossen, Helena nicht mehr in die Klinik zu begleiten. Denn bei unserem heutigen Besuch dort haben wir erfahren, dass Junior jetzt in der 37 Woche praktisch startklar ist und nur noch auf den richtigen Moment wartet. Ich verstehe nicht, warum die uns unbedingt mit solchen Informationen quälen müssen.

Wieder zu Hause will Helena wissen, ob sich bei mir an der Jobfront etwas getan hat.

»Nicht viel. Nur das hier«, sage ich und zeige ihr ein paar Stellenausschreibungen.

»Sind das alles Marketingjobs?«, fragt sie, und ihre Augen springen zum ausgeschriebenen Jahresgehalt am unteren Rand der Seite.

»Ja.«

»Ich dachte, das wolltest du nicht mehr machen.«

»Will ich auch nicht, aber ich muss ja auch an den Kleinen denken.«

Ich fühle mich wie ein Alien, das an Bord des Raumschiffs Enterprise gebeamt wurde. Mir ist klargeworden, dass ich mich insgeheim längst damit abgefunden habe, wieder ins Marketing zurückzukehren. Ein Leben im Teilchenbeschleuniger des Kapitalismus wird mich zwar sicher nicht glücklich machen, aber zumindest kann ich damit die Brötchen für mich und meine Familie verdienen.

Das Telefon klingelt. Jemand sagt »Hallo«. Zuerst denke ich, es sei Helenas Vater und frage, was er sich zu Weihnachten wünsche. Aber das Schweigen am anderen Ende der Leitung zeigt mir, dass ich auf dem Holzweg bin. Es ist gar nicht Helenas Vater, sondern ein früherer Kollege aus England. Er erzählt mir von einem Job in London und will wissen, ob ich interessiert sei. Ich weiß nicht, was ich sagen soll, und bitte erst einmal um etwas Bedenkzeit.

Die Verpackung macht's, 18. Dezember

DER DUNKLE SCHUTZENGEL des Marketings versucht mich zu beschwatzen, dass ich in die Welt der Krawatten und Anzüge zurückkehren kann, ohne gleich in eine tiefe Depression zu versinken oder dem Alkohol zu verfallen. Aber wie bekomme ich Helena dazu, nach London zu ziehen? Ich versuche, die Vorzüge aus ihrer Sicht hervorzuheben. Aber was sollen das für Vorzüge sein? Das Geld? Nein. Die zahlreichen Fußball-Highlights? Wohl kaum? Die Tatsache, dass London mehr Grünflächen zu bieten hat als Paris? Schon besser, aber dafür ist London auch doppelt so teuer, und wir können uns dort wahrscheinlich erst dann ein Haus mit Garten leisten, wenn ich auf der Gehaltsliste von Luzifer persönlich stehe. Nein, da muss es doch noch etwas anderes geben … Aber natürlich, Cousine Nathalie! Ich bin sicher, Helena würde gerne in der Nähe ihrer Lieblingscousine sein und sehen, wie ihr Sohn zusammen mit

Léonie und Celeste aufwächst. Es ist zumindest einen Versuch wert. Aber Moment mal, warum denke ich eigentlich darüber nach, wie ich Helena davon überzeugen kann, wo ich doch selbst nicht einmal überzeugt bin? Verdammt nochmal, ich brauch 'ne Pause von dieser ganzen Selbstquälerei! Da geh ich ja noch lieber Weihnachtseinkäufe machen. Wenn ich lange genug auf dem Schoß des Weihnachtsmannes sitze, schenkt er mir vielleicht die Antwort und packt sie womöglich sogar noch in rot-grünes Geschenkpapier ein.

Den Nachmittag verbringen Helena und ich damit, einen Pappkarton zu verzieren, in dem das Geschenk für mein Patenkind, ein Holzmotorrad, steckt. Ich gebe mir nicht nur deshalb so viel Mühe dabei, weil ich eine offene Ablehnung gegen die arischen Familien hege, mit denen Spielzeughersteller impertinent ihre Verpackungen zu verzieren pflegen, sondern auch, weil ich weiß, dass kleine Kinder oft mehr an dem Drumherum interessiert sind als am Geschenk selbst. Und das zu Recht! Die Verpackung kostet die Hersteller ja auch oft mehr als der Inhalt. Ich ersetze das Foto von Ehepaar Herrenrasse mit einem Foto von mir und Helena. Dann schneide ich ein Foto der Mutter meines Patenkinds zurecht und mache aus ihr einen mit Sturzhelm bewaffneten Motorradfahrer. Und die ganzen blonden Kinderlein verschwinden hinter einer Auswahl an verschiedensten Affenrassen. Helena kann meine unbändige Freude darüber nicht ganz nachvollziehen, aber was versteht sie auch schon von Geschenken?

Nach einer kurzen Besprechung darüber, was Helena genau zu Weihnachten von mir bekommen möchte (einen verdammten Kronleuchter, ob man es glaubt oder nicht!), erzähle ich ihr von dem Jobangebot aus London. Das Gespräch verläuft in etwa wie folgt:

»Helena, ich habe ein Jobangebot aus London.«

»Eh!«

»Ja, du erinnerst dich doch an London, oder? Das ist der Ort am anderen Ende des Eurostar Tunnels.«

»Natürlich erinnere ich mich an London. Das ist doch die Stadt, in der man ein Vermögen bezahlt, um mit einem Bus fahren zu können, der noch aus der Zeit stammt, als ihr noch ein Empire wart, oder nicht?«

»Äh, ja das ist richtig. Aber es ist auch die Stadt, in der Nathalie wohnt, und so weit ich mich erinnern kann, sogar ganz glücklich.«

»Ich weiß selber, wo meine Cousine wohnt, danke.«

»Würdest du nicht gerne näher bei Celeste, Léonie und Arsenal wohnen?«

»Bei wem?«

»Celeste, Léonie und dem neuen Baby.«

»Kommt darauf an.«

»Worauf?«

»Was wir da drüben so machen würden.«

»Arbeiten. Wir würden arbeiten. Das heißt, zumindest ich würde arbeiten. Du würdest dich um das Baby kümmern und viel Zeit mit Nathalie und ihren Kindern verbringen. Natürlich nur, wenn du willst.«

Helena schaut mich an, und der Argwohn steht ihr ins Gesicht geschrieben.

»Was soll denn das für ein Job sein?«

»Ich weiß nicht, ob das jetzt der richtige Augenblick ist, darüber zu reden«, versuche ich mich herauszuwinden. »Ich sollte jetzt besser mal das Abendessen vorbereiten.«

»Ich will nicht, dass wir in einer winzigen Bude in einer riesigen Stadt landen, wo du dann Tag und Nacht schuften musst und einen Job hast, den du hasst, und dafür deinen Sohn kaum zu Gesicht bekommst.«

»Sorry, Helena, ich kann dich von hier aus so schlecht verstehen, aber hast du vielleicht die Würstchen gesehen?«

Ali Baba und die vierzig Räuber, 21. Dezember

ICH HABE LÄNGST aufgegeben, Helena eigenständig ein Geschenk zu kaufen, und bettle nun, sie möge mir doch verraten, wo ich so einen Kronleuchter herbekomme. Der einzige Ort, wo ich so etwas schon einmal gesehen habe, ist drüben im Elysée Palast, aber Helena verbietet mir strikt, Staatseigentum zu klauen. Dann fügt sie noch hinzu, dass man so einen Leuchter auf jedem Pariser Flohmarkt bekommt. Ich erkläre mich bereit mitzukommen und versuche sogar, hocherfreut darüber zu wirken, obwohl ich ehrlich gesagt lieber das Klo putzen würde, als auf irgend so einen lumpigen Markt zu gehen.

Doch der Flohmarkt ist am Ende gar nicht so schlimm wie ich dachte. Natürlich finden wir ewig keinen Parkplatz, es ist schweinekalt, die Sachen, die angeboten werden, sind totaler Schrott, und die Verkäufer sollten eigentlich alle wegen Diebstahls im Gefängnis sitzen. Aber abgesehen davon, ist es eigentlich ganz o.k. Wir haben uns für den Flohmarkt in Porte de Vanves, am südlichen Ende der *périphérique*, entschieden, weil Helena behauptet hat, das sei der billigste. Wir brauchen eine geschlagene Stunde, bis wir dort sind, und am ersten Stand treffen wir auf einen gut gelaunten Kerl aus dem Maghreb. Nicht dass es einen Unterschied machen würde, wo einer dieser Typen herkommt, die einzige Voraussetzung, um hier mitmachen zu dürfen, egal ob man aus Manchester, Marrakesch oder vom Mars ist, scheinen ein penetranter Enthusiasmus und ein hinterhältiges Dauergrinsen zu sein. Wie auch immer, jedenfalls stellt sich heraus, dass just dieser Kleinkriminelle einen Kronleuchter im Angebot hat, auch wenn das Ding in fünf Teile zerlegt und von einer jahrhundertealten Staubschicht überzogen ist. Aus unerklärlichen

Gründen verleiht ihm das, Helena zufolge, erst die nötige Patina. Jedenfalls merkt der Kerl, wie begeistert Helena ist, denn als ich ihn frage, was der Schrotthaufen kosten soll, sagt er ohne mit der Wimper zu zucken 350. Natürlich lache ich nur verächtlich und mache mich entschlossen auf dem Weg zum nächsten Stand, in dem Glauben, dass Helena mir auf den Fersen folgt. Aber da habe ich mich getäuscht. Sie hält mich am Ärmel fest und erklärt mir, dass so ein Prachtstück eben auch ein bisschen was koste. Ich solle mir doch mal vorstellen, wie toll der Leuchter aussähe, wenn er erst einmal geputzt und zusammengebaut sei. Ich wiederum beharre darauf, dass nicht mal eine Armee professioneller Silberputzer das Ding je wieder in Schuss bekäme. Dann lasse ich sie noch höflich wissen, dass ich mein Geld lieber in den nächsten Abfluss stopfen würde, als es diesem skrupellosen Arsch in den Rachen zu werfen.

»Das ist doch nur, weil du ein Engländer bist«, beschwört Helena mich. »Da denken die, sie könnten verlangen, was sie wollen. Von jetzt an hältst du am besten den Mund und überlässt mir die Verhandlungen.«

Jetzt erinnere ich mich auch wieder an das erste Mal, als ich mit Helena auf einem *marché au puces* war. Helena brachte mich dazu, all meine Ersparnisse gegen ein paar modrige Sessel einzutauschen. Damals hatte ich mir eigentlich geschworen, dass das auch mein letzter Besuch auf einem dieser windigen Märkte war.

Gegen die Flohmarkt-Bagage hier waren die regenschirmbewaffneten Damen in den *Galeries Lafayette* ja geradezu freundliche Zeitgenossen. Aber Helena ist total in ihrem Element und scheint, als sie aufgeregt von Stand zu Stand schlendert, sogar das Übergepäck vergessen zu haben, dass sie seit Monaten mit sich herumschleppt. Sie pflegt einen geradezu herzlichen Umgang mit den Händlern, die meines Erachtens alle verhaftet gehörten. Aber ich verkneife mir weitere Kommentare und vergrabe die Hände tief in den Hosentaschen (zumindest haben so die langen Finger der Standbrüder dann keinen Platz darin).

Als wir endlich am letzten Stand ankommen, klappern mir vor Kälte schon die Zähne, und ich bin der Welt gegenüber nicht mehr ganz so positiv eingestellt wie noch vor einer halben Stunde. Helena ist weit zurückgefallen, und zu meiner Überraschung entdecke ich in einem weißen Transporter plötzlich einen 1A Kronleuchter. Ich versuche nach Kräften nicht hinzustarren und mich wie ein Franzose zu benehmen, indem ich eine leichte Schnute ziehe und völlig sinnlos, aber äußerst lebendig gestikuliere. Schließlich kommt Helena hinzu, und ich zeige diskret auf das Objekt ihrer Begierde. Also versuchen wir mit dem Standbesitzer ins Geschäft zu kommen, der allerdings alles andere als gut gelaunt ist. Vielmehr ist er ein elender alter Sack, der sich auf keinerlei Verhandlungen einlässt. Mein einziger Kommentar dazu ist so etwas wie »Gib ihm doch einfach das Geld, dem Arsch, und dann nichts wie weg von hier«. Aber Helena sieht das völlig anders. Für sie gehört das Feilschen mit zum authentischen Flohmarkterlebnis. Klar, sie will diesen Kronleuchter, aber nicht, wenn sie das zahlen muss, was der Verkäufer verlangt. Auch mein Einwurf, dass dieses Objekt viel billiger ist als das vorher, obwohl es noch ganz ist und am Ende vielleicht sogar funktioniert, ändert nichts an Helenas entschlossenem Vorhaben, sich mit dem Kerl anzulegen.

Glücklicherweise taucht gerade noch rechtzeitig die Frau des Standbesitzers auf. Es stellt sich heraus, dass ihr Göttergatte einfach in etwa genauso wenig vom Flohmarkt-Zauber versteht wie ich, dass sie aber ganz scharf darauf ist, mit uns über den Preis zu verhandeln.

Gut! Können wir jetzt bitte endlich nach Hause gehen?

Natürlich nicht. Die Frau entpuppt sich als genauso gut drauf wie der Rest ihrer Flohmarkt-Kollegen und hat entdeckt, dass Helena schwanger ist. Ein Wunder, dass das so lange gedauert hat. Vielleicht hat sie es vorher auch nur absichtlich ignoriert, damit ihre Gefühle nicht die finanziellen Verhandlungen beeinträchtigen. Jetzt erzählt sie Helena haarklein auch noch die letzten Details der Geburten ihrer eigenen drei Kinder. Ihr miesepetriger Mann und ich tauschen vielsagende Blicke. Er will sich genauso wenig wie ich diese Geschichten anhören, und anscheinend wollte er auch vor etwa fünfunddreißig Jahren nicht im Kreißsaal sein. Anfangs war er zwar bei der Geburt seiner ersten Tochter anwesend, aber laut seiner Frau fand er es irgendwann so furchtbar, dass er aus dem Raum flüchtete und erst wieder auftauchte, nachdem das Blut von den Wänden gewischt worden war. Ihrem Ton zufolge kreidet sie ihm das noch heute an, und er tritt, während sie erzählt, angespannt von einem Fuß auf den anderen. Plötzlich verspüre ich das dringende Bedürfnis, ein wenig auf Abstand zu dem Fahnenflüchtigen zu gehen, nicht dass etwas auf mich abfärbt und ich in ein paar Wochen die gleiche Feiglingsnummer hinlege.

Auf dem Nachhauseweg fühle ich mich, als hätte ich eine große Mission vollbracht. Zum ersten Mal habe ich Helena ein Geschenk gekauft, das sie nicht gleich wieder umtauschen wird. Zu Hause überredet Helena einen der verhassten Arbeiter vom Stock tiefer zu ein bisschen Schwarzarbeit, und noch bevor unsere Freunde zum Abendessen kommen, hängt der Kronleuchter bei uns im Wohnzimmer.

Die Mutter aller Schmerzen, 22. Dezember

BEI UNSEREM nächsten Besuch in der Geburtsklinik lernen wir, wie wir am besten mit dem Trauma der Geburt und den Nachwirkungen umgehen können. Der Kurs heute nennt sich *l'enfantement*, also gehe ich davon aus, dass ich nur als moralische Unterstützung hier bin, während Helena lernt, wie man stillt, Windeln wechselt und das Baby richtig hält. Aber als ich mich schon entspannt zurücklehnen will, stellt sich heraus, dass *l'enfantement* grob übersetzt Geburt bedeutet, und wir wieder das Vergnügen mit dem Hüftmodell vom letzten Mal haben.

Während die Hebamme die ethnisch korrekte Babypuppe durch die Hüftattrappe quetscht, beobachte ich die anderen werdenden Väter, die gekommen sind, um das zu sehen, was sie niemals erdulden müssen. Sie sitzen auf den bunten Matten am Boden und wagen kaum hinzusehen. Es würde mich nicht überraschen, wenn sie gleich anfingen, sich am Boden zu winden wie Würmer in der Köderbüchse eines Anglers. Dass ich hier nicht der einzige Schlappschwanz bin, macht mir ein wenig Mut. Ich versuche mich wieder auf den Vortrag der Hebamme zu konzentrieren. Sie erklärt, dass das Baby auf jede nur erdenkliche Art den *canal de naissance* passieren kann. Die meisten kämen zwar mit dem Kopf voraus, aber manche kommen auch mit den Popo voraus auf ihre Geburtstags-Party.

Während der zwölf Stunden, die eine erste Geburt durchschnittlich dauert, wird der Abstand zwischen den Wehen immer kürzer und die damit verbundenen Schmerzen immer stärker. Ich muss daran denken, wie Cécile erzählt hat, dass die Schmerzen bei ihr irgendwann so unerträglich waren, dass sie die Hebamme anflehte, sie doch besser gleich im Kreißsaal zu erschießen. Ich habe schon versucht, mir diese Szene auszumalen, aber ich kann es nicht. Oder vielleicht wage ich es auch einfach nicht. Ich fragte auch schon Helena, ob sie sich viele Gedanken über die Schmerzen macht, aber sie zuckte nur mit den Schultern und sagte, dass sie wohl keine andere Wahl habe, als sich damit abzufinden. Ich bin der Überzeugung, dass ein solches Ausmaß an Schmerzen den Blick auf das Leben für immer verändert. Es ist kein Wunder, dass Frauen, nachdem sie durch solche Qualen gegangen sind, für die meisten Dinge, die uns Männer zum Heulen bringen, nur Spott und Verachtung übrig haben: eine unerwartet hohe Kreditkartenrechnung, übergangen werden bei der Beförderung, ein Schnupfen oder die verpatzte Weltmeisterschaft durch Elfmeter im Halbfinale.

Glücklicherweise gibt es ja die PDA, für die man sich auch noch während der Geburt entscheiden kann. Helena hat diesen Weg im Visier. Sie will erst sehen, wie viel Schmerz sie ertragen kann, und erst dann zum Hilfsmittel der regionalen Betäubung greifen, wenn es wirklich nicht mehr geht. Allerdings muss sie dabei bedenken, dass es irgendwann für die PDA zu spät ist, und dann muss man ohne durch, egal wie schlimm es kommt.

Meine Schwester hat ihre beiden Kinder, David und Lily, ohne PDA auf die Welt gebracht. Als ich sie fragte, warum zur Hölle sie das gemacht hat, antwortete sie, sie habe eine natürliche Geburt erleben wollen, die sie als eine Art Ritterschlag ansehe. Die meisten Frauen sagen ja, all die Schmerzen seien vergessen, sobald das Baby da ist. Ich kann das zwar nur schwer nachvollziehen, aber schließlich gibt es bei Frauen noch eine ganz Reihe von anderen Dingen, die ich nicht verstehe.

Die Hebamme demonstriert verschiedene Positionen, um das Baby herauszupressen. Ich dachte bisher, es gäbe nur eine

Möglichkeit, und zwar auf dem Rücken liegend, aber dem ist nicht so. Die Mutter kann dabei auf der Seite liegen oder sogar ausgestreckt auf dem Bauch. Eine beliebte Variante ist diejenige, bei der der Mann hinter der Frau sitzt und sie stützt, wenn sie so fest presst, wie sie nur kann. Während wir das üben, wird mir klar, dass eine Geburt trotz all der schicken Erfindungen wie dem *iPod* und der Wegwerfwindel, die unsere Zivilisation hervorgebracht hat, immer noch ein so urtümlicher Vorgang ist wie zu der Zeit, als Eva in diesen *Golden Delicious* gebissen hat. Tatsache ist, dass das Baby sich, sobald die Mutter aufhört zu pressen, sofort wieder in seinen kleinen Garten Eden zurückzuziehen versucht.

Wenn das widerspenstige Kerlchen dann aber erst einmal aus seinem Reich vertrieben wurde, bleibt es trotzdem noch mit dem Mutterschiff verbunden. Laut Hebamme sind alle Väter, die bis dahin durchgehalten haben, eingeladen, die Nabelschnur eigenhändig zu durchtrennen. Mir läuft es kalt den Rücken herunter, weil ich wieder an dieses fremdartige, glibberig-blaue Ding erinnert werde, das ich auf den Fotos von Inès Geburt nur zu deutlich gesehen habe. Ein verstohlener Blick in die Runde verrät mir, dass ich nicht der Einzige bin, dem bei der Aussicht darauf, lebendiges Gewebe zu durchtrennen, mulmig wird. Aber ich bin fest entschlossen, mir im entscheidenden Moment nichts anmerken zu lassen. Schließlich will ich ja nicht, dass mein Sohn, wenn er seinen Vater zum ersten Mal sieht, in ein angewidertes Gesicht blicken muss. Und um meine eigene Anspannung zu überspielen, frage ich die Hebamme, ob wir unsere eigene Schere mitbringen sollen.

Nach diesem Kurs frage ich mich mal wieder, ob ich wirklich für das gewappnet bin, was mich in wenigen Wochen erwartet. Wenn ich ehrlich bin, heißt die Antwort nein. Aber ich weiß nicht, was ich sonst noch tun soll, um so weit zu sein. War es nicht Helenas Kinderarzt-Vater, der erzählt hat, dass immer die Männer bei der Geburt schlappmachen, die vorher so getan haben, als könne sie nichts umhauen.

Von der Klinik aus nehmen wir ein Taxi zum Bahnhof von Saint Lazare. Das Metroabteil ist wie durch ein Wunder diesmal nicht so vollgestopft wie eine Sardinenbüchse, und Helena kann sich über mehrere Sitze ausbreiten. Eine grimmig dreinblickende Französin sieht Helenas Bauch und verfällt mit ihr sofort in eine dieser Wir-Frauen-die-wir-das-alle-schon-durchgemacht-haben-Unterhaltungen. Dieses Phänomen beobachte ich nun schon seit Wochen mit zunehmender Häufigkeit. Es war nicht nur die Frau vom Flohmarkt, deren professionelle Fassade beim Anblick einer Schwangeren zu bröckeln begann. Voll Erstaunen habe ich auf den tiefgefrorenen Gesichtern von Supermarktkassiererinnen, sauertöpfischen Bankkauffrauen und sogar mordgierigen Postschalterbeamtinnen beim bloßen Anblick einer Schwangeren plötzlich einen Anflug von Mitgefühl entdeckt. Vielleicht ist es ja nur eine Art Komplizentum wegen all der Schmerzen, aber ich habe schon erlebt, wie Frauen die Zähne fletschten, wenn eine schwangere Schwester mit einem rücksichtslosen männlichen Exemplar der Spezies konfrontiert war.

Nächtliche Trinkgelage und der werdende Vater, 23. Dezember

HELENAS FAMILIE erwartet uns schon unter dem Weihnachtsbaum, und als unser Taxi endlich vor dem Haus hält, werden wir stürmisch von Pierre, Clément und einem zerknautschten Stoffhasen begrüßt. Helenas Bruder und seine Frau sind extra vom anderen Ende des Kontinents angereist, um das neue Baby vorzuführen. Seit Klein Clément von seiner Mutter mit seinem jüngeren Bruder betrogen wurde, hängt er an seinem Vater wie eine Klette. Die Enttäuschung ist ihm immer noch ins Gesicht geschrieben, und wie ein Paar Lieblingsjeans wird er sie noch über die gesamten Weihnachtsfeiertage zur Schau tragen.

Der kleine Eindringling hingegen liegt fröhlich vor sich hinkrähend auf dem Sofa und sieht rundum glücklich aus. Maxime ist zwei Monate alt und hat keine Ahnung, dass er seinen älteren Bruder bereits ins Unglück gestürzt hat. Ich schaue mir das kleine Bündel aus Armen und Beinchen genauer an. Trotz der drei Ultraschalluntersuchungen und all der Beteuerungen, dass Junior kerngesund ist, habe ich bisher noch nicht gewagt, über die Geburt hinaus zu denken und mir vorzustellen, wie mein eigener Sohn aussehen wird. Aber als Maxime mich aus seinen großen grau-blauen Augen ansieht, drängt sich mir die Frage trotz aller Ängste doch auf. Wie wird er wohl aussehen? Eigentlich ist es mir ganz egal, denn alles was ich mir zu Weihnachten wünsche, ist ein gesundes Baby wie Maxime.

Als ich neben ihm auf dem Boden sitze, zappelt er ein wenig mit Armen und Beinen und greift dabei zufällig nach meiner Hand. Er klammert sich daran fest, und ich spüre, wie sich winzige Fingernägel in meine Haut bohren.

»Ich sehe, ihr beiden habt euch bereits kennengelernt«, sagt Cécile, die dicht gefolgt von Helena herangetreten ist.

»Schau dir das an!«, sage ich und deute voll Erstaunen auf das kleine Bündel.

»Ja, ich weiß. Hast du etwa noch nie ein Baby gesehen?«

Ich schnaube entrüstet. Natürlich habe ich schon einmal ein Baby gesehen, aber dieses Mal fühlt es sich irgendwie anders an.

»Ja, aber mir ist noch nie aufgefallen, dass die so, na ja, menschlich aussehen!«

»Wie sollen sie denn sonst aussehen?«, fragt Cécile.

Ich bin drauf und dran zu sagen »wie Eidechsen« oder »wie Reptilien«, aber ich besinne mich gerade noch rechtzeitig. Jedenfalls bin ich froh über die Gelegenheit, mir die nächsten Tage über die ganze Sache von wegen Babys und Vaterschaft aus nächster Nähe zu betrachten.

»Wie oft wird er denn gefüttert.«

»So oft, wie er mich dazu bekommt. Aber so in etwa alle vier Stunden.«

»Stillst du ihn noch?«

»Ja.«

»Wie sieht's mit dem Schlafen aus?«

»Er schläft jetzt länger durch als am Anfang, als er mindestens drei Mal pro Nacht wach wurde.«

»Dreimal? Wirklich?«

»Ja, ich erinnere mich noch ziemlich gut daran.«

»Warum ist er denn so oft aufgewacht?«

»Babys haben oft Verdauungsprobleme, und wenn sie Bauchschmerzen haben, wachen sie auf und weinen.«

»Also ist das nicht bei allen Babys so?« Ich versuche, nicht allzu hoffnungsvoll zu klingen.

»Nein, bei Clément war das anders.«

»Also, schlafen manche Babys auch einfach die Nacht durch?«

»Nicht während der ersten Wochen.«

»Nicht? Weshalb wachen sie denn da auf?«

»Sie schreien und wollen gestillt werden oder einfach nur sichergehen, dass man noch da ist.«

»Ich verstehe. Aber wenn es ums Stillen geht, da kann Pierre ja nicht viel beitragen, oder?«

»Er ist trotzdem da, um sie moralisch zu unterstützen«, wirft Helena leicht gereizt ein.

Cécile erstickt unseren auflodernden Streit im Keim und erzählt, dass Pierre den Kleinen immer morgens vor der Arbeit versorgt. Als ich Arbeit höre, beschließe ich, es sei höchste Zeit, unsere schweren Koffer die Treppen hinaufzutragen.

Heiliger Abend in Caen

ICH WERDE WACH, weil Clément weint. Er hat sich eine Erkältung geholt und hat nun leicht erhöhte Temperatur. Ich erinnere mich noch gut daran, was das letzte Mal passiert ist, als Clément krank war, und befühle prüfend meinen Bauch.

Kaum habe ich den ersten Bissen meines Frühstücks hinuntergeschluckt, bekomme ich noch eine kleine Kostprobe auf die Zukunft. Jetzt schreit Maxime nämlich, weil er gefüttert werden will, und Cécile versucht selbst wenigstens einen Schluck Kaffee hinunterzubekommen, bevor sie sich in eine wandelnde Caféteria verwandelt.

Clément weint noch immer, zum Teil, weil er krank ist, aber auch weil Pierre gerade damit beschäftigt ist, Maxime zu beruhigen, bis Mami so weit ist, ihm die Brust zu geben. Pierre wiegt also den hungrigen Maxime, während Clément sich am Bein seines Vaters festklammert und heulend Trost sucht.

Cécile erklärt, dass das der ganz normale morgendliche

Ablauf sei. Alarmiert blicke ich zu Helena hinüber, aber die bekommt meine Besorgnis gar nicht mit. Nach dem erschöpfenden Konsum von einem Glas Orangensaft und ein paar *tartines* mit Marmelade liegt sie ausgestreckt und mit geschlossenen Augen auf dem Sofa. Ich zeige auf den verzweifelten Clément und frage, wie er denn so mit seinem neuen Brüderchen zurechtkommt.

»Er ist doch sicher eifersüchtig auf ihn.«

Cécile verdreht die Augen und erzählt von Cléments Entsetzen bei seinem ersten Besuch im Krankenhaus nach der Geburt.

Er hat nicht ganz verstanden, wie aus der Kugel in Mamis Bauch plötzlich ein ziemlich fordernder und unerwünschter kleiner Bruder werden konnte. Vielleicht war das ja nur eine der Geschichten, die seine Mutter ihm sonst immer vor dem Einschlafen erzählte. Aber andererseits bestand kein Zweifel daran, dass die Kugel unter Mamis Kleid verschwunden und dafür plötzlich dieser fleckige kleine Fremdling aufgetaucht war, der zu allem Überfluss auch noch Cléments Lieblingsstelle am Hals von Mama unter Beschlag nahm. Das konnte jetzt aber kein Dauerzustand werden, oder etwa doch? Eigentlich hatte er sich die Zukunft doch ganz anders ausgemalt – nur er, Mama und Papa und der treue Hase Quito.

Cécile sagt, der Moment, als Clément begriff, was Sache ist, sei der Schlimmste ihres Lebens gewesen. Sie habe den Schmerz über ihren Verrat in seinen Augen gesehen. Seit diesem schrecklichen Augenblick, in dem Clément wahrscheinlich mehr über die Ungerechtigkeit des Lebens gelernt hat, als ihm lieb sein kann, ist er auf Abstand zu seiner betrügerischen Mutter gegangen. Deshalb hängt er jetzt so an seinem Vater, der wenigstens keine unerwünschten zusätzlichen Familienmitglieder unter seinem Pulli versteckt.

Natürlich ist das die Geschichte eines jeden ältesten Kindes. Auch ich bin ein ältester Bruder, und der kleine Clément hat mein tiefstes Mitgefühl.

So lange ich zurückdenken kann, hatte ich so meine Probleme mit der Institution Weihnachten, und auch dieses Jahr erzähle ich wieder jedem, der es nicht hören will, dass ich Weihnachten eigentlich total bescheuert finde. Wahrscheinlich hasse ich es nur deshalb, weil es mich immer dazu bringt, mein Leben und das Verhältnis zu den Menschen, die mir nahestehen, zu überdenken. Meistens mochte ich nicht besonders, was bei meinen Grübeleien herauskam. Ich weiß nicht warum, aber diesmal fühlt es sich irgendwie anders an. Gestern habe ich sogar meine Schwester angerufen, die mit David und Lily bei meiner Mutter feiert. Ich habe ihr gesagt, es tue mir leid, dass ich das Fest nicht mit ihnen verbringen kann, und zu meiner eigenen Überraschung habe ich es auch so gemeint. Ihre Geschenke habe ich schon vor ein paar Tagen verschickt. Mehr als alles andere hätte ich mir dieses Jahr gewünscht zu sehen, wie die Kinder mit strahlenden Augen das Geschenkpapier aufreißen.

In Frankreich ist Weihnachten das wichtigste Ereignis des Jahres und die Vorbereitungen für unser feierliches Festessen sind in vollem Gange. Pierre ist zum Bahnhof gefahren, um seinen Bruder abzuholen, Helena spielt mit ihrem Clément, und es sieht so aus als könne ich mich am ehesten nützlich machen, indem ich den kleinen Maxime bei Laune halte. Also hebe ich ihn hoch und setze ihn mir auf die Knie. Dann starren wir uns erst einmal eine Weile an. Okay, und was jetzt? Wir können ja nicht die nächste Stunde damit verbringen, uns anzuschauen, und eine Runde *Scrabble* kommt wohl auch noch nicht infrage. Ich halte ihm allerhand Sachen vor die Nase, aber für keine interessiert er sich länger als ein paar Sekunden. Komischerweise findet er meine Gesichtszüge anscheinend interessanter als all die glitzernde Weihnachtsdeko, mit der ich seine Aufmerksamkeit wecken will. Er versucht meine Nase abzuschrauben, steckt mir seine unkoordinierten Fingerchen in den Mund und die Augen, aber am lustigsten findet er, wenn ich meine Lippen schürze, ein brummendes Geräusch von mir gebe und mich auch sonst wie ein außer Kontrolle geratenes Flugzeug benehme. Er hat so viel Spaß dabei, dass er darüber vergisst, dass es schon wieder Essenszeit für ihn ist. Wir führen so etwas wie eine Unterhaltung. Er gluckst und ich gurgle. Er kichert und ich lache. Er bekommt einen Schluckauf und ich antworte darauf mit ein paar Zungenschnalzern.

Gerade als ich glaube, wir seien jetzt dicke Freunde, fängt Maxime an zu schluchzen und heult kurz darauf los wie eine Sirene. Zuerst denke ich, ich hätte vielleicht etwas Falsches gesagt oder ein Gesicht gezogen, das ihm nicht gefallen hat, aber Cécile beruhigt mich und sagt, es sei einfach nur Fütterzeit. Ich bin überrascht, wie schnell sich seine Stimmung ändern kann.

Bevor das Abendessen beginnt, bringen wir die Kinder ins Bett und versammeln uns dann zu einem Aperitif vor dem Weihnachtsbaum. Es ist schon weit nach Mitternacht, als wir das Festessen mit einer Nachspeise und Espresso abschließen. Jetzt ist es an der Zeit für eine Reihe ziemlich eigenartiger französischer Rituale. Ich denke zuerst, die Feier sei vorüber, da plötzlich alle nach oben verschwinden. Aber es stellt sich heraus, dass es sich nur um eine Runde last minute Geschenkeverpacken handelt. Dann häuft Helenas Mutter die Päckchen zu kleinen Ameisenhügeln unter dem Baum auf. Ich werde aufgefordert, einen meiner Schuhe auszuziehen. Ich weigere mich natürlich erst, aber als mir klar wird, dass alle anderen sich bereits ihrer Schuhe entledigt haben, füge ich mich in mein Schicksal. Die Schuhe werden nämlich dazu gebraucht, die Geschenkhaufen zuzuordnen. Warum die

Franzosen sich nicht einfach ein paar von diesen schneemannförmigen Geschenkanhängern für die Päckchen kaufen, bleibt mir ein Rätsel. Jedenfalls hinken wir alle für den restlichen Abend unnötigerweise und etwas unhygienisch halb barfuß herum.

Dann wird die jüngste Person des Hauses nach vorne gerufen und muss ihre Geschenke vor allen anderen öffnen. Also ist Helenas Bruder der Erste, und danach folgt seine Freundin und so weiter. Bis die Stammesältesten dran sind, ist es etwa fünf Uhr morgens. Also bleibt mir viel Zeit, erleichtert darüber nachzudenken, dass ich nicht nochmals versucht habe, Helena französische Unterwäsche zu kaufen. Der Gedanke, dass sie sie vor aller Augen ausgepackt hätte, während ich mich vor Scham zusammen mit den Austernschalen im Mülleimer verkrochen hätte, gefällt mir nämlich gar nicht. Die spinnen, die Franzosen!

Doch da fällt mir plötzlich ein, dass Helenas Geschenk, der Kronleuchter, ja schon in unserer Wohnung in Paris an der Decke hängt. Jetzt wird die ganze Familie denken, dass ich ihr nicht einmal ein Weihnachtsgeschenk besorgt habe. Als Pierre dann gerade eine Skibrille auspackt und anprobiert, flüstere ich Helena nervös zu, sie möge ihrer Familie doch bitte mein Dilemma erklären. Aber da ist sie auch schon an der Reihe, und ich sehe auch noch mein letztes bisschen Ansehen in dieser Familie schwinden.

Schließlich habe ich bereits zur Genüge meinen mangelnden Respekt vor Helena, ihren Eltern, der Institution Ehe, der französischen Sprache und der französischen Kultur im Allgemeinen bewiesen. Jetzt werden sie alle denken, dass ich Arsch nicht einmal ein Weihnachtsgeschenk für sie habe.

Jede Kirche hat einen Hinterausgang, 25. Dezember

CLÉMENT hat Maxime angesteckt. Jetzt haben beide Fieber und kleine Rotznasen. Aber Clément hat mittlerweile auch seinen Geschenkstapel entdeckt, und ähnlich wie seine Tante alle Päckchen bis auf eines links liegenlassen. Einzig eine hölzerne Werkbank mit allerlei Gerätschaften kann seinen Ansprüchen gerecht werden. Er hämmert jetzt schon seit zwei Stunden darauf herum. Alle anderen haben mittlerweile fluchtartig die Baustelle verlassen, nur ich gebe immer noch schicksalsergeben seinen Handlanger. Er wird nächste Woche erst zwei, und er ist schon jetzt ein besserer Handwerker als ich. Doch irgendwann wird auch er müde von dem ganzen Herumgetrommel. Er schaut sich suchend nach seinen Eltern um, und weil sie nirgends zu sehen sind, fängt er an zu heulen. Ich werde erst einmal panisch, aber dann entdecke ich unseren gemeinsamen Kumpel Quito. Ich zögere. Ich weiß zwar, dass nur das Stofftier Klein Clément jetzt trösten kann, aber soll ich es wirklich wagen, das Ding anzufassen? Ich will auf keinen Fall die wackelige Waffenruhe zwischen mir und Cléments Vater in Gefahr bringen. Bei meinem Glück kommt Pierre genau in dem Moment durch die Tür, in dem ich das verdammte Vieh auch nur in die Hand nehme, und schon werde ich wieder der Stoffhasenmisshandlung für schuldig erklärt. Doch glücklicherweise haben Céciles feine Antennen die Notsignale ihres Kindes bereits wahrgenommen, bevor ich eine falsche Bewegung machen kann.

Ich beschließe, einen Spaziergang an der frischen Luft zu machen, und meine Füße tragen mich direkt zur Kirche *Abbaye aux Dames*. Ich stoße die schwere Holztüre auf, und schon drückt mir eine kleine Frau, die sich dahinter versteckt hatte, ein Liedblatt für den Gottesdienst in die Hand. In der Kirche ist ganz schön was los, aber ein paar Stühle ganz hinten sind trotzdem noch frei. Der Pfarrer ist ein kleiner, rundlicher Mann, der eine erstaunliche Ähnlichkeit mit einer Snookerkugel hat. Er nuschelt in ein Mikrofon wie ein Bahnangestellter, der eine weitere Verspätung zu vermelden hat. Ich bin mir nicht sicher, ob seine Schäfchen auch nur ein Wort der Frohen Botschaft verstehen können. Ich jedenfalls verstehe nur Bahnhof und entspanne mich ein bisschen, was meine natürliche Ablehnung gegen derlei Veranstaltungen etwas mildert. Wahrscheinlich passiert es genau so. Eines Tages landet man zufällig in einer Kirche, in einem Moment, indem man der Idee, dass es eine höhere Macht gibt als man selber, nicht ganz so skeptisch gegenübersteht wie sonst.

Das erinnert mich an eine Geschichte über Cousine Nathalie, die mir Helena erst letzte Woche erzählt hat. Nathalie hat angefangen, die Kirche in Tottenham zu besuchen, und das nicht, weil sie plötzlich ein Fan von religiösen Institutionen geworden wäre, sondern weil der dortige Pfarrer ein exaltierter Schwuler ist, der seine Gemeinde mit seinem tuntigen Auftreten und recht gewagten Predigten erfreut. Helena hat ihrer Cousine diese Geschichte auch prompt abgekauft, aber ich bin mir nicht so sicher, ob das die ganze Wahrheit ist. Denn wenn es ihr tatsächlich nur um gute Unterhaltung ginge, dann könnte sie doch auch einfach in die nächste Comedy-Show gehen. Mein Großvater war ein weiterer erklärter Atheist. Als er im Ruhestand war, fing er an, historisch relevante Schauplätze zu bereisen, und die Kirchen und Kathedralen Europas wurden seine Lieblingsziele. Kurz vor seinem Tod besaß dieser hochgradig rationale Mann die wahrscheinlich umfangreichste Postkartensammlung in ganz Großbritannien, und auf geschätzten fünfundsiebzig Prozent davon waren Gebäude abgebildet, die man zu Ehren Gottes errichtet hatte.

Fasziniert starre ich hinauf zu den prächtigen Bögen des Kirchenschiffs (natürlich aus rein architektonischem Interesse) und vergesse fast, was um mich herum passiert. Doch dann ergreift der große Mann, der neben mir sitzt, plötzlich überschwänglich meine Hand und jubelt irgendetwas von wegen »Willkommen«, »Weihnachten«, »Heimkehr« und ich glaube sogar von »Truthahn« und das Einzige, was mir dazu einfällt, ist ihm »Merry Christmas« zu wünschen. Dann ist der Gottesdienst auch schon vorbei, und zu den Klängen der dröhnenden Orgel und der allmächtigen Glocken strömen wir alle wieder nach draußen. Ich habe zwar keine Ahnung, ob ich jemals wieder in diese Kirche gehen werde, aber ich weiß, dass sich das hier mehr wie Weihnachten angefühlt hat als alle Heiligen Abende, die wir McQueens zu Hause in England vor dem Fernseher verbracht und an denen wir uns mit Fleischpastete vollgestopft haben.

Als ich zurück ins Haus von Helenas Eltern komme, wollen natürlich alle wissen, wo ich gewesen bin. Ich weiß nicht, was ich sagen soll, also erkläre ich offiziell, dass ich spazieren war. Aber unter vier Augen gestehe ich Helena später, dass ich in der Kirche war, weil ich gehört habe, dass der dortige Pfarrer nicht nur schwul und für seinen geistreichen Sarkasmus bekannt sei, sondern ganz nebenbei auch noch einen schwunghaften Handel mit Latex-Talaren betreibe. Helena schaut mich nur misstrauisch an und kommandiert mich zum Küchendienst ab.

Nach dem Mittagessen biete ich Cécile an, ihr Maxime für eine Weile abzunehmen. Er ist noch ein bisschen beschwipst von der Milch seiner Mutter, als ich ihn sanft auf meinen Schoß nehme. Er schaut mich zufrieden an, und seine Augen erinnern mich an zwei glänzende CDs mit all meinen Lieblingsliedern darauf.

Vaterschaft und das Gesetz der Serie, 28. Dezember

ICH STEHE FRÜH AUF, weil ich die neuesten Fußballergebnisse in Erfahrung bringen möchte. Außer mir ist nur Helenas Vater wach. Er schmunzelt immer noch darüber, dass jemand eine Zeitung lesen kann, die sich nur mit Sport beschäftigt. Ich persönlich dagegen finde, dass Proust noch vor dem Frühstück eine etwas schwere Kost ist.

Cécile und Pierre wollten heute eigentlich in die Alpen weiterfahren, aber ein Blick auf die Kinder genügt, um zu wissen, dass sie heute sicher nirgendwo hinfahren werden. Weder die Eltern noch die beiden kleinen Jungs haben letzte Nacht viel Schlaf abbekommen, und noch bevor Helenas Vater in seine Kinderklinik aufbricht, hat er zu Hause eine private Sprechstunde abzuhalten.

Das Frühstück verläuft chaotisch, und mir fällt auf, dass weder Cécile noch Pierre auch nur eine Sekunde ihre Ruhe haben, seit die Familie einen kleinen Schreihals mehr zählt. Als nur Clément da war, hat wenigstens einer der beiden hin und wieder Zeit gehabt, etwas anderes zu tun als Windeln zu wechseln, Triefnasen zu putzen oder Gute-Nacht-Geschichten vorzulesen. Aber seit das zweite Kind da ist, ist daran offensichtlich nicht mehr zu denken.

Den Rest der Weihnachtsfeiertage verbringen wir mit Kochen und Gesellschaftsspielen. Clément bekommt Geschichten vorgelesen, und ich höre heimlich aufmerksam zu, um mein Französischvokabular aufzubessern. Helena sagt, sie habe mich noch nie mit einem so glücklichen Gesichtsausdruck gesehen. Die Wahrheit ist, ich habe noch nie ein schöneres Weihnachten erlebt.

Gepäck, 30. Dezember

DAS JAHR ist fast vorüber und Helena hat wohl den bedeutsamsten Monat ihres Lebens vor sich. Nur ich blicke immer noch lieber zurück als voraus. Es heißt, die letzten Schwangerschaftswochen seien die schlimmsten, und wir finden gerade heraus warum. Helena schläft kaum noch. Von den 20 Kilo extra, die sie ständig mit sich herumschleppen muss, ist sie völlig erschöpft. Sie hat es satt, nur noch Jogginghosen tragen zu können, und ihre Stimmung ist im Keller. Sie fühlt sich, als würde sie in einem stickigen, überfüllten Wartesaal sitzen. Sie will es jetzt einfach hinter sich bringen. Wahrscheinlich hat sie auch deshalb schon ihre Tasche für die Klinik gepackt.

Plötzlich überkommt mich eine Welle des Mitgefühls für die Frau, mit der ich mein Leben teile. Es war wirklich ein Höllenjahr für Helena, und ich möchte ihr einfach sagen, dass sie sich keine Sorgen zu machen braucht, weil alles gut ausgehen wird. Aber das wären mal wieder nur Worte und deren habe ich im Laufe unserer Beziehung schon viele verloren, ohne dass etwas dahintergesteckt hätte.

Paris, Silvester

ALLES DREHT SICH nun darum, ohne Champagner über die nächsten 24 Stunden zu kommen. Sollte ich es schaffen, wäre es das erste Silvester seit ich sechzehn Jahre alt war, das ich völlig nüchtern erlebe. Bisher bestand die Herausforderung an diesem besonderen Abend des Jahres eher darin, wie ich es schaffe, noch betrunkener zu werden als an jedem anderen Freitagabend. Wenigstens haben wir beschlossen, heute nicht auszugehen. Warum auch? Helena fühlt sich sowieso nicht danach, und ich habe auch keine große Lust, anderen Leuten dabei zuzusehen, wie sie sich vollaufen lassen.

Am frühen Abend gehe ich die Rue des Martyrs hinunter, um uns etwas zu essen zu besorgen. Hierher kommt vor allem die reiche *bourgeoisie bohémienne*, die sogenannten *bobos*, des neunten Arrondissements zum Einkaufen. Die ganze Straße entlang bekommt man die teuersten Köstlichkeiten, Fleisch von bester Qualität, exotische Früchte, feinstes Gemüse und erlesene Käsesorten. Heute schaue ich mal nicht auf den Preis. Helena hat sich Jakobsmuscheln zum Abendessen gewünscht. Deshalb friere ich mir in der Schlange vor der *Poissonnerie Bleue* auch den Arsch ab. Zwar bin ich hier Stammkunde, aber das hilft heute Abend auch nicht. Mir war nicht bewusst, dass anscheinend ganz Paris zu Neujahr Meeresfrüchte auf den Tisch bringt. Die Straße sieht aus wie ein Fischmarkt. Abgesehen von allerlei Schalentieren liegen jede Menge Kabeljau, Lachs und Forellen in den Auslagen auf Eis und starren mich mit glasigen Augen an. Es gibt Langusten, Shrimps und lebendige Hummer, außerdem Dorade, Barsch, Seeteufel, Thunfisch, Steinbutt und Rochen. Die Verkäufer in der *poisonnerie* haben alle Hände voll zu tun, und es herrscht ein riesiges Gedränge. Als ich meinen Fang schließlich nach Hause trage, fühle ich mich ein bisschen wie ein Überlebender nach einem Schiffsunglück.

Ich habe noch nie zuvor frische Jakobsmuscheln zubereitet. Es sind ziemlich widerspenstige kleine Biester. Die Erste, die ich zu öffnen versuche, schnappt sofort wieder zu, und ich klemme mir meine noch eiskalten Finger ein. Aber schließlich schaffe ich es doch, die glitschigen Bastarde aus ihrer Rüstung zu schälen und zu säubern. Ich lege sie in einer Marinade aus Zitronensaft, Koriander und Chili ein. Dann geselle ich mich zu Helena, die sich etwas hingelegt hat.

»Was wollen wir heute Abend machen?«, frage ich.

»Zu Abend essen«, sagt Helena müde.

»Ja, aber was sonst noch?«

»Was willst du denn sonst noch machen?«

»Na ja, es ist immerhin Silvester. Da sollten wir schon ein bisschen feiern, findest du nicht?«

»Willst du vielleicht tanzen gehen?«, fragt Helena ungläubig und schaut auf ihren riesigen Bauch. Dann fragt sie mich, was ich denn früher in London an Silvester gemacht habe.

»Ach, das willst du gar nicht wissen.«

»Doch das will ich. Erzähl es mir.«

»Letztes Mal war ich mit Vincent und einer Gruppe Freunden aus Frankreich unterwegs.«

»Wo wart ihr essen?«

»Essen? In London geht man an Silvester nicht essen.«

»Aber ihr müsst doch irgendetwas gegessen haben.«

»Also gut, wir haben jeder etwa sechs halbe Bier gegessen und sind dann was trinken gegangen.«

»Wohin?«

»In einen Club.«

Aber an viel mehr kann ich mich nicht erinnern. Ich habe keine Ahnung, wann und wie ich heimgekommen bin, also versuche ich, das Gespräch wieder auf heute Abend zu lenken.

»Ich würde heute Abend gerne etwas ganz anderes machen.«

»Was denn?«

»Irgendwie über das vergangene Jahr nachdenken und darüber, was das kommende bringen wird. Vielleicht eine Liste schreiben oder so ...«

Nach allem, was ich Helena in den letzten zwölf Monaten zugemutet habe, bewege ich mich mit diesem Vorschlag auf dünnem Eis, aber zu meiner Überraschung stimmt Helena sofort zu. Dann verziehe ich mich wieder in die Küche, um den soeben verschiedenen Jakobsmuscheln die letzte Ehre zu erweisen.

Gegen neun starten wir unser kleines Silvester-Festmahl. Für mich ist es immer noch eigenartig, etwas mit einer Flasche *Perrier* zu feiern, noch dazu wo sich der Rest der Welt da draußen gerade zulaufen lässt. Aber die Jakobsmuscheln schmecken hervorragend und als Nachspeise gibt es noch Fruchtsalat mit *Häagen-Dazs*-Eis. Als wir mit dem Essen fertig sind, dauert es immer noch zwei Stunden bis Mitternacht, und wir beschließen, ein bisschen Musik anzumachen.

Wir sind nicht in Tanzlaune, also entscheiden wir uns für ein *Cannonball-Adderley*-Album, das mit einer wunderschönen, bittersüßen Version der alten Cole Porter-Melodie »Autumn Leaves« beginnt. Wir hören uns das Stück bestimmt drei oder vier Mal an und starren dabei verträumt in den Schein der Kerzen. Ich muss daran denken, wie wir letztes Jahr mit Helenas Familie in den Alpen waren. Es schneite stark, und ich war zu einer kleinen Kapelle gewandert, die sich in einen Felsvorsprung am Berghang schmiegte. Mit Beten habe ich es eigentlich nicht so, aber ich erinnere mich, damals irgendjemanden gebeten zu haben, mir ein bisschen Orientierung zu geben. Als hätte ich geahnt, was im kommenden Jahr auf mich zukommen würde.

»Komm, Helena«, sage ich plötzlich. »Packen wir es an.«

Das lässt sich Helena nicht zweimal sagen. Sie trippelt sofort ins Schlafzimmer und holt ihre Liste, als hätte sie nur auf diesen Moment gewartet. Wahrscheinlich hat sie die Gelegenheit beim Schopf gepackt und einen langen Katalog meines schamlos schlechten Benehmens angelegt. Plötzlich bezweifle ich, dass mein Vorschlag so eine gute Idee war. Wir kriegen uns beinahe in die Haare darüber, in welcher Reihenfolge wir die Listen vorlesen, aber schließlich einigen wir uns darauf, mit dem unwichtigsten Punkt anzufangen und uns dann Punkt für Punkt bis zum wichtigsten vorzuarbeiten.

Meine Liste enthält vorwiegend den unrühmlichen Kampf gegen mein Alkoholproblem und die Wiederannäherung an Helena und meine Familie. Helena dagegen erwähnt den Hauptgrund für meine Schande mit keinem einzigen Wort. Stattdessen spricht sie davon, wie sie wieder gelernt hat, mir zu vertrauen. Aber zu meiner Überraschung stimmen wir beim letzten und wichtigsten Punkt beide überein. Ich beschreibe es als »die Chance, Vater zu werden«, Helena als »mit deinem Kind im Bauch leben«. Und plötzlich habe ich einen dicken Kloß im Hals.

Was unsere Wünsche fürs neue Jahr betrifft, Helena hofft, dass unser Sohn »genauso süß ist wie alle anderen Babys«, ich eher, dass er ohne Komplikationen auf die Welt kommt und gesund ist. Weder Helena noch ich haben heute Abend die verpatzte Hochzeit zur Sprache gebracht (auch wenn mein Schweigen darüber weniger überraschend ist). Als Helena Zähneputzen geht, bleibe ich noch eine Weile im Wohnzimmer sitzen und lausche den Klängen der guten alten *Cannonball*-Platte. Es ist noch immer eine gute halbe Stunde bis Mitternacht, aber wir liegen schon im Bett und können beide nur noch mit Mühe unsere Augen offen halten.

»Helena, du weißt schon, warum ich dich nicht geheiratet habe, oder?«

Sie dreht sich zu mir und sagt:

»Ich denke schon.«

»Dann sag es mir.«

»Weil du ein Feigling bist, der Angst hat, Verpflichtungen einzugehen.«

Dann dreht sie sich wieder um und schließt die Augen.

»Da ist noch ein winziger Aspekt, den du vielleicht übersehen hast.«

»Ach ja?«

»Ich bin irgendwie vom Weg abgekommen. Ich kann dir nicht genau sagen wann und wo, aber als ich es bemerkt habe, war es zu dunkel, um wieder zurückzufinden. Ich hab alles Vertrauen in mich verloren und immer die falschen Leute um Rat gefragt ...«

»Und glaubst du, dass du den Weg nach Hause bald finden wirst?«

Ich nicke, und der Zeiger der Uhr springt auf Mitternacht.

Eine neue Garnitur Gene, 1. Januar

WER WEISS SCHON, was das nächste Jahr bringen wird. Aber eines ist sicher, es wird anders als all die Jahre davor. Ich bin schon vor Helena wach und schleiche in die Küche, um Tee aufzusetzen. Zu meinem Erstaunen sehe ich dicke Schneeflocken vor dem Fenster tanzen. Es ist noch ziemlich früh, der Schnee dämpft die Geräusche draußen und für Paris herrscht eine fast unwirkliche Stille. Ich sitze fast eine Stunde einfach nur da, eine abgestoßene Tasse mit heißem Tee in der Hand, und schaue den Schneeflocken zu. Hier mitten in der Stadt bleibt der Schnee nicht lange liegen, aber es ist schön zu sehen, dass die Welt sich über Nacht in einen freundlicheren Ort verwandeln kann.

Als Helena dann auftaucht, macht sie ein Gesicht, als hätte man sie aus dem Winterschlaf gerissen. Ich sage ihr, sie solle doch mal aus dem Fenster schauen und sehe plötzlich einen Anflug von kindlicher Freude in ihren Augen. Helena liebt Schnee. Dafür lässt sie sogar das Frühstück sausen. Sie möchte sofort nach draußen gehen und spüren wie die Schneeflocken auf ihren erhitzten Wangen schmelzen. Ich protestiere, denn ich mag Schnee zwar, aber lieber vom Warmen aus durch ein Fenster betrachtet. Aber sie will unbedingt herausfinden, ob der Schnee im Bois de Boulogne liegen bleibt und besteht darauf, dass ich sie hinfahre.

Bis wir uns endlich auf den Weg machen, ist es fast zehn, aber trotzdem sind die Straßen noch immer wie ausgestorben. In der ganzen Nachbarschaft brennt weit und breit nur ein Licht, das der *boulangerie*. Also machen wir uns mit ein paar ofenwarmen Croissants auf den Weg zu dem riesigen Park im Westen von Paris.

Helena hatte Recht, im Park spazieren wir über eine Schicht aus Puderzuckerschnee. Wir sind unter den Ersten, die in diesem neuen Jahr ihre Spuren hinterlassen, und als wir wieder ins Auto zurückkehren, wird mir klar, dass der Monat, in dem ich Vater werde, nun da ist.

Am Nachmittag ruht Helena sich aus. Ich nehme die Metro und fahre in die *Galerie de l'Évolution*, wo all die Gerippe und ausgestopften Tiere zu sehen sind. Kurz nach dem Tod meines Vaters war ich zum ersten Mal hier. Als ich ankam, war ich überzeugt, dass er und ich grundverschieden waren. Doch je länger ich blieb, desto klarer wurde mir, dass wir uns eigentlich sehr ähnelten. Heute komme ich wahrscheinlich hierher, um nach dem Bindeglied zur dritten Generation zu suchen.

Mein Vater hat sich nie ganz von seiner alptraumhaften Kindheit befreien können und litt deshalb immer wieder unter Depressionen. Aber als Kind habe ich das natürlich nicht verstanden. Alles was ich spürte, war eine Leere, die ich aber nicht benennen konnte. Vielleicht kommen daher auch meine Versagensängste im Hinblick auf die Geburt meines eigenen Sohnes. Ich grüble weiter über die Mysterien der DNS-Doppelhelix nach, die Vater und Sohn verbindet. Erst neulich hat mir mein Bruder mal wieder so eine merkwürdige E-Mail geschrieben, von wegen »euer kleiner Junge liebt euch schon jetzt«, und dass wir nicht vergessen dürften, dass er sich genau Helena und mich als Eltern ausgesucht habe. Mein Bruder kommt manchmal gerne mit so einem Eso-Quatsch an, aber diesmal hatte ich irgendwie das Gefühl, dass da etwas Wahres dran ist, oder zumindest irgendetwas, was ich Banause nicht ganz verstehe, also fragte ich ihn, warum er sich dann nicht lieber John D. Rockefeller als Vater ausgesucht hat. Denn ich an seiner Stelle hätte mir wahrscheinlich irgendjemanden herausgepickt, der stinkreich ist.

Die Geburt – ein Spiel über zwei Halbzeiten, 4. Januar

HELENA WILL, dass das Kinderzimmer fertig ist, bevor Pierre und Cécile aus ihrem Urlaub in den Alpen zu uns kommen. Ich würde lieber mein Drehbuch vollenden, bevor unser Sohn geboren wird, aber beides geht wohl nicht. Außerdem ist mir natürlich klar, dass das Kinderzimmer leichter hinzubekommen ist als mein Filmscript.

Unter der strengen Aufsicht seiner Mutter baue ich das Kinderbettchen unseres Sohnes auf und haue mir dabei sogar nur zweimal mit dem Hammer auf die Finger. Ich rücke den Schrank und meinen Schreibtisch von einer Wand an die andere. Helenas Keramikofen ist allerdings viel zu schwer, als dass ich ihn verrücken könnte, deshalb zimmern wir einfach ein paar Spanplatten darumherum, die wir vorher mit freundlich gemustertem Stoff beklebt haben. Wir schmücken den Raum mit einer Lichterkette aus Lämpchen in Schäfchenform und ein paar babyfreundlichen Bildern. Aber damit gibt sich Helena noch lange nicht zufrieden. Sie will, dass ich meinen Schreibtisch ins Wohnzimmer schaffe. Ich protestiere, dass ich dort niemals zum Arbeiten kommen werde, aber sie sieht mich nur mit diesem Blick an, der sagen will, dass ich meine Arbeit so oder so nicht gebacken kriege. Damit ist die Diskussion erledigt. Helena verleiht dem Kinderzimmer den letzten Schliff, indem sie auf dem frisch verkleideten Ofen ein paar Spielsachen, Babyshampoo, eine Box mit Wattebällchen und eine kleine Spieluhr, die Cécile uns zu Weihnachten geschenkt hat, arrangiert. Ich bin plötzlich total aufgeregt und trete nervös von einem Fuß auf den anderen.

»Ich bin gespannt, wie er aussieht«, sagt Helena und hängt einen Spiegel an die Wand.

»Das ist mir eigentlich ziemlich egal.«

»Was ist denn mit dir los?«, Helena ist von meiner schroffen Antwort geschockt.

»Gar nichts!«, sage ich gereizt und schaue skeptisch zu, wie sie ein winziges T-Shirt mit einem Teddybären auf der Brust zusammenlegt.

»Was soll das heißen, es ist dir ziemlich egal? Und warum schaust du seine Sachen an, als gehörten sie nicht hierher.«

»Weil sie nicht hierher gehören … jedenfalls noch nicht.«

»Ach so, du bist abergläubisch!«, ruft Helena und lacht.

»Stimmt doch gar nicht.«

»Es wird alles gutgehen, glaub mir«, versucht Helena mich zu beruhigen.

»Das hoffe ich, denn das ist alles, was für mich zählt.«

»Ja, da geht es mir genauso. Und letztendlich ist es mir auch ziemlich egal, welche Augenfarbe er hat.«

»Also würde es dir nichts ausmachen, wenn sie braun sind wie meine?«, frage ich sie.

»Das wäre natürlich schade, aber dann müssen wir wohl damit leben.«

Verdammt nochmal, sie hat mich zum Lachen gebracht! Aber mir ist es damit wirklich ernst. Das Einzige, was ich will, ist, dass der Kleine gesund auf der Erde ankommt.

Aber später beim Abendessen ist es Helena, die schwächelt:

»Ich hab Angst.«

»Wovor hast du Angst?«

»Ich weiß nicht, wahrscheinlich vor den Schmerzen bei der Geburt.«

Ich weiß nicht, was ich sagen soll. Ich suche nach irgendetwas Tröstlichem, aber das Einzige, was mir dazu einfällt, ist:

»Zur Not gibt es ja die PDA.«

Aber Helena hört mir sowieso gar nicht richtig zu und stochert nur abwesend auf ihrem Teller herum.

»Vielleicht sind es auch weniger die Schmerzen, vor denen ich Angst habe, sondern die Angst davor, Angst zu haben«, murmelt sie nachdenklich.

Ah! Angst vor der Angst. Das ist doch eigentlich mein Spezialgebiet.

»Das ist völlig normal«, sage ich und versuche, überzeugend zu klingen.

»Was ist normal?«

»Dass du Angst hast. Damit bereitet sich dein Körper auf die Geburt vor.«

Helena schaut mich hoffnungsvoll an, sagt aber nichts. Ich weiß, dass sie sich nur allzu gerne von meinen Worten überzeugen lassen würde. Ich suche nach einer geeigneten Metapher, aber natürlich fällt mir nur eine ein, die mit meinem Lieblingssport zu tun hat.

»Als ich klein war, hatte ich immer Angst, bevor ich ein Fußballspiel hatte.«

»Wie kannst du in so einer Situation nur an Fußball denken?« Helenas Augen funkeln bei dieser Frage wütend auf.

»Jetzt hör mir doch erst einmal zu. Jeden Samstag bevor wir zum Fußballplatz gingen, war ich so nervös, dass mir fast schlecht wurde. Am liebsten hätte ich mich irgendwo verkrochen und das Spiel einfach sausenlassen – obwohl ich Fußball doch liebe … Aber wenn der Schiedsrichter dann anpfiff und das Spiel losging, war meine Angst plötzlich verflogen.«

»Willst du damit vielleicht sagen, dass ein bisschen Gebolze vergleichbar damit ist, stundenlang ein menschliches Wesen durch eine winzige Körperöffnung zu pressen?«

Okay, Helena versteht mich einfach nicht. Aber noch gebe ich mich nicht geschlagen:

»Man braucht die Angst und das Adrenalin in seinem Körper einfach, um ein gutes Spiel zu liefern. Hätte man keine Angst, würde man auch nicht gut spielen. Und so wird es auch bei dir sein, wenn die Wehen erst einmal losgehen.«

»Wirst du bei mir sein?«

»Ich werde da sein. Ich werde mir wahrscheinlich auch in die Hosen machen vor Aufregung, aber ich werde da sein. Das verspreche ich.«

Da lächelt Helena, ein bisschen zögerlich vielleicht, aber sie lächelt. Ich fühle mich wie ein Fußballtrainer, der dem Star der Mannschaft die Angst vor dem Elfmeterschießen genommen hat.

Das Klingeln des Telefons unterbricht unser ernsthaftes Gespräch. Dirk ist dran und hat Neuigkeiten für uns – ich wette, ich weiß was jetzt kommt, aber ich werde mir Mühe geben, so überrascht wie möglich zu tun.

»Rate mal!«, ruft er aufgeregt in den Hörer.

»Keine Ahnung, Dirk. Sag's mir.«

»Carla ist schwanger!«

»Neeeeiiin! Ist nicht wahr!«

»Doch, wirklich!«

»Und wie fühlst du dich damit, Dirk?« (Als wüsste ich das nicht schon.)

»Ich bin total …«

»Lass uns mal mit Carla sprechen. Geht es ihr gut?«, unterbricht uns Helena.

Carla ist völlig aus dem Häuschen darüber, dass sie im dritten Monat ist. Aber sie wollte unbedingt, dass wir, und besonders Helena, es als Erste erfahren. Wir haben zwar sowieso schon damit gerechnet, aber ich freue mich ehrlich für Carla – und das heißt dann wahrscheinlich auch, dass ich mich für mich selbst freue.

Da war doch noch was, 6. Januar

DIE LONDONER FIRMA hat mir nochmal ein verbessertes Angebot gemacht. Ich starre gerade darauf, und die Dollarzeichen tanzen vor meinen Augen wie üppige Bauchtänzerinnen. Mein Registrierkassenblick ändert aber nichts an der Tatsache, dass mir mein Herz schwer wird. Mir wird klar, dass ich eigentlich nicht weg will aus Paris – nicht mal nach Toulouse, geschweige denn nach London.

Das Jobangebot kann sich zweifelsohne sehen lassen. Sie würden sogar unseren klapprigen *Clio* durch einen schicken Dienstwagen ersetzen, ich hätte Altervorsorge und eine Krankenversicherung und wahrscheinlich im Falle des Falles sogar ein Begräbnis mit militärischen Ehren. Aber erst einmal müsste ich zum Bewerbungsgespräch nach London kommen. Ich beschließe, mir das nach dem Mittagessen zu überlegen, gehe in die Küche und fange an zu kochen.

Es klingelt an der Tür. Ich mache auf, aber niemand steht davor. Ich blicke hinunter und sehe einen blonden Lockenkopf, der nach Helena fragt. Es ist Clément, der offensichtlich aus den Bergen zurück ist. Aber wo sind seine Eltern? Ich versuche es aus ihm herauszubekommen, aber alles, was er zu sagen hat, ist: »Helena?« Als ich ihm erkläre, dass sie im Schlafzimmer ist, flitzt er auch schon an mir vorbei.

Schließlich treffen auch Cécile und Pierre bei uns ein. Sie mussten erst noch einen Parkplatz finden, was im Pigalle-Viertel an einem Montagmorgen in etwa der Suche nach dem heiligen Gral gleichkommt. Ich freue mich, sie wiederzusehen, und auch Pierre begrüßt mich herzlich. Soll das etwa heißen, dass mein selbstverschuldeter Konflikt mit Helenas Bruder endlich behoben ist, oder riecht er nur das Essen in der Küche?

All die Aufregung lockt Helena aus dem Schlafzimmer, und wir essen gemeinsam zu Mittag. Danach wollen Cécile und Pierre gleich wieder aufbrechen, aber wir brauchen eine halbe Stunde, um Clément von ein paar Werkzeugen loszureißen, die er bei uns in der Wohnung entdeckt hat.

Ich mache Kaffee und rücke endlich mit der Sprache heraus:

»Ich habe ein Angebot aus London.«

»Ein gutes?«

»Ein sehr gutes.«

»Verstehe.«

»Es würde aber bedeuten, dass wir nach England ziehen müssten.«

»Wann?«

»Wahrscheinlich schon nächsten Monat.«

»Ist es ein Job, den du wirklich machen möchtest?«

»Zumindest ist es ein Job, den ich machen kann, und er würde sicherstellen, dass dein Sohn immer Schuhe hat.«

»Unser Sohn.«

»Ja, entschuldige, unser Sohn. Aber was hältst du davon, nach London zu ziehen?«

»Ich würde es machen, wenn du es willst.«

»Ich will eigentlich nicht. Ich möchte lieber hier in Paris bleiben.«

»Okay, dann bleiben wir hier.«

Das Jahr, in dem nicht viel passierte, in Paris und anderswo

ICH WILL NICHT über meine Jobsituation nachdenken, ich will auch nicht meine E-Mails checken oder an meinem Drehbuch arbeiten, ich will auch nicht darüber nachdenken, dass Helena sich weiterhin weigert, die Miete zu bezahlen (obwohl ich weiß, dass wir wegen ihrer Sturheit wahrscheinlich bald auf der Straße sitzen), und vor allen Dingen will ich nicht daran denken, dass ich versprochen habe, mit dem Rauchen aufzuhören, noch bevor unser Baby geboren ist. Ich will einfach hier im Bett liegen und weiter der Wahrheit aus dem Weg gehen. Doch da klingelt es das zweite Mal in zwei Tagen an der Tür. Das ist nur deshalb ungewöhnlich, weil es in Paris für jedes Haus einen Code am Eingang gibt, den sich keiner merken kann. Deshalb ist es in dieser Stadt auch schwieriger, seine Freunde zu besuchen, als in die *Banque de France* einzubrechen. Unsere Zahlenkombination zum Beispiel ist 1807. Damit ich mir also den Code für mein eigenes Haus merken konnte, musste ich Helena (die Geschichtslehrerin) bitten, mir ein wichtiges historisches Ereignis in diesem Jahr zu nennen. Dummerweise ist 1807 absolut nichts von Bedeutung passiert. Sollte ich also dieses völlig unwichtige Jahr der Weltgeschichte jemals vergessen, kann ich auch vergessen, jemals wieder in meine Wohnung zu kommen.

Wenn man in Paris einen guten Freund besuchen möchte, muss man sowieso mindestens sechs Wochen vorher einen Termin machen. Einfach so vorbeizuschneien, wie ich das aus London kannte, läuft hier nicht. Auch für das zwangloseste Treffen muss man Monate vorher anrufen und am Telefon warten, bis der Kumpel minutenlang umständlich seinen völlig leeren Terminkalender durchgeblättert hat. Wenn er die Regeln kennt, wird er die ersten drei Terminvorschläge erst einmal ablehnen, weil er natürlich total beschäftigt ist. Dann wird er noch einmal wild im Kalender blättern, seufzen und sagen, er werde sich nächste Woche nochmal melden. Damit hat man dann selbst die Chance, dieses Spiel zu spielen, und so kommt es, dass sich sogar die engsten Freunde oft über Dekaden nicht zu Gesicht bekommen.

Wie auch immer, ich ziehe mir also etwas über und quäle mich zur Tür. Es ist Russell, der Neuseeländer, der drauf und dran ist, eine Französin zu heiraten. Als ich ihn betreten im düsteren Flur stehen sehe, winke ich ihn herein und setzte erst einmal Teewasser auf.

Doch bevor ich überhaupt die Teetassen auf den Tisch stellen kann, drückt Russell mir eine Hochzeitseinladung in die Hand. Da fällt mir wieder ein, dass er mich vor ein paar Wochen angerufen hat, um mir mitzuteilen, dass die offiziellen Einladungen noch im Zoll festhängen. Der Vollidiot hat gedacht, es sei eine gute Idee, die Karten billig in Neuseeland drucken zu lassen, aber seine dösigen Landsleute aus Downunder haben es geschafft, die Deadline zu verschusseln. Atemlos erzählt Russell mir die ganze Geschichte, was mir wenigstens Zeit gibt, ein paar Kekse auf den Tisch zu zaubern. Dann schaue ich mir die Einladung genauer an: Das *R.S.V.P*-Datum liegt schon Wochen zurück. Ich frage ihn, was denn seine Schwiegermutter zu diesem Missgeschick sagt. Russell rollt verzweifelt mit den Augen und nimmt dann einen kräftigen Schluck Darjeeling.

Die Hochzeit wird in einem *château* etwa eine Stunde vor den Toren von Paris stattfinden. Russell sagt, es sei bereits ein Zimmer auf unseren Namen reserviert, falls wir Zeit hätten zu kommen. Die Hochzeit findet nur zehn Tage vor dem Geburtstermin statt, aber auch daran hat Russell schon gedacht und versichert mir, es gebe eine hervorragende Klinik nur fünfzehn Minuten vom Schloss entfernt in St.-Germain-en-Laye, einem Vorort von Paris, in den sich nach der Französischen Revolution große Teile der *noblesse* zurückgezogen hätten.

Die Dankesliste, 10. Januar

MITTLERWEILE haue ich ziemlich schamlos jeden, den ich kenne, um einen Job an. Schließlich will ich nicht als arbeitsloser Vater enden. Die Tatsache, dass mich das unweigerlich wieder ins Marketing zurückbringen wird, ist plötzlich weniger wichtig als noch vor achtundvierzig Stunden. Nachdem ich den Londoner Job abgesagt habe, saß ich erst einmal ein paar Tage wartend vor dem Telefon. Aber die einzige Person, die anrief, war der Gasmann, und der beteuerte mir, dass er keine Hilfe bei seiner Arbeit brauche.

Im Laufe des Tages wird mir meine prekäre Situation immer unerträglicher. Wie wild fange ich an, meine Bankauszüge durchzugehen, und wundere mich, was aus all meinen Ersparnissen geworden ist. Natürlich weiß ich, dass ich einen Großteil davon in irgendwelche Cafés getragen habe, aber daran will ich im Moment lieber gar nicht denken. Also gehe ich die Papiere noch einmal durch, in der Hoffnung, die Bank habe irgendwo einen Fehler gemacht. Aber ich kann beim besten Willen nicht die winzigste Fehlbuchung finden. Da flattert plötzlich eine E-Mail in mein Postfach. Sie ist von einer früheren Kollegin, die mir steckt, sie wisse da jemanden, der einen Job in Paris zu vergeben habe.

Bevor ich überhaupt zum Nachdenken komme und es mir anders überlegen kann, feuere ich eine Antwort heraus, die deutlich macht, dass ich mehr als interessiert bin. Kaum habe ich die Mail abgeschickt, klingelt auch schon das Telefon, ich solle mich unverzüglich nach London zu einem ersten Vorgespräch begeben.

Wie benommen torkle ich ins Wohnzimmer hinüber. Ich will Helena die neuesten Entwicklungen an der Jobfront mitteilen, aber sie hört gar nicht hin, weil Clément auf einen letzten Besuch vorbeigekommen ist, bevor er mit seinen Eltern wieder nach Spanien zurückkehrt. Also beschließe ich, mich erst einmal um das leibliche Wohl unserer Gäste zu kümmern.

Das Mittagessen umfasst Würstchen, Linsen und Spinat und außerdem ein paar Reden darüber, dass Clément und Maxime, wenn wir uns das nächste Mal sehen, bereits einen kleinen Cousin haben. Ich mache sogar ein paar Fotos von Helena, wie sie ihren Neffen küsst, und schon sind Helenas Bruder und seine Familie wieder auf dem Weg zurück an den südlichsten Zipfel Europas. Die Fahrt wird sie gute zwei Tage kosten, und sobald ich die Tür hinter diesem Europa-Ralley-Team zugemacht habe, fühle ich mich plötzlich ziemlich verloren.

Helena weiß gar nicht, was sie mit sich anfangen soll, nachdem ihr kleiner Spielkamerad weg ist. All unsere Werkzeuge liegen noch verstreut in der Wohnung herum, aber trotzdem ist da ein kleines blondlockiges Loch in ihrem Leben. Sie kann es kaum noch erwarten, die Lücke, die Clément hinterlassen hat, mit ihrem eigenen kleinen Sohn zu füllen. Um sie etwas aufzumuntern, schlage ich vor, ins Kino zu gehen. Ich bin mir sicher, es würde ihr guttun, ein wenig rauszukommen, aber ihr Blick fällt automatisch auf den provisorischen Balkon, der seinen Schatten auf ihre Füße wirft. Bevor sie jedoch ablehnen kann, verspreche ich ihr, nicht nur eine ganze Sitzreihe im Kino für sie zu buchen, sondern ihr auch noch nach dem Film eine dicke Pizza zu spendieren. Allein die Aussicht darauf lässt sie alle Bedenken über Bord werfen, und sie fügt sich so bereitwillig wie der Käse auf einer Quattro Formaggio.

Nach dem Film treffen wir uns also mit ein paar Freunden zum Abendessen. Helena verputzt die ihr versprochene Pizza schneller, als ich Vivaldi sagen kann. Wir tauschen »Wie wir uns kennengelernt haben«-Geschichten aus, und mir wird wieder einmal klar, wie wenig ich über das Beziehungsleben meiner Freunde weiß. Eines der Pärchen erzählt, dass sie sich zufällig auf einer Diner-Party getroffen haben und aus ihrer Beziehung fast nichts geworden wäre, weil sie zu dem Zeitpunkt auf einem Kontinent lebte und er auf einem anderen. Anders als Helena und ich haben sie aber nicht vier Jahre gebraucht, bis sie endlich zusammenfanden, sondern haben ziemlich schnell geheiratet. Sie verraten uns auch, dass sie sich Kinder wünschen, es aber bisher noch nicht geklappt hat. Ich hatte immer angenommen, sie seien glücklich mit ihrem Leben, wie es ist, und dass sie wie ich ein solches Schicksal eher vermeiden wollten. Wie Unrecht ich hatte!

Ich muss an meine Reaktion denken, als Helena mir sagte, dass sie wahrscheinlich schwanger sei, und plötzlich kommt eine Welle der Scham über mich. Ich wünschte, ich könnte die Zeit zurückdrehen. Wie ich gezappelt und mich dagegen gewehrt habe, Vater zu werden und Verantwortung zu übernehmen. Ich starre in mein Wasserglas und frage mich, warum ich so lange gebraucht habe zu begreifen, was für ein unglaubliches Geschenk uns gemacht wurde.

Warum wir immer die Familie bekommen, die wir verdienen, 11. Januar

ICH BEGINNE DEN TAG mit einer schnellen Fahrradtour in den Bois de Boulogne. Ich glaube, ich sehe total lächerlich aus in meinem Fahrraddress (in etwa so wie ein knallbunter Nylonpinguin), aber dann sehe ich meinen Kumpel Thierry, der eher so aussieht, als wolle er zum Schnorcheln am Great Barrier Reef. Er hat eine Art Zahnarztspiegel an die Seite seines Sturzhelms montiert. Ich kapiere zwar nicht, was ihm das im Park bringen soll, aber zumindest bekommt er keinen Schlamm auf die Zähne.

Wieder zu Hause dusche ich schnell, und beim Mittagessen erzähle ich Helena endlich von dem Vorstellungsgespräch in London. Wir sind uns einig, dass ich es so schnell wie möglich hinter mich bringen soll. Anschließend ziehe ich mich auf die Couch zurück und halte ein kleines Mittagsschläfchen.

Plötzlich schrecke ich hoch, weil Helena mich ruft, mein Bruder sei am Telefon. Mein was? Sie muss sich täuschen. Mein Bruder ruft niemals an.

»Welcher Bruder?«

»Wie viele hast du denn?«

»Na, einen.«

»Dann wird es der wahrscheinlich sein, oder?«

»Aus Thailand?«

»Ja, aus Thailand. Jetzt beeil dich.«

Mein Bruder ist ein armer Kerl. Als Shrimpszüchter ist er gezwungen, in diesem schwitzigen subtropischen Land zu leben. Vor Jahren hat er dort, so weit weg wie nur irgendmöglich von unserem weniger subtropischen Zuhause in Hertfordshire, seine Zelte aufgeschlagen und ist seitdem so gut wie nie auf Heimatbesuch gekommen – und wie gesagt, er ruft niemals an. Aber mein Bruder ist auch ein bisschen anders als der Rest der materialistischen Menschheit: Er kennt das Bedürfnis, zweimal im Jahr zum Schlussverkauf zu rennen oder Unsummen für einen *Starbucks*-Kaffee im Pappbecher zu zahlen, schlichtweg nicht. Ihm ist es auch ziemlich egal, ob sein Duschgel nach grünem Apfel oder Ziegenpisse riecht. Er scheint ziemlich glücklich mit einem Lebensstil zu sein, der den Rest der sogenannten westlichen Zivilisation beherzt zu einer Handvoll *Prozac* greifen ließe. Er und seine Familie leben (natürlich in unvorstellbarem Elend) auf Paradise Island, umgeben von weißem Sand, Ananaspalmen und Korallenriffs, und das Erste, was er mir zu sagen hat, ist, dass es bei ihnen gerade 32 Grad habe und er gerade mit einem kühlen Bier vor dem Fernseher sitze und Arsenal gegen Middlesbrough anschaut.

»Wie steht's?«, frage ich.

»Null zu null. Thierry Henry hat gerade einen todsicheren Ball verschossen.«

»Aber das ist nicht der Grund, warum du mich anrufst, oder?«

»Nein, aber ich dachte, das würde dich vielleicht interessieren. Wie geht es dir?«

»Alles klar, und wie geht's meinem Neffen?«

»Uns geht es allen gut. Wir haben gerade am Strand gegrillt, und als die Sonne unterging, dachten wir uns, wir sollten dich mal wieder anrufen und fragen, wie es mit dem Baby aussieht.«

»Noch zwei Wochen, dann haben wir es geschafft.«

»Gut, und wie geht es Helena?«

»Sie ist aufgedunsen, frustriert und hat keinen Bock mehr, schwanger zu sein. Sie schläft schlecht, kann nicht mehr richtig laufen und nicht mehr reden – das heißt, zumindest nicht über etwas anderes als das Baby. Aber abgesehen davon geht es ihr ganz blendend.«

»Das freut mich zu hören. Hast du schon wieder Arbeit gefunden?«

»Ich habe nächste Woche ein Vorstellungsgespräch in London. Oder hast du einen Job für mich. Ich mach alles. Ich serviere euch die Cocktails, schrubbe den Grill und jage Kakerlaken.«

»Wie sieht es mit deinen Referenzen aus?«

»Gut, ich …«

»Elfmeter!«

»Was?«

»Elfmeter für Arsenal!«

Dann erlebe ich ein bizarres Globalisierungsphänomen: Mein Bruder in Thailand hält den Telefonhörer an sein tropisches TV-Gerät, damit ich, der ich mir in der nördlichen Hemisphäre bei 5 Grad Celsius den Arsch abfriere, Martin Tylers Kommentar zu dem Elfmeterschießen höre, das praktisch gerade um die Ecke im Riverside Stadion stattfindet.

Glücklicherweise geht der Ball rein, und wir beide entspannen uns ein bisschen, so dass ich mich weiter in Ruhe mit meinem Bruder unterhalten kann, den ich, wenn ich ehrlich bin, ganz schön vermisse.

Dann versucht er meinen Neffen an die Strippe zu holen: »Komm mal her, dein Onkel will mit dir reden.«

Aber der Kleine ist anscheinend noch nicht darüber hinweg, dass ich ihm in den letzten drei Jahren nur ein mickriges Geschenk geschickt habe, und fängt an zu quengeln.

»Na ja, vielleicht nächstes Mal«, sagt mein Bruder.

»Wann immer das ist«, rutscht es mir heraus.

»Ich weiß nicht, aber es kann sein, dass wir diesen Sommer nach Europa kommen …«

»Erinnerst du dich noch an die letzte E-Mail, die du mir geschrieben hast?«

»Nein.«

»Gut, das meiste, was du geschrieben hast, war sowieso totaler Mist, aber da war eine Sache, die mich doch interessiert.«

»Ach was?«

»Ja, die Sache mit den Babys, die sich ihre Eltern aussuchen. Glaubst du das wirklich?«

»Natürlich!«

»Warum hast du dir dann unsere Eltern ausgesucht?«

Mein Bruder zögert eine Weile. Vielleicht hat er nicht erwartet, dass ich die Sache von dieser Seite betrachte. Aber schließlich gibt es ja Gründe dafür, dass er sich entschieden hat, sein Leben auf der anderen Seite des Erdballs zu verbringen.

»Na ja, Dad hat mich schließlich diesem Typen vorgestellt, dem ich meinen ersten Job in einer Fischzucht verdanke.«

»Wirklich?«

»Das ist dann wahrscheinlich der Grund, warum ich ihn mir als Vater ausgesucht habe, oder?«

»Keine Ahnung. Das Ganze ist ja schließlich deine Theorie.«

Ich lege auf in der festen Überzeugung, dass mein Bruder einfach zu viel Sonne abbekommen hat.

Später kommt Agathe zum Tee, sie hat ihre Eltern im Schlepptau, und die beiden sehen ziemlich mitgenommen aus. Ich erfahre, dass Mr. Rolltreppes Versuch, die Welt der Förderbänder hinter sich zu lassen, ihm nun schon – wie es in Frankreich so üblich ist – Vorstellungsgespräche mit jedem einzelnen Mitarbeiter der Firma für führerlose Züge beschert hat. Nur ob sie gedenken, ihn einzustellen, weiß er immer noch nicht.

Ich ziehe mich mit Agathe und ihrer Mutter ins Kinderzimmer zu einem Crashkurs im Windelnwechseln zurück. Agathe ist unverkennbar der Sprössling ihrer Eltern. Sie hat die Haarfarbe ihrer Mutter und die Augen ihres Vaters. Ich muss wieder an die ausgeklügelte genetische Theorie meines Bruders denken, aber ich kann mir Agathe einfach nicht als konturloses Etwas im Chromosomenteich vorstellen, die jahrhundertelang nur darauf wartet, ausgerechnet in die Familie von Mr. Rolltreppe geboren zu werden.

Aber zumindest habe ich meine erste Lektion im Windelnwechseln erfolgreich absolviert, und Inès verkündet ihrer Cousine, dass ich diesen Vaterschaftstest bestanden habe.

Paris, 13. Januar

JETZT REGNET ES schon seit einer Woche fast die ganze Zeit, und das kleine Stückchen Himmel, das man zwischen den Häusern von unserem Fenster aus sehen kann, ist so grau und triefend, dass ich das Gefühl nicht loswerde, wir lebten in einem schmutzigen Aquarium. Mit hochgeschlagenem Kragen haste ich von der *boulangerie* zurück. Wieder zu Hause ziehe ich die Vorhänge zu, damit ich die verheulte Stadt nicht mehr sehen muss, und bin froh, dass ich heute nicht mehr da rausmuss. Den restlichen Morgen hänge ich am Telefon und werde darüber instruiert, worum es bei dem Job, den die Londoner in Paris zu vergeben haben, genau geht. Ich erfahre, dass sie bereits ein kleines unprofitables Büro in Paris haben, das sie gerne in ein gewinnbringendes verwandeln wollen. Sie wollen wissen, ob ich das über Nacht hinbekomme. Das bezweifle ich zwar, aber ich merke, es ist der Sache zuträglicher, wenn ich einfach Ja sage. Dann willige ich noch ein, den Eurostar zu nehmen, um mich in London genauer unter die Lupe nehmen zu lassen.

Es läuft also alles wie am Schnürchen, bis mir auffällt, dass mein Pass am Tag vor der geplanten Fahrt durch den Tunnel abläuft. Für einen, der seinem künftigen Arbeitgeber Kompetenz und Effizienz suggerieren möchte, kein besonders gutes Signal. Ich rufe das Britische Konsulat an und erkläre einer Staatsbeamtin meine missliche Lage. Sie reagiert verständnisvoll und sagt mir, dass sie möglicherweise behilflich sein kann, sofern ich morgen im Konsulat mit einem bereits gekauften Ticket erscheine. Dieses »womöglich« macht mir Sorgen, aber die einzige Alternative wäre, darauf zu hoffen, dass niemand bei der Passkontrolle bemerkt, dass mein Pass abgelaufen ist. Für die Hinfahrt würde ich das vielleicht sogar riskieren, aber die Idee, dass ich dann auf dem Rückweg vielleicht in London festsitze und Helena ihre Wehen bekommt, gefällt mir gar nicht.

Paris, 14. Januar

IM KONSULAT schildere ich meine Situation einer weiteren Staatsbeamtin mit Tendenz zum Größenwahn. Sie weist mich erst einmal zurecht, dass es sehr ungezogen von mir sei, ein Ticket zu kaufen, obwohl ich doch genau gewusst habe, dass mein Pass abläuft. Ich bestreite natürlich vehement, dass dies wissentlich geschehen ist. Aber sie besteht darauf, dass es mindestens fünf Werktage dauert, einen neuen Pass ausgestellt zu bekommen. Als sie dann noch entdeckt, dass mein aktueller Pass in Singapur ausgestellt wurde und man deshalb erst auch noch mit dem dortigen Konsulat Rücksprache halten muss, sehe ich meine Felle schon davonschwimmen. Da könne sie leider auch nichts machen, sagt die Bürokratin, aber ich könne ja morgen noch einmal vorsprechen.

Ich warne das Büro in London vor, dass unser Vorstellungsgespräch gefährdet ist, und als ob ich nicht bereits genug um die Ohren hätte, setzt mir Helena auch noch ein Ultimatum, was die Namensfindung für unseren Sohn betrifft. Ich jammere, dass sei viel zu schwierig und ich könne mich erst entscheiden, wenn ich das Gesicht des Kleinen gesehen habe.

»Unmöglich«, sagt Helena, und ich frage mich, warum sich Babys, wo sie sich doch anscheinend sogar ihre Eltern selbst aussuchen, nicht auch gleich um ihren eigenen Namen kümmern können. Ich fühle mich etwas gestresst, also gehe ich runter in den Hof für eine kleine Entspannungszigarette. Mit dem Rauchen habe ich auch noch nicht aufgehört.

Paris, 15. Januar

AM TAG, an dem ich nach London fahren soll, finde ich mich aufs Neue im Konsulat ein, in der Hand wenig hoffnungsvoll einen Satz Passbilder. Die schadenfrohe Bürokratin hinter dem Panzerglasschalter ist sichtlich erfreut, mir mitteilen zu können, dass sie noch nichts aus Singapur gehört hat. Aber ich darf trotzdem auf einem weißen Plastikstuhl Platz nehmen, während sie mit einer Kollegin darüber verhandelt, ob da noch irgendetwas zu machen ist. Ich weiß ja nicht, wie lange das hier noch dauern soll, aber mein Zug fährt in weniger als drei Stunden ab. Ich kann nicht umhin, ihr das so höflich wie möglich mitzuteilen, aber meine Ungeduld hat nur weitere Verzögerungen zur Folge.

Schließlich werde ich doch noch zum Schalter gerufen, und der Bürokraten-Android teilt mir mit, dass der Konsul sich bereit erklärt hat, meinen Pass um ein weiteres Jahr zu verlängern, und dass ich mich deshalb ausgesprochen glücklich schätzen dürfe. Um zu verhindern, dass der Roboter doch noch seine Meinung ändert, lächle ich reuig und erhalte als Belohnung dafür einen brandneuen Pass. Es interessiert mich brennend, wie das nun doch in nur fünfunddreißig Minuten möglich war, wo es doch angeblich mindestens fünf Werktage dauert, aber ich kann mir die Nachfrage gerade noch verkneifen.

Zwei Stunden später sitze ich sicher auf meinem Fensterplatz im Eurostar. Helena hat mir vorher noch versprochen, unser Kind nicht zu bekommen, bevor ich wieder aus London zurück bin und mir ein Schinken-Käse-Sandwich in die Hand gedrückt.

London, Waterloo, 16. Januar

WIEDER IM EUROSTAR zurück nach Paris und völlig geschafft. Anzug zerknautscht, Mund ausgetrocknet, Augen so klein, dass ich kaum den Sportteil im *Guardian* lesen kann. Kriege vielleicht noch ein paar Konsonanten über die Lippen, aber für Vokale reicht es nicht mehr. Zu müde, um zu schlafen, Gehirn befiehlt Beinen, Kaffee holen zu gehen, Beine weigern sich. Was ist passiert. Ich fühle mich wie der Pawlowsche Hund, nur ohne das Futter zur Belohnung. Wenn ich mich recht erinnere, habe ich zugesagt, aber ganz sicher bin ich mir nicht. Vielleicht hilft ja doch ein bisschen Koffein …

Der Kaffee zeigt tatsächlich Wirkung, und ich erinnere mich langsam wieder daran, was in den letzten vierundzwanzig Stunden passiert ist. Von der Waterloo Station ging ich direkt zum ersten Vorstellungsgespräch, bei dem mich eine ganze Inquisitionsmannschaft von allen Seiten mit Fragen löcherte. Wenn man bedenkt, dass ich das etwa seit einem guten Jahrzehnt nicht mehr gemacht habe, verlief es ganz passabel. Aber am Ende des Verhörs hätte ich mich wahrscheinlich sogar bereit erklärt, nach Frankreich zurückzuschwimmen. Dann sagten mir diese Bastarde, ich müsse am nächsten Tag noch einmal wiederkommen. Also fuhr ich erst einmal nach Clapham, wo Vincent mich in einem Pub erwartete. Er trank Cola. Ich bestellte mir dasselbe, und dann spielten wir eine Runde Pool. Wie immer gewann Vincent. Anschließend gingen wir zu ihm nach Hause. Seine Wohnung liegt gefährlich nahe an der Ausgehmeile in Brixton. Ich wollte auf keinen Fall auf irgendeine Sauftour bis in die Puppen gehen, und glücklicherweise hatte Vincent schon das ganze Wochenende durchgemacht und war deshalb auch nicht scharf auf eine weitere feucht-fröhliche Nacht. Also gingen wir früh schlafen.

Als ich am nächsten Morgen in die Küche kam, war Vincent schon weg. Ich machte mir schnell eine Tasse Tee und duschte. Ich wollte mich so früh wie möglich auf den Weg zur nächsten Bewerbungsrunde machen. Mein Vertrauen in die öffentlichen Verkehrsmittel von London hält sich nämlich in Grenzen.

Wer jemals in London gelebt hat, der wird sich nicht wundern, dass ich mindestens eine halbe Stunde am Bahnsteig der Northern Line verbracht und bestimmt zwölf Züge habe vorbeifahren sehen. Die Waggons jeder einzelnen waren so vollgestopft wie eine Presswurst. Die Züge hielten zwar, und die Türen gingen auf, aber keiner kam raus geschweige denn rein. Die Passagiere darin hatten kaum genug Platz zu atmen und sahen aus wie Sardinen in der Dose – sie hatten allerdings den Nachteil, noch nicht tot zu sein.

Als ich es endlich in eine Tube schaffte, war ich schon so spät dran, dass ich lieber gar nicht erst versuchte, in die Bakerloo Line umzusteigen, sondern mich entschloss, in Elephant and Castle auszusteigen, und die restlichen Kilometer zu rennen. Als ich in der Firma ankam, starrte die Chefin bereits auf den leeren Stuhl, auf dem ich eigentlich schon längst hätte sitzen sollen. Als ich ihr von der Überfüllung in der Tube erzählen wollte, winkte sie ab. Ich wusste erst nicht, ob das bedeutete, dass ich verschwinden solle oder dass ich ihr nichts vom desolaten Zustand der Northern Line zu erzählen brauche. Doch dann zeigte sie mir den Terminplan für den Tag. Nachdem ich fünf andere Leute aus der Firma getroffen hätte, würde ich am frühen Nachmittag mit der Chefin persönlich zum Essen gehen.

Mein erster Gesprächspartner wollte ausschließlich über mein Drehbuch mit mir sprechen. Ich wusste gar nicht mehr, dass ich das in meinem Lebenslauf überhaupt erwähnt habe. Es stellte sich heraus, dass er selbst versucht hatte, ein Buch zu schreiben. Wahrscheinlich wollte er nur herausfinden, was aus ihm geworden wäre, wenn er darauf hängen geblieben wäre. Die traurige Wahrheit saß ja jetzt vor ihm. Das zweite Gespräch war mit dem Gesundheitsexperten des Unternehmens. Alles was er wissen wollte, war, wie viel ich über die französische Pharmabranche weiß. Keine Ahnung, wie ich es geschafft habe, seinen Fragen über zehn Minuten lang standzuhalten und meine Äußerungen auf legale Medikamente aus der Apotheke zu beschränken. Als er mich dann endlich lange genug gelöchert hatte, war ich schon ziemlich platt und schüttete mir erst einmal zwei weitere Tassen Kaffee rein.

Nummer drei war der Technik-Fuzzi der Firma – es ging um Gigabytes, Festplatten, Speicherkapazität, Rechnerleistung und all so einen Quatsch. Ich hatte so gut wie keine Ahnung, wovon er sprach, aber vorsichtshalber grunzte ich hier und da zustimmend. Irgendwann fiel mir auf, dass meine Kaffeetasse schon wieder beunruhigend leer geworden war. Bis zum Mittagessen waren es noch gut zwei Stunden, aber ich hatte schon einen Riesenkohldampf.

»Sicher, ja. Was meinten Sie gerade? Ach ja, die Möglichkeit, WAP-Handys für Befragungen einer repräsentativen Auswahl scharfer Hausfrauen aus Weybridge einzusetzen? Erstaunlich, dass Sie das jetzt erwähnen, ich hatte genau den gleichen Gedanken auf der Zugfahrt von Paris hierher …«

Meine Erinnerung an Nummer vier ist nur noch verschwommen. Ich glaube er war größer und dicker als die anderen drei, und er hatte einen Pickel am Kinn. Ich starrte darauf, um meine Gedanken am Abschweifen zu hindern. Aber eigentlich sprachen wir mehr über die Finanzwelt als über Pickel, wenn ich mich recht erinnere.

Beim Gespräch mit Nummer fünf bewegten sich meine Lippen nur noch, doch die Verbindung zu meinen Gehirnzellen war längst gekappt. Das Hauptproblem war allerdings, dass er

Amerikaner war und mir irgendeinen Quatsch erzählte von den Briten und ihrer Unfähigkeit einfach zu sagen, was sie denken, und zu meinen, was sie sagen. Sein Gesicht verschwamm vor meinen Augen. Nach etwa zehn Minuten fing sein Schnurrbart an zu tanzen.

Ich dachte schon, dieser Vormittag würde nie zu Ende gehen, aber dann schaffte ich es wider Erwarten sogar noch, meine Blase, in der sich mittlerweile in etwa die Hälfte des Kaffeeertrags Kolumbiens befand, zu entleeren, bevor ich zum Mittagessen mit der Chefin musste. Auf dem Weg dorthin schnappte ich nach Luft wie ein Goldfisch auf dem Trockenen, in der Hoffnung, mein Gehirn mit genug Sauerstoff für ein letztes Gespräch zu versorgen. Ich erinnere mich noch dunkel, dass mir die Chefin ein Glas Pinot Grigio anbot, und ich glaube, ich lehnte ab, obwohl ich der Kellnerin am liebsten die ganze Flasche aus der Hand gerissen hätte. Die Chefin wollte wissen, wie ich ihr Team fand, und ich sagte, sie seien alle super. Von der Akne und den tanzenden Schnurrbärten sagte ich lieber nichts und schaffte es sogar, ein paar Happen zu essen. Bevor wir uns verabschiedeten, bat sie mich, zu Hause ein paar bahnbrechende Ideen für das Pariser Büro zu notieren.

Ich rief Vincent an und verabredete mich mit ihm in einem Café, allerdings nur unter der Bedingung, dass ich keinen Kaffee trinken und keine Fragen beantworten muss. Als wir dort saßen, sagte Vincent:

»Wenn ich dich das nächste Mal sehe, bist du Papa.«

Und ich nickte schwach.

Zwischen gestern und morgen, Paris

ICH KOMME erst nach Mitternacht wieder in Paris an. Zu Hause will Helena wissen, wie mein Schinken-Käse-Sandwich war. Ich bleibe ihr die Antwort schuldig. Es fühlt sich wie eine Ewigkeit an, seit ich das Sandwich gegessen habe, und seitdem lief ich nur mit Kaffee und Adrenalin. Stattdessen lege ich meine Hand auf Helenas Bauch und erkundige mich, ob bei ihr alles okay ist. Mir fallen zwar schon die Augen zu, aber Helena versucht dennoch mit mir zu kommunizieren.

»Du hast vergessen, was morgen für ein Tag ist, oder?«

»Wasnmorgen?«, murmle ich noch irgendwo unter der Decke.

»Die Hochzeit von Russell und Ophélie.«

»Ohverrrdammt!«

Hochzeiten und anderer Treibstoff, 17. Januar

OPHÉLIA UND RUSSELL heiraten in einem kleinen Städtchen namens Saint Martin ungefähr eine Stunde vor den Toren von Paris. Nach dem Frühstück schiebt sich Helena schlecht gelaunt in den *Clio*. Sie sieht in etwa so begeistert aus wie ein Lamm im Angesicht einer Schale Minzsoße. Die Aussicht auf die Fahrt und die ganze Zeremonie reißt sie nicht gerade vom Hocker. Aber am wenigsten Lust hat sie wohl darauf, noch weitere zehn Tage auf unseren Sohn warten zu müssen. Ihr reicht es ganz einfach, und ich werde den Gedanken nicht ganz los, dass sie auch mich ziemlich satthat. In anhaltendem Nieselregen verlassen wir Paris Richtung Nordwesten.

Helenas Laune bessert sich ein klein wenig, als wir endlich von der *périphérique* abfahren. Also erzähle ich ihr von meinem Vorstellungsgespräch in London, und dass ich der Firma nun ein paar Vorschläge zur Verbesserung des Pariser Büros unterbreiten soll. Falls ihnen meine Ideen gefielen, stünden die Chancen nicht schlecht, dass wir drei uns im nächsten Jahr nicht von Milch und Brot ernähren müssten. Helena sagt zwar nichts dazu, aber ich spüre, dass sie mir jetzt wenigstens zuhört. Ich erkläre ihr, der Job bedeute auch, dass wir in Paris bleiben könnten, und schlage vor, dass wir uns dann nach einem Häuschen mit Garten irgendwo in einem der Vororte umsehen könnten. Helena seufzt nur und starrt aus dem Fenster, während wir durch die nasse Landschaft fahren.

Gegen Mittag kommen wir auf dem Schloss an, in dem die Hochzeitsfeierlichkeiten stattfinden werden. Ein Kiesweg führt zu einer alten Steinbrücke über den Burggraben und in den Schlosshof. Wie im Märchen überragen zwei Türme die Schlossmauer an beiden Seiten. Helena ist ganz entzückt von diesem Anblick. Vergessen sind winzige Appartements in Paris oder triste Reihenhäuser in der Vorstadt. Das hier wäre schon viel eher ein Haus nach ihrem Geschmack. Um ehrlich zu sein, hätte ich da auch nichts dagegen, aber leider habe ich noch nie Lotto gespielt.

Weil Helena schwanger ist, haben wir eines der besten Zimmer hoch oben in einem der Türme bekommen. Wir haben zwei große Zimmer und ein luxuriöses Bad für uns allein. Insgesamt haben wir hier ungefähr doppelt so viel Platz wie in unserer Pariser Wohnung. Helena bricht endlich ihr Schweigen und fängt an, entzückt zu schnurren. Ich schaue aus dem Fenster und sehe dicke Karpfen im Burggraben herumschwimmen. Und Helena schlüpft zwischen die blütenweißen Laken, um sich ein wenig auszuruhen.

Als wir später in der Kirche ankommen, ist die schon fast bis auf den letzten Platz gefüllt. Helena und ich quetschen uns noch ans Ende einer Bankreihe. Die Zeremonie wird sicher lange dauern, und bestimmt müssen wir ständig zwischendurch aufspringen und uns wieder hinsetzen. Vielleicht sieht Helena deshalb ein wenig angespannt aus. Doch während wir auf die Braut warten, kommt mir in den Sinn, dass es womöglich noch einen anderen Grund dafür gibt, warum Helena nur ungern mit mir auf einer Hochzeit ist. Als die strahlende Braut dann in die Kirche hereinschwebt, nehme ich Helenas Hand.

Sie hält fast bis zum Ende durch. Ihr gefällt sogar die Predigt des Pfarrers ganz gut, die wie üblich davon handelt, dass eine Ehe wie Wein mit den Jahren an Qualität gewinne. An mehr kann ich mich nicht erinnern. Ich habe vorsichtshalber gleich nicht genau hingehört nur für den Fall, dass etwas gesagt wird, was mir nicht gefällt. Aber als die Hochzeitsgäste dann zur Kommunion aufstehen, bohren sich Helenas Fingernägel in meinen Arm, und ich weiß, dass es Zeit ist zu gehen. Bis zu den Cocktails haben wir noch eine gute Stunde, und auch ich bin froh, mich eine kleine Weile ausruhen zu können. Langsam machen sich die Strapazen des zweitägigen Bewerbungsmarathons in London doch bemerkbar. Helena nimmt ein Bad, und ich will mich nur für ein paar Minuten aufs Sofa legen. Doch als ich wieder aufwache merke ich, dass wir die Cocktails längst verpasst haben und uns ranhalten müssen, um nicht auch noch zum Abendessen zu spät zu kommen.

Die Tafeln sind nach Pariser Sehenswürdigkeiten benannt, und die Tischgespräche werden von den Frauen dominiert, die beim Anblick von Helena sofort anfangen, Schwangerschaftserfahrungen auszutauschen.

Dann steht Russells Vater auf und eröffnet damit das Abendprogramm. Er ist ein großer, bärtiger Mann, der sich ein bisschen bewegt wie ein Bär. Er kündigt eine Hakka-Vorführung der Kiwi-Freunde von Russell an und trägt dann ein Gedicht vor, das er während des unendlichen Flugs aus Neuseeland zu Papier gebracht hat. Danach ist der Brautvater an der Reihe und gibt eine klassische Vorstellung französischer Zurückhaltung, Finesse und Bescheidenheit. Die beiden Väter sind sich einig, dass dies eine Verbindung der Kontraste ist und dass sie zwar nur durch Zufall zustande kam (Russell traf Cécile auf einem Flug von London nach Paris), aber von niemandem zu stoppen war. Leider kenne ich selbst einen Menschen, der so eine Verbindung hatte verhindern können, und auch Helena kennt diese Person nur allzu gut.

Schließlich ist Russell selbst an der Reihe. Er ist völlig gerührt und ziemlich übermüdet und spricht in einem Mischmasch aus Französisch und Englisch, so dass immer nur die Hälfte der Anwesenden verstehen kann, was er sagt. Als er dann gerade die Schönheit seiner Braut beschreiben möchte, muss er schlucken und kommt dadurch etwas ins Stocken, aber was er sagen will, lässt sich leicht von seinen glasigen Augen ablesen.

Helena hält tapfer durch, obwohl es bereits Mitternacht ist. Um die Zeit fängt die Party auf einer französischen Hochzeit sowieso gerade erst an. Das erinnert mich an einen schockierten Anruf von Cousine Nathalie, kurz nachdem sie an ihrer ersten englischen Hochzeit teilgenommen hatte. Sie wollte wissen, warum um halb zehn schon alle sternhagelvoll waren.

»Das musst du dir wie einen Pub-Besuch vorstellen«, erklärte ich ihr, »nur dass alle ihren besten Anzug anhaben und die Getränke auf den Brautvater gehen.«

Französische Hochzeiten verlaufen etwas anders. Angefangen mit dem Essen, das durchaus genießbar ist, und außer dem obligatorischen Alkoholiker-Onkel schießt sich auch keiner ab. Außerdem fällt auf, dass die Mehrheit der französischen Männer nicht völlig besessen davon zu sein scheint, eine der Brautjungfern flachzulegen. Die Tanzfläche wird meist erst gegen Mitternacht mit dem Brautwalzer eröffnet. Und heute nehme sogar ich Helenas Hand und geleite sie aufs Parkett. Sie protestiert zwar, sie könne sich doch kaum bewegen, geschweige denn tanzen, aber ich lasse mich nicht beirren. Die Klänge von Strauß verwandeln mich für ein paar Minuten in einen galanten mittelalterlichen Ritter. Wir sind vielleicht nicht das geschmeidigste Paar, aber zumindest tanzt unser Sohn heute mit uns seinen ersten Walzer.

Als Nächstes fangen die Hochzeitsgäste an, *le rock* zu tanzen – und das bis in die Puppen. Doch Helena und ich ziehen uns in unser Turmzimmer zurück, um noch ein wenig Schlaf abzubekommen, bevor unser Sohn da ist und wir kein Auge mehr zumachen werden.

Ammenmärchen und die moderne Mutter, 20. Januar

AM DIENSTAGMORGEN hängt noch immer eine dicke graue Regenwolke über Paris. Ich kann mich kaum erinnern, wann wir hier das letzte Mal die Sonne gesehen haben. Seit wir von der Hochzeit zurückkamen, habe ich fast durchgehend geschlafen, und doch fühle ich mich träge wie ein Faultier nach dem Sonntagsbraten. Nach zwei Tassen brasilianischem Kaffee fällt mir ein, dass ich ja noch meine Ideensammlung nach London schicken muss. Also fahre ich meinen Computer hoch und verbringe den restlichen Tag davor. Als das Grau vor dem Fenster noch etwas dunkler wird und den Abend ankündigt, drucke ich aus, was ich bis dahin geschrieben habe. Dann schlurfe ich ins Schlafzimmer, um nach Helena zu sehen. Sie hat fast den ganzen Tag geschlafen und wir beide können ein wenig Unterhaltung gebrauchen. Aber natürlich reden wir nicht über meine Ideensammlung.

»Am Mittwoch ist Vollmond«, fängt Helena an.

»Ach?«

»Du weißt schon, was bei Vollmond passiert, oder?«

»Die Werwölfe fangen an zu heulen?«

»Nein.«

»Was dann?«

»Kinder werden geboren.«

Ich spüre, wie Panik in mir aufkommt. Stimmt das? Das darf doch nicht sein – zumindest noch nicht.

»Das ist doch bloß so ein Ammenmärchen, oder?«

»Ich weiß nicht.«

»Das werden wir ja bald herausfinden. Wie geht es dir damit?«

»Weiß nicht. Und dir?«

Mein Instinkt sagt mir, ich sollte jetzt den furchtlosen Mann geben, aber daraus wird nichts. Ich sage ihr die Wahrheit:

»Ich hab Schiss.«

»Ich auch! Ich weiß nicht, ob ich das alles durchstehe.«

»Jetzt ist es aber ein bisschen zu spät, um einen Rückzieher zu machen.« Ich weiß, dass ist jetzt eine völlig unangebrachte Bemerkung, aber ich weiß nicht, wie ich sie sonst beruhigen soll.

»Hast du nicht noch einen Termin im Krankenhaus?«

»Ja, der letzte Vortermin ist übermorgen.«

»Dann rede doch mal mit denen darüber«, sage ich in

einem kläglichen Versuch, die ganze Sache auf Leute abzuwälzen, die sich besser mit so etwas auskennen als ich.

»Was soll ich denen denn sagen?«

»Sag ihnen einfach, dass du Angst hast. Ich bin sicher, da bist du nicht die Einzige.« Damit habe ich verdammt Recht. Zuallererst bin da schon mal ich. Ich mach mir in die Hosen vor Angst.

»Also gut. Ich rede mit der Hebamme.«

Sex und hochschwangere Frauen, 22.Januar

AM NÄCHSTEN TAG bin ich sogar noch müder als am Tag zuvor. Es regnet noch immer in Strömen, als wir in die Klinik fahren.

Helena passt schon fast nicht mehr in den engen Krankenhauslift, so dick ist mittlerweile ihr Bauch. Der Aufzug bringt uns dann doch ächzend in den vierten Stock. Wir klingeln und warten. Mir scheint, warten ist überhaupt zurzeit unsere Hauptbeschäftigung.

Helena will ihre Sorgen allein mit der Hebamme besprechen, also hole ich mir derweil einen Kaffee vom Automaten, spüle meine eigenen Ängste mit einer Tasse der schwarzen Brühe hinunter und warte noch ein bisschen.

Als Helena dann zurückkommt, erkundige ich mich, wie es gelaufen ist.

»Sie sagt, ich bin zu verspannt und das Baby liegt etwas zu hoch in meinem Bauch, deshalb werden sie ein bisschen Akupunktur bei mir machen.«

»Nadeln! Was soll das denn bitte bringen?«

»Meine Strickkünste verbessern – Mann, was glaubst du denn?«

Und schon verschwindet sie wieder zu ihrer Behandlung, und ich warte noch ein bisschen länger. Als Helena dann zurückkommt, sieht sie wirklich ein wenig entspannter aus.

»Hat es geholfen?«, erkundige ich mich.

»Ja, ich fühle mich besser.«

»Und sonst?«

»Was sonst?«

»Na, was ist mit der Geburt, den Schmerzen, der Angst davor und all den Gründen, warum wir eigentlich hergekommen sind?«

»Ach das«, sagt Helena beiläufig.

»Ja genau das! Was hat sie über die Angst und die Schmerzen gesagt?«

»Sie hat gesagt, dass ich mir keine Sorgen machen soll.«

»Na toll, das hätte ich dir auch sagen können.«

»*Calmes-toi*. Dann erzähle ich dir auch, was sie genau gesagt hat.«

Also beruhige ich mich und höre zu. Anscheinend hat man ihr gesagt, dass sie Vertrauen in sich haben solle. Dass auch sie das hinbekommen wird, was schon so viele Frauen vor ihr geschafft haben. Sie müsse sich nur entspannen und daran glauben. Das sei alles.

Ich kann nicht fassen, dass Helena sich von so einem lauen Gerede hat beruhigen lassen. Sie kann es, weil alle anderen es auch können? Ich an ihrer Stelle hätte mir da etwas mehr erwartet. Aber bei ihr scheint es gewirkt zu haben, und als die Aufzugstüren sich schließen, versuche ich mir zu sagen, dass das einfach ein weiteres dieser Geheimnisse ist, das von Frau zu Frau weitergegeben wird und wir Männer gar nicht verstehen müssen.

Da der Kleine zu hoch liegt, ist es allerdings auch eher unwahrscheinlich, dass er vor nächster Woche geboren wird, Vollmond hin oder her. Ich finde das ziemlich beruhigend und mache mich wieder an meine Ideensammlung. Spätabends steckt Helena den Kopf durch die Tür.

»Wie läuft es?«

»Ganz gut. Und bei dir?«

»Alles klar.«

Und dann schaut sie mich auf diese Weise an. Sie hat mich schon so lange nicht mehr so angeschaut, dass ich ihren Blick fast nicht verstehe.

»Die Hebamme hat gesagt, es gebe noch eine andere Möglichkeit, die Geburt einzuleiten.«

»Lass mich raten. Aromatherapie? Astralreisen?«

»Nein, viel einfacher als das.«

»Ach was?«

»Ja, Sex.«

»Sex?«

»Ja, das führt nämlich zu Kontraktionen des Uterus.«

Ich trete einen Schritt zurück, um Helena in vollem Ausmaß zu betrachten. Ihr Bauch ist so groß, dass Sex schon logistisch unmöglich erscheint, selbst wenn ich mich noch erinnern könnte, wie es geht. Wie ein Landvermesser studiere ich die Gegebenheiten aus verschiedenen Blickwinkeln und kratze mich ratlos am Kopf.

»Was machst du denn da?«, fragt Helena.

»Ich ermittle nur die beste Herangehensweise.«

»Komm, das ergibt sich dann schon.« Und sie nimmt mich bei der Hand und zieht mich ins Schlafzimmer.

Lost in Independence, 24. Januar

DER VOLLMOND ist ohne Zwischenfälle vorübergegangen, und es regnet immer noch. Helena hatte mittlerweile eine weitere Akupunkturbehandlung, aber sie macht noch keinerlei Anstalten, Wehen zu bekommen oder wieder abzuwaschen. Meine Ideensammlung habe ich mittlerweile abgeschlossen und nach London geschickt. Ich hänge auf dem Sofa herum und frage mich, was wir an unserem letzten Wochenende noch anfangen können, bevor unser Leben nur noch aus Windeln und Fläschchen besteht. Da schneit Helena herein und stellt mal wieder genau die falsche Frage:

»Kannst du dir vorstellen, dass du nächste Woche um diese Zeit schon ein Baby auf dem Schoß hast?«

»Nein. Und du?«

»Überhaupt nicht.«

Was also machen wir an dem Wochenende, bevor sich unser Leben radikal ändern wird? Helena schlägt vor, dass wir ins Kino gehen. Ich protestiere erst, entscheide mich dann aber doch für einen türkischen Film, der irgendetwas in Cannes gewonnen hat. Ich habe zwar keine Ahnung, um was es in der Story geht, aber in der Ankündigung steht, dass wenig gesprochen wird. Dann kann ich wenigstens hören, wenn Helena ihre Wehen bekommt.

Der Film erzählt von einem Mann, der einmal verheiratet war. Aber seine Beziehung scheiterte, als seine Frau schwanger wurde und er von ihr verlangte, abzutreiben. Jetzt lebt sie mit einem anderen zusammen. Vielleicht liebt sie ihren Mann noch und vielleicht liebt er sie noch, aber ihre Lebenswege wurden durch eine falsche Entscheidung für immer getrennt. Das Leben geht weiter, aber der Mann nimmt nicht mehr daran teil. Am Ende des Films sitzt er im Winter alleine auf einer

Bank und raucht eine letzte Zigarette. Seine Gedanken kann man nur erahnen. Ich muss daran denken, dass auch ich beinahe alles getan hatte, um mir das zu erhalten, was Männer gerne ihre Unabhängigkeit nennen. Ich spüre Helenas warme Hand in meiner. Auch ich hätte genauso gut eine weitere falsche Entscheidung treffen und alleine auf dieser Bank landen können. Ich habe zwar keine Ahnung, ob ich ein guter Vater sein werde, aber zumindest habe ich mich mit meiner neuen Rolle endlich angefreundet.

Die Ruhe vor dem Sturm, 26. Januar

ENDLICH scheint mal wieder die Sonne. Helena und ich setzen uns ins Auto und fahren in den Bois de Boulogne. Die Hippie-Hebamme hat ihr nämlich geraten, spazieren zu gehen, damit der kleine Kerl in ihrem Bauch ein wenig in Bewegung gerät. Auch ich hoffe, dass mich eine Runde Fahrradfahren etwas entspannen wird. Seit Tagen fühle ich mich, als hätte sich eine riesige Boa constrictor um meine Brust gewickelt. Ich hole also mein Rad aus dem Kofferraum und Helena schlendert davon.

Der Park ist voll mit jungen Familien. Wenn ich den Ärzten Glauben schenken soll, werde auch ich in etwa achtundvierzig Stunden einer von ihnen sein. Ich ein Vater? Die ganze Sache wird immer absurder, je näher der Geburtstermin rückt.

Ich erreiche meinen Lieblingsflecken im Bois de Boulogne, einen kleinen See umgeben von alten Bäumen. Hier traue ich mich sogar, mir die Geburt vorzustellen. Wie wird es wohl sein? Ich habe keine Ahnung. Ich habe zwar all diese Geburten auf dem Klinikvideo gesehen, aber diesmal wird es nicht irgendwer sein, sondern Helena, die ein Kind zur Welt bringt. Helena wird im Entbindungsraum liegen und Schmerzen haben.

Das Leben nach der Geburt will ich mir noch überhaupt nicht vorstellen. Ich hoffe einfach, dass mein Sohn gesund auf die Welt kommt und gebe mir alle Mühe, meine Ängste für mich zu behalten, damit ich Helena nicht beunruhige. Obwohl Helena total zuversichtlich ist, dass es unserem Kind gutgehen wird. Ich dagegen kann nur daran denken, was alles schiefgehen kann. Nach jeder Ultraschalluntersuchung hat man uns zwar versichert, dass alles in Ordnung ist, aber was, wenn sie etwas übersehen haben. Was, wenn etwas nicht stimmt mit meinem Jungen? Was, wenn ich ihn nie zu diesem See bringen kann, damit er die Enten sieht oder mit mir Fahrrad fährt?

Ich radle um den See wie ein Verrückter. Mittlerweile habe ich jedes Zeitgefühl verloren. Erst als ich fast ein kleines blondes Mädchen überfahre, fällt mir auf, dass ich bereits vor zehn Minuten mit Helena am Auto verabredet war. Ich fahre auf dem schnellsten Weg zurück. Sie steht mit geschlossenen Augen ans Auto gelehnt und lässt sich die Wintersonne ins Gesicht scheinen.

»Helena, ist alles in Ordnung mit dir?«

»Ach, da bist du ja. Ich habe mich schon gewundert, wo du bleibst. Alles klar?«

»Bei mir? Ja, natürlich!«

Zur Sache, 28. Januar

GEGEN HALB SECHS UHR morgens weckt mich Helena. Die Wehen haben eingesetzt.

»Woher weißt du, dass du Wehen hast?«

»Weil ich vorher schon mal welche hatte.«

»Fühlt es sich diesmal irgendwie anders an.«

»Nein, sie kommen nur öfter, und es tut ein bisschen mehr weh als beim letzten Mal.«

»Wie oft kommen sie?«

»Ungefähr alle 20 Minuten.«

Eine Weile sitzen wir schweigend im Dunkeln. Auch draußen auf der Straße herrscht Totenstille. Dann frage ich Helena, ob sie noch ein bisschen weiterschlafen will. Aber an Schlaf ist jetzt nicht mehr zu denken. Also liegen wir einfach da und warten darauf, was passiert. Aber als zwei Stunden später noch immer keine Veränderung aufgetreten ist, beschließe ich, erst einmal zur *boulangerie* zu gehen, um Brot zu holen. Dann presse ich ein paar Orangen aus, mache Toast und bringe Helena das Frühstück ans Bett.

»Wie fühlst du dich?«

»Immer noch genauso.«

»Tut es sehr weh?«

»Nur wenn die Wehen kommen, sonst nicht.«

»Und wie oft kommen sie jetzt?«

»Immer noch etwa alle zwanzig Minuten.«

Wir beide kennen die Regeln – es hat keinen Sinn, schon jetzt ins Krankenhaus zu fahren. Ihr Geburtstermin ist zwar heute, aber wenn wir zu früh in der Klinik auftauchen, schickt man uns gleich wieder nach Hause. Wir können jetzt nur warten, bis die Wehen alle 10 Minuten kommen.

Nach dem Frühstück ruft Helena aber doch schon mal im

Krankenhaus an. Man rät ihr, sich zu entspannen und ein Bad zu nehmen. Wir haben aber keine Badewanne und weder sie noch ich sind in der Lage, uns zu entspannen. Ich schlage Helena vor, sie solle noch ein wenig schlafen, und kassiere einen Blick, bei dem selbst Michelangelos David zu Staub zerbröseln würde. Also trolle ich mich in die Küche und fange an, das Mittagessen zu kochen – um halb zehn Uhr vormittags.

Zwischendurch gehe ich zum Briefkasten. Ich finde einen Brief aus London. Darin steht kurz und knapp, dass meine Bewerbung angenommen wurde und ich den Job bereits nächsten Monat antreten kann. Aber irgendwie dringt diese Neuigkeit nicht wirklich in mein Hirn vor. Ich lege den Brief zur Seite und schäle weiter Erbsen.

Als das Essen fertig ist, versucht Helena, etwas zu essen, aber da setzen die Wehen wieder ein, und vor Schmerzen bekommt sie natürlich keinen Bissen mehr hinunter. Auch ich höre auf zu essen und warte, bis der Sturm vorüber ist. Dann nimmt sie die Gabel einfach wieder in die Hand und isst weiter. Sie erklärt mir, dass sich die Wehen wie schlimme Magenkrämpfe anfühlen, die jedes Mal noch ein bisschen schlimmer werden.

Am späten Nachmittag kommen die Wehen immer noch erst etwa alle Viertelstunde. Dazwischen unterhalten wir uns über dies und das. Für mich ist es immer noch schwer, mir vorzustellen, dass es heute so weit sein soll.

Helena möchte ein wenig an die frische Luft gehen. Also packen wir uns gegen die Kälte dick ein und verlassen die Wohnung. Ich bin zwar nicht sicher, ob das so eine gute Idee ist, aber der Spaziergang unterbricht die Wehen für eine Weile. Während wir so um den Block gehen, fällt mein Blick hilfesuchend auf den *Clio*, aber der scheint nur mit den Schultern zu zucken, als wolle er sagen: Gut Ding will Weile haben.

Sobald Helena wieder im Bett liegt, setzen auch die Wehen wieder ein. Nur dass sie jetzt schon alle acht Minuten kommen.

»Lass uns gehen.«

»Was jetzt?«

»Ja, jetzt!«

»Bist du sicher, jetzt mitten im Berufsverkehr?«, jammere ich.

Aber der Berufsverkehr ist Helena jetzt so was von egal. Also schnappe ich mir Helenas gepackte Tasche für die Klinik und hechte nach unten. Der *Clio* ächzt beim Anlassen vor Kälte, aber er springt an. Ich fahre ihn direkt vor unser Haus und sprinte die Treppen wieder nach oben, um Helena zu holen. Die Wehen kommen jetzt schon alle fünf Minuten, und wir fahren schweigend ins Krankenhaus. Helena will weder, dass ich schneller oder langsamer fahre. Ich schaffe es sogar, das Auto nicht auf den Bürgersteig oder in den Canal de la Ourcq zu steuern, und wir erreichen heil das Krankenhaus.

Kurz nach acht Uhr abends kommen wir dort an. Ich klingle, und es dauert eine gefühlte Ewigkeit, bis die Schwester endlich aufmacht. Dann fragt sie Helena auch noch seelenruhig nach ihrem Namen. Ich flippe fast aus, weil ich Angst habe, dass Helena das Kind noch hier am Empfang zur Welt bringen muss, wenn die Tussi sich weiter so viel Zeit lässt. Aber nach diesem kurzen bürokratischen Intermezzo werden wir direkt in die *salle de preparation* gebracht, wo Helena gleich an ein Kontrollgerät angeschlossen wird. Plötzlich ist der Herzschlag des Babys zu hören. Mir kommt er viel zu schnell vor – allerdings kaum schneller als mein eigener. Manchmal setzt der Puls des Kleinen ganz aus, und ich halte den Atem an, bis sein Herzschlag wieder laut und deutlich aus dem Gerät wummert. Immer wenn das passiert, schiele ich nervös zur Hebamme hinüber, aber die scheint die Ruhe selbst zu sein. Dann entschuldigt sie sich für eine Viertelstunde und lässt uns allein in der kahlen weißen Kammer zurück, in der der unregelmäßige Herzschlag von drei Menschen von den Wänden hallt.

Heute Nacht scheint hier im Krankenhaus ganz schön was los zu sein. Auf dem Weg in den Vorbereitungsraum habe ich noch einen anderen werdenden Vater gesehen. Ich weiß das, weil er dünne blaue Plastiküberschuhe trug und aussah, als würde er gleich umkippen. Ich denke, seine Frau ist bereits im Entbindungsraum. Im Vorbeigehen fragte ich ihn noch, wie es läuft, aber er sah bloß völlig leer durch mich hindurch.

Wir warten eine volle Viertelstunde auf die Hebamme und dann noch eine. Aber sie lässt sich noch immer nicht blicken. Es ist jetzt ungefähr neun Uhr abends, und ich weiß nicht, womit ich Helena noch ablenken soll. Alle fünf Minuten erstarrt sie, dann verzieht sich ihr Gesicht unter einer Schmerzattacke. Ich kann sie ja nicht schon wieder fragen, wie sie sich anfühlt, aber was soll ich sonst bloß sagen. Ich bezweifle, dass sie jetzt überhaupt irgendetwas interessieren würde, und Smalltalk ist im Moment wirklich nicht angebracht. Also konzentriere ich mich lieber auf den Herzschlag meines Sohnes und versuche, irgendein Muster zu erkennen. Aber falls es eines geben sollte, gelingt es mir nicht, es herauszuhören.

Wieder vergeht eine Viertelstunde. Aus unerfindlichen Gründen bin ich plötzlich todmüde. Wie kann das sein? Gut, wir sind heute Morgen ziemlich früh aufgestanden, aber nach neun Monaten angespannten Wartens ist jetzt sicher nicht der Zeitpunkt einzupennen. Also fische ich ein paar Münzen aus meiner Hosentasche und trotte zum Kaffeeautomaten im Erdgeschoss. Mit einem heißen Becher in der Hand gehe ich hinaus vor die Klinik, um eine zu rauchen. Die Straße liegt völlig ruhig da und eisiger Wind fegt zwischen den Häusern hindurch. Ich fange an zu zittern, schütte den Kaffee in einem

Zug hinunter und haste wieder hinein. Während ich auf den Aufzug warte, schaut der Nachtportier einen Moment lang zu mir herüber, dann nickt er kurz. Er ist den Anblick von nervösen werdenden Vätern gewohnt.

Als ich wieder oben ankomme, wird Helena gerade von der Hebamme untersucht. Der Muttermund hat sich bereits geweitet. Helena Blick wandert von mir zu der Hebamme:

»Soll das heißen ...?«

»Ja, Sie werden Ihr Kind noch heute Nacht zur Welt bringen.«

Damit hatte ich nicht gerechnet. Ich war mir so sicher, dass man uns erst einmal wieder nach Hause schicken würde. Heute Nacht noch? Das kann doch nicht sein! Sicher nicht heute! Ich sinke auf den einzigen Stuhl im Raum. Er ist aus stumpfem Metall und fühlt sich kalt unter meinem Hintern an. Die Schwester verlässt das Zimmer, und ich starre Helena an.

»Heute Nacht!«, sage ich tonlos.

»Ja«, antwortet Helena, und Tränen stehen ihr in den Augen.

Die Schwester kommt zurück und fragt, ob Helena eine PDA möchte. Aber Helena will erst einmal sehen, wie weit sie ohne kommt und erkundigt sich nur, ob sie später noch ihre Meinung ändern kann. Sie kann. Dann steckt die Schwester eine Nadel in die Vene von Helenas Hand und verschwindet erneut. Es ist jetzt etwa zehn Uhr abends.

Eine Weile passiert nicht viel. Ich sitze an Helenas Bett und beobachte, wie die Wehen weiter durch ihren Körper fahren. Es dauert jedes Mal etwa fünfundvierzig Sekunden, und ich kann nichts tun, außer ihre Hand zu drücken und zu hoffen, dass es bald vorbeigeht. Warum bin ich nur so müde?

Dann kommt die Hebamme mit einem Arzt wieder, der Helena einen Haufen Fragen stellt. Ich werde so lange aus dem Raum geschickt. Also fahre ich wieder hinunter ins Erdgeschoss, um noch eine Zigarette zu rauchen. Draußen an der frischen Luft versuche ich mir darüber klarzuwerden, wie ich mich fühle. Ich bin ruhiger, als ich erwartet hatte, aber immer noch hundemüde.

Um elf Uhr muss ich diese blauen Überschuhe anziehen. Helena wird in den Entbindungssaal gebracht. Dort ist es unglaublich hell und heißer als in den Tropen. Aber Helena ist trotzdem kalt, also legt die Hebamme ihr eine dicke Wolldecke über die Füße. Ist das ein schlechtes Zeichen? Mein Blick wandert nervös über die ganze technische Ausstattung im Raum. Ich habe keine Ahnung, wofür die Maschinen im Einzelnen gut sind, ich weiß nur, dass mich das ganze Zeug nicht sonderlich beruhigt. Sogar eine Sauerstoffmaske baumelt von der Decke.

Noch dazu ist die Hebamme nicht besonders nett. Ich glaube, auch Helena mag sie nicht besonders. Aber leider sind wir hier nicht im Supermarkt, wo man einfach die Schlange wechseln kann, wenn einem die Kassiererin nicht passt. Helena sagt ihr, dass sie nun doch eine PDA wolle, und ich bilde mir ein, die Hebamme schaut sie noch ein bisschen mürrischer an.

Schneefall in Paris, 29. Januar

ES IST SCHON nach Mitternacht. Helenas Atem wird mit jeder Wehenattacke schwerer. Die Wehen dauern jetzt schon jeweils eine gute Minute. Von der Hitze im Raum wird mir ganz schwindelig. Hätte ich doch mehr in *Future Maman* gelesen!

Dann erscheint der Anästhesist für die PDA. Wieder werde ich aus dem Raum geschickt und wieder nehme ich den Aufzug nach unten zur Kaffeemaschine. Als ich nach draußen gehen will, ist die Tür verschlossen. Also bitte ich den Nachtportier, mir aufzuschließen. Er sieht sich gerade irgendeine französische Serie an und will wissen, warum ich hinaus will. Ich muss mich zusammenreißen, starre ihn wütend an und denke:

»Ist ja wohl verdammt offensichtlich, warum ich raus will … meine Freundin bekommt gerade ein Kind und ich bin total gestresst. Ich brauche jetzt dringend eine Zigarette, also mach gefälligst die Tür auf, Arschloch, bevor ich sie eintrete!«

Er scheint meine Gedanken zu lesen, jedenfalls sperrt er mir auf, und ich trete endlich hinaus in die erfrischende Kälte der Nacht.

Es hat angefangen zu schneien. Dicke Flocken rieseln mir über das Gesicht. Ich hoffe, sie machen mich endlich wieder wach. Ich atme tief ein und bitte wen auch immer, dass alles gutgeht. Ich bin nicht sicher, ob ich wieder nach oben gehen will.

Eine halbe Stunde später betritt eine andere Hebamme den Raum. Sie heißt Adèle und möchte wissen, wie Helena sich fühlt. Dann erfahren wir, dass sie die Geburt begleiten wird, und Helena und ich sind beide erleichtert, dass wir Adèles mürrische Kollegin los sind. Adèle untersucht Helena und erklärt uns, dass das Baby noch immer zu hoch im Bauch sitzt. Sie sagt, dass wir eine Menge Arbeit vor uns haben, wenn wir das Frühstück als junge Familie verbringen wollen. (Glücklicherweise muss ich nicht viel machen, denn mir fallen schon wieder die Augen zu.) Ich sage Helena, ich müsse mich draußen für ein paar Minuten hinlegen, aber Adèle meint, ich könne mich auch an Ort und Stelle auf einer Schaumstoffmatratze ein bisschen ausruhen. Aber ich wehre ab. Wie kann ich nur schlafen, während Helena in den Wehen liegt. Das wäre total lächerlich – sogar nach meinen Maßstäben. Aber da mischt sich Helena ein und weist mich an, zu tun, was man mir sagt. Außerdem falle es ihr leichter zu atmen, wenn sie nicht die ganze Zeit mein angstverzerrtes Gesicht vor der Nase habe. Es ist schon weit nach eins, und ich gebe mich geschlagen.

Ich schlafe unruhig, schrecke immer wieder hoch, bin aber trotzdem außerstande aufzustehen. Ich nehme wahr, dass Adèle das Zimmer immer wieder verlässt, um kurz darauf zurückzukommen. Ich habe vergessen, Helena zu erzählen, dass es draußen schneit, aber ich bin zu müde, um meinen Mund aufzumachen. Mein Kopf fühlt sich an wie Blei, und der Kontakt zwischen meinen Gliedmaßen und dem zentralen Nervensystem scheint völlig gekappt worden zu sein. Ich habe keine Kontrolle mehr über sie und drifte immer weiter ab von dem Platz an Helenas Seite, an dem ich eigentlich jetzt ausharren müsste.

Gegen 3:30 morgens höre ich, wie Adèle Helena anweist, tief zu atmen. Ich öffne langsam die Augen. Adèle erklärt Helena, dass es nun Zeit wird, richtig loszulegen. Ich hebe die Hände vors Gesicht. Meine Finger bewegen sich, also wird es Zeit, dass ich aufstehe. Ich trete ans Bett heran und nehme meine Position an Helenas Seite ein.

»Es schneit«, sage ich.

Helena schaut mich an, und ich glaube, sogar ein schwaches Lächeln auf ihrem Gesicht zu sehen. Dann fordert Adèle sie auf zu pressen, und ich spüre, wie sich Helenas Hand fest um die meine legt.

Die Wehen rollen jetzt heran wie Wellen im Pazifik. Jedes Mal wenn sie sich durch Helenas Körper wälzen, feuert Adèle sie an. Helena presst, so fest sie kann. Dann hört sie kurz auf und atmet heftig, bevor sie erneut presst, was das Zeug hält.

So geht das immer weiter bis die Wehen vorbei sind und sie völlig erschöpft zurück aufs Bett sinkt und nach Luft schnappt. Ich besprühe ihr das Gesicht mit Wasser aus einer Spraydose. Ihre Lippen sind schon aufgesprungen. Zwischen den Wehen gibt es jetzt nichts mehr zu sagen. Das Einzige was wir noch tun, ist warten, sprühen und dann wieder pressen.

Vier Uhr ist längst durch, als Adèle verkündet, dass Helena sich noch mehr ins Zeug legen muss. Sie feuert sie an, fester zu pressen, viel fester. Jedes Mal packt Helena meinen Arm und krallt sich daran fest. Ihre Fingernägel bohren sich in meine Haut, aber ich sage nichts dazu. Ich spüre es nicht einmal richtig. Ich frage mich nur, wie lange Helena das noch aushalten kann.

Adèle erklärt uns, unser Sohn sei jetzt so weit, und dass Helena nochmal alles geben müsse, sonst werde unser Baby nicht kommen. Uns bleibt keine Zeit, über die Bedeutung ihrer Worte nachzudenken, und ich glaube, bei Helena kommen sie sowieso nicht mehr wirklich an. Sie hört gar nicht mehr zu. Das Einzige, was sie noch tut, ist pressen, und ich glaube, sie hält das nicht mehr lange durch. Ich bin nicht einmal sicher, ob sie überhaupt noch bei Bewusstsein ist. Sie scheint nur noch aus sich zusammenziehenden Muskeln zu bestehen. Dazwischen bleibt kein Raum mehr für Gefühle oder Gedanken. Sie verwendet alle Energie, die sie noch aufbringen kann, auf diesen einen ultimativen Kraftakt. Ich lehne mich zu ihr und flüstere ihr ins Ohr, dass sie pressen muss. Ich rede ihr gut zu und sage, sie kann es schaffen, genauso wie ihre Mutter oder ihre Großmutter vor ihr. Aber ich bezweifle, dass sie mich überhaupt noch hört. Ihre Augen sind geschlossen, und ich spüre ihre Anspannung bis in die letzte Faser, wie bei einem Gummiband kurz vor dem Zerreißen.

Da ruft Adèle, dass sie den Kopf des Babys sehen kann und fleht Helena an, noch etwas mehr zu pressen. Ich kann ihn auch sehen, aber nur für einen Augenblick, denn dann lässt Helenas Kraft nach und er verschwindet wieder.

»Komm Helena, press! Tu's für deine Großmutter! Bitte!«

Der Kopf des Babys erscheint wieder, und Adèle und ich beschwören sie, noch fester zu pressen. Ich beuge mich über sie.

»Helena, du schaffst es! Ich kann seinen Kopf sehen!«

Noch mehrmals rutscht der Kopf meines Sohnes heraus, und verzweifelt muss ich jedes Mal mit ansehen, wie er wieder verschwindet. Wenn der Kopf erst einmal heraus ist, kann Adèle den Kleinen an den Schultern herausziehen, und es ist endlich vorbei. Aber Helena schafft es einfach nicht, den Kopf weit genug herauszupressen. Irgendetwas stimmt nicht, da bin ich mir sicher. Wie lange kann das noch so weitergehen? Ich schaue hilfesuchend zu Adèle hinüber, aber noch wirkt sie gefasst. Dann kommt auch schon die nächste Wehe.

»Komm, Helena, in Gottes Namen, pressen!«

Wieder ist der Kopf zu sehen, man erkennt deutlich den Flaum darauf, und das Gesicht ist blutverschmiert. Aber er gibt keinen Laut von sich. Warum schreit er nicht?

»Pressen!«, schreit Adèle. »Pressen!«

Mit übermenschlicher Kraft presst Helena den Kopf unseres Kindes heraus, dann sinkt sie zurück. Diesmal bekommt Adèle das Baby zu fassen. Noch immer schreit es nicht. Adèle hat es bereits bis zu den Schultern herausgezogen. Aber es bewegt sich nicht. Es sieht völlig leblos aus und gibt keinen Laut von sich. Plötzlich erfüllt eine unglaubliche Traurigkeit mein Herz.

Ich starre auf das Baby, als Adèle es herauszieht. Es ist ganz bleich, weiß wie ein Geist und ziemlich groß – viel größer als ich erwartet habe. Vielleicht war das ja das Problem. Ich weiß es nicht. Mir kommt es ewig vor, bis Adèle unseren Sohn endlich ganz befreit hat. Aber sie sagt überhaupt nichts. Er ist tot, da bin ich mir jetzt fast sicher. Was soll ich nur Helena sagen?

Adèle säubert ihn und redet mit Helena. Ich glaube zu hören, dass sie ihr sagt, das Baby sei jetzt da und sie könne es halten. Ich stehe völlig unter Schock und sehe zu, wie Adèle Helena unseren Sohn in die Arme legt. Ich kann in sein Gesicht sehen, und das Herz geht mir über. Ich würde am liebsten laut schreien, aber im Moment kann ich nicht mal mehr atmen. Das Baby liegt jetzt an Helenas Brust, und ich bemerke, dass seine Ohren stromlinienförmig am Kopf anliegen und aussehen wie die kleinen Flügel an den Füßen von Amor. Wie schön er gewesen wäre.

Ich kann nicht länger hinsehen. Die Zeit scheint stillzustehen. Doch dann wende ich mich noch einmal unserem Sohn zu, und genau in diesem Moment öffnet er die Augen. Das kann doch nicht sein! Ich dachte … Mit offenem Mund starre ich Adèle fragend an. Sie grinst.

»Ihrem Sohn geht es gut«, sagt sie.

Ich wende mich wieder Helena zu, die angefangen hat zu weinen. Die Augen unseres Sohns sind blau – und sogar gleich groß. Er schnappt nach Luft, und dann fängt er auch an zu weinen. Vielleicht heule sogar ich, aber das will ja sowieso keiner hören.

EPILOG

Lieber E,
morgen fahre ich noch einmal ins Krankenhaus, um Dich abzuholen. Du kommst nach Hause mit mir und Deiner Mami.
Ich komme gerade vom Rathaus zurück, wo ich Dich ins Geburtsregister habe eintragen lassen. Du hast nur zwei Namen – meinen

Nachnamen und dann noch den Vornamen, den wir für Dich ausgesucht haben. Wir haben überlegt, ob wir Dir noch einen dritten geben sollen, dann aber entschieden, dass wir Dich nicht mit Dingen belasten wollen, die Du nicht brauchst.
Als ich aus dem Rathaus zurückfuhr, schien die Sonne, und es war so warm wie am ersten Tag des Frühlings. Dabei wurdest Du mitten in einem Schneesturm geboren. Lustig nicht?
Auf dem Weg ins Krankenhaus habe ich noch zu Mittag gegessen und über all das nachgedacht, was ich Dir sagen möchte. Ich könnte damit natürlich auch warten, bis Du älter bist. Aber ich befürchte, bis dahin kann ich mich nicht mehr an alles erinnern oder auch einfach nur nicht die richtigen Worte finden.
Du wurdest um 4:27 morgens geboren. Du hast geweint, aber nur ein bisschen. Dann habe ich Dich auf den Arm genommen und vorsichtig aus dem Zimmer getragen. Die Schwester hat Dich gewogen, und Du warst genau vier Kilo schwer. Dann habe ich Dich gebadet. Um ehrlich zu sein, war ich ziemlich nervös, als ich Dich in das warme Wasser tauchte. Du hast Deine Hände zu Fäustchen geballt. Vielleicht hattest Du auch ein bisschen Angst, aber im Wasser hat es Dir dann doch ganz gut gefallen. Natürlich hast Du mich ein wenig skeptisch angeschaut, damit ich auch ja keine Dummheiten machte, solange Deine Mama noch erschöpft im Bett lag.
Dann haben wir uns ein Weilchen unterhalten. Ich habe Dir ein bisschen von mir erzählt, von einem Mann, der eine halbe Ewigkeit darauf gewartet hat, endlich seinen Sohn zu sehen, und schon dachte, der Tag würde nie kommen. Bis es endlich so weit war, sind viele Dinge passiert, und immer wieder sah es schon fast so aus, als würde alles ganz anders kommen, als er gehofft hatte. Den Rest der Geschichte werde ich Dir eines Tages auch noch erzählen, aber im Moment will ich nur eins: Dich nach Hause holen.